凡尘神域

夜幕之下

UNDER THE NIGHT

②

三九音域
著

所谓凡尘神域，便是在凡世之间缔造的奇迹，死人复生，万物重启，一切极度不合理，都属于"奇迹"的范畴。这份奇迹，因我而起，因你而存在

目录 CONTENTS

第一卷 凡尘神域

第七篇 SEVEN
星辰勋章 —— 001

第八篇 EIGHT
狂欢演习 —— 051

第九篇 NINE
绝处逢生 —— 105

第十篇 TEN
血色献祭 —— 187

第十一篇 ELEVEN
生杀死劫 —— 241

番外一 EXTRA
三九日志 —— 320

番外二 EXTRA
病房 —— 322

番外三 EXTRA
胖胖还乡 —— 325

第二卷 绯红夜幕

第一篇 ONE
画地为牢 —— 329

守夜人训言

若黯夜终临，吾必立于万万人前，横刀向渊，血染天穹！

禁墟
008，湿婆怨

载体	羊皮卷
属性	禁物
等级	超高危
能力	只要付出足够的代价写在上面的任何"概念"都将被直接抹杀

第一卷 凡尘神域

|第七篇|

星辰勋章

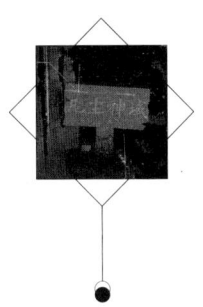

天色渐明,响彻了一夜的烟花爆竹似乎依然没有停下的意思,噼啪的炮声交响回荡在黎明的天空。"嘎吱——"林七夜推开门,从事务所中走出来,身后原本用来"业务咨询"的大厅,已经一片狼藉,遍地都是散落的酒瓶。用来待客的两张沙发上,温祈墨和吴湘南像两只死狗般睡在上面,红缨则抱着最后一个酒瓶,趴在餐桌上,一边呢喃着梦话一边傻笑。司小南则回到了地下的卧室,倒头便睡。只有陈牧野还跟个没事人一样在厨房里洗盘子。至于冷轩,在林七夜醒来之前就不知去了何处。林七夜揉了揉太阳穴,作为一个刚刚成年的学生,他的酒量似乎还不错,哪怕昨晚和这群疯子喝了这么多,今天醒来依然还算清醒。

他走到事务所的门外,看着安静的和平桥街道,深深地吸了几口新鲜空气。

今天是大年初一,空气中似乎都弥漫着喜庆的味道,远处的爆竹声接连响起,再看向贴满春联和"福"字的街道,到处都是满满的年味。

林七夜伸手从门后取出扫把,开始扫雪。一边扫,他的眉头一边微微皱起。

集训营这次的假期并不长,不出意外的话,明天——也就是大年初二,是假期的最后一天了。可到现在为止,那些隐藏在暗中的敌人似乎都没有什么太大的动作。虽然他也遇到过几次袭击,但绝大部分都能依靠自己的力量解决,可要说这次来袭的这群人中,一个高境界的敌人都没有,林七夜肯定是不相信的。而且,那个神秘的美杜莎代理人,也就是古神教会的"蛇女",到现在还没有出现。是教官们已经暗中铲除了他们,还是他们都跑到百里胖胖那儿去了?或者……他们还在等待时机?他相信这么多天来,教官们一定已经有所动作。但局势现在发展到了什么地步,他还是一无所知。沧南市毫无疑问已经成为暴风圈,而作为这场暴风眼的林七夜,反而是生活得最为平静的。

就在林七夜扫完最后一点雪，准备回身进屋时，一道噼啪的爆炸声从远处传来。由于混杂在诸多鞭炮声中，这声音似乎并没有那么明显，若非林七夜亲眼看到远处冉冉升起的浓烟，多半也会以为只是自己的幻觉。

林七夜眯起眼睛，看着浓烟升起的方向："那是……"

"轰！轰！！轰！！！"

接连几团火球在旅馆内爆炸，将这座颇有年代感的老楼炸得满目疮痍。在滚滚浓烟之中，三道身影从二楼的窗户一跃而下。其中两道身影稳稳地落在地上，只有一个小胖子"扑通"一声摔了个屁股蹲儿，然后揉着屁股一蹦一跳地往外跑。

"你俩……你俩不用跑那么快，等等我啊！"百里胖胖的脸上还带有一丝喝醉的红晕，大声喊道。

沈青竹的眉头一皱，伸手在虚空中一握，瞬间抽空了旅馆二楼部分房间的空气，燃烧的火光刹那间消失无踪。随后沈青竹指尖一点，压缩的空气弹便将飞溅到半空中的玻璃碴等物体弹开，护住了百里胖胖。曹渊一咬牙，反手将百里胖胖扛在肩上，艰难地朝着巷道的另一端跑去。

"让你昨晚少喝点，今天敌人打过来了，你酒都还没醒！"曹渊冷声说道。

百里胖胖打了个酒嗝，"嘿嘿"笑道："两位爱卿莫要慌张，小爷我早就说了，我的保镖团一直在暗中保护我，不会出事的，不会的，嗝……"百里胖胖话音刚落，四道身影便冲出旅馆，飞快地掠过天空，稳稳地落在曹渊三人的面前。

曹渊的脚步突然停住，背着百里胖胖站在原地，一只手向黑匣探去，目光之中满是凝重。沈青竹一言不发地走到百里胖胖身前，指尖卷起一道旋风，双眸宛若冰山般冷酷，气氛顿时凝固了起来。就在这火药味十足的氛围下，百里胖胖又打了个酒嗝，嘴角上扬，在曹渊背上对着前面的四人挥了挥手："嗨！"

"地、火、风、水四禁物使，见过继承人！"眼前杀气腾腾的四人猛地半跪在地，对百里胖胖恭敬行礼。

曹渊："……"

沈青竹："……"

"诸位爱卿请起。"百里胖胖从曹渊背上下来，拍了拍两人的肩膀："介绍一下，这是我们百里家的四大禁物使，也是我的贴身保镖团。"

"禁物使？"沈青竹的眼中浮现出疑惑。

"有些高危级别的禁物，不是所有人都能使用的，必须找到适合这件禁物的主人，才能发挥出最大功效，而这些人，就被称为'禁物使'。"百里胖胖边揉着屁股，边解释道，"对了，禁物使这个说法，一般只有我们百里家才有，因为这个世界上，也就只有我们家有这么多高危级的禁物。这四位禁物使，每一位都有'川'境巅峰的战力，四人合力，更是可战'海'境！所以我才说，我们安全得很。"

- 002 -

百里胖胖话音落下，四位禁物使中为首的火使便走上前，手中拎着的赫然就是刚刚偷袭旅馆的三位"川"境强者。

"敌人已经全部被消灭，请您放心。此外，也按照您的吩咐，提前包下了整个旅馆，因此也没有任何人受伤。"

"嗯，做得不错。"百里胖胖微微颔首，摆足了富家公子的架势。

就在这时，风使似乎是察觉到了什么，眉头微皱，上前一步："这附近还有敌人接近，请您在原地等候，我等去去就来！"

"去吧去吧。"百里胖胖挥了挥手。

"唰——"四位禁物使的身形一晃，便消失在了原地，空荡荡的巷道中，只剩下他们三人留在原地。

半响之后，曹渊幽幽开口："这才是真正的钞能力吗？"

沈青竹终于回过神，看向百里胖胖，用一种怀疑世界的语气开口："所以……你要我干吗？"

百里胖胖沉吟片刻："为了凑齐三个人斗地主？"

134

集训营——

原本被导弹轰飞了的半边营地，此刻已经恢复如初，就连道路上的引导标志都被重新粉刷了一遍。若非部分建筑的表面还残存着些许焦痕，只怕没有人会相信这里曾遭遇一场大劫。

空旷的食堂早已不见了新兵的身影，此刻，数十位教官正坐在一张长桌旁，悠闲地吃着午饭。

"唉，还别说，这帮新兵走了之后啊，感觉生活都有些无趣了。"一个教官感慨道。

"没人能让你骂，就浑身不爽了？"

"哈哈哈哈，你要这么说，那确实有一点。"

"话说回来，已经好久没看到韩栗了，那小子跑哪儿去了？"

"不知道，不光是他，营里好几个教官都不见踪影，说是出去执行秘密任务。"

"秘密任务？"一位教官的眉梢微微上扬，"会不会和之前的敌袭有关？"

"不懂，但是我总感觉，最近营里的氛围怪怪的。"

"哪里怪？"

"我也说不上来，就是感觉，总有一种莫名的压迫感。"

"我看你啊，就是多想了。"

教官们你一言，我一语地聊着，就在他们即将吃完饭的时候，两个身影走进了食堂。见到为首那人，众教官纷纷起身敬礼。

"首长！"

"首长好！"

袁罡沉着脸，缓缓走到他们面前，紧盯着其中一位教官，一股莫名的威严从他的身上散发出来。在他的身后，洪教官拿着几份文件，表情十分平静。在袁罡眼神的威压下，那位教官的脸色顿时苍白了起来，抿着嘴唇，敬军礼的手臂都开始微微颤抖。其他教官似乎也意识到了气氛不对，大气都不敢出。

"为什么？"袁罡缓缓开口。

那教官张了张嘴，声音沙哑地说道："首长，您这是什么意思……"

"李耀光，1989年入伍，我记得你，当年我还是个上尉的时候，你是我手底下的兵。"袁罡平静地喊出了他的名字。

"首长……"

"为什么？"

李耀光的身体控制不住地颤抖起来，低下头去，脸上已经没有了丝毫的血色。

"李耀光。"一直站在后面的洪教官平静地开口，手中的文件已经打开，"11月14日晚上九点四十二分，东南门的监控拍到了你偷偷出营的画面，当时，你是要去哪里？11月26日，新兵第三次出营进行极限训练，你消失了两个小时，这个时间段，你又去了哪里？12月7日，你父母的网络银行账户中，分别汇入了两笔来历不明的巨款，一笔是200万，一笔是300万，这些钱来自哪里？集训营受袭当天，你曾用卫星电话发射过两次加密信息，半分钟后，银行账户中便又多了300万，你……"

"不要再说了！"李耀光突然喊道，整个人的力气仿佛都被抽干，脸色苍白如纸，颤巍巍地用手捂住脸，痛哭道，"我也不想，我也不想的，他们抓住了我在老家的父母，我……"

袁罡注视着李耀光，半响之后挪开了眼睛，平静地说道："这些话你不用对我说，等到了上京市的守夜人裁决所，自然会有人问。不出意外的话，你的下半生只能在斋戒所里度过了。"

就在所有人都还没从震惊中回过神来的时候，袁罡再度说出了两个人名："王贵、吴若彤。"被叫到名字的两位教官身体一震，脸色同样难看了起来。

"想不到，真想不到，我这一座小小的新兵集训营里，居然被那群人安插了三个暗桩，真是好大的手笔！"袁罡冷笑。其余的教官猛地转头看向二人，眼神之中满是难以置信，而王贵和吴若彤则飞快地交换了一下眼神，暴起而出！

"唰——"

两柄短刀出现在他们的手上，闪电般地刺向袁罡的咽喉。他们的动作太快了，快到其他的教官都没反应过来，空气中只留下了他们的残影。袁罡冷哼一声，一道金色的波纹以他为中心轰然爆开,恐怖的力量像是两把大锤,重重地砸在王贵和吴若彤的胸口,将他们震得倒飞出去。他们二人的身影砸在周围的桌椅上,直接砸翻了一大片餐具,发出丁零当啷的声音。他们艰难地从地上爬起,哇地吐出一口鲜血。袁罡背着双手,面无表情地走到他们的面前,双眸似深潭般冰冷。

"嘿嘿……"王贵挣扎着从地上爬起,在悬殊的实力差距下,非但没有绝望,眼中反而浮现出癫狂之色,"袁罡,'呓语'大人托我们给你带个礼物。"王贵和吴若彤的嘴角同时挂上狰狞的冷笑,下一刻身体便宛若气球般膨胀,一抹诡异的红光从他们的体内爆出!

袁罡的眉头一拧,冷哼一声,右脚重重地踏在地面上,金色的波纹宛若实质般拔地而起,像是一座金钟,笼罩在两人身体之外,将他们与周围环境完全隔离开来。

"啪——"

两人的身体在红光下爆炸,残缺的血肉飞溅在笼罩的金钟壁上,肉眼可见的红色冲击在金钟内激荡,却始终无法破出,最终沿着垂直方向爆发,在地面炸出了一道深不见底的圆形深坑。见红光散去,袁罡也挥手驱散了金色的波纹,杂乱的血肉顺着深坑向下流淌,一股恶臭弥漫开来。周围教官的脸色瞬间就变了。

"'呓语'?"洪教官皱眉望着这一幕,沉声说道,"原来是被洗脑了,古神教会的这群人究竟是什么时候下手的?"袁罡俯视着地上的血肉,眼中浮现出滔天的怒火,胸口剧烈起伏起来。他冷哼一声,转身朝着食堂外走去,那双眼眸中攀上淡淡的金色,一股强横的威严以他为中心爆发,压得人喘不过气。

"这场闹剧持续了这么久,是时候结束了。"他走出食堂,一步一步走向集训营的大门,明明步伐并不快,身形却在空气中留下了道道残影。片刻之间,袁罡的身影便消失在了众人的视线之中。

洪教官望着袁罡离去的背影,喃喃自语:"首长生气了。"

135

沧南市,某信号塔顶端。

一个女人随意地将手搭在栏杆上,微风拂过黑色的卷曲长发,露出一张妖冶而魅惑的面孔,一双诡异的竖瞳静静地注视着逐渐苏醒的城市,似笑非笑。

"嗡嗡嗡……"手机振动声响起。

她拿出手机,接通电话,懒洋洋地开口:"喂……"

"安插在集训营里的那几个人暴露了,袁罡已经出营,留给你的时间不多了。"电话那头,一个深沉的男声响起。

"啊呀啊呀,"女人用另一只手托住下巴,悠悠地开口,"这么早就要收尾了吗？我还没有玩够呢。"

"'蛇女'，我觉得有必要提醒你一下，你来沧南可不是为了玩的。"男人的声音逐渐严肃起来，"林七夜是史上第一位双神代理人，如果实在无法将他招揽进我们古神教会，就绝不能让他继续活在这个世界上，否则未来我们将会多一个比王面更加棘手的对手。"

"王面吗？上次他可是差点就把我腰斩了，这个世界上怎么会有如此不懂风情的男人？""蛇女"叹了口气。

"你还是个刚加入古神教会的新人，境界也不高，这次与林七夜接触，一定要以招揽为主，如果实在无法招揽，就直接让韩少云出手，务必将他就地格杀！以韩少云的战力，这座沧南城里，也就只有袁罡能正面战胜他，不过到时候，会有人帮你拖住袁罡的。"

"除了韩少云和袁罡，城里还藏着一个'海'境吗？""蛇女"的双眸微微眯起。

"没错，不过他拖不住袁罡太久，留给你的时间不多了。"

"知道了。""蛇女"缓缓从栏杆旁站直身子，伸了个懒腰，一双蛇眸竖瞳注视着远处的某个小店面，似乎是想到了什么有趣的事情，嘴角扬起一个诡异的弧度。

"双神代理人，听起来是个有意思的男人。"

扫完雪，林七夜便转身走进事务所，拎起角落的两个黑匣，犹豫片刻后，又从桌子上抓了些年货放进口袋。

"要出门了？"陈牧野从厨房走出，问道。

"嗯。"林七夜点点头，"算是去拜个年吧。"

刚刚情人旅馆那儿发生的爆炸还萦绕在林七夜的耳边，虽然他并不觉得那小胖子会出什么事，但还是去看看比较好。如果确实没出事，那就正如他刚刚所说的，顺便去拜个年。当然，还有更重要的一点，既然明天就是假期的最后一天，那些在暗中的人想必已经按捺不住了，自己多出去遛一圈，也能试探一下他们的底线。如果真的出现什么实力过强的敌人，林七夜也不怕，反手把倪克斯放出来直接开启"夜色闪烁"跑路就是了。不过倪克斯的神力容易引发守夜人的骚动，若非必要时刻，他并不想动用倪克斯。

陈牧野并没有阻止林七夜，而是轻轻点头："嗯，你去吧。"

林七夜拎着黑匣和年货，轻轻穿过充满鼾声的餐厅，推门而出。

在他离开之后，一直死狗般躺在沙发上的吴湘南缓缓睁开双眼，从沙发上坐起身，和陈牧野对视一眼后，一巴掌拍醒了身边的温祈墨："走了，干活儿。"

林七夜从和平事务所离开后，便径直朝着情人旅馆的方向走去。原本还算热闹的街道，此时已经冷清了下来，周围商品琳琅满目的店铺统统紧闭着大门，门上还贴着崭新的"福"字,店内的人却早已收拾好了一切回家过年,时不时有几辆汽车驶过,震散路边的几团积雪。林七夜裹着围巾,拐进另外一条偏僻的小路,世界便完全安静了下来。这是一条年代久远的老路,两侧的房子低矮而昏暗,满是青苔的墙面上刻满了岁月的痕迹,路边光秃秃的树干像是一根根深棕色的荆棘,抓狂着刺入天空。

百里胖胖他们居住的情人旅馆离和平桥并不是很远,徒步过去也就十几分钟的路程,但随着这条路越往前走,不知为何,林七夜心中就越发不安。但这份不安源自何处,林七夜却说不上来。最终,他还是停下了脚步。

安静的人行道上,林七夜皱着眉头,似乎在感知着什么。半响之后,他转身看向右侧的废弃矮楼,伸出手缓缓摸向矮楼的墙壁。手上沾着雪水,他轻轻擦拭着满是尘埃与青苔的墙壁,片刻之后,墙壁的表面浮现出一道诡异的裂痕。这道裂痕像是自然形成,闭合成一个狭长的半圆,而在这半圆之间,又有几道裂痕交错,乍一看似乎没什么,但若是仔细观察,这图案,像是一只眼睛,一只狭长的、邪异而妖冶的蛇眼。

"这是……"林七夜眉头越皱越紧,蹲下身用黑匣扫开自己脚下的积雪,在他所站立的人行道上,不知何时也遍布着这种诡异的蛇眼!这些蛇眼由黑色的线条构成,像是炭笔,又像是自然留下的污渍,蛇眼有大有小,小的只有拇指那么大,而大的足足有井盖大小,密密麻麻,遍地皆是。

林七夜将精神力完全展开,脸色越发凝重。路边的树枝交错伸展,从特定的角度望去,便是一只只的蛇眼;人行道旁环卫工人扫落的积雪已经融化了大半,剩下的雪残存在地上,同样是蛇眼的形状;周围林立的矮旧房屋表面,一只只蛇眼以匪夷所思的形式逐渐显露出来;就连天空悬挂的冬阳,不知何时也变成了蛇眼的形状……这条街道,已然化作一片蛇眼的世界!林七夜终于知道,自己那份不安究竟来自何处。

"这是……禁墟?"他的眸中染上一层淡淡的金色,他弯腰放下年货,将两只黑匣紧握在手中,警惕地观察着周围的一切。

突然,一个人影缓缓从他对面的人行道走来。那是一个女人,黑色卷曲的长发自然地散落肩头,在微风中像是一条条扭曲的黑蛇,诡异地摇摆着,那双邪异的蛇眸静静地注视着林七夜。她的嘴角微微上扬,像是在笑。

———136———

"古神教会的人?"林七夜注视着"蛇女",皱眉开口。

"蛇女"仔细打量了他几眼,捂嘴轻笑:"看来传闻中的双神代理人,不仅名头唬人,长得还挺俊俏。"

林七夜没有理会她的调戏，只是默默调动起自身的精神力，时刻准备张开"至暗神墟"。

如果他没猜错的话，当自己沿着这条路向前走的时候就已经在不知不觉中踏入了对方的禁墟，而结合这满地的蛇眼和那充满辨识度的形象，对方的身份已经呼之欲出。她就是之前袭击了导弹基地的古神教会成员、美杜莎代理人，代号"蛇女"。看来这次，真的钓上来了一条大鱼啊。

"你是来杀我的？"林七夜的声音十分平静。

"杀你？嘻嘻嘻……""蛇女"盈盈扭动着水蛇般纤细的腰肢，不紧不慢地向林七夜靠近，一颦一笑，千娇百媚。

"其实呢，我本来没想招揽你，他们稀罕你这个前所未有的双神代理人，但我不在乎，对我来说，亲手将一个天才扼杀在摇篮里，才是真正能取悦我的事情。但现在，我改主意了。"她走到林七夜的面前，猩红的舌尖舔过嘴唇，一双妖冶的蛇眸笑弯成了月牙。她轻轻伸出一只手，想抚摸林七夜的脸颊："这么俊俏的一张脸，要是毁了就可惜了。"

"当——"

在她眼神迷离的瞬间，两声清脆的刀鸣同时响起，林七夜握住从黑匣中弹出的直刀，眸中寒芒乍闪，淡蓝色的刀锋闪电般地斩向"蛇女"的咽喉——林七夜能容忍这个女人调戏自己到现在自然不是没有道理的。他对"蛇女"的禁墟并不了解，若是一开始就贸然出手，成功的概率很低，毕竟他远程攻击的手段并不多，没有必杀的把握。但现在"蛇女"自己凑到了他的面前，出手便会有奇效，两道寒芒一左一右，同时斩出，就在刀锋即将划过"蛇女"咽喉的瞬间，她的身形骤然扭曲，竟然直接消散在原地。

砍了个寂寞的林七夜眉头一皱，下一刻飞速地转过身抬头看向侧后方的大树。如同荆棘般交错的深棕色树干上，"蛇女"正含笑坐在那儿，一双竖瞳不但没有丝毫的愤怒，反而充斥着异样的兴奋。她手中握着一把无柄利刃，轻轻抛起，稳稳接住，姿态散漫而优雅。

"真是粗鲁啊，"她用另一只手托着下巴，悠悠地开口，"你都不听我把话说完吗？"

"没兴趣。"

"高冷霸道总裁型吗……嘻嘻嘻。""蛇女"舔了舔嘴唇，眼神中浮现出异样的光芒，"来当我的奴隶，臣服在我的脚下吧，啊，想想我就……好兴奋啊！""蛇女"的目光越来越激动。

林七夜的双眸微微眯起，这女人是个变态？

"你还在犹豫什么？""蛇女"张开双臂，身形轻轻从树干上晃了下来，双腿像是蛇尾般钩住树干，脖子拧过了180度，妖冶的面孔出现在背面，兴奋地看着颠倒的林七夜。

"这是多少人梦寐以求的事情！成为我的奴隶，不仅能拥有我，还能顺势加入古神教会，成为未来黑暗时代万万人之上的神明！林七夜，林七夜……真是美妙的名字。来吧！"

"唰——"一道干脆利落的刀芒闪过，陷入疯癫的"蛇女"再度消散，刀锋斩过空气，发出轻微的嗡鸣。林七夜沉着脸，手握直刀，转身看向自己的身后，只见"蛇女"站在离他数米远的地方，表情逐渐冰冷："你……还是拒绝我？"

"我不仅要拒绝你，"林七夜握着刀，淡淡地说道，"我还要杀了你。"

"蛇女"的脸色彻底阴沉下来，蛇眸竖瞳冷冷地看着林七夜，片刻之后，嘴角浮现出狰狞的笑容。

"那，你就去死吧！！！"话音落下，整条街道上的蛇眼图案同时亮起红色的光芒，密密麻麻地覆盖了周围的一切，天空中的阳光已然消失不见，诡异的红光覆盖天地。"蛇女"的双眸浮现出邪异的乌光，散落肩头的黑发像是活过来了一般，越来越粗，越来越长，更像是一条条黑色的蟒蛇，在血色的世界中张狂扭动！与此同时，一抹极致的黑暗以林七夜为中心，向周围晕染开来，逐渐蚕食着这条血色的蛇眼街道。"蛇女"的禁墟太过诡异，林七夜此时若还不张开禁墟，在对方的主场中战斗，就会完全陷入被动，虽然"至暗神墟"的范围没有蛇眼街道这么大，但至少是属于林七夜的一方天地。

红色的街道中，一方黑色的世界嵌入其中，与之格格不入。

"蛇女"的身形一晃，凭空消失在了原地，林七夜仿佛未卜先知般侧过身，一柄无柄之刃擦身而过，只差分毫便要刺入他的心脏！

"瞬移？"这两个字在林七夜心中闪过，"蛇女"已经连续三次毫无征兆地消失，又毫无征兆地出现，若非林七夜拥有精神力时刻感知周围的情况，再加上"星夜舞者"带来的速度加成，此刻只怕已经中招。两柄直刀交错，闪电般地斩出，"蛇女"手中的无柄之刃在她的掌间轻轻一转，死死地卡住了两柄直刀的攻击。林七夜的眼中浮现出一抹夜色，紧接着，眉头就皱了起来。他试图用"至暗侵蚀"来控制"蛇女"手中的无柄之刃，却始终不得侵蚀半分，它就像是一个黑暗绝缘体，任凭林七夜如何努力也无法控制。

"蛇牙？"林七夜的精神力仔细扫过无柄之刃，终于辨别出了它的真面目。这应该是一件禁物，一件只属于美杜莎代理人的禁物。

刀与蛇牙碰撞在一起，两人的身形极度逼近，就在此时，"蛇女"的脖子扭过诡异的弧度，转到了林七夜的面前。一抹乌光从她的双眸中绽放！

"来，看着我的眼睛。"

看你的眼睛？我有病吗看你的眼睛？

林七夜二话不说，直接闭上了眼睛。

美杜莎这么有名的神话生物，林七夜还是知道的。虽然不知道"蛇女"作为它的代理人，把那"瞪谁谁变石头"的能力继承了多少，但他小心些总不会错。只要避免与她对视，她就拿自己没办法。闭着眼睛战斗，对其他人来说可能十分困难，对林七夜来说却没有丝毫难度，拥有"凡尘神域"的他早就不需要眼睛来替他获取信息。见自己的独门绝技之一就这么吃了闭门羹，"蛇女"不禁有些恼火，周身的黑发所化的黑蟒嘶吼一声，铺天盖地地咬向林七夜。

林七夜荡开"蛇女"的无柄之刃，身形快速后退，黑蟒在离开"蛇女"周身范围后便极速膨胀，每一条都有水桶粗细，仅是轻轻一磕便将旁边的大树拦腰截断。面对蜂拥而至的巨大黑蟒，林七夜的身形如同风中飘零的落叶，每一次都能精准地避开蛇口，呼吸之间便退到了数十米之外。他的表情越发凝重。"蛇女"的手段多而诡异，神出鬼没的瞬移、石化的蛇眼、作用不明的蛇牙禁物，还有满头的黑蟒……好在她自身的境界并不高，从精神力的强度来看，应该和自己一样是在"池"境。只是同为"池"境，为什么她的禁墟覆盖范围能有整条街道这么大？

一般来说，禁墟的覆盖范围和自身的能力有关，威能越是强大，禁墟的范围就越大，在进入"池"境之后，林七夜的"凡尘神域"有百米的范围，而"至暗神墟"就只有 50 米。

而"蛇女"的这诡异禁墟覆盖范围少说也有 300 米，这片禁墟的作用究竟是什么？就在林七夜思索的时候，"蛇女"的身影再度消失，刹那间便出现在了他身侧的老旧墙壁之上，她双腿骤然用力，猛蹬墙体，整个人像是利箭般飞射向林七夜！

"当——"直刀与蛇牙直接碰撞在一起，发出刺耳的摩擦声。林七夜紧闭的双眸中染上一层黑色，紧接着，倒在旁边的半截大树便悬空而起，朝着"蛇女"射去！尖锐的树干像是一杆杆长矛，在搅乱"蛇女"肩头蛇发的同时，将半空中的"蛇女"撞偏原来的轨迹，林七夜手中的第二柄直刀刹那间挥出！

"唰——"刀芒闪过，"蛇女"的身躯如同水蛇般扭动，以一种诡异的姿态避开了这一刀，肩头的蛇发却被这一刀斩下大片，化作一根根飘落的断发，徐徐落在地上。"蛇女"借力再度跃起，稳稳站在另一棵大树顶端，像水蛇般盘踞在树干之上。林七夜闭着眼睛，微微侧头，用精神力扫过刚刚"蛇女"凭空出现的地方，似乎是想到了什么，嘴角浮现出一抹笑意——他明白了。

"找死！""蛇女"的指尖拂过被割断的黑发，眸中杀意更甚，掌间的无柄之刃轻旋半圈，身形再度消失。在她身形消失的瞬间，林七夜将手中的直刀反握，猛地朝身后的空气刺去。下一刻，"蛇女"的身形自动出现在了刀锋前端。

"叮——"一声轻吟响起，"蛇女"的胸口处浮现蛇鳞虚影，卸掉了直刀大半的力道，但刀尖最终还是破开了蛇鳞，浅浅地刺入了她的躯体。"蛇女"的瞳孔骤然收缩，她来不及多想，身形再度消失，眨眼间便出现在了数十米之外的矮房房顶。她捂着胸口的刀伤，一双蛇眸死死地盯着林七夜，眼中充满了怒火："你……"

林七夜提着刀，双目紧闭，他带着周身的夜色，不紧不慢地朝"蛇女"走来。"一开始，我以为街道上这些诡异的蛇眼，只是你用来唬人的手段。直到刚刚我才反应过来，它们就是你的能力本身。地面上的蛇眼、雪水中的蛇眼、树枝组成的蛇眼、墙壁裂纹上的蛇眼……你的瞬移并不是随意指定落点，你只能出现在这些蛇眼所在的地方。只要知道这一点，你带来的威胁便会大打折扣。"林七夜走到"蛇女"所在的矮房下方，继续平静地说道，"我猜，你的禁墟，不对，应该说是神墟，能力之一就是在覆盖范围内利用一切的'合理'制造出蛇眼图纹，然后利用这些蛇眼进行定点移动，造成'瞬移'的假象。至少在你现在这个境界，这份神墟只能拥有这种层次的力量。窥破了'瞬移'的秘密之后，仅凭借那头能化作黑蟒的长发，以及蹩脚的格斗技巧，你根本不是我的对手。至于你的石化蛇眼……"林七夜的双眸缓缓睁开，左眼炽热如火，右眼漆黑如墨，两股截然不同的神圣威严从他的身上散发而出。炽热与黑暗，两种神威在他的身上达成了一种奇异的平衡。

"你可以试试，在我们对视之后，是我先石化，还是你先死？"一明一暗两只眸子对上了"蛇女"的目光，三位神明的神威，刹那间便隔空对撞在了一起！

"噗——"仅是一瞬间，"蛇女"的精神力就像被这两股神威硬生生撕开般剧痛无比，她猛地吐出一口鲜血，脸色苍白如纸！"啊啊啊啊！！"她痛苦地弯下腰，双手捂着眼睛，两行血泪从她的指缝中流淌出来。

林七夜眼中的神威退去，他低头看向自己的手臂，皮肤表面出现了些许灰斑，手指轻轻摩擦，已经没有了感觉。这就是石化之眼吗？虽然恐怖，但是以"蛇女"现在的境界，想要将同为"池"境的林七夜彻底石化，至少要对视十秒。而在林七夜的双神神威下，她能坚持五秒就已经很不错了。

趁着"蛇女"被他的神威震得神志不清，林七夜周身的黑暗越发浓郁，他脚尖在地面轻轻一点，整个人像幽灵般飘起，落在了"蛇女"所在的屋顶。他身形一晃，手中的直刀闪电般地斩向"蛇女"的脖颈！此时，"蛇女"已然痛苦地跪倒在地，她的余光能看到林七夜的动作，身体却已经跟不上了，蛇眸之中浮现出滔天的恨意！

"当——"就在直刀即将斩下"蛇女"头颅的瞬间，一杆银色的长戟架住了林七夜的攻击。林七夜皱眉望去，来的是个30岁左右的男人。那人长戟轻轻一震，便将林七夜震得后退数步，气血翻腾，嘴角渗出些许鲜血。

"你好。"男人站在"蛇女"身前,身背长戟,平静地注视着林七夜,礼貌地开口,"我是韩少云,'信徒'第十三席。"

138

"信徒"?林七夜稳住身形,一颗心已经沉了下去。仅是刚刚那一戟,就让林七夜清晰地认识到了两者之间的差距,眼前的这个男人绝对是"川"境顶峰,甚至可能抵达了"海"境。如此悬殊的实力差距,再加上对方"信徒"的身份,林七夜的处境顿时危险至极,猎物与猎手的身份,再度互换。

"蛇女"站在韩少云的身后,终于从双神带来的阴影中缓过来,一双蛇眸冰寒彻骨。

"你走吧。"韩少云转头看了眼"蛇女",淡淡开口。"蛇女"微微点头,最后瞥了林七夜一眼,冷哼一声,再度进行蛇眼瞬移,身形消失在林七夜的感知范围之中。随着"蛇女"的离开,笼罩着整条街道的红光逐渐褪去,遍布的蛇眼图纹就像从未出现过一样,地上的印痕、交错的树枝、墙上的裂纹……"蛇女"神墟消失之后,这些因"合理"而产生的蛇眼,彻底回归了它们原本的样貌。

压在林七夜心头的神墟消失了,他心中的不安却没有丝毫消退。他知道,眼前这个看似文质彬彬、人畜无害的男人,要比逃走的"蛇女"可怕百倍。

"你也是来招揽我的?"林七夜一边开口,一边将意识探入脑海中的诸神精神病院。面对这个层次的敌人,林七夜根本没有任何胜算可言,现在摆在他面前的只剩一条路——召唤倪克斯!但是,倪克斯的神格已经受损,具体有什么层次的战斗力还不好说,对上眼前的这个男人,并不一定能赢,所以他直接使用"夜色闪烁"逃跑才是最佳选择。如果他没猜错的话,抛去刚刚逃走的"蛇女"之外,眼前这个男人应该就是这次袭击事件中最为关键的那个点。这次击退了"蛇女",又引得这么一条大鱼现身,他已经赚了。

"很遗憾,我不是来招揽你的。"韩少云轻轻摇头,长戟一甩,一股强力的旋风以他为中心爆发开来,"我是来杀你的。"

林七夜的眉头皱起,与此同时,他已经成功沟通了精神病院内的倪克斯,就在他即将将其召唤出来的时候,异变突生!一股隐晦的波动从三个方向传出,天空仿佛被一张无形的画布遮盖,周围的空间微微波动,然后又像是什么都没有发生一般,归于平静。

"这是……"林七夜看到这一幕,似乎想到了什么,眸中浮现出神采。

韩少云抬头仰望天空,眉头微微皱起——"守夜人,'无戒空域'。"

风雪中,街道的另一端,六个身披暗红色斗篷的人影踩着白雪,缓缓走过无人的街道。

微风拂过，吹下了为首那人的兜帽，陈牧野微微抬头，锐利的目光落在了韩少云的身上，双手搭上腰间的刀柄。

风中，他的声音清晰而深沉："136小队全员在此，何人……找死？"

"砰——"冰封的运河之上，一道黑影炮弹般坠下，击碎了河面的冰层，径直落入寒冷的运河之中。半空中，又有两道身影飞出，一人浑身笼罩着火焰，一人脚踏狂风，齐齐向着中央的那个男人冲去。火焰混杂着狂风形成龙卷，将那男人包裹其中。下一刻，一抹乌光从中绽开，直接撕开了火焰龙卷！

男人咧嘴一笑，身形刹那间来到火使的面前，乌光缭绕掌间，又是一掌拍下，将其砸入运河之中。

远处，猫在角落默默观战的百里胖胖咽了口唾沫。

"你的保镖团好像要输了。"曹渊抱着刀，幽幽开口。

"呸呸呸！闭上你的乌鸦嘴！"百里胖胖虎躯一震，反手捂住了曹渊的嘴巴，骂骂咧咧地小声开口，"该死，哪里冒出来的'海'境疯子，硬是要追着小爷杀？四位禁物使联手，也只是能勉强与'海'境一战，照他这么不要命地打下去，四位禁物使，还有咱们，都得玩完！"

沈青竹听到这句话，沉吟片刻："要不……先把这两天的账结一下？"

"……"

"哗——"一条粗壮的水龙从冰封的运河中冲出，水使皱着眉头，一只手扶着重伤的火使，稳稳地落在旁边的陆地上。男人低眉冷笑，在半空中掉转方向，浑身笼罩着乌光，重重地砸向两人所在的地面。与此同时，大地就像活过来了一般，掀起一阵沙石巨浪，迎着男人拍去。男人像子弹般破开巨浪，目光如炬，单手扼住隐藏在沙石中的地使咽喉，在空中转过半圈，狠狠地甩落地面，砸出一个巨大的深坑，烟尘四起。男人缓缓穿过飞扬的尘土，径直朝着百里胖胖藏身的地方走去，没走出几步，身前又多了三道狼狈的身影——已经重伤的火使、风使以及水使，至于地使，在刚刚那一击之后完全陷入了昏迷。

"百里家的禁物使，也不过如此。"男人冷笑一声，"伤到了这个地步，你们还要拦我？"

三位禁物使沉默不语，但他们的行动已经表明了决心。

"好，好……"男人的掌间再度浮现出乌光，一步一步走向三人。

"慢！慢！好汉等等！"就在这时，一个圆滚滚的身影踉跄地跑出，站在了三位禁物使身前。

"这位好汉，你告诉我，雇你出手的人出了多少钱？我百里家出两倍，不，我们出三倍！"百里胖胖脸色煞白，伸出三根手指，认真地说道。

"钱？"男人冷笑，"你觉得，我会是缺钱的人吗？"

"那你……"

男人正欲说些什么，突然浑身一震，回头看向自己的身后。不知何时，一个穿着军装的中年男人已经站在那儿，一股霸道的气场以他为中心，横压全场。他的目光很平静，像是一座深潭，又像是一座即将喷发的火山。他，是集训营的首长，也是守夜人驻上京市小队的副队长——袁罡！

"嘿嘿，你终于来了。"男人见到袁罡，露出了阴谋得逞的表情。

"你这么肆无忌惮地散发'海'境的气息，还不惜以耗命为代价追杀百里涂明，就是为了引我过来？"袁罡的眼睛微微眯起。

"是又怎样？"男人咧嘴一笑，"既然你来到这里，短时间内，肯定走不了。"

"然后，你们就有机会，让另一位'海'境去杀林七夜了？"袁罡嗤笑一声，看向男人的眼神浮现出一抹轻蔑，"你们凭什么以为，这座沧南市里，能杀'海'境的就只有我袁罡一人？"

139

"驻守沧南的守夜人小队吗？"韩少云的目光扫过众人，摇了摇头，"一个三线城市的守夜人小队，并不能拿我怎么样。"

守夜人的一城一队制度中，越是重要的大型城市，所派遣的守夜人小队平均实力就会越强，比如驻守首都上京市的那支006号小队，就会聚集一群人均"海"境的超级强者，其战力甚至超过了部分特殊小队，乃真正的王牌队伍！但沧南市作为一个普普通通的三线城市，驻守的守夜人队伍实力必然有限，毕竟这种等级的城市在全国范围那是数不胜数。其实沧南市还算好的，若是位置再偏远一些的城市，一支守夜人小队中还未必能有一个"川"境。

在这样的一座城市中，只要没有特殊小队驰援，一般来说，"海"境已经可以横着走了。

不过，就全国范围来看，"海"境的强者也就那些，谁闲着没事去找个三线城市称王称霸？就算真的有人这么做，两天之内，肯定有一支特殊小队上门来教他做人。

林七夜见到136小队的众人，心中先是惊喜，然后就陷入了忧虑。如果只有他一个人，还能靠倪克斯的"夜色闪烁"跑路，可这一下来了这么多人，还怎么跑？难道要抛下他们，自己一个人走？绝无可能。经过这么长时间的相处，在林七夜的心中，136小队的众人早已不是战友这么简单，或许正如冷轩所说，这里已经变成了他的第二个家。他不会抛下自己的家人。

林七夜深吸一口气，默默攥紧了手中的刀柄，眼中浮现出一抹坚定。

下方的道路上，红缨掀开暗红色的兜帽，一双明亮的眼眸含笑注视着林七夜，她伸出手，开心地对着林七夜挥了挥："七夜弟弟，我们来救你喽！"

林七夜见红缨在这种情况下还能这么没心没肺地笑出声，嘴角微微上扬："笨蛋。"他的身形突然向后仰去，沿着楼顶的边缘坠落，然后在即将摔落地面的时候，脚尖轻点，身形如同鬼魅般悄然闪出，片刻间就站在了众人身侧。

韩少云长戟在手，沉默地注视着这一幕，并没有动作。

林七夜站在陈牧野的身边，手握双刀，看了眼昂然挺立的韩少云，平静地开口："队长，那是个'海'境。"

陈牧野点头："我知道。"

"我们能打过吗？"

"试试吧。"

"好。"

听到陈牧野这番话，站在楼顶的韩少云再度摇头，平静地开口："就凭两个'川'境、四个'池'境，还有一个普通人，你们是赢不了我的，没必要做无谓的牺牲。"

"我认得你。"陈牧野突然开口，"你是韩少云，前任姑苏市守夜人小队的队长。"

韩少云沉默片刻："是又如何？"

"你也曾是队长，现在为什么甘愿成为古神教会的走狗？"陈牧野双眸眯起。

"你不懂。"韩少云缓缓闭上双眼，不再直视陈牧野的目光，声音低沉而沙哑，"等有一天，你亲眼看着自己的队员一个个死在自己面前的时候，或许，你会明白我的选择。"陈牧野皱眉，正欲说些什么，韩少云再度开口，"我再提醒你们一次，这次我的目标只有那个少年，你们现在离开，我不会为难你们，不要做无谓的牺牲。"

陈牧野没有说话，他不需要说话，因为所有人，都会知道他的选择。冷轩的手在腰后轻轻一摸，银光闪过，一枚巨大的榴弹炮就被他扛在肩上，刹那间瞄准了楼顶的韩少云，扣动扳机！

"嗖——"一枚榴弹从冷轩肩头射出，拖着白色的尾焰，顷刻间射到了韩少云的面前。韩少云眉头一皱，手中长戟呼啸而出。

"轰！！！"刺目的火光在韩少云的身前爆开，强烈的爆炸火浪在即将掀到韩少云身上时，一股狂风以他为中心爆开，旋起了楼顶的积雪，硬生生将所有爆炸弹飞。几乎同时，一杆红穗长枪从红缨背后的黑匣中弹出，她反手握住长枪，身上爆发出玫色的火焰，双腿猛蹬地面，拖出一道玫红色的残影飞向韩少云。榴弹爆炸后烟尘弥漫，风雪中，一点殷红的枪芒乍闪。

韩少云闪电般地侧身避开枪尖，周身被狂风席卷的雪花随着长戟的尖端舞动，骤然横扫，斩向红缨的腰间！就在长戟即将斩落的瞬间，韩少云眼中的红缨摇身一变，成了一个30岁左右的青衣女子，长发飘飘，双眸含笑，柔情似水。韩少云的瞳孔骤然收缩，长戟刹那间停顿在了半空中。

"青青……"他的双眸迷离了起来，紧接着，一抹清明再度占据了他的脑海，"不对，精神幻象类禁墟？"

道路上，温祈墨双手十指相互交错，掐出了一个诡异的形状。他注视着楼顶的韩少云，双眸闪烁着异样的光芒。韩少云用自身澎湃的精神力硬生生按捺下了幻象，眼中的青衣女子已然消失，变回红缨的模样。温祈墨闷哼一声，额头渗出些许冷汗。就是这片刻的耽误，红缨已经掉转枪头，枪尖如火，直点韩少云眉心！韩少云瞳孔微缩，冷哼一声，右脚重重地踏在地面，一道肆虐的风雪圆环以他为中心爆开，轻松地将红缨连人带枪弹飞，同时脚下的老楼在这一脚下轰然坍塌。韩少云的身影稳稳地落在雪地中，长戟指地，狂风拨开扬起的烟尘，他缓步走出。他在道路的另一边站定，眼睛微微眯起，看向脸色有些苍白的温祈墨："禁墟序列180，'心魔缚法'。"

温祈墨站直身子，轻笑一声："不是什么厉害的禁墟，但是对你这种心魔缠身的家伙，似乎格外有效。"

"是吗？"韩少云平静地说道，他手中的长戟微微抬起，茫茫雪地之中，一道道旋风突然出现，卷起满地的积雪，飞扬在天空中，遮天蔽日——十里之内，风雪漫天！

"禁墟序列079，'大风灾'。"

140

狂风卷携着飞雪，充斥着每一个角落，道路两旁的大树已然被连根拔起，随着风卷无规则地飞扬在空中。不仅如此，砖石、路灯、自行车、广告牌……无数物品同样迎风而起，像滚筒洗衣机里的衣物，飞速地翻滚在这片暴风雪的世界中。

在这方圆十里，仿佛末日降临。

若非136小队提前在周围布下了大规模的"无戒空域"，只怕会有大量的无辜之人卷入，惨死其中。这时候，"无戒空域"的重要作用就显现出来了。在这片空间画布下，任凭战况如何激烈，都不会影响到外界一丝一毫。

林七夜将手中的直刀插入地面，才能勉强稳住身形不被狂风刮走，眼前是白茫茫一片，在这样的风雪中已经很难再看清周围的情况。"这就是'海'境的超高危禁墟？未免太恐怖了些……"林七夜眉头紧皱。在他的精神力感知中，周围136小队的众人都被这片暴风雪困住，好在并没有人被大风刮走，都还停留在原地，虽然看不见彼此，但相互之间的距离并不远。

"小南！"风雪中，吴湘南的声音模糊传来。一抹淡淡的白光从身侧照来，紧接着林七夜便觉得身子一沉，狂风带来的阻力消失不见，就仿佛皮肤表面多了一层薄膜，完美地抵消了风的作用力。不仅如此，被飞雪遮蔽的视野也逐渐清晰了起来。林七夜低下头才发现自己的皮肤表面也在散发着淡淡的白光。同样散发着白光的吴湘南从风雪中走出，完全无视周围狂风的影响，走到司小南的身边，揉了揉她的脑袋。

"干得漂亮。"

"这是……"林七夜疑惑地开口。

"'无缘纱'，能够依附在人的肌肤表面，可以隔绝外界环境对自身的影响，还能修复伤势，有一定的防御力。"

司小南站直身子，傲娇地"哼"了一声："虽然不是什么厉害的墟，但在关键时刻还是能派上用场的。"

在"无缘纱"的守护下，其他人也纷纷站起，看向在雪中手持长戟缓缓走来的身影……

韩少云有些诧异地看着无视风雪的众人，眼中浮现出一抹赞许，随后像是想到了什么，双眸又黯淡了下去。

陈牧野站在最前方，双手搭在刀柄上，狂风将他的斗篷吹得猎猎作响，他的双眸平静似水。

"你是这支小队的队长？"韩少云在陈牧野的身前站定。

"是。"

"你是个合格的队长。"韩少云顿了顿，继续说道，"比我合格……"

"关于姑苏市守夜人小队的事情，我似乎听过一点。"陈牧野的声音在风雪中飘扬，"据说，五年前姑苏市小队正面遭遇了古神教会的'呓语'，八位队员中，三人死亡、三人重伤，还有一个队员落下终身残疾，队长韩少云就此失踪，两年后，便以'信徒'的身份再度出现……"

韩少云的眉头微微皱起："你想说什么？"

"我想知道……你是真'信徒'，还是假'信徒'？"陈牧野的眼中闪过一道光芒，"你加入'信徒'，是否别有用心，你是不是卧……"

"你想多了。"韩少云平静地打断了陈牧野的话，"一朝入'信徒'，便终生只能是'信徒'，他们的灵魂契约比你想象的更加恐怖。在加入他们之前，无论有着什么样的心思和目的，在签订契约之后，都只会烟消云散……彻底成为他们的傀儡。"

"那你……"

"如果有一天，你的队员们被人钉在十字架上，你只有两个选择，要么拼死一搏，最后自己和队员们一起死，要么舍弃一切尊严和自由，换取其他人活命……你会怎么选？"

陈牧野的眉头紧紧皱起："他们竟然用这种手段逼你签下契约？"

"古神教会的手段只会比你想象的更加残暴。"韩少云摇了摇头，周身飞舞的雪花越发密集，"不管曾经的我是谁，经历了什么，现在，我只是'信徒'第十三席，韩少云……我，已经回不去了。"话音落下，他"海"境的精神力彻底爆发，恐怖的威压冲天而起！

陈牧野握着刀柄的手微微颤抖，因为太过用力，指关节都开始泛白。他死死地盯着眼前这个手握长戟的男人，心中充满了悲凉……过了片刻，他深吸一口气，腰间的双刀缓缓出鞘……

"我知道了……"他平静地说道，"对于'信徒'，我绝不会手下留情。"

狂风中，韩少云的嘴角微微上扬。

双刀出鞘，陈牧野的双眸浮现出幽光，一个黑色的大圆以他为中心向四周飞速扩散，极度的冰寒降临大地。黑色的禁墟中，陈牧野的身后，一座血色宫殿的轮廓若隐若现……而在这宫殿的最上方，挂着一块古老而神秘的牌匾——阎罗殿！在踏入这片禁墟的瞬间，陈牧野的气质突然幽深诡异了起来！

林七夜此刻也被陈牧野的禁墟卷入，冰凉的气息入体让他不由自主地打了个寒战。

"这是……"

"队长的禁墟。"吴湘南淡定地站在林七夜的身边，"禁墟序列037，'黑无常'。"

"037？"林七夜心中一惊。

到现在为止，除了曹渊的禁墟序列031"黑王斩灭"，这几乎是他见过的最高危禁墟。没想到队长竟然拥有这种层次的力量。如果说序列号030之前的禁墟属于神明层次的力量，那位列神明之下第七位的"黑无常"，绝对是整个大夏顶尖的禁墟之一！拥有如此高序列的禁墟，队长应该在那几支特殊小队，或者是上京市的守夜人队伍才是，怎么会来到这小小的沧南市，成为136小队的队长？

阎罗殿前，陈牧野手持双刀，踏着黑色的水面，缓缓走向韩少云。

韩少云怔怔地望着眼前的这一幕，过了许久才反应过来，震惊地开口："'黑无常'？你……是陈牧野？"

——141——

"你知道我？"陈牧野的眉梢微微上扬。

"守夜人里有几个不知道你陈牧野的？"韩少云笑道，"十年前，上京市的黑白无常两位天骄，谁不知道？"

"我以为这么多年过去，认识我的人应该不多了。"

"嗯……年轻人知道你的确实不多了。不过我加入守夜人比较早，还是听过你的名号的。"韩少云诧异地打量着眼前的陈牧野，眼中浮现出些许疑惑，"十年前，黑无常陈牧野突然从上京市消失，不知去向，有人说你死了，还有人说你是犯了错，被总司令押入斋戒所……没想到你竟然来这小小的沧南市当起了队长？为什么？"

"我乐意。"

韩少云的眉头再度皱起:"不对……我记得你在失踪之前就是'川'境,现在十年过去,那位'白无常'都已经成为驻守上京市守夜人小队的队长,你怎么还停留在'川'境?"

陈牧野沉默片刻,摇了摇头:"这不重要。"他脚踏冥川河水,一步步向韩少云走去,手中的双刀轻吟,像一对勾魂铁锁,摄人心魄!

韩少云微微一愣,随即笑了笑:"确实,对我来说,知不知道这些都已经不重要了……"他挥动手中的长戟,狂风混杂着雪花,将这片宛若冥府般的禁墟撕开一角,身形微微下躬,然后骤然飞射而出。长戟尖端的风雪划过冥川之水,在其表面冻结出一片薄薄的冰层,韩少云身形如龙,刹那间便来到了陈牧野的面前!风雪呼啸!

"当——"双刀与长戟碰撞在一起,陈牧野的身形被韩少云震得后退数步,眼中闪过一抹幽芒,身形如同幽灵般化作虚无,竟然诡异地径直穿过了长戟,手中的直刀闪电般斩出!韩少云见陈牧野竟然能化身幽灵,突然一惊,快速后退,同时一股狂风从他的体内爆出,试图弹开陈牧野的刀。他反应虽快,但还是慢了一步。在弹飞陈牧野的刀之前,刀锋已经在他的胸口留下了一道浅浅的伤痕。韩少云长戟横扫,无形的风刃肆虐而出,擦着陈牧野的身体飞过,轻飘飘地斩在了后方林立的老旧楼房中。

"唰——"风刃像刀切豆腐般划过钢筋水泥墙壁,留下一道道平整的切口,数十座楼宇被拦腰截断,轰隆坠地,烟尘四起。陈牧野的脸颊也被割开一道淡淡的血痕……

"你很强,但论境界,还是不及我,这是硬伤。"韩少云有些遗憾地摇了摇头。

"我知道。"陈牧野神情不变,平静地开口,"所以,我也没打算一个人打赢你……"

话音未落,一杆长枪卷携着滔天火焰,旋转着从天空落下!"咚——"长枪落地,玫色的火焰宛若风暴卷起,将周围的白雪尽数融化于空中,韩少云侧身站在长枪边,平静地望着陈牧野,说道:"凭借这种攻击,还是无法打败我……"

"砰——"远处的楼房顶端,漆黑的枪口突然绽放出刺目的火光,一枚细长的子弹快到仿佛洞穿空间,眨眼间便来到了韩少云面前。韩少云轻咦一声,突然向后仰头,子弹擦着他的额头划过,在皮肤的表面留下淡淡的灼痕。

"特制狙击子弹?"他轻抚着额头,有些惊讶地开口。

接连的狙击枪声响起,子弹就像长了眼睛,每一枚都精准地向韩少云射去,逼得他不得不反复移动身形,避开子弹的射击。

与此同时,林七夜转头看向一动不动的吴湘南,疑惑地问道:"你不上吗?"

"我啊……"吴湘南的嘴角泛起一阵苦涩,他缓缓抬起双手,掌间各有一道深红色的伤痕,"现在我已经握不了刀了,而我的禁墟比较特殊,必须要在关键的时候用,现在贸然冲上去只会给队长他们拖后腿,所以……"

　　林七夜沉默片刻,点了点头:"那我先去了。"说完,一抹极致的黑暗便以他为中心展开,飞快地向战场移动。刚刚和"蛇女"的大战把他消耗得不轻,就连撑起"至暗神墟"都有些吃力,经过这短暂的休息,他已经恢复了部分精神力,终于可以重返战场。

　　远处,韩少云先后避开数枚子弹,又用长戟荡开了红缨的长枪。就在这时,陈牧野的身形如同鬼魅般凭空出现在他的身后,刀芒乍闪!韩少云没想到陈牧野会突然出现,正欲有所动作,只觉得眼前一花,那些曾经逝去的人影再度浮现在他的面前……在外人看来,一根根的黑线从他的心脏延伸而出,像是包茧一般,要将韩少云束缚其中。这,就是"心魔缚法"!

　　韩少云知道情况不妙,再度用精神力强行冲开温祈墨的能力,远处的温祈墨身形一震,哇地吐出了一口鲜血,脸色苍白如纸。以"池"境之力,影响"海"境的强者,这对他的精神力反噬是极其恐怖的。但就在他争取的这一瞬,陈牧野的刀重重地斩在了韩少云的后背,留下狰狞的刀痕,同时一抹淡淡的幽芒涌入韩少云的身体。

　　韩少云反身横扫长戟,逼退陈牧野,下一刻意识就有些模糊,背后的刀口火辣辣地疼,力量似乎也减弱了不少……他低头看向自己的手背,皮肤干枯粗糙,不知何时已经长出了几枚老年斑。他错愕地抬头,看向陈牧野。

　　陈牧野似乎看出了他心中的疑惑,缓缓开口:"无常刀下,肉体可斩,魂魄可斩,阳寿……亦可斩!"

　　斩肉体,斩魂魄,斩阳寿!

　　"这,就是'黑无常'吗……"韩少云喃喃自语,嘴角微微上扬,"说不定,今天我真的能死在这里……"

　　"唰——"一抹黑暗与陈牧野的禁墟叠加在一起,两柄直刀极速破空,飞旋着斩向韩少云的脖颈!韩少云忍着后背的剧痛,挥手召唤出一道狂风,将两柄直刀撞得倒飞出去。与此同时,一个少年在黑暗中高高跃起,脚尖在其中一柄直刀的刀身一点,伸手抓住另一柄直刀,灵动地在半空中旋过半圈,一刀斩向韩少云!

— 142 —

　　"当——"长戟稳稳地架住了林七夜的直刀,韩少云周身狂风鼓荡,两侧风刃像是剪刀般夹向林七夜!在风动的瞬间,林七夜似乎预测了风刃的轨迹,身体在半空中侧身旋转,同时避开了两道风刃。"轰——"缭绕着火焰的长枪再度杀到,红缨英眉高挑,娇叱一声,殷红的枪尖在空中挽出朵朵枪花。下一刻,陈牧野的身形诡异地出现在韩少云的身后,如同无常索命般,两柄刀悄然抹向他的脖颈……

三面受敌，即便是韩少云也开始吃力，更何况三人中还有一个棘手的陈牧野，要是被他砍中一刀，那可真是不死也得掉三层皮！"嗖——"远处的冷轩看准机会，手中的狙击枪再度开火，一枚子弹精准地避开林七夜三人，射入韩少云的腿部，溅起一朵血花！下盘受伤，韩少云的动作明显一滞，陈牧野抓住机会，身形短暂地化作虚无避开长戟，又是两刀重重地斩在他的身上！

　　"噗——"韩少云猛地吐出一口鲜血，身体以肉眼可见的速度干瘪下去，三道火辣辣的刀口不停地灼烧他的灵魂，痛到意识都有些模糊起来。他有些踉跄地稳住身形，低吼一声，狂风飞旋震开，短暂地击退了林七夜三人。

　　就在此时，吴湘南像是一阵风般跑过街道，顶着狂风上前，一把抱住了身形不稳的韩少云！林七夜一愣。韩少云更是蒙了，短暂的恍惚之后，他用力扯住吴湘南，想将他拽开。

　　"跑！"陈牧野见到这一幕，大喊一声。林七夜和红缨原本不知所以，等到吴湘南的斗篷被掀开，露出下面那绑得整整齐齐的炸药包之后瞳孔骤然收缩！好在陈牧野飞快地跑到他俩身边，一手一个拎起来，飞快地跑远。吴湘南死死地抱住韩少云，见三人跑远，嘴角浮现出一抹笑容，然后义无反顾地拉开了胸口的丝线！

　　"轰——"惊天动地的爆炸声后，一团巨大的蘑菇云冉冉升起，熊熊烈火在街道上燃烧，林七夜和红缨呆呆地看着这一幕，整个人都愣在了原地。"队长……这是……"

　　陈牧野拍了拍他们的肩膀："放心吧，湘南的禁墟是'重生'，在'川'境有十二次复活的机会，他不会死的。"

　　重生？林七夜着实被惊到了，这个世界上，还有这么离谱的禁墟？难怪刚刚吴湘南说他的禁墟比较特殊，出手必须要抓住时机才行……

　　"那……他以前一直都这么用自爆的方法战斗吗？"红缨忍不住问道。

　　"不是。"陈牧野微微摇头，目光注视着一片狼藉的道路，"很久以前，在还没有受伤的时候，他不是这样的……那时候，他可是很强的。"

　　烟尘缓缓散去，只剩下半边身子的吴湘南咳嗽着走出，像是电影里被打烂了的丧尸，看得人头皮发麻，不过令人吃惊的是他的血肉在快速地修复，身体以肉眼可见的速度自愈起来。短短五秒钟，他就恢复了原本的模样，身上一丝一毫的伤痕都没有。吴湘南低下头看向自己的双手，掌间的那两道深红色伤痕依然存在，眼中浮现出一抹苦涩……

　　"唰——"狂风席卷，将四周的烟尘尽数吹散。

　　吴湘南回头望去，有些无奈地叹了一口气："最后一次重生的机会都用完了，还是没能杀掉他吗……"

　　爆炸产生的深坑中，一个手持长戟的身影缓缓站起，虽然浑身都是伤口，看起来狼狈至极，但依然还活着。韩少云咳嗽着站起身，看向完好无损的吴湘南，眼中浮现出一抹震惊。"你是'蓝雨'小队的不死……"

"砰——"一枚子弹破开空气，呼啸着来到韩少云的面前，现在的他已经无法像之前那样自如地行动。尽管他尽力调整身形，依然被这一枪击中了肩头！狙击枪，是为数不多的可以伤到高境界能力者的热武器。

"差一点……"韩少云的脚下出现一道旋风，将他整个人缓缓托起，向半空中升起，他注视着陈牧野的眼睛，平静地开口，"只差一点，你们就能杀死我了……很可惜，接下来，我将让你们见识到真正的'大风灾'。"

他徐徐升上天空，右手一甩，将手中的长戟钉入地面，周围席卷的暴风雪突然安静了下来，没有丝毫的风，纷纷扬扬的雪花从空中落下，仿佛又降一场大雪。他双手抱圆于胸前，缓缓相合，一点深蓝凭空出现在他的掌间，轻轻旋转，越来越大。

那是一只风眼。

地面上，陈牧野的双眸微微眯起。

林七夜的精神力扫过风眼，瞬间就感知到了其中蕴含的恐怖力量，神情凝重起来。

"这只风眼一旦成型，卷起的狂风将会轻易地撕开你们的'无戒空域'，然后席卷整座沧南市。它的力量足以将半座城市夷为平地……"韩少云注视着下方的陈牧野，似乎想再说些什么，他皱了皱眉，无奈地开口道，"要从根本上解决问题……留给你们的时间不多了。"

林七夜听到最后一句话，微微一怔，不知是不是他多想了，他觉得……韩少云似乎是在暗示着什么？

"砰——"一枚狙击子弹划过天空，飞射向韩少云。但当它逼近风眼的时候，速度又突然慢了下来，仿佛有一道无形的屏障凝聚在风眼周围，死死地将其卡住！

红缨眉梢一扬，用玫色的火焰将手中的长枪射出，宛若流星般掠过天空，但在接近风眼之后，还是和子弹一样越飞越慢，最终被完全弹开！此刻，韩少云的周围仿佛有着绝对无敌的风域，任何东西都无法入侵。

"从根本上解决问题……"陈牧野呢喃着这一句话，眉头紧锁，不得其解。

就在所有人束手无策的时候，天空中的风眼越来越大，飓风以半空中的韩少云为中心，向周围逐渐散开……

另一边——

和百里胖胖等人逼近"无戒空域"的沈青竹似乎感受到了什么，轻咦一声，转头看向风眼逐渐汇聚的位置。他犹豫片刻，缓缓伸出右手，朝着远处的天空……打了个响指。

143

悬浮在韩少云掌间的深蓝色风眼就这么突兀地消失了，仿佛从未出现过一般。136小队的众人同时一愣，就连韩少云自己都蒙了。

风眼呢？我那么大一个风眼呢？

他怔了半晌，抬头看向陈牧野等人，眼中浮现出一抹笑意："做得不错。"

陈牧野："……"

就在这时，林七夜像是想到了什么，看向远方，只见一个身着军装的男人掀开了"无戒空域"的一角，浑身金色波纹荡漾，沉着脸踏入其中，百里胖胖、曹渊和沈青竹三人老老实实地跟在他的身后。

"拽哥①，你刚刚为什么要打响指？"百里胖胖凑到沈青竹旁边，疑惑地问道。

沈青竹皱眉，思索片刻之后，缓缓开口："本能？"

"你是属灭霸的吗？"

沈青竹懒得理会百里胖胖的调侃，要不是对方是他的老板，现在他估计已经开始骂人了。他身为打工人，有打工人的觉悟。

林七夜看到沈青竹，眼睛微微一亮，隐约想到了刚刚是怎么一回事。韩少云制造的风眼，说到底只是极速旋转压缩的空气，沈青竹的"气闽"却能操控空气本身。对他来说，抽干一个范围内的空气实在是再简单不过的事情。只要将这里抽成真空，你风眼还能存在？简单来说，沈青竹这就是专业对口了！即便韩少云是"海"境的强者，但"大风灾"更加侧重于"灾"，在空气操控上，还是远逊于沈青竹的"气闽"。或许这就是"大风灾"的序列是079，而"气闽"则是068的原因。

袁罡的双眸眯起，注视着悬浮空中的韩少云，眼中寒芒乍闪，下一刻整个人直接闪到了韩少云的头顶，握紧右拳砸出，金色的波纹荡漾，宛若一颗流星般砸下！"砰——"一道沉闷巨响传出，空中的韩少云就像是炮弹被捶落地面，在马路上砸出一个半径数米的深坑，浓烟四起。袁罡像是一尊人形战佛，浑身金光荡漾，衣袂翻飞，稳稳地落在韩少云所在的深坑之前，双拳宛若雨点般砸入坑中。"咚咚咚——"大地震颤，地面上的裂纹越来越密，等到整片街道都快被轰塌的时候，袁罡终于停下了拳头。他弯下腰，伸手抓住奄奄一息的韩少云的衣领，把他提到半空。

---

① 此称呼为作者笔误，角色沈青竹性格倨傲，因此百里胖胖为其取昵称，"拽哥"。实际用法应为"跩"，但因本书在实体出版前已在网络连载数月，"拽哥"一角人气较高，因此申请保留原用法，特此加注说明正确说法。

"原姑苏市守夜人小队队长，现任'信徒'第十三席，韩少云……"袁罡一身军装纤尘不染，他面无表情地开口，"你已经落在了我的手中，下半辈子，就去斋戒所忏悔过吧……"

听到这句话，奄奄一息的韩少云嘴唇微微颤动，似乎想说些什么，满是血迹的眼皮睁开，双眸之中浮现出一抹绝望……与祈求。袁罡眉头微皱，就在这时，一柄刀刃突然穿透了韩少云的心脏，刀锋从胸口刺出！袁罡的瞳孔骤然收缩，他猛地抬头，看向韩少云的身后，眼中浮现出一抹怒意："陈队长，你这是想干吗？"

披着斗篷的陈牧野平静地站在韩少云的身后，缓缓拔出刺穿韩少云心脏的直刀，淡淡开口："杀人。"

"他已经没有了威胁，注定会被关入斋戒所，生死将由审判庭决定……你凭什么杀他？"

"他想杀我的队员，就必须死。"陈牧野顿了顿，继续说道，"而且，这对他而言，也是一种解脱。"

袁罡皱眉看向韩少云，只见韩少云低着头，满是血痕的脸上竟然浮现出淡淡的笑容，那双死寂的双眸，绽放出了别样的神采。袁罡松开了手。韩少云的身体倒在地上，汨汨鲜血从他的体内流出，心脏被刺穿，一般人早就死了，但身为"海"境强者的他还弥留一口气。他望着陈牧野，嘴唇开合，似乎想说些什么。陈牧野犹豫片刻，弯下腰，将耳朵凑到了他的嘴边："小心……'呓语'……他一定会回来……杀那个少年……"最后一个字说完，韩少云的双眸就黯淡下去，再也没有丝毫气息。沉默许久，陈牧野站直身子，望着躺在雪中的血色尸体，缓缓闭上了眼睛。

"陈队长，不管怎么说，这次的事情都不合规矩。"袁罡平静地看着这一幕，沉声开口。

"觉得我做事不合规矩，那你就去找绍平歌投诉吧。"陈牧野毫不在意地转过身，向着136小队其他人的方向走去，"在沧南，我陈牧野……就是规矩！"

袁罡注视着陈牧野离去的背影，许久之后，无奈地叹了口气。

"这位的脾气，还是这么大啊……"

"队长，那个韩少云，究竟是怎么一回事？"收起"无戒空域"之后，红缨凑到陈牧野的身边，疑惑问道。

陈牧野沉默片刻："一个被古神教会控制的可怜人罢了。"

"可是我看他好像真的很想杀了七夜，古神教会的那群家伙，能把人控制得这么彻底吗？"红缨歪着脑袋问道。

不等陈牧野说话，一旁的吴湘南便先一步开口："关于古神教会的契约，我倒是知道不少，据说一旦签订之后，就会与灵魂绑定，真正地从思维本身开始作用。

也就是说，就算他们心中其实对接到的命令不满，也不能以任何形式拒绝或者阻碍命令的执行，行为、言语，甚至思维，都是以'完成命令'为前提。"

"那岂不是和傀儡一样？"

"差不多吧，只不过有些人是心甘情愿做傀儡，并且乐在其中，有些人却痛不欲生……"

听到这儿，林七夜的眉头微微皱起，说出了心中的疑问："既然是这样，那为什么古神教会在控制韩少云之后，要让他离开守夜人？假装他并没有被控制，将他安插在守夜人内部，不是能发挥出更大的作用吗？"

其余人的脚步都是一顿。

红缨张大了嘴巴，震惊地看着林七夜："七夜弟弟，你的思想……好阴暗！"

"这不是常规思路吗？"

"七夜说得没错。"陈牧野缓缓点头，"虽然韩少云没有留在守夜人中，但是并不能排除……没有其他'信徒'潜伏在守夜人中的可能。"

144

"这么说……"

"不过，这当然没有那么容易。"陈牧野继续说道，"这种能够直接从灵魂层次绑定，并直接作用于思维的契约珍贵无比，即便是古神教会收藏的数量也不多，每一张都只会用于他们觉得有价值、有潜力的人身上。而且，古神教会发展'信徒'的主要目的就是弥补人数不足，如果在发展了'信徒'之后选择将其作为卧底安插在守夜人内部，从某种意义上来说反而是浪费。再者，这种契约也不是绝对控制。在某些情况下，被控制者也可以通过暗示来提醒别人，就像刚刚韩少云说的'从根本上解决问题'，也属于这个方面。所以说，放任'信徒'卧底在守夜人中，还是具有一定风险的。"

听到这儿，红缨终于松了口气。林七夜的心中也微微赞同，如果这样来分析，在守夜人中安插"信徒"，确实是得不偿失。不过，如果被控制的一方身居高位的话，那就另当别论了……这倒不是林七夜阴谋论，他只是会下意识地去考虑最坏的情况，"得不偿失"不代表"不会做"，"数量极少"不代表"完全没有"。凡事多留一个心眼总是好的。

"不管怎么说，新年第一战算是打完了，这位'信徒'第十三席，加上袁罡那边解决的一位'海'境，应该就是这次刺杀的全部顶尖力量，这次的风波算是过去了。"温祈墨伸了个懒腰。

"说起来，七夜弟弟明天晚上就该回营了。"红缨叹了口气，"下次再见到你，就该是半年之后了。"

"那时候，他可就是真正的守夜人了。"吴湘南笑道。

林七夜笑了笑："其实……半年，也挺快的。"

在集训营里的时光，似乎过得很慢，但又似乎一眨眼就过去了，他到现在还清晰地记得自己拎着粉粉的行李箱第一个抵达集训营门口的情形。

"对了。"陈牧野想到了什么，停下了脚步，"明天，喊你那几个朋友来家里吃饭吧。"林七夜一愣，"之前因为你们两个都是对方的目标，不方便聚在一起，所以没喊他们，现在事情已经平息，怎么说你也是沧南的东道主，带他们来家里吃顿饭也是应该的。"

"不过，事务所是守夜人的据点，除了136小队的人，别人不太好进……"吴湘南沉吟着开口。

"来我家！"红缨拍了拍胸脯，"我家够大！"

林七夜犹豫片刻，点了点头："我问问他们吧……"

第二天下午，林七夜带着百里胖胖、曹渊和一脸不情愿的沈青竹站在了别墅的门前。

百里胖胖看了看眼前的别墅，又打量了林七夜几眼，诧异地开口："好家伙，七夜，你这儿住宿条件不错啊！"

"这是一个朋友的房子，我只是暂住而已。"林七夜耸了耸肩。

曹渊嗅了嗅，咽了口唾沫："我闻到了肉香……"

他这两天跟百里胖胖和沈青竹两人蜗居在情人酒店里，吃饭也都是靠外卖和泡面解决，再加上这半年在营里的伙食也就那样，已经快把他憋坏了。

"你不是个和尚吗？"

"不是，我只是心中有佛。"

"……"

沈青竹看着眼前的别墅，皱了皱眉："不是说让你请朋友来吃饭吗？为什么还要叫上我？"

林七夜三人转过头，古怪地看着他。百里胖胖无奈地抚额，走上前拍了拍他的肩膀："傲娇也要有个限度吧？叫你来当然是说明……我们觉得你这两天工具人当得很不错啊！"

沈青竹嘴角一抽，拍掉了百里胖胖拍在他肩膀上的手，没好气地开口："死胖子，你跟谁俩呢？"

百里胖胖撸起了袖子，露出两条白花花的大胳膊，上面密密麻麻绑满了手表："好哇！好你个沈青竹，今天刚给你把工钱结完，开始嚣张了是不是？"

林七夜无奈地叹了口气："闹够了没？闹够了先进去吃饭。"

百里胖胖和沈青竹小眼瞪大眼，同时"哼"了一声，随后便跟着林七夜走进了别墅中。

"介绍一下,这位是陈牧野队长,这位是副队长吴湘南。这是红缨姐,这座宅子也是她的。这是温祈墨……司小南……冷轩……"

林七夜介绍起来,每当介绍完一个人之后,百里胖胖都要从胳膊上解下一只表,笑呵呵地送到别人手里。

"陈牧野队长!果然气质不凡,我找了很久,只有这只手表能勉强配得上您的气质,请您笑纳……哎呀,湘南哥,这次出门我没带什么好东西,这只绿水鬼还请你务必收下……哇,红缨姐姐,你长得也太漂亮了吧?就是手腕有点空空的,这只正符合你的气质……"

看着百里胖胖疯狂地给大家送表,一旁两手空空的曹渊和沈青竹眼皮直跳,恨不得找个地缝钻进去,要多尴尬有多尴尬。

拿着一只手表的温祈墨表情古怪地凑到林七夜耳边:"这是……地主家的傻儿子?"

林七夜犹豫片刻:"嗯!"

"唉……看出来了,人还不错,就是这脑子好像不太好……"

有了百里胖胖这个活宝,整个晚餐的氛围顿时活跃了起来,而曹渊则化身为没有感情的吃饭机器,低头疯狂干饭。至于沈青竹……则一直拘谨地坐在那里。若是有人问起他,他就微笑着回几句,平日营里的嚣张跋扈已然消失不见,反倒像个腼腆的大男孩。

饱餐一顿之后,林七夜便拿起行李与136小队的众人告别,和其他三人一起前往之前约定好的上车地点。那里几辆熟悉的黑色大巴已经等候多时,将从营里带出来的制式星辰刀上交,林七夜便上了大巴,坐在最后一排。他望向窗外,漆黑的夜色中,远处城市的轮廓若隐若现,在远处楼宇顶端似乎有一个抱着狙击枪的人独自坐在那里,默默目送林七夜离开……

不久之后,大巴缓缓启动,披着星光与夜色,整齐地驶向集训营……

145

"嘟——"尖锐刺耳的哨声响起,林七夜睁开眼睛,飞快地从床上下来,开始穿衣服。对面,百里胖胖也从床上坐了起来,一边闭着眼睛,一边打着呼噜,手上穿衣服的动作却没有丝毫的停顿。他穿好衣服,身形开始轻微地摇晃,仿佛下一刻又要睡过去了。林七夜反手抄起拖鞋甩到他的头上,他这才大梦初醒。两人推门而出,朝着远处的训练场飞快跑去。

百里胖胖边打着哈欠,边感慨道:"在外面住了那么多天,发现还是营里的床睡着最安心……"紧接着,他似乎想起了什么,诧异地开口,"不对啊,我们的体能训练部分不是结束了吗？怎么还要这么早起？！"

林七夜翻了个白眼："体能训练结束，不代表集训结束，除了不用每天背着负重从早训练到晚，其他的还是和之前一样。"

"好吧……"

很快，众人便在训练场上集合，动作迅速而整齐。这一次，演武台上站着的不仅是洪教官，其他所有教官也都到齐。袁罡站在众教官之前，平静地望着下方的林七夜等人。与之前不同的是，今天的诸位教官穿着都十分整洁，而且很多教官的胸口戴上了功勋章，有大有小，颜色也各不相同。所有教官中，袁罡身上的勋章最多，其中有三枚深蓝色勋章，做工最为精致，仔细望去，仿佛能从中看到一颗瑰丽的星辰……

"七夜，你有没有觉得……教官好像少了几个？"百里胖胖的目光扫过台上，眼中浮现出疑惑，小声问道。

林七夜微微点头："少了三个。"

经过半年的相处，他对所有教官都有印象，此时教官队列中少了三个人，林七夜一眼就能看出来，甚至能准确地说出少的三位教官是谁。

"他们人呢？"

"不知道，但估计没什么好下场。"

他可还清楚地记得新兵出营的时候从天而降的那几枚导弹，对方能如此精确地掌握他们的行踪，要说营里没有内鬼，他是不信的。如果不出意外的话，失踪的那三位教官应该就是营里的内鬼，内鬼能有什么好下场？

袁罡似乎也没有解释失踪教官的意思，目光扫过众人，沉声开口："今天的晨训取消……"

听到这句话，在场的众人都是微微一愣，紧接着，袁罡的下一句话则直接让他们的呼吸粗重了起来："现在把你们聚集到这里，主要只有一件事情……就是为你们中的部分人授勋。"

授勋？他们还只是没走出集训营的新兵，就有人建立了功勋？就在这时，新兵中就已经有人想到了什么，转头看向林七夜。当时和林七夜坐在一辆车里出营的人都见到了那挡下所有弹片的黑光，就算当时有人没反应过来发生什么，后来也猜出了个大概。林七夜这时才想起来，在红缨家的时候洪教官就说过，这次应该能给他授予一枚勋章……

"考虑到有人或许还不清楚守夜人的功勋是如何划分的，我就在这里先给你们简单地介绍一下。我们守夜人的功勋和正常军队不同，功勋分为四种，获取程度由易到难分别是'星火'勋章、'星辉'勋章、'星辰'勋章以及'星海'勋章。"袁罡随手拿下了胸前一枚淡红色的徽章，"这是'星火'勋章，也是最容易得到的勋章，一般在完成某些重要的神秘清剿任务，或者保护了大量群众生命安全之后，就能获得。"他将"星火"勋章挂回胸口，又取下了一枚浅蓝色的勋章，"这是'星辉'勋章，相比于'星火'勋章来说，它的获取难度就大很多，一般只有在击杀超高危级神秘，或者平息某种大型灾难之后才能获得。"最后，他取下了那枚最为精致的、深蓝色的勋章，在朝阳的照射下，晶莹的徽章表面散发着淡淡的星光，"这是'星辰'勋章，只有在击杀'无量'级神秘之后，或者平息了足以造成社会局势动荡的大型事件之后才能获得，十分稀有，在整个守夜人组织中，只有不到1%的人能获得这枚勋章。"

袁罡郑重地将"星辰"勋章挂回胸前，继续说道："至于'星海'勋章，则是守夜人所能获得的最高级荣誉，整个大夏拥有这枚勋章的不超过十个人，对于如何才能获取这枚勋章，就连守夜人高层都无法给出一个具体的标准。"

"报告！"

"讲。"

"教官，无法给出标准，怎么判断能不能拿到这枚勋章？"

"当所有人都觉得你应该拿的时候，他们自然会颁发给你。"袁罡平静地说道，"如果硬要一个标准的话，近五年中，唯一取得过'星海'勋章的人，就是假面小队的王面。五年前，神明序列040的八岐大蛇登陆东海，王面以自身寿元为代价穿越时间，回到八岐大蛇登陆前一小时，下令疏散周围数个沿海地区的民众，同时带领'假面'小队与八岐大蛇殊死搏斗半小时，撑到了一位人类战力天花板降临，救下了数万人。你们以后若有谁觉得自己做出的贡献能比他还大，自然可以申请'星海'勋章。"

台下所有人都沉默了，林七夜也暗自吃惊，没想到在五年前竟然发生过神话生物登陆东海的事件。他隐约记得五年前看过一篇关于东海超大规模海啸的新闻，没想到事情的背后，真相居然是这样。他更没想到的是，那个温和寡言的男人，竟然有过如此壮举。

"接下来，我来宣布第一个获得勋章的人。"袁罡从身后的教官手中接过一个小小的黑匣，目光落在人群中，平静地开口，"林七夜，在导弹袭击过程中，果决出手，救下五十余名新兵，保全守夜人未来的火种，之后重伤古神教会'蛇女'，并与136小队并肩作战，击杀'信徒'第十三席韩少云。在此，授予'星辰'勋章！"

146

"'星辰'勋章？"听到这四个字，不仅是台下的众多新兵，就连台上的大部分教官都结结实实地吃了一惊。这可是仅次于"星海"勋章的荣誉，就连袁罡这位集训营的首长都只有三枚，林七夜这个还没走出集训营的新人竟然得到了一枚"星辰"勋章？不过仔细想来，似乎也并非不能理解。不说别的，光是在大巴上，替全车的新兵扛下导弹碎片这一手就已经注定了林七夜这次获得的勋章等级不会太低。要知道，这座集训营里的两百多位新兵，可是来自整个大夏的守夜人预备队，是未来守护这个国家的中坚力量。一旦这些新兵出事，守夜人的更迭就会出现断层，到时候全国的守卫力量都会减弱。

近几年，全国各地出现的神话生物越来越强大，如果守夜人的力量出现断层，所造成的危害绝不只是一城一市这么简单，这将是一场席卷全境的大危机！单从这个角度来说，林七夜的所作所为便满足了"平息了足以造成社会局势动荡的大型事件"这一条件。至于重伤"蛇女"和合作击杀韩少云，看似是大事，从全国的角度来说却是小事，毕竟一个"池"境的美杜莎代理人，和一个"海"境的"信徒"，还不能掀起什么大的风浪。

还有一点，只有极少数人能够参透。林七夜这次既然和古神教会的人有过正面接触，并重伤了"蛇女"，就说明他拒绝了古神教会的招揽，坚定地站在了守夜人这一边。一个双神代理人如此坚决地明确了自己的立场，在守夜人高层的眼里，不给些奖励就说不过去了。给什么奖励呢？送些金钱、禁物，还是许诺未来的光明前程？太土，太俗。机缘巧合之下，又正好有一份林七夜的功勋申请报告交了上来，他们自然会想尽办法让这份"礼物"更加漂亮一些。在种种因素的推动下，林七夜得到这枚"星辰"勋章，便合理得不能再合理了。

"林七夜，上来受勋吧。"袁罡的声音响起，才让林七夜缓过神，他快步走上演武台。

袁罡走到林七夜的身侧，缓缓打开手中的小黑匣，在深色的丝绸凹陷之中，一枚深蓝色的璀璨勋章光彩夺目，晶莹的水晶之中仿佛嵌入了一颗闪耀的星辰。袁罡郑重地将"星辰"勋章拿起挂在林七夜的胸口。林七夜深吸一口气，向着袁罡敬了一个标准的军礼。在众人羡慕嫉妒的眼神中，林七夜缓缓走下阶梯，回归了队伍中。

百里胖胖咽了口唾沫，对着林七夜竖起一根大拇指："七夜，牛啊！！"

在林七夜之后，第二位被授勋的人的名字被袁罡公布，超出了所有人的预料。"沈青竹，及时消除'大风灾'产生的毁灭性风眼，使得半座城市免于被风灾摧毁，授予'星辉'勋章。"

"我去，拽哥？"百里胖胖瞪大了眼睛。

所有人齐刷刷地看向沈青竹，沈青竹自己都一脸蒙。他看着台上的袁罡，一副"你怕不是在逗我"的表情。在确认袁罡不是在开玩笑之后，沈青竹硬着头皮一步步地走上了演武台。他自己都没想到，随手打出的一个响指，就莫名其妙救下了半个沧南？领完功勋，走下台阶，回到队伍，沈青竹觉得这个世界疯了。

等到袁罡下令解散，众人纷纷赶去吃饭，邓伟、李贾、李亮三位跟班立马围在了沈青竹的身旁，眼中充满了崇拜！

"沈哥！你啥子时候还救了沧南市哩？！"

"是啊沈哥，你不是出去挣钱了吗？怎么还拿了个勋章？"

"沈哥到底是我沈哥，太牛了吧！！"

被围在三人中间，沈青竹轻咳两声，傲然抬起头："喊，看看你们这群没见过世面的样子，不就是一个'星辉'勋章吗？以后，老子要拿比这更牛的勋章！"

"沈哥威武！"

"沈哥厉害！"

百里胖胖看到这一幕，咧了咧嘴："拽哥又开始了……不行，我得打击打击他的嚣张气焰。"说完，百里胖胖深吸一口气，扯着嗓子大喊——

"七夜最强！"

"七夜最帅！！"

"七夜最牛！！！"

听到这几句话，对面的几人齐刷刷转过头来，面色不善地看向林七夜二人。林七夜翻了个白眼，一巴掌拍在百里胖胖的后脑勺："你是小孩子吗？走了，吃饭去了。"

"哦……"

在体能训练结束之后，新兵们的训练项目一下就丰富多彩起来——战术指导、模拟演练、禁墟原理、战斗实操，甚至有一整套齐全的世界神话故事解说，以及一些关于现今出现过的高危禁墟讲解。如果说之前半年的体能训练完全是在室外度过，那现在他们的训练项目中有80%是需要坐在教室中学习的理论知识。这让林七夜有了一种上大学的感觉……更确切地说，是在上军校。

对绝大多数人来说，和之前动不动就累晕在训练场上的日子比，现在简直就是天堂，但还有那么一小部分人浑身上下每一个细胞都在拒绝理论学习。

"精神力的本质是什么？"讲台上，一个戴着黑框眼镜的教官缓缓开口，目光扫过教室中的众人，最终落在了最后排的某人身上，"沈青竹。"

趴在桌子上睡觉的沈青竹幽幽抬起头，睡眼惺忪地看着顾教官。

"精神力的本质，是什么？"

"老子不会。"

"出去跑十圈。"

"好嘞！"沈青竹就像是活过来了一般，一阵风般冲出教室，精神抖擞地在操场上跑圈。

顾教官叹了口气，再度开始选择目标，最终落在了林七夜的身上。

"林七夜，你知道吗？"

"精神力的本质，是在特定情况下意识活动产生的超自然力量。"林七夜站起来，平静地说道。

顾教官点了点头，眼中浮现出一抹赞赏："不错，我希望大家清楚，理论在清剿神秘过程中的重要性丝毫不亚于实战，我们要始终秉持着学习者的姿态，去求索，去研究，在不断地思索与辩证之后，才能体会到世界的真相……"

听到这句话，林七夜脑中灵光一闪，似乎想到了什么。

顾教官还打算说下去，才发现林七夜还没有坐下。

"你还站着干吗？"

林七夜沉吟片刻："顾教官，你的知识很渊博吗？"

教官轻笑一声，傲然开口："我是华清大学在职教授，你觉得呢？"

"那教官，我能问你一个问题吗？"

"你问吧。"顾教官推了推眼镜。

"你觉得，我们现在所在的这个世界……是真实的吗？"

147

听到这个问题，顾教官一愣。

"对于生活在深海的鱼类而言……对于二维生物而言……"

"那么，我们又凭什么确定我们现在所在的这方世界就是真实的呢？什么是真正的真实，什么是真正的'世界'？在这方天地之外是什么？在更高维度生物的观察之下，我们又是什么？"林七夜模仿着梅林的口吻，接连抛出一连串的问题，当说完最后一个字之后，整个教室彻底陷入一片死寂。

林七夜注视着顾教官的眼睛，一字一顿地说道："你有没有想过，我们有可能是由更高维度的存在创造出来的？"

顾教官呆在了原地。

半晌之后，他有些不确定地开口："应该，不会吧……"

"为什么？"林七夜的眼中浮现出一抹喜色，"你有没有什么证据能够推翻我刚刚的理论，证明这个世界的真实性？"

顾教官哑口无言。

林七夜从来没有忘记他的精神病院内还养着一个整天叨叨世界是假的的疯子，梅林被放出来已经有一段时间了，可惜任凭林七夜怎么尝试，都无法推动他的治疗进度。到现在为止，梅林头顶的治疗进度依然停留在0。虽然他在不念叨世界真实性的时候是个正常人，但只要安静下来，似乎总会不自觉地研究世界的真实性，研究着研究着……他就摇身一变，成了一只粉色的海星，拿着渔网到处疯跑，李毅飞逮都逮不住。

这么比较起来，一直安安静静坐在院子里晒太阳，最多时不时念叨几个孩子的倪克斯，简直是三好学生中的三好学生。抛开麻烦不谈，养着这么一个传奇大魔法师，却始终不能抽取他的力量，只能眼巴巴地看着……这让林七夜心里焦灼不已。凭借他自己的力量，肯定无法做出什么有用的治疗，只能将希望寄托在外界，既然这位顾教官知识这么渊博，应该能推翻梅林的理论吧？只要他能迈出这第一步，后面事情就简单了。

顾教官低着头，眉头紧锁，似乎是在认真思考林七夜的问题，眼神从沉着，到惊疑，到震撼，到迷茫……就这么思考了大概五分钟，顾教官抬起头，深深地吸了一口气："林七夜，你的这个问题……很好，但是现在我还无法给出答案，你等我回去研究研究，到时候给你答复。"紧接着，他又强调了一遍，"求索与辩证，是每一个求学者都应该做到的事情，我也不例外，你放心，我不会回避这个问题，给我一段时间，我一定会给你一个答案！"

顾教官的目光中满是坚决！

林七夜点了点头，便坐回了位子上。

后面的理论课程还是和往常一样进行，但一部分心思敏感的人已经能察觉到今天的顾教官似乎有些心不在焉。一下课，顾教官便收拾好东西急匆匆地走出了教室，一边走，一边低头思考着什么。

"哟，老顾，课上完了？"走廊中，洪教官迎面走来，笑着伸手跟他打了个招呼。"啊？嗯，好。"顾教官看都没看洪教官一眼，敷衍地回了一句，便匆匆走过。洪教官觉得莫名其妙，站在原地看着顾教官离去的背影挠了挠头。

"老顾这是怎么了？"韩栗教官正好走来，看到这一幕，诧异地问道。

洪教官摇了摇头："不知道，感觉像着魔了……算了，管他呢。"

训练场，禁墟使用训练——

"在我们使用禁墟的过程中，最为重要的评判指标可以分为三类！第一类，就是禁墟的威能以及杀伤性，这项因素主要取决于禁墟本身，属于人为无法影响的既定因素。第二类，是禁墟的使用过程中，人与禁墟本身是否契合，你是否真正了解自己的禁墟，是否知道应该如何使用才能发挥出最大的威力，这只能靠自己长时间与禁墟磨合，别人帮不了你。第三类，就是禁墟的持续时间和覆盖范围，这两点说白了，其实就是一件事……精神力的精准控制！这，就是我们这项训练的目标！"

演武台上，一位教官将身后的两个大纸箱打开，从中取出一块银色腕表。

"这个装置叫ACE，有时候，我们也会亲切地称呼它为'杂技引爆器'，将它戴上手腕之后，将会24小时持续输出一种精神电流。这种精神电流不会致命致伤，但是会刺激你的肌肉，让你做出一些匪夷所思的动作。你们的任务就是24小时不间断地使用自身的精神力对抗这精神电流，让精神力与电流保持一种平衡，一旦精神力输出不够，电流就会流通你的身体。但如果精神力输出过强，ACE就会做出应激反应，让更大的电流流过你的身体。而且，它输出的电流大小是无规律变化的，这就意味着你必须时刻跟随电流变化输出不同总量的精神力，不能多，也不能少，哪怕是睡觉吃饭，也必须要做到这一点，否则……"教官的嘴角浮现出一抹笑容，"总之，你们必须将精神力控制锻炼成一种本能，今后，ACE将会一直陪伴你们……直到集训结束。不要试图拆下它，不然会引发很严重的后果。接下来，以队列为单位，一个个上来领腕表！"

在众新兵新奇的目光中，每个人上台领了一块这种银色腕表，然后就鼓捣起来。

"这表真丑，跟我的比差远了。"百里胖胖有些嫌弃地打量了一番手中的腕表，叹了口气。

林七夜："……"

这时候，曹渊已经默默地将腕表戴在了手上。"唰——"在腕表闭合的瞬间，曹渊的身体肉眼可见地一颤，然后……猛地向后来了一个标准的后空翻！林七夜和百里胖胖张大了嘴巴，难以置信地看着曹渊！

曹渊站住身子，低头看了眼手腕的表带，沉默片刻之后，缓缓开口："别看我……你来，你也这样。"

"嘿嘿，你想多了。"百里胖胖笑了笑，缓缓将腕表戴在了手上，说道，"就凭小爷我这体形，别说后空翻了，就连在地上打个滚都得挣扎半天，我怎么可能……""嗖——"百里胖胖话音未落，肥硕的身躯猛地从地上弹起，先是在半空中来了个720度自由转体，然后稳稳地落在地上，反手一个托马斯回旋，紧接着以无比敏捷的身手，在场地上开始后空翻，一个，两个，三个，四个……在众目睽睽之中，百里胖胖的身形渐翻渐远，"啊啊啊啊啊！！！救我！七夜救我！！"

林七夜沉默地看着一边后空翻一边以奇快的速度向食堂移动的百里胖胖，陷入了沉思……

148

"嘿哈！"

"乌拉乌拉乌拉……"

"啊啊啊啊！！"

奇奇怪怪的声音从整个训练场传来，戴上腕表后的众人仿佛同时化身为杂技演员，在空旷的场地上表演起来——前空翻，后空翻，单手倒立，倒挂金钩，托马斯全旋，山羊分腿腾跃……好好的集训营，摇身一变，成了大型马戏团。

林七夜的嘴角微微抽搐，犹豫片刻之后，也将自己手中的腕表缓缓戴起。腕表闭合的一瞬间，一股强烈的电流突然通过林七夜的身体，猝不及防之下，浑身的肌肉不自觉地收缩起来……于是，林七夜猛地来了一个前空翻！正当第二个前空翻又要翻起来的时候，林七夜将自身的精神力注入其中，勉强与那电流相抵，才及时阻隔了电流的产生，稳稳地站在原地。但正如教官所说，这电流的大小是时刻变化的，林七夜必须要时刻分神关注其变化，同时注入与之相对应的精神力。

"比想象中的难啊……"林七夜叹了口气。

台上的教官俯视着下方乱成一团的情景，嘴角疯狂抽搐，似乎是在努力憋笑，然后作势点点头，平静地点评了一句："嗯……今年翻跟头的人，比往年又多了点。"

整个集训营两百多个新兵里，像林七夜和曹渊这样翻一个跟头就停下来的很少，最多二十个。剩下的人里有一半是连翻了十几个跟头才掌握到诀窍，喘着大气停了下来。剩下的一半，到现在还在翻……不得不说，将近一百个新兵穿着军装在训练场上整齐划一地进行后空翻的情景，确实还挺壮观的……

教官似乎实在忍不住了，挥了挥手："解散！去吃饭吧！"

事实上，现在的众新兵和解散了也没什么区别。在杂技引爆器的作用下，队列什么的早就消失了，而且现在翻得最厉害的那个都已经到食堂门口了。那些已经平静下来的新兵，一边咬着牙关，专心地注入精神力，一边缓缓向食堂的方向挪动……那小心翼翼的模样，就像是大家集体长了痔疮。不过也有一些人为了干饭，索性直接放飞自我，以极快的速度直接往食堂一路翻过去。

不久之后，林七夜和曹渊站在了餐桌前。

"你怎么不吃啊？"林七夜往嘴里夹了块肉，有些疑惑地看着身旁脸色煞白的百里胖胖，"不饿？"

"饿。"百里胖胖盯着桌上的饭菜，咽了口唾沫，"但是我怕控制不住……"话音落下，他似乎实在忍受不了食物的诱惑，闪电般地伸出手夹起一块肉往嘴里塞去……"唰——"百里胖胖猛地做了一个后空翻，手里的肉"啪嗒"一声掉在了地上。

百里胖胖："……"

好在新兵的餐桌旁是没有椅子的，所有人都站在这儿吃，否则这么翻一下，得直接将整个桌子掀了。"哐……"该不会食堂这么设计就是为了现在吧？！

"很难吗？我觉得还好啊？"曹渊轻松地夹起一块肉放在嘴里咀嚼起来，时不时地咂两下嘴，"嗯，今天的肉真香。"

百里胖胖正委屈巴巴地站在那儿，看着林七夜，眼中仿佛还带着些许泪花。

"喂我……"他哭丧着脸说道。

林七夜无奈地叹了口气，弯腰夹起地上的那块肉，塞进了百里胖胖嘴里。林七夜化身为百里胖胖的慈母严父，亲手喂他吃饭，等到百里胖胖吃高兴了，还时不时地来两个后空翻，给林七夜助助兴。

林七夜："……"

没有对比，就没有伤害，事实证明，这么做的并不只是林七夜他们一桌……

沈青竹站在餐桌旁，一只手抚额，无奈地看着眼前不停翻跟头的邓伟、李贾、李亮三个跟班，幽幽叹了口气。

"沈哥，饿……"

"沈哥，沈哥……俺想吃饭哩！"

"那个，喀喀，沈哥……要不麻烦你喂一下我们……"

沈青竹深吸一口气，抄起桌上的碗筷，一边走向三人，一边凶神恶煞地开口："都给老子安分点……一个个来！！"

"咚咚咚——"

"进。"

总教官办公室的房门被缓缓打开，袁罡抬起头看到走入屋中的少年，眉梢微微上扬。

"是你？"

林七夜走到办公桌前，敬了个军礼："报告！我有事想和您商量。"

袁罡微微点头，将桌上的文件收起："坐下说吧。"

林七夜坐在了袁罡对面的椅子上，犹豫片刻之后，从口袋里掏出一枚银色的铭牌，摆在桌上。

袁罡见到这铭牌，双眼微微眯起："禁物？"

"没错。"林七夜点了点头，"这是在假期中，我跟一群'信徒'交手拿到的战利品，似乎拥有一种名为'鲜血沸腾'的禁墟。"

"序列209的'鲜血沸腾'，"袁罡点了点头，看向林七夜，似乎明白了他的来意，"你想把这东西上交？"

"上交的话……我能得到什么？"林七夜小心翼翼地问道。

"守夜人的禁物储备并不多，虽然这'鲜血沸腾'不算什么高危禁墟，但在一些特定情况下也能发挥出不俗的作用，上交的话应该能换取一些功勋，或者是现金，具体想要什么得看你。"

"现金？有多少？"

"按市价的话，大概两百万吧。"

林七夜倒吸一口凉气！这东西他是从蝎一尸体上拿来的。说实话，林七夜并不是很喜欢这件禁物，实战中的作用也不大，所以一直想着要将它处理掉。但要说处理禁物，林七夜一不知道怎么评判禁物的价值，二不知道去哪儿卖，就算找到了类似于禁物黑市的地方，也没那么多时间去寻找合适的买家。左思右想之后，他觉得还是直接上交给守夜人最靠谱，安全，又能立刻得到收益。

林七夜沉吟片刻，缓缓开口："这件禁物，我选择上交，至于交换的条件……

两百万现金就可以。但是，我还想知道一些消息。"

"什么消息？"

"关于陈牧野和吴湘南的消息。"林七夜平静地说道，"我想知道，他们的身上……曾经发生过什么？"

149

袁罡听到林七夜的要求，微微一愣，随后眼中浮现出一抹欣赏："有些事情既然已经发生了，就无法改变，你就算知道了也改变不了什么。"

"我知道。"林七夜平静地点头。

以前并没有觉得队长和吴湘南有什么奇怪，但这次迎战韩少云之后，他觉得这两个人不同寻常。陈牧野和韩少云的对话，林七夜并没有全部听清，但"上京市"、"失踪"、"黑无常"以及"十年"这几个关键词他还是听见了。由此可见，陈牧野的身份绝对不同寻常。而吴湘南手上的那两道伤痕同样令他疑惑，什么东西留下的伤连死而复生都无法消除？而且从陈牧野留下的只言片语来看，吴湘南的过去似乎也十分辉煌。不光是他，136小队的其他人，对这两个人的过去好像也一无所知。林七夜想要更多地了解他们，不仅是为了消除心中的疑惑，更重要的是希望在将来能够帮上他们一些忙。队长和吴湘南对他的好，他一直铭记在心。最重要的是，林七夜的直觉告诉他，陈牧野绝对不简单，很可能牵扯到守夜人的核心机密，如果是这样，那现在的安宁……或许也只是暂时的。只有揭开陈牧野身后的迷雾，他才能对将来有所准备。

"算了，他们两个的事情也不算什么秘密，一些资历较老的守夜人都知道一些，告诉你也无妨。"袁罡沉吟片刻，似乎在思考从哪里开始讲起，"先说说吴湘南吧，这家伙牵扯到的事情不多，说起来也简单点……你知道'蓝雨'特殊小队吗？"

"蓝雨？"林七夜摇了摇头，"不知道。"

"那我应该和你们说过，五年前，八岐大蛇入侵东海的那一场大灾。"

"我记得。"

"五年前，'假面'小队与八岐大蛇缠斗之后，一位人类战力天花板及时赶到，与他一同降临的，还有一支特殊小队，也就是'蓝雨'。当时，大夏一共有五支特殊小队，'蓝雨'则是其中的第五支，也就是005……吴湘南，就是其中的一员。"

林七夜惊讶地开口："他以前是特殊小队的队员？"

"没错，'蓝雨'小队实力很强，那时候'假面'只是一支刚刚组建的队伍，战力其实比不过'蓝雨'，'蓝雨'到场后，直接从'假面'的手中接替了战斗。在那位人类战力天花板和'蓝雨'全队的联手进攻下，成功重伤了八岐大蛇。后来八岐大蛇负伤而逃，那位人类战力天花板奉命留守海岸线，'蓝雨'小队负责进入迷雾追击。"

"进入迷雾？迷雾不是致死的吗？"林七夜疑惑地问道。

"确实是这样，但有些特殊的禁物能够让人短暂地具备在迷雾中行走的能力，等你触碰到那个层次，自然就会知晓。"袁罡继续说道，"原本，守夜人高层下达的命令是'尝试追杀八岐大蛇，如果不敌，立刻撤退'。那件禁物只能保证他们全体在迷雾中行走24小时，所有人都以为他们能回来。但24小时之后，他们彻底失联了。直到大约80个小时之后，吴湘南独自坐着皮筏从迷雾中出现。我们的人发现他的时候，他已经昏迷了。他昏睡了一整天才醒转，当时似乎是遭到了严重的打击，整个人都萎靡不振。我们的人和他交流之后才知道'蓝雨'小队……已经被全灭了。"

听到这里，林七夜的眉头紧紧皱起。

袁罡喝了口茶，继续说道："据他所说，他们当时一路追杀八岐大蛇，见追不上，本来是准备回来的，但似乎在迷雾中迷失方向，进入了奇异的世界。他们怀疑，那个地方……是高天原。"

"高天原？"林七夜一愣。又是高天原，如果他没记错的话，时间之神给王面的任务就是找到高天原，从中取出一样东西……

"没错，而'蓝雨'小队之所以覆灭，就是因为他们在高天原中遇到了疑似须佐之男的神明。经过与八岐大蛇的厮杀，又在迷雾中奔袭大半天，'蓝雨'小队的队员基本力竭，偏偏又在那里遇到了须佐之男。最后，'蓝雨'小队……全员战死！而吴湘南因为禁墟特殊，在战斗中连续被杀三次之后延迟一个小时才重生。等他醒过来的时候，周围只剩下他战友的尸体。也是在那场战斗中，他的手被须佐之男的天丛云剑所伤，再也无法握剑，哪怕是重生都无法消除。从那时起，'蓝雨'小队的'不死剑者'，只能彻底沦为'废人'。后来，他在逃离高天原的途中屡次遭遇袭击，足足死了四次，又在迷雾中被迷雾杀死三次，才活着回到大夏境内。"

林七夜已经完全呆住了，没想到吴湘南竟然有着这样的经历。

"由于'蓝雨'小队最终只活下来一位队员，而这位队员无论是从身体上还是心理上来看，都不具备重组'蓝雨'小队的能力，最后守夜人高层便取消了'蓝雨'的名号。从那之后，大夏的五支特殊小队变成了四支，而吴湘南也在事情结束半年之后从医院失踪。后来发生了什么，他是怎么来到沧南成为136小队的副队长的，我就不知道了。"袁罡长叹了一口气，"他也是个可怜人啊……"

林七夜低着头，脑海中再度浮现出吴湘南手上的那两道红色伤痕，眉头微微皱起。也就是说，吴湘南之所以沦落至此，就是因为天丛云剑留下的剑伤。既然连重生都无法将其去除，那该用什么样的方法才能治好呢？林七夜相信，在吴湘南刚刚被救上来的时候，守夜人的高层肯定把能想到的办法都想了，即便如此，他们还是没有治好这伤。难道要自己去一趟高天原，把须佐之男绑了，问问他有没有办法？这也太离谱了！

既然人解决不了，或许……在精神病院里的那几位神明，会有办法？

150

"至于陈牧野……"袁罡的指节轻轻敲击着桌面，"说实话，当年发生了什么，我也并不清楚。大概十二年前，陈牧野从新兵集训营走出之后就和另一个天才一起被召入上京市的守夜人小队。他们两个人的禁墟序列太过罕见，而且相辅相成，当时还有其他特殊小队试图招揽他们，却被总司令力排众议塞进了上京市小队之中。陈牧野的禁墟序列是037的'黑无常'，而另一个人，也就是现任上京市小队队长绍平歌，禁墟序列是038的'白无常'。出于禁墟的原因，他们两个人也被外人称为'上京市的黑白无常'。"

"'黑无常'和'白无常'？"林七夜的眼中浮现出一抹疑惑，"我一直很好奇，这个禁墟的名字是谁起的？这两者和大夏神话中的黑白无常有关系吗？"

"我也不知道，这两个禁墟的由来太过久远，而且涉及的相关档案都属绝密，凭我的权限根本看不了。"袁罡摇了摇头，继续说道，"他们在上京市的小队中历练两年，突然有一天，陈牧野似乎收到了某个特殊的指令，第二天就从上京市失踪了。当时我还没有加入上京市守夜人队伍，据说那天绍平歌他们找上总司令，问他发生了什么，但总司令仅回了一句'事关机密，不便透露'，就将他们拒之门外。那时候所有人还在为所谓的'灭世浩劫'忙得焦头烂额，过了许久才腾出手去调查陈牧野的下落，结果发现他竟然跑到了这沧南市来当队长！我听绍平歌说，他之前数次来到沧南，让陈牧野回去，但都被陈牧野拒绝了。几次之后，绍平歌也彻底死了这条心，最后回到上京市一步步成了上京市的队长。"

听完袁罡的描述，林七夜皱了皱眉，袁罡所知道的消息确实不多，真正关键的那部分缺失，导致现在整个事件都透露着一股神秘的气息。"你刚刚说的'灭世浩劫'是什么？"林七夜疑惑地问道。

"是一件禁物，有史以来最为恐怖的禁物。"袁罡深吸一口气，"它的名字叫'湿婆怨'。"

"湿婆？是印度神话三大主神之一，那位毁灭之神？"

"没错，'湿婆怨'的本体是一张古老的羊皮卷，拥有着序列008的灭世级恐怖神墟。只要在羊皮卷的空白处写下一个'名字'，它所指向的'概念'本身就会被直接毁灭。"

林七夜一愣："类似于死亡笔记？"

"差得太远了。"袁罡摇头，"死亡笔记只能杀死名字被写上去的人，而'湿婆怨'，毁灭的可不仅是人。比如，在那张羊皮卷的表面，写下'大夏'二字……"

林七夜似乎想到什么，猛地睁大了眼睛："那……"

"它会直接从'概念'的角度，抹杀整个大夏，也就是……灭国！"袁罡的声音低沉无比。

"怎么会有这么离谱的禁物存在？"林七夜倒吸一口凉气，忍不住说道。排名前十的禁墟竟然有这么变态的力量？这已经完全超出"禁墟"的范畴了吧？

"当然，这也只是理论上。"袁罡顿了顿，继续说道，"这件禁物虽然强大，但是想要将其催动，所需要消耗的精神力也是极其巨大的。哪怕只是在上面写下一个人名，像是死亡笔记一样抹杀某个普通人的生命，都会直接抽空一个'川'境的强者，更别说做到灭国这种离谱的层次。"

"既然这样，它的威胁似乎也并不是很大，为什么叫作'灭世浩劫'？"

袁罡缓缓闭上了眼睛："人类无法做到，不代表神明做不到……如果将神力灌入这件禁物之中，虽然未必能达到毁灭一国的地步，但毁掉一座城市还是轻轻松松的。'湿婆怨'出现之后，有数位在迷雾中游荡的恶神觊觎它的存在，为了抢夺这张羊皮卷，十年前甚至引发了一场神战。"

"神战？！"林七夜瞪大了眼睛。

"当年，五位人类战力天花板齐聚，在大夏边境与北欧的诡计之神洛基和希腊的大地之母盖娅发生恶战，打得天崩地裂。"

"然后呢？"

"然后？我就不知道了。"袁罡耸了耸肩，很无奈地说道，"我只是个上京市守夜人小队的副队长，不是什么高层人物，这种明显会被列入机密的事情，我怎么会知道？总之，在那之后，守夜人高层就再也没提起过'湿婆怨'。"

"好吧。"林七夜无奈地叹了口气。他这儿正听到关键的地方，故事突然就没了，就像是一口气喘不上来，浑身难受。

"两个人的事情我都告诉你了，甚至还送了个'湿婆怨'的故事给你，那两百万大概过两天能打到你的银行卡上，这禁物我就收走了，明天帮你寄到守夜人总部去。"袁罡伸手将"鲜血沸腾"收起，缓缓说道。

林七夜看了眼时间，也站起身，向着袁罡敬了个军礼，然后转身离开。

袁罡坐在办公椅上，看着林七夜离去的背影，长长地叹了口气。

此时，某教官的家中——

一本本厚重的古籍和论文被散落在地上，密密麻麻，完全覆盖了深棕色地板。在这堆叠的书本之间，顾教官低头细细研读着手中的书本，时而沉思，时而皱眉……"世界的真实性……是真的？是假的……不对啊……这不对啊……"顾教官眉头紧锁，放下手中的书本，揉了揉酸痛的腰椎，眼中已经遍布了红血丝，整个人看起来憔悴无比。"算了，还是先睡会儿吧。"他看了眼时间，喃喃自语。

顾教官缓缓从地上站起，爬到床上，长长地呼出一口气，闭上了眼睛，一秒，两秒，三秒……半分钟后，他突然惊醒，猛地从床上坐起来，双手不停地挠着自己的头发……"啊啊啊啊！！该死！这个世界是不是真的？是吗？不是吗？！啊啊啊啊啊！！"

151

自由射击训练场——

戴着防爆眼镜和耳罩的百里胖胖举起手枪，这张不那么正经的小胖脸上罕见地写满了严肃，连续扣动扳机。"砰砰砰！！"三声枪响接连传出，子弹几乎同时击中了 200 米外的靶心，百里胖胖的嘴角微微上扬。

"十环，十环，十环！"电子音从靶场内传出，百里胖胖很臭屁地吹了吹枪口，然后将耳罩取下，伸了个懒腰，"唉……射击训练？不过如此——"

他走到一旁的椅子上坐下，往嘴里猛灌几口水，悠闲地跷起了二郎腿。经过两个月的磨合，他已经习惯腕表带来的精神电流，至少不会无缘无故地开始后空翻。不过即便如此，刚开始那段日子也将他折磨得不轻，整个人都瘦了大半圈。谁能受得了马上就要睡着的时候，身体控制不住地猛地来了个后空翻？最关键的是，他后空翻影响的可不仅仅是自己，旁边安心睡觉的林七夜也会被这"哐当"一声惊醒。那是第二次，林七夜对百里胖胖起了"杀"心……

现在是自由射击时间，自由射击训练没有教官监管，纯粹是为了让新兵们熟悉枪支的使用，毕竟该教的都已经教过了，现在他们需要的是大量练习，也算是理论课之后的自由活动时间。而射击作为百里胖胖的强项，自然也是他最为悠闲惬意的训练。

"对了，好像已经有两个月没看到顾教官了……他去哪儿了？"百里胖胖似乎想到了什么，疑惑地问道。隔壁的曹渊注视着远处的靶子，恍若未闻，接连扣动扳机。"砰砰砰！"

"十环，九环，九环！"

他叹了口气，将手枪放下，摇了摇头："不知道。"

百里胖胖歪着脑袋想了想，仿佛明白了什么："他是不是回老家结婚去了？！"

"我记得，他好像早就结婚了。"

"二婚。"

曹渊懒得理会百里胖胖的脑洞，默默地翻了个白眼。

就在这时，又是三声枪声响起。"砰砰砰！"

"脱靶，脱靶，脱靶！"

林七夜："……"

- 041

他若无其事地放下枪，回头走到椅子上坐下，看向靶场的目光充满了幽怨……

"嘿嘿嘿，七夜，你这枪法可得好好练练了，咱这两百多个新兵里，能连续三次脱靶的可真不多。"百里胖胖嬉皮笑脸地说道，然后自信满满地拍了拍自己的胸脯，"要我说啊，索性你就直接拜我为师，我传授你一点我的射击绝学！"

"就你？"林七夜瞥了他一眼，幽幽开口，"一会儿近战实训的时候，你来当我的对手吧……"

"哥，我错了，我真的错了。"百里胖胖虎躯一震。

林七夜不慌不忙地喝了口水，眉头微微皱起："不过，顾教官失踪两个月这件事，确实奇怪……"

两个月前林七夜给顾教官抛出那个难题，没几天顾教官就失踪了，就连他的课都被别的教官暂代。本来林七夜还指望着他能给自己一个答案，结果一等就是两个月。

"林七夜！"这时，一个熟悉的声音从远处传来，林七夜转头看去，发现是洪教官在向他招手。林七夜犹豫片刻之后，快步走了出去。"洪教官，找我有什么事吗？"两人走到射击场外，林七夜疑惑地问道。

洪教官先是上下打量了他许久，然后幽幽说道："你自己干了什么事……心里没数吗？"

林七夜一愣："我？我干吗了？"

洪教官长长地叹了一口气："你给人家顾教官出的什么鬼题目，把人家弄得精神错乱了……现在，人还在精神病院里接受治疗！"

林七夜嘴巴越张越大，眼中写满了震惊！

什么玩意？顾教官……得精神病了，因为自己出的题？

"他……他具体什么症状？"

"他整个人都魔怔了。"洪教官的脸色浮现出一抹苦涩，"前阵子，每天就盯着墙发呆，时不时地念叨什么'真的，假的，世界……我们算什么……无法证明……'之类的，而且会突然就开始手舞足蹈，还说要去找什么真实的世界。不过经过两个月的治疗，病情已经有所好转，初步能正常生活了。"

林七夜人傻了。这不就是梅林的翻版吗？！嗯……仔细想想似乎也不觉得奇怪，顾教官和梅林一样都是对世界充满了求知欲的人，而且似乎都喜欢钻牛角尖，被一个问题折磨久了之后确实容易精神不正常。等等！这是不是意味着顾教官在精神病院里接受的治疗方案适用于梅林？林七夜的眼睛逐渐亮了起来。

"我来找你呢，也不是来兴师问罪的，毕竟说到底这事跟你没什么关系，是顾教官自己钻了牛角尖……"

"那您是为了……"

"你知道，我们守夜人不同于其他职业，关系到的秘密太多，不宜在外界的精神病院里长住,所以我们会申请让顾教官回家休养,过两天呢他可能得回集训营收拾东西回家,你要是碰到了,绝对、绝对、绝对……绝对不要再跟他提起什么'真实世界',不,你要是看见他,直接绕着走,别让他遇见你!明白了吗?"

林七夜眨了眨眼睛,乖巧地点头:"明白了。"

"嗯,回去训练吧。"洪教官的心总算是放了下来,挥了挥手,转身离开,只留下林七夜站在原地。待到洪教官走远,他的嘴角控制不住地上扬……

"我要拜托你们一件事情。"回到射击场后,林七夜看着百里胖胖和曹渊,认真地开口。

两人疑惑地对视一眼:"啥事?"

"这两天,如果你们在营里看到了顾教官,一定要及时告诉我!"

"为什么?"曹渊忍不住问道。

"我想找他问点事情。"

百里胖胖沉吟片刻:"很重要吗?"

"很重要。"

"好,这事包在我身上。"百里胖胖拍了拍胸脯,从口袋里掏出三只手表,高高举起,然后深吸一口气,大声对在射击场内训练的其他新兵说道:"兄弟们!我想拜托大家一件事情……"

152

集训营大门口——

一个穿着便服、戴着鸭舌帽的男人鬼鬼祟祟地走进大门,他警惕地环顾四周,默默地将口罩向上拉了拉,完全遮住面孔。

"你是谁?"留守门口的教官疑惑地问道。

那人从口袋里掏出一个证件,递给那位教官,将口罩拉下一角,小声说道:"是我!"

"老顾?"教官瞪大了眼睛,"你怎么……打扮成这样了?"

顾教官叹了口气,两个月不见,他的脸上满是憔悴:"我在病院里住了一段时间,回来拿点东西,但是医生嘱咐了,我最好不要见和我的病有直接关系的人……总之,我最好别被人认出来。"

"这样啊……"教官点了点头,"你快进去吧,拿完了就出来,现在那帮新兵蛋子应该在食堂吃饭,你绕远点就行。"

"好。"顾教官点点头,再度将面孔遮起,一阵风般地向教官宿舍区跑去。正如门口的那位教官所说,现在新兵基本都在食堂吃饭,集训营里没什么人,偶尔有几个新兵路过，也都不是顾教官不想见的那个人。但是……他总觉得，那几个路过的新兵，看他的眼神十分古怪。顾教官摇了摇头，觉得是自己多想了，毕竟都裹成这样了，还有几个人能认出自己是谁？就算这些人认出来他，应该也没有太大的关系……

"顾教官回来啦！！！"一个新兵仔细辨认顾教官许久，然后深吸一口气，扯着嗓子大喊！他的声音响起之后，远处立刻又有一连串的声音响起，就像是燃起的烽火台般一直延续到食堂的方向。

"顾教官回来啦！！在教官宿舍门口！"

"在教官宿舍门口发现顾教官！！"

"报告！！在教官宿舍门口！！发现目标顾教官！！"

"……"

顾教官："……"什么鬼？！

一股不祥的预感突然涌上顾教官的心头，他拔腿就跑！

"他到训练场东边了！！"

"他穿过训练场了！！"

"他到特种训练基地了！！"

"他的目标是办公区！报告！他的目标是办公区！"

…………

遍地新兵就像是人形雷达，实时汇报顾教官的位置，顾教官险些一口老血喷出来。他做梦也没想到，自己回来拿点东西就出了这种阵仗？！前方的道路上，一道人影飞快地蹿过，稳稳地拦截在了顾教官面前。看到来人，顾教官的心里"咯噔"一下！

林七夜轻咳两声，对着顾教官摆摆手，笑道："顾教官，好久不见！"

好久不见？见你个鬼！顾教官忍住拔腿就跑的冲动，怎么说他也是个教官，哪有见到自己带的兵还落荒而逃的道理，既然已经碰见了，那就硬着头皮上吧。

"有什么事吗？"他强迫自己冷静下来，缓缓开口。

"嗯……其实，我就想问问，医生跟你说了什么？"林七夜挠了挠头，"就是，他是怎么治疗你的？"

顾教官嘴角一抽，原来自己得病的事情，他们都已经知道了吗……丢死人了！"也不是什么大事，就开导了几句，吃了点药，放松心态，就好了。"顾教官含糊其词。

"怎么开导的？吃的什么药？"

顾教官："……"

"你是不是有病？"他忍不住爆了粗口。

林七夜郑重地思考片刻，点了点头："是的，我有。"

"……"

"顾教官，其实，在提出那个问题之后，我自己也苦苦思索，夜不能寐，精神状态也越来越不好，有时候整个人都是恍惚的……"林七夜抚额，声音沙哑地开口，"我觉得，我可能也……"

"你也得病了？"顾教官动容。

"所以，我想知道您是怎么恢复的，或许……这对我也能有效！"

顾教官沉默地看着林七夜许久，无奈地叹了口气："罢了……你跟我来吧。"

林七夜的眼中浮现出一抹喜色，跟着顾教官走进了办公室。大约二十分钟之后，林七夜心满意足地从办公楼里走了出来。他终于……得手了！

诸神精神病院——

"站住！别跑！！"

"啊哈哈哈哈！！章鱼哥，章鱼哥！你抓不住我的！哈哈哈！！"

"疯子，疯子！！给老子站住！"

"水母！好大的水母！章鱼哥，我们去抓水母吧！"

"抓个屁！别跑！"

"哎哟，孙儿啊，你可跑慢点，别摔着了……"

…………

院子里，倪克斯正悠闲地坐在摇椅上，一边看着满世界乱跑的粉色海星和累死累活的李毅飞，一边露出了慈祥的笑容。李毅飞咬紧牙关，使出吃奶的力气，一路狂奔到粉色海星旁边，大吼一声，将手中的镇静剂戳进了它的身体。粉色海星的身体一晃，步伐逐渐慢下来，最终一头栽倒在地，变回了梅林的模样。李毅飞也一屁股坐在地上，生无可恋地看着头顶的天空，大口大口喘着粗气。紧接着，一个身穿白大褂的身影出现在他的面前。

李毅飞委屈得眼泪都要出来了，一把扯住林七夜的衣角，哭诉起来："七夜啊！这活真不是人干的啊！我现在一天既要洗衣做饭，哄倪克斯，喂她吃药，又要跟这变态海星玩赛跑，我……我……我真的太难了！！"

林七夜低下头，拍了拍他的肩膀："李毅飞，你要坚强！毕竟你也不是人……你是个蛇妖哇！"

李毅飞："……"

"所以，你啥时候送一个护工过来？只有我一个人，真的熬不住啊……"

"这……可能还要些时间。"林七夜挠了挠头，"毕竟我现在还在集训营里，也接触不到其他的神秘。"

林七夜之前就看过了，院长室下面的那些牢房，只能收押来自神话或者传说的神秘，被他杀死的人类灵魂，是不会被吸收进来的，更别说变成护工了。

李毅飞的眼中瞬间失去了对生活的希望。

林七夜将他从地上扶起来，说道："没事，去准备午餐吧……我去跟梅林聊聊。"

153

活动室的折叠床上，梅林缓缓睁开了双眼。神用镇静剂的效用似乎和人间的不太一样，在梅林身上持续的时间很短，不过能有效压制他的"疯狂"状态。现在，梅林的眼中已经没有了浑浊与迷茫。他坐起身，转头向一旁的小桌看去，只见穿着白大褂的林七夜正坐在那儿，手中握着一盏玻璃杯，对着梅林微微一笑："晚上好，梅林阁下。"

"晚上好，林院长。"梅林下床，走到了林七夜对面的椅子上坐下，注视着林七夜，扬了扬眉毛，"看来，你身边的危局已经解开了。"

林七夜诧异开口："您又看出来了？"

梅林笑了笑，没有说话。

"那您再看看，我未来的这段时间，运势怎么样？"

梅林深邃的目光微微闪烁，他摇了摇头："未来不好说，但至少最近几天你的运势还不错。"

林七夜点点头，犹豫片刻之后，继续问道："梅林阁下，对刚刚发生的事情，你还记得多少？"

"刚刚的事情？"

"您睡醒之前的事情。"

梅林沉吟一阵，有些不确定地开口："我记得，我似乎在房里想事情，然后……就记不清了。"

林七夜点了点头，心中若有所思，也就是说，在梅林失控变成粉色海星的时候，他自身的意识是昏迷状态……嗯？不对啊。那么在他变成海星，满院子跑着要抓水母的时候，是什么在支配他的身体？第二人格，还是潜意识？不过……梅林这个德高望重的智者，真的会有这么离谱的潜意识吗？而且在他变成海星之后，喊出的名字也都十分奇怪，海绵宝宝？章鱼哥？痞老板？正常人类真的会喊出这么奇怪的名字吗，还是说……在某些地方，真的有这些人存在？那控制梅林身体的那个意识，又是怎么知道的呢？

林七夜摇了摇头，抛去脑海中纷杂的思绪，从白大褂的口袋里掏出几粒药片，摆在桌上。

"这是……？"梅林的眼中浮现出疑惑。

"药物。"林七夜平静地说道，"或许会对您的情况有些帮助。"

梅林摇了摇头："我说过，我没有病。"

"可事实是，你确实有。"林七夜用不容置疑的语气说道，他将手中盛满水的玻璃杯推到梅林的面前，"梅林阁下，请您先吃下这些药物，我们再继续下面的环节。"

这些药物都是精神病院的那位医生给顾教官配的同款，在诸神精神病院的药房中，都能很轻易地找到神用版本，顾教官用实践证明这种药物对他的病症十分有效。

梅林皱眉望着林七夜，似乎在思索着什么，片刻之后，无奈地叹了口气，将桌上的药物一口吞下。"现在，可以了吗？"梅林摊手。

林七夜瞥了眼梅林头顶的治疗进度条，依然停留在0的位置。不过这也并不奇怪，他才刚刚服下药物，哪有立马就能见效的道理。

"梅林阁下，我这次来，是想和您探讨一些事情。"

"哦？"梅林似乎有些诧异。

"关于您之前说的'真实世界'，我有了一些其他的看法。"

听到"真实世界"四个字，梅林的表情明显激动了起来，眼中绽放出不一样的神采。

"什么看法？"

林七夜深吸一口气："我觉得，我们所在的世界，就是'真实'的。"

梅林好奇地问道："为什么？"

"因为我觉得它是真实的，它就是真实的。"

梅林的眉头微微皱起，摇了摇头："你这是唯心。"

"唯心又怎样？"林七夜笑了笑，"这个世界上，生活着我的亲人、我的朋友，生活着无数有血有肉的人，就算这个世界是假的，那就代表他们都是假的了吗？难道世界是假的，他们的性命与悲欢就不再重要了吗？要是有一天，你杀死了一座城市的人，看着狼藉的大地与悲鸣的众生，还有自己惨死的家人，你能安慰自己说'他们不过是虚假的，死了也无所谓吗'？"

林七夜站起身，盯着梅林的眼睛，一字一顿地开口："世界的真实与否，本身就是一个唯心的问题，你觉得它是真的，那它就是真的，你觉得它是假的……那就算它是真的，又能怎么样？"

梅林怔怔地望着林七夜，沉默不语。

"你想追求真实，这是你作为求知者的本能，但我觉得，这不该是你的全部。就算找到了真实世界，也不代表你就属于那里，就算找不到真实世界，你还有我们，还有这片属于我们的、广阔的世界。你把自己逼迫得太紧了，梅林阁下。"林七夜说完，见梅林已经完全陷入沉思之后，便悄无声息地走出房间，在走廊上深吸一口气。"不得不说，给顾教官治病的这位医生，属实有些道行啊。这可不像是一般人能说出来的话，下次遇到顾教官，得让他给个联系方式才行。"林七夜喃喃自语，转身向走廊外走去。该说的他都已经说了，该喂的药他也都已经喂了，能不能有所效用，就看梅林自己的觉悟。

林七夜刚刚走到院里,正准备开口跟李毅飞嘱咐些什么,一行小字就出现在他的眼前。

梅林治疗进度:2%
已满足奖励获取条件,开始随机抽取梅林的神格能力……

林七夜的眼睛一亮,顿时激动起来。来了来了!它终于来了!熟悉的虚拟转盘再度浮现在林七夜的眼前,而上面刻画的神格能力列表,同样看花了林七夜的眼睛。

火系魔法精通,雷系魔法精通,变形魔法精通,空间魔法精通,智慧之眼,黑魔法精通,深渊魔法精通,预言术,占星术……

同样地,在这张转盘上也有着一块面积不到1%的黑色区域,不知代表着什么。放眼望去,绝大部分是和魔法有关的能力,其他也都是与智慧和预言方向有关,这让林七夜松了口气——至少,不会抽到类似"超凡生育"这样的鸡肋能力。

紧接着,虚拟的转盘飞速旋转起来……

心已经提到了嗓子眼,林七夜紧张地看着眼前的转盘。转盘的旋转速度越发缓慢,指针滑过一块块区域,在林七夜的注视下,最终停留在几个小字之上——

召唤系魔法精通

召唤系魔法?林七夜看到这几个字时直接愣在原地,脑海中浮现出电影里那种一抬手就召唤出一条冰霜巨龙的震撼画面,血压一下就上去了。跟只能精神感知的"凡尘神域"和只能覆盖在周身的"至暗侵蚀"比,这个似乎更加具备视觉冲击力啊……

林七夜伸出手,这几个小字便化作白光飞入他的体内。

召唤系魔法精通
获得法师梅林的全部召唤系魔法知识,将自身改造为"召唤系魔法"超亲和体质,施法吟唱时间缩减50%,施法所需材料缩减50%,施法所需精神力缩减50%,施法难度缩减50%。

看到这些小字的瞬间，林七夜只觉得有无数知识疯狂地涌入他的脑海，同时那抹白光也在迅速地改造他的身体，似乎没有什么变化，但似乎又和以前不一样了。

过了半分钟，林七夜缓过神，揉了揉胀痛的太阳穴，喃喃自语："召唤系魔法……这就是召唤系魔法吗……"

在他脑海的知识中，将召唤系魔法大致分为三类——次元召唤魔法、指定召唤魔法以及随机召唤魔法。所谓次元召唤魔法，就是通过献祭大量有价值的祭品，将自身灵魂送往另外一个位面，与某些生物签订契约，等到回归现实世界之后，通过展开魔法阵就能召唤；指定召唤魔法，就是在现实世界接触过某种存在，并获取他们的同意之后，可以在其他地方对其进行召唤，比如人类、物品等，但是如果召唤对象是人，将会消耗大量精神力，而且如果距离过远，就无法进行召唤，因此更适用于已有物品的召唤；而随机召唤魔法，顾名思义，谁也不知道你会召唤出什么，施法的媒介也十分简单，一块石子、一根木头、一枚硬币都可以，有可能用一片树叶召唤出冰霜巨龙，也可能献祭了一件神器召唤出一只老母鸡……

林七夜细细感知完整个召唤魔法的体系之后，幽幽叹了口气。三种召唤方式中，前两个较为靠谱，但后者的召唤存在诸多限制，前者想要前往另外一个位面需要大量有价值的祭品——什么叫有价值的祭品？什么叫大量？没底！或许……神话生物的尸体可以用来献祭？

林七夜摇了摇头，放平心态，将意识抽离了精神病院，回到了现实世界之中。

月明星稀，林七夜在床上缓缓睁开双眸，看了眼隔壁床睡得像死猪一样的百里胖胖，犹豫片刻之后，坐起身子。不管怎么说，魔法毕竟是魔法，对林七夜这种从小在城市生活的孩子来说，这两个字似乎总有一种别样的魅力。反正都会魔法了，他不如先试试？他悄然下床，捡起自己的一只拖鞋……沉吟片刻之后，他又将拖鞋放回去，反手拿起了百里胖胖的拖鞋。既然次元召唤和指定召唤都不能用，他只试试随机召唤。不过随机召唤虽然是随机的，但召唤出来的东西极少有厉害的，一般是没用的废品。虽然确实有极低的概率召唤出龙啊妖啊，但林七夜从来不觉得这种离谱的事情会轮上自己。

林七夜将拖鞋摆在桌上，用手指蘸了些水，开始在拖鞋周围绘起魔法阵。随机召唤就是这样，简单得像儿戏，不讲究材料，不讲究精准，就是一股冥冥中的缘分。四五秒之后，林七夜把魔法阵画完，将精神力注入其中，拖鞋周围的水痕便浮现出淡淡的蓝光。

"嗖——"魔法阵中间的拖鞋突然消失，仿佛从未出现过一般。林七夜死死地盯着法阵，过了半晌，依然什么都没有出现，空空如也。嗯？不是随机召唤吗？我召唤出的东西呢？就在林七夜疑惑的时候，些许熟悉的声音浮现在他的耳边——"嗡嗡嗡嗡嗡……"

"蚊……蚊子？"林七夜的精神力扫过，确实在半空中发现一只蚊子，整个人都傻了。现在是五月份，按理说没到出现蚊子的季节，但在林七夜召唤系魔法的"伟力"下，它出现了……这只蚊子在半空中飞了半圈，晃到熟睡的百里胖胖大腿上狠狠地嘬了一口！百里胖胖哼哼两声，伸手挠了挠腿，翻个身睡了过去。林七夜摸了摸下巴，这魔法……有点意思啊……于是，他悄悄地伸出罪恶的小手，继续向百里胖胖周围的东西摸去……

　　第二天一早，百里胖胖悠悠醒来，茫然地看了会儿天花板，突然觉得手脚有点痒，低头一看："怎么这么多包？有蚊子？！"他看着手上、脚上加起来二十多个包，震惊开口，然后转头看向林七夜："七夜，咱这房里有蚊子，而且我估计不止一只，你被咬了吗？"

　　林七夜老实巴交地摇头："没有。"

　　"奇了怪了……"百里胖胖挠了挠头，起身准备下床，又是一愣，"嗯？我拖鞋呢？"

　　他四下张望一圈，小小的眼睛里是大大的疑惑："奇怪，两只拖鞋都不见了……难道在床底？"

　　听到"床底"二字，林七夜嘴角微不可察地一抽。

　　百里胖胖俯下身，看向床底，整个人直接呆在了原地。半晌之后，他难以置信地伸出手，从床下掏出了一大堆东西……

　　"挖耳勺、树皮、电灯泡、'我妻善逸'手办限定版、一盒炒饭，还有……丝袜？！"百里胖胖呆呆地看着手中的丝袜，迟疑许久，缓缓抬起头，看向林七夜："七夜，这些……"

　　"不知道，反正不是我的。"林七夜笃定地摇头，"我怎么可能会有丝袜？"

　　"可是……"

　　林七夜沉吟片刻："这可能是曹渊的。"

| 第八篇 |

狂欢演习

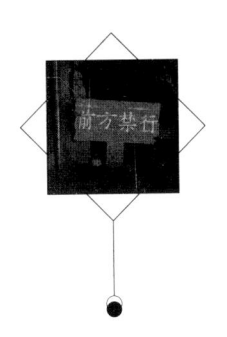

155

"喂,你这是什么眼神?"食堂,曹渊如同往常一样默默地吃着自己的包子,但又隐隐觉得浑身不自在,转头看去,才发现百里胖胖正直勾勾地盯着他。

"曹渊。"百里胖胖认真地说道,"我真的没想到,你表面上老实巴交的,居然有这种癖好……"

曹渊一愣:"你在说啥?"

"你有自己的爱好,这没什么,但是……"百里胖胖摆出一副痛心疾首的表情,"你为什么要把东西藏在我这儿?我堂堂百里……呃……百里普通家庭的独生子,要是传出去被人误会,我……我……我还怎么面对那些,倾心于我的漂亮姐姐呢?"

曹渊:"……?"

"你到底想说什么?"曹渊皱眉。

"咳咳……"林七夜轻咳两声,反手把包子塞到了百里胖胖的嘴里,"不重要,吃饭,吃饭……"

曹渊狐疑地挠了挠头,片刻之后,似乎想起了什么,说道:"我听说,在我们结业离开集训营之前,还有场考核。"

"考核?"百里胖胖一愣。

"没错,我们不是还有两三个月就要结业了吗?据说每年在结业之前,教官们会给出一张得分表,将所有新兵进行排名。"

"类似于期末考试的排名……"林七夜沉吟片刻,"这排名有什么用?取消一部分排名太低的新兵进入守夜人的资格?"

"这倒不会,一般情况下,集训营是不会淘汰新兵的,我只知道这个排名好像是用来决定每个人结业后的去向,具体的我也不清楚。"曹渊摇了摇头。

"结业后的去向，啥意思？"百里胖胖茫然开口。

"就是新兵结业后被分配到哪个守夜人小队。"林七夜解释道，"这座集训营里的新兵结业后都会被调入不同地区的守夜人队伍，成为补充的新鲜血液。毕竟每年的神秘清剿过程中，总会有一些原本的守夜人队员牺牲。因为不同地区的重要程度不同，驻守的守夜人要求也不同，而这个排名或许就是根据个人潜力与资质调整去向的依据。排名低的被调去人口密度较低的三线城市，排名高的则去一些重点地区，比如上京市、淮海市，甚至可能被调入特殊小队。"

百里胖胖恍然大悟："原来我们还包分配？"

"不然呢？集训结束之后各回各家？"

"我觉得挺好。"

曹渊翻了白眼："不过我听说一般来说特殊小队是不向外招人的，因为特殊小队的成员大部分是从小队建立开始就在队伍中，相互之间已经拥有了绝对的默契和信任，贸然塞入新的成员，很可能会适得其反。除非那个新人的潜力特别强劲，或者小队自身队员的损失已经十分严重，无法再支撑他们继续正常的清剿行动，才会对外招人。"

"等等！"百里胖胖突然意识到了什么，"那岂不是说，从这里结业之后，我们所有人都必须要分开了？"

曹渊缓缓点头："是的……"

"那……那……那我能不能申请，跟七夜去一支队伍？"百里胖胖挠了挠头，哭丧着脸说道，"万一我被分配到了哪个山沟里，一辈子都出不来咋办？"

"你堂堂百里家族的继承人，谁敢把你分配到山沟里？"曹渊无奈地开口，"除非特殊情况，否则极少会有一个地方同时招收两位新兵。再说了，以林七夜双神代理人的身份，很可能会被某支特殊小队直接抢走，或者被调入上京市守夜人小队，你是进不去的，就死了这条心吧。"

百里胖胖："……"

林七夜沉默片刻，缓缓开口："其实，我并不是很想去什么特殊小队，或者上京市，如果可以的话，我还是想留在沧南……"

曹渊耸了耸肩："我倒是去哪儿都无所谓。"

"那我的话……"百里胖胖眼睛一亮，"我可以回广深啊！在自己的地盘当守夜人，简直不要太爽！"

"……"

"对了，这个排名，到底是怎么排的？考试吗？"林七夜疑惑地问道。

"听说这个排名的依据比较复杂，涉及我们所有的训练项目，比如体能训练、极限训练、理论考试、战术论文、我们手上的 ACE 精神力训练装置适应性、射击、近战……"

"理论考试？"百里胖胖虎躯一震，"完了完了……"

"射击……"林七夜抚额。

"除了这些，好像还有一项'隐藏分数'。"曹渊有些不确定地说道。

"隐藏分数？是什么？"

"我也不知道，不过在排名的算法里，似乎占比不低。"

林七夜若有所思地点了点头。

"算了，走一步看一步吧……"

集训营，后山——

三架黑色的武装运输机从云层间缓缓降落，席卷的狂风在停机坪上肆虐，一众教官站在停机坪的周围，衣角被吹得翻飞。站在最前面的袁罡眯起眼睛，注视着这缓缓降落的三架运输机，不知在想些什么。三架运输机停稳后，后舱门缓缓打开，一个个全副武装的作战人员从舱内跳出。他们出来之后，三座巨大的黑色立方体被锁在运输车上，稳稳地从舱门内驶出。其中一位作战人员一路跑到袁罡的面前，敬了个标准的军礼。

"报告！三只被俘获的'川'境神秘已送达！请指示！"

袁罡微微点头，迈步走到其中一座黑色立方体的旁边，伸出手指在立方体侧面的小键盘上输入了十二位密码，片刻之后，一声轻响从键盘内传出。黑色立方体微微一震，顶端逐渐打开，白色的寒气顺着缝隙涌入外界，在这黑色立方体的内部，一个脸上遍布蛛纹的男孩瞪大了双眼，被冰封在其中。

"很好。"袁罡的嘴角微微上扬，转身看向其他教官，平静地开口，"都准备一下，新兵蛋子们的'狂欢日'，马上就要开始了……"

156

清晨，一缕朝阳穿过窗户，轻轻洒在少年的脸上，林七夜的眼皮微颤，缓缓睁开了双眼。

他看到窗外的那一缕阳光，先是一愣，然后从床上坐起，看了眼还在床上睡得像是死猪的百里胖胖，眼中浮现出些许疑惑。

"五点半了……"林七夜瞥了眼时间，眼中的疑惑之色更浓了。哨声呢？一般来说，凌晨五点左右教官就会在外面吹哨，他们匆匆忙忙地跑去训练场集合。等到晨训结束之后，他们回来洗漱……要是哪天教官丧心病狂，凌晨两三点就吹哨也不是不可能。可今天……已经凌晨五点半了，怎么还是一点动静都没有？难不成今天教官心情不错，想让他们多睡会儿？一个又一个的疑问在林七夜的心头浮现。现在倒回去再睡肯定是睡不着了，既然睡不着，林七夜索性下了床，拿着洗漱用具和脸盆，悄然推门走了出去。走廊外，同样寂静一片。

等林七夜走到公共洗漱池所在的地方，才看到了其他几个身影——特种兵郑钟、曹渊，还有两个古武世家的传人，林七夜记得他们一个叫莫澜，一个叫李少光。

"七夜，你也醒了？"曹渊见林七夜来了，开口道。

林七夜"嗯"了一声，疑惑地看了眼训练场的方向："就是不知道为什么教官还没有吹哨……"

"难得有个悠闲的早上也不错。"李少光用毛巾擦了擦脸，笑道。

"早起习惯了，突然闲下来，还真有些不适应。"曹渊耸了耸肩。

郑钟点头表示赞同，抱着脸盆走到围栏边，遥望着这片寂静的集训营，眉头微微皱起："但是我总感觉……不太对劲。"

"没什么不对劲的。"莫澜甩了甩手上的水，平静地向房间走去，"教官不吹哨，我就自己练枪，要是什么事都要别人监督，永远也成不了强者。"

看着莫澜的身影逐渐离去，林七夜摇了摇头，抛去脑海中纷乱的思绪，洗漱起来。没多久他就回到房间里，犹豫片刻之后，回到床上打坐冥想。

时间一分一秒地过去，窗外的阳光越发刺眼，走廊外交流的声音似乎也多了起来，林七夜睁眼看了下时间——早上七点半。七点半还不吹哨？林七夜的眉头微微皱起，如果说五点半的时候不吹哨，有可能是教官们良心发现了，那现在还不吹哨的话……多半是这座集训营里，发生了一些他们所不知道的变化。

对面，百里胖胖依然躺在床上，四仰八叉，睡姿十分安详。林七夜嘴角微微抽搐，抄起自己的拖鞋，一鞋底呼在他的脸上。"啪——"拖鞋直接和百里胖胖的脸颊来了个亲密接触，然后缓缓滑落，只留下一个红色的印痕挂在脸上，百里胖胖哼唧了两声，轻微的鼾声继续响起。

林七夜："……"

林七夜走到百里胖胖的床边，一边晃着他的身体，一边沉声说道："醒醒，起来干饭了！"

百里胖胖翻了个身，就像是没听到声音一样继续睡了过去。林七夜眉头微微皱起，隐约有种不祥的预感。犹豫片刻之后，他抓起百里胖胖戴有 ACE 腕表的手腕，强行向腕表注入大量的精神力，紧接着百里胖胖的身体猛地一抽，来了个鲤鱼打挺从床上跃起，翻两个跟头……然后重重地倒在床上，继续沉睡。这时候，林七夜的脸色已经完全变了。一个人再怎么能睡，也不至于能边睡觉边连做两个后空翻吧？他用精神力扫过百里胖胖全身，没有发现丝毫的异常，呼吸也十分均匀，仿佛真的是在沉睡一般。

"这是……精神类的陷阱？"他喃喃自语。

林七夜站起身，大步推门而出，此时的走廊上已经站了十几个人，凑在一起激烈地讨论着什么。

"林七夜！"见到林七夜出现，在人群中皱眉的沈青竹眼睛一亮，快步走上前来。

"怎么回事？"林七夜问道。

"很奇怪。"沈青竹的眉头紧紧皱在一起，语气罕见地严肃起来，"邓伟他们一直在沉睡，不管怎么叫也叫不醒，看起来像是陷入了某种精神陷阱……"

"他也是？"林七夜的心里"咯噔"一下。

"不光是他，我们这栋宿舍楼里，70%的人都陷入了这种状态。"

"教官们呢？"

沈青竹摇了摇头："早就有人去找了，但最诡异的地方就在这里，整个集训营，空了……"

"空了？！"林七夜瞪大了眼睛。

"教官、后勤，甚至食堂里面打饭的老大爷，全都不见了。"沈青竹的眼中满是凝重，"现在，整个集训营里，只剩下我们这些新兵。"

"有打斗的痕迹吗？"

沈青竹一愣："没有。"

林七夜低头沉思起来："原来如此……"

"你想到了什么？"

"如果我没猜错，这应该是一种'演习'，或者'考验'。"林七夜原本忐忑的心情安稳下来，平静地说道，"教官们和其他人集体消失，又没有丝毫战斗痕迹，这只能说明他们是主动撤走的，而且动作十分隐蔽。"

"你是说……"沈青竹似乎也意识到了什么。

"教官们是什么人？那都是'川'境以上的强者，袁罡首长更是'海'境，这样的阵容，怎么可能被人毫无声息地抹去？现在他们集体消失，只是想营造一种氛围，一种只剩下我们这些新兵孤立无援的氛围。我猜，他们此刻正用某种手段观察着我们的一举一动。"

"他们又玩我们？"沈青竹的脸上浮现出一抹怒意，"那邓伟他们呢？他们是怎么回事？"

"现在还不清楚，但可以肯定的是他们暂时没有生命危险，或许……"林七夜的眼睛微微眯起，"这就是教官们留给我们的考验？"

"去他的考验！"沈青竹破口大骂，似乎想起了什么，转过身对着走廊尽头的监控……猛地竖起一根中指！

157

集训营外——

洪教官看着屏幕上这根中指无奈地叹了口气，然后低头看手中的评分表，默默地在"沈青竹"三个字的旁边，写下了"－1"。"性格暴躁，意气用事，扣一分理所当然。"他喃喃自语。

"洪教官，将三只'川'境的神秘丢在集训营里，没事吗？"韩栗教官忍不住走过来，"新兵里境界最高的也就是'池'境，出现伤亡怎么办？"

洪教官嘴角微微上扬："放心吧，这也算是我们集训营每届的传统项目之一，这三只神秘都已经被施加枷锁，实力减弱不少，而且真到关键时刻，我们也能远程掌控它们的生死。再说，营里还藏着一些人员，也就是'气氛组'，关键时候也能出手，不会出事的。"

"气氛组？"韩栗教官茫然，"为什么叫这个名字？"

"到时候你就知道了。"洪教官神秘一笑。

营内——

林七夜站在床边，用精神力扫过邓伟的身体，点了点头。

"和百里胖胖一样，都是沉睡状态。"

"是禁墟？"

"应该是。"林七夜走到走廊上，眼中浮现出些许疑惑，"不过……为什么他们陷入了沉睡，但我们没有……"

此时整栋宿舍楼里还醒着的新兵都被集中到一起，有三十多个人，毕竟林七夜是双神代理人，又是"星辰"勋章的持有者，在这种情况下，他或许是唯一有资格令众人信服的那个人。林七夜余光扫过人群，早上见到的曹渊、郑钟和李少光也在其中……等等！

林七夜似乎想到了什么，突然开口："你们……都是几点起的？"

众人一愣，曹渊率先开口："我是五点二十，起了之后去洗漱，就碰到你了。"

"我大概五点二十二。"李少光迟疑地回答。

"我五点四十多。"沈青竹道。

"五点十六。"

"五点五十。"

"五点五十四。"

…………

在场的三十多个人轮流说了自己醒来的时间，林七夜的眼睛越来越亮，心中浮现出一个猜想。"如果我没猜错的话，这应该和我们醒来的时间有关。"林七夜长叹一口气，"在场的所有人里，没有一个是六点之后起的。六点钟很有可能是一个时间节点，六点前没有醒来的人，精神力都被拖入某个地方，一直沉睡下去……"

众人的眉头纷纷皱起。

"这也是教官干的？"沈青竹问道。

"不知道，但是这种'睡懒觉的都没好下场'的作风，很像教官们能做出来的事情。"林七夜摇了摇头。

"那我们现在怎么办？"

林七夜沉思起来，如果说这一切都是教官们给他们的"演习"，那完成这场"演习"的标准，究竟是什么？唤醒其他人？可如果那处精神陷阱是教官直接出手缔造的，他们又该怎么解除呢？或者，将其他新兵拖入梦境中的，不是教官，而是别的什么东西？

想到这儿，林七夜突然问道："莫澜呢？"

今天早上他去洗漱的时候，莫澜早就起了，为什么现在的这三十多个人里却没有他的身影？

"不知道，早上洗漱完了之后，就没看到他。"李少光摇头。

"会不会是去练枪了？"曹渊说道。

"他五点半就去了，练这么久，发现营里还是一点动静都没有，不会觉得奇怪吗？"林七夜转头看向训练场的方向，寂静的天空下，整个集训营里似乎散发着诡异的气息。

曹渊听出了他的弦外之音："你是说……这座营里，除了我们之外，还有敌人？"

"不排除这个可能，否则这次的演习就毫无意义。"

"那我们现在该怎么做？"

"有人有精神攻击方面的禁墟吗？"林七夜沉吟片刻，开口问道。

众人沉寂两秒，纷纷摇头。

"我知道谁有。"李少光突然开口，"有一个女生，叫张小小，她的禁墟就是精神方面的。"

"女生……"林七夜转头看向沈青竹："对了，其他两栋宿舍楼的情况怎么样？"

集训营内的新兵宿舍一共有三栋，林七夜他们所在的就是一栋，对面还有个二栋，而女生都统一住在三栋，位于一栋、二栋的侧面。

"二栋的人也注意到了不对劲，似乎已经开始搜索集训营的其他地方了，不过女生居住的三栋好像一直没有什么动静。"

"没动静？她们没有人醒着吗？"

"不是，总之……感觉女生宿舍的氛围很奇怪，你自己看看就知道了。"沈青竹耸了耸肩。

林七夜穿过走廊，来到宿舍楼东面的回廊中，目光落向眼前的三栋，眉头微微皱起——三栋孤零零地坐落在那里，所有的门窗都紧紧关闭，阳光洒落在窗户的表面，没有丝毫的光线反射而出，像是深渊般吞噬着周围的光线。平日里，如果站在这里，能清晰听到三栋传来的女生嬉闹声，此刻……却死寂一片。

"三栋肯定出事了。"林七夜脸色微沉，笃定地说道。

他转过身，思索片刻，快速吩咐道："留下几个人守着这栋楼，其他人跟我一起，去仓库取武器，然后去看看三栋到底发生了什么。"

"好。"

经过短暂交流，最终决定留守一栋的人选，剩下的人跟着林七夜飞快地跑向仓库。仓库离宿舍区的位置不近，他们穿过大半个集训营才来到仓库门口，这一路跑来正如沈青竹所说，整个营里空荡荡的，一个人影都没有。林七夜等人站在仓库的门口，身后的沈青竹嘴巴轻轻嚼动，然后吐出一个口香糖泡泡，飘到了仓库的金属门门口。"啪——"他轻轻打了个响指，口香糖内的空气便轰然爆开，直接炸飞了两扇金属门，滚滚烟尘四起。众人迅速走进仓库里，拿着自己的武器，转身走出。

就在这时，几道凄厉的尖叫声从远处传来，响彻云霄。

"啊啊啊啊啊——！！！"

林七夜等人脸色骤变，齐齐看向声音传来的方向。

"那是……食堂？"沈青竹眉头皱起，转头看向林七夜，"我们去哪边？"

"先去惨叫发出的地方！"林七夜只是犹豫片刻就做出了选择。

三栋距离他们现在的位置较远，而食堂就在仓库隔壁，三栋的情况虽然很诡异，但内部具体的状态还不清楚，既然食堂都传来惨叫声了，就必然有变数，现在当然是以救人为主要目的。众人飞速赶到食堂的门口，原本这个时候食堂应该已经准备好了早餐，香气四溢，但今天的食堂依然死寂一片，不仅没有香气，空气之中反而飘散着淡淡的血腥味……闻到这个味道，众人的脸色瞬间就变了。

"不是说只是演习吗？为什么……"沈青竹的脸色微沉。

林七夜没有说话，只是皱了皱眉，走到门前。原本拴在食堂大门把手上的铁锁已经被斩断，门也有开动过的痕迹，可以看出在林七夜他们之前已经有人来过这里，并斩断铁锁进入其中……不出意外的话，刚刚的惨叫声就是从这里发出的。林七夜没有贸然开门，而是用精神力扫过门后，将小半个食堂探察得清清楚楚。

"这是……"林七夜看到食堂内的景象，眉头紧紧皱在一起。

他上前半步，伸手推开食堂的大门。看到食堂内部的景象，他身后的众人先是一愣，然后难以置信地瞪大了眼睛——空旷无人的食堂中，不知何时已经遍布蛛网，一团团粗壮的蛛丝相互交错、糅合，编织成令人头皮发麻的白色大网，几乎笼罩了食堂大厅的每一个角落。昏暗的食堂中，这一张张狰狞的蛛网，就像是张开血盆大口的嗜血诡兽，对着林七夜等人露出獠牙。

众人震惊地看着眼前这一幕，半响之后才缓过神来。

"蜘蛛窝？"人群中的李少光惊骇开口，"怎么可能这么大？"

"这不是普通的蜘蛛，应该是某种与蜘蛛有关的……神秘。"林七夜缓缓开口，目光落在蛛网的某处，微凝。"看那里。"他伸手指向某个地方。在其中一团蛛网的中央，黏附着一个血肉模糊的身影。那是一个四肢扭曲的男人，一道恐怖的伤痕从他的胸膛一直划到下腹，几乎将他整个人剖开，身体里的内脏已然消失不见。他惊恐的双眸虽然已经没有生机，但依然死死地盯着某处，仿佛那里曾有着什么极其恐怖的东西，表情狰狞，像是在死前经历过极端的痛苦。

"王利？！"林七夜身后有人惊呼，"是住在二栋的王利？！怎么会这样……"

不光是他，这里绝大部分人都认识惨死在蛛丝上的男人。因为说话幽默风趣，他在营里结交的朋友不少，就算和他不熟，也认识他这个人。

"不是说只是演习吗？王利他怎么会……"

"太惨了，他究竟经历了什么？"

"这不是演习！这里真的有强大的神秘！该死！教官们都去哪儿了？！"

看到王利惨死，众人的心态纷纷开始变化，原本还算冷静的他们瞬间就炸了窝，就连沈青竹和曹渊二人的脸色都难看起来。

"安静！"林七夜突然开口，目光缓缓扫过周围，"从王利惨叫，到我们出现在这里，中间绝对不超过两分钟，算上捕食的时间……那只神秘，很有可能还藏在这里！"

听到这句话，众人一阵头皮发麻，好在也是经历过严苛训练的，马上就稳住心神，警惕地环顾四周，但眼神中还是有着些许紧张与惶恐。这里的绝大部分人到现在为止都没有亲眼见过神秘的存在，更别提与它们交手，现在突然见到了这幅情景，会紧张也是情理之中。

林七夜从黑匣中抽出星辰刀，一抹夜色以他为中心缓缓扩散，在众人都紧张地留在原地时，他悄然迈出脚步，向着遍布蛛网的食堂内走去。

"七夜……"曹渊见林七夜就这么走进食堂，眉头微皱，眼中浮现出一抹担忧。

"没事，我心里有数。"林七夜压低了声音回答。

他的精神力仔细扫过周围的每一寸空间，在突破进入"池"境之后，他的"凡尘神域"感知范围已经达到百米，足以覆盖小半个食堂。就算那只神秘突然出现，在"星夜舞者"的加持下，他也能迅速地做出反应。曹渊犹豫片刻，脱去外套，反手将刀背在身后，同样进入食堂中。沈青竹见此，皱了皱眉，随后也跟了进去。

连续三人进入食堂之后，有些人鼓起勇气准备进入食堂，就在这时，林七夜的声音传来："其他人不要进来，进来的人越多，触动蛛丝的可能性越大，反而容易使我们陷入危险。"

听到这句话，那些原本准备进入食堂的人便停下了脚步。

昏暗寂静的食堂中，三人的身影缓缓向食堂内部挪动。食堂内的蛛丝分布十分密集，林七夜没有触动任何一根蛛丝，时而下蹲，时而跃起，时而侧身……身影灵巧地在诸多蛛丝间穿过，逐渐逼近食堂的核心区域。好在经过长时间的特种训练，再加上ACE腕表时不时引爆的杂技表演，林七夜的身体柔韧性已经远胜从前，此刻像是影视剧里的特工穿过红外线廊道一样，虽然步步惊心，但都有惊无险。突然间，林七夜的精神力扫到了什么，他猛地抬起头，看向右侧上方的天花板——在那里，一只灰白色的巨型蜘蛛正贴在天花板上，与灰白色的墙面仿佛融为一体，若是用肉眼来看，极难分辨它的存在！这只蜘蛛大约2米长，两侧的蛛腿张开，足足有4米宽，似乎是察觉到林七夜已经发现它的存在，灰白色的身体上一只只诡异猩红的复眼突然亮起！几乎同时，林七夜颈间的项链宝石突然绽放出蔚蓝色的光辉，他只觉得脑海有些微微的眩晕，半秒钟内就恢复了正常。

"蔚蓝守护"被激活了？这只蜘蛛会精神攻击？！

林七夜闪电般地做出反应，夜色包裹住他手中的直刀，朝着巨型蜘蛛的方向用力掷出！

159

直刀飞快地破开空气，发出轻微的嗡鸣，精准地刺入了……距离蜘蛛半米开外的空白墙壁上。

林七夜："……"

不光是林七夜身后的曹渊和沈青竹愣住了，就连那只蜘蛛也是一愣——它长这么大，还从来没见过有人的准头能差到这种地步……嗯？难道这个男人的目标……其实不是自己？

林七夜也无语了，他的"至暗神墟"刚刚只展开20米，20米内他能精准地指哪儿打哪儿，但20米开外……只能一切随缘了。偏偏，这只蜘蛛跟他的距离目测都有近40米，他打不中……也可以理解。就在林七夜的刀飞偏了的瞬间，他身后的沈青竹闪电般地抬起手，指节上的黑色戒指迸发出一缕火花，紧接着，清脆的响指声回荡在食堂之中。"轰——"剧烈的爆炸突然绽开，刺目的火光覆盖了那只蜘蛛所在的天花板，破碎的墙面像是雨点般砸落，整个食堂都震了一下。滚滚黑烟之间，一只灰白色的蜘蛛闪电般地冲出，猩红的复眼散发出诡异的光辉。

"'川'境的神秘……"林七夜敏锐地感知到蜘蛛身上散发的恐怖气息，眉头紧紧皱起。林七夜紧握手中的另外一柄星辰刀，周围的夜色再度扩张，双眸紧盯着速度奇快的蜘蛛，绷紧了身上每一块肌肉。曹渊也目光凝重地伸出手，准备握住背后的刀柄，解放"黑王斩灭"。

在所有人紧张的注视下，那只灰白色的蜘蛛突然在半空中来了个急转弯，猛地撞碎身侧的窗户，身形一晃，便消失在众人的视野之中。

众人："……？"

林七夜三人在原地呆了两秒，才缓缓回过神来。那个杀气腾腾的"川"境大蜘蛛……跑了？嗯？！林七夜狐疑地看了眼被吃得血肉模糊的王利尸体，又看了眼被蜘蛛逃跑撞碎的窗户，陷入了沉思。奇怪……这只蜘蛛，不应该是个杀人不眨眼，以吃人为乐的凶悍怪物吗？在双方实力差距如此巨大的情况下，它为什么要跑？就在林七夜思考的时候，曹渊松了一口气，放下准备握刀的手。

"它跑得太快了，我们根本追不上。"几个试图追杀蜘蛛的新兵跑了回来，喘着大气说道。

沈青竹皱眉看向林七夜："接下来怎么办？"

"奇怪……这不合常理。"林七夜摇了摇头，暂时抛去了心中的疑惑，说道，"那只蜘蛛速度快，实力又强，我们不能再追下去了，还是先按照原计划，回三栋解救里面的人。不过为了防止那只蜘蛛偷袭，还是再多留一些人守着一栋，防止那些陷入沉睡的人毫无反抗能力地被屠杀。"

沈青竹的目光一凝，脑海中浮现出沉睡的邓伟、李贾、李亮三人的身影，片刻之后，主动开口："我回去守着吧。"

"也好，你的实力很强，就算蜘蛛来了，应该也能拖延一阵。"林七夜点点头。

决定战略之后，三人便原路退回门口，带着其他新兵兵分两路，迅速离开食堂。

等到他们走远，寂静的食堂中，两个人影悄然出现在角落之中。

"啧……这蛛童胆子怎么这么小？光是逃跑，怎么能给这群新兵蛋子施加压力？"一人有些无奈地叹了口气。

"好在我们把王利的'尸体'做得足够逼真，唬到了这群新兵，不然咱这氛围感的营造算是彻底失败了。"另一人接着说道。

"不过，那个林七夜的表现确实不错，行事谨慎周密，胆子也大，出手也果断，是个好苗子。"

"这还用你说？人家能被两位神明选作代理人，怎么可能没两把刷子？"

"也是……"

"对了，昏过去的那个王利送走了吗？"

"已经在营外躺着了。"

"那就行，咱这儿已经没啥事了，就看三栋那边的气氛组能不能把活儿干好。"

某条无人的小道上，一只灰白色的蜘蛛正在玩命地爬行，一道白光闪过，原本的蛛身变化成了一个男孩的模样。这男孩看起来不过十一二岁大小，留着一头灰白色的头发，白嫩的小脸上浮现出淡淡的蛛纹，一双红色的瞳孔紧张地环顾四周，那表情委屈得像是要哭出来了一样："啊啊啊啊啊！！怎么办怎么办！那个扔刀子的家伙看起来好凶啊！还有那个打个响指就能爆炸的男人，看眼神像要把我剁成八段！我明明已经很乖了啊！我……我……就想找地方睡个觉，他们干吗要打我！呜呜呜呜……不行，这里太危险了，我要出去！"

蜘蛛男孩掉转方向，正准备跑出集训营，随后像是想到了什么，浑身打了个哆嗦："不，不能跑出去……那群凶神恶煞的教官说了，要是我敢偷偷溜走，就把我宰了吃红烧蛛手……坏人！都是坏人！我该怎么办……他们让我干吗来着？对对对，主要先控制好那些睡觉的人的精神，然后找个地方藏起来……"蜘蛛男孩看了看四周，找了个看起来最不起眼的小仓库躲进去，用蛛丝将这里缔造成一片蛛网的世界之后，安详地躺在了中央。

"这里，他们应该找不到了吧？"它躺在蛛网软床上，喃喃自语，"先看看那群家伙睡得怎么样吧……"

说完，它红色的双瞳绽放出奇异的光芒，在它的视野中，一根根虚拟的精神蛛丝从它的指尖延伸出来，编织在整个集训营的上空，铺成一张大网。而这张大网的末端，一根根蛛丝像是风筝线般连接着远处的新兵宿舍，连接在每一个昏睡的新兵身上。这是一张只有它能看到的遍布整个集训营的精神蛛网。这张网在早上六点的时候，将所有睡梦中的新兵的魂体黏附在蛛丝之上，即便他们的魂体醒来，也无法回到原本的身体之中，因此在外人看来，他们一直是沉睡的状态。

看着那些在蛛丝上挣扎的诸多魂体，蜘蛛男孩懒洋洋地打了个哈欠，突然，目光落在了蛛网某个不起眼的角落，那里躺着一个还在睡梦中的白白胖胖的魂体。其他人的魂体早就醒来，只是不能回到原本的身体之中，但只有这个家伙的魂体是真的一直睡到了现在。

"睡得真香啊，羡慕你……"蜘蛛男孩撑着脑袋，满脸羡慕地说道。

蛛网上，那胖子的魂体懒洋洋地翻个身，双眸在蒙眬之中缓缓睁开……

160

睡梦中，魂体状态的百里胖胖缓缓睁开双眼。他大大地伸了个懒腰，咂了咂嘴，半睡半醒之间，有些疑惑地喃喃自语："今天怎么睡得这么舒服？教官没吹哨？嗯？这是哪儿？"他终于完全清醒了过来，看着自己被黏附在蛛网上的魂体，又看了看周围挣扎的其他新兵魂体，眼中浮现出深深的迷茫……这什么鬼？我怎么会在这儿？他挠了挠头，就算反应再迟钝，现在也意识到了事情不太对。

"精神陷阱？"百里胖胖喃喃自语，随即摇了摇头，"不对，如果是精神陷阱，那'防火墙'应该会自动抵抗才对，这不是攻击类的精神陷阱，这是……"百里胖胖用力拽了拽手，发现根本无法从蛛网上挣脱，就这么飘在半空中，能清晰地看到集训营里往来的新兵，但下方的新兵就像看不到他的存在一样。"能够剥离魂体的精神类禁墟？"百里胖胖有些诧异地开口，"这种禁墟可不多见……不管了，先离开再说。"

他调动精神力，全部集中在右手食指的一枚黑色戒指中。此刻他虽然是魂体状态，身上的衣物全都是虚影，"自由空间"这样的禁物更加不会出现在他的身上，但偏偏这枚戒指就像是长在了他的魂体上一样，完全不受限制。"既然是魂体，那这东西应该有效。"百里胖胖嘀咕一声，一道黑色的光从他的指尖蹿出，"禁物，'断魂刀'。"他指尖轻摆，黑色的光刃便轻松斩开束缚住他魂体的蛛网，魂体轻飘飘地从蛛丝上落下，随后只觉得一股强大的吸力从肉身的方向传来，便飞速地飘荡过去。

与此同时，躺在仓库蛛网上睡觉的蜘蛛男孩突然惨叫一声："啊！好痛好痛好痛好痛……谁啊？！我就想安安静静地睡个觉，怎么还来打我？"它委屈巴巴地从蛛网上坐起，红色的双瞳再度绽放异彩，看到回归身体的百里胖胖的魂体以及自己被斩下的蛛网一角。"完了完了，这胖子能伤到我的'织魂'。这下糟了，我该怎么办？"蜘蛛男孩愁眉苦脸地坐在蛛丝软床上，苦苦思索许久，用力地甩了甩头，一副破罐子破摔的表情，"不管了不管了，爱怎么样就怎么样吧，继续睡觉！"它"哼"了一声，重新躺回软床上，惬意地闭上了眼睛。

一栋宿舍——

死猪般躺在床上的百里胖胖哼唧两声，悠悠睁开了双眼。他呆呆地注视天花板好几秒之后，猛地从床上坐了起来："有妖怪！"他转头看向林七夜的床，却发现已经空空荡荡，又低头看了眼手上的手表，然后穿上拖鞋，"噔噔噔"地往外面跑去。刚一推开门，他就看到了从食堂回来的沈青竹。

沈青竹看到百里胖胖跑出来，先是一愣，然后张大了嘴巴，震惊地开口："你，你怎么……"

百里胖胖环顾四周，皱眉问道："怎么回事？发生了什么？"

沈青竹没有急着回答百里胖胖的问题，而是先跑了几个宿舍，确定其他人依然沉睡之后，才诧异地打量起百里胖胖："事情是这样……"

沈青竹简单地给百里胖胖讲了下事情的经过，百里胖胖若有所思地点点头："难怪，这么看来，其他昏睡的人应该跟我之前一样，魂体被黏附在那张巨大的蛛网上……"

"他们情况怎么样？"沈青竹有些急切地问道。

"没事，只是被困住了而已，我能救他们。"百里胖胖耸了耸肩说道。

"你能救他们？"沈青竹一喜，"真的假的？"

"小爷我说的话还能有假？"

"怎么救？"

"我自有办法。"百里胖胖很臭屁地笑了笑，从口袋里掏出一个单片眼镜，戴在了鼻梁上。

在这个单片眼镜戴上的瞬间，百里胖胖就清晰地看到半空中一根根虚无的丝线交织在一起组成一张大网，笼罩了整个集训营。这件禁物他在对战"假面"小队的时候用过，禁墟序列315，"真视之眼"，将其戴上之后，一切有形与无形之物都无所遁形，魂体也不例外。

"数量这么多……"百里胖胖嘀咕了一句，胸口的瑶光项链绽放出金光，汇聚成一柄巨大的剑影，托着百里胖胖的身躯御风而起。

沈青竹怔怔地看着百里胖胖飞起的身影，竟然有了一丝丝的仙气。

"有钱真好！"

百里胖胖脚踏瑶光，眼戴"真视之眼"，手持断魂刀，稳稳地悬停在半空，微风拂过他的衣角，带着一丝缥缈出尘的气息。他的嘴角扬起了自信的笑容。断魂刀的黑光掠过天空，精准地斩在一根蛛丝之上，蛛丝应声断开，上面黏附的魂体落下，自动飞回原本的身体之中。瑶光化作的剑影拖着百里胖胖的身体飞舞在半空中，断魂刀黑光接连闪烁，天空中的无形蛛网顿时以惊人的速度崩溃起来……

"啊啊啊啊啊啊啊！！！"仓库里的蜘蛛男孩猛地坐起，抱着脑袋痛苦地尖叫起来，控制不住地在蛛丝软床上打滚，"那个胖子……他在砍我的丝！痛痛痛痛……不行了不行了，我受不了了！我把这些魂体都还给你好了吧？收！"

它向着远方的天空遥遥伸出手掌，遍布在集训营上空的蛛丝顿时飞快消退，撤入蜘蛛男孩的手掌之中。原本黏附在蛛网上的魂体也都纷纷落下，回归自己的肉身。百里胖胖提着断魂刀，诧异地看着向一个方向极速收拢的蛛丝，停下了身形。"哼哼，现在知道小爷我的厉害了吧？"百里胖胖指尖的断魂刀收入戒指中，双手叉腰，得意扬扬地笑了起来。片刻之后，他脸上的笑容逐渐消失，表情严肃起来。他推了推鼻梁上的单片镜，喃喃自语："躲在那里……"

百里胖胖飞回宿舍楼，将浑身的禁物收起，大摇大摆地走到了沈青竹的面前。

"怎么样？"沈青竹问道。

"还能怎么样？当然是全部搞定了！"百里胖胖"嘿嘿"一笑，"而且，我还找到了那东西藏身的地方。"

听到这句话，沈青竹的眼睛一亮："它在哪儿？"

"东边第二个仓库里，不过我怕死，所以准备等你们一起去。"百里胖胖很实诚地说道。

两人说话间，周围的房门纷纷打开，魂体回归肉身的其他新兵也从睡梦中醒来，茫然地走出了房间。

"沈哥，沈哥！"邓伟看到走廊上的沈青竹，急匆匆地跑了过来，"我跟你说，我刚刚做了一个噩梦，梦到我被一只蜘蛛困在天上，怎么挣扎都醒不过来！"

"嗯？"百里胖胖嘴角上扬，笑着问道，"那你还记不记得自己是怎么脱困的？"

邓伟一愣，沉吟片刻之后，有些不确定地开口："我好像记得有只会发光的猪飞上天，然后不知怎的我就回来了。"

百里胖胖："……"

猪上天？小爷我脚踏瑶光，手执断魂刀，救你们于水火，结果在你们的视角看来就是猪上天？！

就在百里胖胖气得咬牙切齿的时候，沈青竹冷哼一声，一巴掌拍在邓伟的后脑勺，冰冷地说道："一群废物，居然就这么被人勾走魂体，以后还当个屁的守夜人，早点回老家种地去吧！"

"沈哥，我……"邓伟委屈地正欲开口，紧接着沈青竹狠狠地瞪了他一眼，只能把话憋了回去。

"现在所有新兵都醒过来了，能够动用的人有一百五十多个，堆也能堆死那只蜘蛛。"百里胖胖满意地说道。

沈青竹沉默片刻，缓缓开口："不是这么算的，那只蜘蛛……是真的会杀人的。"

百里胖胖一愣："你不是说是演习吗？"

"但是确实有人牺牲了，而且死状很惨。"沈青竹的目光中满是凝重，"就算我们有一百五十多个人，但这些人里并不是所有人都会配合我们的行动。而且就算有这么多人，面对一只强大的'川'境神秘，也必然会有所死伤。要想一个办法，既能将蜘蛛干掉，又尽量减少伤亡。"沈青竹低头沉思起来。

百里胖胖诧异地看着沈青竹，在他的印象里，沈青竹一直属于那种无脑暴躁莽夫，没想到真遇上紧急情况，反而比任何人都冷静。不过想想觉得也是，当时和"假面"对抗的时候，沈青竹可是成功地埋伏了整支"假面"小队，这样的人，又怎么可能是真的无脑？

"对了，七夜呢？"百里胖胖疑惑地问道。

"带人去三栋了，他说那栋楼里有神秘。"

"三栋？女寝？"百里胖胖先是一怔，然后瞪大了眼睛，"三栋有神秘？那岂不是说……莫莉有危险？"百里胖胖二话不说，掉头就往三栋的方向跑去。

"等等，你不去杀那只蜘蛛了？"沈青竹见百里胖胖就这么跑了，惊愕地开口。

百里胖胖猛地刹车，犹豫片刻之后，将右手手指上的黑色戒指摘下，抛向沈青竹："你们这儿一百多号人，对付一只蜘蛛应该是够了，这是断魂刀，能斩魂体蛛丝，先借你用，小爷我……要去英雄救美！！"

沈青竹接住黑色戒指，眼看着百里胖胖的身影消失在走廊的尽头，无奈地摇了摇头。

三栋门前——
　　林七夜注视着眼前这座寂静的、诡异的宿舍楼，眉头微微皱起。明明他就站在宿舍门口，"凡尘神域"的精神力感知却丝毫无法察觉到这栋楼的存在，就像是被人屏蔽了一般。这种情况他还是第一次遇见。
　　曹渊走上前，想要推开宿舍的大门，但任凭他用多大的力气，那扇玻璃门都纹丝不动。他皱了皱眉，从背后摘下星辰刀，用刀柄重重地砸在玻璃的表面，几声闷响传出，玻璃门依旧一动不动，就连裂纹都没有一丝。曹渊无奈地将刀背回去，回头看向沉思的林七夜。
　　以他们现在的身体素质，按理说徒手就能打爆这里的玻璃门，现在这种诡异的情况，必然是这栋楼里的某个存在导致的。
　　"这里的空间被隔断了。"就在这时，人群中的李少光突然开口。
　　林七夜转头，疑惑地问道："空间隔断？"
　　"嗯。"李少光点了点头，"我的禁墟与空间有点关系，所以能感知到这栋楼的情况，虽然说它看似在我们的眼前，但从空间的角度来说，它并不在这里。"
　　"那我们该怎么进去？"
　　"我来试试吧。"李少光走上前，从背后取下一柄刀。这柄刀不是守夜人制式的星辰刀，而是好几十年前那种带着红穗的大砍刀，加上李少光本来就有点头秃，远看上去跟凶神恶煞的菜刀队一样。李少光在门前站定，深吸一口气，手中的砍刀骤然挥出——一道刀芒混杂着淡淡的灰光撞在玻璃门上，当那抹灰光绽开的瞬间，一声轻响传出，仿佛有什么东西碎了一角。玻璃门并没有破碎，但李少光双手在其上轻轻一推，便将其打开，露出里面幽暗的走道来。"快进去，我只能斩开这空间的一角，一会儿它就会自动复原。"李少光率先走进楼中，对着其他人说道。
　　林七夜等人迅速走进楼中，片刻之后，那扇玻璃门就诡异地自动关闭，从内部往外看，原本的道路迅速消失，光线暗淡下去，最终变成诡异的深蓝，就仿佛置身于深海之底。
　　"这就是空间……"林七夜走到门边，推了推玻璃门，依然无法推动，这整栋楼就像是被挪移到另外一个地方，禁锢在这一方空间之中。
　　"先上去看看，现在这里究竟是什么情况。"林七夜转身走向楼梯，刚爬半层，女生尖锐的叫声就突兀地从上方响起，回荡在整个楼宇之中。林七夜等人的脸色一沉，相互对视一眼，飞快地朝楼上狂奔而去。

162

就在林七夜等人飞快地跑上二层的楼梯时，看到眼前的景象，他突然停下了脚步。

"怎么了？怎么不走了？"曹渊疑惑地问道。

林七夜怔怔地看着眼前的画面，半晌之后，侧身让开一半的空间，让身后的众人清楚地看到前方。

"这是……什么鬼？"李少光瞪大了眼睛，难以置信地说道。

一般来说，楼梯都是以盘旋的形式向着高层逐渐攀登，在跑完一层的楼梯后就会来到二层，进入二层的楼道，若是转身就能看到前往三层的楼梯。但偏偏在众人爬完了一层的楼梯之后，眼前出现的不是二层的楼道，而是……一间寝室。是的，在爬完最后一阶楼梯之后，他们的面前是一间普普通通的二人间寝室。寝室干净整洁，床上被褥、枕头也摆放得整整齐齐，从桌上摆放的一些护肤品和衣物来看，这两个女生应该在这里生活了很久，但偏偏在这干净的寝室里一个人影也没有。这诡异的一幕，就像是在修建的时候特地将楼梯修到了这间寝室的门口，只要一上楼，就要经过这个寝室。

"难道女寝的设计本来就是这样？"人群中有人狐疑地问道。

他们都是男兵，从来没进过三栋，自然不知道里面是什么模样。

"不可能。"林七夜蹲下身，手指轻轻摩擦着楼梯与寝室相接的地方，两种截然不同的瓷砖碰撞在一起，竟然完美契合，"接口太平整了，虽然集训营的基建狂魔们技艺超群，但是也不可能做到这个地步。这简直就像是有人将两个地方单独切下来拼接在一起的。"

"也是和空间有关？"曹渊皱眉。

"没错，这栋楼里一定有一个擅长空间转移的神秘存在。"林七夜笃定地说道，"如果我没猜错，这栋楼内部的布置已经完全乱套了，就像是一个被人打乱的魔方。"

他站起身径直走进寝室中，将另一头的房门推开——门外不是阳台，而是一条"丁"字形走廊。之所以说是"丁"字形，是因为这是由两截原本连接在一起的走廊错位拼接而成的，就像是在玩家园建造类游戏时一不小心掉错了一截路面的方向，使其与前一截垂直，看起来十分别扭。曹渊走到窗边，窗外看不到任何景色，依然是深蓝一片，用力推了推窗户，纹丝不动。

"这就是神秘的力量？也太诡异了一些……"人群中，有新兵忍不住感叹。由于"丁"字路口的存在，前方出现了两条截然相反的路，众人站在岔口犹豫起来。

"哪边才是上楼的路？"李少光挠了挠头，"要不，我们分头行动？"

"这栋楼里有神秘的存在，这时候分头绝对不是明智的选择。"林七夜摇了摇

- 067 -

头，继续说道，"左边的这条路，通向另外一间宿舍，那间宿舍的后方是厕所，再后方是一截向下的楼梯。而右边这条，穿过两个连续的宿舍之后，就出现了一截向上的楼梯。"

"你能感知到路径？"李少光诧异地开口。

"能，但是存在范围限制，感知不了几个房间。"林七夜平静地说道。

"那我们就该朝右边走？"

"不。"林七夜摇了摇头，伸手指向眼前的这堵墙壁，缓缓开口，"这堵墙的背后，是连续几段向上的台阶，能够让我们直达四层。"

刚进入三栋的时候他就发现自己的精神感知虽然无法从外面穿透进入这栋楼中，但是在楼的内部可以正常使用。这意味着，从外界来看，三栋是被空间隔离的个体，而从内部来看，这里每一个房间只是错位，并不存在空间的隔离。这就说明……楼内的这些墙，都是可以被打破的！

"打破这面墙？"

"嗯，但是要注意，不能伤到这里的建筑结构，空间虽然错乱了，但并不代表这里的承重支柱就没了作用，一旦对结构的损伤太大……这里有可能会塌。"林七夜郑重地说道。

人群中，一个年轻男人走上前，手掌浮现出一抹灰芒："交给我吧！"

他用手掌重重地拍在墙体的表面，灰芒瞬间覆盖墙体，片刻间就将其腐蚀出一个能容三人同时通过的圆形通道，丝毫没有伤到建筑结构。众人进入圆形通道，林七夜等人走在前面，就在队伍刚刚穿过五分之一的时候，异变突生——周围的房间与墙体突然自动移动起来。

"丁"字路的那条直路瞬间被挪走，取而代之的是一间寝室，而墙体后方的那几截向上的楼梯纷纷错位，就像是旋转中的魔方，被移到了其他地方。与此同时，刚刚进入第一截楼梯的林七夜和曹渊等人只觉得周围环境一变，原本左、右两侧的墙壁变成两间空荡荡的寝室，前方的楼梯变成墙体，而后方的走廊也变成一截向下的楼梯。

"怎么回事？"李少光惊异地开口。

"空间再度错乱了。"林七夜的眉头皱起，低头沉思起来，"为什么？是我们破坏墙体的行为导致空间错乱，还是每隔一段时间就会变一次……"

曹渊四下看了一圈，无奈地叹了口气："我们跟其他人分开了。"

"没办法，谁也不知道这里的布置还会再变……"李少光耸了耸肩。

"总之，接下来我们尽量走在一起，不要分开太远。"林七夜平静地说道，"如果藏身在三栋的那只神秘只能做到这个地步，虽然比较麻烦，但其实构不成太大的威胁，它的禁墟更侧重于困敌，并没有什么杀伤力。"

"没错，只要进入三栋的人足够多，突破这里也只是时间问题。"曹渊也想明白了这一点，点头赞同。

"现在的问题是……如果这只神秘只能做到这一步，那刚刚的尖叫又是怎么回事？"林七夜思索片刻，摇了摇头，继续迈步向前方走去。现在想再多也没有用，没有决定性的证据，推理也终究只是推理。三人继续向前，穿过众多拼接房间，走了五六分钟，最终在一扇房门前停下了脚步。

163

"怎么了？"曹渊见林七夜停下脚步，疑惑地问道。

林七夜没有说话，只是轻轻推开了房门，门外是一条狭长的走道，走道的中央躺着一具被腰斩的尸体。那是个女人的尸体，尸体的上半身与下半身完全分离，殷红的鲜血染红周围的地面，血泊中依稀能辨认出她身上穿着的是新兵的制服。

"是我们的人。"李少光的声音有些沙哑，"我认识她，长得很不错，之前我有个战友还说要追她，没想到……"

这是他们今天发现的第二具尸体。

林七夜走到血泊旁，用精神力寸寸扫过她的尸体，沉声开口："身上只有腰部这一处伤口，断面十分平滑，应该是被某种利器一击斩断，上肢的肌肉保持僵硬，当时的氛围应该很紧张，她在戒备着什么，或者说……她在与什么东西对峙。但是，与她对峙的人……不，对峙的神秘实力应该远在她之上，只用了一刀就斩下半身，让她没有丝毫反抗机会。"

一旁的李少光脸色十分难看："不是说那只神秘擅长困敌吗？实力怎么会这么强？"

曹渊沉吟片刻："会不会是那只神秘用了涉及空间的禁墟，直接分割了她的身体？"

"不，如果是空间类的力量，断口不应该是这样，这种伤口只有用武器才砍得出来，难道那只神秘还擅长刀法？"林七夜的眉头微微皱起，目光落在昏暗走道的尽头，缓缓开口，"或者……这里还有第二只神秘存在。"

听到这句话，身后的两人心里顿时"咯噔"一下。

"第二只神秘？"李少光惊呼，"能如此干脆利落地杀死一位'池'境的存在，那它岂不是也得是个'川'境？算上控制空间的那只，这三栋里……有两只'川'境的神秘？！"

林七夜点点头："有这个可能，但现在还不能下结论。"

三人顿时沉默起来。如果是在外界，有两只"川"境的神秘出现，两百多位新兵解决掉它们应该不算困难。但在这样一个被完全封锁的独栋之中，概念就完全不一样了。在这里，算上原本应该住在这儿的五十多个女兵和他们这些刚刚进入的男兵，不过就八十多个人，如果正面对上两只神秘并不是没有胜算。但现在他们已经完全落入对方的节奏中，不仅不知道对方的位置、具体能力，甚至被这空间肆意操纵得各自分散开来。天时、地利、人和，没有一项站在他们这边，赢面太小了。

就在此时，曹渊突然抬起头，皱眉片刻之后，疑惑地问道："你们有没有听到什么声音？"

"声音？"

"就是那种，重物在地上被拖动的声音。"

三人再度安静下来，果然，真有隐约的拖动声从远处传来，紧接着，还有房门被打开、关闭的声音。声音似乎离他们越来越近，开关房门的声音，也越来越清晰。片刻之后，林七夜的精神感知似乎察觉到什么，脸色骤变，双手轻轻放在腰间的刀柄上，眉宇之间满是凝重。

"七夜，你看到什么了？"曹渊察觉到林七夜的异样，问道。

"它来了。"林七夜的声音有些沉重，"是杀死这位女兵的那只神秘。"

李少光的脸色阴晴不定："我们是打，还是跑？"

"先试试它的能力，有机会就杀了它，现在的情况，越是拖下去对我们越是不利。"林七夜镇定地说道。

他说的是实话，现在所有人都被错位的空间隔开，四下分散，若是其他人碰到了这只"川"境的神秘，基本没有活路可言，拖的时间越长，幸存者越少。现在，这里有他，还有曹渊，李少光的实力虽然不是顶尖，但也算中等偏上，三人联手，面对"川"境的神秘，并非没有一战之力。听到林七夜的回答，李少光点点头，将背后的砍刀拿在手中，眼中浮现出昂扬的战意。他们相处的时间虽然不长，但李少光已经对林七夜信服得五体投地，林七夜说要打，他自然不会有意见。而一旁的曹渊只是默默地抱紧了怀中的刀鞘，随时准备将刀拔出。

"嘎吱——"随着拖拽声越来越近，最终，三人所在的廊道前方的门也被打开，一个近两米高的身影缓缓从门后钻出，一只手拖着后方的什么东西，另一只手关上了房门。借着窗外深蓝色的暗光，李少光和曹渊终于看清了这东西的真面目——一个身材极其魁梧的男人，脖子上有一个巨大的血洞，头部已然不见，裸露在外的皮肤在暗光下显现出灰白色，一只手在身后拖着一个造型夸张的斩首大刀。这刀约莫3米长，通体玄色，沉重无比，被这无头男人在地上拖拽，刀背硬生生地在地上的大理石瓷砖上拖出深深的沟壑。无头男，斩首刀，那魁梧的身躯在暗光的笼罩下，缓缓在廊道中靠近，带来一股莫名的压迫感。

"什么鬼东西……"李少光心中有些紧张，忍不住开口吐槽，"它走得也太慢了，照这个速度，完全可以……"

就在他的声音回荡在走廊中的一瞬，那拖着斩首刀的无头男人猛地一脚踏在地面，不再像之前那样慢吞吞地前进，身形以一种肉眼完全无法捕捉的速度狂掠而出，像是一只闻到了血腥味的鲨鱼，杀机毕露！随着大理石地面崩碎四溅，无头男人的身影刹那间便来到李少光的面前！李少光的瞳孔骤然收缩。紧接着，一道刺目的寒光在他的眼前闪过，等到李少光反应过来的时候，那无头男人的身影已经走到了他的背后，鲜血从他的腰部喷涌而出！然后，他只觉得眼前一黑，就什么都看不到了。

眼看着李少光死在自己的眼前，曹渊的瞳孔一缩，伸手就要去握怀中的刀柄，就在这时，林七夜一把抓住他的手腕，另一只手放在嘴前，对他做个噤声的手势。

164

见到林七夜的动作，曹渊深吸了一口气，将手缓缓从刀柄旁移开。那无头男人将李少光腰斩后并没有攻击林七夜二人的意思，而是静静地站在原地，身形微微侧向二人站立的方向，拖着斩首刀，像是在思考。与此同时，一抹极致的黑暗在林七夜的身上扩散，将曹渊也笼罩进去。在这片黑暗中，他们二人的心跳声被林七夜有意识地阻隔，使得其无法传播到黑暗之外。似乎确认身边没有声音传来，无头男人掉转身形，拖着造型夸张的斩首刀，继续缓缓朝着前方挪动。

眼看着无头男人的身影越走越远，林七夜正要松口气，突然，周围的空间再度错乱。周围的环境接连变化，等到一切都稳定下来之后，二人前方的走廊已经变成一间宿舍，而无头男人的身影更是消失不见。林七夜收起"至暗神墟"，松开抓住曹渊手臂的手。曹渊见危机解除，长舒了一口气。

"李少光……"

"放心吧，他没死。"林七夜似乎知道曹渊想说什么，笑着说道。

"没死？"曹渊一愣，"可是他明明被那人一刀……"

"障眼法而已。"林七夜摇了摇头，"在刀即将砍到李少光的那一瞬间，我的精神力感知到有两个人的气息突然出现，瞬间挪移走了李少光，同时复制了一个极为仿真的'李少光'肉体，被一刀斩断。如果我没猜错的话，这些都是教官们的手段。"

曹渊似乎想到了什么："你是说，我们之前在食堂看到的尸体，还有刚刚走廊上的那具女尸，都是假的？"

"对，一开始我也没看出来，如果不是刚刚那一瞬间的交换，我也意识不到这个问题。"

曹渊松了口气，脑海中再度浮现出李少光被瞬间腰斩的情景，眉头又微微皱起："那只神秘的速度太快了，而且出招十分凌厉，正面战斗的话，我们根本不是对手。"

"没错,但是它的弱点也很明显。"

"声音?"经过刚刚那一幕,曹渊也察觉到了这只神秘的异样,它似乎只会攻击范围内发出过声音的物体。"李少光"之所以被腰斩,就是因为在它的面前说了一句话。

"对,但这或许不能说是弱点,应该算是……一种触发机制?"林七夜沉吟片刻,继续说道,"或许,它本身的速度并不快,但能敏锐地捕捉附近存在的声源,然后用自身的能力以近乎瞬移的速度移动过去。不,这样似乎不能解释,它出刀的速度为什么那么快。难道说……"林七夜似乎意识到了什么,目光逐渐凝重了起来。

"难道说什么?"

"只要附近有声音,它的速度就会受到加成?或者说,周围的声音越大,它的速度越快?"林七夜皱眉道,"如果是这样的话,那这只神秘也太危险了,随便丢到现代都市的一个角落,都会拥有极其恐怖的杀伤力。"

"夜店杀手,KTV狂魔?"

"是这个意思。"林七夜继续说道,"如果是这样,那它的弱点也十分明显,只要使用某种禁物,或者刻意降低行动声音,即便是'池'境,或许也能将其格杀。总之,如果我的猜测没错,这是一个说强又强得离谱、说弱又弱得可怜的神秘……"

"既然这样,我们刚刚为什么不直接杀了它?"

"因为现在才想到这个可能啊。"

"……"

林七夜耸了耸肩:"我又不是神,那么短的时间里,哪儿能想到这么多?"

"那我们现在……?"

"慢慢找吧,如果我的推理正确,那只神秘就不可能还拥有空间类的力量,也就是说,这里还存在着第二只'川'境的神秘。"

"好。"

三栋外——

百里胖胖急匆匆地跑到门口,大口喘着粗气,伸手在玻璃门上敲了敲:"有人吗?"

他在门口等了半天,还是一点动静都没有,于是一咬牙,伸手开始推门,但任凭他怎么推都推不动。百里胖胖退了两步,从口袋里掏出一根粉笔,"哼"了一声:"就这点小手段,还想拦住小爷我?"他伸手握着粉笔,在玻璃门上画了个不大不小的圆圈,当笔画首尾相连之时,玻璃门中央突然荡漾起来,圆圈中央的玻璃已然消失不见。

百里胖胖从圆圈中钻入,轻松地进入三栋之中。

"莫莉!小爷我来救你了!"百里胖胖信誓旦旦地开口,刚往前走了一步,周围的空间就错乱开来。在百里胖胖错愕的眼神中，周围的环境迅速地改变，眼前的楼梯消失不见，取而代之的是一间普普通通的杂物室。"什么鬼？盗梦空间吗？"百里胖胖嘀咕一句，四下张望一圈，选择一个方向往前走去。连续穿过几间宿舍，还有几条走廊，百里胖胖彻底迷失在这片错乱的空间迷宫之中，按理说这栋楼的面积并不大，但就像是怎么走都走不到头一般。百里胖胖挠了挠头，犹豫片刻之后，深吸一口气，大声喊道："莫莉！七夜！！曹渊！！！你们在哪儿……"百里胖胖的声音在错综的空间中回荡，他听着自己的回声越来越小，无奈地叹了口气。

就在这时，隐约的拖拽声从远处传来。百里胖胖转头看向声音传来的方向，轻咦一声，远处拖拽的声音越来越近，还有一阵阵开门关门的声音。"不太对劲。"百里胖胖嘀咕一句，犹豫片刻之后，从口袋里掏出了"一化三千"剑，紧紧地握在手中，顺势将"真视之眼"戴在鼻梁上。

拖拽声越来越近，似乎距离他只剩下一个房间的距离，百里胖胖警惕地站在那儿，眉头微微皱起。就在这时，两个身影突然从墙面的另一侧穿透而出，其中一人猛地拽住百里胖胖的手腕。百里胖胖正准备叫出声，一只手就飞速地捂住了他的嘴巴。"别说话，跟我走！"莫莉警惕地看了眼门后，压低了声音说道。

165

百里胖胖看到是莫莉，眼睛顿时亮起来，连连点头。另一位女兵拉着莫莉的手，莫莉又拉着百里胖胖，三人悄无声息地向墙壁退去，只见一层涟漪从墙面荡开，随即三人的身影就消失其中。穿过那面墙，百里胖胖来到一间寝室的阳台，正欲说些什么，但莫莉依然死死地捂住他的嘴巴，对他摇了摇头。墙壁的另一侧，沉重的脚步声以及拖拽重物的声音越来越近，它在三人藏身的墙壁前停下脚步，好像在感知着什么。百里胖胖似乎意识到了什么，屏住呼吸，一动不动地站在原地，莫莉与另外一位女兵同样如此。片刻之后，声音再度响起，朝着远处缓缓移动。直到确认它已经走远，莫莉才缓缓松开了捂在百里胖胖嘴上的手，百里胖胖眨了眨眼，似乎有些遗憾，还有些回味。

"你喊那么大声，是想死吗？"莫莉看着百里胖胖，想到对方刚刚扯着嗓子大喊的愚蠢行为，压低声音骂道。

百里胖胖委屈开口："我哪儿知道不能发出声音……话说，那到底是个什么东西？"

"神秘，'川'境的神秘。"莫莉的表情逐渐严肃起来，"我们叫它'猎音者'。"

"'猎音者'？"

"捕猎声源的神秘，会自动追溯声音的来源，而且周围的声音越大，它就越强。"

"你知道得这么清楚？"

莫莉看了他一眼，沉默片刻之后，缓缓开口："这些情报，都是牺牲了十几个姐妹换来的……"

百里胖胖一怔。

"我们不知道这只神秘是什么时候出现的，那时候我们绝大部分人还在睡梦中，后来有人发现它的存在，发出尖叫，瞬间就被'猎音者'腰斩。但这声尖叫也惊醒了其他人，然后所有人都发现了这只神秘。当时的我们没有摸清楚它的规律，蜂拥而上，直到连续十几位姐妹战死，才明白它的杀人机制。好在有个女生叫张小小，禁墟能用精神连接多人的意念，隔空交流，因此我们迅速安静了下来，使用意念交流。也是那时候，我们发现声音越小，它就越弱，就在我们准备利用声音设法杀死它的时候，周围的空间开始错乱，我们被强行分隔开来。"

百里胖胖脸色有些苍白："你是说……真的有十几位新兵战死了？可是，不是说这是一场演习吗？"

"演习？"莫莉冷笑一声，"当你亲眼看见那只神秘杀人的时候，当你亲眼看到熟悉的战友被腰斩的时候，你还会觉得这是一场演习？什么演习，会以十几条人命作为代价？"

莫莉的眼中爆发出惊人的杀意："我一定……要亲手杀了那只神秘！"

百里胖胖沉默片刻："那现在怎么办？"

"跟我走。"莫莉的手再度抓住百里胖胖的手腕，对着身旁的女兵点了点头。女兵带着两人连续穿过数十道墙壁，最终来到开水房。

这应该是整个三栋最大的房间，原本在一楼的最右侧，是给新兵们接热水的，大小相当于三个房间拼接在一起。现在这偌大的空间中，地上坐着数十位女兵。她们分成三组坐在一起，每几个人中就有一人的手中拿着一块画板，似乎在记录着什么。所有人都保持沉默，动作轻盈，似乎只要眼神就能相互交流。百里胖胖看到如此奇异的一幕，愣在了原地。莫莉对着其中一个女生打了个手势，下一刻那个女生的指尖就发出一道微光，紧接着嘈杂的声音就从百里胖胖的脑海中响起来，就像是直接把耳机戴在脑子里，声音清晰无比。

"不对不对，莫莉姐刚刚侦察的时候说了，46号房的旁边不是寝室，而是一条被旋转了90度的走廊。"

"玲姐，第五区的房间分布图已经快画好了，你看看能不能和第四区的拼接起来。"

"把十分钟前的那张总版图给我看一下，我好像明白了些什么……"

"对！这里就是一个90度的旋转！那里原本的剖面被旋转了270度，所以会颠倒过来……"

…………

明明在场的所有人都没有发出声音，但百里胖胖就是这么清晰地听到了她们的讨论，这种感觉十分奇妙。

"这就是张小小的精神连接，可以直接用意念交流，不过禁墟的范围并不大，只能覆盖周围两个房间。"莫莉的声音在百里胖胖脑海中响起。

"她们在做什么？"

"画三栋的实时空间分布图。"莫莉的目光落在忙碌的众人身上，"控制空间的那只神秘和'猎音者'联手了，之前我们数次试图杀'猎音者'，但是每次即将得手的时候空间都会被直接打乱，所以我们试图找出空间每次错乱的规律。小玲的禁墟可以无视地形行走，所以我和她就像是斥候游走在所有的房间中，然后回来将每个房间的编号排序告诉她们，她们负责绘画、收集、总结。"

百里胖胖瞪大了眼睛："这么生猛？你们是怎么想到的？"

"人各有所长，我们女兵里也有像林七夜那样的智囊存在。"莫莉的目光看向坐在众人中央，对着眼前摆放的数张图纸沉思的少女，眼中浮现出一抹骄傲，"多亏了阿梓一直指挥我们，'猎音者'的杀人机制是她第一个发现的，这里也是她找到的，寻找空间变化的规律也是她提出来的。只不过林七夜在擅长推理的同时也擅长战斗，但阿梓不行，她只适合做一个纯粹的智囊。"

"那你们找到了吗？"百里胖胖好奇地问道。

"阿梓说，快了。"

人群中，阿梓坐在密集的图纸中央，手中拿着两张不同时间段的分布图纸相互对比，双眸中的光芒越发明亮。突然，她就像是想到了什么，猛地从地上坐起。"我知道了。"阿梓紧紧攥住手中的图纸，眼中满是激动，"我知道空间每次错乱的规律了！"

166

"咔咔咔——"熟悉的声音响起，林七夜和曹渊同时停下脚步，上下、左右、前后的六个房间快速变换，最终定格在某个节点。又是一次空间错乱，四周的环境再度发生改变。一直闭目感知着周围的林七夜，缓缓睁开了双眼。"横向19、27、33、20、17……纵向04、09、37、18、23……"林七夜坐在地上，眉头紧锁，不断喃喃自语。他的手指在瓷砖上轻轻滑动，似乎在计算着什么，又像是在画着什么。而一旁的曹渊只能抱着刀坐在椅子上，眼巴巴地看着林七夜在那儿神神道道，有种"自己是个白痴"的感觉。

林七夜念叨了两分多钟，长叹一口气，缓缓从地上站起。

"怎么样？"曹渊忍不住问道。

"我的精神力只能覆盖周围百米的范围，在空间错乱的时候，能监测到的变化不全，不过，确实看出了一些端倪。"林七夜沉吟片刻，双手在虚空中比画着什么,"空间错乱看似复杂,但其实只有两种最基础的变化,横剖面旋转和竖剖面旋转,每次旋转的角度一定是直角的整数倍,而且从哪个剖面开始旋转不定,虽然每次只能旋转一个剖面,但是旋转的速度极快,所以就造成了空间错乱的假象。"

曹渊在一旁听得头大:"所以呢?你预知到空间变化的规律了吗?"

"没有,我所掌握的信息太片面,而且观测的次数也不够多。"林七夜摇了摇头,沉吟片刻,有些不确定地开口,"但我总觉得,这种变化模式有些熟悉……"

就在林七夜思考的时候,熟悉的拖拽声再度从远处传来。两人的脸色一凝,相互对视一眼,默默地将手搭在了刀柄上。林七夜早就说过,只要掌握这只神秘的杀人机制,凭借他们的战斗力,清剿这只神秘并不困难。他们游荡在错乱的空间中,就是为了掌握变化的规律,如果能再度碰到那只神秘,将它直接清剿也不错。

一抹极致的黑暗以林七夜为中心扩散开来,寝室中摆放的热水瓶、茶杯、衣架等物品逐渐飘起,悬浮在他的周围。林七夜给了曹渊一个眼神,后者顿时会意,缓慢地朝着身后的房门走去。寝室的空间太过狭窄,在这里与无头男人战斗的话,能够闪避的空间太小了,对他们十分不利,他们必须要换个地点才行。"嘎吱——"林七夜推门已经很轻了,但这扇门似乎原本就有些问题,还是发出了一声轻响。如果是在平时自然没什么问题,但在这种情况下,这个声音异常突兀。林七夜的瞳孔微缩,想也不想就快速向后退去,曹渊同样如此。下一刻,一抹庞大的黑影飞掠过两个房间,斩首刀的刀芒乍闪,原本发出声音的那扇门瞬间就被从中间砍成了两半。

在"至暗神墟"中,林七夜如同鬼魅般没有发出丝毫声响,而曹渊为了避免脚步发出声音早就脱掉鞋子,赤着双足一直走到现在,此刻落在地上也几乎没有声音。现在,林七夜他们所在的地方是一条长长的廊道,虽然看起来不是一层的,但至少空间比寝室大得多。无头男人斩断房门后,在原地呆了半响,拖着身后的斩首大刀,缓缓向前移动。它并没有发现两人的存在。林七夜给了曹渊一个眼神,后者点了点头,倚靠在墙壁的左侧,通过呼吸调节心率,将声音降低到最小。而林七夜则倚靠在另外一侧,像只黑暗中的幽灵,没有丝毫气息。

无头男人魁梧的身躯几乎占据整条走廊,它拖着身后的斩首大刀,一步步向前走去,好在林七夜和曹渊两人都不胖,倚靠在走廊的两侧能够完美地避开它的路径。要是换成某胖在这儿,恐怕无头男人会直接撞到他的肚腩,然后疑惑地砍出一刀……

无头男人缓步向前挪动,就在它与林七夜二人错身而过的瞬间,林七夜的眼中光芒爆闪,搭在刀柄上的手骤然用力!"当——"双刀刹那间出鞘!与此同时,另一侧的曹渊猛地握住怀中的刀柄,黑色的煞气火焰从刀鞘中喷薄而出,顺着出鞘的刀身刹那间斩出!三柄刀,一柄斩向无头男人握刀的手,两柄斩向它的胸膛!

就在刀身出鞘的轻响传出的瞬间,无头男人就像是活过来一般,以极快的速度挥出手中的斩首大刀！"当——"雄浑的碰撞声响起，斩首大刀与曹渊的黑炎直刀碰撞在一起，原本疯魔曹渊的力量是大于现在的无头男人的，但是在碰撞声响起的瞬间，无头男人的力量又翻了数倍，竟然一刀将疯魔曹渊连人带刀斩在侧方的墙壁上！"轰——"疯魔曹渊的身躯硬生生打穿一面墙壁，撞在寝室之中，烟尘四起。

就在这电光石火的瞬间，林七夜的双刀已经刺入无头男人的胸膛！直刀的刀锋刺入坚实的肌肉之中，就在即将扎入心脏的瞬间，也就是疯魔曹渊撞碎墙壁的巨响传出时，无头男人的身躯瞬间坚硬数倍不止，如同磐石般的肌肉死死卡住林七夜的刀，不让它们进入丝毫！

林七夜的瞳孔骤然收缩——按照原本的计划，两人的偷袭必然能够杀死甚至重伤无头男人，但万万没有想到，这无头男人虽然没有头颅，但智慧竟然不低，懂得在无声的环境中自己制造出响声，从而加强自己各方面的属性！要是没有刚刚将曹渊砸穿墙壁的巨响，现在无头男人已经是一具尸体了。这就是"川"境的神秘吗？

即便完全摸清了它的机制，但想要成功击杀，依然困难无比。林七夜果断地松开刀柄，任由两柄直刀卡在它的胸口，身形像是风中的残叶飞速地向后方飘去，与此同时无头男人的第二刀闪电般挥出，斩首刀的刀锋，擦着林七夜的额头划过！

167

若非林七夜的反应速度和动作都极快，无头男人这一刀就足以将他格杀。林七夜伸出手指，轻轻一钩，卡在无头男人胸口的两柄直刀就剧烈震颤起来，倒飞而出。虽然刀身已经在它的身上留下狰狞的伤口，但依然没有丝毫的血液喷溅而出，仿佛它本就不存在血液这种东西。两柄直刀飞回林七夜的手中，他轻飘飘地落在地上，没有发出丝毫的声音。

"咚——"与此同时，被锤到另外一个房间的疯魔曹渊身上的煞气黑炎暴涨，整个人像支箭般飞射而出，狞笑着向无头男人挥刀。当疯魔曹渊制造出更大的声源之后，无头男人立刻就放弃对林七夜的搜寻，转而向曹渊挥刀，巨大的斩首刀与黑炎直刀再度碰撞！疯魔曹渊再度倒飞出去，砸穿另外一堵墙！

"咯咯咯咯……"疯魔曹渊就像是不知疲倦的野兽，一次又一次被打飞，却总能狞笑着再度出刀！无头男人确实能一刀秒杀其他新兵，但面对"黑王斩灭"这种明显超纲的超高危禁墟，一时之间竟然也没办法，不，应该说在不主动制造出大动静的情况下，它只会被疯魔曹渊按在地上摩擦。但可惜，两人每一次拼刀，每一次将曹渊打飞，所产生的巨响都会短时间内提高无头男人的战斗力，反过来将疯魔曹渊暴打。只不过想要取他的性命，还需要一段时间，毕竟这个状态下的曹渊生命力比小强还要变态。林七夜就像幽灵般站在一旁，默默地看着疯魔曹渊被无头男人按在地上爆锤，心中无奈地叹了口气。但凡现在的曹渊还有些神志，停止傻笑，再放轻动作，无头男人早就被他干掉了，可惜……他突然觉得，当时让曹渊出手，就是个巨大的错误。

"咯咯咯咯……"

两人不知道打穿了多少房间，疯魔曹渊再度从废墟中爬起，晃晃悠悠地握紧手中的直刀，狞笑着挥刀朝无头男人砍去！而林七夜则悄然跟在两人身侧，试图寻找合适的机会出手，一举击杀无头男人，但又不敢离得太近，否则会被敌我不分的曹渊卷入战斗之中。就在此时，周围的房间毫无征兆地再度移动起来！"又开始变了！"林七夜一惊，身形快步朝着两人混战的那个房间冲去。就在他即将跨步进入其中的瞬间，眼前的房间突然消失，取而代之的是一连串变化的不同房间。待到周围的环境稳定下来，林七夜的精神力感知范围内，已经完全捕捉不到两人的踪影。

"藏在楼里的第二只神秘，不想让我插手他们的战斗……"林七夜很快就明白了这次空间变换的原因，眉头紧紧皱起。没有了他在一旁伺机而动，疯魔曹渊单挑无头男人能够胜利的希望瞬间就渺茫起来，曹渊的精神力不足以支撑他维持太久疯魔状态，无头男人却始终可以利用战斗的声音增强自身。若是再消耗下去，曹渊必然落入下风。看来，隐藏在暗中的第二只神秘，智慧也不低。

林七夜仅犹豫片刻，就迈开脚步，飞速地穿梭于其他的房间之中，精神力覆盖周围每一个房间，试图再度找到混战中的二人。既然无头男人已经被曹渊牵制，他也没必要再轻手轻脚，索性直接放开速度，全力奔袭。若不是他没有大规模破坏的能力，现在已经开始拆楼了。

林七夜的身影飘过一间又一间房间，突然，猛地停下了脚步！他的精神感知中，除了仿佛无穷无尽的房间，还出现了一些不一样的东西。他转过头，看向自己右侧的墙壁，目光仿佛能穿过它看到两个房间之外那处诡异的球形空洞。没错，在两个房间之外，不再是其他的房间，而是一个类似于"果核"，被层层叠叠房间包裹在中央的球形空洞！这个空洞之中，静静地悬浮着一个银色的三阶魔方，散发着诡异的光芒。

林七夜的双眼微微眯起。在这错乱的空间中央出现一个悬浮的魔方，怎么看都不正常，所以，如果他没猜错，那就是……隐藏在这三栋之中的第二只"川"境神秘。不过，这只神秘的外形是林七夜万万没想到的，至今为止他接触过的神秘都是生物，从来没有出现过物体的外形，而且造型还属于近代。难道是某个禁物，而非神秘？

这个念头在林七夜的脑海中刚刚升起，就被他打消，他的精神力能清楚地感知到这个魔方的内部存在着生命波动。而且如果它真的是个禁物，又怎么会拥有这么高的智慧？

"魔方……原来如此。"林七夜似乎是明白什么，眼睛亮了起来。

他已经想明白三栋空间错乱的规律了。

"魔方？"百里胖胖听到阿梓的意念传音，眼中充满了惊讶。

"没错，这座楼所有房间错乱的规律都是基于'魔方'。"阿梓笃定地开口，"如果将每个房间看成是魔方上的一个小方块，那整个三栋，其实就是一个外形不规则的 N 阶魔方，具体是几阶，每次都在变换，应该是基于那只神秘的意志变化。每一次空间变换，其实都可以看作是一个 N 阶魔方被迅速打乱，其中的小方块所在的位置也会随之高速变化，所以就造成了这种'无迹可寻'的错觉，但其实，只要掌握魔方每一次旋转的方向和角度，就可以对其进行预测。也就是说，我们这整片空间都成了'魔方'，而那只神秘，就是玩'魔方'的'人'。我将前三十二次错乱的图纸进行归纳整理，总结出它每次打乱魔方的规律，也就是说，从下一次开始，我就能预测变化的轨迹。"

听到阿梓的这句话，房间内的众人纷纷激动起来。她们在这里苦苦分析绘画这么久，就为等着阿梓的这句话！

"不光如此。"阿梓的声音再度响起，"我已经知道了那只神秘的藏身地点……"

168

"所以，我们现在需要做出一个抉择。"阿梓缓缓站起身，表情十分严肃，"是先去杀那个错乱空间的神秘，还是……去杀'猎音者'！"

现在在这里的女兵人数并不算多，而且有一部分像阿梓这样不擅长战斗，所以兵分两路是不可能的，她们只能逐个击破。这样一来的话，顺序就十分重要。

"当然是先杀'猎音者'！"一个愤怒的声音响起。

"没错！它杀了小雅妹妹！我要替她报仇！！"

"杀'猎音者'！它杀了那么多姐妹！它必须死！"

"对！杀了它！"

"………"

众女兵的声音接连响起，意见高度统一，昂扬的战意充斥了每个人的双眸。她们虽然看起来柔弱瘦小，心中的那股血性却不亚于任何人。她们也是守夜人。

"好。"阿梓点了点头，低头看向手中新绘出的图纸，拿笔飞速计算起来，"我先提前做一下接下来的两次错乱模拟，防止第二只神秘再度操纵空间让'猎音者'逃掉。等下一次错乱开始，就是我们猎杀'猎音者'的机会！"

林七夜沉吟片刻，没有急着穿过那两个房间去击杀空洞中的"魔方"，而是原地坐了下来，用指尖的一抹黑暗在白色的墙壁上写着什么。虽然他离"魔方"的距离看似很近，但其实中间并没有直达的通道，而是连续的四堵墙壁。"魔方"的智慧比他想象的更高，利用旋转房间成功将靠近它的几个侧面全部用墙体封锁。也就是说想要抵达空洞，必须接连破开这四堵墙，虽然这对林七夜来说并不难，但重点是在他破墙的这段时间，"魔方"必然会察觉他的意图，发现自身位置暴露，再度打乱空间。到时候，林七夜就不知道会被转到哪个旮旯去了。

　　"要是有能穿墙的禁墟就好了。"林七夜叹了口气。

　　现在，他只能靠自己的智慧想出一个能够突破封锁、抵达空洞的办法。这一刻，他终于明白了教官设置这些神秘的意图。三栋外的那只诡异蜘蛛，考验的是"武力"与"精神"；提着斩首大刀砍人的无头男人，考验的是"观察"与"心性"；而眼前的这个"魔方"，考验的则是"智慧"。游走在校园中的那只蜘蛛，理论上只要战力足够，就能将其击杀。但三栋中的情况则不一样，想杀无头男人，必须要克服被腰斩的恐惧，而且要从牺牲中观察出它的杀人机制；而想杀"魔方"，则必须洞察整个三栋的运转规律！从某种意义上来说，杀"魔方"的难度是最高的。

　　过了许久，等到整面墙壁几乎都被林七夜写满，他终于长舒一口气，向后退两步，眼中浮现出淡淡的金色。成败，在此一举！他身体微微下躬，"至暗神墟"极速扩散，直到完全覆盖了周围30米的范围，他不敢直接将神墟张开到50米，因为如果那样做，必然会将"魔方"笼罩其中，反而会打草惊蛇。30米，恰好能将身前的四堵墙覆盖，他的目的只是要在最短的时间里进入那片空洞！只要进入空洞，"魔方"就无法通过空间变换将其挪走！

　　林七夜深吸一口气，整个人如同利箭般飞射而出！与此同时，他的目光微凝，"至暗神墟"范围内的四堵墙壁中央同时破开一道狰狞的裂口，就像是有只无形的大手硬生生将它们撕扯开一样。紧接着，林七夜的身形就晃到第一堵墙的面前——双刀出鞘，两柄直刀轻易地斩开了被裂纹覆盖的第一堵墙壁，林七夜的脚步没有丝毫停顿，笔直地冲向第二堵墙壁！斩！斩！接连两刀挥出，第二、第三堵墙壁应声爆开，这个过程看似缓慢，但实际上从林七夜出手到现在，不过一秒钟的时间！

　　就在林七夜即将触碰到最后一面墙壁的瞬间，"魔方"终于反应过来，三阶银色魔方瞬间变化成四十多阶的不规则形状，然后飞速扭动起来！林七夜的双眸骤然收缩，没有去斩最后一堵墙，而是在一侧的柜子上狠狠蹬了一脚，整个人飞速地朝原本冲来的方向倒退！当他堪堪退回前一个房间的时候，周围的环境极速变化，原本最接近空洞的那个房间被旋转到了最边缘的角落！而林七夜所在的这个房间经过轮番转动之后也停了下来……林七夜的嘴角浮现出一抹笑容。他侧头看向自己右手边的墙体，缓步走上前，两柄直刀连斩，将这个墙体破开了一个大洞——墙的后方，是一个半径3米多的球形空洞。空洞的中央，一个银色的魔方静静地悬浮，周围缭绕的光芒似乎比刚刚暗淡了许多。

"果然，你无法连续两次打乱空间……"林七夜看着眼前的银色魔方，平静地开口。从一开始他就没打算一次性破开四堵墙壁进入空洞之中，那样与时间赛跑的风险太大，所以他直接将所有砝码押在第二次空间变换上！通过之前掌握的魔方旋转轨迹，提前计算出下一次打乱后距离"魔方"本体最近的那个房间，也就是倒数第二个房间。林七夜之所以摆出势如破竹的架势，就是为了吓一下这个高智商的"魔方"，逼它进行第二次空间变换。这样短时间内它就无法再次打乱空间，此刻林七夜已经到了它的面前。如果用象棋的说法，那就是……"将军了。"林七夜喃喃自语，手握两柄直刀，向着前方的空洞一跃而起！

与此同时，热水房——

空间再度变换，周围的房间布局迅速变化，所有的女生眼前一亮，猛地从地上站了起来。

"时候到了……"莫莉缓缓握紧双拳，拳头附近的空气仿佛都被震动得扭曲了起来。她们的眼中，燃烧着昂扬战意！"猎杀'猎音者'行动，开始！"

169

错乱的房间中，三组女兵分成三个方向，朝着某条路径飞快地搜寻起来。百里胖胖跟在莫莉一组，连续穿过几间寝室之后，压低了声音疑惑问道："为什么要分路？不是去猎杀'猎音者'吗？本来人数就不多，这时候把人分开是不是不太好？"

莫莉没好气地说道："几十个人一起走，是嫌发出的声音不够大吗？而且分路不代表一个个送上去，现在我们虽然能把握空间变换的规律，但是'猎音者'的具体位置还不清楚，分路行进，只要有一组人探知到'猎音者'的位置，那其他两组马上就能包抄过去。这么简单的道理都想不明白，你们这些富家公子脑子里装的都是什么？"

百里胖胖沉吟片刻："都是你！"

"滚。"莫莉强行按捺住一巴掌把这胖子拍飞的冲动，深吸一口气，沉默且快速地向前行进。突然，走在最前面的一个女生停下了脚步，众人纷纷屏息停下，警惕地看着四周。

"你们有没有听到什么声音？"女生皱眉问道。

"什么声音？"百里胖胖仔细听了会儿，还是什么都没听到。

"战斗的声音。"莫莉的眼中浮现出一抹疑惑，"奇怪，按理说另外两组人不会与'猎音者'战斗，怎么会有战斗的声音……"

"而且，声音似乎离我们越来越近了。"被围在中间的阿梓表情凝重起来，"做好战斗准备！"

众人深吸一口气，将自身发出的声音降到最低，同时握紧手中的武器。不过她们从一开始就被困在三栋，根本没办法去仓库里拿真正的武器，所以手上大多是水果刀、从热水房拆下来的铁管等，乍一看像是一群要打群架的小混混。声音越来越近，就连百里胖胖都能清楚听到一面面墙体破碎的声音，还有金铁交鸣的当啷声，其中似乎还掺杂着诡异的笑声。百里胖胖一愣，他总觉得，这笑声好像在哪里听过。

"砰——"众人前方的一侧墙壁轰然爆开，一个浑身缭绕着黑色火焰的身影倒飞而出，重重地撞在另一侧的墙壁上，滴滴鲜血从嘴角滑落在地。他挣扎着站起身，周身的火焰微弱地跳动，似乎随时都要熄灭。

"咯咯咯咯……"那身影刚稳住，另一个庞大的身形闪电般来到他的面前，夸张的大刀再度挥出，直斩腰部！"当——"黑炎直刀与斩首大刀碰撞，发出一声巨响，紧接着疯魔曹渊的身体再度被打穿墙壁，撞入另外一个房间。无头男人的身影一晃，再度跟了进去。自始至终，无头男人都没有察觉到一旁十几人的存在，眼前的那个黑色的敌人已经吸引它全部的注意。亲眼看到整个过程的众人张大嘴巴，眼中满是难以置信。

"那不是曹渊吗！"百里胖胖瞪大了眼睛。

"他……他在那么大的动静下跟'猎音者'单挑，居然还没有被腰斩？"阿梓看到这一幕，也着实被震惊了，"而且看这架势，他们好像已经打了很久。"

"这也太生猛了！"

"不愧是能压着教官打的男人！"

"我们现在怎么办？"

阿梓沉吟片刻："轻声追上去，同时通知另外两组人，让她们也来这里集合，有个能和'猎音者'正面战斗的人替我们吸引火力，对我们来说是很大的优势！"

"好！"

众人纷纷跟上两个怪物的脚步，只有百里胖胖走在最后面，东张西望一番，疑惑地挠了挠头："奇怪，曹渊都在这儿，七夜去哪儿了……"

看了半响，他也没看到林七夜的身影，只能摇了摇头，跟着众人向前走去。

疯魔曹渊和无头男人又打穿两间寝室，当然，说是打穿，实际上只是曹渊被单方面殴打。正如林七夜所料，曹渊的精神力不足以支撑他太久的疯魔状态，现在他的战斗力比刚开始下降了许多。之前还能跟无头男人硬拼几刀，现在基本上是一刀就被砍飞，要不是他的速度极快，生存能力又强，早就被腰斩了。

不过，短短的几分钟内，所有的女兵几乎都埋伏在两人的周围，甚至有一些之前跟林七夜一起进来在三栋中迷路的人被女兵们发现后拉进队伍，加起来有七十多号人。张小小的精神网络再度连接所有人，在这比无线电更加方便的意念平台中，阿梓飞快地布置着作战计划。

疯魔曹渊被无头男人一击打飞，浑身是伤的他躺在废墟之中，周身的煞气逐渐淡化，双手艰难地撑住地面，还想站起来，但这一次，似乎做不到了。短暂的安静之中，无头男人拖着斩首大刀，一步步地向着曹渊走去。

"动手！"阿梓的声音在所有人的脑海中响起。

下一刻，数十道身影接连从两侧的房间中闪出，截然不同的禁墟同时展开！无头男人手中的斩首刀轻轻一震，竟然开始向上飘起，与此同时，拖拽的刺啦声戛然而止，无头男人的身形一顿，速度又慢了许多，就像是被人按下慢放按钮，数十秒才能跨出一步。

果然！阿梓的眼睛一亮，既然"猎音者"是以声音为食料，那它那柄厚重的大刀，也不仅是为了腰斩，更是为了时刻利用拖拽声来增强自己。只要将斩首刀托离地面，将声音控制在一定分贝以下，杀它易如反掌！紧接着，其他人的身影悄然向无头男人飘去，各自的杀招捏在手中，眼中杀意冲霄！就在此时，周围的房间微微一震，竟然又错乱起来……

众人的心中"咯噔"一下。随着周围房间的飞速移动，阿梓的眼中闪出浓浓的惊愕，因为她发现这次的空间变换和之前的规律完全不一样！也就是说……她的预知，错了。

随着周围房间的逐渐稳定，众人这才发现，这次的空间并不是错乱，而是恢复了原状——熟悉的寝室、连续的走廊、走廊外灿烂的阳光……原本的空间错乱，仿佛只是一场错觉。三栋，恢复了原本的模样。

170

三栋天台——

林七夜半蹲在天台中央的地面上，双手的直刀已然归鞘，在他的面前，是满地的银色残片。"杀一只'川'境的神秘，可真是不容易……哪怕它并不具备攻击力。"林七夜长舒了一口气，喃喃自语。

他跳入空洞之后，"魔方"竟然强行变换空间，不过这次变换并没有变换整个三栋这么大的范围，而是仅仅将林七夜和它之间的空间打乱。这么做的结果就是，林七夜本来好好地跳在半空中，然后就像是被扔进洗衣机般在"魔方"周围疯狂转圈，差点把胆汁都吐了出来。好在在这么短的距离下，林七夜再度展开"至暗神墟"，将"魔方"纳入其中，拼着自己精神力受到反噬的代价，强行用黑暗侵蚀"魔方"，然后抓住短暂的机会，忍着疼痛，用两柄刀将"魔方"砍成了满地的碎片。

事实证明，"川"境神秘的精神力比林七夜强悍得多，反噬之下，现在林七夜只觉得自己的脑袋仿佛被塞满糨糊，整个人都浑浑噩噩。他缓缓坐在地上，双手轻轻地揉着太阳穴。在杀死"魔方"之后，他明显感觉到有一股热流涌入自己的体内，和当时杀难陀蛇妖的情况一样。不出意外的话，它的灵魂也被精神病院拘禁了。不过一个"魔方"去当护工，能干吗，给梅林当玩具吗？

林七夜暂且抛去这些纷杂的想法，正准备放空自己的大脑，进入冥想状态恢复精神力，突然像是想到什么，缓缓从地上爬起仔仔细细地将撒落在地的"魔方"碎片捡起。这些说不定都是重要的召唤材料，可不能就这么浪费了。

做完这一切，林七夜终于放下心来，进入了冥想状态……

三栋，四楼——

"恢复了？为什么？"阿梓怔怔地看着眼前的一幕，过了半晌才反应过来，"有人杀了第二只控制空间的神秘？！"她们所有人都在这里围剿"猎音者"，那又是谁去杀了那第二只神秘？要知道，想杀那一只神秘，必须要先参透空间变换的规律，这可不是谁都能做到的！

听到这句话的瞬间，不知为何，百里胖胖的脑海中就浮现出林七夜的身影。除了他，好像也没人能做到这一步了吧？

尽管她们的心中满是疑问，现在的情况也不允许她们多想，变换的空间突然恢复打乱了她们原本的计划，将几乎一半的人挪到了别处。好在猎杀计划中真正重要的那些人都还在场，只要略做调整，依然能继续执行！

"继续控制住它的刀！控制小分队随时准备牵制住它的动作，必杀小队听我的指挥，一点点靠近它，听我命令，同时出手！务必要保证一击必杀！如果击杀失败，牵制小队及时出手！"阿梓双眸缓缓眯起，声音回荡在所有人的脑海，"听我指挥，三、二、一！动手！！！"

刹那间，数十道刺目的光芒同时爆发，向着停滞状态的无头男人蜂拥而去，锋芒毕露！

集训营，某仓库外——

一群身着新兵服饰的男人悄然接近仓库外围，形成包围圈，逐渐向中央逼近，将整个仓库围得密不透风。沈青竹站在仓库正门前，眯眼看着眼前的仓库，指尖轻轻摩擦着两枚戒指，一枚是用来引爆空气的点火戒，一枚是百里胖胖留下的"断魂刀"。

"哼，藏身在这里吗……"沈青竹淡淡开口。

"沈哥，接下来怎么做？直接冲进去砍死它？"邓伟站在他的身后，有些紧张，又有些期待地问道。

沈青竹瞪了他一眼："冲冲冲，就知道冲！能不能有点脑子？这里面躲着的不是什么阿猫阿狗,是凶恶的'川'境神秘!自己魂都被人家勾走了,还不能有点长进?"

邓伟委屈地挠了挠头,"哦"了一声。

沈青竹恨铁不成钢地叹了口气,掏出对讲机,按下按钮开口道:"郑钟,炸弹都安好了吗?"

此刻,刚从仓库东部外墙跳下的特种兵郑钟向后退两步,再度检查一遍密布在仓库四壁的定向爆破炸弹,点了点头:"炸弹已经安放完毕,照这个量,虽然不一定能炸死一只'川'境,但一定会伤到它。"

沈青竹放下对讲机,深吸一口气,缓缓说道:"接下来,你们埋伏在仓库外,我一个人进去。"

"一个人进去?"李贾瞪大了眼睛,"沈哥,里面的神秘是'川'境,你一个人……"

"废话,要你提醒?"沈青竹没好气地说道,"虽然那胖子之前说蜘蛛躲在这里,但不能排除它已经离开的可能性,我必须要进去确认一下,顺便摸一摸它的虚实,我总觉得,它之前突然逃跑怪怪的……而且,仓库的周围已经布置好炸弹,如果真的打起来了,我会直接让你们引爆炸弹,我能抽干自身周围的空气,爆炸的火焰伤不到我,溅射的残片我也能靠气墙挡下。你们要做的就是等我的信号,等炸弹引爆之后,按原本安排的计划围剿受伤的蜘蛛。"邓伟等人对视一眼,无奈地点了点头,沈青竹的性格他们再清楚不过了,一旦认准了什么事,就很难改变。

沈青竹从口袋里掏出一颗口香糖丢入嘴中,转了转脖子,迈步向前走去,眼神凌厉而又深沉。他双手搭在仓库的大门上,用力一推。"嘎吱——"沉重的仓库大门被推开一道缝隙,沈青竹独自走进其中,表情十分放松,像是来郊游一样。

这间仓库不算大,但也不算小,大约有三个篮球场那么大,阳光从仓库顶部的通风口洒落进来,照亮昏暗的一角。密集的蛛网几乎遍布整个仓库,蛛丝交错之中,一团软软的白丝床铺悬浮在半空,上面有个小男孩蒙眬地睁开双眼,抹掉嘴角的口水,睡眼惺忪地看向下方。一人一蛛,就这么对视了起来。片刻之后,惊悚的叫声在宽阔的仓库中回荡:"救命啊啊啊啊啊!!!"

171

沈青竹直接愣在了原地。嗯?这只神秘还会变成人形?还会说话?!不愧是"川"境,竟然凶恶如斯!就在他伸手准备打响指的时候,躺在蛛丝软床上的男孩突然变化成一只灰白色的大蜘蛛,八条蛛腿跑得飞快,眨眼间就溜到了仓库顶部通风口。

"造孽啊!!!怎么又是你!我做错了什么,你们为什么都要来杀我!坏人!都是坏人!呜呜呜呜……我跑还不行吗?!"灰白色的蜘蛛边跑边哭喊道,速度奇快无比。沈青竹还没来得及打出响指，它就要从通风口溜到外界去了。沈青竹一愣，来之前他预想过无数种情况，但偏偏没想到……它居然跑得这么干脆？到底你是神秘，还是我是神秘？怎么搞得跟我是反派一样……沈青竹飞快地按下对讲机上的按钮："它要跑了！引爆炸弹！！"

"轰——"话音落下，安装在仓库外壁的数十枚定向爆破炸弹同时炸开，整个仓库就像是被塞了炮仗的一次性纸杯，刹那间就被恐怖的冲击力与火光撕成了碎片！炽热的深红色火焰像是咆哮的巨龙，从大地向天空爆发，刺目的光线将头顶的一片白云都印染成了红色，大地震颤，翻滚的蘑菇云冉冉上升。其他埋伏在仓库周围的新兵亲眼看见这惊天动地的大爆炸，暗自咽了口唾沫。

燃烧的火焰中，一个半边焦黑的蜘蛛拖着一道黑烟，在半空中画出一道抛物线，缓缓向着远方坠落。"啊啊啊啊啊！！！屁股着了！屁股着了！！好痛痛痛痛！！！"惨叫声回荡在半空中，所有新兵都注意到了这只蜘蛛的出现，眼中闪过光芒，快速地朝着它即将落下的位置飞奔而去！

与此同时，沈青竹从火焰中走出，身上连一丝被烧着的痕迹都没有，低头咳嗽了两声，目光落在远处的蜘蛛身上。"该死！它怎么跑得那么干脆？难道它早就察觉到了周围有埋伏？不愧是凶恶的'川'境神秘！"他嘀咕一句，迈开双腿和其他人一起向蜘蛛的方向跑去。

蛛童见下方人影如同海浪般朝它席卷而来，惊出一身冷汗（虽然并不会出汗），吓得八只蛛脚都开始哆嗦起来，二话不说吐出一根蛛丝黏附在身侧的一栋楼房上，借着惯性再度荡起，朝着远方飘去。

"嗖嗖嗖——"人群中的神射手同时开枪，连续几枚子弹擦着蛛童的身子划过，它惊叫一声，原本荡起的身形都微微一滞，就在这片刻，三道身影闪电般蹿到它的身边！他们的禁墟都与速度有关，全力以赴之下，追上蛛童并不是什么难事。

"抓住你了！"他们抽出腰间的星辰刀，闪电般地斩向蛛童的身体。蛛童惊呼一声，猩红的复眼爆发出一阵光芒，三人突然闷哼一声，像是晕过去般直挺挺地向下坠去。

下方几人及时接住他们的身体，高声喊道："是精神类攻击，都小心！"

狂追不舍的众人抓住机会，纷纷出手，火焰、冰霜、狂风、弹药一股脑地向蛛童丢去，铺天盖地。

"造孽啊！！！我想回家，呜呜呜呜……"蛛童的复眼看到身后的情景，"哇"的一声哭了出来。在空中飘荡的同时一根根蛛丝从它的体内飞射而出，黏附在两边的建筑上，刹那间连成一张巨大的蛛网！这蛛丝也不知是何材质，竟然硬生生地拦下了所有攻击，甚至拦住新兵们的去路，好在立刻有火焰能力的新兵出手，炙烤了足足五秒钟，才勉强烧掉这团蛛丝。

当然，追击蛛童的新兵远不止这一路，沈青竹一行早就在两翼埋伏，抄近路绕过密集的建筑群，直接来到蛛童的面前！

"让开让开让开！！！"蛛童大喊几声，无形的魂体蛛网飞射而出，瞬间黏附住前排的几个新兵魂体，硬生生将它们抽离肉身，在空中交织成一张无形大网。后面再有新兵追上碰到这张大网，肉身虽然穿过，魂体却被粘走，就瞬间晕了过去。

眼看着越来越多的新兵晕倒在蛛童的身后，沈青竹眉头一皱，立刻意识到这张大网的存在，指尖黑色的戒指闪出一道黑芒，组成一柄刀的形状——"断魂刀"！沈青竹双脚猛踏地面，断魂刀斩过眼前的虚无，刹那间就劈开了无形的魂体蛛网，众多魂体纷纷归于肉身，晕倒的新兵们悠悠醒来。

与此同时，还在空中像蜘蛛侠一样荡来荡去的蛛童惨叫一声，重重地摔落在地面。和普通的蛛网不同，魂体蛛网本就是它自身灵魂的延伸，若是蛛网受损，它自己也会遭到反噬。

沈青竹双眸微眯，朝着蛛童坠落的位置打了个响指。"啪——"蛛童附近的空气被骤然压缩，紧接着一缕火花绽开，接连爆炸的火焰再度吞噬了它的身形。这还没完，紧接着一个被吹得大大的口香糖泡泡飘到蛛童的上空，轰然爆炸，翻滚的火浪直接将附近的地面铺成一片火海。

"不想死……我还不想死啊啊啊！"灰白色的蜘蛛蹒跚着冲出火焰，急速地在垂直的墙壁上攀爬，接连的爆炸在它的身后绽开，却没有再次伤到它。

"怎么这样都不死？这有点强得过分了吧？"沈青竹骂了一句，硬着头皮追了上去。令他奇怪的是，这蜘蛛无论是身体强度、精神攻击，还是坚韧的蛛丝，或者是神奇的魂体蛛网，都强得离谱。这样强大的神秘如果跟他们正面战斗，未必会输，就算输了，也会让沈青竹他们付出极其惨痛的代价。可是，它为什么要跑呢？

蛛童尖叫着翻过一栋又一栋建筑，带着身后狂追不舍的新兵跑过半个集训营，就在再度从一栋建筑身边飘起的时候，在半空中突然一愣。它旁边的这座楼顶上，一个正在打坐的少年疑惑地睁开了眼，目光与它碰撞在一起。

咦？这只蜘蛛……林七夜的眉梢一挑，从他眼前晃到半空的蛛童心里"咯噔"一下！完了！这里居然还有埋伏？！果然，人类都坏透了！

"你不要过来……"蛛童的话刚说到一半，林七夜的双眸瞬间就变了——左眼漆黑如墨，右眼璀璨如日，两种截然不同的神威以目光为媒介，疯狂地涌入蜘蛛的脑海之中，令它剧痛无比，仿佛要将它本就被伤的魂体硬生生地撕裂开来！

"啊啊啊啊啊啊啊！！！"蛛童被突如其来的神威震伤精神，身形僵直在半空中，无法再吐出蛛丝的它只能像石头般向地面加速坠去！

林七夜闷哼一声,脸上浮现出一抹苍白,精神力刚恢复一些,就强行动用双神神威,这对他的精神力也造成了不小的压力。不过,现在可不是顾及这些的时候。林七夜的双眸微缩,一抹极致的黑暗以他为中心展开,手指轻轻一钩,摆在身旁的两柄直刀剧烈震颤起来!

"当——"双刀刹那间出鞘,像是两条黑蛇,顺着坠落的蛛童身体狂飙而去!在"至暗神墟"的加持下,两柄直刀极速逼近自然坠落的蛛童身体,在它即将落出50米范围的瞬间刺入它的身体!两柄直刀深深地扎在蜘蛛的躯体上,落出"至暗神墟"的范围,然后重重地摔落在地!

林七夜缓缓从屋顶站起身,低头向下看去,灰白色的蜘蛛已经一动不动地躺在地面上,鲜血逐渐染红周围的地面。与此同时,一股暖流从虚无中淌进他的身体,那是被他亲手杀死的蛛童魂魄。

林七夜深吸一口气,整个人就像是虚脱般坐在地上,揉了揉头,小声地嘀咕了一句:"奇怪,我刚刚居然听到蜘蛛说人话了……原来精神力透支的后遗症这么严重吗?"

沈青竹等人飞速追到三栋的楼下,看到地上躺着的蜘蛛尸体,以及上面插着的两柄直刀,眼中浮现出一抹震惊,纷纷抬头看向楼顶。

那少年坐在天台边缘,耸了耸肩:"你们来晚了。"

沈青竹的表情有些无奈。

他们辛辛苦苦布置这么久,又追着它跑了大半个集训营,最后竟然被林七夜给截和了……不过这样也好,至少能避免正面战斗出现牺牲者。

"你出来了,说明三栋的问题解决了?"沈青竹问道。

"解决了一个。"

"一个?难道还有一个?"

"对。"

"你不去帮忙?"

林七夜摇了摇头:"我累了,剩下的,就交给其他人吧……"

既然知道这不过是一场演习,被神秘击杀也不会死,那他也没必要强撑着身体去找最后一只神秘的碴,毕竟总要给其他人留一些发挥的空间。

就在这时,莫莉浑身是血地从三栋中走出,手中拖着一只断裂的巨手,身后跟着阿梓等其他女兵,每个人的身上似乎都沾染了血迹,目光充满了英气。

莫莉将手中的断臂丢在地上,平静地开口:"最后一只在这里。"

林七夜诧异地问道:"怎么就剩一只手了?"

"没控制好震动的频率,其他地方都碎成渣子,糊在墙上了。"莫莉面无表情地说道。

林七夜原本还打算收集这只神秘的尸体，用来准备召唤魔法的仪式，现在就剩这只手，计划算是彻底泡汤了。好在，还有一只。林七夜抓起地上散落的刀鞘，从楼顶一跃而下，脚尖在外壁上轻点，身体飘然落在地上。他伸手拔出蛛童身上的两柄直刀，正准备拖走它的尸体，远处就传来轰鸣的车声。

　　所有新兵纷纷回头，看向远处的道路。一辆辆迷彩吉普车飞速驶来，轰鸣的发动机声像是野兽嘶吼，满天的尘土飞扬，隐约能看到坐在其中的教官身影。车辆缓缓停下，教官们依次从车上下来，总教官袁罡背着双手，不紧不慢地向众新兵走来。见到这个阵仗，所有新兵不自觉地抬头挺胸，站起了军姿。

　　袁罡的目光在众人的身上扫过，嘴角微微上扬："很好，我宣布，这次的'狂欢日'演习到此结束！"

　　听到"演习"两个字，大部分人都一愣，尤其是被困在三栋中的那些女兵。她们可都是目睹同伴死在自己眼前的，同时，也是抱着必杀的决心去找"猎音者"复仇，从头到尾都没有想过这是一场演习。

　　"我知道你们在担心什么，放心，这次演习中'牺牲'的人员，都没有生命危险。"袁罡顿了顿，眼中浮现出一抹赞赏，"我已经很久……没有见到这么精彩的'狂欢日'了。"

　　他顿了顿，继续说道："在你们奋战的时候，我们所有教官都在为你们每一个人的表现打分，明天上午就会把你们各自的得分贴在公告墙上，到时候自己去看。今天和明天的所有训练取消，好好休息一下。解散！"

　　听到这儿，众人纷纷欢呼起来，四下散开，唯独林七夜一言不发地站在最后面，拽着蛛童的尸体默默地向后退去。

　　"咳咳。"听到袁罡的咳嗽声，林七夜的身形一顿。

　　"你想干什么？"袁罡走到林七夜面前，沉声开口。

　　林七夜沉吟片刻："我……想吃红烧蛛手。"

　　"所有在这次演习中死亡的神秘尸体都需要回收，红烧蛛手你是吃不成了。"袁罡摇了摇头。林七夜听到这句话，只能放开蛛童的尸体，心中满是遗憾。就在这时，另一个教官表情古怪地走到袁罡旁边，附在他耳旁说了什么。半晌之后，袁罡默默地转过头，注视着林七夜的眼睛："把'魔方'的尸体交出来。"

　　"嗯？"林七夜无辜地眨了眨眼，"'魔方'？它没有尸体啊？"

　　"没有尸体？"

　　"对，它就是个魔方，我把它砍碎之后，它就像沙子一样消散了，什么都没留下。"林七夜的表情十分诚恳。

　　袁罡表情古怪地看着他，片刻之后，摇了摇头，没有再说些什么，转身离开："没有……那就没有吧。"

173

教官会议室——

此时，刚刚还优哉游哉看演习的众教官，已经开始为这次演习最后的个人打分吵得热火朝天。

"不，我觉得给百里涂明17分太高了，总分才20，他只不过是用禁物的力量破开蛛童的魂体蛛网，之后也没有什么建树，杀'猎音者'的时候也不是主力，17分太高了。"

"但你不可否认，如果他没有将那一百多名新兵救下，他们根本没法去讨伐蛛童。"

"话虽然这么说，但是如果这么算，曹渊也只不过用武力强行拖住'猎音者'几分钟，16分也有点高了。"

"那种状态下的'猎音者'放在'川'境里都是顶尖的，他一个'池'境的小家伙能跟人家互殴那么久，16分还高？你'池'境的时候能做到吗？"

"我同意，绝对的武力，可以弥补很多方面的不足！"

"那就这样吧，沈青竹评分16分，有人有意见吗？"

"等等，洪教官，为什么我们其他人都写17分，你就写16？他毕竟指挥了一场蛛童讨伐行动，而且还独自进入仓库面对蛛童，16分有些低了吧？"

"性格暴躁，意气用事，扣一分理所当然！"

"既然这样，那杨梓的分要不要降一降？毕竟她也没有正面参加战斗，17分好像有点高了。"

"不，一点都不高，三栋的情况和外面的情况不一样，如果没有杨梓，女兵全军覆没都有可能，更别提反杀'猎音者'，如果不是因为武力缺陷，我可能会给她18分。"

"那莫莉呢？我觉得……"

喧闹的会议室中，就在教官们拍桌子相互吵得面红耳赤的时候，袁罡独自坐在会议桌的另一端，手中拿着一张林七夜的评分表，陷入沉思……许久之后，洪教官拿着厚厚一沓文件走到他的面前："首长，其他人的评分基本都定好了，只有林七夜的……我们不敢打分，您怎么看？"

袁罡眉梢微微上扬："不敢打？为什么不敢打？说说你们的看法吧。"

洪教官点点头："因为在这次演习之中，林七夜的表现实在是太过出色。他第一个猜出其他人沉睡的原因是在早上六点前没有醒来，之后又察觉到三栋的异常，没有急着去探究，而是先带人去仓库领武器，在面对蛛童时，虽然有些差错，但总体来说处理得还不错。在三栋中，他一个照面就推理出了'猎音者'的杀人机制,又在短短四次空间变换中参透规律,先后击杀'魔方'和蛛童两只'川'境神秘。而且,他还是所有人中唯一看破气氛组伪装的人。在这次演习中,无论是战斗力、洞察力、指挥力,还是推理总结的能力,林七夜都是顶尖水准,要是真的按规定打分,他至少能有19分,甚至可能是满分。"

洪教官顿了顿,继续说道:"其实,我们纠结的点就在这里。如果打出19分,那肯定没什么问题,但如果打出20分……我们新兵集训营里,还从来没有人得到过这么高的分数。"

袁罡沉吟片刻,缓缓开口:"给他19分。"

洪教官一愣:"为什么?"

"多一分怕他骄傲。"袁罡的双眼微微眯起,"没有什么是绝对完美的,人,更是这样。"

他的指节轻轻敲击桌面,用只有自己能听到的声音呢喃:"而且,想黑下'魔方'的尸体,总是要付出代价的……"

诸神精神病院——

穿着白大褂、戴着平光眼镜的林七夜缓步走在病院的走廊中,今天的精神病院,似乎十分平静。不,应该说,只要梅林不发疯,这里都会很平静。倪克斯躺在院子里的摇椅上晒太阳,梅林独自坐在阅览室中,捧着一本《中老年养生手册》看得津津有味,李毅飞在厨房中忙碌着,切菜声在走廊中回荡……一切,都是这么祥和、静谧。

"咝……"有点养老院的味儿了!林七夜暗自想到。

他没有惊动任何人,独自走到院长室的门口推门进去,然后拐进地下通道之中。顺着阴暗潮湿的石阶路走过一段,林七夜就听到前方密集的牢房之中传来撕心裂肺的哭号声——

"呜呜呜呜呜呜……为什么,为什么一定要杀我?我做错了什么?呜呜呜呜,坏人,都是坏人!就欺负小孩子!妈妈我想回家,呜呜呜……"林七夜听到这声音,直接一愣,眼中浮现出一抹茫然。啥玩意儿,怎么关了个小孩?不是一只蜘蛛跟一个魔方吗?这小孩哪儿来的?

他加快脚步走到牢房前看向其中,只见一个脸上遍布蛛纹、双瞳猩红的小男孩正抱住小小的自己蹲在角落痛哭流涕。他看到了小男孩,小男孩也看到了他。小男孩立马停住哭声,委屈地抿起嘴巴,就像是被绑匪控制住的小孩,想哭,又不敢哭。看到那张熟悉的面孔,小男孩仿佛又回忆起了自己被杀时的情景,吓得小脸煞白。

林七夜仔细端详了小男孩一阵,诧异地开口:"你是蜘蛛?"

"你才是只猪!"小男孩用只有自己能听到的声音嘀咕一句。

林七夜："……"

说实话，他真没想过那只蜘蛛居然是个小男孩，之前听到说话声以为是幻觉，现在想来，那应该真的是蜘蛛在说话。杀了这么一个小男孩，林七夜心中还是有些过意不去的。他叹了口气，抬头看向牢房内浮现的面板。

罪民：织魂蛛。
抉择：作为被你亲手杀死的神话生物，你拥有决定它灵魂命运的权利。
选择1：直接磨灭它的灵魂，令其彻底泯灭于世间。
选择2：让它对你的"恐惧值"达到60，可将其聘用为病院护工，照顾病人的同时，能够在一定程度上为你提供保护。
当前恐惧值：359。

林七夜："……"
这三百多点的恐惧值是什么鬼？我有那么吓人吗？
林七夜无奈地看向牢中的小男孩，后者猛地打了个哆嗦，脸色煞白："你……你……你不要杀我好不好？如果你实在想吃红烧蛛手的话，我可以给你一根……两……两根也行！"
林七夜："……"

174

红烧蛛手？就你那两根细竿子，能有几块肉？林七夜无奈地摇了摇头，面对这么一个人畜无害的小男孩，实在是下不了灵魂破散的手。见林七夜摇头，小男孩的脸色更白了。他咬了咬牙，悲痛说道："那……那你说！要给你几根才能放过我！我给还不行吗……"

"我不要你的蛛手。"林七夜平静地开口，"我要你的人。"

"我……我还是个孩子！"

"我的意思是，让你来我的病院当护工……"

"护工？"小男孩眨了眨眼，"那是干吗的？"

林七夜沉吟片刻："陪老大爷看书，哄老太太开心，有时候做个饭，洗个衣服，再跑跑马拉松就行，其实挺轻松的。"

小男孩的眼中满是疑惑，虽然不知道什么是马拉松，但听起来似乎……也不是什么坏事？只要他不贩卖自己的器官就好！

"当护工，你就真不杀我了吗？"

"当然。"

"没问题！"小男孩拼命点头，生怕林七夜反悔。

林七夜伸手在虚无中一抓，一张劳动合同瞬间就出现在他的手中，和当时跟李毅飞签的一样，在蛛童那一栏写满应尽义务，自己需要履行的义务却空空荡荡……唯一不同的是，他的这张合同没有像蛇妖不得侵占李毅飞身体那样的附加条款。

林七夜将合同递给小男孩："签了它。"

小男孩二话不说接过合同，仔仔细细地看了一遍，点了点头，然后拿起笔准备签字——"嗯……我的名字怎么写？"

"你不识字？"

"对啊。"

"不识字你还看这么久。"林七夜有些无语，"你叫什么名字？"

"阿朱。"

林七夜点点头，用笔在自己手掌上一笔一画地写下了这两个字，看着小男孩一脸认真地描自己名字。

"你多大了？"林七夜忍不住问道。

"我啊，好像一百三十多岁吧，怎么了？"

"没事，没事，你继续签……"

阿朱认真地签完自己的名字，虽然歪歪扭扭，但是依然有效，这张契约自动消散之后，牢房的大门就缓缓打开。与此同时，一件和李毅飞同款的青色护工服套在阿朱的身上，胸前的名牌上写着一串编号：002。阿朱，是这间精神病院的第二位护工。

"现在我需要做什么？"阿朱歪了歪脑袋，问道。

"先等等，还有一个。"林七夜走到隔壁的牢房，看着悬浮空中的魔方，双眸微微眯起，"刚刚我跟它说的话，你应该都听到了吧？"面对阿朱这个小孩，林七夜算是很和蔼了，但面对魔方，没有必要和颜悦色。

"听到……了。"微弱的声音从魔方的内部传来，像是电子合成音般没有情绪波动，而且吐字有些不清晰，像是台有些老旧的收音机。

林七夜瞥了眼它身后的面板。

罪民：混乱魔方。

抉择：作为被你亲手杀死的神话生物，你拥有决定它灵魂命运的权利。

选择1：直接磨灭它的灵魂，令其彻底泯灭于世间。

选择2：让它对你的"智商认可度"达到60，可将其聘用为病院护工，照顾病人的同时，能够在一定程度上为你提供保护。

当前智商认可度：85。

-093-

看到这个面板，林七夜的眼中浮现出一抹诧异，以"智商认可度"作为聘用标准他还是第一次见，这更加说明了聘用每一个护工的要求是不一样的，而且很可能与神秘自身的性格有关。比如李毅飞，评判标准是"忠诚值"，因为对他而言，忠诚是不背叛的前提条件；而对阿朱而言，"恐惧"则是控制他的最好方法。至于眼前的混乱魔方……它本身就不是传统意义上的生物，不具备忠诚、恐惧等情感因素，想要更好地控制它，就必须从智商的角度让它折服。林七夜已经逐渐摸清楚这座病院的机制了。

　　"展现你的价值。"林七夜淡淡开口，"我的精神病院，不养闲人。"

　　阿朱和李毅飞这两个人形神秘来当护工，自然是可以胜任，但聘用一个魔方……他实在想不到，除了让梅林把玩，还能有什么作用。魔方沉寂片刻，用机械的声音对着林七夜说了些什么，后者的眼睛亮了起来。"嗯……如果是这样的话，还算有点用处。"林七夜用手摩擦着下巴，有些心动。随后，他便掏出合同，与魔方也签订雇佣协议，随着合同的消失，牢房的大门也缓缓打开。魔方从中飘出，因为它本就没有身体，所以自然也没有穿上护工服，只是在魔方的某个方块上嵌了一块名牌，上面写着"003"。

　　林七夜看着眼前的两个新护工，满意地点了点头，带着他们回到精神病院内。围着围裙、戴着厨师帽的李毅飞正端着菜，匆匆穿过走廊，迎面看到走来的两人一魔方，直接愣在原地。

　　"院长？"李毅飞疑惑的目光越过林七夜，落在他身后同样穿着护工制服的阿朱身上，怔了片刻，"这是……"

　　"新护工。"林七夜简单地介绍了一下，"这个叫阿朱，那个是魔方。"

　　李毅飞的眼圈当时就红了，颤抖地将手中的饭菜放在桌上，然后一把抱住林七夜，痛哭流涕："七夜，还是你心疼我！我已经快累垮了！"

　　李毅飞激动地看向阿朱和魔方，阿朱倒还好，他看到悬浮在空中的魔方直接呆住了：

　　"这……这玩意儿能用来干吗？"

　　林七夜侧过身，给了魔方一个眼神。魔方轻轻一震，飞速旋转起来，下一刻脏衣篓中的脏衣服直接挪移到它的周围，飞速地四下翻转起来，同时一团清水和一块肥皂也出现其中，完美地将脏衣物没入水球中，没有一滴洒出它周围两米，混杂在半空中一起快速地搅动。李毅飞瞪大了眼睛，整个人激动得颤抖起来："这……这是……"

　　机械的声音从魔方中传来："魔方牌全自动洗衣机、甩干机、洗碗机、麻将机，竭诚为您服务！"

175

"太好了,太好了!"李毅飞激动得像个孩子,"终于不用手洗衣服、洗碗了!你是不知道,这段时间我的手上磨出了多少老茧!我可太难了!"

林七夜看着魔方极其高效的洗衣速度,满意地点了点头。

这个护工,雇得不亏啊。

李毅飞又将目光落在怯生生站在一旁的阿朱身上,满怀期待地问道:"你呢?你有什么绝活儿?"

阿朱歪着脑袋想了会儿:"我……我会睡觉?"

李毅飞:"……"

李毅飞转头看向林七夜,林七夜耸了耸肩:"他什么都不会,不过可塑性应该不错,你多教教他。"李毅飞有些遗憾地叹了口气,还以为这个小男孩也像魔方一样身怀绝技,没想到真的只是个普通的小男孩。不过至少有个人能帮他分担分担,现在他已经很满足了。他仔细打量了阿朱几眼,神神秘秘地拉林七夜到一边,小声地开口:"七夜,他是不是太小了?你这算是雇用童工吧?"

林七夜白了他一眼:"放心,他的年纪都能当你爸了。"

李毅飞瞪大了眼睛。

他摇了摇头,走到阿朱的面前,拍了拍他的肩膀:"阿朱是吧?放心吧,以后你飞哥带着你,现在不会没关系,慢慢学就是了。"

阿朱眨着眼睛,乖巧地点头。

"对了,那两位最近的情况怎么样?"林七夜问道。

"倪克斯还是老样子,没事就晒晒太阳,自己说说话,梅林……最近变海星的频率低了一点,但还是令人头疼,不过最近他似乎喜欢上看书了,整天在阅读室里不出来。"李毅飞如实说道。

林七夜点点头:"还行,记得每天让他们定时吃药,这两个家伙交给你,以后你就是护工头子,带好他们。"李毅飞的嘴角微微抽搐。林七夜没有理会李毅飞的吐槽,心念一动,便离开了精神病院。

等林七夜走后,李毅飞看了眼正在洗衣服的魔方,鬼鬼祟祟地凑到阿朱耳边,小声说道:"阿朱啊……"

"嗯嗯。"

"你会不会打麻将?"

"麻酱?"阿朱想了想,"麻酱是那个可以吃的麻酱吗?"

李毅飞:"……"

"七夜，七夜！快醒醒！"百里胖胖激动地站在林七夜的床边，晃着林七夜的身子，"昨天演习的分数出来了，你是第一！"

"哦。"林七夜懒洋洋地应了一句。

"哦？"百里胖胖瞪大了眼睛，"你可是拿了19分，比第二名的17分足足高了两分，你不激动吗？"

林七夜诧异地开口："为什么要激动？这不是很正常吗？"

百里胖胖："……"

"那你猜猜，我多少分？"百里胖胖满脸期待。

林七夜看到百里胖胖的眼神，表情古怪地开口："你不会就是那个第二吧？"

"啊哈哈哈，这都被你看出来了。"百里胖胖仿佛戴上了嚣张面具，双手叉腰，"不过，我算是并列第二，还有人的分数和我一样。"

林七夜从床上坐起身，看了眼时间，便向宿舍外走去。

"你去哪儿？今天不用训练啊。"百里胖胖疑惑地问道。

"随便转转。"

林七夜当然不可能告诉他自己要去找个地方进行召唤仪式，魔方的尸体中蕴含的力量可能会随着时间的流逝而消失，所以必须要在这两天完成召唤仪式。好在他有召唤魔法专精的加成，大部分的施法材料都能省略，但是必须找一个没人的地方才行。其实林七夜本来想试着在精神病院内进行召唤仪式，奈何外界的物体无法带入其中，所以这个办法根本行不通，只能趁着今天没有训练任务，在集训营内找个偏僻无人的地方作为召唤地点，等到深夜再偷偷溜过去举行召唤仪式。

林七夜看似随意地在营内逛了一圈，最后锁定了安全的召唤地点，那就是用来储存军械武器的仓库。整座集训营里，没有摄像头覆盖的地方只有三座仓库，其中一座昨天被沈青竹炸了，另外一座就在教官宿舍隔壁，剩下的就是昨天林七夜他们破门而入进去取武器的那座仓库。

那座仓库原本的铁皮大门被炸了之后，还没有修缮好，毕竟那么沉重的金属门想要运过来需要时间，现在只是用折叠门简单关了起来，以林七夜的实力，想要悄然无声地翻进去并不困难。其实他也想过直接去宿舍的楼顶，但是在召唤过程中会有光芒发出，如果不是在室内的话，很容易被人发现。百般比较之下，只有那一处仓库最为合适。

入夜——

林七夜的身影如同鬼魅般悄然翻出窗外，轻飘飘地落在地上，一身黑衣配合"至暗神墟"的黑暗，完美地融入了阴影之中，脚尖轻点，飞速地朝着武器仓库的方向移动。他轻盈地翻过折叠门，稳稳落入仓库之中，将用来囤积热武器的箱子搬开，在中央腾出一大片空地。他蹲下身，从口袋里掏出一根炭笔，认真地在地上绘画起来。次元召唤魔法的复杂程度远不是随机召唤能比的，而且林七夜是第一次召唤，需要增加签订契约的步骤，所以过程最为繁杂，等到他和某个生物签订契约之后，如果想要召唤它，就只需要以鲜血为引，不需要画魔法阵这么麻烦。否则战斗的过程中，哪里有那么多的时间慢慢画魔法阵。大概过了十分钟，林七夜才停下笔，站起身来仔细检查着眼前庞大的召唤阵法，每一根线条都完美地交错在一起，组成一个庞大的圆形图案，彻底将几何的美感发挥到了极致。

"差不多了。"林七夜喃喃自语，将口袋中的魔方残片倒在魔法阵的中央，然后咬破自己的指尖，涂抹在魔法阵的一角。召唤仪式准备完毕。

176

林七夜深吸一口气，按照脑海中的召唤魔法知识，将精神力依次灌入魔法阵的每个节点，地上的庞大魔法阵便亮了起来！一股玄妙的空间波动从魔法阵中传出，林七夜只觉得自己的灵魂仿佛受到某种神秘的指引，逐渐脱离身体，朝着虚无游荡而去……恍惚间，他仿佛身于深邃的宇宙，头顶悬挂着一颗颗闪亮的星辰，有的璀璨如阳，有的暗淡无光，星罗棋布。他心里很清楚，此刻他的魂体正穿梭于众多位面之外，而那些明暗的星辰，就是一个个截然不同的位面。这种感觉很奇妙，就像是超脱于尘世之外，真正领略到世界的真谛……他似乎有些明白了，梅林为什么如此执着地追求真实世界，任何人看到这样一幅宏伟壮阔的画面，都会生出渺小卑微之感。他试着将意念送入最近的一颗星辰中，那颗星辰光芒绚烂，即便在这浩渺似海的万千位面中，也属于最为璀璨的那一批。这是一个拥有许多高阶召唤生物的高阶位面！

或许是祭品不足，或许是自身境界太低，林七夜的精神力只是刚刚探入其中就被弹开，但就在这短暂的瞬间，他隐约感知到了这个位面中最为强大的几只生物——有九条尾巴的红色狐狸，有八条尾巴的大型章鱼，有两条尾巴的蓝色怪猫，有三条尾巴的硬壳乌龟……只可惜，这种层次的位面他还无法进入，就算进入了，凭他现在的灵魂强度也无法与那些生物缔结契约。

林七夜无奈地摇了摇头，在好奇心的驱使下，又将意念探入另外一颗璀璨星辰中，虽然知道自己现在无法进入其中，但还是想看看高阶的召唤生物究竟是什么样子。身形如同山岳般大小的冰霜巨龙，诡异神秘的巫妖，匍匐于荒野间的山岭巨人，浑身缭绕着电光的蓝色熊猫……

林七夜的意识再度被弹开，心神却还沉浸在刚刚的震撼画面中，不说别的，光是刚刚那条冰霜巨龙，至少也有"无量"境的威压，随便吐息一口都能毁掉半座城市。这就是高阶召唤生物吗……简直强悍得令人发指！林七夜暗下决心，等哪天境界够了，一定要召唤出这条冰霜巨龙。想到未来的某一天，漆黑的苍穹之下，他能骑着冰霜巨龙横跨山岳大海，心中就隐隐有些激动。不过现在，他还是先找个符合他境界的召唤生物吧。

林七夜的目光落在这颗星辰的旁边，另一颗较为暗淡但也还算是明亮的星辰上，将自己的意识探入其中。这一次，他的意识并没有被弹走，说明他所献祭的魔方尸体足以让他获得进入这个位面的资格。这是一个以废土为背景的位面，各种凶悍而诡异的变异生物生活在其中，相互捕食杀戮，极少有人类生存，这里是只属于变种生物的乐土！

林七夜的魂体穿梭于这个位面之间，凭借着隐约传来的力量波动，跨过无垠的废土，来到了某片荒漠之上。与此同时，蹒跚行走于荒漠上的一具木乃伊僵硬地抬起头，似乎察觉到了林七夜的存在，空洞的眼窝注视着他所在的地方。这具木乃伊并不大，个头只到林七夜的胸口，看起来瘦瘦小小，仿佛普通人都能一拳把它干倒。

林七夜皱眉看着眼前的那具木乃伊，心中浮现出些许疑惑。按理说，他依靠"召唤魔法极度亲和"的天赋，接引到的生物都应该是战力极高的水准，如果放在这个低级位面，至少也是这个位面最强的变种生物才对。可眼前这个小木乃伊，怎么看怎么不像擅长战斗的样子。难道是潜力极大的那种类型？

林七夜犹豫片刻，决定相信一次"召唤魔法极度亲和"这个天赋，与眼前的小木乃伊签订召唤契约。毕竟他只是献祭一个"川"境的神秘尸体，而且魂体在诸多位面中行走许久，已经有些不稳，如果放弃眼前这个木乃伊去其他位面寻找，未必来得及。

林七夜的指尖在虚无中勾勒出一个小小的魔法阵，悬浮在两者之间，这是用来缔结召唤契约的魔法，只要将其烙印到木乃伊的心魂中，就能让它成为自己的召唤物。小木乃伊向后退两步，似乎有些警觉，但由于林七夜身上"召唤生物亲和力"的BUFF①，它并没有选择逃跑，而是有些好奇地打量着他。

"成为我的召唤生物，作为交换，我让你成为这个位面的王。"林七夜注视着木乃伊的眼窝，平静地开口。木乃伊似乎能听到林七夜的话，低着头像是在思考着什么，片刻之后试探性地向林七夜接近，绑满绷带的手指缓缓伸出，在半空中的魔法阵上轻轻一点。紧接着，绚烂的光辉将两者的身影吞没其中……

集训营，仓库——
庞大魔法阵上的光辉逐渐消失，撒落在中央的魔方碎片刹那间化作飞灰，消失无踪。盘膝坐在魔法阵旁的林七夜睁开双眼，眸中浮现出一抹喜色。第一次次元召唤，成功了！他能感觉到，在遥远的另外一个位面，有个灵魂已经与他的魂

---

① 在游戏中，通常指给某一角色增加一种可以增强自身能力的"魔法"或"效果"。

体相连，只要他想，随时能将其召唤出来。林七夜站起身，再度咬破指尖，伸手在虚空中一按。深蓝色的魔法阵突然出现在半空中，错综的线条与图形缓缓旋转，仿佛连通了另一个世界，紧接着，一个浑身缠满绷带的小小身影便从阵中走出。魔法阵的光辉逐渐散去，小木乃伊疑惑地看了看四周，最终看向身后的林七夜。

在灵魂契约的联系下，林七夜能感知到眼前这个木乃伊的全部信息，喃喃自语起来。

"战争木乃伊，来自异变废土世界，能力是……嗯？！"他整个人一愣，错愕地看向不知道什么时候跑到仓库角落的木乃伊。在他的注视下，小木乃伊兴奋地举起了眼前的一支 AK47，绷带下的嘴巴一张，将这支比它还高的枪支硬生生吞了下去！

177

眼前的这一幕实在太过诡异，而且不知道是不是林七夜的错觉，小木乃伊吞掉了一支 AK47 后，好像……长高了一点？吞掉一支枪，小木乃伊还不满足，左手抓起一枚榴弹炮，右手抓起一柄制式星辰刀，又开始往嘴里塞。等林七夜回过神来的时候，它已经连续吃了五支自动步枪、两把冲锋枪、三颗手雷、一枚榴弹炮以及星辰刀若干……而它的个头，也肉眼可见地长高了两厘米。

"等等！"林七夜一把拽住正准备生吞 RPG 火箭筒的木乃伊，有些头疼地开口，"你把这里的武器吃了，到时候教官发现了怎么办？"

小木乃伊疑惑地歪了歪脑袋，似乎无法理解林七夜在说什么。林七夜叹了口气，虽然对方是他的召唤物，但是不代表对方的智慧和自己是一个层次，眼前的这个小木乃伊……似乎不大聪明的样子。

"你能不能先给我看看，你吃下这些武器，能做什么？"林七夜好奇地问道。

小木乃伊点点头，往后退了两步，然后浑身的绷带诡异地舒张起来，一杆杆漆黑的枪管从它体内伸出，有长有短，错落地遍布全身。与此同时，两柄星辰刀从它的手掌伸出，腰间的绷带卷着一枚枚手榴弹，像是裙子般环绕在一起，肩头的绷带松动，一枚榴弹炮突然架在它的肩膀上，随时准备发射。眨眼间，人畜无害的小木乃伊就变成了肩扛大炮、腰缠手雷，浑身上下遍布枪口的战争堡垒！林七夜震惊地张大了嘴巴。

"能力是将吃下的武器变成自己的力量……难怪，难怪叫作战争木乃伊。"林七夜喃喃自语。只要让它吃下足够多的武器，在战场上就能化身为不死的战争堡垒，一个人就能对一整支装备热武器的军队进行火力压制，解决一切由火力不足产生的困扰。而且这吃的还都是普通武器，如果让它吃下一枚核弹……那岂不是变成核弹木乃伊了？！林七夜已经能幻想到，小木乃伊吃了核弹之后蹦蹦跳跳地跑到敌方基地,然后一朵蘑菇云冉冉升起……等等!林七夜突然想到,自己找到小木乃伊的那个荒漠,不远处好像就是一个巨型爆炸产生的大坑,该不会那就是它炸的吧?!不过,它的生存能力有那么强吗?林七夜从木乃伊脑海中的信息得知,它的生存能力极其强悍,但具体强悍到什么地步还不知道,不过既然是个木乃伊,应该没那么容易死吧?怪不得召唤魔法的天赋直接将他指引到木乃伊的面前,从某种角度上来说,它确实是那个位面的最强生物!

　　林七夜经过短暂的犹豫之后,眼中浮现出光芒,拍了拍小木乃伊的肩膀,指着全仓库的武器说道:"放开肚皮吃吧!"

　　小木乃伊一愣,歪着脑袋,有些难以置信地用手画了个圈,仿佛在说:这些,我真的都能吃吗?

　　林七夜笑了笑:"都能吃,今晚给它全部吃光!这是我送给你的见面礼。"

　　小木乃伊激动地做了个"哇"的姿势,然后飞快地拎起刚刚放下的RPG火箭筒,一口吞了下去,然后抱起旁边一车的炸药包,像是吃薯片一样往嘴里狂塞——枪械、弹药、火药、刀具……小木乃伊以惊人的速度横扫整个仓库,像是过境的蝗虫,所到之处,一个武器都不会被剩下。大约半个小时后,原本装满武器的仓库已经空了,就连货架上尖一点的螺丝钉都没剩下,比贼洗劫得都干净。此时,小木乃伊的身高已经近3米,几乎顶到仓库的天花板,像个巨人。

　　"好像有点太大了,这样一来室内作战就有些麻烦了……"林七夜皱眉看着3米高的木乃伊,有些头疼地说道。木乃伊似乎听懂了他的话,身上的绷带收缩起来,整个人就像是泄了气的皮球瘪了下来,眨眼间就恢复到原本的大小。林七夜看着这神奇的一幕,嘴角微微上扬——看来这次……是捡到宝了啊。

　　第二天清晨——

　　洪教官和往常一样,早早地来到仓库门口,例行检查集训营内的武器储备情况,这本该是顾教官的工作,但在他得了精神病不得不回家调养之后,这些活只能落在洪教官的头上。

　　"唉,这门也太简陋了,不知道后勤部那帮人什么时候把新门安上来,不然万一有人进来偷东西怎么办……"洪教官一边推开简易折叠门,一边摇了摇头,"不过,这毕竟是训练营里,谁能有那么大的胆子进来偷……嗯?"洪教官站在推开的折叠门后,看着眼前空空荡荡的仓库,直接愣在了原地,"嗯……看来昨天睡太晚了,都累出幻觉了,呵呵,呵呵呵……"他揉了揉自己的眼睛,再度看向前方。五秒的沉寂之后,一声洪亮的骂声回荡在整个集训营的上空。

　　"什么?武器仓库空了?"袁罡诧异地开口,"查了吗?"

　　"查了,全都查了!"洪教官郑重地开口,"不过因为仓库里没有监控,看不到发生了什么,但是从仓库外的监控情况来看,没有人接近过仓库,集训营门口的监控也看了，最近十天都没有可疑人等进出。"

"不是外部人员干的？"袁罡的眉头微微皱起，"难道是内鬼？"

"可如果是内鬼的话，那武器去哪儿了？"洪教官瞪大了眼睛，"那可是整整一仓库的武器！如果没有送出集训营的话，它们能藏在哪儿？"

"下水道、宿舍楼、教室这些都找过了？"

"都找过了，训练场那块地都快刨开了！没有啊！见鬼……"洪教官控制不住要骂人了。

袁罡沉吟片刻："不，还有一个东西，能容纳这整个仓库的武器……"

洪教官似乎想到了什么："你是说，百里涂明的'自在空间'？可他为什么要这么做？"

"不知道，既然没有外人进入集训营，又不可能是其他人藏起来，排除'无量'境以上强者来偷武器的情况，就只有那小胖子一个人能做到了。但他们百里家族想要军火的话，又哪里用得着这种手段……"袁罡沉吟片刻，"一会儿，让他来见我。"

178

在一阵唉声叹气中，百里胖胖回到了寝室。

"怎么样？"林七夜扬了扬眉毛。

"我也不知道发生了什么，一进去教官就要检查我的'自在空间'，查完了之后他们又一副见鬼的表情，然后我就出来了。"百里胖胖有些摸不着头脑地说道。

林七夜轻咳两声，没有说话。幸好他昨晚用"至暗神墟"抹掉了仓库里留下的痕迹，这么一来就彻底斩断了与自身的联系。教官们确实没有找到其他线索，开始怀疑是百里胖胖用"自在空间"把武器库搬空了，不过现在这么一搜，就彻底洗清百里胖胖的嫌疑，接下来再想调查就困难许多。

就当是我借走的吧……等我以后有实力了，就双倍奉还。林七夜在心中暗自说道。

对战争木乃伊来说，吞下多少武器就是决定它实力的重要因素，如果离开集训营，再想遇到这么多的武器库存，估计只有去洗劫军事基地了，这个千载难逢的机会林七夜绝对不能错过。就在林七夜默默忏悔的时候，宿舍楼外熟悉的哨声再度响起，他瞬间回过神来，拍了拍还在迷茫的百里胖胖的肩膀："走了，训练要开始了。"

百里胖胖"哦"了一声，跟在林七夜的身后快速向外跑去……

八月。春日的微凉彻底退去，独属于夏日的灼热炙烤着整个大地，仿佛一座巨大的火炉，轻轻动一下身子，就是大汗淋漓。林七夜独自坐在树荫下，望着远处熟悉的训练场，不知在想些什么。

"七夜，你怎么一个人坐在这儿？"曹渊从远处走来，有些疑惑地开口，"不去吃饭吗？"

"去。"林七夜点点头，从地上站起身，最后看了眼训练场，"就是……有些舍不得。"

曹渊回头望去，长叹了一口气："毕竟是奋战了一整年的地方，大后天就要走了，这一走……就不一定回得来了，是该好好看看。"

林七夜没有说话，只是摇了摇头，迈步朝着食堂的方向走去。

"七夜，你怎么来得这么慢？"百里胖胖站在桌前，嘴里塞满了食物，含混不清地说道，"你再来晚点，我就要吃光了。"

"饭桶。"曹渊淡淡开口。

百里胖胖咧嘴，正准备跟曹渊来波祖安对线，林七夜突然开口："对了，训练和考核都已经全部结束，接下来还有什么事情吗？"

百里胖胖想了想："好像没有了吧，只等每个人的排名出来，然后高层那边就会安排我们的去向，到时候直接下发通知。"

"大后天还有一场宣誓仪式，发完各自的星辰刀、斗篷和勋章之后，当晚就要离开这座训练营，前往各自的驻地。"曹渊补充。

"总而言之，接下来的这几天，我们只要安心躺着就好。"百里胖胖打了个哈欠，"在这里辛苦训练了一年，终于能安心过两天舒服日子了……"

他话音刚落，手机就收到了一条信息，不光是他，食堂内正在吃饭的所有人都收到了同一条信息。在训练和考核结束之后，教官们就将手机还给所有人，除了不允许离开这座集训营，不允许透露任何关于集训营的信息之外，再也没有别的限制。从某种意义上来说，他们已经是正式守夜人，而不是这座集训营里的新兵，他们所差的，只是一个宣誓仪式而已。

"是总排名出来了！"百里胖胖看到手机里的信息，惊呼出声，"我的总分74，在营里排184……呃。"百里胖胖的脸色有些难看，"没道理啊，我演习的时候还是第二呢，怎么现在就184了？"

林七夜有些无语地开口："这是综合成绩，除了演习和射击两个项目你的分比较高，体能、近战、战略这些项目能得多少分，你自己心里没数吗？"

百里胖胖："……"

曹渊扫了眼排名："我总分91，排名第三……跟我想的差不多。"

百里胖胖凑到林七夜的跟前："七夜，你不好奇自己排第几吗？"

"第一。"林七夜看都不看名单一眼，平静地说道。

百里胖胖耸了耸肩："真没意思。"

名单的最上方,"林七夜"三个大字悬挂在所有人的头顶,总分95,排名第一。事实上,如果不是射击考核林七夜只拿了卑微的6分,分数可能会更高,要知道现在第二名的沈青竹不过才92分,可见林七夜的成绩有多么恐怖。

百里胖胖叹了口气:"人与人之间的差距,怎么能这么大……照这个情况,七夜你去上京小队几乎是板上钉钉的事情了。"

"不一定。"曹渊悠悠开口,"不只是上京,我猜,那些特殊小队也已经按捺不住了……"

大夏边境,某个原始丛林中——

"拿下!必须拿下!!"一个披着金色斗篷的女人坚定地开口,"双神代理人,集训营排名第一,又有'星辰'勋章在身,这个林七夜的潜力太大了,我们一定要把他拐……不对,招到我们'凤凰'小队来!"

她身边一位戴着眼镜,看起来斯斯文文的男人叹了口气:"队长,你冷静一点儿,我们小队现在不缺人啊……"

"这不是缺不缺人的问题,我敢肯定,只要让这个林七夜成长起来,一定会是个超越我和王面的恐怖存在,这种人才,我们'凤凰'不能错过!"

"可按照规定,特殊小队在没有大量人员亏损的情况下,不能吸纳新兵。"男人犹豫着说道。

女人听到这句话,认真地思考起来。半晌之后,她的双眸逐渐亮起,猛地转头看向男人,那直勾勾的眼神看得他心里发慌。

"队,队长……你想干吗?"

"要不这样,"女人欣喜地提议,"我先把你打残了,然后申报人员亏损,等林七夜被拐到我们小队之后,我再让你恢复……这是不是个两全其美的好办法?"

男人:"……"

| 第九篇 |

绝处逢生

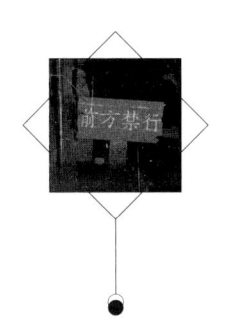

淮海市——

披着灰色斗篷的天平快步穿过走廊，敲了敲某扇门，然后推门而入。

"队长，今年的集训营排名出来了。"天平走到王面的身前说道。

王面眉梢一挑："怎么样？"

"果然如你所料，林七夜第一，得了95分，而且还拿了一枚'星辰'勋章。"

"95啊……跟我当年一样的分数，还好还好。"王面松了口气，还以为这小子能拿多高的分数，差点这脸就挂不住了。

"队长，他的射击考核只拿了6分。"

"变态。"王面嘴角微微抽搐，整个人倒在躺椅上，长叹了一口气，"这么一来，估计抢他的人不会少啊……"

"队长，我们要不要也向上级申请，把林七夜调过来？"天平忍不住问道。

王面摇了摇头："不用。"

天平一愣："为什么？我们也是特殊小队，而且和林七夜的关系不错，如果我们发出邀请的话，他很可能会同意的。"

"林七夜这种罕见的天才，高层不会让他加入任何一支特殊小队的。"

天平似乎想到了什么："你是说……"

"他这种人，注定要自己组建起一支特殊小队。如果加入任何一支特殊小队，反而会限制他的成长，我听说第五支特殊小队的重建计划已经提上日程了。"王面平静地开口。

"不过，林七夜怎么说也只是个刚出集训营的新人，无论是实力、资历都有些不足，不会这么快就让他去组建特殊小队，高层很可能会将他调入某个城市的驻守小队磨炼，等到时机成熟，再让他去组建新的小队。所以说，我们申请让林七夜过来，高层是不可能同意的。"

天平无奈地叹了口气，似乎是有些遗憾。

"可惜了……"

"没什么可惜的。"王面站起身，笑着拍了拍天平的肩膀，"你难道不期待吗？"

"期待什么？"

"期待有一天，他带着一整支全新的特殊小队，与我们并肩而立。"王面抬头看向窗外，喃喃自语，"我可是很期待啊……"

阴沉的乌云逐渐笼罩大地，似火骄阳像是被黑暗放逐了般，消失在浓重的阴霾之后，燥热而沉闷的空气几乎压得人喘不过气来。这个世界，在等待一场大雨。

"要下大雨了。"林七夜倚靠在宿舍的走廊上，抬头看着越发暗淡的天空说道。

"下吧下吧，下了才好，这鬼天气真是热死个人了。"百里胖胖抹了把汗，无奈地开口。

集训营里没有空调，这么燥热的环境下几乎没人能在宿舍待得住，大半的新兵跑到了走廊上，试图吹上一丝凉风。没有训练的束缚，大家似乎都放开了许多，开始在宿舍楼里组织娱乐活动，打牌、下棋、打游戏……

就在众人热并快乐着的时候，尖锐的哨声再度响起。听到哨声的一瞬间，所有人下意识放下了手中的东西，飞快地朝训练场狂奔。在这一年的训练之中，随哨声而动已经成了他们本能的一部分。

三分钟后，所有人都抵达了训练场。洪教官站在演武台上，喊了一会儿的稍息、立正之后，从牛皮袋中拿出一张文件，开口道："现在叫你们来，是因为调令都下来了，我在这里先宣布一下，你们好早做准备。"

听到调令下来的瞬间，所有人的心都是一紧，有些紧张，又有些期待。

"郑钟，调往武东市 117 号守夜人小队！"

"杨梓，调往海兰市 152 号守夜人小队！"

"李少光，调往……"

"邓伟……"

"…………"

随着一个又一个名字的报出，天色也越发深沉，隐约雷鸣从乌云中传出，回荡在天穹之上。有人松了口气，有人则依然提心吊胆。

"莫莉，调入姑苏市 017 号小队！"

"百里涂明，调往广深市 010 号小队！"

"曹渊，调入淮海市 007 号小队！"

"沈青竹，调往上京市 006 号小队！"

"林七夜，调往沧南市136号小队！"

听到这儿，所有人都是一愣，诧异地看向队列中的林七夜，眼中有不解、有震惊、有不忿……林七夜的表现，所有人都看在眼里。对于林七夜这个第一名，他们是完全心服口服的。可万万没想到，就在所有人以为他会进入特殊小队，或者上京市小队的时候，高层却给他又安排回了沧南这个小小的城市……这是有黑幕？！反观林七夜，听到这个结果之后非但没有觉得气愤或者不公，恰恰相反，他对这个安排满意得不能再满意了。而百里胖胖和曹渊皱眉对视一眼，似乎也觉得这个安排有些不妥，但想到林七夜自己对这个结果十分满意，就默契地没有说话。但他们不说，还是有人会说。

"报告！！"人群中，沈青竹突然大声喊道。

"讲。"

"我不服！"

"你已经被调入上京市小队了，还有什么不服？"

"不是我。"沈青竹的双眼眯起，冷声开口，"林七夜明明是集训营第一名，没有进入特殊小队就算了，为什么还会被调到沧南？"

"哦？"洪教官扬了扬眉毛，"你沈青竹什么时候跟林七夜关系这么好了？"

"这不是关系的问题。"沈青竹严肃说道，"他比我强，他比这座营里任何一个人都强！如果连他都只能留在沧南，那我……凭什么去上京？我沈青竹，丢不起这个脸！"

沈青竹的话掷地有声，不仅听愣了林七夜，就连洪教官一时之间都不知该怎么回答。

"沈青竹，还有林七夜，我希望你们清楚……"洪教官深吸一口气，缓缓说道，"这个调令不是我们安排的，是守夜人的高层安排的，其实在得知这个消息的时候，我们比你们更加疑惑、愤怒，林七夜的表现我们都看在眼里，他才是最该被重用的那一个！但是……我们是军人，军人，就是要执行命令！我不知道是谁下达的这个命令，但我相信，他这么做一定有他的道理！话我就说到这儿了，你们每个人的调令文件一会儿就会发下去，下面……解散吧。"

洪教官转身离开，只留下一众新兵留在原地，茫然地互相对视。

"啪嗒——"一滴雨水落在了林七夜的肩头，紧接着，是第二滴，第三滴……顷刻之间，大雨倾盆！

见雨水落下，众人纷纷奔跑离开，仅留下几人站在原地。

"哇，沈哥！你居然被调入上京市的小队了！"

"对啊沈哥，你也太厉害了！"

"唉，可惜我只能去西边的城市驻守，离上京太远了，不能经常回去看沈哥……不过我还是要说，沈哥威武！"

"对！沈哥威武！"

邓伟三人簇拥在沈青竹的身边，满脸兴奋地说道，那神情，简直比自己去了上京市更激动！沈青竹眉头皱起，看了眼林七夜所在的方向，瞪了三人一眼："都给老子闭嘴！"

邓伟三人立马不再说话。沈青竹往前走了两步，似乎想和林七夜说些什么，但又停了下来，犹豫片刻之后，还是选择转身离开……他走得很慢，步伐很沉重，明明他去的是最好的城市，整个人却说不出地落寞。

"七夜……"百里胖胖站在雨中，犹豫着开口。

"不用安慰我，能留在沧南是我求之不得的。"林七夜笑了笑，他说的是真话。虽然他的心中有些疑惑，为什么自己会被调入136小队，但也仅仅是疑惑。与其去远方陌生的城市，认识陌生的人，他更愿意留在沧南，留在136小队众人的身边。他的目标，从来不是什么守护人类、出人头地……他只是想完成与赵空城的约定。约定，在哪里完成都是一样的。

曹渊沉默地拍了拍他的肩膀："回去吧，雨下大了。"

仅是片刻工夫，雨水就像是从天空倾倒而下似的，滂沱的大雨浇在他们的身上，将他们彻底淋湿。

林七夜点点头，正欲离开，整个人突然一怔。

"怎么了？"百里胖胖疑惑地开口。

林七夜的眉头微微皱起："你们有没有觉得……地面在震动？"

"震动？"百里胖胖一愣。

曹渊皱了皱眉，低下身将手放在地面上，眼中浮现出一抹疑惑："没错，确实在震……而且，震动的幅度越来越大了。"

沧南边境，津南山下，错落的村庄之中——

狂落的大雨浇灌在土瓦砌成的矮房之中，顺着墙壁上的裂缝流入屋内，滴滴答答地落在地面上。矮房老旧的门槛上，坐着一个扎着麻花辫的小女孩，穿着一件泛黄的短袖，托着头看向阴沉的天空。滂沱的雨水冲刷在村里的泥路上，一条条深褐色的泥流顺着蜿蜒的田野淌下，整个世界仿佛都淹没在雨水之中。

"丫丫，你怎么还坐在这里？"一个女人急匆匆地从屋中走出，看到女孩坐在门口，说道，"雨这么大，你坐在门口容易感冒，赶紧进来。"

丫丫"哦"了一声，乖巧地走进屋中。女人走到门前，抬头看向大雨中的津南山，眉头紧锁，神色十分焦急："唉，这么大的雨，你爸现在还在山上……这可怎么办？让他今天不要去不要去，非不听！"

女人急得跺了跺脚，犹豫片刻之后，回到屋中拿起墙上的雨披，一边往自己身上套一边对丫丫说道："丫丫，妈妈要上山找爸爸，你跟爷爷奶奶待在家里，不要乱跑，知道吗？"

"知道了。"丫丫重重点头，麻花辫像是小尾巴般轻轻摆动。

女人套好雨披，顶着大雨走出屋子，一脚脚踩在泥泞的小路上，缓慢而坚定地朝着山路走去。丫丫跑到门口，一双乌黑的眼睛注视着女人逐渐消失的背影以及朦胧在雨水中的津南山。突然，大地颤抖了起来，丫丫身形一晃，险些摔倒在地。她一把抓住门槛，小小的眼睛里满是惊恐。地面的震动越来越强，幅度越来越大，直到她抓住门槛都很难稳住身形，头顶的房屋剧烈地摇晃起来，发出刺耳的嘎吱声，仿佛下一刻就要坍塌。她猛地抬起头，看向雨中的津南山。随着大地颤动，一块块庞大的山间土石滑落，顺着大雨的冲刷，逐渐汇聚成一道道滂沱的深褐色浪潮！这条由泥土与石块组成的浪潮从山腰涌下来，像是一条在雨中狰狞咆哮的泥水巨龙，狂掠过倾斜的山体，以惊人的速度涌向山脚。一座座房屋、村落被这只褐色巨兽淹没，那些看起来坚硬结实的房屋，在自然的伟力下像纸糊的一样脆弱。

丫丫瞪大了眼睛，在摇晃的地面上艰难地跑回屋中，大声喊道："爷爷奶奶快跑！泥石流来了！！！"

"轰——"从天空中向下看去，泥石流就像是所向披靡的咆哮凶兽，在倾落的大雨中，无情地席卷着津南山下零落的村庄。最终，一切在雨中归于死寂……

尖锐的哨声响彻集训营，刚回到宿舍楼准备洗澡的林七夜和百里胖胖对视一眼，飞快地放下手中的毛巾、面盆，撒腿就朝雨中的训练场跑去。即便雨势浩大，也没有人迟到，片刻之后所有人都集合在训练场上，身形笔挺地伫立在大雨之中。

"七夜，你说……到底发生了什么？"百里胖胖小声地问道。

"不知道。"林七夜摇了摇头，表情十分凝重，"但我估计……应该是出事了。"

来训练场集合的不仅是新兵们，还有其他的教官。他们飞快地列好队伍，眼中也满是迷茫，不知道这时候喊他们来集合到底是发生了什么。"嗡——"低沉的引擎声从远处传来，一辆辆军绿色的篷车从远处的道路疾驰而来，明晃晃的大灯穿透连绵的雨幕，将昏暗的场地照得通明。

总教官袁罡快步走到台上，军帽下的面孔前所未有地严肃。他简单地清点了一下人数，几乎是咆哮着对所有人说道："十分钟前，因地震影响，津南山附近发生大规模泥石流！周围八个村庄遇灾，初步估计，遇难者有近两百人！现在，已经有大量的救援队伍向津南山出发，但是因为道路不畅，他们还需要一段时间才能抵达！在泥石流面前，时间就等同于生命！津南山附近，唯一可以迅速调动大

- 109 -

量人员的地方就是我们集训营！我知道你们都已经结束集训，即将走出这里前往不同的城市！但现在，请不要忘记你们是军人，大夏的军人！就是哪里需要我们，我们就去哪里！接下来，我要你们所有人用你们用来守护城市的能力，拯救这些遇难者！"

袁罡深吸一口气，指着远处停在雨中的几辆军用篷车，大声喊道："所有人！全部上车！我们……去救灾！！"

181

低沉的天空下，数辆军用篷车在泥泞的道路上疾驰，密集的雨滴噼里啪啦地落在篷顶，混杂着轰鸣的引擎与雷声，像是一首混乱的灾厄奏鸣曲。数十位新兵无声地坐在篷车内，身体随着颠簸的车身微微摇晃，倾斜的雨水从敞开的后篷打进来，沾湿了他们的衣襟。

洪教官坐在最前面，他从麻布袋中掏出一件件黑色的挡雨军大衣，相互传递着分发下去。"遇灾的八个村庄相互之间离得很远，有的坐落在津南山东面，有的在南面，甚至有的在山沟之中，我们的篷车开不进去，再往前开一段，就只能靠大家徒步前往。离得最远的那座村庄地势极为偏僻，道路崎岖，再加上大雨，还随时可能再度出现地震，如果是普通救援队的话，光是从山外到山内这段路程就要花费近48小时。泥石流灾难的黄金救援时间是72小时，等到救援队赶到，几乎就没有什么救援时间。不过你们不一样，经过数次的极限训练，哪怕是在极端条件下，徒步也能在24小时之内穿过这段路程。"洪教官掏出一张津南山的地图，在地上展开，用手电筒照亮，蹲下身用笔画了起来，"经过我们教官刚刚的讨论，初步确定救援计划，我们会将所有的教官和你们分成八组，分别前往不同的村庄救援，山外的五个村庄还好说，救援任务并不困难，主要是分布在津南山内部的三个村庄，我们姑且将它们标为1号、2号和3号。其中1号就是我刚刚说的，地处津南山最腹地的村庄，想要对1号进行救援，就必须在最短的时间内，在极端条件下穿过整座津南山脉，任务最为艰巨。为了加快穿越山脉的速度，这支救援小队的人数不能太多，但也不能太少，否则抵达村庄后救援的人手会不足，所以，我初步拟定了几个救援1号村庄的人选。"

洪教官的目光扫过众人，严肃开口："林七夜，你是第一个，担任1号救援小队的队长。"

"是。"

人群中的林七夜没有丝毫犹豫，直接回应。他在这支1号救援队伍中，并不奇怪。他本就是极限训练第一名，在极端条件下翻越山脉对他来说并不困难，而且有"凡尘神域"加持，在抵达遇难村庄后，能够用最快的速度找出遇难人所在的位置，加速救援进程。

"还有百里涂明、沈青竹、莫莉、邓伟、李贾、李亮、温晴晴……"

洪教官紧接着报了一连串的人名，加上林七夜，这支 1 号救援小队八个新兵，再加上带队的洪教官自己，一共九人。这个人员名单自然不是乱定的，百里涂明这个哆啦 A 梦堪称万金油，不管在什么条件下都能发挥作用；沈青竹自身的实力过硬，翻越速度也极快；莫莉的震荡能力能轻松地解决一些地形问题，在救援时也十分有用。而邓伟、李贾、李亮三人的禁墟都与力量有关，救援能力极强，温晴晴则可以给受伤人员进行初步治疗。至于曹渊，他并没有被放入这支小队中，毕竟他的禁墟在救援这方面派不上什么大用场，而且总不能将所有顶尖选手都放在一支队伍里，山区内的另外两个村庄同样需要救援。

接着，洪教官又宣布前往另外七个村庄的人员名单，众人自然没有什么异议。而且为了保险起见，教官们又将星辰刀分发下去。几个月前仓库莫名其妙空了之后，他们又调入一批武器，不过这次仓库周围的防护力度提高了五倍不止。

"这次你们所面对的，不再是演习、训练、考核……这是真正的灾难！我希望所有人都能打起十二分的精神，全力以赴！我们每浪费一秒钟，都可能意味着一个生命的消亡。大后天，你们就要真正宣誓成为守夜人，我希望在这次的救援行动中，你们能用自己的双手，亲手奠定属于守夜人的荣光！"

津南山下，被标为 7 号的遇难村庄中——

坍塌的山体与泥水将原本祥和的村庄掩埋，只留下残破的房屋碎片，像是沙滩上的碎壳，交错嵌在厚重的土石之下，只有少数三层的小楼房露了半个楼体在外面，碎裂的墙壁与支柱杂乱遍布。一个浑身泥泞的男人在雨中跌跌撞撞地向前跑去，背着竹篓，里面还装着些被雨水泡烂的蘑菇，干裂的双唇微微颤抖。

"不……不……不会是这样！！"他难以置信地看着眼前被毁灭的村庄，声音沙哑地开口。

这里是他从小长大的地方，没有人比他更熟悉这里。他甚至只要看一眼碎在地上的墙碴，都能飞快地判断出这是谁家的墙、谁家的瓦……他拖着染血的右腿，试图快步在雨中奔跑起来，向着记忆中的那栋小矮房跑去，眼中满是焦急："不会的……不会的！！小芳……爸……妈……你们等我！我回来了，我这就回来了！"

突然，他的右脚失去了支撑点，整个人猛地跌倒在地，篓中的蘑菇纷纷掉了出来。他看都不看一眼，一把将背后的篓子扯下，继续咬牙向前方跑去。终于，他来到一个被掩埋大半的白色小房面前。

"不，不不不……"男人的身体开始控制不住地颤抖，泪水混杂着雨水从脸颊滑落。他像是疯了般扑到土石之上，用自己的双手飞快地刨起泥土："没事的！儿子来救你们了！没事……没事的！！"

尖锐的土石戳破了他的手掌，鲜血流在黑褐色的土地之上，他像是感觉不到疼痛般，继续疯狂地刨着地上的土。他的表情逐渐失控，声音开始颤抖："没事……没事……该死！！为什么！！"他的双拳重重地捶击在地面，崩溃地哭号，"谁来……谁来救救我们……"

"嗡——"低沉的引擎声从远处传来，像是野兽的怒吼，刺目的光照亮阴暗的大地，照射在狼藉的废墟之中。男人惊愕地抬起头，只见一辆辆军绿色的"钢铁猛兽"撞破厚重的雨幕，飞速地向这里驶来！车辆还没停下，就有一个个披着黑色军大衣的身影飞快地从篷车中跳出，双腿重重地踩在泥泞的水坑之中，以惊人的速度朝这里逼近！！为首那人深吸一口气，几乎咆哮着开口，雄浑的声音压过滂沱的大雨，在整个废墟村庄中回荡！

"大夏军人在此，死神退避，存者……必生！"

182

负责7号村庄的军用篷车停靠，数十名新兵和教官飞快地奔向已经沦为废墟的村庄，有人负责搜索遇难者的位置，有人负责挖掘救援，有人负责在旁边搭建临时治疗站……一切都在紧张与沉重的氛围中，井井有条地进行着。很快就有人将跪倒在废墟上的男人背起，一边送到治疗站，一边耐心地询问着情况，另一批人飞快地挖掘着厚重的泥土，开始搜救他的妻子、父母。男人呆呆地看着这一幕，泪水止不住地涌出，这个三十多岁顶天立地的糙男人，第一次哭得像个孩子："求求你们……求求你们，救救他们……"

"请放心。"背着他的郑钟认真地开口，"这是我们的职责所在。"

另外几辆篷车只是在村庄前掠过，没有丝毫停留，飞速向着其他村庄的方向冲去。津南山下，像7号村庄这样的惨剧，还有七个，时间不允许他们有丝毫停留！坐在篷车末尾的林七夜默默看着号啕大哭的男人身影，随着车辆的离开，他的哭声越来越小，废墟的轮廓也在雨中渐渐消失。虽然已经看不见，但男人痛哭的模样仿佛烙印在林七夜的心头，久久不能挥去……他的心就像梗住了一般，说不出来地难受。

车内，一片死寂。

"5号村庄马上到了，一会儿5号救援队下车以后，我们就要脱离大部队，直接往山里开了。"洪教官遥望着远处若隐若现的村庄，开口说道。

车辆距离5号村庄越来越近，与刚刚的7号村庄相比，这里要寂静得多。没有哭号的男人，目光所及之处，没有看到任何生还者的存在，厚重的泥石流仿佛掩埋了一切的生机，只留下满地的残垣断壁诉说着悲惨的故事。

车内，林七夜能明显地感觉到，其他新兵的双拳越攥越紧，目光死死地落在寂静的废墟中，仿佛能喷出火来。没等篷车停稳，有人就猛地从座位上站起，直接跃出了行驶中的篷车，身影落在雨中，飞快地朝着废墟冲去。

"大夏军人在此！死神退避！存者必生！"他的声音在雨中的废墟上回荡，不知道是在说给谁听，但他总觉得，总有人能听见。听见了，就等于看到了希望。他们，就是这些人的希望！

一个人跳出去之后，更多的人坐不住了，他们紧攥着双拳纷纷从车上跳下，鼓起全身的力气，一边跑向废墟，一边大喊——

"大夏军人在此！死神退避！存者必生！！"

"大夏军人在此！死神退避！！存者必生！！！"

"大夏军人在此……"

接二连三的声音在废墟中回荡，车辆没有停下，所有本该去支援这个村庄的人却都已经跳下了车。开车的教官似乎也被这氛围感染，见篷车内该下的都下了，只剩下九人，一脚油门踩到底，咆哮的引擎声再度响起，车辆开始飞速地朝着津南山深处驶去！

津南山下，临时救援总指挥部。

简易的军用帐篷中，两位教官将卫星追踪设备连接完毕，正在忙碌地搭建电子通信网络。袁罡背着双手站在帐篷的门口，皱眉望着眼前被淹没在大雨中的津南山，沉默不语。

"首长，所有救援小队的通信设备都接通了。"一个教官仔细调试了一番设备，开口说道。

由于大雨加上泥石流，附近的信号塔大部分受到损伤，必须要搭建卫星通信网络才能与山中的救援队伍联系上。

"所有救援小队，汇报情况。"袁罡沉声说道。

"8号救援小队，已经抵达目标村庄，开始救援。"

"7号救援小队，已经抵达目标村庄，开始救援。"

"6号……"

…………

"1号救援小队，尚未抵达目标村庄。"

洪教官的声音最后从通信设备中传出，除了1号、2号、3号这三支前往津南山深处的救援队伍，其他小队基本都开始了救援行动。袁罡低头看着桌上的地图，据推算，2号、3号都能在5个小时之内抵达目标村庄，而1号救援小队，就算是在一切顺利的情况下，最短也需要10个小时。他走到帐篷门口，抬头看向天空中黑压压的乌云，照现在这个情况，短时间内雨是不会停了，如果长时间维持这个降雨量的话，不排除再次发生泥石流的可能。就在袁罡沉思之时，他似乎并没有注意

- 113 -

到帐篷中正在调试设备的两位教官的声音越来越小，雨滴打在帐篷顶端的啪嗒声逐渐消失，雨水落下的轨迹越发模糊……就仿佛周围的一切都在慢慢地远离他。

等到他回过神来的时候，周围的声音已经彻底消失，下落的雨滴定格在半空中，就像是被按下暂停键，而原本还在帐篷里的两位教官，不知何时已经消失不见。空空荡荡的世界中，只剩下他一个人。或者说，不知从什么时候开始，这里就已经不是他所熟知的那个世界。袁罡的眉头紧紧皱起，周围的诡异并没有让他慌张，他似乎察觉到了什么，目光落在帐篷外。在地平线的另一端，一个人影正缓缓穿过悬停的雨水，朝这里走来。那是个穿着黑色燕尾服的男人，一头长发随意地披散在背后，胸前别着一枚紫鸢胸针，妖冶的脸庞上挂着一丝淡淡的笑容，像是位出席高级舞会的贵族绅士，尊贵而彬彬有礼。

看到这个男人，袁罡的脸色瞬间就阴沉了下来："'呓语'。"

那男人诧异地扬了扬眉毛，声音温润如玉："想不到您这位上京市小队的副队长，竟然还认识我。"

"是你太具备辨识度了。"袁罡平静地开口，"真实的噩梦，思维操控者，古神教会中最古老的三位'神'之一，同时也是'信徒'契约的创造者……当然，最关键的，还是你那令人作呕的贵族风度。"

"呓语"笑了笑，一双狭长的凤眼微微眯起："真是失礼啊……袁首长。"

183

袁罡看到那张笑眯眯的面孔，脸色更加阴沉。

"所以，这次地震和泥石流，并不是自然灾害。"袁罡沉声开口，"我还在奇怪，同样是在沧南市，为什么津南山的震级和市中心的震级相差那么多……看来，这些都是你缔造的'噩梦'。"

"呓语"轻轻鼓掌，笑着开口："不愧是袁首长，一下就猜中了。"

"你的目标是林七夜？"袁罡皱了皱眉，"一个'池'境的新人而已，竟然能让你这位古老的'神'亲自出手？"

"亲自出手谈不上，毕竟站在这里的'我'只是一个'噩梦投影'而已，我的本体还在被'灵媒'小队的那群疯子追杀。""呓语"无奈地叹了口气，"不愧是编号002的特殊小队，从我踏入'克莱因'以来，已经很久没有这么狼狈过了。"

"所以，对林七夜出手的另有其人？是你手下的'信徒'？"袁罡敏锐地听出了这句话里的重点。

"呓语"只是保持微笑，没有说话。

"看来被我说中了。"袁罡平静地说道，"你派这么一具'噩梦投影'来，就是为了拖住我，这说明你派出的那些'信徒'并没超过'海'境，你担心我出手会打乱你的计划,对不对?"

"都说你这位上京副队长有勇无谋,现在看来,倒并非如此。""呓语"感慨道,"就算你猜中了也没用,现在你这位沧南境内最强者被困住,而136小队又奉了高层的命令驻守市区,根本不会过来,对付一群乳臭未干的新兵,'海'境已经是大材小用了。"

听到这句话,袁罡的瞳孔骤然收缩:"你怎么知道守夜人高层下达的命令?"

"呓语"笑而不语。

"你们果然在高层里安插了'信徒'。"

"这不重要。""呓语"伸出手,像是位身姿笔挺的乐队指挥家,在空气中轻轻一挥——天空、大地、山峰、雨水……一切的一切就像有了自己的生命般剧烈地颤抖起来。与此同时,袁罡只觉得前所未有的寒意笼罩在他的心头。

"沦陷在我的'噩梦'之中吧。""呓语"轻声呢喃。

"首长,首长?"一位教官走出帐篷,四下张望了一圈,并没有看到袁罡的身影,"奇怪,首长去哪儿了,刚刚还在的……"他疑惑地挠了挠头。

"难道是去某个村庄救援了?"另一位教官开口。

"不知道。"教官摇了摇头,沉吟片刻之后,说道,"先等一会儿,然后联系各个救援队问一下,按理说,这种关键的时候首长是不会无缘无故消失的……"

"嗯。"

津南山——

大雨滂沱中,一辆军用篷车快速地在山路上前行,明晃晃的灯光穿透朦胧的雨幕,只能勉强看到前方数十米外的情景。林七夜等人坐在车中,看着手中复杂的地图,不断地记录着自身的位置,同时寻找着一会儿前往村庄最合适的路线。

"刺啦——"突然间,篷车猛地一个急刹,险些将后面的众人直接甩飞出去,车辆在泥泞的道路上飘出一个半弧,稳稳地停了下来。

"前面的山体滑坡将路封死了,车只能开到这儿。"驾驶车辆的教官喊道。

林七夜等人对视一眼,迅速地收起地图,转身下车,洪教官敲了敲篷车前的玻璃,说道:"就到这儿吧,下面的路,我们自己走。"

"哗啦啦啦啦……"密集的雨滴从高空坠落,寂静的山谷之中,仿佛只剩下连绵不绝的雨声。几个披着黑色军大衣的身影接连从车后跳下,溅起些许泥泞,身背装有星辰刀的黑匣,飞速朝着山林深处奔跑而去。既然没了车,就没必要走大路浪费时间,他们在车上就制定好了一条最快前往1号村庄的路线。虽然在常人眼里看来,以现在的天气走这条路跟找死没什么区别,但对他们来说并不是什么难事。

一行九人，并列成一条长队，在密集的树林中飞速地穿梭。跑在最前面的并不是洪教官，而是林七夜。现在乌云蔽日，树林中的光线极其昏暗，再加上雨水遮蔽视线，平常人连两米开外的树可能都看不清，这样恶劣的环境无疑会大大减慢前进的速度。而林七夜拥有"凡尘神域"，能完美地避开所有的障碍物。由他跑在前面，身后的众人只要跟着他的步伐，全速前进就好。而在队列最后的，则是洪教官，他是队伍中唯一的"川"境强者，而且经验极其老到，跟在最后无疑给所有人带来了极大的安全感。没有人说话，没有人喊累，就连平日里最闲不住的百里胖胖都一言不发，沉默着向前飞奔。现在不是聊天吐槽的时候，人命……是开不起玩笑的。他们每快一秒抵达村庄，就可能多救下一个人的生命，他们必须全神贯注地前进，节省每一丝的体力！

　　他们穿过两片树林，沿着山谷间的溪流向前飞驰，原本温和潺潺的小溪在雨水的汇集下，已经成了一条汹涌的河流，向着反方向涌去。

　　"轰隆隆——"雷声在乌云间翻滚，山谷一侧的土石被雨水冲泡松软，向着下方滚去，带动更多的土石，像是一道褐色的浪潮，隆隆声混杂着雷声，卷向狭窄的山谷！

　　林七夜最快察觉到这一幕，猛地转过头，大声喊道："左边！！滑坡！！"

　　莫莉飞快地抬起手，正准备用禁墟将卷来的土石震碎，前面的百里胖胖猛地抓住她的手腕，严肃至极地开口："不行！现在山体的结构太脆弱了，你动用'万象频动'只会加快它们崩溃的速度，让我来！"他向前一步，胸前的"瑶光"金光闪耀，金影汇聚在九人左侧的空地上，组成一道厚重的金色墙体。大量的土石卷携着庞大的动能撞在金色墙体的表面，金光明暗闪烁，最终还是挡下了来势汹汹的滑坡土石。黑色军大衣下的百里胖胖再度伸手，璀璨的金芒重新回归到他胸口的项链中，这次他没有像往常一样跩跩地炫耀一番，而是快速地回归到队伍中，一言不发地向前行进。在他身后的莫莉怔怔地看着他沉默的背影，似乎是第一次看到这样的百里胖胖，心中浮现出一种异样的感觉——这样的他……似乎还挺帅的？

184

　　对于林七夜他们而言，这次的山体滑坡只是前进途中的一段小插曲，来势汹汹的天灾并不能阻挡他们的步伐。他们迅速调整好状态，按照原本的行进路线向前奔去。时间一点一点过去，他们距离1号村庄的位置也越来越近。泥泞的污渍沾染在军大衣的表面，与黑色混为一体，长靴一次又一次陷入稀软的泥土中，用力拔出，鞋里早就混进了丛林中的烂泥、树叶，说不出地难受。寒冷、饥饿、疲劳、疼痛……种种负面感受笼罩在他们的心头，却没有一个人开口喊累。经过这一年的锤炼，他们早就习惯了。他们已经不再是进入集训营前的普通人，现在，他们是即将宣誓成为守夜人的军人!

洪教官腰间的对讲机响起,他伸手拔出,一边向前奔跑一边和对讲机的另一边说着什么。半晌之后,他的眉头紧紧皱起。

"洪教官,发生什么事了?"林七夜敏锐地察觉到洪教官的神情变化,开口问道。

洪教官沉默片刻,声音沙哑地开口:"首长失踪了。"

"失踪?"百里胖胖一愣。

"8个小时前就失踪了,最后看到他的是留在临时指挥点的两个教官,他们原以为首长是去某个村庄帮忙救援了,但是问遍了每个村庄都没看到他的身影。"

"所以他们也来问我们有没有看到?"

"没错,但是我们还没有到1号村庄,不知道情况。"洪教官想了想,"不过以首长的速度,如果真的去1号村庄的话,估计连两小时都不用,说不定他现在已经到了。"

"那我们离1号村庄还有多远?"林七夜问道。

洪教官想了想,在脑海中比对之前记录下来的地图,开口说道:"照这个速度的话,大概还有半个小时,不过我们连续跑了这么久,要不要休息一下?"

"快到了。"浑身汗水的百里胖胖咬了咬牙,"不休息!一口气冲过去!"

其他人也没有意见,众人便再度提速,朝着1号村庄的方向疾驰而去。很快,周围的树木便逐渐稀疏起来,视野越发开阔,远处一座被泥石流掩埋的村庄隐约浮现出残破的一角。九人在废墟之前停下身形,剧烈喘息起来,汗水混杂着雨水滴落在地上,军大衣的下摆都已全部湿透。

"首长没有来这里。"洪教官的目光扫过废墟,皱眉开口,"他真的失踪了……"

"首长可是'海'境的强者,应该不会出现什么意外,说不定只是有什么事提前离开了。"邓伟有些不确定地说道。

洪教官没有接话,袁罡是个什么样的人,或许这些新兵不太了解,但他们这些教官心里很清楚,在这种情况下,袁罡是绝对不可能抛弃还在救援中的他们,一声不吭地跑掉去干别的事情,一定出现了某些他们所不知道的意外……

洪教官深吸一口气:"先不管了,救人要紧,按原本的分工散开救援,所有人带好各自的武器,如果发现什么不对劲的地方,立刻喊人!"

"是!"

其余八人四下散开,林七夜负责用能力搜索遇难者的具体位置,沈青竹、莫莉、百里胖胖、邓伟、李贾、李亮和洪教官七个人负责挖掘救援,温晴晴负责治疗伤员。林七夜的身形快速地游荡在满是断壁残垣的村庄中,每当他检测到幸存者,便使用星辰刀在泥土或者墙壁上刻一个"十"字。在完全放开了使用禁墟的情况下,其他几人的救援速度也快得惊人,一个又一个幸存者被他们救出,然后集中送到某个能勉强避雨的残破房屋之中，由温晴晴进行治疗。

山谷内的1号村庄规模并不大，住的人要比其他几个村庄少得多，毕竟这个年代还愿意住在深山里的人太少了，大部分是留守家中的老人，还有少数世代在这里长大，又不愿意离开的年轻人。再加上1号救援小队的救援展开得十分迅速，不到半个小时，他们就已经将所有幸存者救出。

"1号救援小队报告，救援行动已结束，1号村庄共有幸存者17名，已接受过初步治疗，等待后续救援部队。"洪教官使用对讲机向临时指挥部汇报情况，很快就收到了指挥部的确认。

"救援队大概还有一天才能到达，在那之前，我们得守在这里，保护伤员。"洪教官转头对着倚靠在断墙边休息的众人说道。

"那等救援队来了之后呢？我们和他们一起下山吗？"百里胖胖问道。

洪教官摇了摇头："不，在他们马上快到的时候，我们就自行下山，避免和他们正面相遇。"

众人点了点头，心中顿时了然。他们本就是在正规搜救队来之前进行提前救援的队伍，而且隶属守夜人组织，也就是说，在正规救援队的眼中，他们本就是一支不存在的救援队。如果到时候和正规救援队碰面了，反而容易造成一些麻烦。

九个身披黑色军大衣的身影靠在墙边，头顶短短的断墙帮他们挡住了部分风雨，但还是有飘零的雨滴落在他们的身上，缓缓滑落在地。百里胖胖耷拉着头，轻轻摇晃着，一双眼睛就像是被磁铁吸住了一样，随时准备闭上，而另一边的李贾、邓伟几人，早就进入了梦乡。他们太累了。9个小时的极端环境奔袭，中间没有一次休息，来了之后又开始拼命地救援，几乎榨干他们的每一丝力气。要知道这八个新兵的平均年龄，不过只有20岁。莫莉抬头看着天空中的雨水滑落，微微有些出神，突然，一个脑袋撞在她的肩膀上，她下意识地准备避开，但看到军帽下那张疲惫而坚毅的脸庞，又停住了身体。百里胖胖睡着了。他睡得很沉，沉到身体倒在莫莉的肩膀上都浑然不知。莫莉怔怔地看着他的面孔，心中纠结片刻，还是没有选择把他推开，而是任由他靠在自己的身上。她抿着双唇，转头继续看向连绵的大雨，似乎想到了什么，脸上浮现出一抹淡淡的红晕。

睡梦中，百里胖胖的嘴角微微上扬。

-185-

雨依然在下，在残破的屋中，静静地躺着两批人。左边的，是被林七夜他们救出来的幸存者；右边的，是失去了生命的遇难者。幸存者有17人，遇难者有9人。

泥石流这种自然灾害发生后，有很多人在灾害暴发的时候就失去了生命，被泥石流掩埋，被断墙砸倒，被尖锐的石块、树枝洞穿……这些人，他们没办法救。而另一边的幸存者都处在温晴晴的禁墟笼罩之下，通过睡眠来修复身体的损伤，整个屋子被放得满满的，安静无比。也正因如此，林七夜他们只能靠在屋外的残壁之下，经受风和雨的洗礼。

突然间，左边幸存者中一个扎着麻花辫的女孩缓缓睁开双眼。她茫然地从地上坐起来，脑海中的记忆还停留在泥石流暴发之后准备回屋叫爷爷奶奶离开，却被摇晃的地面绊倒，摔在某处墙角那一幕。

爷爷奶奶呢？丫丫四下张望起来，很快就在右边的那群人中发现了静静躺在那儿的两位老人。她咬着牙从地上爬起，飞快地跑到两位老人的身边，用力地摇晃着他们冰冷的身体，小脸被吓得煞白："爷爷，爷爷！你怎么了，爷爷！"

她的声音惊动了外面的几人，他们飞快地跑进屋内，看到丫丫跪伏在地上摇晃着老人的尸体，有些不知所措地对视。

温晴晴紧紧抿着双唇，走到丫丫的身边，将她轻轻抱起来。

"你叫什么名字？"

丫丫的身体微微颤抖，小声地说道："我叫丫丫……"

"丫丫……"温晴晴柔声说道，"爷爷奶奶睡着了，我们不要吵醒他们好不好？"

丫丫回头看了看安静躺在地上的爷爷奶奶，抿了抿嘴，重重地点了点头。

温晴晴抱着丫丫走出了屋子，到残壁旁边坐下，林七夜等人对视一眼，也退出了屋子。

"姐姐，你们……你们是什么人啊？"丫丫到了外面，脸色稍微好了些，怯生生地开口。

"我们？我们是来救丫丫的。"

"哦……"丫丫眨了眨眼睛，"那……那爷爷奶奶什么时候能睡醒？"

温晴晴的身体一震，低下头，不知该说些什么。

就在这时，一旁的沈青竹走上前来，沉默了片刻之后，缓缓开口："你叫丫丫是吗？你家里除了爷爷奶奶，还有别的亲人吗？"

"有，还有爸爸妈妈。"

"你的爸爸妈妈呢？"

"不知道……早上爸爸就去山里捡柴火了，然后就下大雨，妈妈就拿着雨披上山找爸爸，到现在还没回来。"丫丫小声地说道。

"你还记得，他们是从哪里上山的吗？"沈青竹继续问道。

丫丫点了点头，伸手指向一个方向："那里。"

众人转头看去，丫丫指的地方正好就是泥石流最先滚落的方向，坍塌的泥石已经淹没了小半个山峰，连树都没剩下几棵。众人对视一眼，同时陷入了沉默。早上上山，然后就下了大雨，紧接着就是地震和泥石流，在那种情况下还待在山里，多半是……温晴晴的眼圈有些泛红，她嘴角扯出一个勉强的笑容，轻轻抚摸着丫丫的头："丫丫，我们先睡一会儿好不好？你看，丫丫的手上还有伤呢。"

丫丫低头看了眼自己的手，不知何时被擦破了一大块皮，经过温晴晴刚刚的治疗，已经止住了鲜血，但伤口依然存在。还没等丫丫说些什么，一股倦意就笼罩了她的头，很快就睡了过去。温晴晴将丫丫抱起，缓缓走入屋中，把她放回地上，又解下自己的军大衣，轻轻盖在她幼小的身躯上。她走回屋外，明显感觉到气氛有些凝重。

沈青竹靠在墙边，双眼眯起，遥望着远处的山峰："我觉得，我们该去找一找。"

"我们要守着幸存者，直到救援队过来。"洪教官摇了摇头。

"可以兵分两路。"

"不可以。"洪教官表情十分严肃，"首长莫名其妙失踪，这件事的背后一定有我们所不知道的变数，现在分开绝对不是理智的选择。而且，他们进山的位置离泥石流暴发点太近了，那种情况下，一般人根本不可能逃脱，就算去了，可能也只是找到两具尸体。退一万步说，现在距离泥石流过去已经有10个多小时，就算他们活下来了，那为什么还没有回来？"

沈青竹低着头，默默攥紧了拳头，沉默不语。虽然其他人也很想去搜救丫丫的父母，但正如洪教官所说，他们活下来的概率太低了，就算去了，很可能也只是找到两具尸体。

"守夜人，也只是人，而不是神，我们没办法救下每一个人……"洪教官见众人的情绪如此低落，心中也不是滋味，开口说道，"辛苦了这么久，大家休息休息吧，等到救援队来了，我们就下山。下山之后，你们就该准备宣誓仪式，正式成为守夜人，前往各自的驻地了。"

洪教官的目光在众人的身上扫过，笑了笑："我还记得，你们这群新兵蛋子刚进营的时候，又弱，又矫情！尤其是你，沈青竹，脾气又暴，一副看谁都不顺眼的欠揍模样。还有那个小胖子，一天天的跟猪也没什么区别……"沈青竹皱了皱眉，"哼"了一声，转头看向远方，百里胖胖则有些不好意思地挠了挠头，"现在啊，现在你们都能一口气跑这么久，来深山里救人了。不一样了，真的不一样了，亲眼见证你们的成长，看到你们从菜鸡变成守夜人，或许这就是当教官的乐趣吧。"洪教官嘴角微微上扬，但紧接着又摇了摇头，"但不够，你们成长得还不够。你们太稚嫩，太年轻，比如沈青竹，现在你虽然没当时那么目中无人，但脾气还是暴得很，什么时候你能沉下心来，完全掌控住自己的情绪，才算真正的成长。你别给我露出那副臭脸，这些人里，就你的问题最严重，等到你哪天做到了这一步，你未来的成就，不会比林七夜差。"

沈青竹转头看了眼林七夜，眉头皱得更紧了，"哼"了一声，不想再听洪教官絮絮叨叨，直接站起身走开。

林七夜:"……"

你训他就训他呗,咋还给我拉仇恨呢?

186

厚重的乌云如同铅块般压在天空之上,将整个山谷笼罩在阴影中,明明还只是傍晚,却几乎感受不到丝毫的阳光。和之前相比,现在的降雨量似乎少了一些,但长时间的雨水浸泡依然让人感觉身体十分不适。昏暗的山林间,一个披着黑色军大衣的男人走上满是泥泞的山丘,回头看了眼山谷中已经沦为废墟的村庄,双眸微微眯起。他转过身,继续向山上爬去,目光不停地扫过周围的土石,似乎在搜索着什么。

被雨水浸泡许久的山体十分松软,一脚踩上去,很容易顺着泥泞滑倒,或者掉下一些石块,顺着山体掉落下去。这里可不是景区的山,有着坚硬整齐的石阶,或者让人休息观景的大平台,这里只有一条条崎岖曲折的山间小路,和如同小溪般潺潺流下的雨水。突然,他似乎听到了什么,猛地转头望去。只见在自己来时的小路上,三个人影正在艰难地向这里攀爬,邓伟抬起头,用沙哑的声音喊道:"沈……沈哥!你等等俺们……俺们不行了……"

沈青竹的眉头紧紧皱起:"你们?你们怎么来了?"

"沈哥,别人不了解你,我们还不了解吗?"李亮笑了笑,"嘴上说着不来,但其实教官的那些话你肯定听不进去,一定会自己偷偷来找那个女孩的父母……"

"所以,我们就趁着去山里上厕所的机会,全部溜出来了。"李贾接着说道。

沈青竹怔怔地看着浑身泥泞的他们,片刻之后骂了起来:"别搞得一副很懂我的样子,我只是坐够了,出来散散心……"

邓伟三人笑呵呵地走到沈青竹的身边,四下张望了一圈:"沈哥,我们该怎么分工来找?你尽管安排吧!"

沈青竹:"……"

他的嘴角微微抽搐,憋了半响,幽幽开口:"现在视野不行,我们不能太分散,相互之间保持5米的距离,一点一点搜吧。"

"好嘞,沈哥!"

"你们来的时候,没有被人发现吧?"

"放心吧沈哥。"邓伟自信地拍着胸脯,"俺们走得可小心嘞,不可能有人发现的。"

"那就好。"

1号村庄,村口——

身披黑色军大衣的林七夜靠在一棵大树下，目光注视着远处逐渐陷入黑暗的山峰，双眸微微眯起。

百里胖胖匆匆从村里的残屋中跑出，来到林七夜的身边，急忙说道："七夜，沈青竹不知道跑哪儿去了，邓伟、李贾、李亮他们三个说去上厕所，到现在也没回来，教官说他们可能偷偷跑去搜救丫丫的父母了。"

林七夜看了他一眼，无奈地开口："不是可能，他们就是去搜救了。"

百里胖胖一愣："你怎么知道？"

"我亲眼看着邓伟他们三个鬼鬼祟祟地跑出村子，直奔山里去了。"

"那……那你怎么不拦住他们？"

"拦不住的。"林七夜摇了摇头，"沈青竹去了，他们就一定会去。与其到时候闹得两边都不堪，还不如睁一只眼，闭一只眼。"

百里胖胖叹了口气，看向漆黑的山峰，半晌之后，有些不确定地开口："天色这么暗，他们不会出什么事吧……"

林七夜沉默不语。

"七夜，你说……要不咱也偷偷溜出去，帮帮他们？"百里胖胖见林七夜没反应，再次试探性地开口。

林七夜无奈地笑了笑："别试探我了，帮肯定会帮，但像他们一样无脑地往山里冲肯定是不行的，还是要讲究方法。"

"方法？还能有什么方法？"百里胖胖茫然开口。

"你以为，我为什么一直坐在这个地方？"林七夜淡淡说道。他抬头看了眼逐渐黑暗的天空，伸出一根手指，几只蝙蝠就从天空中飞来，盘旋在他的身边。与此同时，密密麻麻的昆虫从松软的泥土中钻出，环绕在林七夜的周围。林七夜，就像是它们的王。

百里胖胖看到这一幕，震惊地张大了嘴巴。

"还差一点，数量还不够。"林七夜轻轻摇了摇头，"夜，还要更浓一些……"

黑暗的山林中，四个人影呈正方形队列，手持手电筒，缓慢而仔细地搜索着。

在车上的时候，教官就给每支救援队发放了手电，尤其是几支要前往深山中的队伍，平日里极限训练的时候不发手电是为了锻炼他们在黑暗中的适应能力，但现在可不是训练的时候。若是没有这几只手电，他们四个人就只能像盲人摸瞎一样在丛林里乱跑，一不小心还可能迷失在林中，别说救人了，自己都得搭进去。

"沈哥！"突然，李贾似乎是发现了什么，大声喊道，"这里！"

沈青竹立刻跑到李贾的身边，往电筒光线的方向看去，只见在泥泞的土石之中，一只破旧的女式运动鞋陷在其中。

"陷在泥里，而且没什么风干的痕迹，这应该是泥石流暴发之后留在这儿的。"

沈青竹的眼睛逐渐亮起。

"这么说……这可能是丫丫母亲的鞋子？她会不会就在附近？"李贾瞪大了眼睛。

"有可能！"沈青竹坚定地说道，"散开在这附近找找，看看有没有其他线索。"

找到这只掉落的女鞋，四人的士气顿时就被鼓舞了起来，以女鞋为中心，朝着四面八方仔细地搜索出去。李贾缓慢地在湿滑的山路上行走，手电的光束不停地在周围的地面晃动，他抬头看向远处，他们现在离村庄的位置已经很远，完全看不见村庄的影子。他低下头，继续搜索起来。窸窸窣窣……突然，轻微的声响从旁边传来，李贾一愣，脸上浮现出一抹喜色，将手电的光芒照到旁边，只见不远处的山路上，一个扛着斧头的汉子正优哉游哉地往这里走来。

"你……你是丫丫的父亲吗？"李贾激动地问道。

"丫丫？我不认识什么丫丫。"汉子笑了笑，露出一口黄牙，一双狭长的眼睛上下打量着李贾，"倒是你这个小娃娃，脑瓜子长得挺熟了，该摘了。"

手电的光线中，汉子的嘴角浮现出狞笑，扛在肩头的大斧瞬间挥出，光芒乍闪！

187

"啊！"一道凄惨的叫声从远处传来，分散开寻找的沈青竹、邓伟和李亮三人同时一愣，然后飞快地朝着李贾的方向奔去！黑暗的丛林中，李贾的叫声只持续了一瞬，很快就归于死寂。

"李贾，李贾！你在哪儿？！"沈青竹心中浮现出不祥的预感，向李贾叫声传来的方向飞奔，并大声朝周围喊道，邓伟和李亮二人也跑到了他的身后，脸上满是焦急。一缕灯光穿透幽暗的丛林，隐约之间，一个魁梧的人影走出林中，不慌不忙地向着三人的方向走来。那汉子赤着上身，右手扶着肩上扛着的一柄巨斧，左手拎着一颗头颅，憨笑着出现在三人的面前："让我看看，是哪几个娃在叫？"

沈青竹三人看到他手中的头颅，瞳孔骤然收缩，李亮一屁股坐在地上，脸色煞白。邓伟傻站着看着这一幕，眼中满是难以置信。沈青竹的身体控制不住地颤抖起来，他死死地盯着眼前这个傻笑的汉子，双拳攥紧，指甲都抠进了肉里。

汉子看了三人一眼，哈哈大笑："好好好，又是三颗熟透了的脑袋，该摘了！"

沈青竹咆哮着向前冲去！

"不对！"闭目坐在树下的林七夜突然睁开眼睛，猛地从地上站起，脸上写满了凝重。

旁边的百里胖胖被他吓了一跳："怎么了？"

"山里除了我们，还有别人！"林七夜飞快地奔向村庄中的残屋，找到了洪教官。

"怎么了？"洪教官见林七夜这副表情，皱眉问道。

"山里有敌人，而且不止一个！"

洪教官脸色一变："详细说说。"

"刚才，我一直在调动周围的夜行生物前往丫丫父母失踪的山峰，试图找到他们的踪迹，但反而发现了一些奇怪的人。"林七夜的眉头紧锁，继续说道，"到目前为止，我一共发现了四个人，从精神力波动来看，其中三个人应该都是'川'境，还有一个人精神力太强，我无法估计他的境界，但如果不是'川'境巅峰，就一定是'海'境！"

"三个'川'境界，一个'海'境？"洪教官的脸色瞬间就变了。这一刻，这次突如其来的救援行动终于掀开了它狰狞的一角，莫名其妙的泥石流，首长袁罡失踪，出现在林中的神秘强者……"他们现在在哪儿？"

"有一个距离我们很近，就在沈青竹他们前进的方向，还有两个距离较远，似乎在找着什么，至于那个疑似'海'境的，一直坐在某个山腰上，不知道在做什么。"林七夜如实回答。

"咚——"林七夜话音刚落，沉闷的爆炸声从远处传来，众人转头看去，那是在沈青竹他们离去的方向。由于山体遮挡，他们看不到爆炸从哪里传来，但是能隐约看到天空的一角被火光照亮。

"是沈青竹，他们遭遇了！"林七夜皱眉开口。

洪教官立刻掏出对讲机，大声地呼叫起来："这里是1号救援小队，我们附近有三位'川'境，一位疑似'海'境的敌人存在，已经有学员遭遇袭击，请求支援！重复，请求支援！"

话音落下，对讲机的那头立马就有人回应："这里是临时救援总部，收到1号救援小队的请求，立刻转达给其他救援小队，派遣教官前往支援，其他学员留守各自的村庄，不得擅自行动。但是洪教官，由于你们的位置实在太过深入，教官们从其他村庄赶过来，最快也要3个多小时，请务必要坚持住这段时间。"

紧接着，就是一连串的呼叫声。

"这里是3号救援小队的韩栗，我们这里距离你那儿不远，我现在就前往支援。"韩教官的声音从对讲机中传来。

"这里是5号救援小队的王封，现在前往支援。"

"这里是2号救援小队的……"

……

接连的应答声传出，洪教官紧紧攥着手中的对讲机，有些恼火地开口："3个小时，3个小时黄花菜都凉了……"

洪教官收回对讲机，没有丝毫的犹豫，将装有星辰刀的黑匣背起，转身对林七夜等人说道："你们在这里等着，我去救沈青竹他们，不要乱跑。"说完，他便要向山里奔去。

"等等，洪教官！"林七夜连忙开口，叫住了匆忙的洪教官，后者回过头，疑惑地看着林七夜。

"事情没有这么简单。"林七夜摇了摇头，"首长失踪，敌人出现，这次救援行动的背后，明显隐藏着某个不为人知的阴谋，他们既然出现在这里，就一定有他们的目的。"

"什么目的？"

"还不清楚，但可以肯定的是，他们不会是冲着这些幸存者来的。"林七夜转身看向身后的残屋，以及躺在其中的幸存者与遇难者。

"你的意思是……"

"他们为什么不出现在别的地方，偏偏出现在这里？出现在1号村庄附近？而且从他们的行进轨迹来看，他们的目标十分明确，就是这里。"林七夜深吸一口气，"说实话，这1号村庄里，能一口气引来这么多强者的，也只能是我了……"

"他们的目标是你？"洪教官皱眉，"可是他们是怎么知道我们会来救灾，又是怎么知道你会在1号救援小队的？"

林七夜的双眼微微眯起："或许，守夜人的高层里，有他们的内奸……"

洪教官的脸色顿时阴沉了起来。

"总之，如果他们的目标是我，我就绝对不能留在这里，否则一定会波及这些幸存者。"林七夜平静地说道，"反过来说，只要我让他们知道我不在这里，就能改变他们原本的行进方向，错开这个村庄。"

"你想做什么？"洪教官问道。

"现在，我们不能盲目行动，要在保证幸存者安全的同时，救下沈青竹他们，而且最重要的是不能让其他敌人参与到救援沈青竹的战斗中，否则场面一定会失控。"林七夜的眼中光芒闪烁，"所以，我的计划是这样的。洪教官，你带着百里胖胖去救沈青竹他们，有这家伙的禁物，说不定会省去很多麻烦。莫莉、温晴晴，你们带着幸存者们转移到村外其他隐蔽的地方，防止另外的敌人来这里，造成不必要的伤亡。而我……"林七夜深吸一口气，目光落在黑暗沉寂的山林之间，"我，来引走另外的那三个敌人。"

188

"不行。"洪教官坚决地摇头，"你去引走另外三个？他们是货真价实的'川'境！跟之前演习时候的伪'川'境神秘不一样，你不要以为演习的时候杀了两个神秘就觉得'川'境不过如此，他们任何一个人都能单方面地碾轧你，更何况还有一个'海'境！"

"但这是唯一的方法。"林七夜平静地说道，"如果我不主动暴露，他们一定会找到这里来的。"

洪教官张了张嘴，似乎想说些什么，林七夜继续说道："而且，我并没有打算和他们正面冲突，只要拖延够3个小时，等到其他教官赶过来，主动权就握在我们手里了。在黑夜的丛林里，他们想抓住我……恐怕没有那么容易。"

林七夜抬起头，坚定地看着洪教官，眼中是前所未有的自信。

洪教官怔了半响，远处山中轰隆的爆炸声越来越响亮，他一咬牙："好，那就按你说的来，记住！不要和他们正面冲突！活下来最重要！"

林七夜点头，洪教官再也没有犹豫，朝着沈青竹等人的方向跑去，脚步每一次落下，都仿佛有一股神秘的力量对他进行助推，身形飞快地移动，不过两三步就已经飞出了百米远的距离。百里胖胖见洪教官一个人跑这么快，撒丫子就狂奔着跟了上去。

林七夜见他们的身影逐渐消失在夜色之中，没有在村庄里多待，朝着另外一边跑去，身形如同鬼魅般在昏暗的丛林中穿梭，很快就彻底与村庄拉开了距离。林七夜见位置差不多了，便深吸一口气，双眸之中染上一层璀璨的金芒，炽天使的神威被他彻底释放出来！在这片寂静的深山之中，属于炽天使的神威异常显眼。

片刻之后，林七夜眸中的金色逐渐褪去，他伸出手在虚空中轻轻一按，一个绚丽的魔法阵就在空中自动搭建起来。来自异次元的空间波动越发强烈，很快，一个矮小的木乃伊就出现在林七夜的眼前。小木乃伊飞快地四下张望一圈，发现这次并没有满屋子的兵器零食，有些沮丧地低下了头……

林七夜摸着小木乃伊的脑袋，目光望着远处的深山，喃喃自语："想杀我……可没那么容易。"

寂静的深山之中，一个戴着鸭舌帽的身影笔直地穿过树林朝着1号村庄的方向走去。突然，一股澎湃的神力波动从另一个方向传来，气息就像是星辰般耀眼，他轻咦一声，缓缓停下了脚步。

"奇怪，不是说他去那个村庄救援了吗，怎么会在那个地方？"他闭上眼睛，仔细感知了一会儿，笃定地点了点头，"没错，确实是神明威压，看来是他。"他转身看向林七夜气息出现的地方，眼中浮现出一抹激动。

"这次要是能杀了双神代理人，我肯定能在'信徒'里获得一席之地！苦日子，我过够了！小小代理人，拿命来！"他迈开双腿，速度比刚刚快了一大截，笔直地朝着气息出现的地方狂奔而去！而同样的情景，也在另外一位"川"境强者的身上出现。

但还是有一个例外。此刻，在津南山某座山峰的山腰处，一个男人缓缓睁开双眼，看向了林七夜神威出现过的地方："想要自己冒险，来保全其他人……这个双神代理人，倒是有些意思。"他就是林七夜感知到的唯一不曾移动过的疑似"海"境强者。他看向远处的深山，眼中浮现出一抹迟疑，似乎是在犹豫要不要出手，半晌之后，轻轻摇了摇头："一个'池'境而已，那几个废物应该够用了，现在，还是眼下的这件事更有意思……"他回过头，看向眼前的庞大山洞，灼热而强横的气息正有规律地从洞中喷吐而出，仿佛是这座山峰拥有了生命。

男人的眼中浮现出异样的光芒："想不到，这片名不见经传的山脉下，居然沉睡着一条炎脉地龙……真是意外收获。"

黑夜中，洪教官的双腿泛着淡淡的蓝光，就像是超人一样在山里一跃就腾空数十米，三下五除二就翻过了一座山峰。就凭这能力，如果洪教官一开始不带林七夜他们进山的话，恐怕不用8个多小时，最多两个小时就能抵达1号村庄。轰隆的爆炸声越来越近，他已经能隐约看到远处山间传来的刺目火光，一次次燃起，刹那间全部熄灭，再度燃起……除了沈青竹，没有人能做到这种事情。

洪教官的脸色越发沉重，他微微蹲下身，双腿上的蓝光再度绽放，整个人猛地从山顶朝着战斗的方向一跃而下！他的身形轻飘飘地从山顶坠落，就在刚落过半个山峰的时候，几根粗壮的藤蔓就像是闪电般从山间弹出，刹那间捆住洪教官的双脚，硬生生将其拽落！原本的平衡被打破，庞大的重力瞬间改变为向心力，将洪教官的身体重重地甩落在山腹的溪流旁！

"咚——"沉闷的撞击声响起，巨大的冲击力下，大量的碎石飞溅而起，洪教官的身体狼狈地从地上爬起，额头流淌下缕缕鲜血。"嗖！"捆绑在洪教官腿上的藤蔓再度发力，将他整个人快速地向密林中拉去，洪教官虽然受伤，但依然维持着极度的冷静，反手拔出背后的星辰刀，瞬间斩断了藤蔓。他站稳身体，目光如鹰眼般锐利地在周围的黑暗中扫过。

"本来是想抓一个不幸的小朋友，没想到居然抓住了一位教官……啧啧啧。"一个身形从树干的黑影中缓缓勾勒而出，在这之前，洪教官根本就没看到这个地方有人。这是一个一直隐藏在暗处的敌人！洪教官的脸色凝重起来，有眼前的这个人拖着，短时间内就无法再赶去救沈青竹他们……事情，麻烦了。

远处，某个不起眼的小角落中，一个胖乎乎的身影悄悄探出脑袋，看着在溪旁对峙的两人，眼中浮现出一抹纠结。"幸好我跑得慢了点，不然估计也要被拦在半路上……不过，现在我该先去帮教官，还是去救拽哥呢？"他看了看一脸从容的洪教官，又看了看远处不断传来爆炸声的方向，心中很快就有了决断，"洪教官，不是我不肯帮你啊，我这是相信你的实力……"百里胖胖一边小声嘀咕着，一边飞快地朝着沈青竹战斗的地方奔去！

189

寂静的丛林中，一个戴着鸭舌帽的男人走到一片荒芜的林子中央，四下张望起来："刚刚气息传来的地方应该就是这里……"他蹲下身，在周围的土地上仔细寻找着林七夜的足迹，像是个经验老到的猎人。他叫庄崎，事实上，在成为"信徒"前确实是个猎人，只不过意外觉醒禁墟，后来就被招揽进"信徒"，成为狂热的恶神时代拥护者。庄崎将自己的身体完全贴在地面上，轻轻嗅着什么。在下雨的过程中，大部分的行踪线索被洗刷，一般人根本无法继续追踪下去，不过他庄崎向来不是一般人，追踪能力可不是说着玩的。很快，他就找到了林七夜离去的方向。

"往深山里跑，哼……天真。"庄崎似乎看透林七夜的计划，冷笑一声，沿着他离去的方向继续追踪下去。他的动作十分敏捷，即便是在这样一座伸手不见五指的深山中，速度依然没有丝毫停滞，而且一双锐利的眼睛时刻观察着四周。突然，他就像是发现了什么，猛地停下脚步。他的目光落在某棵树旁的土地上，只见一块树皮被插入泥土之中，周围的土壤还很新，应该是刚插上不久，而且在树皮的表面隐约能看到字迹……庄崎的心中浮现出些许疑惑。在好奇心的驱使下，他快步走向插着树皮的地方，伸手想去拔出来看看上面到底写了什么……"咔嗒！"庄崎一脚踩在树皮旁的草丛中，只听一声清脆的机栝声从脚下响起，他一愣。"轰——"刺目的火光猛烈地从他的脚下爆发，恐怖的爆炸声响起，爆炸的气流将他整个人直接掀飞到空中，然后重重地摔到数十米外的地上，空气中隐约飘荡着一丝煳味。

"喀喀喀……"身上大片焦黑的庄崎剧烈咳嗽起来，缓缓从地上爬起，整个人虽然正面被炸到，但似乎并没有伤得太严重，"这深山老林里怎么埋着反坦克地雷？！谁这么缺德？！"庄崎一边触碰着血淋淋的右手，一边咧嘴骂道。到了"川"境，澎湃的精神力就会不断冲刷身体加强体魄的强度，从而达到近乎"超人"的地步，即便硬吃下一枚反坦克地雷，也不致命。这也是"池"境和"川"境差距如此巨大的原因。

庄崎忍着痛走到被炸平的地方，原来那块树皮早就被轰成了飞灰，这就意味着他再也没机会知道那张树皮上写的是什么……想到这儿，他感到就像是吃了苍蝇一样恶心。这种吊起人好奇心，又没有结果的感觉，让他心里十分不爽！

远处，藏身在某根粗壮树枝上的林七夜嘴角微微抽搐，叹了一口气。"果然，'川'境的人没这么容易死，木木，看你的了。"林七夜拍了拍身边小木乃伊的脑袋，说道。木木是林七夜给小木乃伊起的名字，毕竟一直叫木乃伊似乎也不太好，而林七夜本身又是个起名废物，于是就这么草率地定下了它的名字。木木点点头，绑满绷带的肩膀突然鼓胀起来，一根巨大的火箭筒就这么出现在它单薄的肩膀上。

木木认真地调整角度，将火箭筒对准远处骂骂咧咧的庄崎……

"嘿咻！"木木的咽喉发出轻吟，肩头的火箭筒猛地爆出一团火光，一枚拖着焰尾的火箭弹呼啸着朝着庄崎飙去！见火箭筒发射完毕，林七夜二话不说，直接将木木扛在自己的肩膀上，掉头就跑！

庄崎刚从反坦克地雷中缓过神，只觉得眼前一花，又是一枚火箭弹飞射到他的面门！"你……"

林七夜肩扛小木乃伊，身形如同鬼魅般向前飘荡，由于速度太快，小木乃伊像沙袋一样被颠得上下飞舞。紧接着，一道冒着黑烟的身影从火光中飞出，手中斑驳的猎刀倒映着跳动的火焰，呼啸着追向林七夜。

庄崎的速度远比林七夜快，虽然有地形的遮挡，但也仅用了数十秒就几乎来到了林七夜的身后。"小贼，找死！！"庄崎半边的脸庞已经鲜血淋漓，双眸之中满是怒火，像是要将林七夜千刀万剐！就在他的身影即将追上林七夜时，林七夜大喊一声："木木！"

"嘿咻！"木木浑身的绷带都膨胀起来，原本娇小的身躯瞬间暴涨了两倍不止，像是一座小山般趴在林七夜的肩膀上。与此同时，一根根密集的黑色枪管从它的身体上探出，齐刷刷地对准了半空中的庄崎。

"什么鬼？！"庄崎看到这一幕，直接蒙了。一个能变成武器的木乃伊？这是什么？某种神秘吗？不等他多想，密集的子弹就从不同口径的枪械中喷射而出，冲锋枪、自动步枪、狙击枪、手枪、霰弹枪……闪亮的火光照亮了昏暗丛林的一角，上百根枪支同时开火的巨响甚至压下了天边的雷霆，在深山中嗡嗡回荡！

"叮叮叮叮叮叮……"庄崎手中的猎刀刹那间片片崩碎开来，残破的刀片如同旋风中飞舞的落叶，将他整个人包裹在其中，密集的子弹碰撞在猎刀残片上，擦出一圈刺目的火花。猎刀的残片虽然挡住了蜂拥的子弹，但这么多子弹所蕴含着的动能是实打实的，庄崎半空中的身影在子弹瀑布般的压制下直接坠落下去，瞬间就被林七夜拉开了距离。

"将刀分解为碎片控制……是禁物，还是他的禁墟？如果是禁墟的话，他是只能分解这柄刀，还是能分解一切金属？"林七夜通过精神力清晰地感知到全过程，一边向前飞奔，一边飞速地思考着。挡下了所有子弹后，庄崎刚欲收回猎刀碎片，一道燃烧着火光的火箭弹又从前方飞射而来。"你奶奶的，有完没完？！"庄崎用猎刀碎片硬抗火箭弹的爆炸，随后愤怒地吼道。

在发射完火箭弹之后，木木的身形又缩小了回来，随着林七夜前进的步伐晃来晃去。

"子弹和火箭弹也是金属材质,却并没有被他分解,说明他只能分解那柄刀,或者是那个类型的特殊金属,这么一来事情就简单了不少。"林七夜喃喃自语。

天空中,几只蝙蝠扑棱着翅膀,从林七夜的身旁飞过,盘旋了半圈之后又迅速飞走。林七夜的表情瞬间凝重起来。从蝙蝠带回来的情报来看,形势远比他想象的更糟糕。原本他以为只有三个"川"境、一个"海"境的敌人,没想到还有一个"川"境一直隐藏在林中,而且成功骗过了其他夜行生物的感知。原本赶去救援沈青竹的洪教官被对方纠缠住,无法离开,好在百里胖胖似乎没有暴露,径直往沈青竹的方向去了。只是……凭他们这几个人,能打赢一个"川"境吗?而且,从蝙蝠带回来的信息来看,另外一个"川"境的强者也改变行进方向,绕开1号村庄,向着林七夜追来,并且现在的距离已经很近了。

林七夜通过夜行生物收集的场地信息是存在时间差的,他只能和夜行生物沟通,并不能和它们共享视野,也就是说他想知道其他的信息,必须要让那些夜行生物先散出去收集,然后等它们回来才能知晓。中间这个过程,大约十分钟,就是他消息滞后的时间。还有一个值得注意的点,就是一直坐在某个山腰上的"海"境敌人已经不见了,而且身形也没有出现在山林中的任何一个地方。不过在他之前坐的地方,发现了一个奇怪的山洞,现在已经有蝙蝠向里面探索。

"唰——"就在林七夜在脑海中飞快地整理信息的时候,一个人影迅速追到他的身后,密集的猎刀碎片暴风般卷向林七夜,像是一大批钢铁蝗虫过境,顷刻之间周围的草木都被拦腰斩断,就像是有一柄无形的巨刃,平整地切开了半片丛林。在林七夜的精神感知中,他发现这次猎刀碎片的大小明显比之前小得多,如果说之前分裂开的猎刀碎片像是一块块拇指指甲盖大小的纸片,那现在涌向林七夜的,就是一颗颗沙粒大小的细密刀片!同样一柄刀,碎片的大小变换之后,威力就完全不一样了。这种大小的刀片,完全可以被人吸入肺中,只要庄崎心念一动,片刻之间就能将人体从内而外地切成碎渣。就算不进入体内,只要这片银雾的一角轻轻擦一下身体,马上就能刮下一层皮,如果让它渗透得彻底一点,甚至能直接将骨骼切碎。

林七夜现在算是完全想明白了身后这个男人的禁墟,他能将构成猎刀的这种特殊金属无限制地分解,并操控它们去进行杀戮,现在只是"川"境,只能将刀身分解成沙粒大小……等他的境界再高一点,完全有可能将这柄刀分解成纳米大小,无形之中杀光附近所有的生命体。这是极端恐怖的杀伤性禁墟!看得出来,庄崎被林七夜搞得如此狼狈之后,是真的怒了。

当林七夜完全想通这一切之后,猎刀分解成的刀片银雾已经来到他的身后,分散地从林七夜的四面八方包裹而去!一旦他成功包裹住林七夜周围的空间,到时候林七夜根本无路可退,只能在其中被庄崎切成肉丝。

"嘿咻!"木木肩头的火箭筒再度发射,火箭弹撞在气势汹汹的刀片银雾之上，绽放出剧烈的火光。但火箭弹造成的冲击力也只是将这些银雾前进的速度微微拖慢，很快它们又追了上来。这么小且密集的刀片群，已经不是火箭弹就能搞定的了。林七夜的精神力感知中，已经有一部分刀片银雾飞到了他的前方，即将形成合围之势。林七夜的大脑飞速运转，即便形势已经如此危急，眼中依然充满了冷静。在这种情况下，"至暗神墟"根本无法侵蚀如此大量的刀片，而对付这种大范围全方位的攻击，刀术又不能起到什么作用……林七夜的眼前一亮，似乎想到了什么，一把将肩头的小木乃伊抱下，整个人突然卧倒，将娇小的木乃伊压在身下。"虽然我知道这么做不太好，但现在已经没有别的办法了，看你的了，木木。"林七夜无奈地开口。

在灵魂契约的关联下，木木瞬间就领会林七夜的意思，身形迅速地膨胀起来，被压在地上的后背突然隆起，析出两个炸药包。

远处，庄崎看着已经形成合围之势的刀片银雾，嘴角浮现出狰狞的笑容。

"嘿咻！"

"轰轰——"就在刀片银雾即将包裹林七夜的瞬间，被大型木木压在地上的两个炸药包轰然爆炸，产生的恐怖动能直接将木木和林七夜两人炸飞，像是炮仗一般冲天而起，在被刀片银雾笼罩之前飞出了这片范围。有大型木木压在炸药包上面，爆炸的威力几乎没有触碰到林七夜，这可靠的木乃伊帮林七夜扛下了所有的伤害。而这种程度的爆炸，确实不能对木木造成什么伤害，它背后有些烧焦的绷带收缩了起来，很快就恢复了原状。于是，林七夜抱着木木，在高空中划过一道优美的抛物线，直接从这座山峰飞出，向着远处的山谷落去。

庄崎目瞪口呆地看着这匪夷所思的一幕，半晌之后才回过神来。

"还能这么玩？！"

山中，另一边——

"轰——"震耳欲聋的爆炸声在山脚下回荡，刺目的火光像是呼啸的火龙般冲上天际，周围的树木被火焰点燃，熊熊燃烧。但下一刻，周围的空气又被直接抽空，恐怖的火焰瞬间消失无踪。这片满目疮痍的荒野之上，到处都是烧焦或者即将被烧焦的树木，凌乱地立在四周，在这片荒野的中央，一个扛着斧头的大汉缓缓从深坑中站起，"嘿嘿"一笑："小娃娃，你这威力还是差了点啊。"

191

在他的对面，浑身是伤的沈青竹站在那儿，看起来十分狼狈，在他背后的地上躺着奄奄一息的李亮，以及断了一条腿但依然咬牙对李亮施救的邓伟。沈青竹的双眸中怒火跳动，那目光像是要将眼前这个汉子活剐一样，身上的黑色军大衣被旋转的气流鼓动，指间的戒指不断有火光跳跃。

"不过，对你这个境界来说，已经很出色了。"汉子想了想，继续说道，"对了，你认不认识一个叫林七夜的小娃娃？"

沈青竹的眼底闪过一抹微芒，他咬着牙，一字一顿地开口："什么狗屁七夜、八夜，我不认识！"

"不对吧，既然你也在这里，你们不应该是一起的吗？"汉子"嘿嘿"一笑，"这样吧，你帮我把那个小娃娃抓住，我就放你们一条生路。"

"放我们一条生路？"沈青竹冷笑起来，"现在跪下来给我磕两个响头，我会考虑给你留个全尸！"

"小小年纪，口气倒是不小。"汉子缓缓将肩头的大斧拿下，憨厚的脸上浮现出残忍的笑容，一步步地向着沈青竹走去，"你这熟透了的脑袋，还是我帮你摘吧。"

沈青竹的瞳孔骤然收缩，伸出手在空中虚握，下一刻汉子周围的空气瞬间就被抽空，汉子的嘴角抽了抽，笑容越发狰狞了起来。他双腿猛蹬地面，整个人就像是炮弹一样弹射而出，就在他即将碰到真空边界的气墙的时候，手中的大斧突然挥出，轻易地破开了整个真空领域。他重重地落在地面上，冷笑着开口："小娃娃，你布置的这片真空太小，太脆了，根本困不住我，要不做个更大的玩玩？"话音落下，他又恍然大悟地继续说道，"哦……我懂了，你是怕把你身后那个快死的小娃娃卷进去。啧，毕竟你这种超高危禁墟，就是标准的伤敌一万，自损八千啊。"汉子的身形一晃，手中的大斧呼啸斩出，斧头的锋芒切开空气，竟然发出了刺耳的音爆声！

沈青竹凭借着自身极快的反应，闪电般错身避开这一斧，但那肆虐的锋芒依然割伤了他的臂膀，留下一道狰狞的血口。"轰——"距离两人数十米的山体上，凭空出现一道狭长的斧痕，碎石四溅。沈青竹的脸上写满了凝重，对方仅斩了一斧，散出的余波竟然就隔空斩下一块山体，只要挨上一斧头，必死！

"我的禁墟和你们那些花里胡哨的不一样，我就是单纯的'巨力'！序列排名356，但有时候越简单的就越强悍！"汉子笑道。

沈青竹抓住机会，瞬间将汉子周围的空气成分按比例压缩，指间的戒指绽放出一缕火花，剧烈的爆炸便直接在汉子的身旁爆发！汹涌的火光流转，扛着斧头的汉子闷哼着向后退两步，胸前满是鲜血，但其实只是看起来严重，实际上伤口并不深，单纯的爆炸伤害很难对"川"境的强者造成致命的损伤。

"不够，不够啊，这么点小伤，根本就不算什么。"汉子在胸口抹了把血，摇了摇头。

沈青竹咬牙，紧紧地盯着他的眼睛，一言不发。就在这时，天空中一声惊雷乍响，密集的雷光混杂着狂风，像是狂暴的野兽般从天而降，直接淹没了汉子的身形！沈青竹一愣，抬头向天空中看去，一个胖滚滚的身影踩在金色的剑影上，手持大扫把，傲然俯视着被雷光淹没的汉子。"哼，拽哥，小爷来救你了！"百里胖胖将"雷卷风"扫把扛在肩膀，气势满满地喊话。沈青竹看到百里胖胖的身影，眼中闪过一抹喜色，随即收敛了下去，板着脸冷哼一声。

"咚——"一声沉闷巨响传来，密集的雷光瞬间散开，消失在空气之中，身上遍布小伤口的汉子抬头看向天空中的百里胖胖，双眸微微眯起，缓缓举起了手中的斧子。"闪开！"沈青竹双眸微缩，大声喊道。不等沈青竹提醒，百里胖胖已经做出了应对，脚踏"瑶光"飞快地在空中游走。下一刻锋锐的斧头斩击便掠过天空，几乎是擦着百里胖胖的身体飞了过去。脚下的"瑶光"被这一斧震荡，顿时消散大半，百里胖胖心中一紧，勉强维持着身体落到地面，还是摔了个屁股蹲。

"只有你一个人？"沈青竹看向百里胖胖。

百里胖胖点了点头："敌人，不止一个……"

听到这句话，沈青竹心中顿时明白了些什么，表情越发凝重。

"你带'封禁之卷'了吗？就是之前用来封印曹渊那个。"沈青竹突然开口。

百里胖胖一愣："带了，怎么了？"

"借我用用。"

"哦……"百里胖胖掏出胶带，放到了沈青竹的手上，忍不住问道，"你要做什么？"

"你别管，你可以走了。"

"啥？"

"李亮已经不行了，再不接受治疗，必死无疑，邓伟的腿如果放着不管，也肯定要被截肢……"

百里胖胖转头看向不远处昏迷的李亮，以及因剧痛而颤抖的邓伟，目光凝重至极。"对了，李贾呢？"百里胖胖想起了什么，问道。沈青竹默默攥紧了双拳，没有说话。百里胖胖一怔。

"带着他们走。"

"可是，这样你就一个人面对这……"

"百里涂明！"沈青竹突然低吼，眼中浮现出一抹疯狂，"我沈青竹这辈子，从来没求过别人什么，现在……我求你，走，走吧！把他们两个带回去接受治疗！今天，我不想再看到任何一个人……牺牲了。"

百里胖胖看着双目通红的沈青竹，缓缓握紧双拳，没有再说什么，而是默默地将邓伟和李亮扛在肩上，声音沙哑地开口："我一定……很快就回来！拽哥，你无论如何……"

"放心。"沈青竹深吸一口气，双眸之中是冰冷的平静，"我不会死的，我的路还没有走完，怎么可能会倒在这里？"

百里胖胖深深地看了他一眼，扛着李亮、邓伟二人，飞速向着山下跑去。他这辈子，第一次这么拼命奔跑！

沈青竹看着他离开的背影，缓缓转过身，看着眼前的汉子，平静地开口："我要你……给我的兄弟偿命。"

192

"偿命？"汉子冷笑两声，"就凭你，怎么让我偿命？"

沈青竹没有说话，只是默默地将手中的"封禁之卷"展开，撕下一截，贴到自己的伤口上。"其实，在那个死胖子来之前，我是准备和你同归于尽的……"沈青竹一边贴着伤口，一边平静地说道，"在真空环境下，人体内的气压会和外界的气压产生差值，血管内的微气泡会膨胀，产生泡沫状血液堵塞血管，但如果这时候人体表面存在大量伤口，这种气压差会加速血液的涌动。"

汉子扛着斧头，一脸蒙地听着沈青竹说话，似乎并不能理解他在说些什么。

"你是'川'境，之前陆续给你留下的伤口虽然无法威胁到你的性命，但如果在真空状态下，那些看似不深的伤口，反而会成为真正的催命符。原本，你身上有伤，我身上也有，如果我们同时身处真空环境，我只能用自己的命，硬生生地拖死你……但现在，情况不一样了。"沈青竹将身上所有的伤口都用"封禁之卷"贴上，不慌不忙地将它放回口袋，"在'封禁之卷'的作用下，我能将自身的气压与外界彻底隔绝，所以，我根本不会有血管堵塞死亡的危险。你不是觉得之前的真空环境不够刺激吗？既然这样……那我就让你见识一下真正的'气闽'。"

沈青竹深吸一口气，伸出手，在半空中打了个响指，"啪——"清脆的声响传出，方圆300米的所有空气瞬间被抽空，以他为中心的半球体范围内，彻底沦为绝对真空领域，前所未有的窒息感充斥汉子全身。他咧了咧嘴，似乎并没有将这小小的窒息放在心上，将背后的斧子取下，整个人飞快地朝着沈青竹冲去！就在此时，沈青竹没有丝毫犹豫，转头就向相反的方向跑！本来以汉子的速度，冲到沈青竹的面前不过是几秒钟的事情，但是在沈青竹全力以赴的奔跑下，原本的抵达问题瞬间变成追击问题，不过汉子似乎并没有将这一点距离放在心上，脸上的笑容依然狰狞。就算沈青竹也在跑，他最多只要十秒钟就能追上沈青竹，这就是一位"川"境强者的自信。但是，当他奔跑八秒，即将触碰到沈青竹身体的时候，发现事情似乎有些不对劲。他的步伐越来越沉重，眼前的画面开始模糊，整个身体就像是灌了铅一样，动作越发地滞缓。他低头看向自己的胸口，那些密密麻麻的细小伤口已然猩红一片，泡沫状的血液不停地从伤口渗出，汉子开始觉得有些头重脚轻。

他皱起了眉头，看了眼就在数十米之外，而且奔跑速度同样慢下来的沈青竹，用力握紧手中的斧头，全力斩出一击！斧头无声地划过，远处的沈青竹依旧安然无恙。在真空环境下，根本就没有介质能够传递汉子挥斧时的巨力，想要像之前一样一斧头隔空斩断山石，已经是痴心妄想。汉子终于开始意识到事情不妙，转身就往和沈青竹相反的方向狂奔而去！他必须要离开这片真空环境，否则……他真的会死！

但沈青竹怎么会让他如愿，这片真空领域本就是以他为中心移动的，只要他还能在汉子突破边界前追上对方，汉子就永远不可能逃出这片真空！沈青竹反过来朝着汉子跑的方向追去！猎物与猎手的身份，瞬间逆转！

正如沈青竹所说，汉子身上密密麻麻的伤口成了他在真空环境下的催命符，如果换成一般人，现在早就死了，但他作为"川"境的强者，身体素质本就变态，这才能一直支撑到现在。不过他再怎么变态，也还是个"人"，只要长时间处在真空环境，就一定会死！这是一场时间的赛跑，谁能在真空环境活得更久，谁就能活下来。

汉子的速度已经慢了很多，和之前根本没法比，现在的他就和普通人一样，蹒跚着一步步向前走去。随着血液中氧气浓度的降低，以及大量的失血，他的意识已经开始模糊，身体也摇摇欲坠起来。而追在他身后的沈青竹同样不好过，虽然不用担心血液中的气压变化，但这股窒息感却是实打实的，不过即便如此，他还是一步一步地跟在汉子的身后。他的速度不快，却总是保持与汉子步调一致，他可以更快，但不愿意。他就是要让对方一点点地品尝绝望！

他在笑。

终于，汉子握紧斧头的手松开，沉重的斧头无声地坠落在地，整个人踉跄着跪倒在地上，用双手勉强撑着身体，眼中仅剩最后的一丝清明……他张大了嘴巴，渴望呼吸到空气，就像是个即将溺死在海中的遇难者，眼中满是惊恐。

他快死了。

沈青竹的笑容更灿烂了，他缓缓走上前，弯下腰，捡起落在地上的斧头。他走到汉子的身前，扯着他的头发，强迫他抬起头与自己对视。在那双浑浊呆滞的眼眸中，沈青竹看到了他心中的恐惧。

——你的脑袋，也熟了。

沈青竹张开口，无声地动着嘴唇，右手掂了掂斧头——一斧劈下……他面无表情地丢下斧头，消失的空气一点点地回归。在极度缺氧的情况下，如果一口气吸入大量的氧气，同样会导致人体内的气压发生变化，甚至有变成脑瘫的可能。稀薄的空气中，沈青竹的意识逐渐模糊，这是长时间缺氧的后遗症。他无声地抬起头，看着灰暗的天穹，淅淅沥沥的雨水从他的脸颊滑下，他伸出手，似乎想抓住什么。"李贾……你沈哥，给你报仇了……"沙哑的声音从他的喉间发出，他一直绷紧的那根弦突然松了下来，直接晕倒在地。

满目疮痍的荒野，陷入了一片死寂。

许久之后，一个浑身泥泞的胖子从远处跌跌撞撞地跑过来，看到眼前这一幕，先是一愣，然后飞快地跑到沈青竹的身边。在确认沈青竹还有气之后，百里胖胖长舒一口气，又转头看向旁边的尸体。"沈哥……威武啊！"他喃喃自语。

193

昏暗杂乱的丛林中，一个人影扛着一具小木乃伊，飞速地奔跑着。在他身后不远处，一场银雾刀片风暴正在急速逼近，火力全开的庄崎就像是一个所向披靡的清道夫，所到之处寸草不生。在这样一位顶尖的追踪者，同时还是"川"境强者的追杀下，林七夜几乎不可能逃出他的捕猎范围。同时，在林七夜侧面不远处的丛林中，树影正在快速晃动，仿佛有什么东西正在逼近。

——第二位"川"境强者！

林七夜感到侧面那冲天的杀意，一颗心顿时沉了下来。如果仅有一位"川"境追踪，他能依靠"星夜舞者""至暗神墟"和小木乃伊与对方周旋，但如果一次性出现两个……他几乎没有生还的可能。

"木木！"林七夜喊了一声，小木乃伊瞬间心领神会，反手两枚火箭弹飞射而出，朝着侧面袭来的敌人飞去。

"轰——"火光在不远处绽放，刺目的光芒之中，一个通体银色的人影毫发无损地穿过燃烧的火焰，像是野兽般在树木间跳跃，然后猛地跃起，十指延伸成十根尖锐的刀刃，抓向林七夜！林七夜搭在腰间刀柄上的右手突然用力，眼中光芒乍闪！

"当——"一柄直刀出鞘，他猛地回过身，一刀迎着银色野兽的利爪斩去！与此同时，小木乃伊也没有闲着，身形迅速拔高1米，反过来将林七夜倒背在身后，沿着林七夜行进的方向继续向前跑去。

"当——"小木乃伊的后背上，一刀一爪重重地碰撞在一起，银色野兽的动能通过爪子传递到林七夜和小木乃伊身上，将他们直接震飞！小木乃伊双手慌乱地在空中乱抓，然后"咚"的一声脑袋着地。它茫然地爬起身，紧接着林七夜的身形就如同蝴蝶般在空中翻过半圈，稳稳地落在地面。他一把拎起还在神游的小木乃伊，继续向前狂奔。他握着直刀的手掌隐隐有些发麻，那个银色野兽的力量实在太强，即便有"星夜舞者"的加持，在力量上他也远不是对方的对手。

"将身体转变为金属，然后随意改变形态的禁墟？"林七夜脑海中回忆着刚刚金属野兽从撞破火箭弹，双手变化成刀刃的一幕，初步推理出这个结论。如果对方能将自身转变为金属，那木木的火力压制几乎就没了作用。追在身后的这两人一个擅长刀雾绞杀，一个擅长单兵作战，相互配合起来几乎没有弱点可言。正如之前洪教官所说，现在在他身后的可不是演习中那些被大幅削弱了的"川"境神秘，而是实打实的"川"境强者！直到现在，林七夜才真正意识到"池"境和"川"境之间的差距有多大。更何况对方还是两个人！看来，他只能向病院里的倪克斯求助了……

就在林七夜准备将意识探入精神病院的时候，大地突然剧烈颤动起来，林七夜猛地停下了脚步，身后追着的庄崎和银色野兽同样如此。"地震？"庄崎有些惊异地开口。倒不是他没见过地震才这么大惊小怪，而是这次震动的幅度实在是太大了。

在三人错愕的眼神中，旁边的山峰竟然大幅倾斜，像是要直接倒下般，巨大的石块从山体上落下，像是陨石般砸在周围的地面上。不仅这一座，周围的其他山峰、树林、溪流……全都开始倾斜，幅度越来越大！林七夜他们所在的这座山峰，同样如此。

"什么鬼？！"庄崎周身飞旋的刀片银雾重新汇聚成猎刀，他一只手抓住旁边的大树，惊愕地开口。

林七夜扛着小木乃伊，敏捷地跳到树干之上抬头看向天空，此时，一抹诡异的焰红色正在天空中蔓延。眼前的这一幕，实在太过匪夷所思，简直就像……半座津南山，直接翻过来了一样！这绝不是地震这么简单！就在林七夜心中升起这个念头的时候，周围的环境突然一黑，原本垂直的重力就像是失灵一般，在四面八方不停地移动。紧接着，就是一阵强烈的失重感！林七夜带着木木从树干上落下，在黑暗中急速下坠，从某一刻开始，原本灼热的空气突然变得凉快起来，就像来到另一个世界。在一阵天旋地转中，失去的重力再度回归，林七夜迅速在半空中调整身形，怀中的木木快速变大，反过来将林七夜护在怀中。

"咚——"下坠了有十多秒的时间，他们终于接触到地面，木木巨大的身形落在地上发出一声巨响，但怀中的林七夜倒是毫发无伤。木木的身体迅速缩小，在地上打了个滚，蹦蹦跳跳地爬了起来，两只手激动地在林七夜的面前比画着什么。

"这又不是游乐园的过山车，哪能再给你玩一次……"林七夜有些无奈地开口。黑暗的环境中，林七夜将自身的精神力扩散到最远，开始细细地感知周围的环境。"这是……地下洞窟？"林七夜感受到周围的环境，眉头微微皱起。他将自身的精神力向上快速延伸，想要看看这里到底是不是地下，尽管精神力已经扩散到极限的100米，感知到的也只有无穷无尽的土层。这里距离地面不止100米？怎么会这样？林七夜清楚地记得，在坠落前那诡异的一幕，大地翻转，重力失常……可他又是怎么来到这诡异的地下洞窟之中的？这里，还是津南山吗？

林七夜按捺住心中的疑惑，犹豫片刻之后，没有急着探索周围，而是先将意识探进了脑海中的精神病院中。

"东风！""幺鸡。""三条。""碰……碰！"林七夜走进活动室，只见倪克斯、梅林、李毅飞和阿朱坐在一张方桌的四面，桌上摆满麻将，而魔方则在一旁默默地洗着另一套麻将。

阿朱捏着手里的三条，怯生生地问道："我……我是不是能碰？"

194

"能碰，你当然能碰。"李毅飞咧嘴笑道。突然，他的余光瞥到活动室的门口，看到那个穿着白大褂的身影，表情突然凝固在脸上。阿朱疑惑地顺着李毅飞的目光看去，看到面无表情的林七夜，惊叫一声，连忙站起身低下头，像个做错事的孩子。只有一旁的魔方还在飞快地转动，仿佛只是个没有感情的洗牌机器。

"七夜……哦不，院长，我这，我这是在带病人们做娱乐活动，喀喀喀……"李毅飞有些尴尬地开口。

"达纳都斯，我的好孙儿在教我们玩游戏呢。"倪克斯笑吟吟地开口，可以看出，她玩得很开心。

林七夜看着战战兢兢的阿朱，还有不知所措的李毅飞，无奈地叹了口气。

"这么紧张干吗？拓展病人的娱乐项目，愉悦他们的身心，这是好事，我又不是不通情达理的黑心老板，还能扣你们工资不成？"嗯……前提是你们有工资可扣。

见林七夜这么说，阿朱和李毅飞终于松了一口气。

林七夜没时间在这些琐事上面浪费时间，径直走到倪克斯的面前，表情有些凝重地开口："母亲，一会儿我可能会需要您的力量，到时候……"

倪克斯微微一笑："达纳都斯，我的孩子，无论你什么时候需要我，我都会站在你的身边。"

听到倪克斯的回答，林七夜心中一暖，悬着的心终于放了下来，这就是有后台、有靠山的感觉吗？

这时，一旁的梅林眉梢一挑，仔细打量了林七夜一番："院长阁下，你似乎遇到了困境。"

林七夜一怔："梅林阁下，您说得没错……"

"有人在追杀你，而且似乎都比现在的你更强大，大概有……两个？不，应该是三个……"梅林深邃的眼眸仿佛能够洞穿林七夜的命运，仅是片刻工夫，就将林七夜的处境猜出了七七八八。

林七夜的眼睛逐渐亮起："梅林阁下，您有破局的办法吗？"

梅林摇了摇头："我只是一个被囚禁在病院里的学者，帮不了你什么。"

就在林七夜的眼中浮现出遗憾之色时，梅林继续说道："但我知道，蛮力，往往是打破困境的最佳武器。"

"可是我赢不了他们。"林七夜无奈地摇头。

"境界，不是衡量战力的唯一标准，还有经验、智慧，以及……一些奇妙的小手段。"梅林大有深意地看着林七夜，缓缓说道，"比如这座神奇的病院，又如……他们。"

梅林伸出手，指向站在一边穿着护工服的李毅飞和阿朱，两人一愣，茫然地对视一眼，似乎不明白梅林在说些什么。

林七夜同样愣住了，疑惑地看向两位护工，微微摇头："可是，护工是带不出这里的，我已经试过了……"

"你不能万事都遵循既定的规则，想要成为强者，就要学会用自己的智慧打破规则。"梅林轻轻捏起桌面上的一张麻将牌，嘴角浮现出一抹笑意，然后轻轻推倒了身前所有的麻将，"我只能提醒你到这里，剩下的，就看你自己了。"梅林不紧不慢地站起身，抱着座椅边的《中老年养生手册》，走出了活动室。

林七夜怔怔地看着桌面上，那一长串的和牌，眉头紧紧皱起。"打破规则……打破规则……"他喃喃自语。片刻之后，他就像想到了什么，猛地转头看向梅林离去的背影，眼中闪烁着光芒。"难道说……"他又回头看向一脸蒙的李毅飞和阿朱，以及蹲在角落里默默洗牌的魔方，嘴角浮现出一抹笑意。

"院……院长，你想干吗？"李毅飞看到林七夜那怪异的目光，警惕地往后退了两步，双手护胸，小声地开口。

"不干吗。"林七夜微笑着伸出一根手指，玄奥绚丽的魔法阵在他的指尖快速勾勒出来，"就是想和你们……再签订一份契约。"

幽暗深邃的地下洞窟中，林七夜缓缓睁开了双眼，眸中浮现出一抹喜色。他蹲下身，摸了摸小木乃伊的脑袋，轻声开口道："辛苦你了，回去休息休息吧，接下来交给我……"

小木乃伊歪了歪头，似乎有些担心。但随着魔法阵的展开，它还是乖乖地回到属于自己的世界，走之前还依依不舍地跟林七夜挥了挥小手。随着魔法阵的消散，空旷的地下洞窟之中，只剩下林七夜一个人。黑暗中，他的双眸异常明亮。残留的雨水顺着黑色军大衣的衣摆滴落在地，他缓缓闭上双眼，一只手搭在腰间直刀的刀柄上，一步步向着错综复杂的岩洞走去："现在，轮到我来当猎手了……"

同样的地下洞窟之中，一阵痛苦的呻吟声响起。"痛痛痛痛……"百里胖胖嘴角抽搐，忍着浑身的疼痛，挣扎着从地上爬起。山体翻覆时，他正背着昏迷的沈青竹朝着1号村庄的位置走去。在坠落过程中，他更是直接将自己的身体护在沈青竹的下面，替他承受了全部的冲击力。好在有"瑶光"护体，加上他自己也皮糙肉厚，顶着两个人的重量掉下来也没伤筋动骨。

"这是哪儿？拽哥呢？"百里胖胖茫然地四下张望一圈，从口袋里摸出单片眼

- 139

镜戴起，很快就看清了黑暗中的环境。"洞窟？"百里胖胖一愣，很快就找到了不远处躺着的沈青竹。虽说百里胖胖替他挡住了冲击力，但下落的过程中还是牵扯到大量的伤口，"封禁之卷"虽然能隔绝内外，但并不具备治愈疗伤的效果。沈青竹身上的大衣几乎完全被血液浸染，随着时间的流逝，呼吸越发微弱，而且不断有血沫从他的嘴角渗出。百里胖胖紧咬牙关，纠结片刻之后，从口袋里掏出一枚青色玉片，塞进了沈青竹的怀中。"便宜你了……这下小爷我亏大了！"百里胖胖嘀咕一句，忍着痛将沈青竹背起，跟跟跄跄地向前走去。

195

这里是？蒙眬之中，沈青竹缓缓睁开了双眼。黑暗中，他被一个胖乎乎的人影背在身上，一点一点地向前挪动着。他身下的人大口大口地喘着粗气，身体因为脱力在控制不住地颤抖。

"死胖子？"沈青竹的眉头皱起，沙哑而虚弱的声音传出。

百里胖胖咧了咧嘴，没好气地开口："我说你个没良心的，小爷我救了你的命，还背着你走了快半个小时，你开口第一句就是'死胖子'？"

沈青竹沉默许久，缓缓说道："百里涂明……"

"这就对了。"

"李亮和邓伟……"

"放心，都带回去了，温晴晴在治疗他们，不会有生命危险。"

沈青竹沉默半晌，缓缓开口："谢谢……"

"谢个屁，他们也是小爷的战友，救他们是理所当然的，别搞得跟欠了我多大的人情一样。"百里胖胖嘀咕一句。

"这是哪儿？"

"不知道，山好像翻过来了，这里像是某个洞窟。"百里胖胖气喘吁吁地说道，"但是这洞窟太大了，而且错综复杂，小爷我走了这么久都没走出去。"

沈青竹的眉头微皱："你放我下来，我自己能走。"

"能走就有鬼了。"百里胖胖一脸无奈地说道，"半个小时前，你差点就没了，要不是小爷用回天玉吊住你的命，现在你只能跟阎王爷聊天了。"

"回天玉？"沈青竹一怔，伸手摸进胸口，指尖很快就摸到了一枚温暖的薄玉。

"这可是真正的宝贝，上面自带禁墟序列 040 的'回天'。只要你还有一口气，它都能把你从鬼门关救回来，而且能够温养魂魄，最关键的是，它能替人无视阶位抵挡一次灵魂攻击。"百里胖胖一脸肉疼地说道，"无视阶位！你知道是什么意思吗？就是神来杀你，它也能从神的手下保住你的灵魂！这回天玉整个大夏就我们百里家有这一块，平日里我爹都是像宝贝一样护着，这次我独自出门历练，他才将这东西给我保命。小爷我越想越亏，救了李亮和邓伟的人情你可以不计，但这块回天玉的人情，你可欠大了我跟你讲，以后你要是不救小爷我十次八次，我做梦都该哭醒了。"百里胖胖越说越心疼，就连身体上的劳累仿佛都忘却了。

沈青竹怔怔地抚摸着胸前的暖玉，沉默许久之后，眼中浮现出一抹坚定，缓缓开口："谢谢……这个人情，我一定会还。"

百里胖胖没有再说话，只是默默地背着沈青竹，一点一点地向前挪动。

不知过了多久，前方的洞窟中，隐隐传来一阵脚步声。百里胖胖和沈青竹同时屏住呼吸，将身形藏在了某块凸起的岩石之后。微弱的火光从前方的洞窟中显现，庄崎一手拿着打火机，一手扛着猎刀，正眉头紧锁地朝着两人藏身的地方移动。在他的身后，跟着一个通体银色的男人，正是之前追杀林七夜的两位"川"境强者。

"这究竟是什么鬼地方……好好地在山里，怎么就掉到这儿来了？"庄崎冷声开口，"害得本来到手的人头都飞了，在这鬼地方，不知道还能不能再找到那小子。"

"应该是地龙。"他身后的银色男人开口。

"地龙？"

"一种强大的神秘，一般只有在名山或者古老的深山中存在，境界从'川'境到'克莱因'不等，历史上出现过几次地龙，算是比较常见。传说地龙翻身之时，会将原本背上的生物转移到它所居住的地下岩洞，这次翻身的规模只覆盖周围的几座山峰，这条地龙应该还没有达到'无量'的层次。"

"不是说只在名山或者古老深山出现吗？这一个名不见经传的津南山，哪儿来的地龙？"

"不知道。"

"……"

就在两人边说话边前进时，银色男人突然停下了脚步，眉头微微皱起，鼻子嗅了嗅。"有血腥味，很近。"他说道。庄崎的眼睛一眯，手中的猎刀瞬间崩碎成上百块细小的碎片，像是蝗虫群般向前方狭窄的通道涌去！

百里胖胖心中一凛，知道自己和沈青竹已经暴露，二话不说就背着他朝着反方向狂奔，同时胸前的"瑶光"化作一团金光盾挡在自己的身后。庄崎的刀片群撞在金光盾上，极速地切割着金光表面，后者立刻以肉眼可见的速度暗淡下去。百里胖胖的体力本就到达极限，还背着一个沈青竹，虽然已经用尽了全力，但还是跑得很慢。

"砰——"金光盾最终化作点点金光碎开，与此同时站在庄崎身后的银色男人瞬间变成一只猎豹模样，闪电般地朝着逃跑的两人冲去。他的速度实在太快了，呼吸之间就掠过蜿蜒的洞窟，向着百里胖胖的后背逼近。在百里胖胖背后的沈青竹眼神微凝，眼中浮现出一抹决然，双手试图松开百里胖胖的脖子，跳下来替他挡住身后的敌人,谁知百里胖胖双手就像是铁钳般箍住他的身体,根本不让他下去。

"放我下来,不然我们都得死!"沈青竹低吼。

"给小爷我闭嘴!"百里胖胖咬牙,双目通红,脸上浮现出疯狂的神色,伸手向口袋摸去。

"轰——"就在这时,两人身后洞窟的顶端突然爆开,一个人影从上方落下,就像是计算好了一般,精准地落在了疾驰中的银色男人头顶!"当——"直刀出鞘,深蓝色的刀锋在半空中划过一道圆弧,黑色的军大衣随之翻滚半圈,闪电般地斩向银色男人的后颈!银色男人瞳孔皱缩,后背突然长出一对金属双翅,交错着挡住了直刀的刀锋!金铁交鸣的声音响起,那人影借助反作用力,轻飘飘地向前落去,稳稳地站在了百里胖胖二人与银色男人之间。细小的碎石从头顶的空洞中落下,弥漫的烟尘中,身披黑色军大衣、手持直刀的林七夜缓缓睁开双眼,金色的双眸在这黑暗洞窟中,像是太阳般明亮。

196

"七夜!"见到来人,百里胖胖眼前一亮,激动地叫出声。

林七夜的目光落在眼前的两个敌人身上,平静地开口:"你带着沈青竹先走,这里交给我。"

沈青竹看着林七夜,又看了眼不远处的两个"川"境敌人,皱了皱眉正欲说些什么,身下的百里胖胖就果断地撒丫子飞奔了起来。不一会儿,林七夜视野中就没了他们的身影。

"喂,你不怕林七夜死在那儿吗?那可是两个'川'境的强者。"沈青竹沉声问道。

"不怕。"百里胖胖笃定地说道,"如果是别人,肯定会死,但他是林七夜啊,他是不会死的。"

"你这是盲目崇拜。"

"不。"百里胖胖摇头,认真地纠正,"这是信任。"

沈青竹怔怔地看着百里胖胖,脑海中浮现出李贾的身影,默默地低下了头。曾经,他也这么被人信任过,但是信任他的那个人死在了他的面前。不知不觉间,沈青竹的双拳紧紧攥起,微红的双眸中浮现出前所未有的坚定。

"你怎么了?"百里胖胖察觉到了沈青竹的异样,问道。

"百里涂明。"沈青竹深吸一口气,平静地开口,"你记住我今天说的话,如果这次能活着从这里出去,我沈青竹此生……一定要亲手覆灭整个'信徒',我要让他们所有人,给我的兄弟陪葬!如果我没有做到,我死后,你就把我的骨灰封入罐中,不入陵,不入土,更不能进守夜人墓地,直接沉入海底……"

"为什么？"百里胖胖一怔。

"因为我没脸见他。"沈青竹平静地说道。

百里胖胖沉默许久，重重地点了点头："我知道了。"

另一边，洞窟中——

林七夜眯眼望着眼前的二人，独自挡在道路的中央，像是一座山峰巍然屹立。

"刚刚还说可能找不到你，现在，你居然自己送上门来了。"庄崎冷笑着说道。

林七夜没有说话，只是默默地握紧了手中的直刀。他在这座迷宫般复杂的洞窟中搜索了十几分钟，才发现百里胖胖二人的踪迹。对于别人来说，这座迷宫可能会令他们头昏脑涨，但对于能够将精神力穿透百米范围感知的他来说就像是开了透视挂一样简单。他走在一条洞窟中，就能清晰地感知到上、下、左、右的通道分别通向何处。也正是因为这个能力，他才能精准地预判银色男人的攻击落点，从上方的洞窟直接打穿岩体，出其不意地降临。

银色男人微躬下身，双臂化作两杆长枪，腿部比之前膨胀了一圈，猛蹬地面，像是一道银色的闪电掠过黑暗，直奔林七夜的面门。林七夜手中的直刀极速抬起，仿佛完全洞穿了银色男人的动作，精准地架住两杆长枪的枪尖，但对方身体中蕴藏的那股巨力轻松地将其向后弹飞！林七夜在半空中翻过半圈，卸掉一部分力量，黑色军大衣如同蝴蝶的双翅般飞舞，整个人轻轻落在洞窟的岩壁上，踏碎壁面浮现出大量的裂纹。

严格来说，这是林七夜第一次和银色男人正面交手。像他这种纯粹靠自身属性与战斗技巧的敌人，林七夜是不怕的。就算差了一个大境界，他也能依靠自身的刀法和"至暗神墟"与对方周旋。真正麻烦的，是能够控制猎刀碎片的庄崎。庄崎缓缓抬起手中的猎刀刀柄，细密的刀片先是回归刀身，然后再度碎开，这一次碎片的大小更加细微，银色的刀片碎雾在他的周身翻滚，然后迅速地朝着林七夜涌去。这种不讲道理的特殊攻击，除非禁墟特殊能够对他进行克制，否则即便自身再能打也不敢正面与他抗衡。你再能打，人家把刀片都塞你内脏里了，你还能活？好在现在林七夜已经有了对付他的手段。

林七夜的左手缓缓抬起，绚烂的魔法光辉从他的掌间绽放，一个庞大而瑰丽的深蓝色魔法阵在半空中勾勒而出，快速旋转！庄崎和银色男人都是一愣。

"这是什么？情报上没说双神代理人有这种能力啊！"庄崎茫然自语。

银色男人紧盯着那个绚烂的法阵，心中隐隐有种不祥的预感。深蓝色的魔法阵逐渐消散，一个银色的三阶魔方缓缓飘浮在林七夜的掌间，神秘的空间波动以它为中心荡漾开来，在它左上角的小方块上，写着一串细小的数字：003。

诸神精神病院003号护工：混乱魔方。

林七夜看着掌间飘浮的魔方，嘴角浮现出一抹笑意。他从梅林身上学到的召唤系魔法，一共分为三种类型，能随手变出一堆乱七八糟东西的随机召唤魔法，通过献祭祭品遨游其他次元，与别的生物签订契约的次元召唤魔法，以及……指定召唤魔法。在本次元中，通过接触某种存在，并获取他们的同意之后，就可以在其他地方对其进行召唤，而召唤所耗费的精神力则与两者的距离，以及对方的生命强度有关，而且施展这种召唤术不需要材料作为媒介。对指定召唤魔法，最棘手的就是召唤距离的限制，如果相距太远，则会消耗大量的精神力，得不偿失，而对林七夜而言根本不存在这个问题。毕竟病院本就在他的身体里，病院里的护工跟他的距离，几乎可以视为零。从自己身上召唤东西到自己手上，自然不会消耗太大，唯一的难点，就在于对方的生命强度。

林七夜现在只是"池"境，而他的护工基本都是"川"境，跨境界召唤会消耗他大量的精神力，所以林七夜现在一次性只能召唤一位护工。不过，这对现在的林七夜而言，已经完全够用了！林七夜左手托着混乱魔方，右手握着直刀，望着眼前的银色刀片雾气，嘴角浮现出一抹笑意。他掌间的混乱魔方飞快地旋转起来，周围的空间瞬间被分割为一块块不可见的小立方体，随着魔方的极速旋转，前方的空气、左侧的岩壁、上方的土石、后方的通道都被打乱。林七夜周身的空间，彻底陷入了混乱！而那团被庄崎所操控的刀片银雾，就像是被丢进自动麻将机里的麻将，围绕着林七夜疯狂地旋转。

"什么鬼东西？禁物？"

庄崎紧咬牙关，试图操控银雾击杀林七夜，但每次银雾即将碰到林七夜身体的时候都会被混乱魔方转移到其他空间。他们之间的距离明明那么近，却又仿佛隔了整个世界。这，就是林七夜想到的，对付庄崎的办法。混乱魔方，绝对是这个禁墟的克星！

银色男人眉头紧锁，身形再度闪出，就在他的身体即将触碰到混乱空间的边缘时，猛地停下脚步，右手化作一柄近10米长的刺刀，直取林七夜的咽喉。他很聪明，并没有踏入林七夜周围的混乱空间，而是在外围刺出一刀，借助着刀身的长度破开混乱空间，从而攻击到身陷其中的林七夜。不得不说，他太谨慎了……但是，林七夜比他更阴险。林七夜的嘴角上扬，掌间的混乱魔方银光大作，他周围的混乱空间范围突然暴涨了一倍，竟然直接将外面的银色男人卷了进去！

-197-

在狂欢日演习的时候，混乱魔方的覆盖范围即便已经被教官们约束，但依然能覆盖整个三栋。现在林七夜手上的魔方可是实打实的"川"境，范围又怎么可能只有周围几米这么简单？银色男人也意识到自己中了圈套，有些慌乱地挥舞起手臂，另一只手化作一根绳索长钩，试图冲破混乱的困境，将自身抓离这片空间。但就在他的长钩正要钉入上方的一块岩壁的瞬间，那块岩壁竟被林七夜迅速挪开，变成一大片空洞，钩索也只抓了个寂寞，回到银色男人的身前。在这期间，银色男人又做了几次尝试，但无论他如何努力，都无法离开这片混乱空间半步！

与此同时，林七夜操控着手中的魔方，将刀片银雾聚集的那片空间与银色男人所在的空间一次又一次地接触，在庄崎奋力操控下的银雾数次混乱着掠过银色男人，在他身体的表面割开一道道细密的血口。听说你的身体能变成金属，坚硬无比？巧了，我庄崎兄弟的刀片银雾专克一切防御！

庄崎眼睁睁地看着不受自己控制的银雾一次次地误伤银色男人，气得几乎快吐出血来，但除了这猎刀，他也没有别的攻击手段，只能在外面急得干瞪眼。浑身是血的银色男人猛地吐出一口鲜血，血液在混乱空间中，同样不会落在地上，只会在半空中飞甩，其中还能见到些许银色刀片颗粒微微颤动。有些刀片雾气已经侵入他的内脏了。

"蠢货！停止操控你的猎刀！"银色男人对着外面怒吼。

庄崎一愣，立刻停止对猎刀碎片的控制，所有的猎刀碎片立刻失去动能，仅是随着空间的移动自然摇晃。这么一来，每次林七夜操控银雾所在的空间掠过银色男人所在空间的时候，就再也没有银雾会主动伤到他的身体。说到底，林七夜的混乱魔方只能操控空间错位，不能将它们重叠，更不能真正意义上地控制刀片，只要庄崎不主动操控"误伤"，它们几乎就不会对银色男人造成威胁。

林七夜见银色男人竟然看破了这一点，有些遗憾地摇了摇头，正好手中的混乱魔方也无法继续变换空间，便将周围的空间定格在原地。混乱魔方并不能长时间地变换空间，至少在这个境界还不行。在三栋的演习中，它也只能每隔几分钟变换一次，持续时间不会长，虽然现在牺牲了部分范围来延长错乱时间，但终究是有极限的。不过，借着最后的一瞬，林七夜还是将连续两个立方体的土石挪动到银色男人的上方。等到混乱空间散去，这两个地方的土石瞬间砸落在重伤的银色男人身上，将他直接掩埋在地底。同样地，庄崎的银色雾气也被他埋在地底。林七夜的双脚猛蹬地面，以惊人的速度掠出，淡蓝色的刀锋切开空气，笔直地斩向庄崎的脖颈！失去刀片银雾之后，庄崎基本上没有对敌的手段，现在他必须要抓住这个机会！

庄崎毕竟是经验老到的猎人，虽然不擅长近身战，而且猎刀也不在手，但反应依然极快，在林七夜的刀锋即将触碰到他的瞬间，闪开了自己的身体！直刀的刀锋擦着庄崎的肩膀斩过，留下一道血淋淋的刀痕，庄崎强忍着疼痛，反身向另一侧跑去！那里，一缕细小的银色刀片斩开厚重的泥土，即将回到他的身边！林七夜双眸微眯，一抹极致的黑暗以他为中心扩散，手中的直刀轻颤一下，极速飞出！

"噗——"一声轻响之后，直刀穿过数十米的距离，直接刺入庄崎的后背！庄崎闷哼一声，剧痛让他的嘴角疯狂抽搐，但毕竟是"川"境，身体素质极强，直刀虽然没入了他的后背，却没有直接洞穿他的心脏！他身前的土石中，越来越多的银雾渗出，他的眼中浮现出一抹喜色！

就在这时，那个披着黑色军大衣的身影鬼魅般来到了他的身后，一把握住插在他背上的刀柄，狠狠地又向里刺入半截！！这一次，直刀彻底洞穿了他的身体，刀锋从胸前刺出，庄崎的双眸瞪大，眼中的喜色迅速黯淡下来。被他操控到身前的刀片银雾，就像是普通的沙粒，轻飘飘地落在了地上。

"川"境强者庄崎，死亡。林七夜面无表情地拔出直刀，看向了不远处不断颤动的地面，被他深埋地底的银色男人，即将破开泥土回归地面。

"休息好了吗？"林七夜平静地开口。

他掌间悬浮的混乱魔方微微一亮，一个机械的声音响起："好了。"

"别让他出来，把他憋死在土里。"

"是。"

混乱魔方周身的深蓝色光辉再度绽放，除了林七夜脚下的那块地面，上下左右所有的土石都被它调动，疯狂地向银色男人所在的方向旋转移动。每当银色男人破开土块，立刻就会有新的土块出现在他的头顶，当他连续破开两次之后，魔方又会将他所在的位置重新旋转回底端，将新的土石掩盖在他的头顶。无论他往哪个方向跑，都是无穷无尽的岩土！他是"川"境，他很硬，很强，但这并不代表他不用呼吸。在一次又一次的突破之间，窒息感逐渐涌上大脑，与之相应的，还有那越发浓厚的绝望。在这片无尽的岩土海洋中，他就像是一个溺水者，根本无法逃离。许久之后，林七夜掌间的魔方光芒逐渐暗淡了下来。

"我的力量用完了。"机械的声音在林七夜的耳边回荡。

林七夜皱了皱眉，走到某块泥土上面，缓缓蹲下身来，用精神力向下探去。这里地底九十多米的地方，银色男人还活着，而且还在努力地向上爬。

"很执着，是个可敬的敌人。"林七夜一边拔出直刀，一边平静地说道，"但可惜……这并没有什么用。"

90米、80米、70米、20米、10米……即便在生命的最后关头，绝望充斥了他的大脑，银色男人依然没有放弃。他坚定地破开头顶的一层又一层泥土，想要回到地面。就在他距离地面不到1米的时候，他明显感觉到周围的土壤松动了。他马上就能出去了！他就像回光返照般，眼中再度燃起了希望之火，即便已经快窒息，但从身体之中依然涌上了一份力量！就在他即将破开那层薄土，回到地面之时……一柄修长的直刀没入土壤，精准地刺入他的头颅。

198

地下洞窟深处——

与林七夜等人所在的蜿蜒通道不同，这是一片庞大的地下空洞，放眼望去，几乎有三个体育馆大小，灼热的岩浆充斥了半数的空间，火红色的光芒将整个黑暗的洞窟照得明亮无比。如果将那些错综蜿蜒的洞窟比作血管，这里就是整片津南山的地下心脏。津南山并不是一座火山，在人为的探测中，它甚至根本不可能有岩浆存在。但事实是，在它的地下真的汇聚着堪比真正火山的岩浆储量。

不科学，反常规，则为神秘。

灼热的岩浆世界中，一条庞大的灰色地龙缓缓地抬起了身子，有十七八层楼高，身上遍布的火红纹路像是流淌的岩浆，虽然分布并不规则，却有一种异样的美感。

"哧——"灼热的空气从它的双鼻中喷出。此时，这条地龙正高昂着脖颈，一双猩红的眼眸正愤怒地盯着眼前的人影，周身的岩浆就像是沸腾了般，汹涌激荡！在它的眼前，一个半边身体被烧焦的男人狼狈地站在空中，双眸死死地盯着眼前的地龙，恐惧中还夹杂着一丝兴奋。

"炎脉地龙……这就是炎脉地龙吗！明明和我一样都是'海'境，居然能这么强……"

他叫马逸添，"信徒"第十四席，同时也是这次猎杀林七夜行动的负责人，也就是之前被林七夜观测到一动不动的"海"境强者。

"地龙是地下世界的王者，不仅能在大地中如履平地般移动，还能轻易引发地质类灾害，拥有自己的'绝对土域'，能将一切地面的敌人挪动到地下世界中……"马逸添注视着眼前的炎脉地龙，激动地说道，"而炎脉地龙，更是地龙中的王者，只要'呓语'大人能将它降服，假以时日，我古神教会就能再得一'天灾'级猛将！这功劳可不比击杀那个双神代理人小！能一次性捞到两个顶级功劳，这次真是走大运了！"

炎脉地龙瞪着眼前的男人，猛地咆哮起来，熊熊烈火收缩成一根粗壮的火柱，喷吐向悬于半空的马逸添。马逸添身形飞快地移动，但依然被火柱的边缘灼伤，整个右臂瞬间升华！他惨叫一声，身形一晃险些栽进岩浆之中，脸色苍白，眼中的兴奋之色却没有丝毫衰减。一般来说，面对这种强悍且拥有变态能力的神秘，除了极少数的妖孽，同境界的人类根本不可能是对手，只能由更高境界的强者出手才能抗衡。

"该通知'呓语'大人过来了……否则，我估计真的要死在这儿。"马逸添从口袋中掏出一个小圆珠，猛地用力捏碎，嘴唇开合，似乎在说些什么。

"轰——"惊天动地的爆炸声响起，金色的波纹在山体之间荡漾，刹那间就将周围的几座山峰夷为平地。飞舞的碎石与烟尘中，浑身是伤的袁罡缓缓站直身子，两道金色波纹从他的双拳荡漾而出，散发着恐怖的威压。他紧盯着不远处的山巅，目光锐利如刀。那里，毫发无伤的"呓语"倚靠在一棵树旁，乌黑的长发没有丝毫凌乱，像个优雅的绅士，看向袁罡的眼中充满了戏谑："不愧是上京市小队的副队长，竟然能在我的'噩梦'中坚持这么久……"

　　袁罡双眼一眯，一道光芒闪烁，身形刹那间就出现在"呓语"的身前，右拳紧攥着恐怖的金色波纹，轰然落下！"咚——"仅是一拳，身前的这座大山就被轰成了漫天碎渣，左手一拳紧接着轰出，直接发出刺耳的音爆，隔空打在另一座山峰上，留下一个巨大的空洞！

　　"世人都以为你只是初入'海'境，没想到你已经触碰到境界的天花板，只差半步就要突破进入'无量'……""呓语"的声音从天空中悠悠响起，他脚踏虚无站在那儿，有些遗憾地摇了摇头，"可惜，你的年纪太大了，就算能突破进入'无量'，这辈子也就注定只能卡在这个境界，潜力不足……否则，我倒是想把你收入我的麾下，成为我的'信徒'。"话音落下，他伸手向着大地轻轻一指，天空中积压的乌云就像活过来了一般，组成一张庞大的狰狞鬼脸，其中还有密集的电光闪烁，咆哮着向大地咬去！电光鬼脸撞在沦为废墟的大地之上，彻底淹没了其中袁罡的身影！"我的神墟能将一切'噩梦'化为真实，在这层属于我的'噩梦'之中，我就是世界的主宰，你是赢不了我的。""呓语"微笑着说道。

　　电光与乌云散去，袁罡遍体鳞伤地站在深坑之中，尽管身受重伤，但腰杆依然笔挺！他抬头愤怒地看着天空中的"呓语"，眼神之中充满了昂扬的战意。金色波纹荡漾，他像是一尊战神！

　　就在这时，一个声音在"呓语"的耳边轻轻响起，他有些诧异地挑了挑眉，目光又落在了袁罡身上："想不到还有意外的收获……算了，今天就玩到这里吧。""呓语"随意地挥了挥手，周围的世界片片崩碎开来，他的身影逐渐淡去，袁罡只觉得自己突然失重，心神猛地向下坠去。

　　"咚——"他的身影重重地摔落在帐篷之外。雨水浇灌在他满是血痕的脸上，他猛地站起身，环顾四周。津南山还在，临时指挥部的帐篷还在，天空中的雷云还在，之前与"呓语"的那场大战就像是一场噩梦。他低头看向自己的身体，发现伤口依然存在。也就是说如果他在那场噩梦中死去……就是真的死了。

　　"首长！""是首长！首长回来了！"两位临时指挥的教官听到外面的动静，走出帐篷，看到浑身是伤的袁罡，惊呼出声。"首长，您之前去哪儿了？怎么浑身是伤？"他们飞快地跑上前，准备扶住袁罡，后者却只是摆了摆手，目光落向山内，沉声开口："这些先不急，立刻向我汇报山里的情况！"

199

灼热的岩浆空洞之中，炎脉地龙周身的火红色纹路接连闪烁，汹涌的火焰几乎充斥着每一寸空间。半空中，一个狼狈的身影不断在火焰的空隙中闪烁，右臂已经消失，头发也彻底烧没了，伤口的血液都被灼伤成疤，说不出地疼痛。随着时间的流逝，马逸添的心逐渐沉了下去，距离向"呓语"大人汇报情况已经过了好几分钟，但对方依然没有出现……难道那位大人根本不想收服炎脉地龙，或者是自己哪里惹得对方不高兴了？再这么下去，用不了多久，他绝对会死在炎脉地龙的手中！就在马逸添逐渐绝望之时，一个优雅的身影如同鬼魅般穿过头顶的岩壁，站在半空之中，仔细地打量起眼前的炎脉地龙。

"'呓语'大人！"马逸添见到他的身影，惊喜地开口道。

"果然是炎脉地龙，虽然现在的境界不高，但是潜力很大……等培养到'无量'或者'克莱因'的时候，应该能有不小的作用。"

"呓语"满意地点了点头，瞥了狼狈的马逸添一眼，平静地说道："做得不错，这次回去，给你邀功。"

"谢谢大人！"马逸添喜出望外。

"呓语"周身散发出诡异的幽光，笼罩着整个空洞，在这阴暗的幽光之下，仿佛连沸腾的岩浆都被压制住了。

炎脉地龙似乎察觉到了危险，再度咆哮起来，周围的岩浆剧烈翻滚，最后竟然化作一条火龙冲天而起，向着"呓语"飞去！"呓语"的眉头微皱，数根漆黑的铁锁从他的指尖飞出，与飞起的火龙对撞在一起，碰撞的余波将整个洞窟都震得颤抖起来。

"成为我的'信徒'吧……""呓语"轻吟一声，双眸中绽放出一抹幽光，强大的灵魂攻击直接涌入了炎脉地龙的精神，下一刻炎脉地龙瞬间就停住身形，双瞳颤动，似乎在挣扎着什么。

他是"呓语""真实的噩梦""思维操控者""'信徒'灵魂契约的缔造者"……作为古神教会最古老的三位"神"之一，他的职权就是"噩梦"与"灵魂契约"，利用强大的灵魂攻击直接操控对方的心神，逼迫对方与自身签订"信徒"契约，从而从思维层面上让对方成为自己的下属。这是他的拿手好戏！用这个方法，他一手打造了整个"信徒"组织，甚至收服了几只"天灾"级的神秘，并暗中在守夜人高层留下暗棋……这一次，也不会有例外。

"呓语"一边控制着炎脉地龙的心神，一边开口问道："那个双神代理人呢？"

马逸添一愣，有些犹豫地说道："本来是庄崎他们几个去杀的，但是就在刚刚，他们的生命波动消失了……那个代理人，可能并没有死。"

"废物。""呓语"冷哼一声。

"我这就去杀了他！"

"不用了。""呓语"的双眼微微眯起，"我已经用'噩梦'改变了地下洞窟的布局，他们很快就会自己送上门的。这次，说不定还能再收几个妖孽，成为我的'信徒'……"

黝黑深邃的洞窟中，林七夜闭着双目，飞快地向前奔驰。这是刚刚百里胖胖他们逃离时的方向，虽然中间与那两个"川"境战斗了许久，但百里胖胖和沈青竹毕竟带着伤，不会走太远。突然，黑暗中一只蝙蝠扑棱着翅膀，朝着林七夜飞来。林七夜停下脚步，睁开双眼，脸上浮现出一抹惊讶。这是之前跟着那位"海"境强者飞进山洞的蝙蝠，在地下洞窟绕了这么久，没想到还能再遇见它。蝙蝠在林七夜的周围飞舞，似乎在诉说着什么，片刻之后，林七夜的眉头就微微皱起："生活在岩浆中的地龙……翻身……与那个'海'境的男人战斗……"

通过与蝙蝠的交流，林七夜很快就掌握了部分情报，那个"海"境的男人与炎脉地龙战斗，似乎被打得很惨。不过，他为什么要去招惹对方？林七夜摇了摇头，就算知道了他们为什么被卷入这地下，对现在的情况也没有什么帮助。当务之急就是趁着那个"海"境与地龙战斗之际，找到百里胖胖他们和洪教官，尽快离开这鬼地方。

林七夜向前跑了许久，终于追上步履蹒跚的百里胖胖和沈青竹二人，令他喜出望外的是，洪教官也和他们在一起。洪教官的身上虽然也满是伤痕，但都不致命，经过了简单的处理，已经没有什么大碍。

"洪教官，和你战斗的那个敌人呢？"

"当然死了。"洪教官挑眉，理所当然地说道，"不要太小看我们这些教官……我们以前，也都是资历很老的守夜人。"

"教官威武！"累得半死坐在地上的百里胖胖伸出了大拇指。

林七夜点了点头："这么一来，就只剩下那个'海'境的敌人……他现在正跟一条地龙战斗，应该无暇管我们。"

"地龙？"其余三人疑惑地看向林七夜。

林七夜简单地描述了一下蝙蝠看到的情景，洪教官若有所思地点了点头："听起来，像是炎脉地龙……也就是说，这里是它的'绝对土域'？"

"'绝对土域'？"

"只属于地龙的一种强大禁墟，能随时在地底任何一个位置缔造出属于它的空间，每次地龙翻身的时候，都会将地表的部分生物拖入这片空间，如果是炎脉地龙的话，这里应该会有岩浆……"

"那我们该怎么出去？"

"'绝对土域'虽然是禁墟造出的空间，但位置并不会发生太大的变化，也就是说其实我们还是在津南山的地下，只不过距离地表很远。"

"也就是说我们只能破开土层，强行回到地表？"林七夜的眉头微微皱起。

"除非你能让地龙再翻一次身，不然我们只有这个办法。"洪教官无奈地说道，"不过我估计，这里距离地表至少也有两公里，想一路破开土层回去……哪有那么容易？"

200

"那我们该怎么办？"百里胖胖哭丧着脸问道。

林七夜沉默片刻，开口道："我觉得，贸然破土向上并不是一个好办法，我们的位置太深了，地质结构十分复杂，在没有适合破土的禁墟的条件下，反而可能被掩埋在半途中。现在距离我们发出求援信号过了一个多小时，地龙翻身这么大的动静，其他教官一定能联想到，从而采取措施，等待救援才是最好的选择。"

"我同意林七夜的观点，从这里一路破土回地表不现实，我们还是等待救援吧。"洪教官点头赞成。

他们两个都赞成了，沈青竹和百里胖胖自然没有什么意见，原地坐下休息了起来。

许久之后，岩浆空洞中——

"呓语"眼眸中的幽光逐渐退去，眉宇之间浮现出些许疲惫。空洞中翻滚的岩浆平息下来，炎脉地龙眼中的愤怒已然消失不见，取而代之的是虔诚与温驯。"呓语"微笑着走上前，炎脉地龙立刻恭敬地俯下身，不敢造次。在灵魂契约的作用下，炎脉地龙已经和其他"信徒"或者"天灾"一样，彻底从思维层面成为"呓语"的"信徒"，无法拒绝他的任何指令。这，就是"呓语"的可怕之处。

"呓语"满意地看着身前的炎脉地龙，似乎想到了什么，诧异地看向远处："竟然没有选择继续前进，而是原地等待救援？倒是有些聪明……不过，在绝对的实力面前，这并没有什么用处。""呓语"转过头，优雅地对炎脉地龙下达指令："把那几位客人请到这里来。"

炎脉地龙低吼一声，周围的"绝对土域"立刻移来，错综复杂的洞窟通道就像活过来了一般，自动掉转着方向。与此同时，正在原地休息的林七夜等人只觉得一阵天旋地转，空间波动之下，瞬间就来到一处充满岩浆的大型空洞之中！他们迅速站起身，表情之中满是凝重——岩浆、炎脉地龙、遍体鳞伤的"海"境强者，还有一个神秘的男人……这里就是蝙蝠所说的，地下洞口的核心。

林七夜瞬间就明白他们所在的处境，洪教官的目光落在半空中那个妖冶男子的身上，瞳孔骤然收缩。"古神教会的'呓语'？！"洪教官一眼就认出了他的身份。

"看来，我的形象在你们守夜人内部已经流传得很广了啊……""呓语"微笑着说道，"除了双神代理人，还有一个超高危……还有百里家族的继承人？啧啧啧，这下我可赚大了，要是能把你这位继承人变成我的'信徒'，那岂不是整个百里家都成了我的囊中之物？""呓语"紧盯着百里胖胖，眼睛明亮无比，像是发现了什么宝藏。

百里胖胖脸色发白，但依然挺直了腰板，平静地开口："你放心，在你控制我之前，我一定会自杀……你别想通过我，来伤害我们百里家任何一个人！"

"哦？""呓语"挑眉，"都说你这位百里家的继承人是个玩世不恭的花花公子，没想到居然这么有骨气。"

洪教官向前一步，冷笑开口："古神教会的'呓语'……不过是被'灵媒'特殊小队追杀的丧家之犬而已，现在居然也敢在小辈面前逞威风。"

"呓语"的眉头皱了皱，指尖一点，一根粗壮的黑色锁链便从他身后的虚无中伸出，将洪教官捆得结结实实。

"这位教官，你不用激我，我知道你在想什么。""呓语"轻笑着说道，"想牺牲自己，给这些小辈争取时间？你想得太多了。不如我当着你的面，把你们守夜人引以为傲的种子全部扼杀。先杀双神代理人，再将那个超高危和百里家的继承人变成我的'信徒'，再控制他们亲手把你杀死……这个剧本，你还满意吗？"

洪教官瞪大了眼睛，似乎想怒吼些什么，却又无法发出任何声音，就像是声音被硬生生掐掉了一样。沈青竹双目通红，正欲发作，旁边的林七夜突然开口。

"为什么你可以把他们两个变成'信徒'，却一定要杀我？"林七夜看着"呓语"的眼睛，平静地说道，"我是双神代理人，我的价值应该不比他们低吧？"

"呓语"眯眼看着林七夜，片刻之后笑了笑，很有耐心地回答："正因为你是双神代理人，所以我才必须杀你，因为你的灵魂已经和神明签订契约，如果我再和你签订契约的话，会受到来自神明的反噬。所以，神明代理人是无法成为'信徒'的，只能自愿加入古神教会。"

林七夜若有所思地点了点头："如果……我现在说我愿意加入古神教会，你会信吗？"

"呓语"仔细端详了林七夜一会儿，嗤笑一声："你觉得呢？"

"我觉得你会。"林七夜认真地说道，"我从来不骗人。"

"呓语"笑着摇了摇头："不用费尽心思拖延时间了，你们不可能有翻盘的机会的。炎脉地龙、马逸添，加上我，这里一共有三个'海'境的强者，就算你们集训营所有的教官加起来，也不会是我们的对手。除非出现奇迹，否则……你们连一丝一毫的生机都没有。"

"呓语"那双妖冶的凤眼注视着林七夜的眼睛，轻声说道："我很好奇，你是怎么成为双神代理人的？是巧合，还是……别的什么？"

林七夜双眸之中满是平静，一言不发。

"不说，也没关系，我会亲自进入你的灵魂深处，看一看你的秘密。""呓语"的脸上浮现出诡异的笑容。

林七夜一愣，似乎想到了什么："你要进入我的灵魂深处？"

"没错，在我面前，人的灵魂不过是玩物，只要彻底掌控你的灵魂，我就能知道你的所有秘密，然后再亲手将它撕成碎片。"

林七夜的眼中闪过一道微光，他眨了眨眼，乖巧地"哦"了一声。

"呓语"有些奇怪："怎么？你不害怕？"

林七夜沉吟片刻，试探性地开口："啊呀……我好怕怕？"

"呓语"："……"

201

"故弄玄虚。""呓语"沉声说道，紧接着双眸中绽放出刺目的幽光，强横的灵魂直接进了林七夜的脑海中。他虽然只是"呓语"本体的一具噩梦投影，但依然拥有"海"境巅峰的实力。就连炎脉地龙都轻易地被他驯服为"信徒"，一个"池"境的代理人，能翻出什么浪花来？更何况，无论是炽天使还是黑夜女神，都不具备灵魂方面的能力，而对"呓语"来说，这可是他的看家本领，别说林七夜只有"池"境，就算他跟自己一个境界，"呓语"也有把握在灵魂战斗中胜出——这波，万无一失！

"七夜！！"见"呓语"对林七夜出手，百里胖胖怒吼一声，反手就要从口袋中掏东西，就在这时马逸添一步上前，死死地扼住了他的手腕，"海"境的威压肆无忌惮地压制剩下的三人。不仅如此，周围的岩浆剧烈地翻滚起来，炎脉地龙俯视着他们，恐怖的龙威同样压下，在这双重压力下，即便是洪教官都无法有所动作。

"浑蛋！！"百里胖胖咬紧牙关，脖子涨得通红。

"不要急，会轮到你的。"浑身是伤的马逸添"嘿嘿"一笑。

林七夜的精神世界——

仿佛无穷无尽的迷雾之中，一袭燕尾服的"呓语"就像是个艺术家，缓缓地踱步其中，目光轻轻扫过周围的迷雾，诧异地开口："怎么有这么多迷雾？你的身上……果然藏着很多秘密。"

"呓语"试着伸手拨开周围的迷雾，一道幽光在他的掌间闪过，迷雾被幽光搅动得翻滚了片刻，很快又聚合，朦胧在这片世界之中。"呓语"见自己竟然拨不开这些迷雾，眼中的惊讶之色更浓了，要知道他这具投影可是"海"境的强度，竟然都无法破解这些迷雾。这说明，林七夜身上的秘密就连"海"境都没有资格探知。

"有意思，真有意思，你身上的秘密越多，越重要，对我的益处就越大。""呓语"的眼中浮现出兴奋之色，"我改变主意了，现在先不抹杀你的灵魂，我要等我的本体来亲自揭开你的秘密，再将你抹杀。""呓语"的话音落下，眼前的迷雾突然自动翻滚起来，片刻之后，一栋古朴而神秘的建筑出现在他的身前。"呓语"看到眼前的这座建筑，先是一愣，然后眼中浮现出浓浓的惊愕。

"怎么可能？你的灵魂深处……怎么会有一栋建筑？这到底是什么……"他走上前，目光落在大门一侧的牌子上，一字一顿地念出声来："诸、神、精、神、病、院？"

"嘎吱——"病院大门缓缓打开，沉闷的声响在这片虚无的迷雾中回荡，"呓语"怔怔地站在这座病院的门口，不知为何，心中竟然浮现出些许的寒意——无尽的迷雾、神秘的病院、敞开的大门……它，希望自己进去？"呓语"的眉头微微皱起，心中有些犹豫，他作为古神教会最古老的三位"神"之一，自然不是无脑之辈，眼前的这一切实在太过诡异，他的直觉告诉他，不能轻易地进去。

"此处太过古怪，还是等本体来了之后，再来探索吧……""呓语"最终还是做出了决定，摇了摇头，打消了进入其中的打算。就在这时，他身后的迷雾再度翻滚起来，一个穿着白大褂的身影突然从中出现，猛地一脚踹在"呓语"的腰部！"进去吧你！！"灵魂状态下的"呓语"并没有外界那么强悍的实力，被这么突然踹了一脚，身体重心顿时前倾，踉跄着踏入了精神病院的门槛。

不好！"呓语"的瞳孔骤然收缩，一股不祥的预感涌上他的心头，就在他准备回头离开这里的时候，只听一声巨响，精神病院的大门已然关闭。"呓语"皱眉走上前，用力晃了晃铁门，纹丝不动。果然有蹊跷……他转过身，看向这座不大不小的精神病院，眼中光芒闪烁，最终还是迈步向前走去。既然进来了，就没有什么好纠结的，反正这只是一具噩梦投影而已，损失了也就损失了，能借机探清楚这里的情况，似乎也不错。

穿过一条长长的室外长廊，"呓语"走到病院楼的大厅，一双眼睛警惕地观察着四周，掌间泛着淡淡的幽光，似乎随时准备出手。就在他选择了一个方向准备走向活动区的时候，一个小小的身影抱着一大桶脏衣服，正哼着小曲迎面走来："……都没你的甜，八月正午的阳光……咦？"

这是一个看起来只有十一二岁的小男孩，留着一头灰白色的头发，白嫩的小脸上遍布蛛纹，此刻正疑惑地歪着脑袋看着眼前这个陌生的男人。"呓语"强行按捺住出手的冲动，皱眉打量着眼前的这个看起来人畜无害的小男孩。"这是……神秘？灵魂深处的诡异建筑里，居然住着神秘？""呓语"喃喃自语，似乎在思索着什么。

在他打量阿朱的时候，阿朱也在认真地打量着他——我好像没见过他……这座病院里，除了我、飞哥、魔方、倪克斯奶奶、梅林叔叔之外的人吗？沉吟片刻之后，阿朱像是想到了什么，恍然大悟地凑到浑身紧绷的"呓语"身边，小心地四下张望一番，小声说道："你……也是被黑心院长骗过来的童工吗？"

院长？童工？他在说什么？就在"呓语"一脸蒙的时候，一个男人缓缓走来，宽松的白大褂随风轻轻摆动，鼻梁上戴着一副平光眼镜，整个人的气质有种无法言喻的神秘。

"院……院长。"阿朱看到来人，小脸一白，有些心虚地缩了缩脖子，"我没说你坏话……真的！"

林七夜走到他的身边，轻轻拍了拍他的肩膀，温和地说道："没事，你先去干活吧，这里交给我。"阿朱"哦"了一声，抱起地上的脏衣服桶，迈着小短腿飞快地向着"魔方牌"洗衣房跑去。

林七夜转头看向"呓语"，微微一笑，张开双手，站在院子前缓缓开口："欢迎来到……我的精神病院。"

202

"呓语"的眉头紧紧皱起，他盯着林七夜，半响之后缓缓开口："有意思……你的秘密，确实超乎了我的想象。不过，你居然敢直接出现在我的面前，真是愚蠢！"话音未落，"呓语"的眼中就爆发出寒光，整个人飞快地冲到林七夜的面前，泛着幽光的手掌闪电般按在林七夜的胸口！无事发生……"呓语"呆呆地看着自己按在林七夜胸口的手掌，上面的幽光正在被那件白大褂极速吞噬，"海"境巅峰的灵魂攻击落在这件衣服的表面，就像是泥牛入海，再无踪迹。这怎么可能？！

"呓语"心神狂震，灵魂交锋一向是他的强项，其他的灵魂在他的神墟面前都像纸张一样脆弱，但林七夜竟然一动不动就接下了他的灵魂攻击？！

林七夜的嘴角微微上扬，眯眼看着"呓语"，悠悠开口："在我的精神病院，你还想伤我？"

在这座病院里，他，就是主宰。任何对他发起的攻击，都是无效的。他伸出手，一把握住"呓语"的手腕，向着后方用力掷去！"呓语"只觉得眼前一花，一阵天旋地转之后，整个人重重地摔倒在地。他飞快地爬起身，却突然一愣，发现自己早已不在原来的大厅中，而是来到了一座宽阔的院子。

在他不远处的草坪上，一个身着黑色星罗纱裙的贵妇正悠然地坐在摇椅上，手中拿着一些针线，似乎在织毛衣，一边织一边在呢喃着什么，嘴角洋溢着幸福的笑容。没有丝毫气息外露，她就像一个普通人。"呓语"没有看到林七夜的身影，犹豫片刻之后，就向这位普普通通的贵妇迈步走去。与此同时，他背在身后的双手绽放着幽光。他算是明白了，这个鬼地方邪乎得很，而且对林七夜的一切攻击都会被无效化，既然这样，只能想办法从别的地方打开局面——比如眼前这个贵妇，就是一个很好的选择。他刚迈出一步，摇椅上的贵妇就一愣，转头看了过来，目光注视着"呓语"，似乎在思考着什么。"呓语"的双眸微微眯起，步伐加快，眨眼间就来到贵妇的面前，高举双手……

"扑通——""倪克斯一把搂住"呓语"的身体，激动地将他翻了个身，搂在自己的怀里，像是个在抱婴儿的母亲，嘴角露出慈祥的笑容："曾孙儿欸……你来看太奶奶啦？"

"呓语"这个一百四十多斤的大男人，就真的像是个婴儿般被搂在倪克斯怀中，没有丝毫违和感，关键是……他没办法反抗！"呓语"奋力想要跳下倪克斯的怀抱，但无论如何用力，四肢就像是被钉死了一般，根本动不了。最让"呓语"惊恐的事情出现了，随着倪克斯慈祥地摇晃着他的身体，他的身体开始以肉眼可见的速度缩小，仅仅过了五秒钟，整个人已经缩水三分之二，远远看去，真像是个被奶奶抱在怀里的小男孩。"呓语"惊恐地看着那张慈祥的笑脸，只觉得头皮发麻，要知道他在这里的并不是肉体，而是灵魂！他能清晰地感觉到自己的灵魂正在被这个贵妇疯狂地汲取！再这样下去，他的灵魂就会彻底磨灭在贵妇的怀中！

就在"呓语"绝望地挣扎之时，倪克斯竟然主动放开他的身体，将他轻轻放在地上，拿起刚刚织出一半的黑色毛衣，套在了他的身上："乖曾孙儿欸，来试试太奶奶给你织的衣服，舒不舒服？"只有半身的黑色毛衣套上"呓语"的瘦小的身体，随后毛衣的每一根黑色丝线都像活过来一般，疯狂地缠绕在他的身上，将他勒得几乎喘不过气来。极致的黑暗以毛衣为媒介，不断地啃食着他的身体，"呓语"能清楚地感觉到自己的皮肤正在一寸寸地被夜色侵蚀！刺骨的疼痛充斥着他的感官，他痛苦地蜷缩在地，挣扎着想要脱下这件黑色的毛衣，但它就像长在身上了一般，任凭他如何用力都纹丝不动。他对自己身体的感知正在一点点消失，有半边的身子仿佛堕入无尽的深渊，只剩下无尽的痛苦与寒意。

"啊啊啊啊啊啊！！！""呓语"的哀号在整个病院上空回荡。就在这时，病院二楼的窗户被打开，穿着白大褂的林七夜开口喊道："母亲，别弄死他，我还有用处。"

倪克斯转过头，笑着对林七夜点点头："好的。"

倪克斯的指尖轻轻一勾，缠绕在"呓语"身上的毛衣化为一抹夜色，飞回她的手中。她不慌不忙地走到奄奄一息的"呓语"身边，表情逐渐冰冷了下来："敢伤我的孩子，本该让你魂飞魄散的……既然还有用处，就先饶你一命。"

倪克斯拎起"呓语"的衣领，随手一丢，"呓语"只觉得眼前一花，又重重地落在地上。

这次，他是在一间朴素的书房之中。

书房中央的木桌前坐着一个身披蓝色长袍的年轻人，正专注地捧着一本《中老年养身手册》阅读着，连看都没看他一眼。在他的身边，身披白大褂的林七夜饶有兴趣地看着狼狈至极的"呓语"，缓缓开口："梅林阁下，您怎么看？"

"他只是具投影，就算灵魂在这里磨灭了，也只会对本体造成微弱的影响，杀了他，不划算。"梅林放下手中的书，平静地说道。

"有能影响到他本体的办法吗？"

"有。"梅林深邃的目光似乎将"呓语"完全看穿，"虽然只是投影，但是灵魂都源于本体，与本体有着千丝万缕的关系。我的深渊魔法可以通过这一缕'关系'，对他的本体造成影响，虽然无法隔空杀死他，但能对他的灵魂本身造成负面影响。"

"负面影响？比如？"

"比如……将遥远位面的某个灵魂，强行挤到他的灵魂中。"

林七夜一怔："一体双魂？"

"是这个意思，但如果另外一个灵魂足够麻烦，就能最大限度地降低他本体对自身的控制程度，造成精神错乱。如果严重一点的话，直接被逼自杀也不是没可能。"

林七夜挑眉，似笑非笑地看向倒地惊恐的"呓语"，这目光直接让"呓语"打了个寒战。

"把他变成精神病……听起来，挺不错的。"

203

"对了。"林七夜似乎想起了什么，"这具投影身上发生的事，本体会知道吗？"

"不会，他们虽然来自同一个灵魂，但是彼此之间并不互通。除非这具投影死了，本体才会知道他消失了，但具体发生了什么并不会知道。"

"那就好。"林七夜点了点头，"那就劳烦梅林阁下出手了。"

"小事。"梅林微微一笑。

他伸出手在虚空中一按，深红色的魔法阵在他的身前极速勾勒，一股不知来自何处的恐怖威压降临房间，就像有某个存在将目光投射到了这里，冰冷而诡异。"深渊魔法隶属禁忌一脉，专攻灵魂，你还是先出去吧。不然来自深渊的力量可能会误伤你。"梅林一边进行着深渊魔法的主持仪式，一边对林七夜说道。

林七夜点了点头，推门而出，顺着楼梯走到院子里，此时李毅飞正端着今日份的药物站在倪克斯的旁边。

见林七夜从房中走出，李毅飞好奇地问道："发生了什么？"

"没什么，病院里进了只'老鼠'，梅林正在教他做人。"林七夜摆了摆手。

"哦……"李毅飞似乎有些遗憾，"阿朱跟我说，你又拐了个童……喀喀，护工过来，还以为又能减轻我负担了，而且阿朱这小子脑瓜子不行，麻将都打不明白,要不你下次挑个聪明点的杀?"

林七夜:"……"

李毅飞说完,又鬼鬼祟祟地凑到林七夜的旁边,小声说道:"我跟你说,就前两天……我突破到'川'境了。"

林七夜一愣:"突破了?你干吗了?"

李毅飞很无辜地摊手:"我什么也没干啊,我又不懂修炼,锻炼就更不用说了,这几个月我又肥了一圈……就莫名其妙地突破了,本来我还不知道这就是突破,还是蛇妖跟我说的。"

林七夜看着李毅飞,若有所思地摸了摸下巴。这么一来,他就有了三个"川"境的打手,不知难陀蛇妖突破到"川"境之后,禁墟会有什么变化呢?

林七夜摇了摇头,现在不是想这些的时候。他转身看向倪克斯,苦笑着说道:"母亲,一会儿可能真的要您出手了。"

虽然"呓语"自投罗网进了精神病院被他玩弄在股掌之间,但他没忘记外面还有一条炎脉地龙和一个"海"境的强者。在两个大境界的差距面前,即便他召唤出护工也不会有丝毫的胜算。

倪克斯微笑着点点头,似乎想到了什么,说道:"达纳都斯,我想要再提醒你一下,我现在的神格并不完整,以灵魂之躯去到你那个世界的话,战斗也不一定能赢。"

林七夜一怔。

"所以,我有个更好的提议。"倪克斯继续说道,"把我的灵魂力量,灌入你的神格之中。"

"神格?"林七夜茫然,"我哪有神格?"

"你当然有。"倪克斯走上前,用指尖轻轻点在他的胸口,一抹熟悉的黑暗同时浮现在两人的身后,相互共鸣!林七夜低头看着自己脚下蔓延的夜色,恍然大悟:"至暗神墟?"他清楚地记得,在抽到"至暗神墟"这个能力的时候,后面标注着"神格能力"四个大字。

"对,这就是我的神格,虽然只是一部分。"倪克斯微笑着说道,"虽然我不知道你的身上为什么会有我的神格,但你既然拥有它,就能承载我的灵魂……"

"承载灵魂之后,会发生什么?"

"所谓'神',主要由神格、神躯与灵魂组成,现在的我只剩下灵魂和残破的神格,没有肉身,所以我即便去到了你的世界,每次出手消耗的都是灵魂本源,不仅力量不足,而且容易魂飞魄散。但如果将我的灵魂注入你的神格中,再加上你自己的肉身,你就会真正拥有一部分'黑夜'的权柄,效果要比单纯消耗灵魂好得多。"

"我会成为类似'黑夜女神'的存在?"

"只是短时间，而且因为我的灵魂太过强大，你的神格和肉身太过弱小，所以每次使用都会一定程度上透支你的灵魂力量，如果不是必要情况，最好不要动用。"

林七夜点点头，眼中浮现出一抹光亮："我知道了……"

就在此时，病院二楼的房门打开，穿着一身长袍的梅林牵着一条哈巴狗，悠闲地走到了院中。

林七夜一愣："梅林阁下，完成了吗？"

"完成了，我已经把另一个位面的灵魂塞进他本体的精神中。"梅林笑了笑。

"那投影呢？魂飞魄散了？"

"没有，就在这儿呢。"梅林蹲下身，用手拍了拍哈巴狗的头，后者低垂着头颅，眼神中还满是惶恐。

林七夜看着哈巴狗，震惊地张大了嘴巴："你把他……变成狗了？"

"没错。"梅林耸了耸肩，"他被我施展深渊魔法之后，灵魂受到创伤，精神方面会存在一些问题。本来我打算直接打散他的灵魂，但又想到这病院里还缺点生活气息，就直接用变形魔法把他变成了狗，平日里没事逗着玩。"说完，他弯腰用手挠了挠哈巴狗的下巴，哈巴狗的眼中浮现出些许的呆滞，片刻之后，有些不太确定地张开了嘴巴……

"喵？"

林七夜："……"

李毅飞："……"

梅林："……"

"嗯，精神方面会存在一点问题……一点点。"梅林人畜无害地笑了笑。

李毅飞好奇地蹲下身，比了个向下的手势，同时严肃地对哈巴狗说道："蹲下！"

哈巴狗沉吟片刻，将身子趴在了地上，同时下半身对着院子中的泥土疯狂扭动，像是在做什么奇怪的运动。

李毅飞咧了咧嘴，看向梅林："梅林叔，你养的这狗不太正经啊？"

梅林眼观鼻，鼻观心，假装什么都没听到。

林七夜同情地看了眼茫然的哈巴狗，哭笑不得地说道："你开心就好……我先走了，外面估计也等急了。等我给他们一个惊喜。"

林七夜的双眸微微眯起。

204

空旷死寂的地下空洞中，所有人都将目光集中在"呓语"和林七夜的身上，百里胖胖的掌心都被指甲掐出血了，浑身的汗水如同雨点般落下，但仍然无法摆脱双"海"境的威压。至于马逸添，则优哉游哉地站在一边，心神大定，丝毫不怀疑最后的结果。笑话,"呓语"大人怎么可能会失手?作为在"信徒"中拥有一席之地的他,最清楚这位恐怖的大人拥有何等伟力,也打心底对"呓语"大人感到敬佩,可以说如果没有"呓语",古神教会根本不可能走到今天这个地步,"信徒"更加不可能存在。

在马逸添信心满满的等待中,林七夜的双眸缓缓睁开……

"哈哈,结束了,不愧是'呓语'大人,区区双神代理……嗯?!"马逸添准备的马屁刚刚说到一半,整个人突然一震,呆呆地看着没事人一样的林七夜,用力地眨了眨眼,然后将目光落在他对面的"呓语"身上。原本优雅高贵的"呓语",此刻像是尊石雕矗立在那儿,双眼中的神采早已消失无踪,面如灰土,像是死人般没有了丝毫的生气。这……这怎么可能?!马逸添张大了嘴巴,眼神中满是难以置信!与此同时,百里胖胖等人身上的黑色锁链同时解开,他们看着醒过来的林七夜,怔了片刻,随后欣喜若狂!

"七夜!你……你……你把他干掉了?!"百里胖胖最为激动,整个人几乎都要跳了起来。

沈青竹目光复杂地看着林七夜,当林七夜的目光也转过来之后,他身体微微一震,装作无事般将脸侧向另一边。

"七夜,你是怎么……"洪教官也很震惊,似乎连他都没有想到身为"海"境的"呓语"居然输给了林七夜。林七夜摇了摇头,目光落在不远处,平静地开口:"这些事情一会儿再说,现在还有两个大麻烦。"

马逸添终于从惊骇中回过神,眼含杀意地看向四人,恐怖的"海"境威压再度爆发!虽然不知道林七夜是怎么做到的,但这并不重要,重要的是"呓语"大人本体知道这件事之后,一定会暴怒无比!在损失一具投影的条件下,如果他还没能完成"呓语"下达的任务,必然不会有什么好下场。无论如何,他都不能让这个双神代理人活着离开!!一旁的炎脉地龙似乎也感知到了"呓语"的死亡,在灵魂契约的操控下,思维完全被控制,暴怒的它仰天咆哮一声,周身的火焰纹路亮起,周围的岩浆猛烈地翻滚起来!震耳欲聋的龙吟响彻整个地下世界,让人耳膜生疼,百里胖胖等人脸上的喜悦已然消失不见,取而代之的是前所未有的凝重——"呓语"死了,眼前还有两个战力超纲的敌人,过不了这一关,他们依然是死路一条。

灼热的火焰几乎充斥整个地下洞窟,周围的温度迅速上升,燃烧的余烬从岩浆中缓缓升起,满目的火红仿佛要将视网膜都灼烧殆尽。炎脉地龙张开双翼,轻轻一震,庞大的身躯卷携着灼热的狂风从岩浆中升起,那双愤怒的眼睛蕴含着恐怖的龙威,仅一眼就让人心神发颤。它张开巨嘴,遍布鳞片的火纹仿佛燃烧了起来,一团半径约有20米的火球在它的身前迅速凝结,恐怖的高温将周围的空气都炙烤得扭曲起来。

感受到这团火球中蕴含的能量，洪教官的脸色苍白无比，这一击若是真的落下来，只怕整个地下空洞都得直接毁灭，连个渣都不带剩的。马逸添此刻也察觉到了事情不对，整个人飞快地向岩壁的周边退去，一边退一边怒骂："这畜生是个疯子吗？几只蝼蚁而已，居然用这么大规模的攻击？它是想连带着把我一起杀死？！"

　　没错，炎脉地龙确实是这么想的。它可没有忘记是谁在它沉睡的时候强行将它唤醒，还对它展开攻击……它确实和"吃语"签订了灵魂契约，无法违背"吃语"的命令，但这并不包含"'信徒'之间和谐共处"这一项。"吃语"还在时，它自然不敢放肆，现在"吃语"没了，它就是整个地下世界的王者！这几只蝼蚁要杀，惹了它的同伴也要杀，所以……全都毁灭吧！

　　恐怖的火球还在炎脉地龙的身前酝酿，它是铁了心要一击将所有人都毁灭，马逸添脸色煞白地跑到一块岩壁上，伸出手触碰岩壁表面，整个人化作一团黑光飞入岩体之中。

　　洪教官紧咬牙关，上前半步，深吸一口气，郑重地从胸前掏出一枚纹章。这是枚做工极其精致的纹章，正面的图案是两柄交错的直刀，刀身散发着淡蓝色微光，刀后则是点缀着无数星辰的夜空。图案的下方，刻着两个小字——"洪浩"。林七夜认识这种纹章，甚至曾经亲手把玩过一段时间，那枚纹章的主人，叫赵空城。而沈青竹和百里胖胖……则完全不知道这是什么，此刻他们的注意力已经完全被天空中的炎脉地龙所吸引。

　　洪教官紧紧攥着这枚纹章，眼中闪过一抹决然。

　　"都听我说。"洪教官缓缓开口，沈青竹和百里胖胖同时看向他，"一会儿，我会强行突破到'海'境，然后用尽全力在岩体的表面打出一条通道，你们用最快的速度往里面跑，我不知道这能不能避开这一击……但这或许是你们最后的生路。"洪教官平静地说道。

　　"我们？"百里胖胖敏锐地察觉到了他话中的重点，"那教官你呢？还有……你要怎么强行突破？"

　　"这不重要。"洪教官的声音有种不容拒绝的威严，他低下头，将纹章翻过来，最后看了一眼上面镌刻的话语，嘴角浮现出淡淡的笑容，"你们这群小辈，只要负责跑就好了，剩下的……是我们这群前辈的事。"洪教官的手指在纹章表面轻轻一划，一枚极细的针头从纹章内弹出，他深吸一口气，挥手准备将这枚针头刺入自己的身体。

　　"啪——"一只手稳稳抓住了洪教官的手。洪教官错愕地转过头，只见林七夜正静静地站在他的身边，另一只手接过他手中的纹章，重新放回了他的胸口。

　　林七夜笑了笑，笑得很温柔。"若黯夜终临，吾必立于万万人前，横刀向渊，血染天穹……是吧？"林七夜轻声说道。他转过身，抬头看向半空中的炎脉地龙，脸上的笑容逐渐收敛。"我不会……再亲眼看着同样的惨剧发生了。"他喃喃自语。

直刀，斗篷，纹章——是每一位正式守夜人拥有的三件标准装备。对于一些特殊的守夜人，可以将直刀换成同材质的其他武器，而斗篷的样式也会根据所在队伍而变化，比如进入某支特殊小队之后，就会再发一件属于那个特殊小队的颜色的斗篷。普通守夜人的斗篷是暗红色，因为暗红能掩盖住鲜血的痕迹，"假面"小队的斗篷是灰色，"凤凰"小队的斗篷是金色……但只有纹章是无法替换、无法补发、无法变更的。它对每一个守夜人而言，都是独一无二的。这是守夜人的生命。它能让没有禁墟的守夜人短时间内激活禁墟，能让有禁墟的人短时间内提升一个大境界，即便这会让他们付出生命。这是每一位守夜人搏命的资本，这是他们在绝境之中，最后的尊严与信仰，正如它背面的那四句誓言。很明显，洪教官在执行信仰的过程中……被打断了。

"七夜，你……"洪教官怔怔地看着林七夜，打死他也不会想到，自己最后的辉煌时刻，会以这种形式被打断。

林七夜走到三人的身前，面向蓄势待发的恐怖火球，平静地开口："接下来，就交给我吧。"他缓缓闭上双眼，一股神秘的气息从他的体内散发出来，嘴唇微张，"承载……"

来自病院的黑夜女神的灵魂穿透精神迷雾，降临人间，含笑注视着闭目的林七夜，一步步走上前，与他的身影重叠在一起。林七夜的身体中，那属于"黑夜"的神格之上，承载着一位真正神明的灵魂——干净的黑色短发以惊人的速度生长起来，眨眼间就变成一头乌黑长发，随意地垂落腰间，皮肤肉眼可见地细腻起来，原本因训练有些黢黑的皮肤，变得白皙而细腻，长长的睫毛轻轻颤动，他缓缓睁开了眼，一双眸子如星辰般闪亮璀璨，深邃而神秘，一股强横无比的气息从他的身上爆发出来，来自神明的威压真正地降临人间，仅是看他一眼，就让人生出顶礼膜拜的想法！

百里胖胖等人见证这一幕，同时张大了嘴巴，眼中的震惊无以复加——这是……林七夜？是的，林七夜。林七夜睁开了眼。于是，天黑了。沸腾的岩浆、聚集的火球、遍布洞窟的光亮与火红瞬间消失，一切的光明就像被人硬生生掐灭一般，突兀地熄灭。岩浆还在，火球还在，只是光明不再。黑暗，成了这个世界的主导。而黑暗的世界中，只剩下一个主角。黑色的长发微微飘动，他披着黑色的军大衣，衣摆在狂风中翻飞，仿佛与黑夜融为一体，他的手搭在腰间的刀柄上，黑暗中星辰般明亮的双眸，正平静地望着头顶的地龙，像是一幅永恒的画卷。

漆黑的世界中，被剥夺光线的火球变成灰褐色，炎脉地龙似乎也意识到事情不对，不再继续蓄力，而是咆哮一声，将身前的庞大火球直接飞射而出！楼房大小的火球像是即将坠落地球的陨石，卷携着恐怖的能量极速下坠，宛若灭世！

天空中，灰褐色的火球急速放大，林七夜的双眸平静如水。"当——"一声轻响传出，黑色的军大衣下，一柄泛着蓝光的直刀出鞘。一道刀痕闪电般斩过火球，后者瞬间停滞在半空之中，一根黑色的丝线在火球的表面浮现，无尽的黑暗从丝线中央涌出，刹那间包裹住整个火球！于是，这足以毁灭整个津南山脉的火球，就像吹出的泡泡，眨眼间幻灭在虚无的黑暗之中。炎脉地龙蓄势打出的毁灭一击，就如此如儿戏般地消散在林七夜的刀下。

"这里太小了，我们换个地方。"林七夜平静地开口，声音与平时不太一样，更加中性，言语之间却流露出一股莫名的威严。说完，他轻轻抬起左手，朝着头顶的岩层一点。下一刻，一抹黑色的光束从他的指尖射出，刹那间洞穿近两公里的岩层，中间的岩石直接消失无踪，只剩下一个硕大的圆形通道。这条洞穿了岩层的通道一直向上延伸，仿佛无穷无尽，一眼望去根本看不到尽头。这是"至暗侵蚀"，覆盖周围两公里的神墟，瞬间撕裂厚重的土层，直接从地底打穿一条回归地面的通道。林七夜身形一晃，直接化作一抹黑芒飞到半空中炎脉地龙的身下，一只手掌贴在它的龙鳞表面，下一刻一人一龙同时消失！一击打穿岩层，就是为了接通外界的天空，只有在夜色笼罩的范围之下，他才能使用"夜色闪烁"。地龙很强，但也只是在地下很强，只要转移战场，对方的战斗力就会大打折扣。当然，林七夜这么做不光是为了带走炎脉地龙，还有更重要的目的。

"他打穿了一条回归地表的通道！"百里胖胖惊呼道，"我们可以顺着这条通道回去！"

洪教官眯眼看着头顶那条近乎垂直的通道，看向二人："你们会飞吗？"

"包在我身上。"百里胖胖拍了拍胸脯，胸前的"瑶光"汇聚成一道大型的金色剑影，悬浮在三人身前。三人踏上剑影，朝着上方的通道飞去。"我从来没载过三个人……好像有点重啊。"百里胖胖脚下的金色剑影缓缓上升，摇摇晃晃，速度比电梯快不了多少，有些尴尬地说道。

"我倒是能垂直奔跑上去，但这么一来我肯定会和你们脱节，现在这个节骨眼上，还是不要分开好，毕竟还有一个敌人不知道躲在什么地方。"洪教官回头看了一眼逐渐远去的洞窟，皱眉说道。

黑夜之下，云层之上。两道身影凭空出现在天空之中，炎脉地龙挥动着双翼，周身的红色火焰纹路亮起，它死死地盯着眼前，双瞳之中充满了忌惮。在它的对面，一袭黑色军大衣的林七夜静静地悬浮在空中，手中直刀的刀身清晰地倒映着月光，一只只黑鸦飞舞在他的身边，诡异而神秘。

"现在，是我的主场了。"林七夜平静地说道。

206

厚重的乌云仿佛将天地分成两层——云下，天昏地暗，大雨滂沱，泥泞的山体、沦为废墟的村庄、冒雨救援的军人，以及远处霓虹璀璨的城市；云上，清冷的月光洒落在漆黑的乌云之上，宁静的天空中只有一轮明月照耀着万物，像是出尘的仙境，像是超脱凡尘的另外一个世界。凡间的喜乐悲痛，仿佛与这里无关。但此刻，在这个世界中，还有一人一龙相互对峙。

咆哮的龙吟回荡在天穹之下，一抹刺目的火焰光柱洞穿空气，笔直地射向林七夜的位置！林七夜的身影一闪，下一刻直接出现在地龙上方，黑色军大衣猎猎作响，手握直刀，向着地龙的背脊斩去！

"离开了大地，你的力量果然大打折扣。"林七夜淡淡开口。他之所以要将战场转移到空中，除了避免他们战斗的余波将洪教官等人卷入其中，还有一个重要的原因……它在大地中太强了。林七夜现在虽然承载着黑夜女神的灵魂，但这并不代表他就拥有神级的实力。在他自身境界的限制下，他所能发挥出来的黑夜神力连1%都不到。虽然不知道自身现在具体是什么境界，但林七夜估计，应该在"海"境巅峰，或者初入"无量"，从某种意义上来说，他现在与炎脉地龙是同等境界。当然，承载着神明灵魂的林七夜，现在可比所谓的"同境界"强太多了。但这并不代表他能轻视对手，让地龙脱离地面，来到自己的主场，这才是最佳的战术。

黑夜之下，林七夜的身影如同幽灵一般出现在地龙背上，手中的直刀狠狠地刺入地龙的背脊，一抹黑暗瞬间以伤口为中心，极速向周围扩散！剧痛让炎脉地龙咆哮起来，龙尾呼啸着拍向自己的背脊，但林七夜的身影已然消失无踪……与此同时，它能清晰地感觉到体内有一股冰寒的力量在不断地蚕食它的身体！"至暗侵蚀"！在这抹黑暗的蚕食下，它浑身的火焰纹路有三分之一都迅速暗淡了下来。

天空中，林七夜漠然俯视着痛苦的炎脉地龙，左手的手掌张开，缓缓低吟："'夜主审判'。"

黑色的军大衣仿佛与黑暗的天穹连为一体，下一刻数十根庞大的黑色巨刺从天空飞射而下，闪电般洞穿了地龙的身躯！龙翼、龙躯、龙爪、龙脊……在这一根根黑色的天穹之刺下，炎脉地龙的身形被彻底锁死在空中，像个被钉在十字架上的罪人，等待着夜主的审判。炎脉地龙挣扎着扭动自己的身体，滴滴鲜血从伤口中渗出，身形却依然一动不动。

林七夜脚踏黑夜，缓缓走到炎脉地龙的头顶，再度开口："'陨落千星'。"

夜空之上，那一颗颗闪烁的星辰突然光芒大作，上千颗星痕划过漆黑的天空，在大气层中擦出刺目的火焰，拖着长而闪亮的焰尾坠落人间，像一场震撼人心的流星火雨。当然，这些只是星辰的虚影，而非真正的星辰，但林七夜能清晰地感觉到，这个能力原本召唤的是真正的星辰。也就是说，如果是全盛时期的倪克斯，真的能牵引宇宙中的陨石坠落地面！那才是真正属于"神"的力量。

即便只是虚幻的陨落星辰，对付炎脉地龙也绰绰有余了。燃烧的陨星卷携着恐怖的力量砸落在炎脉地龙的身上，冲击波纹以肉眼可见的形态炸开，碎裂的星辰碎片与呼啸的火焰崩碎在空中，火光彻底笼罩了地龙的身形，空气都在为之颤动！

林七夜静静地站在空中，低头俯瞰着这一幕，双眸之中浮现出无上的威严。待到火光与星辰散去，原本禁锢住地龙身体的黑夜巨刺已经消失，而炎脉地龙也早已血肉模糊。残破的双翼无法再支撑它飞翔在空中，破碎的躯体不断地渗出血液与碎肉，黯淡的双目死死地盯着林七夜，就像看到什么极端恐怖的存在，眼神中充满惊恐！濒死的炎脉地龙，无力地坠下雷光闪烁的云层，重新回归大雨滂沱的人间，落向地面。雨水滑过它满是伤痕的躯体，它的目光落在逐渐逼近的大地之上，眼中重新出现一抹希冀。只要能回归大地，它就能活下来！它的脑海中刚闪出这个想法，一道刺目的白色刀光从云层之上落下，像是一道笔直的雷霆劈落，刹那间洞穿了它的头颅！与此同时，远处的乌云之中，雷鸣滚滚。这雷霆一刀从天空斩落地面，仿佛真的是一道天罚降落，一刀斩下一颗龙首！炎脉地龙的生机彻底断绝。"轰——"炎脉地龙硕大的残躯坠落群山之间，发出沉闷的巨响，烟尘滚滚。

不远处的山巅之上，林七夜缓缓站起身，目光平静地落在炎脉地龙的尸体上，一滴滴鲜血顺着染红的直刀刀锋滴落。一股熟悉的暖意从他的手掌流入全身，那是炎脉地龙的灵魂。

"'海'境巅峰的地龙尸体，这可是上好的召唤材料，可不能浪费了……"林七夜呢喃一声，身形一晃就要向龙尸跑去。就在这时，他突然闷哼一声，双腿一软跌倒在地。一股强大的灵魂离开他的身体，前所未有的虚弱与疲惫涌上他的灵魂，整个人就像被抽空了般，空洞而虚无。

魂体倪克斯的身影逐渐淡化在空气中，她的声音在林七夜耳边轻声响起："你的肉体和灵魂都到极限了，再继续会造成无法挽回的损伤，现在你需要静养一段时间，好好休息，半年之内，绝对不能再承载我的灵魂……"

倪克斯的身形消失之后，林七夜的身体彻底放松下来。他试图站起身，却再也用不上一丝力气。他的头发回归原本的长度，肤色也深了回去，整个人的模样完全变回之前的林七夜。他身上的变化本就是承载倪克斯的灵魂导致的，等到倪克斯离开，自然会恢复原样。周围的雨声越来越小，眼前的画面也逐渐暗淡，林七夜只觉得自己的意识在飞快地脱离身体，即将陷入沉睡。

"我的龙尸……这波亏大了。"林七夜最后呢喃着说出一句话，然后彻底失去意识，虚弱地躺在山林之间。

207

湿滑昏暗的丛林中，几名教官正在飞速疾驰，目光落在刚刚轰隆声传来的方向，脸上满是凝重。

"刚刚从天上掉下来的是什么？"张教官一边跑一边皱眉。

韩栗教官摇了摇头："不知道，看起来体积非常巨大，应该是某只神秘……"

"这么大的神秘？至少也有'海'境了吧？"

"没听刚刚首长在通信中说的吗？之前津南山内部的超大型地震，可能是地龙造成的，说不定掉下来的是地龙？"

"怎么可能？地龙是生活在地底的，怎么会飞到天上去？而且它的身体那么大，如果真的飞上去了，不可能没人看见。"张教官果断地摇头。

韩栗教官深吸一口气："不管怎么样，都小心些，首长他们正在想办法营救被困在'绝对土域'的一号救援队，我们只要尽快查明那儿掉下来的究竟是什么就好。而且首长说过，这座山里……还有古神教会的人。"

众教官没有再说话，只是默默提高速度，向着那重物坠落的方向跑去。不知过了多久，韩栗教官似乎感应到了什么，突然停下脚步转头看向林中的某处。其他教官见此，也纷纷停下身。

"你发现了什么？"

韩栗眉头紧锁，快步走进旁边的林中，其他教官对视一眼，默契地跟了上去。拨开错落的枝丫，几人很快就走到一片空地旁，只见昏暗的树林中，一个披着军大衣的少年倒在泥泞之中，身边的地面插着一柄染血的直刀。

"林七夜？！"众教官看到这一幕，眼中满是震惊，韩栗教官快步走上前，确认林七夜只是昏迷之后，松了一口气。他反身将昏迷的林七夜背起，捡起地上的直刀，插回鞘中。

"他怎么会在这里？我还以为他也被卷入'绝对土域'了。"张教官见林七夜无恙，同样松了一口气。

"看来是运气好，正好错开地龙翻身的范围。"韩教官看了眼直刀滴在地上的血迹，"不过，他应该也是经历了一场恶战，然后赢了。"

"不愧是这一届新兵扛把子，厉害啊！"张教官"嘿嘿"一笑，随即疑惑地问道，"可是……敌人的尸体呢？难道对方没死？不可能啊……古神教会的人不可能放过他的。"

韩教官摇了摇头："不知道，总之我们继续前进，一切等他醒过来，就都水落石出了。"

众教官没有浪费时间，快步向着前方跑去，没过多久，他们就来到炎脉地龙坠落的地方。看着眼前这个庞大的无头龙尸，众教官都吃惊得张大了嘴巴，眼中满是难以置信！"还真是地龙？可是……地龙是怎么飞到天上的？而且它至少也有'海'境的实力吧？就连首长单挑都未必能杀了它！在这沧南市里，还有谁具备杀死地龙的实力，还将它抛尸到津南山里？"

就在所有人百思不解的时候，韩教官愣了愣，下意识地回头，看向自己背上昏迷不醒的林七夜——不会吧……？

地下——

乘坐着"瑶光"所化的金色剑影，缓缓上浮的三人沉默不语，百里胖胖抬头看着仿佛无穷无尽的岩层，有些担忧地开口："七夜……不会有事吧？"

洪教官沉默片刻："不知道，但从他刚刚表现出的实力来看，应该问题不大。"

"他是怎么做到的？"沈青竹百思不得其解。

"能够短时间内引爆潜力、提高境界的方法不少，守夜人的纹章就是一种，但像他这样一口气直接提升到'海'境的，我是闻所未闻。而且，在他刚刚出手的时候，我似乎感受到了……'神'的气息。"

"神？"百里胖胖瞪大了眼睛，"是七夜代理的那个神在帮他吗？"

"不知道，但毫无疑问的是，林七夜身上的秘密，可能远超我们的想象。"洪教官摇了摇头。

听到这句话，三个人同时沉默了。

许久之后，百里胖胖试探性地开口："洪教官，我觉得等我们出去之后，这事……"

"还是不提比较好。"洪教官平静地说出了百里胖胖的下半句话。

"每个人或多或少都会有些秘密和机遇，这很正常，虽然守夜人也是开明的组织，但一旦面对涉及'神明'的问题，他们都会处理得十分谨慎……甚至偏激。如果让他们知道林七夜和'神明'之间还存在着某种秘密，就一定会暂时剥夺他的自由，转入上京进行审问调查，直到事情完全查明，确认他与那些高危的'神明'或者'禁物'没有关系，不存在其他风险，才会放他离开。"洪教官平静地说道，"林七夜是个好苗子，无论是心性还是潜力都是如此，他不是坏人，这点我们心里最清楚。没有必要因为这一点小事，耽误了他的未来。"

听到洪教官这番话，百里胖胖终于松了口气，"嘿嘿"一笑："还以为洪教官你会直接把林七夜的事捅给守夜人……现在看来是我以小人之心度君子之腹了。"

"哼，在你们这群小辈看来，我们就这么迂腐吗？"洪教官没好气地说道。

百里胖胖似乎想到了什么，转头看向一言不发的沈青竹："拽哥，你可别说漏嘴啊！"

"放心，我的嘴，比死人还要紧。"沈青竹淡淡说道。

"既然这样，我觉得我们需要串通一下供词……"百里胖胖想了想，继续开口说道。

等到三人交流完毕，百里胖胖舒了一口气，抬头看了眼头顶，有些无奈地开口："怎么还没到地表……"

"按你这东西的速度，我们现在应该刚刚走完一半路程，再过几分钟才能到顶。"洪教官一直在计算路程，平静地说道。

百里胖胖耸了耸肩，正欲说些什么，身侧的岩壁突然爆开，一个模糊的黑影从岩壁中钻出，闪电般地撞击在百里胖胖的身上。他的速度太快了，而且又是从岩壁中直接钻出，根本就没有人能反应过来！百里胖胖被这黑影一撞，猛地喷出一口鲜血，重重地砸在另一侧的岩壁之上，闷哼一声。三人脚下的金色剑影瞬间消散无踪。

208

洪教官的瞳孔骤然收缩，他猛地伸手拉住即将坠入通道的百里胖胖，另一只手从腰间拔出直刀，狠狠地刺入旁边的岩壁，止住下坠的身形。沈青竹同样拔刀刺入岩壁，但是身体太过虚弱，刀身只入壁三分之一，整个人向下略微倾斜，似乎坚持不了多久。只见被断一臂、浑身是血的马逸添正垂直地站在岩壁上，冷笑着看着眼前的三人，突然一愣："那个小子呢？"他又向上向下看了一遍，确认这条通道里没有林七夜的身影，心中充满了疑惑。在炎脉地龙喷吐火球之前，他就利用能力离开洞窟，在地底向前飞驰许久之后发现爆炸并没有发生，就又疑惑地飞回洞窟之中。这时他才发现，无论是炎脉地龙还是其他人，没了！茫然的他并不知道这里发生了什么，但很快就发现头顶突然多出的一条通道，猜测他们可能通过这条通道往地表去了，于是飞快地向上追去，试图追杀林七夜。等到了这里，却又发现林七夜根本不在这儿，整个人瞬间蒙了。

沈青竹皱了皱眉，正欲开口说些什么，百里胖胖眼睛一转，抢先开口："七夜他……死了。"

"死了？！"马逸添一愣，"怎么死的？"

"被炎脉地龙打入岩浆……烧死了。"百里胖胖死死地盯着马逸添，带着七分悲痛、三分伤感地开口，"林七夜做错了什么？你们为什么非要杀他！该死，该死！"

看着百里胖胖这突如其来的炸裂演技，洪教官先是一愣，然后配合地盯着马逸添的眼睛，面目狰狞，似乎要将他千刀万剐！

马逸添眉梢一挑："那你们是怎么活下来的？炎脉地龙为什么没有杀你们？这个通道又是怎么回事？"

百里胖胖："……"

"其实，炎脉地龙看我们长得面善，就放了我们一马，还给我们开了条路回去。"百里胖胖一本正经地说道。

马逸添盯着百里胖胖，随后冷笑起来："你以为，我会相信你的鬼话？"话音落下，他的半身化作黑光涌入了脚下的岩壁之中，紧接着周围的岩壁就像是活过来一般，疯狂涌动起来，数十根坚实的地刺突然爆出，直逼三人的身体刺去！只是他在刺的时候，特意避开了沈青竹和百里胖胖二人的要害，而对洪教官，他是真的下杀手了。"跑了一个双神代理人，我就算活着回去，也没什么好下场，但是如果能把百里家的继承人和那个天才带回去，说不定还能有所弥补……"马逸添的脸上满是疯狂。

尖锐的地刺出现得十分突然，而且位置都十分刁钻，本就脱力的沈青竹即便已经奋力闪躲，也被两根地刺穿透了右腿，剧痛让他的脸色苍白无比，但他始终紧咬着牙关，一声不吭。至于被洪教官拉住的百里胖胖，就在地刺即将刺穿他身体的瞬间，一股巨力从手臂传来，洪教官浑身闪烁着蓝光，像是蜘蛛侠般拉着百里胖胖在两侧壁面交错弹跳，险之又险地避开了大部分地刺。只有几根由于洪教官闪避不及，擦着他的脸颊划过，留下几道深深的血痕。

"你该减肥了！"洪教官拉着这么一个快两百斤的大胖子，身形慢了太多，在这垂直的两侧壁面间弹跳有些力不从心。

百里胖胖老脸一红，也没闲着，反手从口袋里掏出"一化三千"，剑光一甩便有漫天剑雨朝着马逸添飞去！半个身子融入岩壁的马逸添冷笑一声，身前连续爆出上百根地刺，精准地卡住了所有剑影，同时彻底封死了他们向上的路线。

"我的禁墟能将自身与周围的环境同化，在这种极端的环境下，你们是赢不了我的。"马逸添的身子再向岩壁沉入些许，原本圆形的通道瞬间收缩起来，同时一根根地刺爆出，像是要将他们三人活生生刺死在这狭窄的空间之中。

洪教官眯了眯眼，冷静地开口："他在之前就已经身受重伤，现在不过就是强弩之末，我们全力出手……未必赢不了他！"

百里胖胖和沈青竹同时点头，目光前所未有地坚定。眼下，当真是生死存亡的局面了。

这条促狭的通道中，注定只会有一方生存下来。沈青竹的刀再度倾斜些许，他整个人都快坠入通道中，但没有丝毫慌张，而是轻轻伸出另一只手，对着上方重重地打了个响指！

"轰——"剧烈的爆炸在狭窄的空间爆发，横在众人头顶的诸多地刺直接崩碎开来，灼热的气浪几乎将洪教官和百里胖胖二人烤熟，但他们没有丝毫犹豫，抓住机会骤然出手！洪教官身上蓝光大作，先是用力一甩，将百里胖胖向上方丢去，同时自己轻盈地在两侧岩壁间弹跳，闪电般地向上移动！百里胖胖深吸一口气，从口袋中拿出一枚黑色的戒指，黑色的光芒涌动，化作刀身被百里胖胖握在手中，用力斩向马逸添。"断魂刀！"

马逸添狞笑起来，身下的岩壁剧烈翻滚，化作一柄巨锤砸向黑色的断魂刀！百里胖胖的嘴角微微上扬。下一刻，巨锤竟然恍若无物般穿透断魂刀，重重地砸在百里胖胖的身上！与此同时，断魂刀也穿过马逸添身前的一切岩体，狠狠地在他的胸口留下一道刀痕！断魂刀，只伤魂体，无视防具。百里胖胖被巨锤砸中，整个人猛地喷出一口鲜血，被砸入后方的岩壁之中，巨大的冲击力直接让他昏了过去。在双方战力如此悬殊的情况下，百里胖胖只能用这种同归于尽的打法，给洪教官创造机会。

"啊啊啊啊——"魂体被伤的马逸添脸色煞白，来自灵魂的剧痛充斥了他的精神，整个人的意识都模糊了起来，痛苦地哀号着。就在这时，洪教官的身影闪到马逸添的面前，双目怒睁，周身蓝光大作，双拳如同雨点般砸落在他的身上！"咚——"马逸添的身体被打得嵌入岩壁，精神恍惚，洪教官没有停手，把他整个人从岩壁上抠出，向上重重地打出一拳！紧接着，他反手拔出岩壁上的直刀，一跃而起，闪电般地刺入马逸添的胸膛，然后，就是一记重拳！"咚——"浑身是伤，胸膛被刺穿的马逸添鲜血四溅，身体被这一拳直接垂直打落通道，落入了仿佛无尽的通道底端。那里，是翻滚的岩浆与火焰。

闪电般地做完这一套动作之后，洪教官的身影快速地在两侧壁面弹跳，一把拉住昏迷下坠的百里胖胖，还有差点滑落的沈青竹。洪教官一肩扛着一个，紧咬牙关，深吸一口气，用尽全身的力气在两壁间弹跳，以"Z"字形向通道的上方快速移动。没有百里胖胖的电梯，他只能用这种最笨的办法，但是身上扛着两个人，即便洪教官能增强自身弹力，依然十分吃力。但是他没的选。这两个，都是他洪浩的兵，一个也不能落！

洪教官肩扛着二人，利用弹跳的方法连续向上行进两分多钟，浑身的肌肉酸痛无比，而周身闪烁的蓝光也越来越微弱。距离地表……还有多远？洪教官不知道。自从扛着两个人弹跳开始，精力就不允许他继续分心计算距离，他将一切都投入双脚之中。跳！一直跳！不能停！停了，他们三个都得死！

就在这时，他们脚下仿佛无穷无尽的幽深通道中，一缕火光微微显现。热浪从脚底扑面而来，洪教官和沈青竹都是一怔，同时向下看去。漆黑深邃的通道中，汹涌的火焰龙卷就像喷薄的火山，充斥着狭窄的岩壁，以惊人的速度向上奔涌，它所到之处，四周的岩壁都像熔化了一般，坍塌入无底的洞窟之中，仿佛一条咆哮的火龙，张开狰狞的巨嘴，想要将一切吞入其中。但他们都清楚，那不是火龙，因为在那火焰顶端的是一张熟悉的人脸，是马逸添的脸。

"死死死死死……老子要死，也要拉你们所有人陪葬！！"火焰中马逸添的面孔只剩下了一半，但依然狰狞无比，他死死地盯着上方的三人，眼中满是疯狂与怨毒！

这怎么可能？沈青竹的眼中满是难以置信："他的心脏已经被刺穿了，怎么可能还不死？！"

洪教官的脸色有些难看，沉声开口："他的精神力波动已经完全乱了……他应该是服用了某种药物，强行续命。"这只疯狗！

洪教官的双腿因疲劳而轻微地抖动，他看着身下迅速逼近的火焰龙卷，以及快速坍塌的岩壁，一颗心已经彻底沉了下去。马逸添是铁了心要他们陪葬，就算沈青竹能掐灭这些火焰，也无法处理其中蕴含的超高温岩浆，这些岩浆会熔化周围的岩壁，致使通道崩塌。失去落脚点，他们三个人只能坠回洞窟，葬身于岩浆之中。眼下，只有一个办法。在暴走的火龙卷到他们所在这截岩壁之前，先行扼杀马逸添，让他所同化的火焰与岩浆落回洞窟之中。

洪教官看了眼脚下不断逼近的火焰龙卷，已经下定决心，抽出自己腰间的直刀，深深插入岩壁之中。然后他抽出沈青竹的刀，同样刺入岩壁之中。两柄直刀在这完全垂直的岩壁上，留下了一个落脚点。"刚刚林七夜洞穿地表的黑光十分显眼，其他教官一定很快就能赶过来想办法救援我们。你带着百里涂明在这里等，两柄刀，支撑你们两个人的身体应该没有问题。"

洪教官将百里胖胖的身躯放在深嵌岩壁的两柄直刀之上，平静地对沈青竹说道。

沈青竹眉头微皱："你想做什么？"

"做一个教官该做的事。"洪教官淡淡回答。

沈青竹眯了眯眼，没有说话。洪教官深吸一口气，似乎想到了什么，嘴角微微上扬。

"不用悲伤，不用内疚，以这种方式堂堂正正地死在自己的兵面前，对我们这些教官来说，是最好的归宿。"洪教官缓缓闭上双眼，伸手向自己胸口摸去，"之前被林七夜那小子打断，还是有些不爽，毕竟难得耍一次帅。不过，没想到第二次机会来得这么快。"还是有些遗憾啊。洪教官在心中叹了口气。突然，他整个人愣在了原地。他的手在胸口摸来摸去，片刻之后，茫然地低下头……"我的纹章呢？"洪教官蒙了，他明明记得，之前把纹章放在衣服夹层里的啊！

沈青竹的嘴角微微上扬。他轻轻俯下身，从昏迷的百里胖胖手中摘下那枚黑色的戒指，然后从直刀之上……纵身跃下！下坠的狂风混杂着热浪，将他染血的黑色军大衣吹得猎猎作响，他右手的手掌之中，一枚熟悉的纹章闪闪发亮。

洪教官看到这一幕，瞳孔骤然收缩！什么时候？突然，他身体一震，想到刚刚在他用刀在岩壁上做支点的时候，沈青竹的手在他的身前抹过。沈青竹……洪教官瞪大了眼睛，难以置信地看向不断坠入火龙卷中的身影。热浪吹起沈青竹的头发，他看着眼前越来越明亮的火光，缓缓闭上了双眼，平静地开口："我说过，今天，不想再看见有人牺牲了……"

洪浩，我不喜欢你，从进营的时候就不喜欢，但我必须得承认……你是个好教官。好人，不该死。"当"——一声轻响，纹章侧面弹出一枚细细的银针，沈青竹手掌用力，狠狠地将其刺入自己的体内。紧接着，他的气息开始疯狂飙升——"池"境，"池"境巅峰，"川"境，"川"境巅峰。他的手指在黑色的戒指表面轻轻摩擦，在他"川"境巅峰精神力的灌入下，一柄两米多长的庞大黑色断魂刀出现在他的手中！！断魂刀，他用过，是那个死胖子借给他的。啊，对了，自己还跟他说过，要是没能剿灭整个"信徒"，就要把骨灰沉入海底。我说的是"如果这次能活着出去"，那死胖子不会忘了吧？他不会还傻不愣登地把自己的尸体刨出来，把骨灰给扬到海里吧？这样我做鬼也不会放过他！哦，忘了……不出意外的话，这次应该是留不下尸体了。沈青竹眼看着长着马逸添脸庞的火龙卷越来越近，自嘲地笑了笑。不过，能和自己兄弟埋在一座山里，好像也不错。

狂风与火焰的呼啸中，沈青竹高高地举起手中的断魂刀，用尽全力挥下，漆黑的刀身刹那间将火焰中的面孔斩成两段。在马逸添极端痛苦与怨毒的表情下，他最后的魂体彻底被斩灭，脸庞消失在火焰之中，神魂俱灭！那个黑色军大衣的身影，也坠入汹涌的火焰之中。

"沈青竹！！！"洪教官双目通红，向着下方愤怒地咆哮，"训练你跟我对着来！考核你跟我对着来！现在轮到我英勇牺牲的时候，你还要跟我抢着来！我怎么教出你这么叛逆的兵？"洪教官的声音很大，在这狭窄的通道中回荡，宛若雷鸣滚滚。但沈青竹已经听不见了。无穷无尽的火焰舔舐着他的身体，他周围的一切仿佛都归于死寂，只有疼痛炙烤着他的身体。好像有人在骂我……谁这么大的胆子？等我有机会，一定狠狠地揍你一顿。不过……大概率是没这个机会了。"信徒"没有灭亡，自己也没成为真正的强者，上京市的守夜人小队是什么样的呢？是不是强得离谱？说起来……守夜人的宣誓仪式自己也没赶上啊。呵呵，忙活了半天，原来我连个守夜人都不是。这些遗憾，只能是遗憾了。至少，要以一个守夜人的方式，堂堂正正地死啊。也不知道，自己宣读的誓言，有没有用？

烈火之中，浑身焦黑的沈青竹突然睁开了眼，他笑了。差点忘了，我是沈青竹，什么狗屁规矩，我说它有用，它就是有用！

无尽的火红之中，他张开深色干裂的双唇，无声地低吼："我沈青竹，在大夏红旗下宣誓……"他紧紧攥着手中的纹章，即便手掌已经碳化大半，也没有松手的意思，火焰舔舐着纹章背面那几行闪亮的字，熠熠生辉。

"若黯夜终临……"

通道中，火焰依然在蔓延。即便马逸添已死，汹涌的火焰依然在牵引惯性的作用下，向着狭窄的通道涌去，洪教官松开满是指甲血痕的手掌，咬牙抱起昏迷的百里胖胖，朝着上方弹跳而去。

"吾必立于万万人前……"

洪教官一次又一次地抬起酸痛的双腿，在两侧的岩壁交错弹跃，身下汹涌的火焰速度极快。哪怕他已经尽了全力，两者之间的差距还是在缩小。他的身体在颤抖，但他绝对不能停下脚步。他已经亲眼看着自己的一个兵死在面前，另一个……绝不能再死！

"横刀向渊……"

汹涌的火焰已经距离洪教官的身影只剩下一米，跃动的火舌几乎触碰到两人的身体，洪教官没有低头，而是死死地盯着头顶的空洞，浑身的青筋暴起！

——坠落洞窟的火焰之中。已经不成人形的沈青竹缓缓闭上双眼，紧握着纹章的手掌彻底失去知觉，缓缓松开……

"血染天穹！！"

"咚——"一声突兀的嗡鸣在整个地下世界响起，在这一瞬间，整个洞窟与通道的空气都被抽空，一切火焰刹那间消失无踪。在这片真空的世界中，沈青竹碳化的身体重重地落在地底。由于熔化而坍塌的碎石铺天盖地地摔落下来，"轰——"爆裂声中，整个地下洞窟被彻底掩埋，一切都归于死寂。漆黑无声的世界中，唯有一枚薄薄的玉片闪烁着微光。

209

一滴滴汗水从洪教官的脸颊滑落，就在他二人的身影即将被吞入火中之时，他们身后的火焰骤然消失！短暂的窒息感笼罩着洪教官的身体，不过这窒息感只持续了不到一秒，就完全消失，仿佛从未出现过一样。只有空气中残留的灼热气息，还能证明这里曾经有过一场席卷地底的大火。是沈青竹……洪教官紧咬牙关，一点一点地向着通道上方移动，不知过了多久，他的头顶出现了一抹微光。那是手电筒的光芒。

"下面有人！好像是洪浩！"头顶有声音隐约传来。手电筒的光束汇聚在洪教官的身上，那些身影快速下落，那是一位位腰间悬挂着降绳的教官。见到那些熟悉的面孔，洪教官松了一口气，紧绷的身体终于坚持不住了，被汗水浸湿的军装紧裹着身体，不停地滴着水。

教官们快速接过昏迷的百里胖胖，给他们二人都戴上绳降装备，用对讲机说了些什么，缓缓向上升去。

"洪教官，洪教官！你还好吗？！"在上升过程中，韩栗检查着洪教官的身体状态，焦急地开口。

意识有些模糊的洪教官摆了摆手："我没事，就是有些脱力……下面……下面还有一个人。"

听到这句话，韩栗转头和另外两位教官对视一眼，另外两位教官点了点头，继续向下降落，去搜索那最后一个人。

"这里离地面还有多远？"洪教官无力地开口。

"200米，再往上200米，就能到地表了。"韩栗低头看了眼深不见的洞窟，"这里到底有多深？"

"两公里。"

"两公里？！"韩栗瞪大了眼睛，难以置信地说道，"你们究竟是怎么上来的？！"

洪教官摇了摇头，示意他现在根本就不想说话。韩栗似乎想到了什么，怔怔地抬头看向天空，陷入了沉默。他们的设备……根本就不足以下降到两公里。不过，他没有将这个消息告诉洪教官。没多久，洪教官和百里胖胖就被带回地表，直接放到担架上，被医护人员抬着向山外跑去。

许久之后，津南山外，袁罡默默地注视着百里胖胖、洪教官二人被送上救护车，在呼啸的警笛声中向着远方驶去。而载着林七夜的那辆车，早在十分钟前就已经出发了。

"首长，派去搜救沈青竹的人回来了。"韩栗跑到他的身边，开口说道，"我们的升降设备只下到了地下一公里，后来两位教官冒着风险，直接借助工具下落到洞窟的底端。但是……"

"但是什么？"袁罡的眉头微微皱起。

"原本的'绝对土域'制作出的洞窟已经彻底坍塌，土石掩埋了一切，他们根本找不到沈青竹在哪里……而且从生命探测设备的反应来看，地下洞窟之中，也不存在任何生命波动。"韩栗深吸一口气，"结合洪教官刚刚描述的情况来看，沈青竹……已经可以确认牺牲了。"

袁罡的双拳紧紧握起，他回首看了一眼被夜色笼罩的津南山，半响之后，缓缓开口："撤离吧……剩下的，交给收尾的人来处理。"

黑夜，逐渐退去。死寂的津南山内，一缕微光透过漆黑的云层，照射在连绵荒芜的山峰之中。原本滂沱的大雨越来越小，淅淅沥沥的雨水滴落在灾后的津南山中，顺着翠绿的枝叶滴落在地。时光流转，乌云散去，艳阳高照。随着太阳逐渐沉入西山，余晖洒落在群山之间，仿佛给山间的一切都披上了一层淡金色的薄纱。一片荒芜的废地之中，一只落在土壤间的蚕茧轻轻一颤，似乎有一个崭新的生命即将破茧而出。

西方，一个妖冶的身影缓缓从虚无中走来，长发，凤眼，燕尾服，高贵而优雅。他是古神教会三位"神"之一，"克莱因"境，"呓语"。"那具投影的气息，就是在这里的地下消失的。""呓语"低头看着脚下的土壤，目光似乎能穿透厚重的土层。"投影的灵魂被磨灭，死法十分诡异，也是从那时开始，我的精神……""呓语"的眉头紧紧皱起，他摇了摇头，没有再说下去，"这里，到底发生了什……派大星！我们去抓水母吧！！！""呓语"的话刚说到一半，整个面孔剧烈地扭曲起来，尖锐而诡异的声音从他的喉咙间发出。与此同时，他的双臂猛地张开，脸上浮现着夸张的笑容。"啪——"清脆的耳光声响起，"呓语"一巴掌扇在自己的脸颊上，他低头喘着粗气，脖子通红，眼中满是愤怒与不解。"该死！我的身上……究竟发生了什么？！"他恼火地咆哮道，双手抓着自己的脑袋，似乎想把什么东西从里面揪出来。过了几分钟，他终于平复下来，刚才的慌张与暴怒已然消失不见，取而代之的是冷静与沉着。"不管你是什么……我一定会把你扼杀掉，不会让你再折磨我的灵魂。"呓语"皱眉低语，"一切，都是从那具投影消失开始的，这里一定发生过什么。"

他伸出手，将手掌贴在地面上，缓缓闭上了双眼："地底的这番模样……是炎脉地龙？这里居然还有一条炎脉地龙……马逸添那个废物果然死了，哼，还有……咦？""呓语"一愣，双眼睁开，眼中浮现出些许疑惑。犹豫片刻之后，他伸出手，在虚空中一抓，似乎从地底获取了什么，下一刻一具焦黑的躯体就凭空出现在他眼前。这具身体已经被火焰烧得不成样子，没有丝毫生命波动，一条腿已经彻底碳化，碎成了渣子，脸上更是连五官都认不出来。

"烧成了这样，居然还有一口气？""呓语"的脸上浮现出一抹惊讶，他仔细地打量起眼前这具身体，双眼微微亮起。"潜力很不错，是个好苗子……"他嘴角微微上扬，低头看向面目全非的沈青竹，悠悠开口，"我知道你还能听得见，你的天赋很不错，而且伤成这样也能活下来，也算是奇迹了……我决定给你一个机会。""呓语"凑到沈青竹的耳边，一字一顿地说道，"一个抛弃过往、重获新生的机会，我能让你所有的伤势全部恢复，我能让你更快地变强！我只要你信仰我，成为……我的'信徒'。"

210

听到"信徒"两个字，眼前的这具身体微不可察地一颤。

"你以前是谁，做过什么，我都不在乎，因为对我来说这些都没有意义。在这个世界上，没有人能背叛我。""呓语"的声音很有磁性，平和的语气之中充满了自信，"是就这么憋屈地死在这里，还是追随我，开启崭新的人生？告诉我……你的答案。""呓语"的双眼微微眯起。

一秒，两秒，三秒……那具身体就像是死了一样，纹丝不动。就在"呓语"即将失去耐心的时候，那具焦黑的身体晃了晃，掉下大片的碎渣，他的双唇微微颤动，一个极其细微的声音从中发出。"好。"他的声音很小，很微弱，但"呓语"听到了。"呓语"的脸上绽放出笑容，他站起身，周围的环境诡异地扭曲起来，光怪陆离的景象从他的周身散开，一切，都在现实与梦境之间徘徊。这是"克莱因"境的神墟，序列018，"梦岐"。

在这片仿佛不存在的世界中，那具焦黑的身体缓缓飘起，迷离闪烁的光辉在

-175

他的身上涌动，焦黑的碎肉开始复苏，断去的右腿开始生长，濒死的内脏开始重生……瘙痒，痛苦，就像有人用刀割开了所有坏死的肉体，然后强行安入鲜活的肌肉组织，即便承受着如此堪比大刑的折磨，他依然紧咬牙关，一声不吭。时间一点点流逝，幻灭的光芒散去，一具鲜活崭新的肉体已然诞生。恢复原样的沈青竹缓缓落在地上，双眸眯起，注视着眼前的妖冶男人，不知在想些什么。

"呓语"挥手散去了神墟，笑眯眯地看着沈青竹，有些诧异地开口："我以为你恢复之后的第一件事就是对我动手。"

"我打不过你。"沈青竹平静地说道。

"那你要不要试着跑？说不定能成功逃脱。"

"不。"沈青竹摇了摇头，"我不跑，我要加入'信徒'。"

这次"呓语"是真的有些惊讶了，他仔细地打量了沈青竹片刻，笑着点了点头。"好，很好，我能预感到，未来'信徒'的前几席之内，一定有你的一席之地。"他伸出右手，食指的指尖浮现出淡淡的光团，光团离开他的手指，飘落到沈青竹的眉前，"这是'信徒'的灵魂契约，我亲自缔造的，只要不到神级，都会被它烙印在灵魂之中，从此真正地成为我的'信徒'。不过你放心，你是个好苗子，我不会过多地干涉你的想法，只要你不造反，我不会用它来束缚你的。"

沈青竹注视着眼前的光团，眼中没有丝毫犹豫，一把抓住这束光团，按入自己的眉心之中，白色的光芒将他整个人都笼罩其中！见沈青竹的动作如此干脆，"呓语"惊讶地挑了挑眉，对他的赞赏之色又多了些许。

待到光芒散去，沈青竹的身影一步一步地从中走出，他身体微躬，右手放到胸口，平静地开口说道："'信徒'沈青竹，将永远追随您的脚步。"

"呓语"的脸上浮现出满意的笑容，他十分享受这种感觉。

"很好，起来吧。""呓语"抬起头，看向远处的天空，心情似乎十分不错，"该走了，我带你回'信徒'的总部，再待下去……那群讨人厌的家伙又该追来了。"

"是。"沈青竹恭敬开口。

"呓语"转过身，前方出现一道虚幻的大门，他悠闲地迈步走入其中，身形消失不见。沈青竹看着"呓语"消失的背影，嘴角微微上扬。"傻×。"沈青竹低下头，伸手摸向自己的胸口，那里是一圈碎裂的玉片。他赌对了。回天玉成功地挡住了"呓语"的灵魂烙印，也就是说，他成为整个"信徒"之中唯一脱离"呓语"掌控的人。看来……他欠那个死胖子的人情，越来越多了。他回过头，看向这座熟悉的山脉，目光仿佛穿过无尽的土层，落在地底的那枚闪亮的纹章之上。

"再见了……守夜人。"他喃喃自语。

他迈出脚步，与此同时，在他脚边的一只蚕茧突然破开，一双华美的翅膀挣扎着伸出残破的茧壳，它奋力地扑动着翅膀，摇摇晃晃地向着远处飞去。沈青竹驻足怔怔地看着这一幕，许久之后，微笑着摇了摇头，迈步向那虚幻的大门走去。

风中,他的声音缓缓飘荡:"成长……吗?"

  无尽的黑暗逐渐退去,身体的控制权重新回归,睡梦之中,林七夜缓缓睁开了双眼——白色的天花板、洁白的病床,浅黄色的地板上,白纱般轻柔的窗帘正在随风飘动,敞开的窗户外,是熟悉的训练场。这里是……医务室?林七夜试图坐起身,但那来自灵魂的虚弱感充斥着他的全身,疲惫的身体就像是灌了铅一样,沉重无比。他身上的每一处伤口都被用心包扎过,看着身上蓝白相间的病号服,林七夜无奈地苦笑起来。院长,也有穿上病号服的一天。他好不容易坐起身,穿上拖鞋,蹒跚着向屋外走去,刚一打开门,就听到隔壁百里胖胖的喊声:"不可能!他不可能死的!我可是把'回天玉'给他了!就算是阎王爷来了,他也不可能死的!"

  林七夜一怔,眼中浮现出茫然。谁死了?他下意识地加快脚步向着隔壁的病房走去,双腿突然乏力,身形踉跄,险些栽倒在地。

  "林七夜?!"韩栗教官看到林七夜出现在门口,惊呼一声,连忙上前扶住了他。林七夜扶着门框,摆了摆手,示意自己没事,只见百里胖胖穿着同款病号服,脑袋被厚厚地包扎了几圈绷带,像是个大头娃娃一样坐在床上。

  "七夜?!你醒了?"百里胖胖见到林七夜,同样惊喜地开口。

  "发生了什么?谁死了?"林七夜皱眉问道。

  韩栗教官和百里胖胖同时陷入了沉默。

  "是沈青竹。"韩栗教官缓缓开口,"他为了救洪教官和百里涂明,拿了教官的纹章,跳入了燃烧的洞窟之中。"

  "他不会死的!"百里胖胖再度开口,认真地看着林七夜的眼睛,坚定地说道,"七夜!你相信我!他不会死的!就算人被烧焦,被压在岩石底下,他也不会死!他一定被困在了地底的某个地方……我要去找他,我要把他挖出来!"

  百里胖胖焦急地走下床,连拖鞋都没穿,急匆匆地就要向屋外走去。

— 211 —

  "百里涂明,你冷静一点。"韩栗教官扶住百里胖胖,无奈地开口,"我们离开津南山后,后勤的扫尾部队已经去过津南山,也下过你们的洞窟,在土系禁墟的能力下,他们早就将整个地下废墟翻了个遍。他们找到了被掩埋的两个'川'境'信徒'的尸体,找到了洪教官被使用过的纹章,但是在最核心的那个洞窟中,他们只找到了大块的焦炭碎渣。通过DNA比对,其中部分焦炭碎渣来自'信徒'中的'海'境强者,马逸添,还有一部分来自……沈青竹。"

  百里胖胖张了张嘴,脸色有些发白:"可是你们没有找到他的尸体不是吗?

所以……"

"当时那个洞窟之中，充满了火焰与岩浆，根本就不可能留下尸体。"韩栗教官摇了摇头。

百里胖胖眉头紧紧皱起，他低着头，绞尽脑汁地思考，突然，再度抬起头："不，如果……如果在火焰将他的身体彻底烧焦之前，他抽干了洞窟内所有的空气，熄灭火焰的话，他其实可能活下来的！"

"百里涂明！"韩栗教官抓住他的肩膀，瞪大了眼睛，一字一顿地说道，"回天玉不是神丹妙药，它只能吊住濒死之人的一口气，对于已经死去的人，是无能为力的！就算一切如你所说，他抽干空气活了下来，那为什么扫尾部队没有找到他的尸体？那可是地下两公里，难道他一个濒死之人还能再爬回地表吗！"

听到这句话，百里胖胖的嘴唇开始颤抖，他张了张嘴，似乎还想辩解什么，却一个字也说不出来。韩栗教官说得对，这根本就说不通……

"沈青竹死了，难过的不只是你一个人，你以为我们这些教官眼睁睁地看着自己的兵死在眼前，会好受吗？！"韩栗的双目通红，他指着外面的营地，大声喊道，"但这不是什么魔幻玛丽苏故事，不是什么无敌打脸爽文，你不能因为自己想要看到什么，而抵触、忽视现实的存在！这就是守夜人！这就是军人！牺牲！时刻都在发生！我敢打赌，你们这群即将要走出集训营的新兵，十年之后，能活下来的绝对不到三分之一！这不是我说的，这就是发生在我们面前的，血淋淋的现实！但至少……我们要让牺牲者，堂堂正正、风风光光地离开，而不是像现在一样，连现实都没有勇气去面对！"

韩栗教官的声音在整个病房内回荡，百里胖胖低着头，眼神之中满是迷茫，沉默不语。

林七夜缓缓走上前，拍了拍百里胖胖的肩膀，转头对着韩栗教官说道："教官，这里交给我吧。"

韩栗教官平复了一下情绪，点了点头，尽可能温和地开口："你们好好休息，明天早上就要参加宣誓仪式……结束之后，你们就该离开了。"他叹了口气，转身向着病房外走去。

林七夜缓缓在一旁的椅子上坐下，他的身体情况还不允许他站立太久，他注视着眼前魂不守舍的百里胖胖，轻声开口："所以……能跟我说说，当时到底发生了什么吗？"

百里胖胖挠了挠头，沮丧地说道："当时发生了什么……我也不是很清楚，我被打晕过去了，不过后来听洪教官给我说过，当时……"

听完百里胖胖的转述之后，林七夜也陷入了沉默。抢走教官的纹章，孤身斩杀马逸添，坠入火焰之中……沈青竹做出这种事，乍一看是意料之外，但仔细想想，他确实是做这种事的人。那个沈青竹……真的就这么死了？不知为何，林七夜的心中，总有一种不真实的感觉。

就在这时，百里胖胖似乎想到了什么："七夜，我跟洪教官商量了一下，决定隐瞒你会变女人这回事，我们串个供，别到时候被……"

"不是，你等等。"林七夜表情古怪地开口，"我会变女人……这是什么奇怪的说辞？"

"可是你当时确实变了啊，头发变长了，皮肤变细了，人也变白了，好像喉结都……"

"我们还是说说串供的事吧。"林七夜的心中满是无奈，他身体上的变化只是因为承载倪克斯灵魂造成的暂时变化。而且他并没有真的变成女人，只是外表看起来偏向女性化了一些，从生理角度来说，他还是男人。这事也没法向百里胖胖解释，只能就这么含糊地带过去。

"啪嗒——"病房外，拎着一篮水果的曹渊瞪大眼睛，手中的果篮掉在地上。"什么？七夜会变女人？！"他震惊地开口，林七夜无奈地抚额。

深夜——

集训营的位置距离城市很远，所以污染也比较轻，抬头看向天空，还能看到一颗颗闪亮的星辰点缀在夜空中，浩瀚而壮美。此时，医务室的楼顶，三个人影正围在一起，身前点着一小团篝火，隐隐有烤肉的香气传出。

百里胖胖咬了一口手中的烤串，有些不确定地开口："我们这么做……真的不会挨训吗？"

"挨就挨吧，反正是最后一天了，能去训练场跑圈到天亮，似乎也不错。"曹渊毫不在意地说道。

"你是不错，可我俩还是病号啊！跑一晚上，你是想累死我们吗？"百里胖胖咧了咧嘴。

"病号，就不怕挨训了，最多骂一顿。"曹渊转过头，认真地看着林七夜："七夜，说真的，你真的不愿意变个女人，让我开开眼吗？"

"滚。"

"哦……"

百里胖胖低头吃完了手中的烤串，抬头看向漫天的星辰，长长地叹了一口气："以前，我还在广深老家做闲散太爷的时候，也见过几个守夜人，那时候我只是觉得……他们挺帅的，所以我就跟我老爹申请，来当个守夜人玩玩。但我始终不明白，成为守夜人，究竟代表了什么。"

林七夜看了他一眼："现在呢？"

"现在……"百里胖胖顿了顿，缓缓开口，"我好像，明白了一点。"

212

"明白得越多,越是觉得身上的担子重。"百里胖胖叹了口气,随后自嘲似的摇了摇头,"想不到,我堂堂百里家族的继承人,也有成为守夜人的那一天……"

"严格来说,你还不是守夜人,宣誓仪式明天才开始。"曹渊纠正。

"好你个曹渊,小爷我现在可是病号,你还来挑我的刺,你的良心不会痛吗?"

"不会。"

百里胖胖撸了撸袖子,像是想跟曹渊干一架。

林七夜笑着开口:"胖胖,你应该珍惜现在的机会,毕竟……明天之后,就没人能挑你的刺了。"

听到这句话,曹渊和百里胖胖都一愣,同时沉默了下来。

林七夜沉默片刻,看着百里胖胖说道:"回了广深之后,你打算怎么做?回家?还是去做守夜人?"

百里胖胖没有犹豫:"去做守夜人。"

曹渊挑眉:"漂亮姐姐们不要了?"

"要。"百里胖胖义正词严,"组织需要我的时候,我随时都是守夜人,组织闲的时候……我还是漂亮姐姐们的帅弟弟,嘿嘿嘿。"

曹渊翻了个白眼,看向林七夜:"我在淮海市,离沧南挺近的,有空的时候,可以去找我。"

林七夜"嗯"了一声。

"七夜,要我说……你直接搞个特殊小队得了。"百里胖胖咧了咧嘴。

林七夜一愣:"特殊小队?"

"对啊,你想啊,你是双神代理人,当个特殊小队的队长没问题吧?你当了队长之后,就能组建小队,到时候把我们都拉进去,我们不就又聚起来了吗?"百里胖胖越说越激动,"你是双神代理人,我是百里家的继承人,堪称禁物收藏家!当个特殊小队的队员,不给你掉面吧?曹渊虽然跟我不对付,但人家的禁墟也是超高危中的超高危,神墟之下第一人,当个特殊小队队员,不过分吧?可惜拽哥……不然,咱四个凑一起,最强特殊小队这不就诞生了?!"

"四个人,哪够凑一支特殊小队?"曹渊摇头。

"欸,世界这么大,总会有跟我们臭味相投又实力强劲的人吧?实在不行,再把莫莉也拉进来……"

"反对办公室恋情!"曹渊举手。

"我附议。"林七夜紧跟着举手。

"好好好,那就不带莫莉……嗐,人选不是问题,总会有办法的。"

林七夜怔怔地看着眼前的篝火，脑海中浮现出了"假面"小队的身影，他们围在一张餐桌上，嬉笑怒骂；他们背起刀匣一言不发，共赴深渊与地狱……似乎，确实不错？

"成立特殊小队还太早了，你见过哪个特殊小队能让一个'池'境的新兵当队长的？"林七夜摇了摇头，"而且，这也得由守夜人的高层决定，我们说了不算的。"

"这倒是……"百里胖胖叹了口气，随后认真地看着林七夜，"不过，等你哪天真的有机会组建特殊小队，一定要来广深找我！"

曹渊紧跟着开口："还有我，我在淮海市等你。"

林七夜看着他们郑重的表情，重重地点头："如果有那么一天，我一定会的。"

闪亮的天穹下，浓郁的肉香逸散在风中，三个少年坐在一起，他们的声音在楼顶回荡。不光是医务室，这样的一幕，在集训营的每个角落偷偷上演。今天，没有教官来制止他们。

第二天清晨，百里胖胖罕见地没有赖床，而是早早地起床洗漱完毕，叠好被子，收拾好行装，在镜子面前一丝不苟地扣上军装的衣扣。"七夜，我看起来怎么样？"他转过身，看向早已整装完毕的林七夜。

"很正式，很有精神。"林七夜仔细打量了一番，认真点头。

百里胖胖笑了笑，看了眼墙壁上的时间："差不多该走了。"

林七夜诧异地挑眉："离仪式开始还有半个小时，现在就去？"

"早点去，不会错的。"

"行。"

两人走出宿舍，径直朝着训练场走去，等到了训练场，林七夜才发现整个集训营一半的新兵都已经来了。他们郑重地穿着军装，在训练场上相互交谈着，脸上满是肃穆与掩饰不住的兴奋。他们进入集训营已经一年了。这一年，他们吃过苦，喊过累，想过要放弃，但他们最终还是坚持下来了，他们蜕变了。现在，他们要面对的，是这一年里最荣耀的时光，也是最重要的时光。

时间一分一秒地过去，很快就到宣誓仪式即将开始的时候，教官们依次走上演武台，躁动的新兵们瞬间安静了下来。

袁罡的目光扫过众人，平静地开口："在宣誓仪式开始之前，还有一件事情……"

众人一愣，紧接着，几位教官便拿着黑匣走上前，袁罡继续说道："在这次的救援行动中，你们的表现十分出色，大灾面前，真正展现出了我们大夏军人，我们守夜人的荣光！因此……我们给每一位参与救援行动的新兵，授予一枚'星火'勋章。"台下众人的眼睛顿时亮了起来，表情满是惊喜，"而在这次的救援行动中，我们还有两位战士牺牲了，其中有一位，为了守护战友与教官的生命，选择主动献出自己的生命。他的名字，叫沈青竹。"听到这三个字，所有人都沉默了下来，

"他是集训营的刺头，但他……是守夜人的英雄，在此，我们给沈青竹，追加'星辉'勋章！"

话音落下，台上所有的教官，同时抬起右手，敬了一个标准的军礼！同时，台下的所有新兵也抬手，表情肃穆地敬起军礼。教官们将勋章发放给每一个人，而属于沈青竹的那枚勋章，则被洪教官郑重地收起。这枚勋章，将会与属于他的斗篷、直刀、纹章一起埋入守夜人的陵墓。

台下，李亮和邓伟二人，双目之中满是血丝，他们的身体微微颤抖，他们看着那枚闪亮的勋章，握紧了双拳。

沈哥，一路走好。

213

等到所有勋章都发放完毕，接下来，就是属于每一个守夜人的专属装备。

"郑钟。"

"莫澜。"

"李少光。"

"曹渊。"

…………

演武台上，几位教官站在几个被密封好的金属箱子面前，对照着名单挨个点名，点到名字的人按顺序领取自己的装备。

"百里涂明。"

"林七夜。"

报到林七夜名字之后，他立刻迈开脚步，走上台领取自己的装备。不出意料，标准的守夜人三件套：星辰刀、斗篷、纹章。领到装备之后，林七夜和其他人一样，先将斗篷套在身上，暗红色的斗篷不知是何材质，柔软而舒适，穿在身上没有丝毫的重量感，大小也正好合适。紧接着，他手握星辰刀的刀柄，这熟悉的手感与重量和之前他用的其他制式刀并没有什么不同，唯一的区别就是直刀的刀身上刻着"林七夜"三个小字。林七夜用的是双刀，但是他并没有向上申请另一柄刀，因为在他的家中还有一柄，那柄刀上刻着的是"赵空城"。最后就是纹章，沉甸甸的手感，交错的双刀，星空的背景……林七夜仔细端详一阵之后，将它翻过面，在那四行熟悉的小字底端，同样刻着"林七夜"三个字。这是他守夜人身份的证明。

等到所有人都领完，站在台上的袁罡缓缓开口："我想你们都已经知道，这三件是我们守夜人的制式装备，但你们或许很少有人知道，它们代表着什么。直刀、斗篷、纹章……为什么是这三件？为什么不加上'靴子''手套''帽子'这些东西？

因为它们最为特殊。直刀，也就是星辰刀，由一种来历极其神秘的材料打造而成，有人说是天外陨铁，有人说是迷雾中的变异铁矿，有人说是从大夏神兵宝库中取出来的上好神铁……我不知道，整个大夏也没人知道，除了锻造这些刀的人。它的来历不重要，重要的是，它永远不会断裂，不会生锈，不会熔化，不会冰结。任何外力都无法打破它内部的构造，从它们被锻造而出的那一刻，就永恒地定格在了这个形状，包括刻在上面的，你们的名字。它，是你们可以绝对信任的攻击的'刀'！斗篷，是用顶尖的纳米科技材料制作出的，在保证舒适的同时，能够有效地抵御寒冷、炎热、潮湿、病菌等恶劣环境，它就像是一件万能的防护服，帮助你们隔绝战斗时的外界影响。但它并不坚固，只是一件斗篷，而不是盔甲，如果战斗中斗篷破损，可以申请将其寄回总部，有专人为你们缝合，第二天就能送还到你们的手中。它，是帮你们适应各种环境的防御的'盾'。至于纹章……它的作用只有一个，同归于尽！它能短时间内激发一个人所有的潜能，没有禁墟的人会获得禁墟，有禁墟的人会提高境界，它能给你一个可能，一个拼死一搏、维护尊严、为队友创造活命机会的可能！它，是捍卫你们死亡的尊严的……'信仰'。"

袁罡深吸一口气，缓缓说道："攻击的'刀'、守护的'盾'与一个体面的死法。这就是我们能给你们的……最好的武器。"

新兵……不，新生代的守夜人们，低头看着自己身上的装备，陷入了沉默。三件装备，不多也不少，但它们所承载的，是一个国家的延续与兴盛。

袁罡的身姿笔挺，他看着台下满场的暗红，庄严开口："宣誓仪式……开始！"

"哗啦啦——"一阵大风吹过，演武台上竖立的旗杆之上，一面红旗猎猎作响。

全场肃穆。

袁罡右手握拳，紧握纹章，将其放在自己的心脏处，左手搭在腰间直刀的刀柄上，低沉而宏大的声音在整个训练场回荡。

"我袁罡，在大夏红旗下宣誓……"

所有人同时将纹章攥在右手中，放在胸前，左手握住刀柄，气势磅礴地开口。

"我王利……"

"我李少光……"

"我温晴晴……"

"我邓伟……"

"我李亮……"

"我曹渊……"

"我百里涂明……"

"我林七夜……"

"……"

最终，所有人的声音，都汇聚成一句话——

"在大夏红旗下宣誓!"

袁罡继续说道:"若黯夜终临!"

"若黯夜终临!"

"吾必立于万万人前!"

"吾必立于万万人前!"

"横刀向渊!"

"横刀向渊!"

"血染天穹!!"

"血染天穹!!"

他们紧紧攥着双拳,眼中有激动,有坚定,有刚毅,这四行字将永远地刻在他们的心中,就如同刻在他们的刀上一般。入茧的幼蚕终于破茧而出,从这一刻起,他们就是守夜人。成长,或许就是这么简单。

"走了。"

"走了。"

"我也走了……"

"保重,以后一定要来找我!"

"哈哈哈,放心吧,到时候请你喝酒!"

"老王!别死了!听到没有?!"

"老子可比你命硬,哪有那么容易死?等老子过两年当上队长了,请你喝酒!"

…………

宿舍楼中,一个又一个熟悉的身影拖着行李,忍着那份不舍,相互嬉笑怒骂着道别离开。这场为期一年的相聚,终于到了分别的时候。

"七夜,我走了。"门外,曹渊拖着行李箱,郑重地看着林七夜,"记得到淮海市找我。"

林七夜笑了笑:"放心吧,路上小心些。"

"呜呜呜呜……七夜,我也要走了,没有我陪你睡觉,你可别想我!"百里胖胖红着眼圈,依依不舍地说道,身后跟着几个保镖替他扛着行李。

"不要说这么容易让人误解的话。"林七夜无奈地叹了口气,"回了广深之后,不要太放纵,不然战斗的时候容易出事。"

"放心吧,我心里有数。"百里胖胖拍了拍胸脯,"你可一定到广深去找我玩,只要你一个电话,私人飞机、五星酒店、漂亮姐姐……保证全给你安排到位了!"

林七夜哭笑不得地开口:"知道了,我会去的。"

百里胖胖带着众保镖,一步三回头,随后就像想到了什么,远远地对林七夜喊道:"对了,你的东西,我给你放床下面了,记得拿啊!"

林七夜一愣，等到百里胖胖走远，回到宿舍中，从床下面拿出一个硕大的礼品盒——满满一盒的名牌手表。"这小子……"林七夜笑骂一句，犹豫片刻之后，郑重地将它也收进行李箱。他站起身，最后看了这间宿舍一眼，拖着粉色小猪佩奇的行李箱，迈步朝着外面走去。

　　渐渐地，走出集训营的人影越来越少，整个宿舍楼也越来越空，不知不觉中，整个集训营已经陷入了一片死寂。昏黄的阳光洒在训练场上，空无一人的集训营，透露着一股淡淡的忧伤。宿舍楼、食堂、靶场、训练场……熟悉的建筑一点点地向后退去，不久之后，林七夜拖着行李箱，又回到了那扇大铁门的门前。他抬头看了眼铁门上的几个大字，脑海中再度浮现出第一次走进这扇门的情景。

　　"走了。"他呢喃一声，拖着行李箱，踏出门外。

　　这里是039号新兵集训基地，是他度过一年的地方。

　　他，是这里的第一位新兵。

　　他，是这里最后一个离开的守夜人。

| 第十篇 |

血色献祭

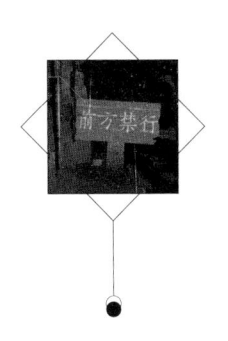

顺着崎岖的黄沙窄路，林七夜拖着行李箱，一直走到军事关卡之外。就在他准备等待最后一班运送他们的大巴的时候，目光落在了不远处，突然一愣，侧方的道路上，一辆熟悉的黑色厢车正停在那儿，一位穿着红色运动服、戴着墨镜的女人倚靠在车门旁，看到林七夜，激动地挥了挥手。林七夜笑了笑，拖着行李箱径直走上前。"红缨姐，你怎么来了？"林七夜笑着问道。

红缨嘻嘻一笑，快步走上前，一把将林七夜抱入怀中。"当然是来接我们136小队的新成员出营啦！"红缨将林七夜勒得喘不过气来，等到林七夜脖子都快断了，她才松开双臂，接过林七夜手中的行李箱，继续说道，"队长从上个月就开始算你出营的时间，每天在日历上画圈，念叨着你还有几天回来……像是和尚念经一样，烦死了。"

红缨上车，关上车门："不过，你能调回我们136小队，大家都挺高兴的，只有冷轩那家伙板着脸，冷冰冰地说着什么：'我们家七夜不该被调回沧南，他该去更高的地方……'"副驾驶座的林七夜挠了挠头，仿佛已经脑补出了冷轩说这句话的模样。红缨发动车子，正准备开车，想了想，侧过身，一言不发地用手拍了拍林七夜的肩膀。

林七夜茫然开口："红缨姐，你这是干吗？"

"队长说，让我安慰安慰你，在集训营没拿到好排名不丢人，大家都相信你的潜力。"红缨的脸颊有些发红，"但是，但是我……我真的不会安慰人，我本来想学队长拍拍你肩膀，但突然发现又不知道该说啥……哎呀，烦死人了！"红缨恼羞成怒，索性一脚狠狠地踩在油门上，在一阵轰鸣声中，轮胎卷起大量的烟尘，厢车飞快地向前冲去。

林七夜死死地抓住把手，咽了口唾沫："红缨姐……冷静，冷静！"

这时候，林七夜也想明白了事情的前因后果，看来集训营内的排名顺序并没有被教官们直接公布，136小队的大家还以为是林七夜排名不高，所以才被调回了沧南。这事，要不要解释一下？

就在林七夜犹豫的时候，红缨继续开口说道："其实呢，今天本来是打算大家一起来接你的，但是临时出了一些事情，只有我一个人有时间来了。"

"出什么事了？"

"城东那边出现了个疑似神秘的案子，温祈墨、冷轩、小南过去看情况了，队长和湘南老狗……在面见一位重要的人物。"

"重要的人物？"林七夜疑惑地问道，"什么重要的人物会来沧南？"

红缨神秘一笑："据说，那是一位人类战力天花板。"

"什么？！"林七夜一愣。

"吃惊吗？我听说这个消息的时候，可是筷子都吓掉了。"红缨耸了耸肩，"据说是前天在津南山那边，检测到了疑似'神明'的波动，所以特地请了一位人类战力天花板来调查。现在先和我们驻守沧南的小队了解情况，一会儿估计还会去营里找那位首长。"

听到这句话，林七夜的心顿时悬了起来，前天在津南山……那不就是他承载着倪克斯的灵魂，在天上击杀炎脉地龙的时候吗？！虽然在营里和百里胖胖跟洪教官串通供词，骗过其他教官，但击杀炎脉地龙这件事是真实发生的，这位人类战力天花板前往津南山，会不会发现什么蛛丝马迹？

"来的是哪位人类战力天花板？"林七夜记得，温祈墨跟他科普人类战力天花板的时候传说将五人分为"一剑一骑一尊一虚无一夫子"，那来沧南的，又是哪一位？

"他老人家是坐着马车来的，应该是那位'夫子'。"红缨猜测道。

林七夜"哦"了一声，低头沉思起来。

这下子……麻烦了啊。

和平事务所，地下——

陈牧野和吴湘南对视一眼，眼中都浮现出些许无奈。在他们对面的沙发上，一位五十岁左右的老者正坐在那儿，一支木簪挽着白色的长发，面容虽老，双眼却依然有神，有些仙风道骨的感觉。他端着一盏热茶，轻轻品了一口，然后将其缓缓放下。

"陈夫子……津南山上发生的事情，我们知道得确实不多，这具体的细节，可能还是需要您老去问袁罡才行。"陈牧野斟酌着开口说道。

陈夫子笑了笑，摆手说道："无妨，此事不急……二位莫要催促老夫离开，难道在这里陪老夫喝茶聊天，就如此难以接受吗？"

吴湘南忍不住开口："可是夫子……我们已经在这里陪您喝一下午的茶了，眼下太阳都快下山了，这是不是……"

"无妨，无妨。"陈夫子毫不在意地说道。

见陈夫子不愿离开，陈牧野和吴湘南只能硬着头皮陪他喝下去。

"听闻你们136小队，新来了一位守夜人，叫林七夜。"陈夫子一边品着茶，一边不动声色地说道，"不知二位可否跟老夫多说说他的故事？"

吴湘南一愣："夫子，您知道林七夜？"

"双神代理人，老夫自然有所耳闻。"陈夫子平静地说道。

吴湘南转头看向陈牧野，陈牧野对他点了点头，吴湘南才继续开口："其实，我们认识林七夜这孩子，还得从那次鬼面人事件说起……"

吴湘南从鬼面人事件开始，将林七夜做的事基本都说了一遍，其中还包括了他们136小队对他的评价，三句一小夸，五句一大夸，说林七夜这孩子哪儿哪儿都好，简直要吹到天上去了。

陈夫子只是默默地听着，时不时地点点头，双眸深邃，不知在想些什么。等到吴湘南说完，陈夫子放下了手中的杯盏："原来如此……老夫知晓了。"

就在吴湘南期冀地看着陈夫子，想让他赶紧离开之时，陈夫子再度开口："这茶，有些凉了。"

吴湘南："……"

陈牧野读懂了陈夫子的意思，看着吴湘南说道："湘南，去再给夫子泡些茶。"

"好。"吴湘南端起茶具，走出了房间，整个屋子里只剩下了陈牧野和陈夫子二人。陈夫子注视着陈牧野，半晌之后，缓缓开口："陈队长，这十年，你辛苦了……"

215

黑色的厢车缓缓在别墅门前停靠，林七夜和红缨走下车，推门而入——熟悉的客厅、熟悉的沙发、熟悉的卧室……一切都和离开时一样，没有丝毫变化。

"你把东西收拾一下吧，队长那边好像还没有完事。"红缨看了眼时间，皱了皱眉说道，"不是说就了解一下情况嘛……怎么一下午过去了，还一点动静都没有？队长不会是因为不想烧晚饭，故意拖延时间吧？"

"红缨姐，今天去事务所吃饭吗？"

"对啊，队长昨晚就把菜准备好了，说是要给你接风洗尘，庆祝你正式加入136小队，估计这晚饭要变成夜宵了。"红缨无奈地叹口气。

林七夜点了点头，拖着行李箱回屋整理起来，大约又过了半个小时，红缨的声音就从楼下传来："七夜，你收拾好了没？可以去干饭啦！"

"来了。"林七夜将直刀和斗篷放进屋中，纹章则贴身存放，然后快步走下楼梯，坐着车朝着事务所驶去。几分钟后。"叮咚——欢迎光临！"林七夜推开事务所的大门，这才发现除了正在厨房忙碌的陈牧野，其他队员都已经坐在桌边，此刻见林七夜走进来，大家嘴角浮现出一抹笑意。林七夜在门口站定，深吸一口气，开口道："守夜人136小队林七夜，前来报到！"

众人对视一眼，嘴角的笑意更浓了，吴湘南侧过身，对着厨房喊道："陈队长，有新人来报到了。"

厨房中的动静突然小了下来，陈牧野走出厨房，仔细打量了林七夜一阵，笑骂道："行了，我们136小队，哪有那么多规矩，去坐吧，饭一会儿就好。"

林七夜走到座位上坐下，旁边的温祈墨拍了拍他的肩膀，温和开口："回来也好，那些个大城市的守夜人队伍，条条框框可多了，而且任务又重，牺牲率也高，哪里比得上我们沧南。"

冷轩注视着林七夜的眼睛，平静地开口："一时的失利不重要，是金子，总会发光的。"

林七夜一愣，有些哭笑不得。现在136小队的众人还以为他集训营的成绩不理想，在变着法安慰他……还是跟他们解释一下吧。

就在林七夜准备开口的时候，红缨率先问道："吴湘南，你们这折腾了一下午，都干吗了？怎么到现在才结束？"这个问题一出，所有人的注意力都被吸引了过去，毕竟一位人类战力天花板降临沧南，可是一件大事。

吴湘南苦涩地摇了摇头："汇报工作十分钟就结束了，剩下来的那几个小时，他老人家一直在拉着我们聊天喝茶……真不知道他是怎么想的。"说完，吴湘南有意无意地看了厨房中的陈牧野一眼。聊天的那最后十分钟，吴湘南被陈牧野有意支开了，他其实很怀疑，夫子和他们喝了一下午的茶，为的就是这十分钟。只是……堂堂五位人类战力天花板之一和一个普通小城市的守夜人队长究竟有什么可聊的呢？吴湘南虽然疑惑，但没有说，更没有去问，如果这件事陈牧野可以说早就说了。现在，他只能当作这件事没有发生过。

"那他离开沧南了吗？"红缨继续问道。

"不知道，他老人家的行踪可不是我们能猜测的。"吴湘南耸了耸肩。

"饭桶。"

"……"

就在两人目光交锋之时，林七夜看着温祈墨，突然开口："对了，听说城里又出现了神秘？"

"还不清楚。"温祈墨叹了口气，"今天早上有人报案，说在城东的一家酒馆后院发现了一具尸体，死者的十指被切断，整个人被钉在墙面，死时的模样十分恐怖，像是看到了什么极端恐怖的画面。"

林七夜沉思着点了点头："仅凭这一点，确实很难断定是不是神秘啊……"

"但问题是，这已经是这个月第四个死者了，前三个死者与这次的死者生活上完全没有交集，信息没有规律可言，但是死法完全一致，就连脸上的表情都是一样的。警察调查了这件案子很久，但依然没有任何头绪，而真正让他们确定有超自然力量介入的，就是今早的这个案子。"温祈墨的眉头微皱，表情凝重地开口，"从警察那边得到的线索来看，案发当晚，酒馆正好在举行酒会庆典，酒馆老板用摄像机记录完酒会之后，忘记关机就放在吧台上，摄像机正好对准了通往后院的门，也就是死者被钉在墙上的位置。"

"过程被拍下来了？"

"问题就在这里，过程确实是被拍下来了，但……整个过程太诡异了！"温祈墨喝了口茶，继续说道，"画面中，除了死者，并没有第二个人的存在，他就突然诡异地悬浮起来，地上的铁钉自动飞起，钉在他的四肢和心脏上，然后十指就像是被什么东西啃食，几秒钟的工夫就消失了。"听完温祈墨的描述，司小南只觉得浑身的鸡皮疙瘩都起来了，小脸有些发白。

"难怪……这确实不像是人类能做到的。"吴湘南点了点头，"你们今天去，有什么进展吗？"

"并没有，这个事情太诡异了，我……不知道该从哪里下手。"温祈墨有些尴尬地挠头，"而且，我们还要时刻提防'盗秘者'。"

"盗秘者？"林七夜一愣。

"之前我不是跟你说过，每次我们清剿完神秘之后，神秘的尸体都会诡异地消失一部分吗？"红缨开口解释道，"到现在为止，他一共盗走四只神秘的部分身体，所以我们暂且称他为'盗秘者'。"

"还没抓到他？"林七夜诧异地开口。

"没有，他的行踪太诡异了，半年前那只蜥蜴的尸体被盗走后，我们又清剿了一只'川'境的冰霜藤蔓，负责押送藤蔓尸体的处理部队半路上被袭击了，车上所有人都被打晕，等他们醒过来的时候，藤蔓的尸体已经消失了一半。"

"后来，我们又费尽力气去追踪，但他就像凭空消失了一样，根本没有留下一点痕迹。"红缨叹了口气，"他就像是这座城里的幽灵，我们能感觉到他的存在，却始终无法接近。"

林七夜的眉头紧紧皱起。

"这还没完，之前，他只是盗取神秘的尸体而已，但上个月，我们发现了一只'暗夜杀人影'的踪迹，正准备动手清剿的时候却发现……它已经死了。半边身子被冻成了冰块，身体彻底四分五裂，同样地，它一半的尸体被拿走了。"

"从盗取神秘的尸体，变成主动狩猎神秘了？"

"没错，再这样下去，我感觉我们这群人都要失业了。"红缨无奈地叹了口气。

温祈墨笑了笑："乐观一点，有人帮我们分担工作，这不是好事吗？"

"但是我就是很不爽啊！没有架打，我总不能天天帮叔叔阿姨们解决情感纠纷吧？"红缨苦恼地说道，"我已经快半年没战斗了，都快给我憋坏了。"

陈牧野端着菜从一旁走来，平静地说道："不管他是什么人，带有什么样的目的，清剿神秘本就是我们守夜人的工作，他这么做，是不合规矩的。"

冷轩的双眼微微眯起："这一次……我一定会抓到他的。"

"我也可以试试。"林七夜同样开口。说实话，他对这个"盗秘者"的身份还挺好奇的。而且林七夜一直怀疑，过年的时候那个给他传递狂蝎子雇佣兵信息的神秘人就是"盗秘者"。这么说，他可能并没有什么恶意……甚至对自己，他存有善意，否则也不会冒着被抓住的危险，射出那支铁箭。

"先不说这些。"陈牧野端起了手中的酒杯，微笑着开口，"为了欢迎七夜回归136小队，干杯！"

"干杯！！"

……

酒足饭饱之后，林七夜回到自己的房间，仰面躺在了床上。刚一出营，事情就一件接着一件地冒了出来，夫子进城、断指的神秘、行踪诡异的"盗秘者"……集训营里那么简单悠闲的日子，看来是一去不复返了。他缓缓闭上了双眼，但是并没有睡觉，在此之前他还有一件重要的事情要做。

精神病院内——

披着白大褂的林七夜缓步走下昏暗的阶梯，来到潮湿阴暗的牢房区域。他走到某间牢房的门口，停下了脚步。这间牢房之内正匍匐着一条庞大的地龙，身形和在外界相比足足缩水了五分之四。即便如此，它的身体几乎还是撑满了整座牢房。林七夜看着眼前的炎脉地龙，挑了挑眉。他没想到，这里的牢房居然还有瘦身的功效，原本张开双翼能遮天蔽日的炎脉地龙，现在却变得只有一间屋子大小，一开始他还担心炎脉地龙来了之后会把这里的牢房撑爆。炎脉地龙似乎察觉到了林七夜的到来，双眸睁开，眼中满是警惕之色。

罪民：炎脉地龙。

抉择：作为被你亲手杀死的神话生物，你拥有决定它灵魂命运的权利。

选择1：直接磨灭它的灵魂，令其彻底泯灭于世间。

选择2：让它对你的"恐惧值"达到60，可将其聘用为病院护工，照顾病人的同时，能够在一定程度上为你提供保护。

（检测到该生物灵魂存在契约，已强行解除。）

当前恐惧值：84。

林七夜看完那炎脉地龙的资料，开始仔细打量了起来。说实话，炎脉地龙的恐惧值有些超乎他的想象。按理说作为一只强大的"海"境生物，能够让它产生恐惧的东西已经很少了，既然它的恐惧值有这么高，那就只能说明一个问题……化身黑夜之神的林七夜，把它揍出心理阴影了。

炎脉地龙注意到林七夜的目光，缩了缩脖子，眼中的警惕之色更浓了，与此同时，还有一些纠结。自从来到这间牢房的那一刻，它就知道自己即将面临怎样的命运，也知道自己的命运掌握在眼前这个男人手里。它想活下去，但作为龙的骄傲不允许它卑躬屈膝、委曲求全。

它在纠结，林七夜也在纠结——这地龙……能干吗？

"会做饭吗？"林七夜试探性地开口。

地龙摇头。

"扫地？"

地龙摇头。

"修理院子？"

地龙摇头。

"哄老太太高兴？哄老头子高兴、唱歌、跳舞、铺床……"

林七夜问了一连串的问题，地龙都是茫然地摇头。

林七夜咧了咧嘴："你不会连话都不会说吧？"

地龙点头。

林七夜："……"

这是一个饭桶，判定完毕。

但是作为第一个被林七夜收入精神病院的"海"境神秘，要是就这么杀了，林七夜还怪心疼的，不仅没拿到它的尸体当召唤祭品，要是连灵魂都没法有效利用，那挂不都白开了？他还想着等自己晋升到"川"境或者"海"境的时候，能把地龙召唤出来，绝对是一大极佳的助力，可偏偏……眼前这个大家伙，除了看门，好像确实什么用都没有。

看到林七夜眼中的失望，炎脉地龙瞬间紧张起来，似乎已经预见自己被直接抹杀的结局，眼中浮现出深深的恐惧。难道……它就这么死了吗？炎脉地龙眼中的纠结之色瞬间浓重起来，片刻之后，下定了决心，浑身散发着淡红色的光芒，庞大的身躯开始以肉眼可见的速度缩小起来。身上的龙鳞一片片隐入体内，粗壮的龙腿开始缩小，看起来狰狞威严的头部也以肉眼可见的速度变化成人形……淡红色的光芒消散之后，原本庞大凶恶的炎脉地龙已经不见，取而代之的是一个二十岁出头、身材高挑、皮肤细腻白皙的女人，火红色的长发自然地垂到腰间，一双暗黄色的竖瞳漠然注视着眼前的一切。眨眼间，炎脉地龙就变成了一个身材曼妙、气质高冷的红发御姐。唯一留下的龙类特征，或许就是小腹间若隐若现的几片龙鳞，以及身后又长又软的红色龙尾。

林七夜张大了嘴巴，震惊地看着眼前的这一幕。

他咽了口唾沫："你被录用了。"

217

林七夜不是那种会被美色吸引的人，绝不是。他决定录用炎脉地龙，只是因为对方拥有了人形。而只要拥有了人形，就能做很多事——不会洗碗？没关系，李毅飞教你！不会扫地？没关系，李毅飞教你！不会铺床？没关系，李毅飞教你！炎脉地龙本身的智慧并不低，这一点林七夜在与它战斗的时候就已经深切领教过了，让它学会做饭、洗碗、扫地这种工作，并不是什么难事。

说到底，林七夜之前纠结，只是因为对方的体形而已。现在炎脉地龙在他眼前变成人，他自然不会再拒绝这位"海"境的打手入住精神病院。听到自己被录用，红发御姐的龙瞳之中，浮现出劫后余生的喜悦，还有一丝羞怒，最终……自己还是委曲求全了。

林七夜的手在空气中一抓，一份合同就出现在他的手中，他将合同递给红发御姐，对方看也不看，就……一口吃了下去，还是不带嚼的那种。

林七夜："……"

"你吃了它干吗？"林七夜无奈地开口，"我是让你签字，签字啊！"

红发御姐的眼中浮现出茫然，她根本无法理解林七夜在说些什么。龙的世界里，没有签字这种东西。林七夜的手又是一抓，再将一份合同递到她的手里。在她闪电般将其塞进嘴里之前，林七夜一把捂住她的嘴，同时抓住她的手掌，用笔在上面涂色，然后用力盖在合同之上。他是不指望对方能做出"签字"这么高难度的动作，只是不知道，按手印这种原始的方式是不是有用。事实证明，这个精神病院的功能性比他想象的更加强大，当手印按在合同上的瞬间，合同就消失在了空气之中——契约生效。与此同时，红发御姐面前的铁笼也消失无踪，一件青色的护工服出现在她的身上。在她胸前的名牌上，写着三个小字——"004"。

林七夜叹了口气，通过这次签契约的过程，能隐约感觉到想完全驯服没有丝毫常识的炎脉地龙，注定是一个漫长且艰难的过程。

"你叫什么名字？"林七夜看着她的眼睛问道。

红发御姐摇了摇头。

"忘了你连话都不会说……"林七夜抚额，想了想，"既然你是炎脉地龙，那以后就叫你……二妞吧。"

炎脉地龙："……"

红发御姐毅然决然地伸出双手，在身前比了个"×"，清冷的脸蛋上写满了不屈与严肃！

"那就叫红颜，红颜行了吧？"林七夜很不情愿地说道。

红发御姐想了一会儿，重重地点了点头。这年头，员工都敢跟老板唱反调了，这种歪风邪气，以后必须要控制控制。林七夜背着双手，摇了摇头，迈步朝着牢狱之外走去。

一分钟后，李毅飞、阿朱站在林七夜的面前，目瞪口呆地看着眼前的红颜，下巴都快掉在地上了。"七……七夜，你这护工挑得……有水平！"李毅飞"嘿嘿"一笑，对着林七夜比了个大拇指。阿朱也张大了小嘴，忽闪着眼睛，感慨道："大姐姐，你好漂亮啊。"红颜的嘴角微微上扬，直接无视李毅飞的眼神，蹲下身宠溺地摸了摸阿朱的脑袋。

"她是红颜，以后就是咱们病院的第四位护工，不过她的情况有些特殊，李毅飞，你好好带带她。"林七夜站在红颜身前介绍道。说完，他才意识到哪里有些不对，四下张望一圈："魔方呢？"

"它啊，被梅林抓走了，现在在书房里被当成玩具在玩，脱不开身。"李毅飞耸了耸肩。说完，他迈着大步走到红颜面前，咳嗽了两声，微笑着伸出右手："你好，我叫李毅飞，我是这里的……护工头子。"

红颜终于将目光从阿朱身上移开，仔细打量了李毅飞一阵，看着他伸出的右手，眼中浮现出些许疑惑。紧接着，这位穿着护工服的红发清冷御姐，缓缓蹲下身——"嗷呜——"一口将李毅飞的手塞进了嘴里。

林七夜："！"

阿朱："？"

李毅飞："！！！"

李毅飞猛地将自己的手从红颜嘴里抽出来，通红的手掌上，遍布着密集的牙印。李毅飞蒙蒙地转头看向林七夜，后者点了点头："我说了，她的情况比较特殊……"就在这时，一只哈巴狗"吭哧吭哧"地跑到红颜的脚下，有些疑惑地看了她一眼，用头蹭了蹭红颜的腿。"呱！呱呱呱！"红颜眼中再度浮现出疑惑，她缓缓蹲下身，抱起哈巴狗，然后——"嗷呜——"哈巴狗的四肢在半空中疯狂挥动。

"红颜老妹！这不能吃，这真的不能吃！！"李毅飞惊悚地跑上前，从红颜嘴里救出了被吓坏的哈巴狗，将它放在地上。事实证明，哈巴狗真的被这一口吓坏了。它先是在地上瘫了一阵，然后猛地从地上弹起，撒丫子就往前狂奔，狗嘴里竟然吐出人声："救——命——啊！""啪——"它一头撞上前面的墙体，四肢一抽，干脆利落地晕了过去。

林七夜看了眼正在被李毅飞教育的红颜，又看了眼倒在地上不省人事的哈巴狗，表情顿时古怪了起来。他总觉得，经过他悉心的治疗与管理，这间精神病院里的精神病人……怎么越来越多了？错觉，一定是错觉！他离开乱成一团的精神病院，径直走上楼梯，向着二楼的阅读室走去。刚走进阅读室，林七夜就愣在了门口，梅林正悠闲地躺在椅子上，手里抓着魔方随意地拨弄，眼中的兴趣越发浓厚。而魔方则一脸生无可恋的模样，被梅林把玩着。它似乎想不明白，堂堂"魔方牌"自动洗衣、洗碗、洗牌一体机，李毅飞的得力助手，怎么会沦落到今天这个地步。

见林七夜走进书房，梅林便放下了手中的魔方，微笑着开口："晚上好，院长阁下。"

218

"晚上好，梅林阁下。"林七夜坐在梅林对面的椅子上，桌子上的魔方光芒微微闪烁，自动往林七夜这儿挪了挪，像个受了委屈的孩子。林七夜直接无视了它的动作，直入正题："梅林阁下，我这次来，其实是有些事情想询问您……您听说过天丛云剑吗？"

梅林皱眉思索了一会儿，摇了摇头："很抱歉，我没有听说过。"

林七夜在心中暗自叹了一口气，不过这也没有出乎他的意料，梅林身为英国的古老神明，自然不会听说过日本的神话故事。"那是一柄存在于神话中的武器……总之，被它斩中的人，一切肉身伤势都无法复原，而且会伤及灵魂，即便死而复生也不会痊愈。"林七夜凭借着洪教官的描述，简单地和梅林介绍了一下，"我想知道，对于这种神器留下的伤口，有什么好的处理方法吗？"

"留下永恒的灵魂伤口……"梅林若有所思，"虽然我不知道这种神器，但是从你的描述来看，它本体应该带有'永恒'和'灵魂'两种附着属性，凡是涉及'永恒'的武器，处理起来都十分棘手。"

林七夜的眉头紧紧皱起："难道就没有治愈的方法？"

"倒也不是没有。"梅林沉吟片刻，伸出两根手指，"就我推测，想治好这种伤口，大概有两种办法。第一种，最为简单粗暴，你只要摧毁这柄天丛云剑的本体，它所附着的属性自然就会消失，伤势也就能痊愈。"

林七夜的嘴角一抽，你管这叫"简单"？亲自找到高天原，杀了须佐之男，再打碎天丛云剑？要能做到这一步，他绝对已经是顶尖的那几位神明之一了。对现在的他来说，无异于痴人说梦。

"第二种呢？"

"第二种，就是找到另外一柄具备'永恒'属性，同时能够治愈伤势的神器。"

梅林平静地说道。

"嗯……比如呢？"

"我也不知道。"

林七夜："……"

好吧，这两个解决方案，一个比一个不靠谱。

"没有别的办法了吗？"林七夜忍不住问道。

"我想不到了。"梅林摇了摇头，"如果硬要说第三种方法的话，那就是祈祷'奇迹'发生。"

林七夜叹了口气，从座位上站起："我知道了，打扰了。"林七夜走出书房，看着院子中乱成一团的众护工，驻足片刻，无奈地摇了摇头。

看来，想要帮吴湘南治好手上的伤……难啊。

第二天，一辆黑色的厢车停在酒馆的门口，温祈墨和林七夜二人从厢车上下来，迈步朝着已经被警方封锁的酒馆走去。这家酒馆不大，但装修还算精致，复古风格与霓虹氛围结合在一起，倒是别有一番风味，在这条街道上，也可以算个网红打卡点了。只不过，曾经这还算是热闹小资的酒馆，此刻却空空荡荡，惨淡无比。林七夜二人穿过黄色封锁线，径直走入酒馆之中。

"这凶案现场，都没有人看守吗？"林七夜环顾四周，连一个警察都没有看到，不由得奇怪地问道。

"这个案子涉及神秘，所以普通的警员无法介入，看守现场、线索搜寻、尸体检验……这些事情都由我们专门的处理部门接手，虽然这么看没有人看守，但其实外面隐蔽的地方有人24小时蹲守，如果有可疑人物过来，立刻就能将他抓住。"

林七夜点了点头，就在这时，一个穿着黑色外套的年轻人从门外走了进来。

"温哥，今天又来找线索？"年轻人看到温祈墨旁边的林七夜，有些诧异地问道，"这位是……"

"新成员，林七夜。七夜，这位是我跟你说的专业处理部门的人员，小黑。你们两个多熟悉一下，以后行动会经常合作的。"温祈墨微笑着说道。

和之前的临时队员不同，现在的林七夜，是正儿八经的有编制的守夜人，将要正式接手守夜人的工作，真正地融入这个组织。

"你好，林哥。"小黑笑了笑，伸出手。

"你好。"林七夜握住他的手。

"小黑，再给七夜简单地介绍一下情况吧。"温祈墨开口。

"好。"小黑的表情严肃起来，"事情发生在昨天，也就是8月26日上午十点四十五分，这个酒馆的老板开门进店发现店里有浓郁的血腥气息，走进后院后发现，酒馆的服务员孙晓惨死其中。"说着，他便带着二人向着后院走去。

"上午十点多才开门？"林七夜似乎有些诧异。

"这种酒馆做的都是晚上的生意，十点多开始已经算是勤快了。"温祈墨在一旁解释道。

林七夜点点头，很快三人就走到后院门口。后院地面上，放着一块又一块标有数字的号码牌，每一块号码牌的旁边都对应一张现场照片，墙上则用白色的粉笔勾勒出一个人形，呈"十"字形悬浮在半空。

"死者孙晓，男，28岁，两年前就来到这间酒馆当服务员，在此之前一直在一家餐厅工作，其实干酒馆服务员这一行，很少有能坚持干这么久的。他能做到两年，一是因为酒馆老板对他很好，待遇也不错；二是因为他家里还有两位老人要赡养，急需用钱。"小黑低头看着手中的资料，继续说道，"从尸检报告来看，死亡时间在当天凌晨的三点到四点，死者身上一共有五枚钉子钉入的痕迹，其中四枚分布在四肢，都是洞穿伤，对应墙上的这四个红点。"

林七夜眯眼看去，墙上白色人形的手脚处，果然有四处深深的凿痕，凿痕中还有血迹残留，就是这四枚钉子将死者钉在了墙面之上。

"而死者的致命伤，就是洞穿心脏的那枚钉子，一击致命。"小黑伸手指向墙体，在人形轮廓的心脏位置，一个红色的小点标注而出，代表着钉子刺入心脏的位置，"除此之外，死者的十指……全部都被切断，而且断口十分平滑，在这间酒馆之内，并没有找到能造成这种伤害的刀具。"

219

"切指……"林七夜若有所思。很多神秘都会有变态的嗜好，比如之前的暗面人，杀人之后一定会先把人脸啃到模糊，然后再吃身体的其他部分。喜欢切人手指的生物……他还真没听说过。

"现场的血迹呢？"林七夜沉吟片刻，抬头问道。

"现场留下的血迹并不多，绝大部分是因为十指被切断而造成的流血，血迹从墙上流淌到地上，那些照片上有记录。"

小黑弯腰从号码牌旁边捡起两张照片，递到林七夜的手上。

林七夜端详了一阵，眉头微微皱起："奇怪……"

"怎么了？"

"你们不觉得这出血量有点少吗？"林七夜指着照片上的血迹，只有墙壁上以及死者身下的一小摊。

"人的手指连接的血管并不算太多，即便被切断，也不会造成动脉大出血那样的效果，血迹不多也可以理解。"小黑说道。

林七夜眯了眯眼，没有说话。

"总之,先看一下那个摄像机,那或许是能让我们找到那只神秘的唯一线索了。"温祈墨带着林七夜走进酒馆,小黑从证物袋里掏出摄像机,递给了二人。打开摄像机,视频开始播放。首先映入眼帘的是一个"地中海"的油腻男人,他好奇地摆弄着摄像机,脸颊浮现出些许的红晕,看起来像是喝多了。

"这就是酒馆的老板,前天晚上他们正在搞酒会,搞得很热闹。"小黑在一旁解释。

酒馆老板似乎弄明白了摄像机,将它握在手里,拍摄着整个酒会的热闹画面,不得不说,这个酒会搞得确实不错,来捧场的客人也很多,而且有很多年轻漂亮的女孩。

"之后的几个小时都是拍的酒会无关紧要的画面,你们可以直接调到后面看。"小黑按下快进键。

酒会很快就结束了,留下一片狼藉的酒馆,老板拿下摄像机,整个人脸上都通红一片,看起来喝了不少,走路都开始发飘。也正是这个原因,他迷迷糊糊地将摄像机随手丢在吧台上,忘记关机,甚至忘了停止录像,简单地和服务员孙晓交代几句,就跟跄着推门而出。接下来的半个小时,都是孙晓在收拾酒馆。突然间,摄像机的画面诡异地波动起来,就像受到什么东西的干扰,时明时暗,最终彻底陷入黑暗。林七夜皱眉,抬头看向小黑,后者摇了摇头,示意他继续看下去。屏幕黑了大约十秒钟,画面再度出现,摄像机的拍摄角度似乎偏移了些许,不,应该说整个吧台的角度都偏移了些许,就像是有什么东西撞上过这里。画面中,能够通过通往后院的那扇门拍摄到后院的情况,只不过后院是露天的,没有安装灯,昏暗一片,所以在酒馆内灯火通明的情况下,远处的后院就有些模糊不清。但这不妨碍他们看清接下来发生的事情,穿着服务员衣服的孙晓被某个不可见的力量抓住身体,死死地按在后院的墙壁上,就像是被人卡住喉咙,一点一点地被提到半空中。他的四肢在半空中疯狂舞动,像是在挣扎。紧接着,一根根铁钉从远处的地面上自动弹起,猛地扎进他的身体中,将其钉在墙壁之上,孙晓张大了嘴巴,在痛苦地号叫。虽然距离很远,再加上光线原因,从摄像机的角度很难看清细节,但他们仔细看去,还是能看到孙晓的手指似乎越来越短,最后彻底消失无踪。然后,最后一根铁钉飞起,直接刺入孙晓的心脏。孙晓身体一颤,头低了下去,一动不动。又过了一两分钟,画面彻底陷入了黑暗,应该是经过长时间的拍摄,摄像机的电量用尽。

看完这段录像,林七夜走到原本放置摄像机的位置,看向后院的方向,似乎在沉思着什么:"不对劲……"

温祈墨和小黑对视一眼:"哪里不对劲?"

"摄像里,死者的手指不是一下被斩断,而是一点一点地消失……但是尸检报告里,又说他的手指是被某种利器平滑地切断的。"

温祈墨沉吟片刻："画面太远了，我们看不到全部的细节，或许是用刀，像是切胡萝卜一样，一点一点地切下手指，最后切到指根？"

"那手指呢？"林七夜眯起眼睛，"被切下的手指去哪儿了？"

"或许是被吃了？"

"像是吃牛排那样，切一段吃一口吗？"

随后，林七夜再度问道："昨晚的酒会几点结束的？"

"凌晨两点半。"

"时间能对上……"林七夜沉思片刻，"附近没有摄像头？"

"唯一的一个摄像头在东边的街道口，但是只能远远地拍到酒馆的外景，看不到里面，我们也调出过画面，但是在案发的那段时间，没有其他可疑人等靠近。"

"从画面上看，死者曾经喊叫过，这附近的居民有听到吗？能不能依靠这一点确认具体死亡时间？"

小黑摇了摇头："这附近都是商业区，案发时间，周围的店面都关门歇业了，根本就没有人在这附近。"

林七夜再度陷入沉思。不知为何，他总觉得……这事怪怪的，但具体怪在哪里，他一时间又说不上来。他还需要更多的信息、更多的思考。

"不管怎么说，现在已经能够确定，有一只神秘在这附近游荡了，从录像来看，可以推断出它的部分特性。"温祈墨说道，"具备隐身或者控物的能力，喜欢切断人的手指，能对周围的电子设备造成微弱影响。"温祈墨叹了口气，"这个范围有些太宽泛了，不知道多久才能筛选出符合这些条件的神秘……"

就在这时，林七夜似乎想到了什么，再度开口："不是说之前还发生过三起同样的案子吗？相关卷宗在哪里？"

"之前的那三件案子由于没有崭露神秘特性，所以都是由当地的警局接手，当作普通的连环杀人案调查，相关卷宗我们那儿也有，一会儿拿给你看看。"温祈墨说道。

林七夜想了想："如果可以的话，我想亲自看一看他们的尸体。"

"你要亲自看尸体？"温祈墨有些诧异，有些犹豫地说道，"这起案件的尸体被收进处理部门，正在进一步解剖，现在结果还没出来……想看的话，得到明天。但前三个死者，他们的尸体是由警方处理的，在解剖完毕后就被放入停尸间了，如果想看，我们有权限，现在就可以直接去看。"

林七夜点了点头："好，那我现在先去看看那三具尸体，不知道能不能发现什么。"

"我要回去整理这只神秘的资料，并申请数据库核对，你自己去看吧，只要出示证件就好。"

温祈墨开着车先行离开，而林七夜的目的地离这里并不算远，所以选择步行前往。他刚走出酒馆，身形微微一顿，转头向右侧看去，在酒馆的角落中，一只灰色的小老鼠正缩在那里，似乎察觉到林七夜的目光，身形一晃就消失不见。

"老鼠……"林七夜皱了皱眉，他突然觉得，这一幕好像有些熟悉，但是并没有想起来。他摇了摇头，没有将这件事放在心上，迈步朝着远处走去。存放尸体的警局距离林七夜所在的位置不远，走了十几分钟，林七夜就到了门口。在出示自己的证件之后，很快就有一位警官站了起来带着林七夜上电梯。当然，林七夜出示的不是守夜人的证件，守夜人没有证件这种东西，纹章就是他们身份的象征。他们每个人的资料都被保存在大夏顶级的保密项目中，没有给每个人留存纸质证明。他出示的是守夜人为了协调当地警力，给予的类似于"特派员"的证明，毕竟不是所有警察都知道守夜人的存在，万一在追杀神秘的时候碰到警察，被误以为是凶手，还查不到身份资料，那乐子可就大了。

存放尸体的停尸间在警局的顶层，林七夜跟着那位警员，径直穿过一条长廊。就在这时，长廊的对面一个戴着口罩的护工推着一辆运尸车迎面走来，白色的密封袋将尸体严严实实地包裹其中，没有丝毫露在外面。不知为何，林七夜看着那推尸的护工，竟然隐约有种熟悉的感觉。可惜的是，林七夜与他的距离不止百米，所以无法使用精神力感知对方的容貌，不过看这架势，双方很快就要交会了。那推车的护工眯了眯眼，在即将踏入林七夜感知范围的时候，不紧不慢地拐进了右边的岔口，动作自然无比，就好像他原本就准备向这里拐一样。林七夜见到这一幕，诧异地皱起了眉头，眼中浮现出一抹疑惑。犹豫片刻之后，他对旁边的警员问道："你们这里，经常有尸体被运出来吗？"

警员一愣："倒也不是经常……因为一般只有涉及凶杀案才会有尸体被送入停尸间解剖，沧南这地方不大，平日里也比较安定，凶杀案这种事不常发生，所以……"

听到这儿，林七夜的心中浮现出不祥的预感，立刻加快脚步。两人推门进入停尸间，林七夜走到值班的法医面前，掏出自己的证明，严肃地开口："我要看那三具断指案的尸体，他们在哪儿？"

法医的眼中满是茫然，还有一丝丝呆滞："他们……他们不是刚被调走了吗？"

林七夜的心中"咯噔"一下，转头看向警员。

警员摇了摇头："老贾，你是不是糊涂了，上面从来没下过调走尸体的命令，谁能来调走尸体？"

"可是，确实有人出示证件，说是要把这三具尸体调到淮海市的医疗机构，进行进一步的解剖……"法医眼中的呆滞逐渐退去，有些焦急地说道。

"什么时候的事？"林七夜皱眉问道。

"就刚刚，你们进来之前。"

林七夜的眼中闪过一抹光芒，他快步跑到窗边，低头向下看去，只见在后门口处，之前见到的那位护工正将密封袋放进一辆黑色面包车的后备厢，然后抬头看了一眼，进入车中缓缓驶去。

　　糟了！那个护工果然有问题！林七夜二话不说，转身推开停尸间的门，朝着楼上的天台跑去！推开天台的大门，林七夜简单地辨别了一下方向，朝着车辆驶去的方向跑到天台边缘，没有丝毫犹豫，一跃而出！他的身形就如同树叶般轻飘飘地滑过半空，他的脚下就是六层楼的高度，低头望去，还能看到一辆辆汽车行驶在脚下的马路之上。在他的前方，是一栋只有五层的建筑。林七夜这一跃，直接跳过近百米的距离，从六层楼的警察局顶端，飘到这栋五层楼的天台上。在"星夜舞者"的加持下，在常人的眼中，他与超人无异。林七夜落在天台上，没有丝毫停滞，沿着马路延伸的方向，继续向前飞奔。他的身影在万千霓虹之间飞跃。

　　与此同时，他拿起手机，拨通了一个号码。

　　"七夜？"吴湘南的声音从手机中传来。

　　"副队，我找到了疑似'盗秘者'的存在，我需要查一辆车！"

　　吴湘南声音一顿，紧接着严肃地开口："好，你说。"

　　"一辆黑色的面包车，一分钟前驶离警察局，车牌号发你，往东去了。"林七夜刚刚看清了那辆车的车牌号，笃定地开口。

　　"我知道了，查到之后，我马上给你打电话。"吴湘南犹豫片刻，补充了一句，"要是形势不对，不用逞强，活下来最重要。"

　　"嗯。"林七夜挂断了电话。他的身影飞跃在众多建筑之间，沿着记忆中那辆车离开的方向，一路向前，仔细地辨别着每一辆车，试图找到它的踪迹。

　　狭窄的小巷道内——

　　一辆黑色的面包车关闭了车灯，悄然行驶在其中。驾驶座上，那个护工扯下了脸上的口罩，露出一张干净白皙的少年面孔，他从副驾上取出一副眼镜戴上，流露出学者的气质。他的目光扫过窗外，嘴角微微上扬："林七夜，想抓住我……就看你有没有那个本事了。"

221

　　夜空下，熟悉的手机铃声响起。

　　"副队。"

　　"七夜，那辆车的下落找到了。"吴湘南的声音从电话的另一端传来，"五分钟前，它从华山路的岔路口驶出，穿过朱方路，最后一个监控拍到它，是在二道巷的巷口。"

"二道巷？"林七夜的眉头紧紧皱起。那里的路那么窄，能驶过一辆面包车吗？或许可以，但他去那里干吗？那里除了早就废弃的老建筑楼，可什么都没有。

"还有，我顺便去查了一下那辆车的车主信息，发现车主不是沧南本地人，而且这辆车本该是一辆红色的丰田，应该是套牌了。"

"我知道了。"

林七夜挂断电话，没有丝毫犹豫，朝着二道巷的方向疾驰而去。幸好他是个土生土长的沧南本地人，不然或许连二道巷在什么地方都不知道。作为几十年前就默默无闻的老巷道，它可以说是完美地淡出了所有人的视野。大多数沧南本地人都不知道，在这座现代化的城市中，还有这么一条老巷的存在。也就是说……那个盗走尸体的人，也是个沧南本地人？可是他为什么盗那三具尸体呢？他不是只盗神秘的尸体吗？但那三个只是普通人啊……难道说，他是想调查那只神秘，先守夜人一步找到它的所在？就现在的情况来看，这似乎是最合理的一种解释。

知道目的地之后，林七夜就在城里跳来跳去，径直穿到老城区的外围，凭借脑海中记忆的路线，快速地向着二道巷奔去。很快，他就到了二道巷的巷口。偏僻的郊区马路上，一条破旧的巷道昏暗无光，两侧矗立的老厂房早就废弃了数十年，这地方根本没有丝毫人气。

林七夜的双眸微眯，迈开脚步向着黑暗的巷道内走去。他的精神力感知早就覆盖最大范围，时刻关注着周围的风吹草动，在方圆百米的范围，没有任何细节能脱离他的感知。沿着巷道走了大概十分钟，林七夜停下脚步，脸色微变。在他右侧方的老厂房中，停着一辆熟悉的黑色面包车，车牌已经被卸下来了，但林七夜毫不怀疑这就是刚刚看到的那辆面包车。因为它的后备厢中，还有着装尸的密封袋留下的痕迹。

林七夜蹲下身，手指轻轻摩擦着脚下的泥地，眼中浮现出一抹疑惑。这里的老厂房没有铺水泥地面，而是像以前的土工坊一样，就是普通的土地，在这样的地面上，拖拽装着尸体的密封袋的话，必然会留下痕迹。如果是用板车，或者其他的工具，也应该会留下车轮的痕迹，再退一步，如果说那人是亲自扛着尸体走，也会留下深深的脚印才对。可现在的地面，别说脚印了，就连一点压痕都没有留下。难道对方也像自己一样，有能够增强敏捷的禁墟？

紧接着，林七夜又搜寻了一下附近的老厂房，根本没有人类生活的痕迹，这辆面包车就这么突兀地出现在这里，很不合理。无论是那个护工，还是那装有尸体的密封袋，都像是人间蒸发了一样。此刻，林七夜再度想到红缨对"盗秘者"的评价："他就像是这座城市的幽灵，我们能感觉到他的存在，却始终无法接近。"

幽灵……林七夜的双眼微微眯起，他抬头看向天空中的月色，远处，几只蝙蝠正在飞快地向这里靠近，大地之中，各种各样的昆虫钻出土壤，环绕在林七夜的四周。越来越多的夜行生物围绕在林七夜的身边，紧接着，它们就像是受到了某种命令，整齐划一地四下散开。

"即便是幽灵，只要你在这沧南市里，我也能把你抓出来。"林七夜淡淡说道。

沧南市。地下。

汹涌的鼠潮在下水道中涌动，井井有条地穿梭在各个通道之间，仔细地搜查着下水道的每一个角落。而在其中的一座地下空洞，四座盛满福尔马林的玻璃缸中浸泡着诡异的怪物残躯，有狰狞的蛇头，有半截蜥蜴，有一节黑色的手指，还有一团杂乱如草的藤蔓……这些标本的后方，是几张工整的手术台，虽然看起来有些老旧，但各方面的功能都十分完善，一旁的不锈钢盘中还整齐地摆放着手术刀具，纤尘不染。

此刻，三张手术台上，正躺着三具苍白的尸体。一个穿着白衣的少年戴着黑框眼镜，手持手术刀，站在这三具尸体的前方，低头沉思着什么，眉宇之间充满了疑惑："不对……这不一样……"就在他沉思的时候，一只蚯蚓落在了他的脚边，他淡淡地瞥了一眼，抬脚将它直接踩死。下一刻，一只马陆掉在空洞的另一边，茫然地四下移动一阵后，就被汹涌的鼠群撕成碎片。他又看了前方一眼，眉头微微皱起："今天的虫子，也太多了些……"

此时，像这样的一幕，整个下水道都在发生。

黑暗中，林七夜猛地睁开了眼，低头看向自己的脚下。"在下水道？"他的眉梢微微上扬。他无法实时与夜行生物共享视野，但这并不代表他不能得知地下的情况。他放出那么多的夜行生物，只有进入下水道的那群死得最快，这本身就能说明一些问题。下一刻，一只蝙蝠从就近的下水道飞起，在林七夜的身边盘旋了一阵。

"鼠潮？"林七夜一怔，很快就想到今天在酒馆内见到的那只老鼠，双眸微微眯起。看来，他这次是真的找对地方了。他走到一处下水道井盖旁，犹豫片刻，伸手在虚空中一按，一个绚丽的魔法阵在他的掌间展开。待到光芒退去，白色的小木乃伊飞快地跑到林七夜的面前，激动地环顾四周，然后遗憾地摊手。

"木木，这次还是没有吃的。"林七夜有些不好意思地摸了摸它的头。虽然知道自己短时间内无法再给木木提供武器，但每次看到对方那失望的小表情，林七夜心里总有些过意不去："就先麻烦你，跟我到地下走一遭吧。"

222

林七夜和木木跃入下水道，阴暗潮湿的环境让林七夜皱了皱眉，旁边时常窜过的几只老鼠发出吱吱声，回荡在狭小的空间之中。林七夜眯眼注视着这些老鼠，如果不出意外，对方应该有操控鼠群的能力，也就是说他们进入下水道的时候，可能就已经暴露了。但这并不是什么大事，既然对方选择从这里进入下水道系统，说明他的藏身之处一定离这里很近，再加上对方如果转移，还需要带上尸体，林七夜有把握在对方离开之前追上他。林七夜将木木背起，精神感知延伸到极致，整个人像是魅影般穿梭于水道间，速度极快。

与此同时，地下空洞之中。正面对三具尸体沉思的少年像感知到了什么，微微一愣，诧异地看向某个方向："他竟然找过来了？应该说不愧是他，啊……"他想了想，脱下身上的白大褂，将一旁的黑色风衣披起，用宽大的兜帽遮住面容，整个人笼罩在阴影之中，转身向空洞外走去，"看来这一次，多半是藏不下去了。"他回头看了眼满洞的福尔马林标本以及手术台，还有旁边石桌上厚厚的研究资料，无奈地叹了口气。

越往前走，洞中的鼠群就越多，一开始只有几只，然后是十几只，再然后是几十只……现在，林七夜身前狭小的水道之中几乎布满老鼠，连个下脚的地方都没有。他知道，自己走对了。

"木木。"林七夜看着眼前的鼠潮，平静地开口。

"嘿咻——！"背上的木木右手绷带松开，露出一截锃亮的炮管，刺目的火光刹那间喷出，直接淹没了眼前的鼠群。林七夜的身形一晃，继续向前冲去。有木木这个移动武器库，鼠群根本无法阻挡林七夜的步伐，他们就像是移动的人形炮台，一路火光带爆炸，蛮不讲理地往前冲锋。过了几分钟，林七夜突然停下脚步。从某个节点开始，原本遍布下水道的老鼠全部消失不见，就像集体逃离了一般，整个下水道都陷入一片死寂。他停下脚步，是因为前方的黑暗中站着一个人。他的体魄并不强壮，甚至可以说有些瘦小，黑色的兜帽掩盖住了他的脸，此刻站在暗面，浑身上下都透露着一股神秘的气息。

林七夜眯了眯眼："找到你了……"

那人影没有说话，但是下一刻，林七夜脚下的地面突然爆开，粗壮的白色藤蔓像是灵活的手腕，闪电般地抓向林七夜的身体！与此同时，一股极致的冰寒逸散而出，周围的水面刹那间冻结！林七夜只觉得身体在这份冰寒的影响下动作都滞缓了起来，但紧接着，一抹极致的黑暗以他为中心向外蔓延，瞬间将那些挥舞的藤蔓笼罩其中。在"至暗侵蚀"的影响下，白色藤蔓的速度瞬间慢了下来，就在此时，林七夜背后的木木身形膨胀，又是两根炮管延伸出来，对着脚下的藤蔓发出轰击！"轰——"刺目的火光绽放在昏暗的下水道中，砖石与藤蔓残肢混杂在一起四溅开来，浓厚的烟尘中，巨大化之后护着林七夜的木木又变回原来的大小，紧接着，一道黑影从烟尘中急速闪出。

林七夜一边奔跑，双手一边在两侧的虚空中一按，绚烂的魔法阵张开，他的手掌探入其中，拔出了两柄直刀，一柄是他的，一柄是赵空城的。林七夜独自来追踪"盗秘者"，自然不可能没有准备，不过时刻背着那两只黑匣也太麻烦了，于是他就在星辰刀上画下了"指定召唤魔法"，只要不出沧南市，他随时能召唤出这两柄刀。目睹林七夜这一手"虚空拔刀"，那人影明显一愣，然后伸手探入一旁的水池中，冰结出一柄缭绕着寒气的冰霜长剑。

长剑刚刚入手，林七夜的身影就来到了他的面前。双刀在空气中留下一道残影，瞬间斩出，但那人影的反应速度也不慢，闪电般地将冰霜长剑横于胸前，与双刀碰撞在一起！"当——"那人影只觉得一股巨力从剑身传来，整个人都被这一刀震得倒飞出去，身形跟跄着连退数步才稳住，眼中满是惊讶。

"我融合了难陀蛇妖与杀人影两者的力量组织，竟然还比不过他？究竟是个什么样的妖孽……"他用只有自己能听到的声音喃喃自语。他摇了摇头，手掌对着旁边的水面轻轻一挥，数十枚冰刺从水中析出，以不亚于子弹的速度射向林七夜！林七夜淡淡地瞥了它们一眼，速度没有丝毫减慢，仿佛完全无视它们的存在，等到冰刺进入他周身那片黑暗的瞬间，就像是凝固在了黑暗之中，不得前进丝毫。林七夜冷哼一声，悬浮在"至暗神墟"之中的冰刺瞬间爆碎开来！

"他到底有几个禁墟？"那人影心中的疑惑更浓了。

弥散的碎冰缓缓飘落，林七夜的身形撞破冰雾，再度突破到人影的面前，双刀斩出！不同的是，这次那人影没有选择防守，似乎要任凭这两刀斩在自己的身上，同时手中的冰霜长剑刺出，直取林七夜的脖颈！林七夜的瞳孔骤然收缩，左手的刀放弃进攻，闪电般格挡住冰霜长剑，右手的刀重重地斩在那人的胸口！"噗——"鲜血四溅，那人影的胸口瞬间浮现出一道狰狞的刀痕，他低头看了眼伤口，眼中没有丝毫痛苦，而是遗憾地摇了摇头。他后退几步，与林七夜拉开距离。这一次，林七夜没有继续进攻，而是就站在原地，静静地看着对方。

"还以为就算打不过你，应该也能打个平手，没想到居然被打得这么惨……"那人胸口的伤势以惊人的速度愈合，不过几秒钟的工夫，狰狞的刀痕就只剩下了一条红印。

超速再生？林七夜看到这一幕，眼中浮现出惊讶之色。那人轻轻摘下兜帽，露出那张文静白皙的面孔，一双眼睛注视着林七夜，就像是在看珍稀动物，充满了好奇与兴奋。

"好久不见，林七夜。"

—223—

"安卿鱼……怎么会是你？"林七夜看到那张熟悉的面孔，皱眉开口。刚刚交手的时候，他就用精神感知看到了那张脸，说实话，这个结果确实让他大吃一惊。

在他的记忆中，难陀蛇种事件后，安卿鱼这个天才应该已经忘记所有与神秘有关的记忆，回归正常的校园生活才对。他是怎么避开消除记忆，又是怎么一步步变成沧南市的幽灵的？

安卿鱼笑了笑："很惊讶吗？"他转过身，迈步朝着下水道的深处走去，"跟我来吧，你是这一年多以来，这里的第一个客人。"

林七夜犹豫片刻，挥手散去木木，迈步跟了上去。

"难陀蛇种事件之后，到底发生了什么？"林七夜忍不住问道。

安卿鱼长叹一口气，眼中浮现出追忆之色，平静地开口："那天，你们走后，我偷偷抱着难陀蛇妖的头躲进下水道，然后……"安卿鱼简单地向林七夜讲述了一遍自己是如何觉醒、如何避开守夜人搜查，又是如何躲进这下水道系统中，打造属于自己的地下实验室的。

"你的禁墟能够复制神秘的能力？"林七夜听完之后，诧异地开口。

"不一样。"安卿鱼摇了摇头，"我的禁墟本质是'解析'，通过大量的解剖与实验，分析神秘的某项特性存在的原理，比如难陀蛇的蛇种、蜥蜴的再生、杀人影的战斗本能与精神攻击，还有冰霜藤蔓的冰结力量。它和传统意义上的复制有本质不同，从获取尸体，到解析出某项能力，需要大量的时间，能力越特殊，需要的时间越长，但好处在于，我在完全了解它们运行的原理之后，可以自己进行改良与增强。除了解剖神秘之外，这个能力也能用来'解析'其他东西，比如某个精密仪器的构造，我只需要看一眼，就能熟练地运用，还有人体的结构状态，我也能清晰地感知到，诸如此类。"说完，安卿鱼转头看向林七夜，眼眸中浮现出一抹灰色，"比如你……你现在的身体状态，相比于正常人类来说，简直就是奇迹，不过你的身上还笼罩着一股诡异的力量，我现在还无法解析。"

林七夜的眉梢一挑，没有说话。现在他还在"星夜舞者"的加成之下，黑夜女神的力量，就凭现在的安卿鱼，当然是没办法解析的。

"所以，你去了解过自己的禁墟是什么吗？"林七夜忍不住问道。像这种能够解析万物，甚至能达到复制能力效果的禁墟，放在禁墟序列里，绝对是超高危那个级别，应该算是很有名气。

"了解过，但是……现有的禁墟序列中，似乎并没有我的禁墟存在，类似的只有一个序列315的'真视之眼'，但是也只是类似，功能完全不一样。"

林七夜一怔："也就是说，这是一个从未出现过的全新的禁墟？"

"应该是这样。"安卿鱼点头，"我的禁墟不在禁墟序列之中，之前也没人拥有过，我将它命名为……'唯一正解'！"

"这个名字怎么这么奇怪？"

"这是一个理工男对真理的追求。"

"好吧。"林七夜松了口气，不管怎么说，他终于不是起名最烂的那一个了。

"那这些老鼠？"

"都是我在控制。"安卿鱼点了点头，"我从难陀蛇的身上解析出类似于'蛇种'的能力，不过这个能力很复杂，到现在解析还没完全结束，一开始只能用在老鼠身上，现在已经能应用于所有非人生物，不过考虑到老鼠的隐蔽性最高，我就没有发展别的物种。我将这种能力命名为'鱼种'。"

"好名字。"林七夜嘴角微微抽搐。

说话间，两人已经走到一处地下空洞之中，看到摆满整个空间的标本、器械、实验台，林七夜的眼中浮现出震惊之色："你在这里搭建了一个大型实验室？"

"没错，所有的设备都是被地表的医院和实验室所淘汰的，不过它们的构造并不复杂，我稍微把它们改造一下，还能继续使用，甚至功效比顶尖先进的设备要好。"说到实验，安卿鱼的眼中再度浮现出兴奋的光芒。

林七夜走到四具标本前，看着浸泡在福尔马林里的神秘尸体，缓缓开口："这些……就是你偷走的尸体？"

"首先，我不赞同你用'偷'这个字眼，或许可以说是'借'，这只是我为了接近真理而使用的必要手段。"安卿鱼十分认真地说道，"其次，只有三具是'借'的，最后的杀人影是我亲自出手击杀的战利品。最开始，除了'鱼种'，我没有任何战斗能力，所以蜥蜴的尸体我也只能靠'借'，不过我至少还给守夜人留下了一半的尸体。获得'超速再生'之后，我只是生存能力提高，依然不具备攻击力，所以我只能如法炮制'借'来了冰霜藤蔓的尸体。获得冰结的能力后，我才算真正拥有了战斗力。然后，我就亲自出手，击杀了杀人影。从某种意义上来说，我这是替守夜人来冒生命危险，然后将功绩与奖励让给他们，自己只留下半具神秘的尸体。这是真正意义上的互利共赢。"

林七夜深深地看了他一眼，叹了口气："虽然你说得确实有道理，但你要知道，任何不属于守夜人团体的民间超能者，都具备扰乱社会安定的风险，守夜人不会就这么放任你继续活动下去。一旦被抓到，留给你的只有两个选择，要么被强制招入守夜人，要么被关进斋戒所。"

安卿鱼推了推鼻梁上的眼镜，认真地看着林七夜的眼睛，缓缓开口："现在，你抓住我了……即便你知道我不会危害社会，还是想要将我上交，对吗？"

林七夜一怔，犹豫片刻之后，开口道："我只是不明白，你明明拥有了这么独特的禁墟，为什么不愿意加入守夜人？"

224

"我对当守夜人没有兴趣。"安卿鱼平静地说道，"我只想尽情地解剖神秘，更多地了解这个世界最真实的一面，我所追求的是真理！加入守夜人，我就会被各种规矩束缚住，他们是不会让我像疯子科学家一样去解剖这些怪物的尸体的，还会花费大量的时间在没有意义的事情上。"

林七夜听完安卿鱼的话，有些无言以对。疯子科学家……你对自己的定位还挺明确。不可否认的是，安卿鱼说得没错，如果加入守夜人，他的队友当然不会放任他去做那些一看就很邪恶的实验，除非他们也都是一群疯子。而这对追求真理的安卿鱼来说，无疑是致命打击。刚破解难陀蛇种案件的时候，他还想让林七夜帮忙，将他也安排进守夜人，但那时他既不懂守夜人是个什么样的组织，又没有觉醒禁墟，想要接近神秘，只有这一条路可选。但现在不一样了，他完美地拥有了自己最理想的环境，这样一来，他又何必退而求其次地去做守夜人？

林七夜看着眼前的安卿鱼，叹了口气。

那现在问题来了，他到底要不要把安卿鱼上交给守夜人？安卿鱼曾和他一起破解过难陀蛇种事件，虽然接触的时间不长，但他知道安卿鱼本质并不坏，只是所追求的东西和正常人不太一样。而且这一年来，安卿鱼也没做什么危害社会安全的事，地下实验室的设备都是捡来的淘汰货，就连偷摸带走几只神秘的尸体都"很讲道义"地给守夜人留下一半。

林七夜犹豫片刻，再度开口："我还有一个问题，过年的时候给我传递信息的那个人，是你吗？"

"是我。"安卿鱼点头，"不过那只是举手之劳。"

"这对我来说，可不是'举手之劳'这么简单。"林七夜深吸了一口气，"那次的事情，我确实欠了你一个人情，这次，我该把它还上了。"

"你是说……"

"我不会把你上交，但如果你做出什么危害社会安全的事情，就算你再怎么躲，我也会把你揪出来的。"林七夜眯着眼说道。

安卿鱼嘴角微微上扬，腼腆的脸上浮现出诚挚的笑容。"好。"他点了点头，随后像是想起了什么，转身向实验台走去，"跟我来，我给你看个东西。"

林七夜跟着他走到实验台前，看着上面躺着的三具尸体，眉梢微微上扬。

"你去停尸间，是想看这几具尸体？"安卿鱼问道。

"没错。"

"不用看了，他们的死法和法医给的验尸报告完全一致。"安卿鱼披上白大褂，平静地说道，"致命伤在胸口，一根铁钉刺穿心脏，没有药物残留痕迹，也没有打斗纠缠的痕迹，除了用来固定身体的四根铁钉造成的伤口以及断裂的十指之外，并没有其他伤口。"

"也就是说，这三具尸体没有什么异常？"林七夜的眉头微微皱起。

"听你的意思，你是觉得酒馆里的那一具尸体存在异常？"安卿鱼的眼睛亮起，"那具尸体一被发现，就被送到了守夜人专门处理这类案件的部门，我没能亲眼看到他,也没能亲手解剖。"

"不,我也没看过那具尸体。"林七夜摇头,"明天我才能去看,但是从现场的照片,我发现了一些奇怪的地方。"

"奇怪的地方?"安卿鱼的眼睛微微眯起,"比如……出血量?"

林七夜一愣:"你也发现了?"凭借着安卿鱼的身手,在不被小黑发现的情况下进入酒馆之中不难,所以林七夜毫不怀疑他亲眼见过现场,甚至可能看过那段录像。安卿鱼大有深意地看了他一眼,转身向另一边走去:"跟我来。"

林七夜跟着他走到一处空地,空地的一边是墙体,在墙体上用白色的粉笔画了一个人形,位置几乎和现场的一模一样。而在墙壁上人形的十指处,有一块猩红的血迹。"我也发现了现场的血迹似乎有些偏少,所以模拟了一下案发时的情景,左手这一杯,是我模拟出的出血量,右手这一杯,是我从照片上的血迹还原出的出血量。"安卿鱼从旁边的桌子上拿起两个烧杯,左手烧杯中的液体高度明显要比右手烧杯高得多,液体总量几乎多了三倍不止。

"你等等。"林七夜打断了安卿鱼,"你模拟了案发时的出血量?怎么模拟的?"

安卿鱼看着林七夜的眼睛,笑而不语。

"你……砍掉了自己的手指?"林七夜皱眉问道。

"我有蜥蜴的超速再生,只要我想,断指重生并不是什么难事。"安卿鱼淡然地说道。

林七夜:"……"

果然,眼前的这个少年就是个疯子!

"事实证明,那具尸体的出血量,要比正常人少得多。"

林七夜低头沉思片刻:"所以,这能说明什么?那里不是案发的第一现场?不可能,录像已经清晰地记录下了全过程,难道是那只神秘有嗜血的习惯,或者……它用来切断手指的工具,有阻断血流的功效?"

"仅凭这一点,还下不了结论。"安卿鱼摇了摇头,认真地说道,"我必须要看一下酒馆里的那具尸体。"

"你进不去的。"

"你能带我进去。"

林七夜听到这句话,眉头微微皱起,在确认安卿鱼的表情不是在开玩笑之后,摇了摇头:"我没抓你就不错了,我是不会带你进去的。"

"就当我再欠你一个人情。"

"你的人情有什么用?"

"不知道,但总会有用的。"安卿鱼笃定地说道,"而且,有我帮忙,你能更快地破解这个案子,虽然你也很聪明,但是和我相比,还是差了那么一点的。"

林七夜僵硬地转过头,注视着安卿鱼的眼睛。

安卿鱼轻咳了两声："我的意思是，在和尸体打交道这方面，我比你强。"

"你为什么这么执着地想要解开这个案子？"林七夜问道。

"我能感觉到，做下这一串事件的'东西'，很聪明。"安卿鱼舔了舔嘴唇，"越是复杂的谜团，我就越有解开它的欲望，上一次让我出现这么强烈的解密冲动，还是在面对难陀蛇妖的时候。在暗无天日的地下解剖尸体久了，我想换换口味。"

林七夜默默地翻了个白眼："变态。"

225

空荡而整洁的走廊中，两个身影一前一后地向前走去。走廊的尽头，是一道金属制的自动移门，移门的旁边坐着一个年轻人，正靠在墙上打哈欠。见有两人走来，他立刻打起了精神，从座位上站了起来。"请出示证件。"他严肃地开口。林七夜掏出纹章，递到了他的手上，后者仔细看了一眼，有些惊讶地开口："原来您就是新来的那位守夜人，失礼了。"他对着林七夜微微鞠躬，将纹章双手奉还，同时有些诧异地看向了林七夜身后的那人，"林哥，这位是……"

"哦，他是我请来的专家，来看一眼尸体。"林七夜收起纹章，平静地说道。

"好的，我这就为您开门。"年轻人在金属移门旁打开了一个小盒子，输入十几位密码，金属移门便被打开，露出里面的通道。穿着衬衫、戴着口罩的安卿鱼跟着林七夜走进其中，有些诧异地开口："这里的防卫这么松吗？我还以为要搜身、登记身份什么的。"

"这就是一个停尸间而已，哪里用得着那么麻烦？真正机密核心的地方，你连它是否存在都不知道，更别说这么大摇大摆地走进去了。"林七夜回答。最终，他还是带着安卿鱼一起来了，倒不是因为别的，而是安卿鱼对尸体的解读能力绝对是大夏顶尖的，即便是最厉害的法医也未必比得上他。有他在，说不定真的能找到一些蛛丝马迹。

两人推门进入停尸间，相对于警局的停尸间而言，这里明显小得多，毕竟只有与神秘事件有关的尸体才会被存入这里。而这样的事件，一年里也不会发生几次。向法医出示身份证明之后，对方立刻给了林七夜一份验尸报告，同时应了林七夜的请求，从冷库中推出孙晓的尸体。林七夜只是简单地扫了一眼验尸报告，就将注意力集中在眼前的尸体上。从报告来看，这具尸体和前三具一样并没有什么特别的，真正想要有所突破，还是要从尸体上入手。

安卿鱼已经完全进入状态，以一种绝对淡漠、绝对缜密的姿态审视着整具尸体，双眸中泛着淡淡的灰光。等彻底将尸体每一寸细节都看完之后，他下意识地把手伸进口袋，掏出了一把锋锐的手术刀。林七夜一把按住了他的手，摇了摇头："只能看，不能解剖。"安卿鱼无奈地点了点头，低头看着尸体，眼镜的镜片反射

- 211

着惨白的灯光，沉声说道：“总体上来看，和之前的三具尸体一样，致命伤在胸口，十指被切断，除了钉入的伤口之外，没有其他的伤痕。”他接过林七夜手中的验尸报告，继续说道，"十指断口有活性反应，说明是在还活着的时候被切断的手指，这一点和之前的三具尸体也一样……”

"所以，没有什么异常？"林七夜有些遗憾地问道。

"有！"安卿鱼重重点头，"这具尸体有一个地方和之前的三具尸体都不一样！"

"哪里？"

"十指断口的方向！"安卿鱼的双眸明亮无比，"之前的三具尸体，手指断口的方向是自上而下的。"安卿鱼将身子贴到墙边，左手做出被钉在墙上的姿势，掌心朝墙，手背朝外。同时，他的右手做成刀状，轻轻砍在手指上，"一般来说，死者这样被钉在墙上，想要断掉他的手指，只能从手背的方向，往手心的方向切，因为刀不可能从墙里向外砍出来，这，也是之前那三具尸体被断指的方向。但这具尸体，不一样！"他用右手在左手手指上，由下而上地划了一横，"他的手指，是由下而上被斩断的！是从掌心向手背斩的！但这样的断指姿势，以我现在放置手掌的姿态，是做不到的，所以，在他被断指的时候，一定是这样的姿势。"安卿鱼将左手翻了个面，同样是被钉在墙上，却是掌心朝外，手背朝墙。

林七夜的眼睛一亮，但随即眉头又皱了起来："但是录像中，尸体的位置太远，光线又模糊，我们确实看不清他手掌的朝向，可能他真的是这么被钉上去的呢？仅凭一个手掌的钉法，又能看出什么？"

"单凭这一点，当然看不出什么，但问题恰恰就在这里。"安卿鱼走到尸体前，指着尸体手心的两处伤口，继续说道，"一根钉子，从手心钉入，与从手背钉入，造成伤口的形状虽然相似，但其实是不一样的，这具尸体手上的伤口……是从上往下钉入造成的。"

安卿鱼用一根手指装作钉子，从另一只手的手背穿过手心，严肃地说道："也就是说……钉子钉入的方向，与手指被切断的方向，是相反的！这就说明……"

"说明他是先被切断了手指，再被钉在墙上的。"林七夜的双眸微微眯起，接着安卿鱼的话往下说道。

安卿鱼点头："没错。"

"但是录像所展示的过程，与我们的推理并不一致。"林七夜皱眉，"而且经过鉴定，这录像并没有经过特效处理的痕迹，也就是说，录像拍到的画面，确实是真实发生的。"

"既然这样，那只剩下一个可能……"安卿鱼缓缓开口。

"录像中死去的那个人，并不是孙晓！"林七夜和安卿鱼同时开口。

由于距离与光线，摄像机拍摄出的画面并不清晰，甚至根本看不清死者的脸，说到底所有人判断画面中的死者就是孙晓的原因，就是那件服务员的制服！而且，第二天他们也确实在墙壁上发现了孙晓被钉死的尸体，与画面中一模一样。没有人怀疑过录像带中死者的身份。

"也就是说，有另外一个人穿着孙晓的衣服，被神秘钉死在墙上，但在摄像机没电之后，又有人用已经被切断手指的孙晓换掉了原来的那个人？"安卿鱼的眉头紧紧皱起，"可是……这到底是为什么？"

"我们的推理，还有一个致命的问题！"林七夜深吸一口气，继续说道，"如果按照我们的推理，前后加起来，被钉死在墙上的应该是两个不同的死者，但是……从现场的血迹之中，我们只检测出了孙晓一个人的DNA！"

226

安卿鱼陷入了沉默。确实，如果按两人的假设，那么当晚在那面墙上就被钉死过两位死者，但现场的血液分析只显示了孙晓的血液，这么一来，两人的假设就行不通了。"而且，如果当晚出现了第二位死者的话，那他的尸体在哪里？"林七夜继续说道，"他穿着这家酒馆的服务员制服，但其他的几位服务员一个都没死，那死的……究竟是谁？"推理到这一步，两人都开始怀疑自己的推理是错的，但如果不是这样，又无法解释尸体上的伤口方向。案件，越发扑朔迷离了起来。就在两人沉思之际，林七夜的手机铃声响起，他取出手机看了一眼，眼中浮现出一抹亮光。

"副队说找到了关于这只神秘的一些线索，我得回去一趟。"林七夜收起手机，对着安卿鱼说道，"尸体也带你看了，你该离开了。"

安卿鱼无奈地叹了口气："这个案件比我想象中更加复杂，仅凭这四具尸体，能解析出的东西太少了……我想，我还要去案发现场再看看。"

"这是我的电话，有什么发现，打电话给我。"

"我好像没有说要帮你破案吧？我只是想来看一眼尸体。"安卿鱼表情有些古怪。

林七夜转过头，注视着安卿鱼的眼睛，一言不发。安卿鱼苦笑道："行，我知道了，看在你没把我上交守夜人的分上，我一有发现就会告诉你。"

"嗯。"

和平事务所，地下。

长桌旁，所有136小队的队员都已经到齐，吴湘南手中拿着厚厚一沓资料，目光中满是严肃："前天祈墨向我汇报了东城神秘的特征后，我立刻就调查了守夜人内部的资料库，尝试找到它究竟是什么东西……"

对于守夜人而言，处理神秘事件最重要的步骤就是确认神秘的身份，只要确认神秘究竟是什么，就能大概知道它的能力、强度、习惯与弱点。有的神秘事件，神秘的身份一目了然，比如鬼面人、炎脉地龙这种极具特色的，但有的神秘很难从事件本身来查询具体的身份，比如难陀蛇，以及眼下的这只神秘。

"根据温祈墨的关键词，'隐身''隔空控物''切指''电子设备干扰'，我没有找到任何符合这个条件的神秘，唯一沾得上边的，就是'十切鬼童'，但它并不具备'隐身'与'隔空控物'的能力，而且智力低下，做不出这种复杂的案件。也就是说，这次我们面对的，很可能是一种从未被记载过的神秘。"吴湘南将手中的资料下发给众人，表情凝重了起来，"随后，我又检索了与断指杀人和钉死墙面有关的仪式，找到了一些不得了的线索。"

林七夜接过一份资料，打开看了起来，眉头微微皱起。"很久以前，迷雾还没降临的时候，西方的某个小宗教有一个古老的传闻，传闻中讲述了一种冤魂晋升的仪式，这个仪式是用来让那些弱小的冤魂脱胎换骨，成为强大魂灵的，历史上，确实有两只冤魂通过这个仪式，从'川'境直接晋升为'海'境。想完成这个仪式，就必须每隔两天，献祭一个人类的灵魂，在杀死他们前的十秒钟内断去他们的十指，而且在死亡时双脚不能触碰地面，死亡时间，必须在凌晨的三点三十三分。"林七夜看到这个时间，双眸微微眯起，酒馆中的那具尸体，法医推断的死亡时间是在凌晨的三点到四点，这一点倒是能对得上，而且从手法上来看，也完全与仪式符合，"连续献祭五位人类的灵魂之后，仪式就会初步完成，只要再注入大量的灵魂力量，弱小的冤魂将会通过仪式脱胎换骨，成为真正强大的魂灵。"

"灵魂力量？"红缨茫然地挠了挠头。

"你可以理解为，献祭几百个普通人的灵魂，当然，这只是一个灵魂总量的问题，并不一定真的要这么多人，有些人的灵魂本身就极为强大，可以一个顶几十个，比如拥有禁墟的人，甚至是神秘本身。"

"你的意思是，它想要完成仪式，就要在杀死五个人之后，再一口气杀掉几百个人？"陈牧野的脸色微沉。

"没错，而且仪式进行的地点是有严格要求的。"吴湘南继续说道，"在各位手中的资料中，已经给出了仪式进行的位置图。"

林七夜将手中的资料往后翻，果然有一页纸上贴着一张照片，照片中是一个刻画在古老石碑上的图案，五个黑点以类似五星的位置分布，相互之间还有线条相连，线条上写着一些歪歪扭扭的字符，似乎在注释什么。

"结合之前四起案件的案发地点，我建立了一份平面模型，代入这张照片上的仪式位置，推演出了最后一个仪式发生的大致位置。"

吴湘南拿出一张地图，在上面的某个位置，用红笔画了一个小小的圆圈。

"高级住宅区？"温祈墨看到这个小圈的范围，诧异地开口。

"没错。"吴湘南点头，"按照仪式的进行步骤，它一定会在这里献祭第五位死者，然后杀掉数百人，满足灵魂献祭的条件，最后晋升'海'境。"

"从时间上推,今天晚上……也就是明天的凌晨三点三十三分,它就要动手了。"林七夜沉声开口。

紧接着,所有人都转头看向陈牧野。陈牧野点点头,缓缓开口:"既然这样,那我们下一个阶段的行动就很明确了,这片红色区域的范围并不大,今晚我们七个人分散在不同的方向,时刻监视这里的情况。一旦有人发现神秘的踪迹,立刻发出信号,二十秒之内,我们所有人都能到达现场,将其斩杀。这里是住宅区,作案时间又是在凌晨,它想要一口气杀死这么多人,一定会有所准备。大家准备一下,我们提前出发在那里蹲守,说不定能在仪式开始之前将它抓住。"

"是!"

227

夜色渐浓,天边昏黄的阳光逐渐暗淡,点点灯火从城市中绽放,林立的高层住宅楼中,隐约的饭菜香气回荡在空气中。身披暗红色斗篷的林七夜坐在一座住宅楼的楼顶,身旁放着两只黑匣,微风拂过他的鬓角,他遥望着远处的万家灯火,不知在想些什么。这次,他把两只黑匣都带出来了,不光是因为这是一次集体行动,而且如果他在众人面前使用召唤系魔法的话,事后难免会遇到一些追问,与其多这么一番波折,不如还是费点力,把它们带出来。

"所有人,汇报一下情况。"陈牧野的声音从耳麦中传出。

吴湘南:"1号监视点无异常。"

红缨:"2号监视点无异常。"

等到红缨说完,林七夜手指轻轻打开耳麦,平静地开口:"3号监视点无异常。"

紧接着,就是温祈墨、司小南、冷轩的汇报声。林七夜低头看了眼腕上手表,晚上八点四十五分,距离他们提前蹲守到这附近,已经过了快两个小时。这两个小时除了小区居民出入,再也没有别的事情发生。距离仪式开始,大约还有7个小时。那只神秘……究竟会用什么样的方式,来完成这最后一次献祭呢?时间一分一秒地过去,入夜渐深,周围的灯火也一个接着一个地暗淡下来,除了小区路上些许的路灯微光,附近已经陷入一片黑暗。

林七夜又低头看了眼时间:凌晨十二点五十八分。已经过了4个小时,依然没有异常发生。等到凌晨一点整,几人再度汇报了一次情况后,陷入了沉默。

突然间,温祈墨的手机轻微振动起来,他看到手机上的号码,犹豫片刻,接通了电话。

"小黑,发生什么事了?"

"……"

"什么?"温祈墨的声音顿了顿,随后继续说道,"我知道了。"

"……"

温祈墨挂断了电话,打开了耳麦。

"队长,事情出了点问题。"

陈牧野的声音立刻从耳麦中响起:"怎么了?"

"还记得那个第四位死者工作的酒馆吗?刚刚小黑打电话给我,说那个酒馆的老板匆匆订了最近一张离开沧南的机票,往机场去了。"

"他要离开沧南?"

"是的,而且神情十分慌张,小黑以警察的身份给他打了电话,老板的状态有些语无伦次,不过大概意思是说,自从孙晓死了以后,他最近几天精神状态很不好,老是能看到有鬼影在他的附近出现,像是中邪了一样。他觉得是自己店里死了人,染了什么不干净的东西,下定决心要远离这个地方,出去避一段时间,然后再回来把店给卖了。"

按守夜人的规矩,所有与神秘有关的案件,在没有彻底解决之前,涉及的主要人物都不能离开本市。这个酒馆老板也算是和死者关系比较大的人,所以也被划入了主要人物之中。所以,他想连夜坐飞机逃离沧南,是不合守夜人规定的。

陈牧野皱了皱眉,沉声开口:"有鬼影在他附近出现?"

"他是这么说的。"

确实,按照他们手头上的信息,这个仪式只能用于冤魂类的神秘晋升,也就是说,做出这一切的那只神秘,多半也是一只冤魂。难道冤魂在杀完孙晓之后,并没有离开,而是附身在老板的身上瞒天过海?可是他们之前也直接审问过老板,并没有发现他的身上有什么问题。

"他不能离开沧南。"陈牧野仅犹豫了片刻,就开口说道,"让小黑他们去拦住他……不,祈墨,你亲自去一趟,如果他的附近有神秘的气息,立刻向我们汇报。"

"好!"温祈墨即刻离开了自己所监视的地点,往机场的方向出发。而原本属于温祈墨的监视范围,也被暂时归入林七夜的范围,好在这对于他来说,并不是什么难事。酒馆老板那边出现的问题,虽然疑似与冤魂有关,但今晚真正的重头戏,还是在这座小区。现在离开一个温祈墨也没关系,但如果人员再少,剩下的人就有些吃力了。他们必须打起十二分的精神,监视这里的一切。

寂静无人的街道上,一个披着黑色风衣的身影缓缓前行,走过几家已经打烊熄灯的店面之后,在一家被黄色警戒线封锁的酒馆门口停下了脚步。几只老鼠窸窸窣窣地爬过街道,消失不见。安卿鱼摘下头上的兜帽,抬起头看向酒馆的招牌,镜片反射出苍白的月光。他无视眼前的警戒线,迈步走入其中。今晚守夜人的注意力都在别的地方,原本用来监视这里的人手已经离开,这条空荡的街道上,只剩下他一个人。他穿过酒馆的大门,从每一张酒桌旁缓缓走过,仔细地观察着这里的每一个角落,双眸之中浮现着淡淡的灰光。他在解析。他看过那个录像，记下了录像中所有的细节，现在，他正在将所有的细节，与眼前无人的酒馆对照——每一张桌子倾斜的角度，每一个杯子摆放的位置，每一个位子上，当晚坐着什么人……

很快，他走到了酒馆的吧台旁边，双眸微微眯起。这张吧台的角度倾斜了一点点，原本摆放着摄像机的位置，立着一块号码牌，旁边放着一张照片，标明了摄像机的拍摄角度。

安卿鱼走过吧台，径直向着后院走去。他走到那张还存有血迹的白墙面前，犹豫片刻之后，从酒馆中拿起一张凳子搬进院中，整个人踩在凳子上，背靠墙壁，贴在墙上。他的身形与粉笔所画的受害人身形，完美重合。然后，他从口袋中掏出一把锋利的手术刀……切下了自己一只手的五根手指——鲜血淋漓。他的脸上没有丝毫疼痛之色，只有绝对的冷静与漠然，他仔细地注视着滴落的血迹，片刻之后，摇了摇头。还是不行……问题究竟出在哪里？下一刻，他发动超速再生，断去的十指瞬间止住流血，以惊人的速度生长起来。他正欲走下凳子，余光突然瞥到自己快速生长的手指，整个人突然一震，脑海中浮现出了那段录像……他的双眸瞬间亮了起来！"原来是这样……我明白了。"

228

凌晨两点零六分，林七夜的手机轻微一振，他皱了皱眉，从口袋中拿出了手机——不是电话，而是一条未读消息，来自一个陌生的电话号码。

看看这条视频。

看到这几个字，林七夜的眼中先是闪过一抹疑惑，紧接着便想起了什么，有些好奇。除了少数几个人，很少有人知道林七夜的手机号，再加上守夜人在他的手机里装了软件，能阻截一切垃圾骚扰信息，所以能以这种口吻给他发消息的人，就只有一个——安卿鱼。下一刻，一条信息就跳了出来。这是一段视频，林七夜直接将其点开，看到视频中的画面，眉头顿时皱了起来。这是一段用手机拍摄的视频，而周围的环境则是酒馆的内部，镜头放在吧台之上，侧对着后院的门，无论是拍摄的画面还是角度，都和摄像机中的那段几乎一模一样。酒馆内漆黑一片，后院中仅有微弱的自然光洒落，远远看去，画面有些模糊。紧接着，一个人影出现在镜头之中，那人站在后院中，突然像被一双无形的大手扼住咽喉，整个人猛地撞到墙壁上，然后双脚悬空，一点一点地被拎上了半空……从他的身形和衣物，林七夜可以认出，那人影就是安卿鱼。一根铁钉自动从地面飘起，以一种诡异的角度，刺入了那人影的手掌，然后是第二根、第三根、第四根……等到四根铁钉全部钉入四肢,那人影的手指就像是被什么东西啃噬了一般,诡异地一点点消失,正如同录像中那样!待到十指消失到只剩指根,最后一根铁钉悬浮而起,猛地刺进安卿鱼的胸口!画面到这里就消失了。

此刻,林七夜的心中已经充满疑惑,他知道安卿鱼不可能真的遇害,但对方既然将这个视频发给他,就说明安卿鱼已经完全参透其中的秘密!林七夜拿起手机开始打字,打到一半,摇了摇头,直接点开号码回拨过去。很快,电话就被接通了。

"你发现了什么?"林七夜直入正题。

安卿鱼的声音似乎有些惊讶:"我以为第一句话你会问:'你没事吧?'难道刚刚那个视频就没有让你有一点担忧吗?"

"担忧什么?担忧你被害?"林七夜平静地开口,"我可不相信死人会记得我的电话号码。"

"好吧,真是无趣。"安卿鱼的声音似乎有些遗憾。

"那段视频,你是怎么拍出来的?"到现在为止,林七夜一切的推理,都遇上瓶颈,而那段诡异的录像就是瓶颈产生的根本原因。断指后的流血量、伤口的方向,这两个疑点说明了这次的案件远没有看上去那么简单,但就是那么一个诡异的视频,却又将一切都变得……简单得过头了。

"正如你所说,那段视频里的内容,是真实发生的。"安卿鱼的声音从电话那头传来,"但是它被做了一个简单得不能再简单的处理,而这个处理让一切的推理都走向了错误的方向。那就是……倒放!"

听到这两个字,林七夜的身体一震,似乎想到了什么,眼中浮现出一抹光芒:"你是说……"

"那段视频,讲述的不是一个人被神秘杀害的过程,而是……一个被斩断十指的人,快速治愈的过程。我把另外一段视频发给你,看完你就明白了。"

安卿鱼挂断电话,下一秒,又是一段视频发了过来。林七夜瞬间将它点开。视频中,安卿鱼四肢被钉在墙上,十指被切断,却没有丝毫鲜血流出。紧接着,他胸口的肌肉收缩,一根铁钉被挤压出来,被肌肉组织的压力弹飞到不远处的地面上。然后,安卿鱼的手指在超速再生的作用下,一点点地快速生长出来,几秒钟的工夫恢复了原样。第二根铁钉被他挤压出身体,弹到了地面上,然后是第三根、第四根……最后一根铁钉落地之后,安卿鱼的身体失去支撑,落在地面上,然后他向前挪动一步,做出惊恐万分的动作!画面结束。

林七夜缓缓闭上双眼,深吸了一口气。他明白了。难怪每一根铁钉刺入身体的角度都显得有些诡异!难怪录像中的手指不是被一下切断,而是一点点地被蚕食!难怪录像中死者的身体先是被推到墙边,然后再像是被人拽上半空一样上升!这一切……都是倒放!铁钉是被肌肉组织压迫弹飞,而非被隐身人或者控物

- 218 -

能力刺入身体；手指是在一点点地生长，而不是被蚕食；身体是先掉下的地面，然后故意向前移动了一步……林七夜快速地将电话拨了回去。"也就是说，从一开始就不存在能够'隐身''控物''切指''干扰电子信号'的神秘，录像中的一切，其实都是一个能够超速再生的能力者自导自演的画面？"林七夜皱眉开口。

"没错。"

"可他为什么要这么做？"林七夜的声音中满是不解，"为什么他要大费周章地录下这段视频？为什么要造成有神秘作案的假象？"

"在思考这个问题之前，我觉得应该想一想，做出这一切的人是谁。"安卿鱼平静地说道。

"是录像中的那个人。"林七夜的双眸微眯，"那人自导自演了这一场戏，也就是说，孙晓是在录像结束后，才被真凶钉在墙上的……现在还剩下一个问题，那就是在被钉上墙的时候，孙晓是已经死了还是依然活着？"紧接着，林七夜又摇了摇头，"不，其实这个问题已经有了答案，从孙晓的尸体上来看，伤口的方向不一致，所以他一定是先被断去了手指，才被钉在墙上，缩水的流血量也能说明这个问题。如果以完成仪式为前提，在断去手指之后的十秒钟内，他一定会被立刻杀死，也就是说，在被钉上墙面的时候，他已经是一具尸体了。这就意味着……在那个酒馆附近，一定有一个孙晓被杀的第一现场！不，不对！酒馆外的街道路口有一处摄像头，所以尸体不可能是在其他建筑中被杀，然后被运入酒馆，那样会被摄像头拍到，所以……第一现场应该就在酒馆中！而能够在酒馆中神不知鬼不觉地做到这一切的，应该只有一个人……"

说到这儿，林七夜又犹豫了起来："可是，酒馆老板我在录像中见过，是个又矮又秃的油腻中年男人，体形和录像中的人差太多了。"

"对于拥有超速再生的人来说，短时间内改变体形并不困难。"安卿鱼的声音再度传出，隐约之间还带有回声。

林七夜听到这声音，诧异地开口："你不在酒馆里？你在哪儿？"

安卿鱼没有回答，在一条漆黑的狭窄石阶中一步步地向下走去，手机屏幕散发出的淡淡荧光照亮了他平静的脸庞。没多久，脚下的石阶就到了尽头，一扇生了锈的铁门出现在他的眼前。他推了推眼镜，将右手放在铁门的表面，下一刻极寒的冰霜就从掌间开始扩散。等到整个铁门都冻结之后，他手指轻轻一叩，铁门便应声而碎。刚一打开门，就有一股难以描述的臭味扑面而来，陈旧的木头腐烂的味道，混杂着浓郁的血腥味，令他的眉头紧紧皱起。

安卿鱼走入门后，仔细地打量起周围，这似乎是一间废弃许久的储物室，里面结满蛛网，而在对面的一面墙壁上，还有两道猩红的血痕。安卿鱼的手指在血痕上轻轻一抹，指尖搓了搓，血是新的。不仅如此，在墙壁上，还有四个崭新的钉痕。

安卿鱼拿起手机，平静地开口："我在第一现场。"

"你找到了？"林七夜被安卿鱼的高效震惊了。

安卿鱼扫了眼来时的石阶："我解析了这座酒馆的整体布局，发现和这条街的其他商业户型有些不一样，它的占地面积少了几平方米。后来我发现，有一小片原本属于酒馆的地方，被隔壁的火锅店占了，应该是两家店的老板达成一些协议，酒馆将这块地卖了，并在其间隔了一个围墙。现在这块地被火锅店用来放置杂物，所以，从格局上来看，这片地属于隔壁的火锅店，而不是酒馆，警方在搜索现场时也被这一手蒙骗了过去。"

林七夜的双眼微微眯起："既然这样，就可以确定这座酒馆的老板就是这一切的幕后主使，但是……他为什么要用钉墙、断指这样的诡异杀人手法，为什么要进行这样一场仪式，他是人类，冤魂的晋升仪式对他是没有作用的。难道……他进行仪式，并不是为了自己？"

林七夜有理由相信，这场冤魂晋升仪式是真的在进行的，否则一个有能力者根本就没有必要用这种复杂的手段，去随机杀害几个无辜路人。如果要给这一切找一个合理的解释，那只有一个，老板确实要完成晋升仪式，但这并不是为了他自己，而是为了另外一只冤魂类的神秘。难道他被神秘控制了？如果将一切都建立在"完成仪式"的基础上，那酒馆老板一定会来到这片区域，完成最后的仪式，可他为什么急匆匆地要离开沧南？他这么大费周章地做下这一场局，难道就这么放弃了吗？

林七夜低头俯瞰着身下漆黑一片的小区，脑海中的思绪纷乱起来，总觉得有什么地方被他忽略了——仪式、区域、杀人、献祭……就在林七夜苦苦思索的时候，一架飞机划过了天空，机翼上的红色灯光吸引了他的注意，他抬头看向天空，突然一怔，一个大胆的想法出现在他的脑海！老板该不会……林七夜猛地站起身，低头看了眼时间，凌晨三点十一分。

"祈墨！酒馆老板买的机票是几点？！"原本一片安静的频道中，林七夜的声音突然响起，将其他几人吓了一跳。然而，温祈墨的声音并没有出现。林七夜又呼唤了几次，温祈墨的频道依然是一片死寂。这时候，陈牧野的眉头微微皱起："温祈墨，你听得到我们说话吗？"

从上一次汇报情况到现在，已经过了十一分钟，十一分钟前温祈墨还正常发言，现在任凭他们如何呼唤，他都没有回应。

"林七夜，你发现了什么？"吴湘南见温祈墨没有回应，知道事情不对，开口问道。

"副队长,你先问一下小黑,酒馆老板的飞机是几点?"

"好。"

几十秒后,他的声音再度传出:"凌晨三点二十分起飞,怎么了?"

林七夜的心里"咯噔"一下,他没有丝毫犹豫,转身就向黑暗中飞跃而去,同时大声地说道:"拦住那架飞机!不能让它起飞!根本就不存在什么未知的神秘,这一切都是那个酒馆老板搞的鬼!具体的过程一会儿再跟你们说。他想完成仪式,他也确实会来这里,但是不是在地面,而是……在天空!"林七夜抬头看向漆黑的夜空,其他人一愣,"仪式只要在规定的区域内进行就可以,酒馆老板知道现在我们埋伏在这个小区,所以并没有选择在地面完成仪式,他乘坐飞机并不是要离开沧南,而是要等到飞机飞过这片区域的上空时,在飞机上完成仪式!那架飞机上乘坐着两百多个乘客,并不一定能满足献祭灵魂的条件,所以他利用小黑将温祈墨骗了过去,想要利用他的灵魂,来填补剩下的空缺。"

听到林七夜的这番话,136小队的其他人心都凉了,陈牧野没有丝毫犹豫,立刻下令:"立刻跟机场那边联系,无论如何也要阻止那架飞机起飞,湘南、红缨、七夜、小南,你们现在就去机场,抓住他。冷轩,你和我继续守在这里,防止调虎离山。"

他相信林七夜的推理,但作为队长,必须要统筹全局。既然天空和地面都能完成仪式,也不排除酒馆老板虚晃一枪,趁其他人都去往机场的时候,从地面举行仪式的可能。事关数千人的性命,他必须要小心。

吴湘南、红缨和司小南快速钻进车中,这时候林七夜早就跑得没踪影了,夜晚无人的城市中,他能够肆意地翻越建筑,速度不会比汽车慢。随着汽车的轰鸣声响起,黑色的厢车急速消失在黑暗之中。

230

夜空下,一个披着暗红色斗篷的身影在高楼之间疾驰,他掏出手机拨打了一个号码:

"你还在酒馆吗?"

"在,怎么了?"安卿鱼的声音响起。

"你的位置离机场很近,现在你先赶去机场,找到那架凌晨三点二十分起飞的飞机,酒馆老板就在上面。"

安卿鱼挑了挑眉,看了眼时间:"还有五分钟,我应该能来得及,你呢?"

"我自有办法。"

"好。"

安卿鱼挂断了电话,冲出酒馆,仿佛无视重力一般,踩着垂直的墙壁直接冲上屋顶，然后以惊人的速度向着机场冲刺。解析完那只蜥蜴神秘的尸体后，他所获得的不仅是超速再生这一个能力，还有那堪称变态的速度与机动性！也正是凭借着这一点，过年给林七夜送信息的时候，就连红缨都没能追上他。

"还有五分钟……再这样下去，应该是来不及了。"林七夜心中暗自计算了一下路程，眉头微微皱起。不光是他，红缨他们也来不及。虽然她开车像是疯子一样，但就算再怎么疯，这段路程就摆在这里，汽车的速度再快，也无法在五分钟内跑到机场。这么一来，就只能将希望寄托于机场能成功拦截下飞机了。但酒馆老板，真的会这么坐以待毙吗？

林七夜深吸一口气，右手在虚空中一按，黑色的夜空下绚烂的魔法阵在林七夜的掌间张开，片刻之后，一个穿着青色护工服的小男孩从中走出。在他的胸前的名牌上，刻着一串数字——002。

阿朱茫然地环顾四周，还没反应过来怎么回事，林七夜便一把将其抱起，大声喊道："变身！"

阿朱："？？？"

"院……院长，你在说什么？"阿朱疑惑地歪头。

"变回本体，我要骑你。"林七夜严肃说道。

阿朱张大了嘴巴，幼小的心灵仿佛遭受了暴击，带着一丝哭腔开口："这……我……我还是个孩子……院长，你、你要是实在想骑，就去骑李毅飞吧！他壮实！禁得住！"

林七夜瞥了他一眼："你在说什么蠢话，李毅飞的速度哪能跟你比，除了红颜，所有护工里，只有你的速度最快，现在只能靠你了。"

现在的几位护工里，李毅飞就是个憨货，变成本体后的速度虽然不慢，但也不算太快，更何况最近还胖了一大圈，速度估计更加感人。魔方虽然能错乱空间，但不够持久。如果能召唤出红颜的话，凭借着炎脉地龙的力量，直接在大地中瞬移，只要半分钟就能到机场，但可惜她是"海"境，现在的林七夜还不足以将她召唤出来。算来算去，只有阿朱最为合适。

阿朱眨了眨眼："哦哦，好！"

幼小的身体迅速膨胀，阿朱眨眼间就变回了一只巨大的白色蜘蛛，林七夜反身骑在它的背上，织魂蛛八条腿急速迈向前，身形快到模糊。它背着林七夜，从高楼楼顶一跃而下，蛛丝瞬间弹出，粘在远方的另一座大楼上，轻轻一荡，便飞出了数百米。林七夜总算是体验了一回当蜘蛛侠的感觉。和之前林七夜自己飞跃相比，现在的速度快了一大截，不过快是快了，但骑着一只蜘蛛飞来飞去，林七夜心里总觉得怪怪的。人家都是骑龙、骑马、骑虎……到他这里，就成蜘蛛骑士了，而且这还是一只"未成年蛛"？不过现在这种紧急关头，不是纠结这个时候。

在阿朱的速度下，没几分钟，林七夜便到了机场附近，就在这时，林七夜的手机铃声再度响起。"你怎么样了？"林七夜对着电话那头的安卿鱼喊道。

"出了点意外，我找到了那架飞机，但是在地面指挥发出禁飞命令之前它就抢飞了。"安卿鱼的声音有些不清晰，呼啸的风声灌入麦克风之中。

林七夜一愣："那你现在……"

"我没来得及进入飞机，只能吸附在飞机底部。"

夜空中，像是蜘蛛侠一样贴在飞机底部的安卿鱼看了眼下方逐渐缩小的机场，黑色的风衣被狂风吹得猎猎作响，眼中满是无奈。

"现在，飞机已经起飞了……"

"轰隆隆——"就在此时，一架刚刚升起的飞机划过林七夜的头顶，机身和地面的距离很近，近到林七夜能亲眼看到飞机的底部还趴着一个黑衣人影。震耳欲聋的引擎声呼啸而过，就是这架，林七夜没有丝毫犹豫，挂断电话，指着逐渐远离地面的飞机，对着身下的织魂蛛说道："能上去吗？"

"应该可以。"织魂蛛的尾部吐出一根蛛丝，急速冲向天空，飘荡片刻之后，粘上了飞机的尾翼。下一刻，一人一蛛便被蛛丝带起，直接飞上了天空！蛛丝在不断地缩短，他们与飞机的距离越来越近，与大地的距离越来越远。紧抓织魂蛛的林七夜低头向下看去，一座座熟悉的建筑急速缩小，遍布路灯的马路就像是一条条金色的丝带，蜿蜒地躺在漆黑的城市之中。

随着高度不断攀升，他甚至能看到自己家的位置、高中的位置、和平桥事务所的位置……距离吴湘南圈出的仪式范围，已经不远了。飞机爬升到一定高度以后，并没有选择继续爬升，而是平稳地在半空中飞行，并没有飞上云层的意思。这没有出乎林七夜的预料。既然酒馆老板的目的是在空中进行仪式，就不能离地面太高，否则很难判断自己到底在不在范围之中。于是，这架客机就开始以低空飞行的姿态在沧南市上方掠过。在织魂蛛的不懈努力之下，他们终于落在飞机尾部的侧面，呼啸的狂风将林七夜的斗篷吹得翻飞，织魂蛛向下看了一眼，浑身一哆嗦，蛛腿都开始打战："救救救救救救……命命啊啊啊啊啊啊！！！"

林七夜无奈地叹了口气，正打算开口安慰什么，身下的织魂蛛突然一松……被吓昏了过去。那庞大的身躯瞬间失去抓力，被狂风与重力拖拽，带着林七夜，飞快地朝着侧下方滑落！

231

林七夜的瞳孔骤然收缩，他闪电般地伸出手抓向平整光滑的机身，与此同时一抹黑暗以他为中心爆发，在机身表面制造出一个小小的凹陷。指尖抠住凹陷，林七夜这才借力稳住身形，随后另一只手在半空中一挥，将昏迷的阿朱送回精神病院。

"这小家伙有点不靠谱啊，差点命都没了。"林七夜低头向下看了一眼，背后已经被冷汗打湿。他长这么大都没坐过飞机，没想到第一次和飞机亲密接触，居然是以这种要命的形式！他深吸一口气，强迫自己冷静下来。

现在飞机已经起飞，沧南市不大，照现在的速度最多还有一分钟就要经过仪式范围，如果不出意外，机舱内的飞行员已经被酒馆老板控制，飞机在进入仪式范围之后就会在空中盘旋，直到仪式结束。他必须尽快找到安卿鱼，然后进入机舱之内。

林七夜再度伸出左手，在半空中勾勒起召唤魔法，很快一个银色的魔方就出现在他的手中，徐徐旋转。"这次靠你了，希望你别像阿朱那么不靠谱。"林七夜呢喃一声，缓缓闭上双眼。下一刻，他手中的混乱魔方银光大涨，周围的空间被瞬间打乱，林七夜从机尾连续三次挪移，直接转到机身的下部。当林七夜的身体凭空出现在安卿鱼身旁时，后者一愣，正欲说些什么，林七夜一把抓住他的衣领，空间再度错乱。等到安卿鱼回过神来的时候，两人已经出现在了机舱内的厕所中。安卿鱼茫然地环顾四周，看向林七夜的眼神满是诧异："你还会空间移动？这是你身上禁物的能力？"

安卿鱼根本没往其他方面想，在他的印象中，林七夜并没有这方面的禁墟，所以这神奇的空间错乱，应该是林七夜身上某个禁物的力量。

林七夜没有回答他的问题，而是打开了耳麦，低声开口："我潜入了目标飞机。"

"干得漂亮，七夜！"红缨的声音从频道中传来，"我们没来得及，现在只能开车跟在飞机后面。"

空旷无人的街道上，一辆黑色的厢车正在全速疾驰，红缨坐在驾驶座上，抬头看着前方掠过的飞机，猛地漂移拐进小路之中。副驾驶座上的吴湘南一脸慷慨就义的表情，死死握着车顶的把手，仿佛那就是挽救他生命最后的稻草。司小南坐在后座，闭上双眼，像是个娃娃般随着车身颠簸，已经彻底放弃了抵抗。

"七夜，现在你是唯一在飞机上的人，解救温祈墨和其他乘客性命的任务，只能落在你身上了。"陈牧野的声音凝重无比，"我知道这对你一个刚刚结业的新人过于困难，但我们别无选择……"

飞机离地面太远了，即便136小队的众人有心去帮助林七夜，也很难做到，而且飞机上还有上百条人命，一旦出现什么意外，那就是机毁人亡的结局。不光如此，到时候飞机坠毁的残骸还会坠入居民楼中，造成大量的伤亡！

"收到。"林七夜平静的声音再度从频道中传来。

地面，听到这句平静的回答，红缨握着方向盘的手越攥越紧，骨节都有些泛白，目光紧盯着掠过天空的飞机，眼中满是担忧。不光是她，136小队的每一个人，心都悬在嗓子眼上。说到底，林七夜只是个刚刚结业的"池"境普通新人，独自面对如此艰巨的任务，还是太危险了。

就在这时，林七夜似乎想起了什么，声音再度传出："对了，一直没机会跟你们说……其实我在集训营结业的时候，是第一名。"说完，飞机上的林七夜就摘下耳麦，放入了口袋之中。他抬起头，只见安卿鱼正一脸古怪地看着他。"怎么了？"林七夜疑惑地开口。

"你平时都喜欢这么装吗？"安卿鱼犹豫片刻，还是认真地开口，"说实话，有点生硬了。"

林七夜："……"

林七夜没有理会安卿鱼的调侃，推开厕所门直接走了出去。他的精神力早就将周围的环境感知得一清二楚，走入客舱之中，乘客们的脸上没有丝毫紧张，恰恰相反，还有许多孩子激动的声音传来，客舱内的氛围远比林七夜想象中的活跃。只有少数几个人看着窗外，似乎有些疑惑飞机为什么还没飞到天上去。林七夜看到眼前的这一幕，若有所思。看来，那个酒馆老板并没有像林七夜想象中的那样直接劫持整架飞机，而是在乘客们不知情的情况下控制住了驾驶室内的飞行员。安卿鱼随后走出，能隐约感觉到周围几人看到这两个男人一起走出厕所，眼神有些古怪。

他直接无视了这些目光，平静地开口："在驾驶室？"

"应该是。"林七夜点了点头，直接迈步朝着飞机的机头方向走去。一边走，林七夜一边将目光投向窗外，现在这架飞机已经驶入仪式范围了。

"空乘应该也都被控制住了。"安卿鱼淡淡开口，"我们直接穿过半架飞机，按理说早就该有空乘来让我们回到自己的座位，但并没有。"

林七夜点头表示赞同，在他的精神感知中，没有任何一个空乘存在。两人就这么穿过头等舱，走到飞机头部的位置，蓝灰色的门帘将机头与头等舱隔开，遮挡了其他人的视线。头等舱内，寥寥几位乘客靠在座椅上，昏昏欲睡。

安卿鱼没有贸然拉帘前进，而是转头看向林七夜，林七夜摇了摇头，双眸微微眯起。

"空乘都被控制住了，就在这个帘子的后面，但是驾驶室内的情况，有些出乎意料……"林七夜眉头微微皱起，"除了那个酒馆老板，还有两只神秘在他的身边，一只从外形上来看，像是十切鬼童，另一只被他封在水晶里，处于濒死状态。"

"原来如此。"安卿鱼似乎明白了什么，点了点头，"那接下来，你准备怎么做？"

林七夜沉吟片刻："我有一个计划，但是在这之前，得先把这头等舱里的人处理一下。"

"处理？"安卿鱼挑眉，"你们守夜人，还干这种事？"

"我的意思是，让他们暂时闭上眼睛和嘴巴，以免弄出不必要的动静。"林七夜无奈地说道。

"哦，这就好办了。"安卿鱼转过身，双眸中染上一层诡异的光芒，下一刻头等舱中的乘客都微微一震，彻底昏了过去。

"精神控制类禁墟？"林七夜点了点头，"你去偷那三具尸体的时候，也是这么迷惑法医的吧？"

安卿鱼有些腼腆地笑了笑。

林七夜转头看向帘子，平静地开口："接下来轮到我了……"

驾驶室内，两位驾驶员正目光呆滞地坐在驾驶座上，机械地控制着手中的仪器，使得整个飞机在低空盘旋。电台内，来自地面的呼叫声持续响起，却始终没有回应："呼叫××××，这里是地面指挥部，请立刻返航，重复，请立刻返航……"

"砰——"一声枪声响起，电台迸发出几缕火花，声音扭曲了几声，最终彻底消失。酒馆老板随意摆弄着手中的枪，旁若无人地坐在驾驶室的地上，大大地打了个哈欠。在他的对面，是四肢被钉在驾驶室墙壁上的温祈墨。

"很吵，不是吗？"酒馆老板笑了笑。

温祈墨皱了皱眉，看了眼酒馆老板，又看了眼拿着一柄短刀站在自己面前狞笑的十切鬼童，平静地开口："你这么做没有意义，这只是一架小型飞机，就算你献祭了我和整架飞机上的乘客，灵魂也不够完成仪式的。"

"没错，确实不够。"酒馆老板点了点头，随手将弹匣从枪中退了出来，又装了回去，像是个闲得发慌的中年男人，"但如果加上地面上的人呢？"

温祈墨脸色微沉："你想让这架飞机坠落到居民区？你疯了吗？！"

"为了让伟大的'贝尔·克兰德'复苏，献祭他们的生命与灵魂，这是他们的荣幸。"酒馆老板伸出手，轻轻摩擦着身边那颗手掌大小的水晶球，水晶球内封着一只拇指指甲盖大小的虫子，像是死了般一动不动。酒馆老板看向那只虫子的眼神，充满了崇拜与狂热。

"贝尔·克兰德？"温祈墨听到这个名字，微微一怔，"那只虫子？"

温祈墨之所以如此吃惊，倒不是因为那只虫子本身，而是因为它的名字，"贝尔·克兰德"……这可是西方名，而西方诸国早在百年前就被迷雾吞噬。

"虫子？"酒馆老板脸色一变，缓缓站起身，将枪口抵在了温祈墨的下巴上，严肃地开口，"伟大的'贝尔·克兰德'可是来自西方迷雾的强大神秘！欲望与精神的主宰！若是在全盛时期，它十分钟内就能让整座城市的人自相残杀而死！拥有如此伟力的存在，岂是你一个小小的守夜人能玷污的？"

温祈墨平静地望着酒馆老板："从西方迷雾逃过来的濒死小虫而已，也配'伟大'二字？"

酒馆老板的眼中爆发出无尽怒火，他脖子上的青筋暴起，枪口死死顶在温祈墨的下巴上，似乎下一刻就要扣动扳机。片刻之后，他缓缓放下了枪，冷笑开口："很好，想用这种方式激怒我，从而破坏仪式……你有种。"

　　酒馆老板走到两个飞行员旁边低头向下看了一眼，确认飞机已经飞到目标范围，嘴角浮现出冰冷的笑容。

　　凌晨三点二十九分。

　　"开始慢慢切断他的手指吧……过程慢一点，让他感受更多的痛苦！"酒馆老板回头，对着站在温祈墨面前跃跃欲试的十切鬼童说道。十切鬼童瞬间激动起来，瘦小的手臂紧握着短刀，在温祈墨的手指上比画起来，眼中满是痴迷之色。

　　温祈墨缓缓闭上双眼："很遗憾，你的仪式，注定不会成功。"

　　"哦？"酒馆老板挑眉，"难道你想自杀？呵呵，现在你的四肢已经被完全封住，除非你的嘴里藏了毒药，否则根本不可能自杀成功，不要试图做咬舌自尽这种愚蠢的事情，那种方式，根本死不了的。"

　　"我没想过自杀。"温祈墨摇了摇头，"我只是相信我的队友。"

　　"队友？哈哈哈哈……"酒馆老板忍不住笑出了声，"那群蠢货，现在都还在地上傻傻地等着我去小区里杀人，谁会来救你啊？"

　　"是吗？"温祈墨的嘴角浮现出一抹笑意。下一刻，一抹极致的黑暗从他背后的墙壁上蔓延出来，瞬间将他整个人的身体笼罩其中，穿透身体的四根铁钉微微颤动起来，然后自动弹出！四根血钉在半空中掉转方向，闪电般地向着酒馆老板射去！酒馆老板见到眼前这诡异的一幕，瞳孔骤然收缩，飞快地侧开身形。但驾驶室的空间本就不大，还有大量的设备阻隔，连续闪开三根铁钉之后，他还是被最后一根铁钉刺入眉心，猛地倒在了地上。失去铁钉支撑身体的温祈墨直接摔到地上，手脚的鲜血汩汩流出，与此同时，他身边正准备切指的十切鬼童一愣，挥起短刀就要斩在他的手上。

　　"嘀嘀嘀"，密码正确！就在此时，驾驶室的密码锁被打开，一柄冰霜长剑从门后探出，稳稳地架住了十切鬼童的短刀。戴着兜帽的安卿鱼将整张脸笼罩在阴影之中，手腕一甩，将瘦小的十切鬼童震得后退数步，后者警惕地盯着他，龇牙咧嘴。林七夜走到温祈墨的身旁，精神力一扫，就完全探清楚了他的伤势，伤口比较深，但是并不致命，只是短时间内不具备移动能力。

　　"我没事。"温祈墨疼得直咧嘴，还咬牙笑着开口，目光落在那个戴着兜帽的人影身上，"那位是……"

　　"一个朋友，算是我请来的帮手。"林七夜犹豫片刻说道。

　　安卿鱼扬了扬眉梢，压低声音开口："既然是帮手，总得要报酬吧？"

　　林七夜站起身，看了十切鬼童和水晶里的虫子一眼，平静地开口："这两具尸体，一人一个。"

"嗯？你也对尸体感兴趣？"安卿鱼顿时来了兴趣。

"不要拿我跟你这种疯子相提并论。"林七夜耸了耸肩，"我只是另有用处。"

"好吧，还以为又多了一个知己……"安卿鱼遗憾地摇了摇头，目光落在缓缓站起的酒馆老板身上，"不过，拥有超速再生的人可没这么容易死。"

林七夜将手搭在腰间的刀柄上："我知道。"

酒馆老板眉心的铁钉自动弹出，血洞以肉眼可见的速度愈合。他眯眼看着眼前这两个不速之客，表情有些难看："有意思……你是怎么找到这里来的？"

"只要推理出你是凶手，再加上一点天马行空的想象，找到你似乎并不是什么难事。"林七夜平静地开口。

酒馆老板眉头微微皱起："我应该没有露出任何马脚才对。"

"没有任何马脚？"安卿鱼轻笑一声，"说实在的，你布局的想法还不错，但是细节上的处理能力还不如一条蛇。"

林七夜平静地说道："一开始，你确实成功骗过了所有人，让我们认为这一连串的杀人案都是一只冤魂系的神秘想要晋升而准备的仪式，从而下意识地忽略了人为作案的可能。前三起杀人案，你只是将现场伪造成变态凶手的连环杀人案件，没有留下任何与神秘有关的信息，防止被守夜人提前发觉意图，在不到最后一次仪式的时候出手干涉，从而破坏你的计划。等到第四次杀人，你意识到时机成熟了，便用录像与倒放制造出一只根本不存在的未知神秘，顿时吸引了守夜人的注意，介入调查，你的目的就是在这个阶段让守夜人意识到仪式的存在，从而推理出最后一个仪式的地点。当然，你完全可以将第四次杀人也营造成变态杀人案，从而隐秘地完成最后一个仪式，但你并没有这么做。一方面，你是担心最后一个阶段献祭的灵魂强度不够，需要禁墟拥有者的灵魂才能更好地恢复'贝尔·克兰德'，而这座城市里的禁墟拥有者就那么几位，都在守夜人之中，所以你便用一个巧妙的谎言，骗来了一位不强，但也不弱的守夜人。另一方面……则是因为，你想利用最后一次仪式，一口气杀死这座城市里所有的守夜人！至于手段……或许就是货舱里躺着的 600 公斤炸药？"

林七夜说到这儿，安卿鱼和温祈墨都是一愣，眼中浮现出一抹震惊，只有酒馆老板的脸色瞬间就沉了下去。早在与阿朱攀附在机尾的时候，林七夜的精神力就探知到货舱内的大量炸药，也瞬间明白了对方的意图。至于对方是如何神不知鬼不觉地将这些炸药送上飞机的，这对一个带着精神类神秘的人来说并不困难。

"从一开始，你就打算将这架飞机坠毁到守夜人驻守的小区中，造成大量的人员伤亡后，其他守夜人必然会第一时间赶来，然后你就可以……轰！我不知道在这个仪式中献祭足够多的强大灵魂能不能提高进阶的幅度，如果可以，或许献祭所有的守夜人能够将'贝尔·克兰德'的实力拔高到恐怖地步，即便直接提升到'无量'应该也不是什么难事。"林七夜的神情十分平静，"不得不说，你的局布得很不错，在完成仪式的同时，又能以一己之力团灭一座城市的守夜人，但可惜，你留下的破绽太多了。酒会当天，你为了更好地将自己摘离这个案件，特地在摄像机的面前喝了很多酒，营造出已经醉了的假相，但同样地，酒精也在一定程度上麻痹了你的大脑，让你犯下许多小错误。比如，在地下室中完成杀害孙晓的仪式时，搞错了步骤，先让十切鬼童割下了他的手指，然后才发现还没有将他固定在墙面，再匆忙将其钉了在墙上，将其杀死。当然，仪式中并没有规定先后顺序，而且在你的设想中，我们也根本不会发现这个地下室，所以这对你来说或许根本算不上错误，只是一个小插曲而已。但你忽略了一点，由于在切掉他手指的时候，他整个人是躺在地面的，所以切指的方向与平时不一样，固定手掌时插入钉子的方向也是如此，而只要和录像中固定手掌的方向一对比，就能发现矛盾点。有了这一点，就不难推理出，那段录像有问题。"

林七夜看了安卿鱼一眼，继续说道："我承认，接下来的事件有运气的成分，或许打死你也不会想到，有一个同样拥有超速再生的变态竟然疯狂到用自身为样板模拟了一次录像内容，从而发现了倒放的秘密……如果换成是我，根本不会想到这一点。但只要知道录像的秘密，又找到了第一现场，就能锁定凶手……也就是你。"

林七夜的话音落下，整个机舱陷入一片死寂，酒馆老板死死盯着林七夜，半晌之后，缓缓开口："我没想到，这座小小的沧南市，竟然还有这么一个妖孽……"

"纠正一下。"安卿鱼默默推了下眼镜，伸出两根手指，"是两个。"

酒馆老板："……"

他瞥了眼时间，脸色顿时有些难看，恶狠狠地瞪了林七夜一眼，转头对十切鬼童开口："杀了他们！我来继续仪式！"

十切鬼童低吼一声，身体剧烈地蠕动起来，眨眼间便从身体内分裂出一只一模一样的自己，然后再度分裂，变成四只，再度分裂……几秒钟后，驾驶室内挂满了十切鬼童，挥舞着手中的短刀，速度奇快无比。狭小的驾驶室内挤着这么多十切鬼童，几乎没有留下空余的空间，林七夜三人瞬间被包围了起来！林七夜搀扶着温祈墨，眉头微微皱起，反观安卿鱼，则像是看到了什么稀世珍宝一样，两眼放光！

"这里交给我，你去处理那个老板。"一抹冰霜在安卿鱼的掌间浮现，他舔了舔嘴唇，腼腆文静的脸上写满了兴奋。

"好。"林七夜点头。

就在此时,酒馆老板一把将一位呆滞的飞行员从座位上拉起,直接撞在侧面的墙壁上,手中的铁钉粗暴地刺入他的四肢,将其钉在墙面。他从腰间抽出一柄小刀,就要斩断飞行员的手指,下一刻,两声清脆的刀鸣响起!"当——"林七夜的身形如同鬼魅般飘过密布的十切鬼童,眼中寒芒爆闪,刀锋直接向着酒馆老板的咽喉斩去!酒馆老板脸色一沉,手中的小刀突然抬起挡住林七夜的这一刀,整个人被直接撞在飞机前端的玻璃上!林七夜的双眼微眯,并没有选择收力,相反,浑身的力量再度爆发,另一柄直刀直接在酒馆老板背后的玻璃上捅出一道裂纹!紧接着,风挡玻璃上密集的蛛纹蔓延开来。

"砰——"只听一声巨响,中间的那块风挡玻璃轰然爆碎,席卷的狂风直接灌入狭窄的驾驶室中,压力瞬间将两只十切鬼童卷出了机舱,与它们一起被卷出去的还有紧贴着玻璃的酒馆老板。那两只十切鬼童飞出机身后,怪叫着从空中坠落下去,但酒馆老板并没有。在他飞出驾驶室的瞬间,整个人以一种诡异的姿态稳住身形,就像是有人抓住他的脚踝,将他死死地固定在机头一样。

林七夜的眉头微皱:"丝线?"

在他的精神感知中,酒馆老板飞出驾驶室的一瞬间,就有数根肉眼不可见的丝线从他的脚底洞穿鞋底破体而出,刺入机头的金属皮中,分裂成一根根极其细小的钩子,让他像蜘蛛侠一样稳稳地站在了那里。狂风一刻不停地灌入驾驶室,幸好进来之前安卿鱼锁上了门,否则现在整个机舱内的乘客都得乱成一团。

林七夜眼中浮现出一抹决然,右脚在操控台上轻轻一踏,整个人就像没有重量般从破碎的玻璃窗飘出,紧随着酒馆老板来到飞机外!直刀淡蓝色的刀锋划过狂卷的空气,带起刺耳的嗡鸣,闪电般斩向酒馆老板!酒馆老板冷笑一声,十指指尖破开,十根透明的丝线就如同毒蛇般,在风中毫无阻力地向着林七夜的身体飞射而去!林七夜的身形一滞,精神力敏锐地捕捉到十根丝线的轨迹,双刀放弃了攻击,转而在他的身前飞舞,格挡住这诡异的十根丝线。丝线的线头与直刀碰撞在一起,产生缕缕细密的火花,这丝线也不知是何材质,时而柔软如水,时而又坚硬如金属!林七夜的身形被这突如其来的一击震得一晃,重心微偏,急速流动的空气将他整个人吹得踉跄向后退了数步,直到站在飞机顶端过半的位置才勉强稳住身形。

酒馆老板冷笑着,一步一步地向林七夜逼近,每前进一步,脚下的丝线都会死死地扣住机身,即便是在如此狂暴的风中,也能稳住身体。林七夜的身体微微下俯,降低重心的同时降低自身与风正面接触的面积,减少来自风的阻力,双眸紧盯着眼前的酒馆老板："禁物？"

酒馆老板的嘴角微微上扬："一件没什么用处的低序列禁物而已。"他抬起手掌，密集的线头从他掌间的皮肤破开，在空中交织成一柄透明的短刀，没有丝毫的重量，但锋锐无比。

"序列351，'诡丝'，注入精神力就能随意地伸长、分裂、坚硬，对其他人来说没什么作用，但是对拥有超速再生的我来说，它就是存在于我身体中的最强武器。"说完，他的身形一晃，整个人快速地向林七夜奔来！

林七夜缓缓闭上双眼，全神贯注地投入精神感知之中，预判每一根丝线的攻击轨迹，双手的直刀刹那间挥出！"当当当——"接连的碰撞声响起，直刀的速度快到只剩下残影，明晃晃的月光从刀身上反射而出，仿佛在林七夜的身前留下一道密不透风的光墙！

酒馆老板的脸色开始变了，从得到"诡丝"开始，往往能轻松地杀人于无形之中，绝大部分人都不知道究竟是什么杀死了他们。但眼前的这个少年，不仅能每一刀都精确地斩在丝线之上，甚至开始渐渐熟悉他攻击的节奏，试探性地反击！下一刻，林七夜周围的夜色突然浓郁起来，直刀的刀锋闪过一道黑芒，竟然一刀将数十根"诡丝"斩断，稳稳地斩在了酒馆老板胸口！

"噗——"刀芒闪过，大片的鲜血从那道狰狞的血口喷溅而出，伤口深到甚至能隐约看清肋骨，酒馆老板脸色一变，后退数步，肌肉组织以肉眼可见的速度修复起来。两秒后，胸口的血液就停止流出；五秒后，狰狞的血痕就被修复得只剩下一道淡痕；七秒后，那对于普通人而言已经致命的伤口消失无踪。

"真是麻烦。"林七夜皱眉道。超速再生这个禁墟在敌人身上，对于他这种近战擅长者来说极度不友善，一刀下去，用不了多久对方就能恢复如初。林七夜深吸一口气，狂风将他的斗篷吹得猎猎作响，脚下步伐变换，与酒馆老板的距离迅速拉近。酒馆老板这次学聪明了，知道在近战上自己根本不是林七夜的对手，索性直接从腰间抽出一支手枪，对着林七夜扣动了扳机。

"砰砰砰——"连续三声枪响传来，林七夜的瞳孔浮现出一抹黑色，三枚子弹嵌入他周身的黑暗之后，便无法再前进半分。酒馆老板一愣，还没想明白发生了什么，林七夜的刀就到了他的面前！一根根丝线再度破体而出，林七夜连斩数十下之后，抓住机会，刀身再度浮现出黑芒，直接破开了几根丝线，横向一刀斩出！淡蓝色的刀锋划过空气，电光石火之中，直刀便割开酒馆老板的咽喉，一颗头颅高高抛起。紧接着，又有数十根丝线从脖子断口处伸出，抓住半空中的头颅，急速收缩，又把头安回脖子上。光滑的断口逐渐消失，酒馆老板惊恐的双眼恢复神采，苍白的脸上重新浮现出一抹血色。他又活过来了！他张开嘴巴，哈哈大笑："你是不可能……"

"唰——"又是一刀挥出，酒馆老板的脑袋再度飞起……

235

机舱内——

席卷的狂风涌入驾驶室,失去了一位飞行员,另一位被精神控制的飞行员也被风吹得无法正常操作,整个机身都颠簸了起来。安卿鱼眉头微皱,手中的冰霜长剑荡开两只十切鬼童,后退到破碎的玻璃处,手掌贴上断裂的边缘,让冰霜冻结了风挡玻璃的缺口,驾驶室内的狂风这才停了下来。

"唰——"就在这短暂的瞬间,三只十切鬼童扑到他的身上,一边狰狞地笑着,一边将手中的短刀不断地捅入他的身体!鲜血溅射到安卿鱼的眼镜上,那张白净的面庞不仅没有丝毫痛楚,反而越发兴奋起来,手中的冰霜长剑闪电般挥出,直接斩下一只十切鬼童的头颅!

"弱点在脖颈和尾椎……"染血的镜片反射着白光,他眼底的灰意一闪而过,瞬间洞悉了十切鬼童的弱点。剑光流转,寒气四溢,他的黑色风衣已经满是血口,动作却没有丝毫停滞,就像是一台不知疲倦的杀戮机器。他的余光瞥了眼时间——凌晨三点三十二分。现在酒馆老板还在飞机外与林七夜战斗,如果不出意外的话,仪式应该是无法继续了。没有人注意到的是,滚到驾驶舱角落的水晶球内,那只拇指大小的虫子开始散发淡淡的红光……

与此同时,头等舱中——

被安卿鱼击昏的几位乘客缓缓睁开双眼,机械般地站起身子,同时向着头等舱的一面墙壁走去。他们的眼中同样散发着淡淡的红光。一个年轻人走到墙壁前,呆滞地抬起双手,另外几人分别按住他的四肢,将他的身体抬到半空中,双脚离开地面。一个女人走到乘务员的工作区,从抽屉里取出一柄小刀,回到头等舱,蹲下身,用手中的小刀一点一点地切割年轻人的手指。年轻人就这么被按在墙上,面无表情地看着前方,像是一只虔诚的羔羊。没有痛呼,没有哀号,没有尖叫,整个头等舱内一片死寂。

地面——

黑色的厢车在小区的门口急刹,红缨从驾驶座上轻松跃下,而吴湘南和司小南则一副要死的表情,摇摇晃晃地向前走去。吴湘南抬头看了眼在低空中不断盘旋的飞机,确认了一下时间,开口道:"三点三十三分,到仪式开始的时间了。"

红缨叹了口气:"也不知道七夜那边怎么样了。"

"还好,他拖住了酒馆的老板。"冷轩的声音从耳麦中传来。

红缨一愣:"你怎么知道?"

站在楼顶的冷轩缓缓放下了手中的望远镜:"因为他们就在飞机上战斗。"

"我知道他们在飞机上啊。"

"飞机，上。"

红缨三人一愣，猛地抬头望去，低空飞翔的飞机轰鸣着掠过他们的头顶，在那飞机的顶端，似乎有两个人影在风中战斗。红缨张大了嘴巴，眼中满是震惊。"这也太生猛了吧？！"

漆黑的天穹下，两道人影站在飞机顶部，脚下的都市光芒璀璨，像是匍匐在大地之上的霓虹怪物，耳边，轰鸣的飞机引擎声如同巨兽咆哮般震耳欲聋。呼啸的狂风将暗红色的斗篷吹得猎猎作响，林七夜手持双刀，刀身已经浸满鲜血。他随意地一挥，刀身上黏附的血液便随着狂风，坠入脚下死寂的都市之中。在他的对面，酒馆老板脖子上的血口正在飞速愈合。这是林七夜斩首的第六刀，在这之前，酒馆老板已经连续体会五次身首分离的感觉，尽管心理素质一向不错，现在的脸色也苍白无比，看向林七夜的眼神已经充满了恐惧。被同一个人斩首六次，眼前这少年平静的面庞，已经成为酒馆老板的梦魇。

"该死……该死！！"酒馆老板见林七夜向前一步，下意识地后退几步，眼神之中满是愤怒与惊恐，举起手枪，再度扣下扳机。他已经不敢与林七夜近身战斗了，即便拥有神出鬼没的"诡丝"，平时也自诩近战高手，但在林七夜面前，这一切就像是一个笑话。

"咔嗒——"枪口并没有子弹射出，像是卡壳了般，发出怪异的声响。林七夜的双眼微微眯起，身旁的黑暗更加浓郁，酒馆老板手中的枪刹那间解体，就像有一只无形的快手，瞬间拆分了它所有的零件。只要进入了"至暗神墟"的范围，任何热武器对林七夜来说，都像纸糊的一般，无法对他造成任何伤害。酒馆老板怒骂一声，丢掉了手中的枪柄。

林七夜在心中暗自摇头。从精神强度上来说，酒馆老板应该是"川"境，但说到底，只是个意外觉醒禁墟，隐藏在民间的漏网之鱼罢了，玩儿阴的计谋还算厉害，但无论是战斗技巧还是心态，都和正常的"川"境差了十万八千里。如果不是他有"诡丝"，就是一个能无限恢复的活靶子，根本没有任何攻击性可言。有了"诡丝"，从战斗层面危险性来说，他确实可以算是勉强踏入了"川"境，但偏偏这些肉眼无法辨别的丝线对林七夜而言，根本不存在任何威胁。于是，他只能被比他足足低了一个境界的林七夜完虐。

完虐归完虐，想要杀死对方，可不是那么容易的。

在酒馆老板惊恐的目光中，林七夜将左手的直刀归入鞘中，在对方疑惑的目光下，伸手在虚空中一按，一道绚丽的召唤法阵凭空出现。等到魔法的光芒退去，一个小个子木乃伊出现在林七夜的面前，刚一出现就差点被风给吹下飞机，幸好林七夜及时抓住了它。小木乃伊看到自己居然在这么高的空中，身体有些发抖，飞快地趴在了林七夜的背后，两只手死死地搂住林七夜的脖子，一副打死也不放开的架势。

林七夜苦笑着摸了摸它的头,转头看向酒馆老板,脸上的笑容逐渐收敛:"你说……用多少公斤的炸药,才能把你炸得连渣都不剩呢?"

236

听到这句话,酒馆老板的心里"咯噔"一下,隐隐有种不祥的预感。就在这时,林七夜背着木木已经闪电般地向他接近!酒馆老板一咬牙,脚底的一根丝线紧紧地嵌在飞机上,然后整个人猛地向后跃起,直接从飞机顶端跳下,从高空坠落城市!

林七夜瞬间领会了他的意图,嘴角浮现出一抹冷笑。

"木木。"

"嘿咻!"

一条绷带从木木的手掌飞出,绕着飞机的机身转了一圈,死死地捆绑在上面,林七夜拽了拽绷带,确认它足够结实之后,背着木木同样向飞机下跃去!狂风呼啸,林七夜背着木木,在空中自由落体,强烈的失重感充斥着林七夜的心神,但这并不能影响到他,在集训营中他早就进行过类似的训练。木木的绷带还在飞速延伸,就像是无穷无尽般,明明只有那么小的个头,绷带却怎么松也松不完。黑色的夜空下,一前一后两个身影从飞机上跳下,向着下方的城市坠去。

与此同时,地面——

"他他他他他……他们两个从飞机上跳下来了!"红缨眯着眼睛,清楚地看到了这一幕,整个人都惊呆了。不光是她,136小队的所有人都看到了这一幕,被林七夜这一疯狂的举动所震惊。

冷轩放下了手中的望远镜,平静地说道:"放心,他在飞机上绑了像是绳子的东西,应该不会有事。"

陈牧野叹了口气,苦笑着摇了摇头:"这小子……也太疯了。"

夜空中——

向下自由落体的酒馆老板见林七夜竟然也跟上来了,心中顿时慌了神。他本想靠跳下飞机来躲避林七夜的攻击,有"诡丝"在,他随时都能回到飞机顶部,但没想到那个疯子居然也跟着跳了下来!不过很快他就放下心来。林七夜比他晚跳,同样的重力加速度下,对方是不可能追上自己的。就在他脑海中刚浮现出这个想法的时候,林七夜背后的木木突然膨胀了一圈,背后的绷带松开,露出两个火焰喷射器。"轰——"汹涌的火焰从木木背后喷出,林七夜就像背了个助推器一样,身形快速地接近酒馆老板!

酒馆老板:"!!!"

在酒馆老板惊骇的眼神中，加速下坠的林七夜嘴角微微上扬，双手搭在腰间的刀柄上，眸中浮现出一抹璀璨的金芒。"唰——"双刀出鞘。在明亮的都市与漆黑的天穹之间，一道暗红色的身影背着火焰喷射器，刹那间掠过天际，像一道刺目的火焰从天而降。紧接着，两抹璀璨的刀芒在半空绽放！酒馆老板的头颅再度抛起，无形的丝线连接头与脖子，正欲再度将二者连在一起，一只缠满绷带的小手突然探出来，一把扯住他的头发，另一只小手疯狂地在他的脖子周围绑上炸药。一切完成之后，林七夜背着"木木牌"火焰助推器，飞速地离开酒馆老板的周围。

下一刻，惊天动地的爆炸在半空中绽放，刺目的火光像夜空中一轮闪耀的太阳，持续燃烧了许久才黯然熄灭。如此数量的炸药塞入身体，从内而外地爆开，就算他是"海"境的超速再生也不可能活下来。保险起见，林七夜又用精神力仔细扫了附近一遍，确认再也没有其他生命波动之后，背后的木木开始收缩绷带，两人又向着天空中的飞机接近。

酒馆老板死了，但事情并没有就此结束。飞到一半，林七夜才想起了什么，低头看向脚下的城市："'诡丝'……应该随着酒馆老板身体爆炸，被气浪卷到地面去了。"林七夜无奈地叹了口气。

虽然不是什么厉害的禁物，但在某些情况下还是挺实用的，可惜想在繁华的都市中找到一根看不见的丝线，这难度可丝毫不亚于大海捞针。多半是找不回来了，林七夜摇了摇头，不再多想，飞速地朝着飞机接近。

驾驶室中——

安卿鱼面无表情地挥出一剑，斩杀了最后一只十切鬼童。随后，驾驶室内的其他鬼童尸体都开始消失，最终只留下眼前的一具，已经没有丝毫生机。

"这个才是本体吗……"安卿鱼饶有兴趣地蹲下身，开始观察起十切鬼童的尸体，眼中的灰芒开始蔓延。

就在此时，一阵敲击玻璃的声音传来，安卿鱼转过身，只见林七夜正在飞机外，用刀柄敲碎了玻璃上的冰层，从外面翻了进来。无奈之下，安卿鱼只能再度用冰封住缺口，转身看向林七夜："那个老板解决掉了？"

"解决了。"林七夜点点头，"就是可惜了那件禁物……"

"禁物？"

林七夜简单地跟他描述了一下，安卿鱼的眼中浮现出异样的光芒。"只要它还在沧南市，找到它也只是时间问题。"安卿鱼似乎对"诡丝"很感兴趣，眯眼说道。

"现在不是讨论这些的时候，还剩一只神秘没有解决，叫……'贝尔·克兰德'是吧？"林七夜的精神力一扫，便找到驾驶室角落里的水晶，弯腰将它拿了出来。当看到这颗水晶球的瞬间，安卿鱼和林七夜同时一愣，只见水晶球的表面，不知何时出现一道裂纹，而原本被封在其中的那只小虫，已然消失无踪。安卿鱼的眉头微微皱起，眼中浮现出一抹灰芒，开始解析这颗水晶球："是从内部打破的，不出意外的话，它应该已经从里面逃出来了。"

　　安卿鱼转头看向林七夜："你不是说它是濒死的吗？"

　　"之前确实是濒死的，只剩一口气，别说从内部打破水晶球跑出来了，连能不能活下去都是问题。"

　　林七夜的眉头同样皱起："这么短的时间内，它是怎么恢复的？仪式的时间已经过了，应该不会……"

　　说到这，林七夜似乎感知到了什么，脸色骤然变化，猛地推开驾驶室的门，径直走入头等舱中，只见一具年轻人的尸体倒在地上，十指已然消失不见，而一侧的墙壁上鲜血淋漓，在他的胸口，插着一柄锋利的小刀，苍白的嘴角还残留着一丝笑容。

237

　　不仅是他，这间头等舱内，其余所有乘客都倒在血泊之中，但身上没有其他的伤痕，就像睡过去了一般，脸上带着诡异的微笑。安卿鱼走上前，仔细地解析了所有人的状态，摇了摇头："都死了，在我们战斗的过程中，这里的人应该被操控精神完成了一场仪式。只有他是被刀刺穿心脏而死，其他人都是死于精神绞杀。"

　　"那只虫子都被封在水晶球濒死了，竟然还能控制这么多人？"林七夜看着这一地的尸体，精神力瞬间扫过前方的经济舱，缓缓开口，"后面舱室的乘客没事，看来它的操控是存在范围的。"

　　"也许是见形势不对，孤注一掷了。"

　　"就算它杀了仪式的最后一个人，但献祭的灵魂强度应该远远不够才对。"林七夜沉思起来，"这里只有六具尸体，六个普通人的灵魂，是可不能完成仪式的……"

　　林七夜话音落下，整架飞机突然一震，强烈的失重感传来，整个飞机向下急速坠去！

　　林七夜和安卿鱼对视一眼，同时开口："它想坠毁这架飞机！"

　　两人飞快地闯进驾驶室，只见唯一的飞行员眼冒红光，像是疯了般操控着飞机急速地向下坠去！密集的居民楼在他们的眼前急速放大！在驾驶室内，林七夜他们都能清晰地听到后面客舱传来的尖叫声！林七夜二话不说，一掌切在飞行员的后颈，后者立刻昏了过去，安卿鱼快步走到操控台前，伸手飞快地操作起来。

　　"你会开飞机？"林七夜诧异地问道。

　　"会。"

　　"什么时候会的？"

"三秒钟后。"

安卿鱼眼底浮现出一抹灰芒，一把拉住操纵台上的拉杆，用力向后扯去！

地面——

盘旋的飞机突然失控，飞快地向着居民区俯冲，这一突如其来的变故让136小队的众人心里"咯噔"一下。

"队长，它要撞上居民楼了！"吴湘南的脸色凝重无比。庞大的机身在众人的眼中快速放大，低沉的引擎声响彻天空，再这么下去，最多十秒钟，飞机就会撞上这片居民区，到时候产生的伤亡就要以千为单位计算了！

陈牧野死死地盯着眼前的飞机，眼中的纠结之色越发浓郁，他伸出手，轻轻伸向胸口某处，缓缓开口：

"湘南，那架飞机的编号是多少？"

"什么？"

"飞机的编号。"

"是××××××，队长，你这时候问这个做什么？"吴湘南的心中充满了不解，此刻他的手心已经因为紧张，满是汗水。陈牧野没有回答，指尖已经触碰到某件东西的一角，将它扯出小半，从外形上来看，那是一张泛黄的古老羊皮卷。这张羊皮卷出现在空气中的瞬间，像是有某种封印被揭开，一股诡异的力量波动逸散而出。与此同时，一道神秘而缥缈的目光从虚无中投来，悬于整座城市的上方，像是在寻找着什么。距离飞机坠毁居民区，还有三秒。

突然，飞机庞大的躯体在半空中猛地改变俯冲的方向，错开居民区向另一侧拐去，几乎是擦着居民区的楼顶飞过，同时两侧的机翼剧烈颤抖起来，然后机身开始逐渐爬升！飞机带起的狂风吹得小区中的树木沙沙作响，低沉的引擎宛若持续的雷鸣，在每栋楼房之间回荡。无数人被惊醒，打开了房间的灯，好奇地向外探出头去。此时，飞机已经抬高角度，向着夜空之上平稳飞去。

看到这一幕，136小队的众人都松了口气，不知从何时开始，后背已经被冷汗所浸湿。

"还以为要死了……"红缨拍着胸脯，满脸后怕。

陈牧野独自站在楼顶，望着天空中逐渐远去的飞机，长长地松了口气，将手中的羊皮卷重新塞回了胸口的衣物之中。那虚无中的目光继续在城中搜索一阵，似乎并没有找到目标，只能消失无踪。

驾驶室内——

林七夜见危机解除，一颗心终于放了下来。

"怎么？不相信我？"安卿鱼熟练地操纵着飞机，看了林七夜一眼。

"嗯。"

安卿鱼沉默片刻："你最好让空乘去播报两条语音，稳住那些乘客，不然等他们发现头等舱的尸体，肯定要惹出乱子。"

林七夜点头赞同，走到空乘休息区，解开一位空姐的绳子与嘴上的胶带，出示自己警方的证件之后，对方立刻配合。

"由于天气影响，飞机在行驶过程中会遇到不稳定气流，请各位乘客系好安全带，不要随意下位走动……"空姐温和的声音在机舱内响起，安抚了一些躁动者的心灵。但也有很多人根本不信，毕竟刚刚亲眼看着飞机差点就撞上楼了，这还叫不稳定气流？

林七夜又解开其他几位空姐的绳子，让她们去机舱里安抚乘客的情绪，并告诉她们，这架飞机将在十几分钟后返航。最后，林七夜走到瘫坐在地的温祈墨身边，后者看着他，眉梢微微上扬："搞定了？"

"不知道。"林七夜摇了摇头，"酒馆老板和十切鬼童已经死了，但是仪式还是完成了，我不知道酒馆老板和十切鬼童的灵魂会不会被仪式吸收，如果是的话，他们一个'川'境，一个'池'境，再加上头等舱的几具尸体，或许可以满足仪式的最低条件。"

温祈墨伸出手，像是想拍拍林七夜的肩膀，看到自己手掌血淋淋的一片，还是苦笑着收了回去："你已经救下了这架飞机上和居民区中的所有人，很不错了，至于那只来自西方迷雾的神秘，这本该是'凤凰'特殊小队负责的范畴，接下来的事情，他们会处理的。"

林七夜一愣："以前也有过来自西方迷雾的神秘出现？"

"当然，只不过数量极少，但是每一只都极度危险，否则它们也无法在迷雾中生存下来，一旦出现涉及西方迷雾的神秘事件，无论大小，都需要由'凤凰'小队接手。"

"也就是说，每一支特殊小队的职能都有所区别？"林七夜问道。

"没错。"温祈墨点头，"001到004小队之所以被称为特殊小队，就是因为职能和普通小队不一样。比如004的'假面'小队，职能就是猎杀那些出现在某些城市中，当地守夜人小队无法处理的强大神秘。从某种意义上来说，他们的任务是最重的。而003的'凤凰'小队，则是优先处理与大夏境外迷雾中的神秘有关的案件，这类神秘通常极度危险，禁墟也极度诡异，在没有新的境外神秘出现的时候，他们也会帮助'假面'小队履行职能。002的'灵媒'小队，专门负责追杀极度危险的非神秘目标，比如古神教会的那群'神'，还有'信徒'的前几席。"

林七夜等了许久，温祈墨也没有继续说下去，不由得疑惑地开口："那001号特殊小队呢？"

"不知道，这支小队很神秘，极少出现在守夜人的视野中。除了少数高层，几乎没有人知道他们在哪里，在做什么，只知道这支小队几乎不对外招人，上次招入新成员应该已经是十几年前了。"

林七夜若有所思地点了点头。

"当然，这个所谓的职能划分并不是绝对的，而是一个优先级的区别，在自身负责的职能已经完成后，所有小队都需要去帮助'假面'小队，清剿大夏各地的强大神秘。"

林七夜简单地和温祈墨聊了几句，就起身走进客舱之中，精神力反复地扫过飞机的每一个角落，试图找到"贝尔·克兰德"的踪迹。客舱、货舱、引擎，甚至连飞机储备的燃油里他都搜了一遍，但那只小虫子就像是人间蒸发了一样，没有丝毫线索。连续找了几遍之后，飞机开始缓缓降落，透过舷窗向外看去，地面已经有数十辆救护车停靠一旁，闪烁的灯光将昏暗的机场照得明亮一片。

驾驶室内，安卿鱼像个老牌飞行员，熟练地驾驶着飞机，平稳地落在地面。飞机停稳后，小黑先是带着扫尾部队上了飞机，将头等舱内的尸体全部运回去，接走了温祈墨，然后才让乘客下飞机。林七夜倚靠在驾驶室旁，看着乘客们一个接着一个地走下去，精神力还在仔细地搜索着眼前每一个人，寻找着"贝尔·克兰德"的踪迹。就在这时，安卿鱼脱掉满是血口的黑色风衣，穿着一件干净的白色衬衫，从驾驶室走出来，搭配那副黑框眼镜，就像一个普普通通的高中生。

"真的不跟我回守夜人？这次你立下了大功，回去之后，高层不会追究你之前窃取尸体的事情的，到时候，你就不用生存在地下了。"林七夜开口说道。

安卿鱼笑了笑："守夜人的环境不适合我，我只是一个喜欢解剖尸体的疯子。"

"其实守夜人里，疯子也不少。"

"我不信他们。"安卿鱼摇头，"不管怎么说，这次多谢你的不抓之恩，我欠你一个人情。"说完他对着林七夜挥了挥手，混在乘客之中，走下了飞机。

等到林七夜下飞机的时候，下面的救护车几乎已经全部离开，喧闹的人群远去，整个机场再度陷入寂静。飞机上的灯光关闭，林七夜独自走下无人的阶梯，黑暗中，天空的星辰格外明亮。他刚走出两步，熟悉的声音就从旁边传来："七夜！"

林七夜一怔，转头看去，只见六道身影站在不远处，红缨激动地挥舞着手臂，扯着嗓子大喊："七夜威武！！"喊完，她伸出双手，弯曲着将指尖放在头顶，身体微微倾斜，笑嘻嘻地对林七夜比了个心。

林七夜笑了笑，迈步朝着那个方向走去："红缨姐，声音这么大，容易把工作人员引过来。"

"我才不管。"红缨毫不在意地开口，双眼放光，"七夜，你刚刚跳机秒杀酒馆

-239-

老板的样子太帅了！这招我能学吗？"

陈牧野无奈地将兴奋的红缨拉了回去，看着林七夜的眼睛，眼中满是赞许："这次，我们136小队是捡到宝了……"

林七夜有些不好意思地挠了挠头。

"具体的细节，我们回去再慢慢汇总。"陈牧野拽着红缨，转身朝着远方走去，"走了，收队。"

刚走两步，陈牧野的手机铃声突然响起。他一愣，掏出手机看了眼，看到上面一连串的"*"字号码，目光微凝，松开了拽着红缨的手。"你们先上车，我接个电话。"陈牧野对着众人摆了摆手，然后转身向黑暗中走去。林七夜等人对视一眼，便迈步向车上走去，红缨再次没心没肺地搂住林七夜的脖子，死缠烂打地要让林七夜教她。走远了的陈牧野看了眼嬉笑打闹的其他人，转过身，默默地接通了电话："叶司令，我是陈牧野。"

陈牧野站在昏暗的墙边，听电话对面的声音讲述了许久，双手越攥越紧。他深吸了一口气，缓缓闭上双眼，声音沙哑地开口："我知道了。"

沧南市外——

一辆马车在高速公路上快速行驶，瞬间超过一辆保时捷，坐在车前赶马的书童瞥了眼后面的保时捷，对着它做了个鬼脸。在这个年代，一辆马车在高速公路上行驶，已经足以吸引众人的眼球，但偏偏周围的车主就像没看到般，自顾自地向前行驶。这驾马车就像幽灵，化作半虚无的状态穿过一辆卡车，在众人的眼皮底下飞驰，却没有人注意到它。不仅如此，就连高速上的监控都无法记录下它的存在。

"丁零零零……"手机铃声响起，书童从怀里掏出手机，对着电话那头说了几声，表情有些古怪："夫子，叶司令让我们回去。"

"回去？回哪儿？"陈夫子的声音从车厢内传来。

"回沧南。"

"刚从那儿出来，怎么又要回去？"陈夫子的声音似乎有些不乐意，他伸出手，"把手机给我，我跟他说。"

书童将手机递给陈夫子，陈夫子与手机另一头的人说了些什么，随后陷入了沉默。

"掉头，回沧南。"陈夫子沉重的声音从车厢内传出。

| 第十一篇 |

生杀死劫

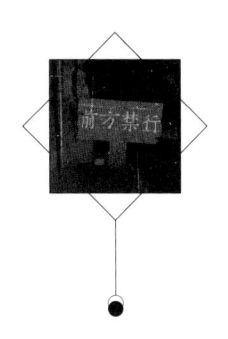

"今日凌晨，强台风登陆东海沿岸，海浪高度已经到达 30 米，一夜之间，沿岸的大量公共财产被毁，据专家推测，海浪在 24 小时内有可能突破 40 米，这将是近二十年来最大的海浪灾害。目前气象台已经发布红色预警，请沿岸的居民远离海岸线，珍爱个人生命及财产安全……下面由本台记者为您持续报道……"电视的画面突然一转，变成最近正在热播的《音域访谈》，吴湘南的脸一僵，转头看向旁边拿着遥控器的红缨。

"你看我干吗？"红缨没好气地说道。

"你快调回去，我要看新闻。"

"新闻有什么好看的？看这个帅哥主持人采访乘龙大叔不香吗？人家可是大夏最好的动作演员！"红缨理直气壮地叉腰。

"我不想看什么访谈，调回去！"

"就不！"

"你……"

一旁，冷轩正在面无表情地保养着枪支，司小南趴在桌上打了个哈欠，而温祈墨则和林七夜坐在一个鸟笼的旁边，往里面投喂着食物。没有人看针锋相对的两人一眼，他们早就习惯了。

"这就是'灾厄之鸦'？"林七夜仔细地端详着鸟笼中那只浑身漆黑的乌鸦，有些疑惑地问道。这只乌鸦乍一看和普通的乌鸦并没有什么区别，只不过羽毛的颜色似乎更加深邃，但若是仔细看去，就会发现它的双眼中苍白一片，没有瞳孔，只有眼白。

"没错。"温祈墨点了点头，"作为拥有生命的禁物，这东西在大夏是十分罕见的。据说整个守夜人里，也就只有上京、广深、淮海这几个重大城市有'灾厄之鸦'坐镇。"

林七夜一愣："那沧南怎么会有？这只是个普通的三线城市啊。"

"不知道，据说这是当年队长来沧南任职的时候带来的。"温祈墨将鸟食丢进笼中，拍了拍手，"这小东西能预测一座城市短期内的命运走向，如果有某种极端危险的大灾来临，它就会提前尖叫报警。"

"那到现在为止，它有叫过吗？"

"没有，至少从我来到沧南到现在，从来没有听它叫过。"温祈墨顿了顿，"最好永远不要听到……"

就在这时，陈牧野从办公室中推门而出，目光扫过众人："无聊吗？"众人对视一眼，有些疑惑，但还是微微点头，而红缨则是在疯狂点头。"收拾下东西。"陈牧野嘴角浮现出一抹笑意，"我们已经很久没有去团建了……"

沧南市公园——

宽阔柔软的绿茵草地上，铺着一大块红白格野餐垫，红缨仰躺在上面，整个人顿时放松下来，舒服地叫出了声："好久没出来野营了……好怀念啊。"

林七夜在她的身旁坐下，看着在公园中嬉戏奔跑的孩子们，开口道："红缨姐，你们之前经常出来团建吗？"

"对啊，反正每年也就忙活那么几天，之前我们无聊的时候，都是我拖着他们出来玩的。"红缨坐起身，兴致勃勃地说道，"不光是野营，我们还去钓鱼、吃烧烤、看电影、打麻将……"

"等等，麻将在事务所不是也能打吗？"

"你不懂，在棋牌室打更有氛围一点！"

"哦……"

林七夜转头看去，只见在不远处的烧烤区，陈牧野正围着围裙，专心致志地转着身前的烧烤架，时不时撒点孜然和辣椒，手法娴熟得像是个烧烤多年的老师傅。而吴湘南则坐在他的旁边，用铁扦一个个地将肉穿起来递给陈牧野，配合得极为默契。

没多久，陈牧野就端着几盘烤串，走到了野餐垫上坐下，有些疑惑地开口："温祈墨和小南呢？"

"他们去买饮料了，应该快回来了。"红缨紧盯着陈牧野手中的烤串，咽了口唾沫。

"那冷轩……算了，反正他一向喜欢失踪，一会儿就自己回来了。"陈牧野耸了耸肩。

"那我们先吃。"陈牧野将香气四溢的烤串盘放在地上，红缨立刻伸手取出一串，恶狠狠地啃了一口，然后眼睛笑弯成了一条缝："队长，你的手艺真是绝了。"

这时，温祈墨拎着两大袋饮料从远处走来，身后跟着司小南，手中拿着一枝绿色的花朵。两人在餐垫上坐下，司小南手中的花顿时引起了红缨的注意。

"咦，这是什么花，我怎么从来没见过？"红缨疑惑地问道。

"这是曼殊沙华，也就是彼岸花。"吴湘南看了红缨一眼，一副"你怎么这么没见识"的表情。

"彼岸花不是红色的吗？"红缨指了指绿色的彼岸花，"可这个是绿色啊！"

"谁说彼岸花不能有绿色了？"吴湘南耐心地解释道，"彼岸花的颜色有很多，比如红色的彼岸花，花语是'思念，回忆，死亡之美'，蓝色的是'悲伤与分离'，黑色的是'不可预知的黑暗、死亡与颠沛流离的爱'……"

"那绿色呢？"

"绿色……"吴湘南想了想，"它的花语应该是'生生不息的希望'。"

陈牧野的眉梢微微上扬："这寓意倒是不错。"

微风徐徐，芳草的香气混杂着浓烈的串香，钻入众人的鼻腔，引得人食指大动。他们围成一圈坐在餐垫上，一边吃着烤串，一边聊天扯皮，红缨吃得兴起，兴高采烈地跟林七夜讲述着其他人的种种糗事，引得司小南咯咯直笑。吃饱喝足之后，林七夜躺在餐垫上，看着头顶悠然飘过的朵朵白云，整个人前所未有地放松，一切的烦恼仿佛都烟消云散。

陈牧野擦了擦嘴，放下了手中的烤串，深吸一口气后，对着众人说道："这次，我要宣布一件事情。"众人纷纷安静下来，等待着陈牧野的下文。陈牧野沉默了片刻，缓缓开口道："我今天早上接到通知，上京市的驻守小队那边，邀请我们136小队前往上京观摩学习，今天团建结束之后，大家就可以回去收拾行李，准备明早启程去上京了。"

众人一愣。

红缨顿时激动了起来："要去上京？！太好了！我早就想去了！"

吴湘南的眉头微皱："那我们走了，沧南怎么办？万一出现了神秘……"

"我会留下来守着，你们不用担心。"陈牧野平静地开口，说完，他看向林七夜："七夜，你也和我留下来，没问题吧？"

240

听到这句话，林七夜没有丝毫犹豫，点了点头："没问题。"

温祈墨有些疑惑地开口："上京小队邀请我们去观摩学习？为什么？我们和上京的小队根本不熟，而且也从来没有过交集……"

"守夜人的高层很久之前就在筹备观摩学习这件事，专门针对三线城市的守夜人，目的就是增强三线城市守夜人的专业素养，只不过之前一直在犹豫让哪支小队当第一个去观摩的，正好我在上京那边认识人，就让他选了我们136小队。"陈牧野认真地向众人解释道，"只不过，林七夜是前几天才加入我们小队的，在之前登记的时候没有计入他的名额，所以这次观摩学习参加的名单上只有吴湘南、红缨、温祈墨、冷轩和司小南五个人。"

听完解释，众人才露出恍然大悟的表情。

只有吴湘南始终皱着眉头，不知在想些什么。

"观摩学习多久啊？"红缨好奇地问道。

"短则三天，长则一周吧。"陈牧野微笑着开口，"这次观摩途中产生的一切费用，都由守夜人高层报销，这是高层下发的观摩通知，你们看下。"陈牧野递出一份文件，给众人传阅起来，在文件上清楚地写了观摩的流程与观摩人的名单，在右下角有正式的守夜人签章与上京市小队签章。

吴湘南看到这份文件，心中的疑虑才完全打消，转头看向陈牧野："你和七夜两个人留守沧南，会不会有些吃力？要不我也留下来？"

陈牧野摇了摇头："观摩队伍必须由副队长带队，这是高层的命令，你必须去。"

吴湘南犹豫了片刻，只能无奈地点头。

陈牧野看了眼时间，站起身说道："好了，都吃得差不多了，早点回去，你们赶紧收拾收拾东西，明早七点出发。"

第二天一早，林七夜和陈牧野便将五人送到机场。红缨拖着两个大行李箱，戴着墨镜，兴冲冲地对着外面的二人挥了挥手，然后便推着温祈墨等人走进安检。

林七夜目送几人离开，陈牧野转身拍了拍他的肩膀："走吧，我们回去。"

林七夜点了点头，犹豫片刻之后，还是开口："队长，你为什么要骗他们去上京？"

陈牧野身体一震，有些僵硬地转过头："你在说什么？"

"队长，你忘了我的禁墟了吗？"林七夜苦笑着开口，"今天早上，你在办公室里偷偷伪造文件的时候，正好在我的感知范围……"

陈牧野："……"

"文件虽然是假的，他们去观摩学习却是真的。"陈牧野无奈地开口，"我在上京小队里认识人，他会带着他们在上京玩几天，等到一切结束，他们就会回来的。"

"一切结束？"林七夜敏锐地捕捉到了关键点。

陈牧野沉默许久，看着林七夜的眼睛，认真地开口："七夜，接下来的这几天，沧南可能会发生一些事情……只是可能，虽然这个可能性很小很小……但如果它真的发生了，将会是一场灾难，所以……"

"所以你不想让他们卷入危险？"

"没错。"陈牧野点头，"你是不是在想，既然危险，我又为什么要把你留下来？"

还没等林七夜回答，陈牧野继续说道："其实如果可以的话，我也想让你和他们一起离开，但出于某些原因，你不能离开沧南市……这是来自高层的命令。"

林七夜一怔，心中的疑惑更浓了。

为什么不能让他离开沧南市？

"但是你放心，留在沧南，你的安全同样会得到保障。"陈牧野补充道。

林七夜虽然有满心的疑惑，但知道即便问了也不会有结果，只能跟着陈牧野走出机场候机楼。俯瞰着眼前这座平静而普通的小城，不知为何，林七夜的心中有些不安。

距离沧南市三百公里——

一架漆黑的军用运输机掠过天空，低沉的引擎声轰鸣，笔直地朝着沧南市的方向驶去。机舱内，八个身披金色斗篷的人影坐在两侧，其中一个斯文的男人手中拿着一份文件，缓缓合起："……以上，就是这次境外神秘'贝尔·克兰德'的详细案件信息，大家还有什么疑问吗？"

"我！"话音刚落下，就有一个身形窈窕的金发女人伸出手，在空中挥了挥，一副跃跃欲试的样子。

斯文男人的目光直接忽略了她，落在其他人身上，重复道："所以，大家还有什么疑问吗？"

"孔孵孵！"女人狠狠地瞪了他一眼，"队长的疑问你都敢忽略？你信不信老娘揍你！"

孔伤无奈地叹了口气："那么，队长大人，你还有什么疑问呢？"

"这次我们去清剿那个什么贝勒爷的时候，能不能把林七夜掳到我们'凤凰'小队来？"金发女人兴冲冲地开口。

孔伤："……"

"队长，人家已经是136小队的队员了，是不可能加入我们的。"孔伤耐住性子解释道，金发女人沮丧地叹了口气。

突然，军用运输机开始倾斜，在空中转了个方向，沿着来时的方向飞了回去。"凤凰"小队的众人都是一愣，看向窗外，在确认飞机开始往回飞之后，眉头微微皱起。

"怎么回事？"金发女人解开安全带，从座位上站起身，眉头紧锁，"不是去沧南清剿境外神秘吗，怎么回头了？"

就在此时，一个穿着军装的男人从驾驶室走来，对着众人敬了个军礼，沉声开口道："很抱歉，刚接到高层的消息，从现在开始，沧南市隔绝所有与外界的联系、飞机、火车、客车、私家车……一切来自外界的交通工具，都禁止进入沧南境内。"

众队员对视一眼，眼中充满了疑惑，孔伤也从位子上站起，认真地开口："我们是特殊小队。"

"指令中特别交代过……"男人平静地开口，"特殊小队，也不例外。"

241

东海沿岸，低沉的乌云遮蔽整个天空，混沌的云层没有丝毫光照透出，隐约的雷光在云层间翻腾。云层下，海水就像是一只咆哮翻滚的黑色巨兽，怒吼着卷起数十米高，仿佛要与云层连接在一起。呼啸的狂风席卷海岸线，即便是几人合抱粗的树木，也被连根拔起，撞入街道另一侧的咖啡馆中。一层又一层的海浪冲上岸边，拍打在无人的街道之上，溅起的浪花仿佛能将一栋摩天大楼卷入其中，海水涌入错落的街道之中，风雨将半座城市笼罩，宛若世界末日！

此时，距离海岸线五公里内的所有居民都已经撤离，一条条警戒线将海岸围住，却在海水的冲击下断裂，被吞入海中。几架直升机掠过天空，在海岸线周围盘旋，几位穿着军装的男人紧盯着海水，脸色有些难看。

"这情景……可比那些灾难科幻片恐怖多了。"一个男人忍不住开口，"究竟是什么东西能造成这么大规模的灾难？这至少得是'无量'了吧？"

"'无量'？你在开什么玩笑？"旁边的一人摇头，"要知道，这可不光是一座城，东海沿岸的数十座城市，都已经变成了这副鬼样子，即便是'克莱因'也不可能做到这个地步……"

男人似乎想到了什么："你是说，这是……"

就在此时，一个严肃的声音在所有人的耳麦中响起："目标出现！重复！目标出现！所有人不要轻举妄动，不要试图攻击目标，不要做多余的事情，保持无线电静默！一切，会有人处理。"听到这句话，所有人同时屏住呼吸，将目光沿着海岸线扫去。

"轰隆隆隆——"突然间，黑色的海水就像沸腾了一般，剧烈地翻滚起来，远处的海平面上，一道遮天蔽日的超大型海浪冲天而起！这道海浪很高，高到冲上天空卷下了一角雷云，翻腾的电光与海浪混合在一起，低吼着拍向眼前这座渺小的城市。这一道海浪若是落下，整个城市都将被瞬间拍成废墟。所有直升机上的人都咽了口唾沫，手掌死死地抓住身边的把手，指节有些泛白，心都提到了嗓子眼。

"叮——"就在这时，一道清脆的剑鸣从远处传来，瞬间盖下了低沉的海浪声，在这道声音响起的时候，整个天地仿佛都陷入一片死寂。紧接着，那道铺天盖地的海浪突然一滞，下一刻竟然从腰部硬生生地断开，像是有一柄无形的剑刃切开了这足有十多公里长的海浪！断裂的海浪撞入海中，翻起大片的浪花，巨大的声响如同导弹爆炸般回荡在天空之中。这一场足以灭城的浩劫，就这么简单地被化解了。

直升机上，所有人的目光都落在海岸线旁那个缓缓走来的身影上。风雨飘摇，朦胧的城市下，地面满是倒影的碎片。一个抱着长匣的年轻人踏过破碎的街道，被雨水打湿的发梢自然下垂，遮住了他的双眼，狂风吹起他黑色衬衣的一角，他低着头，一步步地走向海边。

"轰隆隆——"海面再度翻滚，下一刻，一道比刚刚更大的海浪冲上天空，撕裂开厚重的云层，咆哮着砸向人间！年轻人依然低着头，目光看着自己的脚尖，似乎对外界的一切并不感兴趣。他的手掌轻轻抬起，再次拍打在怀中的长匣上。"叮——"剑鸣再起，那道卷起的海浪被瞬间洞穿，无数的剑气刹那间将它撕扯成漫天的碎雨，消失在海面之上。他的脚步没有丝毫停滞，一步、一步、一步……他走到海岸旁，在一棵断裂的大树边停下脚步。

他低着头，看了翻滚的大海一眼，用只有自己能听见的声音，缓缓开口："前方大夏领土，神明禁行。"他的声音很小，在这轰鸣的海浪声中，就像蚊鸣般细微，但就是在他话音落下的瞬间，眼前汹涌的大海像被人按下暂停键突然定格！每一道海浪，每一朵浪花，每一滴海水，都停滞在空中。片刻之后，无垠的大海突然再度涌动起来，向着两侧翻滚而去……大海，被分开了。分开的海浪之间，一个宏伟的身影从深海中走来。那是个长着异域面孔的男人，赤着上身，手中握着一柄三叉戟，黑色的长发垂到腰间，举手投足之间都带着恐怖的威压！他一步踏出海面，瞬间挪移到年轻人的面前，手中的三叉戟落在地面，整座城市都剧烈震颤了一下，低沉而洪亮的声音在空中回荡。

"凡人，你可知……我是谁？"

"神明代号009，海神波塞冬。"年轻人平静地开口。

波塞冬的双眼微微眯起："狂傲之国，无信之民！神明岂是你们可以随意编号的？"

"你们这些神，有什么可信的？"年轻人看着自己的脚尖，"除了剑，我谁都不信。"

波塞冬注视着年轻人，半晌之后，缓缓开口："有趣，你叫什么名字？"

"我叫周平。"年轻人说道，"他们都叫我剑圣。"

"周平。"波塞冬平静地开口，一股宏大恐怖的威压骤然降临，死死地压在周平的肩头，将他脚下的地面都压得崩碎开来，"我承认，在我所见过的凡人里，你是最强的。但你真的以为，凭你一介凡人躯体，可以挡住海神的脚步？"

"我可以试试。"周平淡淡开口，怀中的剑匣打开半寸，剑鸣再起！刹那间，一道狰狞恐怖的剑痕出现在两人中央的地面上。与此同时，一股凌厉的剑意从周平的身上爆发，竟然与波塞冬的神明威压分庭抗礼！

波塞冬的脸色微变，沉声开口："'湿婆怨'是代表绝对毁灭的神器，如果落在恶神的手中必然酿成大祸，你们大夏无神，是保不住它的！只有让我带回奥林匹斯，才能避免灾祸发生。"

"大夏的事情，不劳你们希腊众神费心。"周平轻轻握住匣中长剑，整个人的气质一变，无尽的剑气冲天而起，周平一直低垂的头微微抬起，漠然的双眸与波塞冬对视，缓缓开口，"我再说最后一次……大夏境内，神明禁行！"

242

大夏北部，皑皑白雪覆盖在连绵的山脉之上，雪白的山林之中，几只飞鸟被惊起，扑棱着翅膀飞向天空。突然间，远方的天空中，一抹黑色开始蔓延。远方的小镇中，一个正在家中打盹的老人无意间看到天空，突然坐起身，揉了揉眼睛："老伴儿！老伴儿！！你瞅瞅天上，咋一半白天一半晚上啊？"

"傻老头子，大白天又开始说梦话！"妇人在厨房骂道。

老人呆呆地看着远处的天空，喃喃自语："……活见鬼了！"

黑色的天空下，飞鸟被这抹黑暗所笼罩，身躯突然一震，直挺挺地从空中摔落在地上，已经没了气息，就像有只无形的死亡之手，悄然抹杀了它们的生命。可几秒钟后，这些死去的飞鸟开始抽搐，随后竟然又站起来，和生前一样扑棱着双翅飞入黑色天空之中。黑色继续蔓延，荒野之中，几片散落山间的坟地被黑暗笼罩，死寂的黑暗中，开始出现窸窸窣窣的诡异声响。"砰——"一片泥土突然爆开，一块厚重的棺材板弹飞数米远，一具不知死了多久的骸骨缓缓坐起身，竟然从棺材之中站起来，空洞的双眸中燃起诡异的黑火。"砰砰砰砰——"接连几道声音响起，坟地内所有的尸骨都已复生，僵硬地转过头颅，随着黑暗前进的方向，朝着远方的城市缓缓走去。在这片黑暗之中，生与死似乎已经没有了界限。这抹黑暗就悄无声息地，一点点朝着城市挪动，死亡的气息在空气中蔓延……直到遇见了那个男人。

洁白的雪地中，一个披着普通暗红色斗篷的中年男人坐在那儿，四十多岁，身旁的雪地中插着一柄制式星辰刀。他抬眼看了下天空中逐渐逼近的黑暗，从口袋中摸出了一根烟，叼在嘴角，不紧不慢将其点燃。火光迸溅的瞬间，一抹刺目的佛光以他为中心绽开，像是汹涌的金色海浪，直接冲撞到身前的黑暗之中，淡淡的梵音在空中回荡，黑暗就这么被他挡在了身前。男人叹了口气，缓缓站起身，抽出身旁的星辰刀，遥望着远处的黑暗，缓缓开口："自我介绍一下，我是大夏守夜人最高总司令，叶梵。"

天边，一个身影在黑暗中勾勒而出，像是一阵微风，徐徐吹到了叶梵的身前。在他出现的瞬间，十里山林瞬间枯萎，皑皑白雪都像是被墨水所浸染，浓郁的死气充斥天地之间。

"尊者叶梵。"那虚无的身影缓缓开口，"我知道你，十年前的那场神战中，你被盖亚打碎了身体，没想到你居然还活着。"

"不破不立，能活下来，也算是我的命数。"叶梵平静地开口，"倒是你们……没想到十年过去了，你们对'湿婆怨'还没有死心。"

"那件东西太危险，只有奥林匹斯才有资格保管。"

"呵呵呵……"叶梵冷笑了起来，"也是，迷雾降临之后，只有你们希腊的神明保存得最为完整，让我猜猜，你们除了献祭了所有的国民之外，还献祭了多少自家的神明？死神达纳都斯、睡神修普诺斯、白昼女神赫墨拉……堂堂希腊五大创世神之一，倪克斯的子嗣都快被你们杀光了吧？"

叶梵似乎想起了什么，微笑着说道："哦，对了，或许你们还不知道，半年前，倪克斯在大夏出现了……当她完全归来的时候，不知道就凭盖亚，能不能挡住她的怒火？"

听到这句话，那团虚无明显震了一下，即便叶梵看不到他的脸，也能感受到他的惊骇。"不可能，那个女人已经死了！"

"你是大名鼎鼎的冥王哈迪斯，这个世界上，没有人比你更懂死亡……"叶梵缓缓说道，"但是在这片迷雾之中，没有什么不可能。"

哈迪斯周身的死气更加浓郁了，他死死地盯着叶梵，冥王的威压骤然降临！"把'湿婆怨'交出来，否则……我会将这个国度变成我冥界死土！"哈迪斯的声音仿佛来自幽冥，森然恐怖，"这次，你们不会像十年前那样幸运了……"

"是吗？"叶梵的眉梢微微上扬，"你们，似乎也没有十年前那么强了。"

哈迪斯的瞳孔骤然收缩。

"这场突如其来的迷雾，将你们这群神明从神话打落人间，只要身处迷雾之中，你们就会越来越弱，再过百年，或许你们也与凡人无异。我想这次盖亚没有亲自前来，就是为了躲在奥林匹斯保存实力？"叶梵的嘴角微微上扬，"就像……一条苟延残喘的狗一样。"

"轰——"澎湃的幽冥死气撞在叶梵的身边，不断地蚕食着他周围的佛光，哈迪斯抬起下巴，睒眼看着叶梵，冷声开口："愚蠢的凡人，我会让你们知道……神，永远是神！"

距离沧南市二十公里——

荒僻的公路上，一辆迈巴赫呼啸而过。驾驶座上，一个干瘦的年轻人正开着车窗，将左手搭在车门上，指尖随着音乐有节奏地敲击，潇洒无比。就在这时，一个穿着黄色制服的身影骑着电瓶车，跟在他的身旁，与他并驾齐驱。在那件制服的背后，贴着四个明晃晃的大字——"米团外卖"。潇洒的年轻人一愣，看了眼自己仪表盘上的数据，又看了看旁边的外卖员，有些迷茫。现在他的车速已经到达130迈，什么电瓶车能跑这么快？！就在他疑惑的时候，外卖小哥单手扶车把，另一只手在车后的布袋中掏了会儿，掏出一个比萨盒，递给年轻人："你好，这是你的外卖。"

年轻人摇了摇头："你有病吧？我没有点外卖。"

外卖小哥眉梢一扬："是神明编号018的诡计之神洛基吧？这就是你的外卖。"

"嘀嘀！"比萨盒自动弹开，露出里面整整齐齐的一排炸药，泛着诡异的蓝光，驾驶座上的年轻人表情瞬间僵硬！

243

"嗯？"沧南市外，一个背包旅行的女人突然停下脚步，转头看向某处，嘴角浮现出一抹诡异的笑容。下一刻，她的身体剧烈浮动起来，几秒钟后变成一个披着深绿色长袍的男人。

这个男人长着一张标准的西方面孔，黑色的头发微微卷曲，深凹的眼眶中，那双深邃的眼眸浮现出些许的笑意。"又杀了我一具分身？有点意思……"他转过头，看向近在咫尺的沧南市，嘴角的笑容逐渐收敛，"多亏了希腊的那几个蠢货帮我吸引了火力，否则想潜进来，还得再花不少功夫。不过这一次，'湿婆怨'一定是我的！"他轻轻迈开双腿，不慌不忙地进入了沧南境内。

沧南市——

"嘎——嘎——嘎——"刺耳的鸦鸣突然响起，回荡在事务所中，凄厉而又尖锐，让人不由得头皮发麻！林七夜猛地睁开眼，反应零点一秒之后，飞快地从床上爬起冲出房间。136小队的其他人去了上京之后，林七夜就暂时住在事务所里，既方便又能和同样是孤家寡人的陈牧野相互照应。他冲到客厅中，发现陈牧野已经站在鸟笼前，脸色阴沉至极。鸟笼中，没有瞳孔的"灾厄之鸦"正在凄厉地嚎叫，黑色的鸦羽开始一根根地脱落，缕缕鲜血从它的眼中渗出……"嘎——"它的叫声越来越凄惨，却越来越微弱。等到最后一声叫出，它便身形一晃，栽倒在地，已然没有了生命迹象。死寂的客厅内，一根染血的鸦羽缓缓飘落地面。林七夜怔怔地看着死在笼中的黑鸦，转头看向陈牧野，声音有些沙哑："队长，这是……"

陈牧野沉默许久，缓缓开口："看来，我最担心的事情还是发生了……"

"队长。"林七夜的眼神中，是前所未有的严肃，"到底发生了什么？"

陈牧野深吸一口气，看向林七夜："你听说过'湿婆怨'吗？"

"'湿婆怨'？"林七夜一愣，脑海中瞬间回想出在集训营内他在向袁罡总教官询问陈牧野事迹的时候，对方提到的最高危级禁物。"承载着印度湿婆神禁墟与灵魂的顶级禁物，序列008，它的本体是一张古老的羊皮卷，只要付出足够的代价，写在上面的任何'概念'都将被直接抹杀。"

陈牧野简单地介绍了一下，继续说道："十年前，大夏边境曾爆发过一场神战，目的就是抢夺这件出现在大夏境内的超级禁物，后来……发生一些事情，兜兜转转之下，这件禁物便由我代为保管。"听完，林七夜直接一愣，随后眼中浮现出浓浓的惊骇。"'湿婆怨'……一直在队长你的手里？！"林七夜震惊地开口。

"没错。"陈牧野平静地开口，"这件禁物的气息涉及毁灭法则，只有我的'黑无常'能借用阎王殿之威将其镇压，否则它暴露在外界的气息就像黑暗中的太阳一样明显，可能会引来其他神明的窥伺。"

"所以，你就镇压了它十年？"

陈牧野点头："但是这十年来，它的力量一直在增长，我的力量却越来越弱，镇压它变得越发困难。由于'湿婆怨'本身带有死气，所以它和我的皮肤接触之后，会不停地烧灼我的灵魂，以前每天我都可以将其拿下几个小时，但从上个月起……我就不敢再将它拿下来了。"陈牧野眼中浮现出一抹愧色，"前两天飞机即将坠落居民区的时候，我将'湿婆怨'揭下了一角，没想到气息外泄，引来了外神的窥探。"

林七夜摇了摇头："这不是你的错，就算你不将它揭下一角，再过几天，它还是会冲破你的压制。"

陈牧野缓缓闭上了双眼，没有说话。

"所以，现在我们能做什么？"林七夜沉吟片刻，问道。

"等。"

"等？"

"这个层次的战斗，根本不是我们能插上手的，我们所能做的，就是等待。"陈牧野缓缓开口，"民众由警方负责疏散，但是沧南市这么多人口，是不可能在短时间内全部撤离的。如果这期间……这座城市真的发生了什么，就只能由我们来拖延时间。"

林七夜重重地点头："好。"

"呵呵呵……你以为，你真的能摆脱这一切吗？就算你再怎么努力遗忘，你，就是你。来吧，回归我的怀抱，司小南……"

上京市酒店中，司小南猛地睁开双眼，从床上坐了起来，急促地呼吸着。

"小南？"隔壁床的红缨看到这一幕，快步走过来，"又做噩梦了？"

司小南咬着嘴唇，脸上没有丝毫的血色，点了点头。

"想不到你这个丫头睡觉居然还认床。"红缨无奈地摸了摸她的脑袋,轻声说道,"那我们出去逛逛街好不好?今天下午的街才逛了一半呢。"

司小南将头埋到红缨怀里,犹豫片刻之后,点了点头。两人换好衣服,正准备出门,房门就被敲响了。红缨打开门,只见吴湘南正站在门后,旁边还站着温祈墨和冷轩,表情都十分严肃。

"你们不是去按摩店体验了吗?怎么回来了?"红缨疑惑地问道。

"事情不太对。"吴湘南沉重地开口,"我们几个刚进按摩店的大门,就听到前台在那边说,现在所有去沧南的火车和飞机都停运了……"

"停运了?"红缨一愣,"我们不是昨天才来的上京吗,怎么会停运?"

"不知道,听说这个消息我们几个立刻就从按摩店出来,去了一趟机场,还有火车站、汽车站……确实停了。"温祈墨接着说道,"无论是进还是出,所有与沧南市有关的班次都被取消,就像是……沧南这座城市凭空消失了一样。"

"我试着给队长打电话,却发现不在服务区。"吴湘南深吸一口气,一字一顿地说道,"沧南,很可能出事了。"

244

诸神精神病院——

"幺鸡。""四筒。""六条。"

"和啦!"李毅飞一把将身前的麻将推倒,笑呵呵地开口。在座的阿朱哭丧着脸,把手中一张皱皱巴巴的字条递给李毅飞,上面写着几个大字——"阿朱扫地券"。倪克斯和梅林也笑着各自递出一张字条,分别是"阿朱做饭券"和"阿朱暖床券"。

李毅飞将三张券捏在手里,笑眯眯地看着阿朱,挥了挥手中的票票:"阿朱,明天的扫地、做饭都交给你了。另外,今晚来我房间暖床。"

阿朱抿着嘴唇,委屈地开口:"明明是四个人打麻将,为什么三个人的筹码都是我的工作券啊?"

"前辈总是要多给晚辈一些展示的机会,这可是我们的企业文化。"李毅飞黑心地笑了笑,伸手指着自己面前的另外几张字条,"而且这不是也有我的工作券吗?有本事你把它们赢过去啊?"

阿朱气鼓鼓地开口:"你欺负人!红颜来得比我还晚,为什么她不用做这些?"

"红颜还只会简单的工作,现在我们病院还是得靠你啊阿朱!"李毅飞悠闲地躺在靠背上,对着站在身后的红颜打了个响指,"红颜,给奶奶上一杯卡布奇诺,再给梅林前辈上一杯上好的碧螺春。"

红颜歪了歪头,似乎不明白李毅飞在说些什么。

李毅飞叹了口气："给我们倒三杯水。"

红颜这次听明白了，转头就往厨房走去，过了一会儿端了三杯水回来，放在三人的面前。

梅林端起杯子，摇了摇头："小李啊，这水里怎么没有枸杞啊？这不养生。"

李毅飞嘴角微微抽搐："梅林前辈，咱这病院里……它也不产枸杞啊！"

梅林叹了口气，表情似乎有些沮丧，顺手摸了张牌，丢了出去："二条。"

"吃！"李毅飞眼前一亮！当然，同样眼前一亮的，还有站在后面的红颜。"嗷呜——"红颜一口啃在圆桌上，银牙一咬，硬生生地啃下了半张桌面，上面的麻将也顺着滑进了她的嘴里，被她嚼出了清脆的嘎嘣声。

阿朱："……"

李毅飞："……"

梅林："……"

倪克斯眉眼含笑地看着红颜，和蔼地说道："我这大孙女牙口真好！"

李毅飞正欲说些什么，一个白衣身影突然出现在门口，他"噌"的一下站了起来，腰杆笔挺，对着林七夜鞠了一躬，和旁边的阿朱异口同声地喊道："院长好——！"说完，他给一旁的红颜使了个眼色。

正在嚼麻将的红颜："……"

林七夜古怪地看了他们一眼，现在没心情品鉴李毅飞精心打造的企业文化，而是直接走到梅林身边，开口道："梅林阁下，请借一步说话。"

梅林眉梢一挑，点了点头，跟着林七夜走进了书房。

"梅林阁下，我最近遇到了一些事情……"林七夜坐在椅子上，斟酌着开口。

"你想让我帮你预言？"梅林瞬间领会了林七夜的意图。

"没错。"

梅林端详着林七夜，片刻之后，眉头微微皱起："即便不用预言，我也能隐约地看出来你近期的命运轨迹太黯淡了……"

"黯淡代表着什么？"

梅林犹豫片刻，缓缓说出两个字："死兆。"

林七夜的眉头皱起。

"用你们大夏的话来说，就是你命中的劫数来了。"梅林继续说道，"用'劫'这个字确实更加妥当，因为这从某种意义上来说，并不是必死的。"

"梅林阁下，可有破劫之法？"

梅林摇了摇头："如果是别人，我确实能用预言术给出建议，但是我之前就说过，你的'未来'我看不清，你的命运本身就是被隐去的，如果不是我近期恢复了一些力量，恐怕连这一点点的征兆都看不出来。"

林七夜听到这句话，脸上浮现出果然如此的表情，无奈地叹了口气。就在这时，梅林的表情突然古怪了起来，低头看向自己的身体，眼中满是疑惑："奇怪……"

"怎么了？"

"我虽然看不清你的命运轨迹，但是我自己的命运轨迹似乎即将和你有更加紧密的交集？"梅林沉吟许久，有些不确定地开口，"或许你破劫的关键，与我有关？"

林七夜一愣，随后眼睛就亮了起来。梅林作为诸神精神病院的第二位病人，除非离开这座精神病院，否则自身的命运是不会对外界造成影响的，也就是说……在不久的将来，梅林会离开这座病院？和病院中的护工不同，病人想要离开这里，就只有一个方法，那就是治疗进度达到50%。林七夜抬头又看了眼梅林的治疗进度，停留在41%，与50%差了不少，最关键的是，他的治疗进度从两个月前开始就没有增加过。想要在短时间内将进度条推到50%，谈何容易？林七夜皱眉看着眼前的梅林，沉思起来。药物对梅林已经失去效果，如果没有什么突破性的进展，很难在短时间内提升9%的进度。可究竟要怎么做，才能取得突破性的进展？他还是要从病的根源下手！见林七夜已经陷入思考，梅林没有打扰他，而是默默地站起身，走出了书房。就这样，林七夜独自在书房里坐了一上午，得到精神病院到现在，他还是第一次在病院内逗留这么长的时间。毕竟他在病院的时候，在外人的眼中，他就是在发呆，要是真的待一上午，人家估计会以为这孩子傻了。但现在，他即便回到现实世界，也只能焦虑地等待劫数的来临，与其如此，还不如在这里努力地找出一条生路。

书房外，李毅飞、阿朱、魔方、红颜四人悄悄地往里看了一眼，正准备说些什么，突然，书房的房门被打开。林七夜快步从书房内走出，无视众护工，直接走到正在院子里打盹的梅林面前。他深吸一口气，一脚踩在椅子扶手上，严肃地开口："梅林，你找到真实世界的秘密了吗？还能睡得着觉？！"

245

听到这句话，四位护工同时呆在原地，就连一旁的哈巴狗都猛地从地上弹起，飞快地朝旁边跑去，边跑边叫："咕咕咕咕咕……"

梅林茫然地睁开眼睛，下一刻身形剧烈扭曲起来，眨眼工夫，就变成了那只熟悉的粉色海星。海星从座位上跳起，凭空变出一杆网兜，激动地大喊："海绵宝宝！我们去捉水母吧！！"

与此同时，千里之外——

黑鸦盘旋，雷电狂舞，古老而神秘的教堂之中，三张高大的荆棘王座摆在中央，宏伟而威严，让人仅是看一眼，就生出顶礼膜拜的念头。其中两张王座空空荡荡，只有右边的那张荆棘王座上随意地坐着一个穿着燕尾服的妖冶男子。在他的脚下，站着三个身形笼罩在阴影中的男人。

"两个蠢货！"王座上的"呓语"冷声开口，"这么简单的任务都差点失败，还莫名其妙地死了两位'信徒'！要不是沈青竹及时出手，那件东西就真的要落在守夜人手里了。"

王座之下，两个男人对视一眼，苦涩地开口："大人，真的不是我们办事不力，实在是……实在是那两个队友死得太蹊跷，我们已经仔细检查过了，附近根本就没有敌人的踪迹……"

"住嘴！""呓语"沉声怒道，"你们两个废物，什么时候才能和沈青竹一样让我省心？"

两人立刻低下头去，沉默不语。"呓语"深吸一口气，缓缓开口："这次就算了，下面我来详细讲讲下一个任务，主要是……捉水母！"

"啪——""呓语"猛地捂住自己的嘴巴。下方的三人一愣，疑惑地抬头看向"呓语"，其中一人试探性地开口："捉……捉水母？是新的强大神秘吗？"

"蠢货！我说的是……美味的蟹黄堡！！""呓语"脖子通红，愤怒地开口。

三人："？？？"

"大人，蟹黄堡……又是什么？"另一人斟酌着开口。"呓语"猛地从王座上站起，双手抱着头，奋力嘶吼着："滚！都给我滚出去！出去找派大星捉水……"

"啪——""呓语"扇了自己一巴掌，"克莱因"境界的恐怖威压骤然降临，下方的三人对视一眼，立刻朝着教堂外退去。"闭嘴闭嘴闭嘴……你这个鬼东西，休想控制我的身体！"教堂内，隐约传来"呓语"的嘶吼声。

沈青竹走到教堂外，缓缓停下脚步，回头看着空荡的教堂，双眼微微眯起："他的精神果然有问题……"

诸神精神病院——

"海绵宝宝！你什么时候回来找我捉水母啊？！"粉色的海星在院子里以惊人的速度狂奔，林七夜的双眼微眯，身形一晃就来到它的面前，一只手打飞海星手中的网兜，一只手抓住它的身体，拎在半空中。"就让我来看看，你究竟是什么东西……"林七夜喃喃自语。下一刻，他的手中绽放出一道绚丽的魔法阵，将粉色的海星笼罩进去，紧接着，林七夜的另一只手伸在半空，同样绘制起一道魔法阵。梅林的病，本质是什么？是因为他找不到真实世界，而产生的焦虑吗？并不是。焦虑确实是问题，但并不足以让梅林降临到这个地方。他真正的病根，是"在焦虑之后会进入第二种人格"这件事本身。而梅林之所以会变成粉色的海星，是因为他脑海中的第二人格本就是一只海星，海星在控制梅林的身体后，下意识地用变形魔法将外形变成原本的模样。从某种程度上来说，这就是"异种人格入侵"。对此，最好的治疗方法，就是直接将这个第二人格分离！如果是在外界，林七夜没有什么办法，但在这座精神病院之中，他的力量得到大幅加强，一方面对第二人格强行签署召唤契约，一方面在梅林的身体之外试着将它召唤出来。这就是林七夜用了一上午想到的"指定召唤魔法"治疗方案，目的就是将第二人格抽离梅林的身体——简单，粗暴！

　　随着林七夜手中的召唤魔法越来越明亮，粉色的海星身体逐渐扭曲起来，开始一点一点地变回梅林之前的模样。有效！林七夜的眼睛越发明亮。当粉色海星一半的身体变回梅林的模样时，梅林的身体轻轻一震，汹涌的灵魂力量通过粉色海星的身体灌入林七夜手中的魔法阵中。林七夜的脸色一变，在这强悍的力量冲击之下，手中的召唤魔法被瞬间打断！他闷哼一声，踉跄着向后退了两步，眼中浮现出遗憾之色。粉色海星与梅林灵魂的纠缠太紧密了，一开始还好，当将粉色海星的灵魂抽离一半之后，与剩下一半灵魂相连的梅林灵魂就下意识进行反击，这可是一位神明的灵魂力量，又岂是林七夜能随便压制的？如果将粉色海星的人格比作一棵树，那林七夜现在已经砍掉树干，剩下的树根已经深深扎入土地之中，林七夜束手无策。但好消息是，林七夜这次粗暴的"治疗"确实抽走了粉色海星一半的灵魂，梅林的治疗进度一路飙升到62%，达到了第二次抽取能力的标准。想要再继续治疗下去，只能等到林七夜的精神强度足以与梅林所媲美。

　　林七夜想到这儿，突然疑惑地转过头，四下搜索起来。

　　李毅飞等人见此，快步跑了过来，连忙问道："院长，你在找什么呢？"

　　林七夜皱着眉头，眼中满是不解："奇怪，明明抽了那只海星一半的灵魂出来，去哪儿了呢……"

　　古神教会——

　　端坐在荆棘王座之上，勉强平复了心情的"呓语"，缓缓睁开双眼。"总有一天，我要让你彻底离开我的身体！"他低头看着自己的双手，冷声呢喃。说完，他站起身，准备向教堂外走去。突然，他的身体一震，双手突然张开，激动地在教堂里奔跑起来，两种截然不同的声音从他的喉咙中发出！

　　"派大星！你终于来了！派大星！"

　　"哈哈哈！海绵宝宝！我们去捉水母吧？！"

　　"好啊！好啊！我们去捉水母！阿哈哈哈哈……"

　　"嘿嘿嘿嘿……"

―246―

　　梅林治疗进度：62%。

　　已满足奖励获取条件，可再次随机抽取梅林神格能力。

梅林治疗进度已超过50%，可以短期离开诸神精神病院活动……

果然！林七夜看到这条提示的瞬间激动起来，病院内的病人在治疗到50%之后，都可以离开病院活动。更重要的是，林七夜获得第二次抽取梅林能力的机会，眼下大劫将至，能多一份能力，就能多一分生存下去的希望。林七夜的目光落在虚空中悬浮的神秘转盘上，缓缓开口："抽取能力。"

下一刻，梅林的能力转盘就快速地旋转了起来，指针在一个又一个能力上滑过，火系魔法精通、空间魔法精通、深渊魔法精通、黑魔法精通……最终，指针停留在一行小字之上——"变形魔法精通！"

看到这几个字的瞬间，林七夜的眉梢一挑。虚幻的几个字体悬浮在空中，林七夜伸出手，触碰到它们的瞬间，一股神秘的力量顺着他的指尖流淌进身体。紧接着，几行小字就浮现在林七夜的面前——

变形魔法精通（幻魔神墟）：
你可以使用魔法将自身完美地变成见过的任何生物或者物体，并在一定程度上模仿它们的能力与特性（能力模仿的相似程度与自身对他/她/它的了解程度有关）。

林七夜的目光扫完这行字，眼中浮现出惊喜之色。这次抽取到的，又是蕴含神格力量的能力，也就是神墟。从这一点上，林七夜开始意识到这三次抽取能力的模式并不相同。当治疗进度达到1%时，抽取能力是完全随机的，什么杂七杂八的能力都可以被选到。而当治疗进度达到50%，则必然会抽到蕴含神格的能力，比如倪克斯的"至暗侵蚀"、梅林的变形魔法。那么当治疗进度达到100%，抽取能力的过程又会有什么不同？林七夜摇了摇头，暂且抛去了这个想法，仔细研究起变化魔法来。

他站在院子中，眼中浮现出一抹蓝光，脚下一座深蓝色的魔法阵一闪而过，下一刻，他整个人就完美地变成了李毅飞的模样——乱糟糟的头发、微胖的身躯、青色的护工服，还有胸前的名牌……就连衣服上的每一道褶皱都一模一样。

李毅飞呆呆地看着眼前的另一个自己，张大了嘴巴。

"七夜……你，你你你……"

林七夜脚下一道魔法阵再闪，又变成阿朱的模样，矮小的个子、灰白的头发、脸上的蛛网纹路也完美地与阿朱对应。如果硬要说哪里不同，那就是他的目光比阿朱的天然呆要犀利得多。阿朱瞪大了眼睛，"哇"了一声。

紧接着，林七夜又变成了红颜的模样。

李毅飞看了眼真红颜，又看了眼假红颜，咽了口唾沫："七夜，我有个大胆的想法……"

"不，你没有。"林七夜瞪了他一眼，变成原本的模样。眼前的这三个护工，他太熟悉了，除了他们，或许他还能试试别的……林七夜犹豫片刻，脚下的魔法阵再度展开，不一样的是，这次的魔法阵比之前大好几倍，几乎将整个院子都覆盖进去。光芒闪过，林七夜的身影已然消失不见，取而代之的是……一条巨大无比的冰霜巨龙！众人抬头仰望着这条造型夸张的冰霜巨龙，下巴都快惊掉在地上。这就是林七夜在遨游其他位面的时候匆匆一眼瞥到的冰霜巨龙，尽管只有个模糊的印象，但林七夜凭借着自身的想象力将其补足，便有了现在这一幕。看来，变形的大小与种族，都可以随意选择。冰霜巨龙昂起头颅，张开大嘴，震耳欲聋的咆哮声在整个病院内回荡，它转过头，凝聚起体内的力量，淡淡的蓝光在它的嘴间酝酿，然后用力……吐了一口痰。

林七夜："……"

为什么别人的巨龙都能吐出龙息，它只能吐痰？

或许是因为他对冰霜巨龙的认知不够到位，毕竟他只是匆匆看了对方一眼，而且虽然他变成巨龙的模样，但本身其实还是个"池"境的人类，想跨越几个大境界喷出龙息，无异于痴人说梦。但当林七夜又变回阿朱的时候，他可以像阿朱一样喷出几根蛛丝，但这蛛丝无论是长度还是柔韧度都比阿朱的差了很多，粘粘虫子还行，用来当蜘蛛侠估计有点够呛。说到底，他变身之后确实可以拥有一部分特性，但必须要低于自身的境界才行。

林七夜又试着变成木木、红缨、陈牧野、百里胖胖、曹渊……一旁的李毅飞等人拿着小零食坐在地上，像看表演一样，每当林七夜变成别人的模样，他们就热烈地鼓掌叫好。等林七夜完全掌握变形魔法便离开了精神病院。

林七夜在事务所里转了一圈，并没有发现陈牧野的身影，犹豫片刻之后，还是推门走了出去。原本繁华热闹的和平桥街道，现在陷入一片死寂，绝大多数的店铺已经关上了大门。只有少数几家店铺还开着，街道上更是一辆私家车都没有看到，偶尔还有两辆军车呼啸而过。

在政府与军方的推动下，现在沧南的居民正在有条不紊地进行撤离，但这么多人口，想完全撤离是不可能的，大部分还在等待撤离的居民被要求待在家中，不能再进行集体活动。

这座本该活力四射的城市，顿时变得寂寥起来。

林七夜穿过无人的街道，走到和平桥上，目光顺着运河的河水流向远方，不知在想些什么。突然，他整个人一愣，眯眼注视着运河的远处，揉了揉眼睛，只见在运河的上游，一驾马车正踏着滚滚河水，疾驰而来，等到即将穿过和平桥的时候，马车诡异地踏空而起，转了个大弯，停在林七夜的面前。宽阔无人的桥面上，只有这辆马车与林七夜，站在那里。

"你就是林七夜？"一个老者的声音从马车内悠悠传来。

247

"轰隆隆——"晴朗的天空中，低沉的雷鸣隐约传来，日光以肉眼可见的速度暗淡下来，仿佛有一只无形的大手遮蔽了天空。仅片刻工夫，混沌的云层便从虚无中涌来，覆盖在城市之上，雷光涌动，昏暗的城市沉闷而压抑。抬头仰望天边，还能看到沧南市外金黄色的日光从乌云边缘洒下，却丝毫不得射入沧南市内，仿佛这里已经隔绝了外界一切的影响……包括光，像是一个恶毒的诅咒。

大风渐起，林七夜的衣角被风吹得翻飞。他皱眉看着眼前的这驾马车，片刻之后，点了点头。"我是林七夜。"他顿了顿，继续说道，"敢问阁下，可是五位人类战力天花板之一的……夫子？"

林七夜听红缨说过，最近有一位人类战力天花板来到沧南，而且驾着一辆马车，此刻看到眼前的这一幕，瞬间就联想了起来。

"叫我陈夫子就好，天花板什么的称呼太难听了，也不知是谁起的这个破称号。"老者的声音似乎有些不悦，"上车吧，老夫有些话要与你说。"话音落下，驾车的书童便站起身，打开身后的车厢门，恭恭敬敬地站在一旁，等待着林七夜进入其中。

林七夜犹豫片刻，便迈开脚步，向马车走去。走近了看，林七夜才发现这驾马车和电视里看到的有些不同，或者说，不如想象中的华贵，没有什么装饰，只是由一些木板拼接而成，再加上一些简单的雕刻。但若是细看，便会发现这些木板的纹理相互承接，仿佛将整驾马车凝聚成了一个整体，让人看一眼便有些恍惚。林七夜踏上马车，走进车厢，眼中浮现出诧异之色。车厢内的空间，可远比从外面看要大得多，与其说是车厢，不如说是书房更加合适，满墙的古籍、竹简被整齐地放在书架上，书架前摆着一方矮桌，矮桌上放着一套上好的紫檀茶具，淡淡的檀香在空气中飘荡。在中央，一位白发老者盘膝而坐。

"坐吧。"陈夫子看了林七夜一眼，不紧不慢地沏了壶茶，平静地说道。

林七夜在陈夫子的对面坐下，目光落在车厢两侧的窗户上，外面昏暗沉闷的街景已然不见，取而代之的是一片鸟语花香的中式院景。

林七夜一怔，下意识地问道："陈夫子，我们这是……在哪儿？"

"在桥上，又不在桥上。"陈夫子沏好茶，将一盏茶递给林七夜，微笑着开口，"老夫的禁墟能够将心中之'景'置换外界之'景'。从空间上来说，我们在原地并没有动，但从另外一个角度来说，我们已经转移到了老夫的心'景'之中。"

话很玄奥，林七夜也只是似懂非懂，陈夫子却无意再解释，而是对着车厢外缓缓开口："驾车。"

车厢外的书童作揖，将车厢门关上，这一刻，夫子与林七夜的气息瞬间消失，仿佛从未出现过一般。书童坐在车厢外，驾起马车，随意地向着一个方向驶去，马车就像幽灵般穿透一切障碍物，从一栋商业楼外直接穿墙而过，魅影般地穿行在城市之间。

　　车厢内，林七夜看着眼前悠闲品茶的陈夫子，忍不住问道："陈夫子，您为什么找我？"

　　陈夫子缓缓放下手中的茶杯，注视着林七夜，平静地开口："前几日出现的神明气息，是你搞出来的，炎脉地龙，也是你杀的。"

　　林七夜的心里"咯噔"一下，表面上却露出茫然之色，疑惑地问道："您在说什么？"

　　"你可以装傻，也可以否认，但事实就是事实。"陈夫子淡淡说道，"即便那个姓洪的教官替你做了伪证，你的刀却不会撒谎，就算雨水将刀身上的血迹冲刷干净，但龙血还是在上面留下了痕迹。这点小手段能骗得了别人，却骗不了老夫。"

　　林七夜沉默片刻，开口说道："这只能证明我伤过地龙，但不代表神明的气息与我有关。"

　　陈夫子大有深意地看了林七夜一眼，摇了摇头，悠悠开口："林七夜，你不是一般人，这一点我们早就清楚……甚至比你自己意识到这一点，还要早。"

　　林七夜听到这句话，眉头微微皱起，心中浮现出疑惑。

　　"你不想承认，说明你很谨慎，这很好。事实上，你承不承认都和我没什么关系，因为我根本不在乎这件事情。"陈夫子细细地品了一口茶，继续说道，"我来找你，也不是为了兴师问罪。"

　　林七夜忍不住问道："那您找我，究竟是为什么？"

　　"只是单纯地想看一看你，顺便和你喝喝茶。"陈夫子嘴角含笑地说道。

　　林七夜："……"

　　"怎么？你嫌弃老夫？"陈夫子的眼睛微微眯起。

　　"这怎么可能……能和前辈喝茶，晚辈荣幸之至。"林七夜连连摇头，无奈地看了眼身前的茶杯，端起来品了一口，硬着头皮开口，"这茶……真不错。"

　　林七夜是从小喝白开水长大的，家里那么穷，哪里还能买得起茶叶这种东西。他为数不多的几次喝茶经历，都是在路过茶叶店的时候，被店员拉进去免费品尝的几小杯……他哪里懂什么茶道？不过堂堂陈夫子都发话了，他除了硬着头皮喝下去，也没有别的办法。

　　陈夫子当即眉开眼笑，又从旁边的柜子里掏出十二包不同的茶叶，依次摆在桌上，笑着开口："来来来，老夫这里还有不少上好的茶叶，今天，咱们就好好品鉴品鉴。"

　　林七夜："……"

沧南市郊区——

洛基不慌不忙地走到一座小山头上，俯瞰着远方的整座现代都市，此时在城市所有交通道路的入口都聚集了大量的军队。他们封锁了每一处能够进入市区的道路，在警戒范围内，哪怕是一只飞鸟都别想穿过他们的火力封锁线。洛基的嘴角上扬，眯起眼睛，冷笑着开口："就凭这点可笑的力量，也想拦住我的脚步？"他刚刚向前迈出一步，又犹豫起来，深凹的眼眶中，闪烁着狡黠的光芒，"不过，现在还无法确定'湿婆怨'的位置，后续的棋子已经在赶来的路上，我没有必要去冒险，只要想办法将'湿婆怨'逼出来就行。"他似乎想到了什么，伸手在身后一招，数道诡异的空洞裂缝出现在他身后的虚无之中，紧接着，一道道庞大的人形巨兽的轮廓被勾勒而出，"陷入混乱吧……"

248

"嘟，嘟，嘟……"电话那头的声音接连响起，几秒钟后，一个女人关切的声音从电话那头传来："牧野？是你吗牧野？"

"轰隆隆——"雷光从混沌的云层中劈落，席卷的狂风肆虐大地，沧南市最高的那座大楼顶端，一个披着斗篷的男人正坐在边缘，望着远处沧南市外的一角光明，沉默不语。半晌之后，他缓缓开口："最近……过得怎么样？"

"……还好。"女人陷入了沉默，片刻之后，声音有些颤抖，"这么多年，你终于舍得给我打一次电话了。"陈牧野没有说话。"你知道吗？这几年，我不敢拒接任何一个未知电话，我都在想……如果是你打来的，我错过了怎么办？如果是你想要回来……怎么办？"女人的声音越发哽咽。

"离婚的那天我就说过……我回不去了。"陈牧野缓缓开口。

"为什么？！为什么不可以？！"女人歇斯底里地叫了起来。

"你是缉毒警察！你的工作很危险！我知道啊！我不怕死！！我愿意承担这份风险和你在一起！但是，但是你为什么……在我们有了孩子之后，就一定要离开我？你的身上，究竟发生了什么？！"女人泣不成声，"你知道吗？今年小阳就上一年级了。他在班里介绍的时候，总是说他爸爸是缉毒警察，他在学校里很风光，但是他并不开心。他也在等你回来。"

陈牧野握着手机的手越攥越紧，他低头看着自己的身体，蒙眬的眼中浮现出苦涩："对不起……"

"咚——"远处，城市的边缘，沉闷的爆炸声呼啸传来。

陈牧野深吸一口气，对着电话那头缓缓开口："短则几天，长则一个月，会有一笔钱打到你的账户上，那些钱应该够你们娘儿俩衣食无忧地过一辈子了……"

"牧野……牧野？你怎么了？"女人听到这句话，顿时紧张了起来，"我不要你的钱！我只要你回……"

"对不起。"话音未落，陈牧野便挂断了电话，缓缓从楼的边缘站起，低头看着自己脚下的这座城市，喃喃自语："奇迹，终究会有结束的那一刻……"

"轰——"轰鸣的炮火声与交错的雷鸣混杂在一起，回荡在天空之中。昏暗的天空之下，无数庞大的蓝色巨人从远处走来，白色的冰霜在大地之上蔓延。为首的几只蓝色巨人被炮火击中，身形猛地向后退了两步。待到烟尘散去，破碎的躯体再度修复起来，它们伸手在空中虚握，一柄柄冰霜巨斧凝结在它们的手中。

"嗖——"它们将手中的巨斧用力掷出，呼啸着劈开空气，将几辆装载着火炮的车辆直接切成了碎片，轰然爆开。天空中，一架武装直升机飞驰而过。

"是霜之巨人，看来洛基已经进入沧南市范围了。"直升机上，一位军官缓缓放下望远镜，通过耳麦对频道内的其他人说道。

"数量有多少？"

军官眯起眼睛数了一番，眉头紧紧皱起："光是现在出来的，就有两百多个，每一个都是'川'境，而且还在源源不断地出来。"

频道内的其他人倒吸一口凉气。

"这个数量……洛基是想直接毁掉整座城市吗？"

"就凭我们这点火力，根本就不可能拦住它们，要是让它们进到市区，绝对是毁灭性的灾难！"

"'凤凰'小队呢？高层不是下达了命令，让他们来支援沧南吗？！"

"问题就在这里。"频道中的那人深吸一口气，"3个小时前，运载'凤凰'小队的那架飞机……失联了。"

"失联？"军官的脸色瞬间就变了，"那可是一支特殊小队！怎么可能毫无声息地失联？！就算是神明出手，也会留下痕迹吧！"

"所以我们正在排查内部人员，很可能有人假传消息，故意让'凤凰'小队远离沧南战场。"

"你们怎么去调查，我没有兴趣！"军官大怒，"我只想知道，没有特殊小队，我们拿什么挡住这群霜之巨人？"

地面上，庞大的霜之巨人正以惊人的速度向市区逼近，白色的冰雪环绕在它们身旁，仿佛一场足以覆灭整个沧南的暴风雪！在如此恐怖的力量之下，热武器根本起不到作用，子弹与火炮还没打到霜之巨人身上，就被冰雪冻结，90%都丧失作用。

军方的防线即将被冲破时，一辆虚无的马车从远方疾驰而来。霜之巨人脚踏大地的声音戛然而止，悦耳的鸟鸣开始在空中回荡。沥青路面上，土壤从地底翻涌上来，一抹绿色开始蔓延，青葱的草地瞬间铺满了整个战场。那辆马车所到之处，花香四溢，仅一瞬间，这里就像完全变成了另一个世界。

"夫子来了。"飞行于空中的直升机上，军官见到这一幕，眼中浮现出喜色。

霜之巨人意识到周围的环境变化，但行动并没有丝毫停滞，狂暴的身躯卷携着暴风雪，向着那辆马车极速冲刺，巨人的咆哮声回荡在天空之中！

驾车的书童不屑地看了它们一眼，控制马车缓缓停下，下一刻，一个洪亮的声音从他身后的车厢中传来："异族鼠辈，小道尔。"

"嗖——"一盏茶杯从车厢之内爆射而出，飘飘悠悠地撞入来势汹汹的暴风雪中，盏中茶水轻轻晃出，化作一柄薄不可见的水汽剑刃，剑长300米，一剑横斩而出！刹那间，杯盏方圆1000米内的所有霜之巨人身形一顿，颈间同时浮现出一抹血线，头颅与身体分离，庞大的身躯失去重心，重重地坠倒在地。从空中向下望去，有近一半的霜之巨人身首分离，喷溅而出的鲜血直接染红了青葱草地。

直升机上的军官见到这一幕，整个人被震惊得无以复加，不由得轻声叹道："夫子一盏，便破军上百，血染千里……这便是人类战力天花板的实力吗？"

249

破敌上百，破的可不是一般的敌人，而是上百个霜之巨人！每一个霜之巨人都有"川"境，可以轻易地把一支偏远地区的守夜人小队按在地上摩擦。夫子这一击，说是在霜之巨人中投放了一枚核武器也不为过。

与此同时，远处的洛基眉头微微皱起。

"又是那个老头子……不过，你已经没机会打出第二击了。"洛基抬头看向积压在头顶的雷云，嘴角浮现出邪异的笑容，"我的下一枚棋子……到了。"

"轰隆隆——"混沌的天空之上，一层又一层雷云叠加而起，足足向上重叠了十三层，每一层雷云都有雷光涌动，恐怖无比。突然间，一道落雷从顶端的雷云坠下，径直穿透剩余的十二层雷云，每经过一层雷云，便粗壮一圈，当穿透所有雷云落入人间之时，已经粗壮成一根顶天立地的雷光神柱！雷光神柱落在半空中，竟然缓缓凝聚成人形，那是个拥有古铜色皮肤的高瘦男子，光头赤足，赤着上身，结实的肌肉线条棱角分明，下半身穿着一条暗黄色的异域裤饰。雷光在他的身上涌动，他缓缓睁开双眸，漠然地俯视着脚下的城市。

"雷神？是索尔吗？"直升机上有人问道。

"不，这不可能是索尔，索尔一向属于善神阵营，不会跟洛基同流合污……"军官仔细观察着半空中男人的异域面孔，缓缓开口，"这是神明序列016，印度的雷雨之神因陀罗……在早期的印度神话中，他可是被称为神王的存在，地位仅次于大梵天、湿婆和毗湿奴。他也是替印度众神来寻'湿婆怨'的？这下糟了……"

一个来自北欧的诡计之神，就足以让沧南危在旦夕，现在又来了一个因陀罗，局势瞬间急转直下。悬浮在半空中的因陀罗低下头，目光落在那辆马车之上，那是他在这座城市中感受到的唯一威胁。"把湿婆的禁物交出来。"因陀罗缓缓开口，声音如同雷鸣般在空中回荡。这声音穿透了陈夫子的心"景",来到了车厢之内。

此时,马车中——

正在喝茶的林七夜突然一愣,四下张望了一圈:"刚刚是什么声音?"

林七夜一直被陈夫子锁在车厢内,对于刚刚的那一场大战毫无察觉,只知道两人正喝着茶,陈夫子突然冷笑一声,喊了一句"异族鼠辈,小道尔",然后就把茶杯丢了出去。至于夫子一盏破敌的事情,他就更一无所知了。

"没事,你别在意,继续喝茶。"陈夫子默默地从柜子里又拿出一个茶杯,抬头对着车厢外的书童喊了一声,"快走!"

"驾!"书童立刻驾驶马车,掉转马车的车头,朝着战场外疾驰而去。

因陀罗见夫子没有交出"湿婆怨",反而飞快地向远处移动,眉头微微皱起,冷哼一声,一道狰狞的雷霆猛地从云层中劈了下来!"轰——"雷霆在即将落在马车上的瞬间,一道光芒从车厢上绽放,挡住了这道雷击,同时马车车身剧烈一震!驾车的书童脸色有些发白,攥紧手中的缰绳,加快了马车的速度。因陀罗见一击无果,眼中的怒意更甚,身形化作一道雷光划过天际,向着远去的马车追了过去。夫子与因陀罗先后离场,战场上又只剩下了无穷无尽的霜之巨人与支离破碎的火力防线。

"现在,你们拿什么挡住我?"洛基眯眼看着前方,嘴角浮现出笑意。

霜之巨人的咆哮声在空中回荡,从夫子出手斩灭上百霜之巨人到现在,又有数十只巨人从召唤门中奔涌而出,汇聚成一条冰雪洪流,向着残破的防线发起最后的冲刺。这一次,奇迹并没有发生,为数不多的热武器防线被霜之巨人轻松地碾轧,上百个巨人就这么蹚过了防线,顺着一条宽阔笔直的大路,朝着不远处的城市冲去!巨人的脚掌重重地踩在地面,沧南市内的居民只觉得大地都在颤动。虽然他们不知道发生了什么,但感受着远处接连不断的雷声,所有人的心都慌了起来。"哇——"刺耳的婴啼响起,紧接着,大片黑鸦飞上天空,在漆黑的乌云下盘旋。靠近郊区的住宅楼中,所有的犬类都朝着一个方向不停地大叫,犬吠此起彼伏,令人心神不宁。

远方,一群庞大的黑影正在接近。霜之巨人们咆哮着冲过马路,城市的边缘,一座高速收费站矗立,那是通向城市的最后一个关卡。黑鸦盘旋,雷云翻滚。昏暗的天穹之下,只有横杆前几个显示屏依然明亮,鲜红的五个大"×"成了这座无人收费站的最后光源。

——此路不通。

朦胧的红光洒落在收费站前的地面上,一个披着暗红色斗篷的男人站在那儿,身旁放着两只黑匣,在他的肩头,扛着一杆鲜红的告示牌。"轰隆隆——"大地轰鸣,奔涌的巨人直接无视了他的存在,快速地逼近。男人平静地望着这一幕,缓缓开口:"我是守夜人驻沧南市136小队队长陈牧野,前方……禁行。"说完,他猛地将手中的告示牌插入地面，三束光芒分别从三个地方冲天而起，组成的三角形正好将所有的霜之巨人和身后的收费站笼罩其中。

"'无戒空域'！"

"唰——""无戒空域"之中，两声轻响同时传出，两柄直刀从匣中弹到了陈牧野的手里，黑色的禁墟以他为中心，飞速地向周围扩散。在陈牧野的身后，一座血色宫殿的轮廓逐渐浮现，在其上方，挂着一个古老而神秘的牌匾——阎罗殿！

陈牧野手持双刀，仿佛化身为阎罗殿前无情索命的黑无常，身形如同鬼魅般朝着奔涌前进的霜之巨人冲去！他的身前，是上百只同境界的霜之巨人。

他的身后则是一座城。

城中，是万万人。

250

无尽的风雪中，一个暗红色身影手持双刀，如同魅影般在诸多巨人之间闪现。两根漆黑的锁链从阎罗殿中延伸而出，连接在双刀的刀柄，陈牧野每一次挥动双刀，这对锁链都会发出诡异的乌光。他的身影急速地掠至一位霜之巨人的身前，在对方挥动那只比他人还大的拳头之前，一刀斩在它的胸口，留下一个深深的刀痕！刀柄上的锁链乌光涌动，下一刻，那霜之巨人就像被抽走了魂魄般，刹那间失去了生机！一具又一具霜之巨人的躯体倒在陈牧野的刀下，那对双刀仿佛变成黑白无常那对夺命的钩索，所到之处，一击必杀！呼吸之间，秒杀数个同阶巨人，这是陈牧野从未在136小队其他人面前展露过的实力。

连杀数个霜之巨人，其他巨人终于开始正视眼前这只蝼蚁，咆哮之下，无尽的冰霜从虚无中凝结而出，它们手握着冰霜兵器，前赴后继地向陈牧野拥去——大斧、阔刀、标枪、盾牌……翻滚的寒气不断地蚕食陈牧野的身体，试图减缓他的速度。但在这片禁墟之中，他仿佛完全没有实体，任凭寒意再甚，都不曾减缓半分！他轻飘飘地躲开几道攻击，反手一刀夺走一个巨人的魂魄，另一刀猛地挥出，格挡住另一个霜之巨人的斧头！"当——"清脆的嗡鸣声传来，陈牧野的身体被震得向后荡去，紧接着又有三个霜之巨人涌上来，咆哮着挥出了手中的兵器！

与此同时，一根根冰凌从地面破开，精准地刺向他的背脊，陈牧野的脸色微变！就在这时，一柄冰霜长剑呼啸而至，刹那间击碎了陈牧野身后的冰凌，陈牧野抓住时机，双刀架住几柄巨斧，借用对方的力量在半空中旋转半圈，稳稳地落在地上。陈牧野转头向收费站后看去，一个披着黑色风衣，面容隐藏在兜帽之下的身影正向这里走来。他伸手在虚空中一握，又是一柄冰霜长剑被他凝结在手中。一阵狂风拂过，吹下他头上的兜帽，露出了一张白皙文静的少年面容。

陈牧野眉头微微皱起："你是什么人？"

安卿鱼推了推眼镜，有些无奈地将兜帽又戴了回去："你们不是一直在找我吗？"

"'盗秘者'？"陈牧野似乎想到了什么，"你为什么要帮我？"

"陈队长，你想多了，我并不是想帮你。"安卿鱼走到他的身边，缓缓开口，"我只是在履行一个沧南市民该尽的义务。"他眯眼看着前方来势汹汹的霜之巨人们，握紧了手中的冰霜长剑，镜片的表面反射出白光，"毕竟……如果家被毁了，我就真的没地方可去了。"

陈牧野认真地看着他，片刻之后，嘴角微微上扬。

"你比我想象中的年轻，年轻人……总是会有希望的，即便没有了奇迹……"

"奇迹？"安卿鱼的眉头微皱，"你在说什么？"

"没什么，或许，你以后会明白的。"陈牧野摇了摇头，目光重新落在眼前的霜之巨人面前，再度冲了出去！安卿鱼紧随其后！一红一黑两道身影冲入巨人群中，像是两柄长剑，瞬间切割出了两条通道。安卿鱼的身形敏捷地闪到一个巨人的头顶，高举手中的冰霜长剑，猛地从中间将一个巨人的头颅切开！鲜血溅射在安卿鱼的镜片上，他紧盯着眼前暴露在空气中的巨人大脑，眼底覆盖上一层灰光。他在解析！"原来是这种构造……"安卿鱼喃喃自语。他抬起头，随手甩出手中的冰霜长剑，瞬间插入一个巨人的眉心，在剑尖刺入眉心的瞬间，巨人痛苦地嚎叫一声，就重重地倒在地面，彻底没有了气息。

"陈队长！"安卿鱼转头对着在巨人群中灵活杀戮的陈牧野喊道，"致命点在眉心和第六脊椎的位置！"

陈牧野的眉梢一挑，拔出了刺入巨人胸口的星辰刀，平静地说道："无所谓，对我来说，都是一击必杀。"

安卿鱼："……"

"还有个好消息。"安卿鱼再度开口。

"什么？"

"你的队友要到了。"

听到这句话，陈牧野一愣："你说什么？"

"嗖——"一杆长枪卷携着玫色的火焰，从天空滑落，瞬间刺穿一个霜之巨人的身体，轰击在地面上，卷起的火焰驱散了周围的大片寒冰！一个窈窕的身影披着红色的斗篷，轻盈地落在了枪边，抽出地上的长枪，对着呆滞的陈牧野嘻嘻一笑："队长，没想到吧！我们又回来啦！"

一件轻薄的纱衣轻盈地覆盖在他们的身体上，陈牧野低头看着这件熟悉的纱衣，喃喃自语："'无缘纱'……"他转头向身后看去，只见吴湘南、温祈墨、冷轩和司小南，不知何时已经走到了他的身边，神情都有些无奈。

"队长，你居然偷偷把我们支开，这可有点不地道了。"温祈墨咧嘴笑道。

"我就觉得他当时的神情有问题，没想到还是中计了。"吴湘南叹了口气。

"你们不是已经到上京了吗，是怎么回来的？"陈牧野怔住了，难以置信地开口。

听到这句话，四个人的表情都有些尴尬。

温祈墨挠了挠头，忍不住问道："队长，你说……开坏一架波音737客机，大概要赔多少钱？"

陈牧野："……"

"你们……偷了架飞机自己开了回来？！"陈牧野张大了嘴巴。

四人点头。

"队长，这钱应该给报销吧？"温祈墨再度问道。

陈牧野嘴角疯狂抽搐："应该，或许……会给吧。"

"那就好。"四人同时松了口气。

"没想到，你陈牧野居然也会做这种蠢事。"

吴湘南摇了摇头，走到了陈牧野的身边，身旁是温祈墨、冷轩、司小南、红缨以及戴着兜帽的安卿鱼。

"一个人逞英雄，算什么英雄？"冷轩缓缓开口，回头看了眼远处的城市，继续说道，"沧南，是我们的沧南，要当英雄，我们136小队也该一起当……不是吗？"

陈牧野张了张嘴，似乎想说些什么，但是一个字都没说出口，只能无奈地摇了摇头，苦笑着说道："真是拿你们没办法……那就，一起当英雄吧。"

安卿鱼转过头，怔怔地看着并肩站立在汹涌巨人之前的众人，片刻之后，嘴角微微上扬。

"似乎……这样也不错？"

251

"轰——"惊天动地的爆炸声接连响起，玫色的火焰驱散周围的寒霜，红缨手中长枪抖动，刹那间洞穿了两个霜之巨人的眉心。

感受到她身上传来的强横力量，陈牧野诧异地开口："你突破了？"

红缨长枪横扫，嘻嘻一笑："这次去上京，我们可不是一点长进都没有哦！那个叫绍平歌的上京市队长，还是很厉害的。"

"不光是红缨，我也突破'川'境了。"温祈墨微微一笑，十指穿插，紧握于胸前，两个霜之巨人的心脏处突然延伸出一根根黑线，像是包茧一般，瞬间将其束缚在原地。紧接着，两枚漆黑的狙击子弹飞射而出，洞穿了两巨人的眉心。一旁的吴湘南和司小南无奈地对视一眼，这次去上京，只有他们两个没突破，吴湘南是因为本身就在"川"境，小南可能是天赋不足。至于冷轩……他本就没有禁墟，只靠着那件名为"移动军火库"的禁物和顶尖的射击技巧战斗，自然也没有突破一说。再加上虽然没有"川"境，但是实力早足以越阶的安卿鱼，这七人之中，已经有了四位"川"境镇守。凭借着有些人极强的个体战斗力和绝对完美的团队配合，他们七人在收费站的前方，硬生生地阻挡住了奔涌而来的霜之巨人群。

但即便如此，安卿鱼的双眸中依然满是凝重。后方的传送门中，依然源源不断地召唤着霜之巨人，而且召唤的速度要比他们击杀的速度还要快！若是继续拖延，等到霜之巨人再度汇聚成两百左右的巨人洪流，那么136小队的众人是无论如何也守不住的。换句话说，如果不从源头上解决问题，他们根本就撑不了多久。

就在这时，一架运输机呼啸着掠过天空，低沉的轰鸣声瞬间吸引了众人的注意力，只见那架运输机在半空中盘旋片刻，就有八道金色的身影从机舱内一跃而下！"哈哈哈哈哈！！林七夜！老娘来掳走你啦！不要反抗！乖乖加入我们'凤凰'小队吧！！"为首的那个金发女子一边下坠，一边在风中狂笑，身后的七人无奈地捂住脸，仿佛想要装作不认识这个女人。

"夏思萌！你这个疯女人！你知道劫持武装运输机是多大的罪吗？这次回去我们估计得上军事法庭了！"孔伤忍不住破口大骂。

夏思萌毫不在意地开口："上就上呗，之前又不是没上过。"

孔伤："……"

"不过，这座城市的情况似乎有些不太对。"孔伤的目光落在城市边缘，看着那片混乱的战场，眉头微微皱起，"这是……洛基？"

听到这两个字，所有人的表情都严肃了起来，就连夏思萌也不例外。

她眉头皱起："十年前的神战又开启了？为什么我们没得到消息？"

"不知道，肯定有哪个环节出现了问题。"孔伤顺着霜之巨人飞奔的方向看去，目光落在了诸多传送门上，"队长，你找林七夜的事情，估计得先放一放了。"

"嗯。"夏思萌的脸上罕见地浮现出认真之色，"先救人。"

孔伤看了眼奋战中的136小队，犹豫片刻："他们还顶得住，我们先去把传送门毁了，否则只是治标不治本。"

"三阿哥，看你了。"夏思萌回头看向身后的一位女子，后者点了点头，身形刹那间化作一条巨大的火凤，燃烧的火焰在空气中拖出长长的焰尾，在空中俯冲下来，稳稳地接住了半空中的七人。他们站在火凤凰的背脊上，金色的斗篷在雷云下散发着淡淡的霞光，朝着传送门的方向疾驰而去！

"是'凤凰'小队。"陈牧野一眼就认出了远去的几人，眼中浮现出一抹喜色。有一支特殊小队来援，这对沧南来说，无疑是一个极大的好消息！只要他们能毁掉那几座传送门，霜之巨人团灭就只是时间问题。

远处，洛基看着"凤凰"小队从天而降，摇了摇头，冷笑着开口："一支特殊小队而已，大一点的蝼蚁罢了……就算让你们毁掉传送门又怎样？"他缓缓转过头，目光落在收费站前浴血奋战的陈牧野身上，"我已经……找到它了。"

洛基注视着陈牧野，身上散发出空间波动，一只脚向前踏出，便要挪移到战场之中。"嘀嘀嘀——"就在此时，一阵清脆的电瓶车喇叭声从远处传来，硬生生打断了洛基的挪移。洛基神情一僵，转头望去，只见一个穿着黄色制服的熟悉身影正骑着电瓶车，从山顶俯冲下来。"刺啦——"一个完美的漂移，这位外卖小哥便稳稳地停在洛基的面前，伸手在保温箱里掏了掏，又取出了一个比萨盒："你好，你的外卖。"

洛基的眉头皱起，他紧盯着眼前这个戴着外卖头盔的年轻人，好奇地开口："你是怎么一次又一次地找到我的？"

"因为你的名字在我的订单上。"外卖小哥从口袋里掏出一张皱皱巴巴的小票，上面收货人清楚地写着"北欧阿斯加德——诡计之神洛基"，而所点菜品那一栏，则用红笔写着两个大字——"死亡"。

外卖小哥将小票收了起来，认真地开口："米团外卖，使命必达！"

洛基仔细地打量了他几眼，不由得有些好笑："有意思……你叫什么名字？"

"路无为。"年轻人平静地开口，"一个平凡的外卖骑手。"

"就凭你一个人，拦不住我的。"洛基摇了摇头，"你们大夏的这几个人类战力天花板，一个在东海，一个在北疆，一个被因陀罗缠住，还有一个在沉睡……'湿婆怨'，注定会落在我手中。"

"我知道我赢不了你。"路无为默默地将外卖头盔戴起，"我只要拖住你……就够了。"

"你以为拖住我，凭那个杂牌小队和特殊小队就能扭转大局了？"洛基冷笑着开口，"你对我的力量，你对阿斯加德……一无所知。"说完，他伸手朝着天空遥遥一指，一个更加庞大的空间召唤旋涡在他的头顶缓缓张开。

随着空间旋涡的逐渐扩大，一个庞大的身躯从中踏出，那是一只浑身遍布鲜血的巨型狼狗，足有百米多高，若是放在都市之中，已经足以与一座三十层的办公楼并肩。这只血色狼狗站在荒野之中，像是一座红色的山峰，凶残的目光紧盯着前方的城市，喉间响起低沉的雷鸣。从它身上散发的波动来看，至少也是"克莱因"级别的恐怖存在。

路无为见到这只狼狗出现，眉头紧紧皱起："冥界猎犬，加姆……"

但这还没完，在加姆之后，一只只鲜红的粗壮触手从空间旋涡中探出，下一刻，一只体型比加姆更加夸张的乌贼从中爬行而出，几乎有150米高。

"克拉肯？你连北海巨妖都带过来了？"路无为见到第二只巨兽，脸色更加难看。又是一只"克莱因"境的神话巨兽！两只"克莱因"级别的神话巨兽降临沧南,这对本就在风雨飘摇之中的城市来说,无疑是毁灭性的打击。即便是"凤凰"小队,也只能对付其中一只,那另外一只巨兽……又该由谁来阻挡?

路无为将手搭在电瓶车的车把上,准备先去对付那两只"克莱因"巨兽。就在这时,洛基笑吟吟地走到了他的面前,手掌轻轻一挥,恐怖的威压降临,整个地面都下沉了10米!

"现在,是谁拖住了谁?"

"轰隆隆——"紫色的雷霆游走在天穹之下,浑身缭绕电光的因陀罗紧随着那辆虚无的马车,掠过天空!

"还敢跑?"因陀罗的眉头微皱,周身的雷霆大作,化作一柄雷光圣剑,从空中直接斩向那驾马车!"咚——"疾驰的马车之中,林七夜缓缓端起手中的茶杯,刚刚送到嘴边,马车就剧烈地震颤一下,杯中的茶水便洒在了地上。林七夜抬头看向陈夫子,后者看着手中同样空了一半的茶杯,表情有些尴尬。

"夫子,我们不是在您的心'景'中吗?"林七夜忍不住开口,"难道你的心路历程……竟然如此坎坷?"

陈夫子咳嗽两声,默默地将茶杯放回了桌上。

"一点小小的意外,问题不大。"

"夫子。"林七夜认真地看着夫子的眼睛,"外界究竟出什么事了?您为什么不让我离开?"

"你想多了,什么事也没发生。"陈夫子话音刚落,一道紫色的雷霆从天而降,硬生生地撕开了心"景"的一角,鸟语花香的中式院落破碎一小块,展露出外面破碎的大地,与空气中跃动的密集雷霆。仅一瞬间,心"景"便再度恢复,仿佛刚刚的一切都不曾发生过一样。

"夫子,这就是您说的……什么事也没发生?"林七夜嘴角微微抽搐,"我怎么觉得,这辆马车已经快散架了?"

陈夫子默默地品了一口茶,没有说话。

"待在我这里比出去更安全。"沉默许久之后,陈夫子缓缓开口,"老夫我虽然不善战斗,但若论防御,则是真正的大夏最强,他想完全破开我的心'景',还差得远。"

"谁?谁在追杀我们?外面到底发生了什么?"林七夜眉头皱起。

"你不需要知道。"陈夫子摇了摇头,"你只要安安静静地和老夫在这里喝茶,等到风波过去,老夫保你毫发无伤地下车。"

"我不要毫发无伤。"林七夜紧盯着夫子的眼睛,"我想回去。"

"回去?"陈夫子眉梢一挑,"你知道这座城正在经历什么吗?"

"不知道。"林七夜摇头,"我只知道……我的亲人,我的战友,都在这座城里。"

"轰——"又是一道雷霆砸落，心"景"再度破开一角，笼罩在雷云中的都市出现，纷乱的景象交错在一起，像一片片碎片崩散开来。

陈夫子静静地看着林七夜："你太弱了，即便加入了战场，也不会改变什么。"

"或许吧。"林七夜不置可否，"但我想试一试。"

破碎的心"景"再度重组，鸟语花香再度浮现，在这处处弥漫着春景的院落之中，气息却如同凛冬般凝重。

"叶司令让我保护好你，不让你插手这次的战斗……"许久之后，陈夫子看向窗外的花丛，缓缓开口，"但老夫向来不喜欢被那些刻板的规矩束缚，你如果真的无论如何也想蹚入这场浑水，老夫不拦你。但是，你要承担起这么做的责任，事情的真相远比你想象的更加残酷。"

他转头看向林七夜，目光深邃无比。

"林七夜，我且问你，你真的做好参与这场战斗的准备了吗？"

林七夜看着陈夫子的眼睛，片刻之后，笃定地点头："嗯。"

"好，既然如此，老夫就将你送出这片雷域，出去之后无论看到什么，不用管老夫，去做你想做的事情就好。"陈夫子顿了顿，严肃地开口，"不过你要记住我的忠告……不管你遇见了什么，绝对不要离开沧南市的范围。"

林七夜的心中充满了疑惑，虽然对这莫名其妙的忠告有些不解，但还是点了点头："好！"

陈夫子放下手中的茶杯，对着林七夜轻轻一挥手，宽大的袖口卷起一阵幻景，下一刻林七夜的身影便消失无踪。偌大的院落中，便只剩下陈夫子一人。陈夫子的眼睛微微眯起，目光仿佛能洞穿心"景"，看到马车外穷追不舍的因陀罗，眸中浮现出一抹冷意："老夫不还手，你就真当老夫怕了你了？！"

距离马车十里之外，林七夜的身形突然出现，刹那间，震耳欲聋的雷鸣险些将林七夜的耳膜振破。他回头看去，整个人怔在了原地，只见远处的天空中，一个赤着上身、穿着暗黄色异域裤饰的男人正悬浮在空中，散发着惊人的威压，头顶的雷云电光四溢，两根粗壮的雷霆变化为长戟，被他用力甩出！密集的落雷呼啸而下，狠狠地砸落在那辆不起眼的马车之上。一道雷霆长戟从空中坠下，击碎了马车身旁的幻景，车身一震，继续向着前方疾驰而去！仅片刻工夫，马车与雷霆都飞快地远去。

"那是……雷神？"林七夜感受着天地间残留的神明威压，心中惊骇无比！刚刚他居然就在那片雷霆森林之中，坐着马车在里面喝茶？夫子的心"景"，竟然连神明都无法攻破？！林七夜平复一下心情，快速地攀爬上最近的一座高楼，站在楼顶，眺望着整座城市。

城市的边缘，两只庞大的巨兽正在急速逼近。

"克莱因？！"林七夜远望那两只巨兽，心顿时沉了下去。虽然从来没有见过"克莱因"级别的神秘，但是他与近乎"无量"境的炎脉地龙交过手，眼前那两只巨兽的压迫感，远不是炎脉地龙能够比拟的。在它们的面前，炎脉地龙简直像个幼儿园的小朋友一样人畜无害。就在两只巨兽向着城市逼近时，一道刺目的金芒从远处绽放，似乎有几道金色的人影已经与那只恶犬战在一起，但另外一只依然在快速移动。

"特殊小队？"看到这一幕，林七夜的心神稍微安定了些许。但即便是特殊小队，也不可能一口气拦住两只"克莱因"，除非还有另外一支特殊小队存在，但事实上并没有。林七夜深吸一口气，缓缓闭上了双眼，两秒钟后，他的双眸再度睁开。他的身后多了两道人影——一个穿着星纱罗裙、眸如星辰的高雅贵妇；一个披着深蓝色法袍、手持法杖的年轻智者。

"母亲，梅林阁下。"林七夜的眼中满是严肃，"我需要你们的帮助。"

倪克斯站在漆黑的云层之下，身上的裙摆仿佛化作了一片夜色，她慈祥地看着林七夜："没问题，我的孩子。"

梅林远望着前方的巨兽，眸中仿佛有群星流转，窥视着命运的轨迹，整个人的气质玄奥起来。半晌之后，他缓缓闭上了眼睛，气息收敛起来。

"梅林阁下，您看到了什么？"林七夜知道梅林使用了预言术，忍不住问道。

梅林没有直接回答他的问题，双眸缓缓睁开，低头看着脚下的城市，又转头看向林七夜。一向平静如水的他，竟然罕见地浮现出惊骇之色："这是……"

"梅林阁下？"林七夜再度开口，"您看到了什么？"

梅林张了张嘴，似乎想说些什么，但最后还是没有说出口，只是摇了摇头："没什么……"

林七夜的眉头微微皱起，虽然他有满心的疑惑，但现在并不是询问的时候，他指着远方的那只海妖，说道："有办法杀死它吗？"

倪克斯眯了眯眼，开口道："一只近乎成神的神话巨兽，就凭现在的我们，杀不死它……"

"像上次一样，承载灵魂也不行吗？"

"如果承载灵魂的话，倒是可以勉强拖住……可时间也不会太久。"倪克斯转头看向林七夜，"但是达纳都斯，距离上次承载灵魂还没有过去多久，再次承载的话，你的灵魂会经受不住的。"

"经受不住会怎样？"

"会灵魂崩溃，轻则伤及神志，沦为痴呆，重则当场魂飞魄散。"倪克斯严肃无比地开口。

"那如果我承载梅林的灵魂呢?"

"这不是承载谁的灵魂的问题,我的孩子。"倪克斯摇了摇头,"而是你的灵魂……已经禁不起神明的重量了。"

林七夜的眉头紧紧皱起。

"梅林阁下,如果我承载你的灵魂,有多大的把握?"他转头看向梅林。

梅林沉吟片刻:"杀死它的概率几乎是零,但是如果目的只是困住它,这并不难,魔法的强大之处就在于它是全能的。"

林七夜的眼中浮现出一抹微光,他转头看向远处的城市,陷入了沉默——拖住它……真的可行吗?这座城市之中,已经有一位神明存在,现在沧南的处境太危险了,即便自己能拖住它一段时间,那这段时间之后呢?短时间内,还能有援兵前来助阵的可能性有多大?如果时间一到,海妖脱困,闯入城市之中,又会是怎样一番景象?突然间,林七夜像想到了什么,低下头,伸手摸向自己的胸膛,指尖触碰到了一抹冰凉……或许,自己并不是没机会杀死它。他不想当什么救世主,这座城市中,他真正在乎的只有姨妈、阿晋、136小队的其他人。或许,他可以选择带着姨妈和阿晋离开这里,远离是非之地,但136小队的其他人……会抛下这座城市,就此离开吗?他们不会。那……林七夜的脑海中,136小队众人的身影一一掠过,陈牧野、吴湘南、红缨、温祈墨、冷轩、司小南……赵空城。赵空城……林七夜伸手在虚空中一握,一道召唤法阵展开,一柄熟悉的直刀被他握在手中,刀身上镌刻着三个小字——"赵空城"。恍惚间,林七夜仿佛又回到那个雨夜,又看到那个他一辈子也不可能忘却的身影。

"要是我就这么离开,恐怕等我死后堕入地狱,一定会被你骂得狗血淋头吧……"林七夜看着手中的刀,喃喃自语,"我不想当英雄,但恐怕……这次我没的选。"他弯下腰,将手中的直刀刺入地面,"这里位置不错,这次,你就在这里看着……我是怎么替你守护这座城的吧。"

他站起身,转头看向梅林,眼中是前所未有的认真。

"梅林阁下,把你的力量……借给我吧。"

城外——

冥界恶犬的咆哮声响彻云霄,在它的脚下,一道漆黑的大圆正在急速蔓延,无数的骸骨从中涌动而出,来自幽冥的死气,弥散在空气之中。八道金色的身影飞散在空中,夏思萌望着下方的骸骨浪潮,眼中迸发出澎湃的杀意,右手攥拳,从天空一拳挥落地面!"咚——"肉眼可见的气浪刹那间翻滚,将数以万计的骸骨浪潮一拳击碎,她缓缓站起身,表情前所未有地凝重。

"队长!"孔伤落在她的身边,"海妖克拉肯直接往收费站那边去了,我们拦

- 273

不住它。"

　　加姆再度咆哮一声，其他几位"凤凰"小队成员飞奔向前，各色禁墟展开，与其鏖战起来。

　　"除了我们，这座城里已经没有人能挡住它了。"夏思萌缓缓开口，"将队员分成两组，分别拦下两只巨兽。"

　　孔伤一愣："队长！我们加在一起，也只能勉强对付一只，如果分散开来……没有丝毫胜算。"

　　"那就没有吧。"夏思萌平静地说道，迈步向着前方的加姆走去，狂风将她的金色斗篷吹得猎猎作响，"我们是守夜人，就算是战死……我们也要死在这座城前！"

254

　　"嗖——"一杆燃烧着火焰的长枪洞穿了霜之巨人的头部，浑身染血的红缨将长枪抽出，勉强稳住身形，在原地大口地喘着粗气。收费站前，霜之巨人的尸体已经堆满地面，鲜血汇聚成一条洪流，流进下水道之中。好在"凤凰"小队已经成功毁灭霜之巨人的传送门。除了剩下的十几个外，其他的巨人已经全部葬身在此。低沉的叫声从不远处传来，吴湘南抬头看去，只见高架桥下一只摩天大楼般的巨型乌贼正在快速地挪动过来。

　　"队长，海妖来了。"

　　陈牧野挥刀斩杀一个霜之巨人，握刀的手掌因脱力微微颤抖。他沉默着注视远方的乌贼，片刻之后，嘴角浮现出一抹苦涩。"它是冲我来的。"陈牧野的声音很平静，所有人一怔，同时回头看向他。

　　"队长，你在说什么？"温祈墨忍不住问道。

　　"它的气机锁定了我，这一点……我还是能感觉到的。"陈牧野的手轻轻在胸口摩擦，"我的身上有它想要的东西。"

　　红缨怔了半晌，弱弱地问道："是什么东西啊？给它不行吗……"

　　"不行，这件东西事关重大，绝对不能交出去。"陈牧野深吸一口气，神情居然有些轻松，"这样也好，只要我远离城市，城里的人也就不会有危险。"

　　"我们和你一起走。"冷轩突然开口。

　　陈牧野摇了摇头："那是只'克莱因'境的神秘，你们跟着我，只会是送死。"

　　"那也总比你一个人去死好。"红缨将长枪扛在肩上，看着陈牧野的目光前所未有地认真，"一家人，就是要整整齐齐的。"

　　温祈墨的嘴角微微抽搐："虽然我觉得红缨的话有点怪怪的……但我也觉得，我们一起行动比较好，说不定能多拖一些时间。"

陈牧野身躯一震,他的目光缓缓扫过其他人的面庞,眼中满是复杂:"你们……也愿意跟我去送死?"除了安卿鱼,其他人纷纷点头。陈牧野长叹了口气,手中的双刀轻轻一挥,数根黑色的锁链从他身后的阎罗殿中延伸而出,刹那间将除了安卿鱼之外的所有人束缚在原地。"谢谢你们……但送死的任务,还是我一个人去就好了。"陈牧野沉默片刻,"毕竟,我早在十年前,就该是个死人了……"

吴湘南奋力挣着身上的铁锁链,皱眉看着陈牧野:"你在说些什么!快放开我们!你想一个人当英雄……这不可能!"

红缨银牙紧咬,身上燃起玫色的火焰,熊熊烈火不断炙烤着铁锁链,却没有丝毫作用。

"不用费力了,毕竟你们所有人加起来,也打不过我。"陈牧野的脸上浮现出一抹笑意。

他走到安卿鱼的面前,缓缓开口:"他们,就交给你了。"

安卿鱼犹豫片刻,还是点了点头。

克拉肯低沉的嗡鸣越来越近,挥舞的吸盘宛若妖冶的蛇身,在漆黑的云层下扭动,它的阴影笼罩大地。陈牧野深吸一口气,最后看了身后众人一眼,嘴角浮现出笑容。"能当你们的队长……我很开心。"说完,他便头也不回地朝着远离城市的方向奔去!然而,他刚跑出没两步,前方的空间突然扭曲起来,白色的门户在虚空中勾勒,紧接着,一个熟悉的身影从中缓缓走出。浓郁的魔法气息在空气中弥漫,一个身披深蓝色法袍的少年从中踏出,右手握刀,一头白发在空中飘扬,双眸深邃如渊,仿佛能看透命运的轨迹。他就像是黑夜中最为明亮的那颗星辰,照耀着所有人未卜的命运。

"七……七夜?"陈牧野看着眼前这个陌生而熟悉的身影,直接愣在了原地。不仅是他,一旁的136小队其他人也蒙了。眼前这个林七夜,和他们所熟知的林七夜相比,无论是外形还是气质,都相差了太多。安卿鱼看着林七夜,眼中浮现出前所未有的浓厚兴趣,眼底一抹灰光闪过。下一刻,他双瞳一震,猛地闭上了眼睛,两行血泪从他的眼角流了下来。林七夜自然不会对他有什么恶意,只是他身上承载着一位神明的灵魂,安卿鱼想要将其解析,自然会受到反噬。

林七夜的双眸注视着陈牧野,嘴角微微上扬:"队长,能当你的队员,我也很开心……所以,你也和他们一起回去休息吧。"林七夜的指尖在陈牧野身上轻轻一点,红色的封印魔法瞬间禁锢后者的身体。与此同时,被陈牧野锁住的众人只觉得身体一轻,身上的铁锁链碎裂开来。还没等他们有所动作,陈牧野身上的同款封印便再度禁锢他们的身体,而且比原来的更结实。

"林七夜,你想做什么?"陈牧野忍不住开口,"我才是136小队的队长!引走克拉肯应该是我的任务!"

"我知道的,队长。但是那又怎样呢?"林七夜微笑着说道,"反正……你们加起来也打不过我。"

陈牧野:"……"

"剩下的，就交给我吧。"林七夜伸出手指，在虚无中一点，一道庞大的白色群体空间传送法阵就在众人脚下张开！"唰！"一道白光闪过，所有人的身形都消失不见。林七夜脸上的笑容逐渐收敛，他转头看向近在咫尺的巨型海妖，双眸浮现出冰冷的杀意："我不会让你过去的……"

沧南市，和平事务所，地下。

白色的传送阵法突然展开，136 小队众人的身影凭空出现，与此同时，他们身上的封印魔法都被解开。陈牧野猛地从地上站起，几道不善的目光同时落在了他的身上。

陈牧野的嘴角微微抽搐："你们听我解释……"

"陈牧野同志。"吴湘南缓缓从地上站起，严肃地开口，"对于你刚刚的所作所为，我们稍后再处理，现在，我更担心七夜。"其他几人点头表示赞同。他们飞快地跑到事务所的楼顶，向着远方望去，只见在城市的边缘，一个深蓝色的身影飘浮在天空，三座超大型的黑色魔法阵飘浮在他的头顶，玄奥而神秘。

255

低沉的海妖吼声混杂着雷鸣，在天地之间回荡。雷云翻滚，昏暗的天穹下，三座庞大的黑色魔法阵一层层重叠，在空中错位旋转，恐怖而诡异的气息急速蔓延。三重魔法阵下，林七夜悬浮在空中，氤氲的魔法元素在他周身涌动，他目光平静地注视着巨妖克拉肯。"深渊魔法，'三重罗生门'。"下一刻，他头顶的三座黑色法阵瞬间挪移，分别出现在克拉肯的周身，组成一个黑色的三角囚笼，将其困在其中。黑色的雷霆在魔法阵间跃动，来自深渊的力量将克拉肯与外界隔离，巨大的触手撞击在魔法阵上，瞬间被黑色的雷霆炙烤，又缩了回去。克拉肯如同幽绿色灯笼般的双眼微微旋转，似乎在思考，究竟是什么东西阻拦了它的前进。片刻之后，克拉肯两只触手蜷缩成球，散发着乌黑的冷光，重重地甩在了魔法阵上。"咚——"沉闷的撞击声响起，脚下的大地剧烈一震，一座魔法阵的光芒瞬间暗淡了些许，而克拉肯的触手只是表皮受到了轻伤。

林七夜的脸色微变。承载着梅林灵魂的他，现在也只有"无量"的境界，面对一只即将踏入神明领域的"克莱因"巨兽，实力还是太悬殊了。再这样下去，克拉肯只要再撞击几次，三重罗生门必然会被攻破。林七夜深吸一口气，缓缓抬起左手，一抹银光从他的指尖绽放，低沉的吟唱声回荡在空中："空间魔法，'次元放逐'。"

林七夜指尖的光芒大作，与此同时，被困在罗生门内的克拉肯周围的空间突然被割裂开来，像有一柄无形的小刀，裁剪开了它所在的这一片空间。既然质量不够，那就用数量来凑！克拉肯的身体连带着三座罗生门，瞬间与周围的空间隔离开来，浓郁的空间波动荡漾而开，似乎想要将其送往不知何处的空间。克拉肯敏锐地察觉到这一点，低沉的咆哮声再度响起，浑身散发的冷光仿佛从深海中酝酿而出的黑暗，扰乱空间传送的过程，使得这一方空间即便已经被隔离，却并没有被放逐。

林七夜周围的魔法元素再度翻滚，极致的冰寒以他为中心扩散！他伸出手，对着远方的克拉肯，遥遥一握！"冰系超位魔法，'永恒冰封'！"刺目的白光闪耀，克拉肯方圆三里的空间，瞬间被寒冰所冻结，仿佛一座巍然屹立在大地之上的寒冰金字塔，散发的寒气让整个城市的温度都下降了许多。海妖克拉肯的身影被定格在寒冰金字塔中，巨大的阴影透射而出，像变成了一具冰山之下的巨兽标本。三个顶尖的封印魔法叠加，终于勉强封印住了这只"克莱因"境的神话巨兽。

不远处，夏思萌看着远方被冰封在金字塔中的克拉肯，震惊地张大了嘴巴："这……这是什么东西？"

孔伤望着悬浮在空中的那道身影，眼中浮现出疑惑之色："队长，你感觉到了吗？"

夏思萌点了点头："是神明的气息，而且是从未被观测到的神明。"

"这怎么可能？一个人类的身上怎么可能会出现神明的气息？"孔伤忍不住开口。

夏思萌注视着那道深蓝色的身影，沉吟片刻："你说，他会不会就是林七夜？"

"林七夜？"孔伤一愣，"他不是炽天使和黑夜女神的代理人吗？怎么又跟其他的神扯上关系了？"

"不知道，但是直觉告诉我……他就是林七夜。"夏思萌的神情激动了起来，"果然是个奇才！一定要把他骗……不，劝来我们'凤凰'小队！"

孔伤有些无语："队长，在那之前，我们得先把这只恶犬给处理了，不然我估计你只能期望死后把他埋到我们'凤凰'小队的墓地里了。"

夏思萌叹了口气，她看着被冰封的庞大身影，有些担忧地开口："可是……那只海妖，真的那么容易就被制服吗？"

"咦？"正在与路无为对峙的洛基就像察觉到了什么，转头看向远方。"竟然有人拦住了克拉肯？你们居然还有手段？"洛基诧异地开口。

路无为面无表情地开口："你太小看我们了。"

洛基的双眼蒙上了一层微光，仿佛直接无视所有的障碍，看到了被封印的克拉肯以及在它前方维持法阵的少年。看到那个少年的瞬间，洛基一愣，眼中浮现出一抹疑惑之色。"那是……"突然间，洛基像是想到了什么，眼中浮现出异样的光彩，"原来如此，原来如此！哈哈哈哈哈……他就是那个人？我还奇怪呢，十年前，盖亚明明已经在'湿婆怨'上写下了那个名字才对，可现在居然……"洛基突然大笑了起来，看着远处的林七夜，就像看到了什么特别有趣的东西。他抬头看向天空，目光仿佛要透过厚重的云层，看到悬于众生头顶的那轮明月。"他果然插手了……但是，已经过了十年，如果我没猜错的话，这个奇迹已经到极限了吧？"洛基转头看向路无为，笑道，"你说，今天我有没有机会看到，这个奇迹破灭的画面？"

"洛基。"路无为缓缓开口，"我是不会让你去见他的。"

"呵呵呵呵呵……"洛基冷笑起来，"你真的以为把我拖在这里就能阻止我了？那你未免也……太小看我这位诡计之神了。"

"醒来吧……你，是永远也摆脱不了我的。你是我选中的人，你，拥有颠覆一切的力量。你已经沉眠得够久了。归来吧……我的代理人。诡计与欺骗的传承者……司小南。"

"轰隆隆——"轰鸣的雷声在天空中回荡，狂风呼啸着席卷大地，事务所的楼顶，所有人都在注视着城市的另一边，那个封印着巨兽的身影。没有人注意到，站在众人最后边的司小南痛苦地蹲下身，呼吸粗重了起来。

片刻之后，她缓缓站起身。

幽深的双眸仰望着天空，不知在想些什么。

"七夜居然真的拦住了那只巨兽。"温祈墨震惊地开口，"他的身上究竟发生了什么？"

"不知道。"陈牧野摇了摇头，脸色凝重无比，"但是……超乎想象的力量，总是要付出超乎想象的代价。"

就在这时，红缨有些疑惑地转过头。

"冷轩呢？"

"他应该又趴在了哪个楼顶，一个人用望远镜看着战场吧。"温祈墨有些不太确定地开口，"毕竟他对林七夜的事情最为上心。"

"小南，小南？"红缨转过头，看着独自站在众人身后的司小南，突然一愣。司小南的气质，似乎和以前不一样了。司小南的目光从天空中收回，扫过眼前的众人，缓缓抬起了右手……"嗡——"强大的威压爆发，瞬间镇压在136小队其他队员的身上。与此同时，一股阴冷的气息从她的体内散发而出，无形地锁住了其他人的精神力，即便是陈牧野，也不例外。她是"克莱因"。在这份恐怖的威压下，136 小队众人的身体根本无法移动，他们震惊地看着司小南，眼中满是难以置信。

"小南？"红缨咬着牙，注视着司小南，眼中满是茫然。

"小南……"陈牧野的眉头微微皱起，"这是精神控制吗？"

"笨蛋。"吴湘南沉声开口，"精神控制可不会让一个人突然拥有'克莱因'境的力量。"

"他说得没错。"司小南缓步向前，恐怖的威压继续释放，"我从一开始，就不是守夜人，两年前加入队伍时的所有文件，都是假的。司小南……根本就不存在。"

她站在陈牧野的身前，缓缓开口："我是代理人……诡计之神洛基的代理人。"最后一个字说完，整个空气都陷入了一片死寂。

"对不起。"司小南平静地开口，"'湿婆怨'，我一定要带走。"说完，她的眸中爆发出一阵冷光，所有人只觉得脑海中仿佛有一柄大锤击落，瞬间失去意识。司小南弯下腰，从陈牧野的胸前掏出那张羊皮卷，失去了阎罗殿的压制，这件神器的气息顿时外泄，散发着恐怖的毁灭之力。"这……就是'湿婆怨'？"司小南喃喃自语。

"嗒，嗒，嗒……"脚步声在楼道中回荡，司小南手中握着羊皮卷，面无表情地从顶楼走入事务所中。"叮咚——欢迎光临！"司小南眉头一皱，转头向门口看去。一个披着黑色风衣的男人正站在门口，沉默地注视着她，眼中满是复杂之色。

"冷轩。"司小南淡淡开口，"你只是个普通人，不要试图阻拦我。"

"小南……"冷轩声音沙哑地开口，"你为什么要这么做？"

"我是诡计之神的代理人，欺骗与谎言是我最擅长的领域，我来沧南，就是为了探寻这里的秘密，还有寻找'湿婆怨'的下落。"司小南平静地说道，"你们所认识的 136 小队的司小南，这一切都是我的伪装，本就是假的，我欺骗了你们，我利用了你们！这个回答……你满意吗？"

冷轩注视着她的眼睛，摇了摇头："你说谎。"

司小南的眉头微微皱起。

"如果只是利用与欺骗……那你为什么要刻意与我们保持距离？"冷轩缓缓说道，"你总是将自己封闭起来，一言不发，无论是生活还是任务，都刻意地降低自己的存在感。团建的时候，你也总是一个人坐在一边，默默地在远处看着我们，明明眼中充满了向往，却不敢接近。就连赵空城入葬的时候，你都没有出席。为什么？如果你是要刺探情报，接近队长，你应该会费尽心思与我们打好关系才对。"

司小南的双唇微微抿起，不敢去直视冷轩的眼睛。

而冷轩则一步一步地向前走去，望着司小南："因为你害怕。你怕如果与我们

- 279

牵扯太深，等到这一天到来的时候……你会心软。因为……你已经喜欢上了这里，不是吗？"

"你住嘴！"司小南突然开口，恼怒地看着冷轩，强大的威压骤然降临！冷轩闷哼一声，整个人被这份威压冲击在地，面色苍白，嘴角渗出了一丝鲜血。司小南紧攥着手中的羊皮卷，错身走过匍匐在地的冷轩身旁，抿着双唇，快步朝着事务所外走去，冷轩用双臂勉强支撑着身体，他转过身，看着逐渐离去的司小南，嘴角微微上扬："你看，即便到了这一步，你还是没有杀了我。"

司小南停在了门前。

"或许整个136小队，只有我，真正地了解你……因为，任何细节都逃不过我的眼睛。"冷轩用手撑着身体站起，声音逐渐柔和下来，"不管你曾经是谁，但是在沧南的这两年……你就是司小南。136小队的司小南。我们家小南……一直都是个乖孩子啊。"

司小南的瞳孔骤然收缩。她猛地转过身，一双泛红的眼睛死死地盯着冷轩，胸口剧烈地起伏着："冷轩，你真的以为……我不敢杀你吗？！"恐怖的威压笼罩着冷轩的身体，让他无法移动分毫，司小南的掌间泛起一阵幽光，一步步地走到冷轩的身前。"唰——"一道幽光闪烁，鲜血喷溅。冷轩的脸色瞬间苍白无比，剧痛让他的面部剧烈地抽搐，他张开了嘴，似乎忍不住想叫出声，却又被硬生生地忍了回去。幽光闪烁，喷溅的鲜血逐渐减少，最后完全止住血液。司小南的目光在冷轩的脸上停留片刻，随后转身便要离开："不要再试图阻拦我，否则……下一次，我取的就真的是你的命了。"

她刚向前迈出一步，冷轩便跟上去了一步。司小南闪电般转过身，一根手指点向冷轩的胸膛。"砰——"清脆的爆裂声回荡在事务所中，一个小小的铁盒在冷轩胸前碎裂，紧接着，一张张照片便如同蝴蝶般四散在空中。司小南怔住了。

—— 257 ——

那些，全是136小队的照片——他们在公园里野餐、嬉笑聊天的照片；他们在事务所中，欢迎林七夜结业归来的照片；跨年那天，他们在一起，约定明年如期再聚，酩酊大醉的照片；难陀蛇种任务之后，林七夜、司小南、红缨三人昂首挺胸走出校园的照片；赵空城入葬那天，红缨在墓中刻碑，其他人躲在山里偷偷观望的照片；司小南第一次来136小队报到的照片；司小南第一次完成任务，脸上带着幸福的笑容、欢呼雀跃的照片……

司小南呆呆地看着这些飘散在空中的照片，仿佛一段段零碎的记忆涌入她的脑海。那些曾经经历过的欢乐、幸福与满足……像电影的画面一般，在她的眼前一一掠过。这些……是她的回忆，是她与这座城，与这些人的回忆。不知从何时开始，她的双眸之中已经饱含泪水。一个温暖的躯体靠在了她的身后，嘴角残留着鲜血的冷轩伸出仅剩的手臂从后面轻轻地抱住了她，温柔的声音浮现在她的耳边："一个人承受这一切……很痛苦吧？"

司小南的身躯一震，再也忍不住眼中的泪水，滚烫的泪珠从眼角滑落，她像一个受尽了委屈的女孩，泣不成声。

"带我走吧。"冷轩的手轻轻抚摩着司小南的头，"以后无论发生什么，我陪你一起承担。"

司小南转过身，看着冷轩的眼睛，那是前所未有的认真与严肃。她抿起双唇，一双哭红的眼睛紧紧地注视着冷轩，深吸了一口气，像是下定了什么决心，眸中微光闪动。

"冷轩。"她认真地说道，"你相信我吗？"

冷轩没有丝毫犹豫："我相信你。"

司小南转过身，目光看向远处混沌的天空，缓缓开口："我有一个计划……一个很大、很危险的计划。"

楼顶，昏迷中的陈牧野闷哼一声，缓缓睁开了双眼。锁住的精神力已经被解开，那股恐怖的威压也消失不见，他勉强站起身，过了许久才回忆起昏迷前的经历。他看着远方的混乱，沉默不语。突然，他似乎感觉到了什么。他低下头将手伸到自己的胸口，从衣服中取出一张古老的羊皮卷。这一次，羊皮卷离开他的身体并没有泄露出半点的气息，就仿佛有什么东西将它的气息彻底封锁了一样。他伸出手指，在羊皮卷的表面轻轻摩擦，眼中浮现出一抹疑惑。在羊皮卷的表面，覆盖着一层无形的轻纱。对于这层轻纱，陈牧野再熟悉不过了，136小队的每一个人都曾经被这轻纱保护过。这是司小南的"无缘纱"。

他怔怔地抬起头，看向远方。如果真正的"湿婆怨"还在他这里，那司小南拿走的是什么？

城市外——正在维持魔法封印的林七夜脸色微变，周身的魔法波动逐渐紊乱了起来。"咔嗒——"一道细密的裂纹在庞大的寒冰金字塔上出现，随后快速蔓延，白色的寒霜弥散在空气之中，塔身的裂纹正在以肉眼可见的速度增加。"到极限了……"林七夜看着眼前逐渐崩碎的金字塔，喃喃自语。"无量"境释放的三重顶尖封印魔法，能够拖住克拉肯这么长时间已经是极限了，境界上的差距永远是一道天堑，尤其是对高境界而言。

"他快撑不住了。"一旁围剿加姆的夏思萌注意到这一幕，眼中浮现出焦急之色，转头看向身前已经遍体鳞伤却比之前更加凶残的加姆，骂道："该死！这家伙怎么这么强？！"

"它已经快成神了。"孔伤眉头紧皱，"冥界的看守者不是那么容易对付的。"

"可是我们已经没有时间了。"夏思萌的眼中浮现出一抹决然,"如果不能在短时间内杀掉它,另一边的克拉肯就会脱困,同时面对两只巨兽,我们没有丝毫胜算。"

孔伤听出夏思萌的弦外之音,怔怔地看着对方的眼睛,片刻之后,嘴角浮现出一抹苦笑:"这一天,终究还是来了吗……"

夏思萌转头看向他:"后悔吗?"

"当然不后悔。"孔伤将手中的直刀归鞘,脸上浮现出庄严之色,"这是我们的使命。"

夏思萌点点头,深吸一口气,大声喊道:"'凤凰'小队!!"

"到!!"

"嗖嗖嗖——"正在与加姆恶战的"凤凰"小队成员飞快脱离战场,从天而降,落在夏思萌的身边。八道金色的斗篷一字排开,在狂风中猎猎作响。

夏思萌缓缓闭上双眼:"可愿与我……殊死一搏?"

他们嘴角都微微上扬,下一刻,每个人的指尖都多了一枚闪烁的纹章。他们站在风中,望着眼前咆哮的冥界恶犬,眼中浮现出前所未有的庄重:"吾等,愿意。"

庞大的冰山轰然崩溃,被剥离的空间再度回归,环绕在克拉肯周身的黑色罗生门被汹涌的黑芒冲击得支离破碎。北海巨妖脱困而出,挥舞着狂蛇般的触手,低沉的嚎叫声回荡在天空之中。林七夜身披深蓝色法袍,双眸之中光芒闪烁,最终浮现出一抹决然。事已至此,他已经别无选择。他的手伸入衣服内侧的口袋之中,从中取出一枚闪亮的纹章,指尖在纹章的边缘轻轻一擦,一根细针探出。他低头注视着手中的纹章,片刻之后,嘴角浮现出一抹苦笑。

"最终,还是走上了和你一样的道路啊……"他抬头看向眼前呼啸而来的海妖,深吸了一口气,一字一顿地开口,"若黯夜终临……"话音未落,一道雷鸣般的吼声从远处传来,肉眼可见的气浪席卷大地,就连恶犬加姆和海妖克拉肯都为之一震!林七夜一愣。"凤凰"小队的众人也是一怔,同时停下手中的动作转头望去,只见地平线的另一端,昏暗的天穹之下,一只巨大的黑色恶犬正脚踏虚无从城市之中奔袭而来!林七夜看到那只恶犬的样貌,先是一呆,随后眼中浮现出震惊之色!

258

"又来一只神话巨兽?!"夏思萌的眼中浮现出绝望之色,"三只神话巨兽,这个世界究竟怎么了?"

孔伤的眉头微微皱起:"可是……你不觉得有些奇怪吗?"

"奇怪？哪里奇怪？"

孔伤注视着那只黑色巨犬来时的方向，缓缓开口："这只巨犬，是从城市中来的，或许……事情会有转机？"

似乎是为了验证孔伤的话，那只黑色的恶犬脚踏虚空，像一道漆黑的闪电，直接略过了林七夜等人，径直冲向海妖克拉肯，两只恐怖的巨兽瞬间撞在一起！黑色恶犬一脚将克拉肯的触手踩入大地，地面剧烈一颤，紧接着凶恶的獠牙张开，一口咬住克拉肯的侧颈！克拉肯吃痛，其他的触手疯一般地狂舞起来，死死地缠绕在黑色恶犬的身上。但下一刻密集的雷霆就从黑色巨犬的毛发间迸发，直接将触手烤得焦黑！黑色恶犬死死地咬住克拉肯的侧颈，几度撕扯竟然硬生生地啃下了一大块血肉，鲜血淋漓！恶犬残暴地咀嚼着那块碎肉，猩红的鲜血顺着它的牙缝流淌在地，它冷眼看着眼前剧痛嘶吼的克拉肯，眸中充满了讥讽。"噗——"它狗嘴一张，又将那块血肉吐了出来，低沉的声音从它的喉间发出，字正腔圆："垃圾血肉，狗都不吃！"

林七夜："？"

凤凰小队："？？"

洛基："？？？"

这狗会说人话？不对，它会说汉语？！就连克拉肯都一愣，那表情好像在说：大家都是神秘巨兽，凭什么你会说话？这么卷吗？！不过，黑色恶犬明显没有给它喘息机会的意思。它掌间的利爪骤然挥出，瞬间斩落克拉肯数根触手，随后周身的雷霆大作，在海妖的躯体间游走，麻痹了它的神经！在这短暂的瞬间，恶犬再度张口，这一次直接咬在了它的头部！雷光涌动，恶犬凶猛的低吼混杂着雷霆之声，在空中回荡，就连克拉肯凄厉的惨叫都被压制下去，听得人头皮发麻。随着一阵剧烈的纠缠，最后恶犬还是撕扯下了克拉肯的头部，鲜血如同巨柱般喷溅，洒满了黑色恶犬的全身。一只即将成神的"克莱因"境巨兽，就这么轻易地死在了黑色恶犬的爪牙之下。它傲然站在瘫软成泥的克拉肯尸体上，缓缓转头看向加姆。

虽然两者都是恶犬，但加姆的体形明显比这一只小了一圈，而且光从气势上黑色恶犬就将其压制得死死的！海妖的鲜血还在一滴滴地从黑色恶犬的毛发间滴落，它缓缓张开猩红的巨嘴，凶狠的目光死死地盯着加姆。它就像一个凶恶的暴君！加姆怕了。这只看守冥界的使者警惕地看着黑色恶犬，下意识地向后退了两步，但黑色恶犬似乎没有放过它的意思，还在一步步地紧逼。

远处——

"这只狗……怎么长得这么像小黑癞？"林七夜看着这一幕，喃喃自语。即便林七夜自己都知道这个事情有多荒诞，但事实就是如此——黑色的毛发、脸上的褶皱，就连额角的那一道伤疤都一模一样，唯一有所区别的是那双凶狠嗜血的双目与凌厉无双的气质！抛开外形，林七夜很难将这只凶暴的恶犬与那只傻不拉

- 283 -

几的癞皮狗联系起来。他低头看了眼掌间的纹章，苦笑了一下，又将它收了起来。看来，这次是用不上了。

洛基远望着那头莫名其妙出现的恶犬，眉头紧紧皱起："那是什么东西？它是从哪里冒出来的？"

路无为的嘴角微微上扬："你猜？"

洛基瞥了路无为一眼，冷哼了一声："算了……这不重要，反正我要的东西已经得手了。"

他抬头看向远处，只见有两道身影连续闪烁，下一刻便来到了他的身前。司小南面无表情地站在那儿，将手中的"湿婆怨"递了出去，缓缓开口："你要的东西，我给你拿来了。"

路无为见到那张羊皮卷，脸色瞬间一变，目光之中满是凝重。洛基嘴角微微上扬，将羊皮卷接过，看向司小南的眼中充满了赞许。"做得不错。"他俯下身，凑到司小南的耳边，微笑着说道，"不愧是我选中的人……"

司小南的眉头微皱，没有说话。洛基的目光落在司小南的身后，双眸眯起，像是一条警惕的毒蛇："他是谁？"

冷轩站在那儿，双眸中满是平静。

"我的'信徒'。"司小南淡淡回答。

洛基仔细打量冷轩几眼，在确认他的身上确实有灵魂契约之后，放下了眼中的警惕，走到司小南身边，幽幽说道："找一个仆人可以，但不要太多，跟我们一起行动的人……越少越好。"

司小南默默地点头，洛基将手中的羊皮卷放回胸口，转头看向脸色沉重的路无为，戏谑地开口："我说过，'湿婆怨'一定是我的……"

路无为眼中闪过一抹光芒，整个人身形一晃，直接闪到洛基的身前，指尖向洛基的身体摸去。洛基的眉梢一挑，身体诡异地扭曲起来，刹那间变化为一条条幽绿色的毒蛇，分散开来。下一刻，洛基的身影便出现在百米之外。

"你的能力很有意思，竟然能读取所触碰到任何东西的时间线，并将任意物体送回到过去的时间点。你就是用的这个能力将炸药送回我那几具分身刚刚诞生的时候，从过去抹杀了他们的存在。"洛基缓缓开口，"追溯时间的骑手……可惜，我不会让你触碰到我的。"

路无为眉头一皱，起身骑上自己的电瓶车，便要向洛基追去。

"东西已经拿到了，我也该退场了。"洛基转头看向远处，目光又落在了空中那个少年的身上，嘴角浮现出冰冷的笑容，"不过，在走之前……还有一个有意思的小家伙要处理。"

259

"凤凰"小队收起手中的纹章,观望着黑色恶犬与加姆的厮杀。说是厮杀,但其实根本就是单方面的屠杀。同样是犬类,加姆却根本不是黑色恶犬的对手,仅一个照面的工夫,加姆的身上就多了两道血淋淋的咬痕。

"这只恶犬究竟是什么?"孔伤忍不住开口,"加姆和克拉肯已经是即将成神的存在了,它竟然能将其完全压制?!现有的神话记载中,有这么恐怖的犬类神话生物吗?"

夏思萌眉头紧锁,沉默片刻之后,缓缓开口:"倒也不是没有,只是……"

"还真有?"孔伤一怔,"是哪一只?"

"大夏神话……哮天犬。"

夏思萌的话音落下,整个"凤凰"小队都愣在了原地。

"哮……哮天犬?!"孔伤的眼中浮现出难以置信之色,随后像想到了什么,转头看向那只与加姆恶战的黑色恶犬,有些不确定地开口,"说起来,它刚刚好像确实说了汉语……"

"可是,大夏的神话不是都失踪了吗?"三阿哥忍不住问道。

夏思萌转过身,目光落在城市之中,看着恶犬来时的方向,喃喃自语:"既然是失踪,那总会有回归的一天吧?"

林七夜的身影缓缓从空中落下,看着远处恶犬的身影,眼中的疑惑之色越发浓厚。他似乎隐约猜到了些什么……但这个念头被他瞬间掐灭。这怎么可能?就在林七夜沉思的时候,一个身影从远处缓缓走来。"队长?"林七夜见到来人,直接一愣,只见身披暗红色斗篷的陈牧野行色匆匆地走到林七夜的身边,眸中满是焦急之色。他皱眉看着林七夜的眼睛,开口道:"你怎么还在这儿?"

"队长,你怎么来了?"林七夜的眼中浮现出疑惑之色,"出什么事了?"

"司小南叛逃了,快与我去追她!"陈牧野脸色凝重地说道。

"什么?"林七夜一愣,"这怎么可能?"

"没时间跟你解释了,快随我追过去!"陈牧野拉着林七夜的手腕,快步朝着远处奔驰而去,速度奇快无比!就在这时,一道褐色的魔法阵突然出现在他的脚下!刹那间,他脚下的大地就像是活过来一般,瞬间化作数十只岩石巨手,猛地拍向陈牧野的身体!岩石巨手一重又一重地叠加,瞬间将他的身影封锁其中。一个直径数十米的岩石球体悬浮在地面之上。

与此同时,林七夜没有丝毫犹豫,一扇空间传送门在他的身后浮现,整个人迅速地向门中倒去!"轰——"地面上的岩石球体瞬间爆开,一股强悍阴冷的气息刹那间蔓延，林七夜身后的空间传送被瞬间打断，身形一阵模糊之后，仍然停留在原地。林七夜的脸色有些难看。

破碎的岩体之中，一个高瘦的西方男子正缓缓走出，眯眼看着林七夜，有些诧异地开口："有意思……你是怎么发现的？"

林七夜看着他的眼睛，平静开口："队长永远不会用'叛逃'这两个字眼来形容自己的队员。"

"那如果她真的叛逃了呢？"

"那他只会说，'小南离开了……她还会回来的'。"

洛基的眉梢微微上扬："想不到，她在你们心中的地位竟然这么高？"

"这不是地位的问题……这就是136小队。"林七夜一边回答，背在身后的双手一边持续地尝试张开空间魔法，白光闪烁。

"可笑的信任。"洛基嗤笑一声，"另外，不用再尝试逃离了，若是真的让你这个还不到'克莱因'的小家伙逃走，那我也不配当这个诡计之神。"

诡计之神……林七夜的心中"咯噔"一下，果然是洛基。在假陈牧野刚出现的时候，林七夜就意识到事情不妙，试图用预言术辨别眼前之人的身份，却发现根本看不穿对方。从那时起，他就知道眼前的这个男人远不是他所能对抗的存在。所以他在展开岩系魔法的瞬间，也毫不犹豫地使用了空间魔法准备离开。

"你想把我带离沧南范围？"稍一思索，林七夜就看穿洛基的意图。对方是一位神明，如果想要杀死自己，根本不需要变成陈牧野这么麻烦，谎称司小南叛逃就是想拉他离开。而离开的方向正是沧南市外。再结合陈夫子之前给他的忠告，便不难猜到，若他离开沧南，会有什么不好的事情发生。

"哦？"洛基眉梢一挑，似乎没想到林七夜竟然看穿了一切，"看来，你已经全都知道了？"

林七夜没有否认。他当然不会傻乎乎地问"知道什么？"这个时候，只有承认才能套取更多的信息。

"呵呵呵……既然如此，那你为什么不愿与我离开？"洛基眯眼开口，"这座城市只会无意义地拖住你前进的脚步，难道你不想离开这座囚笼去看看外面的世界吗？"

林七夜表面毫无波澜，但大脑已经飞速地转动起来。拖住他的脚步？囚笼？外面的世界？他在说什么？林七夜隐约察觉到，这件事远比他想象的更加复杂。自出生以来，他确实从未离开过沧南市。就连之前的新兵集训，守夜人都特地把选址改在沧南……现在想来，或许也是不想他离开沧南？他们究竟想做什么？他们究竟在隐瞒什么？！

"这里是我的家，我不想离开这里。"林七夜淡淡开口。

洛基看着林七夜，笑了，笑得很开心。

"但是……你现在,不是已经离开了吗?"

林七夜一愣,猛地环顾四周,却发现周围的环境已经急速退去,取而代之的是一片宽阔的荒野!不知何时,他竟然已经离开了沧南!

"别忘了,我是诡计之神……欺骗空间,欺骗你……再简单不过了。"洛基的笑容越发张狂,他远望着林七夜身后的城市,哈哈大笑起来,"看啊,看那座城市!现在的它,真是美丽……不是吗?"

林七夜猛地转过头,整个人愣在原地。点点金色光芒从城市之中散出,那些错落的摩天大楼,正在逐渐消散……

城市,在消失。

260

沧南市——

一座座矮旧的房子像是沙化一般化作金色的光点四下散开,那些错落在摩天大楼之中的街道正在急速退去,结实的沥青路面消失不见,取而代之的是泥泞的土壤——路灯、绿植、告示牌、咖啡馆、拉面馆、婚庆店、和平桥、事务所……金色的光点如同洪流,在空气中飞舞,升腾而上,消失无踪。一切的一切,如同梦幻泡影,乍然破碎。

"妈妈,妈妈……"消失的街道上,一个七八岁的女孩,茫然地看着眼前的这一切。在她的面前,一个女人正惊恐地看着自己的身体。她,也在消失。

"怎么回事,这是怎么回事?"女人喃喃自语。她猛地抬头看向自己的女儿,在确认女儿的身体没有化作金色光点之后,眼中浮现出庆幸之色。她的双眸深处,仿佛有某种尘封的记忆正在打开。原来如此……蹒跚着站起身,此时右半边的身子已经消散,她走到女孩的面前,嘴角微微上扬,左手轻轻地抚摸着女孩的脑袋。

"田田,妈妈的时间到了……这十年来,妈妈最开心的事情就是有了你……接下来的日子,只能你一个人面对了。"她抬头看向天空,眼中浮现出释然之色,"奇迹,最终还是结束了……"

像这样的一幕,在沧南市的每一个角落都在发生。无数人惊恐地看着自己身旁逐渐消失的亲人、朋友,眼中充满了慌张。但消失者的眼中,最终却浮现出释然,仿佛终于回忆起一切,微笑着与身旁之人告别。

整个沧南市,有90%的人在消失。

"轰——"杯盏与雷霆碰撞在一起,掀起的震荡巨浪席卷而出,将周围的大地寸寸崩散开来!陈夫子坐在马车之中,正欲继续出手,突然像是感知到了什么,脸色骤变!

"夫子，夫子！"书童的声音从车厢外传来，焦急无比，"城市，城市……在消失！"

陈夫子的脸色难看无比，他长叹了一口气，眼中浮现出无奈之色。

"这一天，还是来了……"

"夫子，这是怎么回事？"书童疑惑地问道，"为什么会这样？是又有神明对这座城市出手了吗？"

"并不是。"陈夫子深吸了一口气，缓缓开口，"这一切，只不过是因为这座城……它本就不该存在。"

"不该存在？"

"你可知，十年前那场神战因何而起？"

"不是为了'湿婆怨'吗？"

"是，但并不全是。"陈夫子平静地说道，"十年前，希腊神王宙斯窥探世间命运，预言将有一位空前强大的渎神者即将出世，并且准确计算出他在大夏的沧南市。为了尽早抹杀他的存在，宙斯便派出大地之母盖亚联合北欧的部分邪神进攻大夏边境。而'湿婆怨'则是他们计划中的一环，也是用来抹杀渎神者的武器。"

陈夫子继续说道："沧南市在大夏只是一座小小的城市，而且位置离边境较远，在五位人类天……人类最强者的联手之下，他们根本无法闯入，所以，便动用了'湿婆怨'……"

书童就像想到了什么，震惊地开口："您是说……"

"没错。"陈夫子的眼中浮现出怒火，"大地之母盖亚在得到'湿婆怨'之后，便不惜损耗力量，在羊皮卷的表面写下了一个名字……沧南市。"

"他们用'湿婆怨'抹杀了一座城市？！"书童瞪大了眼睛。

"为了杀死一个尚未出世的渎神者，他们不惜直接抹杀掉一座城……在那个名字被写上后，整个沧南市就像被人从世界上擦去了一般，直接消失无踪，就连一块石砾、一方灰土、一滴鲜血都没有留下。一座城市，与其中生活的百万人口……就这么被抹杀了。"

书童张大了嘴巴，难以置信看着眼前的一切："可是，可是……这座城，不就在这里吗？"

"它还存在是因为林七夜。"陈夫子缓缓闭上了双眼，

"整个沧南市被抹杀后，只有一个人活了下来，那就是林七夜。没有人知道当时只有七岁的他是怎么逃离'湿婆怨'的抹杀的，但后来在那座矮旧的老房之中，我们的人找到了三件神器的残片，分别是一个银色的手镯，一个破碎的水晶球，还有一个造型奇特的戒指。这三件神器被埋在矮房的地下，组成了一个神秘的阵型，林七夜能幸存下来或许是因为它。但究竟是谁留下的这三件神器，我们至今都没有线索。"

"那就算林七夜是唯一的幸存者,可这座城市又是怎么回事?"

"沧南被抹杀之后,神明编号003的天使之王米迦勒在虚无的城市中选择了唯一的幸存者成为他的代理人,也就是林七夜。林七夜在传承了神墟之后,米迦勒又将数量极为夸张的神力灌入他的身体,埋藏在他的潜意识之中。然后,一个覆盖整座沧南市的超大型神墟张开了,那便是……'凡尘神域'。"陈夫子顿了顿,继续说道,"装载着'凡尘神域'的林七夜就像一个行走的终端,无意识地利用精神世界中的神力重新构筑整个沧南市,并将已被抹杀的沧南市民复苏……总而言之,他重启了整个沧南。即便自己完全没有意识到他已经时刻在使用'凡尘神域'维持着这座城市的日常运转,他就是这座城市的灵魂,这座城……只因他而存在。米迦勒灌入他体内的神力,足以维持这座神域运转十年,十年之后,尘归尘、土归土……事实上,即便没有这次事件,半个月之后这座城市也将消失。这十年也足以发生许多事情,因为城市中的每一个人都是活生生的。他们可以工作、可以生活、可以离开沧南前往其他地方……因为他们的体内已经有了'凡尘神域'的烙印,除非神域消失,否则将一直存在。他们虽然已经被抹杀,但是在'凡尘神域'中依然可以结婚,留下子嗣……最关键的是,他们所留下的子嗣是完全超脱于'凡尘神域'存在的。也就是说,即便某一天这座神域消失了,他们的孩子也能活下来。这十年,是血脉延续的十年。"

书童的眼中充满了震惊:"'凡尘神域',竟然有这么逆天的能力?!"

陈夫子闭上双眼,缓缓说道:"如果给排名前十的所有神墟打上一个标签,那么序列008的'湿婆怨',就代表着'毁灭',而序列003的'凡尘神域'……就代表着'奇迹'!这座城,这十年,便是只因林七夜而存在的最伟大的'奇迹'!"

261

"'凡尘神域',就是凡世之间的神国吗……"书童念叨着神墟的名字,恍然大悟,"所以,守夜人的高层才那么重视林七夜,因为他就是这座城市的灵魂。"

"没错,为了延续这个奇迹,守夜人暗地里一直在关注着林七夜,防止他离开'凡尘神域'的范围。因为一旦他离开,这座失去灵魂的城市便将不复存在。"

"既然这样,那他们为什么还要让林七夜成为守夜人?让他一直默默地当个普通人维持这个奇迹不就好了吗?"书童疑惑地问道。

"我之前就说了,维持如此大范围的奇迹需要海量的神力,米迦勒灌入林七夜体内的神力只能维持这座城市十年。当十年期限一到,也就是半个月后,这座城市还是会消失。而重新拥有完整'凡尘神域'的林七夜,将会成为这个世界上潜力最大的神明代理人。那个时候再告知他关于禁墟、神秘与神明的一切,就晚了……他很可能会堕入黑暗的一方,被古神教会的人哄骗,成为恶神。所以,他

- 289

加入守夜人，本就是高层计划的一环。"陈夫子长叹一口气，想起了叶司令给他打的那个电话，继续说道，"这次我们来沧南，目的也不是什么调查神明波动，而是考察林七夜现在的精神状态，判断他能否接受半个月后城市破灭的现实。没想到这群外神又横插一手，提前了沧南破灭的时间。好在这十年来，守夜人一直为这一刻做准备，即便沧南消失，他们也有最为完善的收尾方案……"

书童转头看向这座逐渐消失的城市，叹了口气："沧南市的那些居民，在茫然无知中被抹杀，又被复活，享受了十年的人生，留下了自己的子嗣……林七夜的功德，可太大了。"

"并不是所有人都不知情。"陈夫子看了眼窗外，缓缓开口，"有一个人，从一开始就知道一切，他……才是这座城里，最辛苦、最悲伤的那个人。"

事务所楼顶——

陈牧野、吴湘南、红缨、温祈墨四人站在那儿，还沉浸在司小南离开的茫然不解之中，一言不发。

"队长，冷轩也不见了。"红缨抿着嘴，脸色有些苍白，"小南她……"

"小南她没有背叛我们。"陈牧野笃定地说道，"她只是暂时离开，去做她想做的事情了……我相信，她还会回来的。"

温祈墨沉默许久，点了点头："我也相信，小南不会背叛我们。"

红缨正欲开口说些什么，大量的金色光点便从城市中升起，周围的一切都在消失。

"发生了什么？"吴湘南见到这一幕，直接怔在了原地。

远方，一个又一个行人化作金色的光点消散在空中，即将化作光点的家长抚摸着孩子的头，微笑着告诉他们要坚强。因为他们是奇迹的一代。

"这是怎么回事？为什么除了孩子，其他所有人都开始消失了？"温祈墨皱眉开口，低头看了眼自己的身体，并没有化作光点的迹象。红缨和吴湘南互相对视一眼，他们也没有化作光点。

"因为你们来沧南的时间太短了。"陈牧野的声音从一旁传来，他坐在楼顶边缘，看着逐渐消失的城市，平静地开口，"只有十年前的10月24日，下午两点三十六分十九秒那一刻待在沧南市范围的人……才会消失。"

温祈墨等人互相看了一眼，若有所思地点点头。"我记得，红缨你是四年前来的沧南。"温祈墨说道，"而我是三年前，副队长好像是……"

"我是五年前来的。"吴湘南开口道。

一旁的安卿鱼疑惑地看着自己的身体，同样没有光点飘出，思索片刻之后，点了点头："十年前的十月份……我应该在淮海市上小学，那时候还没有来沧南。"

吴湘南沉思片刻，缓缓说道："我记得，我们之中，在沧南待了十年的好像只有……"说到这儿,他突然一愣,似乎想到了什么,猛地转头看向一旁。独自坐在楼顶边缘的陈牧野低下头看着自己的身体,眼中浮现出一抹苦涩——他的身体,在消失。点点金色的光芒从他的指尖开始消散,一点点地扩散到手掌、手腕、手臂……金色的光辉将他的脸颊照亮。他抬头看着消失的城市,眸中倒映着满城的光点,仿佛星辰般璀璨。

"队长!"红缨见到这一幕,猛地愣在原地,片刻之后,疯了般地跑到陈牧野的身旁,死死地盯着那些光点,浑身都开始颤抖,"队长,你……"

"没关系。"陈牧野的脸上浮现出温柔的笑容,他伸出另一只手,轻轻摸着红缨的脑袋,"我等这一天,已经很久了。"

"陈牧野!"吴湘南的眉头紧紧皱起,"这究竟是怎么回事?为什么……"

陈牧野长叹了口气,抬头看向远方,平静地说道:"十年前,还在上京市的我收到命令,独自离开上京,前往沧南寻找宙斯预言中能够颠覆神权的那个人。我的任务就是找到他,并将他带回上京。没想到,在边境的神战中,盖亚抢夺了'湿婆怨',并不惜损耗力量直接抹杀了整个沧南市……那时候,我正好在沧南境内。"

陈牧野苦笑着摇了摇头:"多亏林七夜,我又有了活下去的机会。当时我还不知道发生了什么,后来从司令口中知晓一切后,我便自愿留守沧南,隐藏'湿婆怨',从此不再回京,销声匿迹。后来,你们就来了。"说到这儿,他将手伸到胸口取出被"无缘纱"包裹的羊皮卷,交到红缨的手中,"小南没有拿走'湿婆怨',她不是坏人,接下来……我应该是没办法再守着这东西了,红缨,你替我保管好它,等到高层来人,便将它上交。"

陈牧野的身体已经消失一半,金色的光点照亮黑暗的一角,红缨早已哭成泪人,她从陈牧野的手中接过"湿婆怨",重重地点了点头。陈牧野低下头,从口袋中掏出属于自己的那枚纹章,轻轻念叨着背后的小字,看着眼前的这座城市,眉宇间浮现出一抹笑意:"我陈牧野,守了这座城十年,现在……是时候与它一起离开了。"

"队长!"红缨哭喊着伸出手,似乎想要拉住消散的光点,却只能握住虚无。

陈牧野的目光在几人的脸上一一扫过,他笑了笑,说道:"对了,再见到林七夜,记得替我谢谢他。谢谢他给了我,给了我的孩子,给了这座城中的所有人……一个奇迹。这十年,我陈牧野,无悔……"

声音逐渐消散,陈牧野的身体化作金色的光点,飞升到天空之中,与那金色的洪流汇聚在一起,化作一片璀璨的天空。

262

沧南市,老城区——

矮旧的小房之中,氤氲的饭菜香气传出,姨妈端着一盘热菜走到桌旁,高声喊道:"阿晋,吃饭了!"

阳台上,杨晋独自站在那儿,目光落在远处,不知在看些什么。姨妈见杨晋没反应,双手在围裙上擦了擦,一边嘀咕着一边往阳台走去:"你这孩子,叫你吃饭呢!"

杨晋这才回过神来:"知道了,妈。"

他走到桌旁,看着桌上的饭菜,抿起了双唇。

"小黑癫也不知道跑哪里去玩了,到现在还没回来,外面雷声那么大,一会儿应该会有一场大雨吧?"姨妈一边絮叨着,一边坐了下来,见杨晋还在一旁发呆,疑惑地问道,"吃啊,还在那儿发呆做什么?你今天这是怎么了?一直心不在焉的。"

"没……没什么。"杨晋缓缓坐下,拿起了身旁的筷子,夹了一筷子的菜,递到姨妈的碗里,"妈,多吃点。"

姨妈一愣:"我吃着呢,你自己多吃点。"

杨晋点了点头,低头默默地吃了起来。

轰鸣的雷声从窗外传来,交错的闪电划过天空,天边,隐约有金色的光点缓缓升起。

"今天这天气究竟是怎么了?"姨妈一边吃着饭,一边说道,"又打雷,又地震,大半天过去了,一点阳光都看不到。也不知道晾在阳台上的衣服什么时候能干,晚上我还得穿去工厂上班呢……对了,今晚的饭只能你自己烧了,妈今天是夜班,回不来。"

杨晋"嗯"了一声,沉默片刻之后,还是开口:"妈。"

"嗯?"

"您辛苦养了我和我哥十几年,过了一辈子苦日子……后悔吗?"

姨妈听到这话,先是一愣,笑骂道:"说什么傻话?能有你和你哥这么懂事的孩子,妈高兴还来不及呢!再说了,苦日子怎么了?妈从小就是过苦日子长大的,你现在要是让妈去住那些大房子,反而不习惯。"姨妈抬起头,环顾了一圈四周,看着这个促狭而熟悉的家,笑了笑,"还是家里住得安心。"

杨晋看着姨妈脸上的笑容,微微一怔,随后年少的脸上也浮现出笑容:"那……以后,等一切结束,等哥回来,我们还是回到这间老房子,一起生活好不好?"

"妈倒是想呢。"姨妈笑着摇了摇头,"但是,你和你哥都是要讨老婆的人,哪能继续和我这个老太婆住这种地方。以后只要你们常回来看看,妈就很开心了。"话音落下,姨妈看着自己的指尖,突然一愣,一枚枚金色的光点正从她的指尖逸散开来。

她呆呆地看着这一幕:"这……这是怎么回事?"

杨晋的嘴唇微微颤动,他脸色苍白,努力维持着脸上的笑容,轻声对着姨妈说道:"妈,别怕……一切都会好的。"

姨妈仔细看着这些光点，从指尖蔓延到手掌，眼中的疑惑之色越发浓厚："阿晋，妈这是……要走了吗？"

杨晋张了张嘴，想说些什么，却又什么都说不出口，只能默默地攥紧双手，缓缓地低下头去。一只手轻轻地抬起了他的头，姨妈的眼中仿佛多了些什么，尘封的记忆打开，知晓了自身命运的她，轻柔地擦去杨晋眼角的泪水，饱经风霜的脸上浮现出一抹笑容："阿晋，妈该走了。"

杨晋再也控制不住了，泪水止不住地从眼眶流出。他站起身，一把抱住自己的母亲，哽咽地开口："妈，妈……对不起，真的对不起……十年前，我们还在轮回之中，没能赶上这一切，没能站在你们的身前，阻止这场惨剧的发生……是我们，没能挽救这百万的生命……也没能救下你。对不起……"

姨妈怔怔地抱着杨晋，眼中浮现出疑惑之色。

"阿晋，你是……"

杨晋抬起头，看着姨妈的眼睛，通红的双眸中，闪现出一抹淡淡的神韵。

姨妈喃喃自语："原来如此……你居然是……我这一生，居然能有这样特别的孩子。"

杨晋紧紧攥着双拳，指甲抠进掌间的血肉之中，滴滴鲜血流淌而下。他后退两步，缓缓下跪在姨妈的身前，深深地拜了下去："孩儿杨晋，代表大夏诸神……向沧南市所有遇难者请罪！我们……来迟了。"

姨妈站起身，将杨晋从地上扶起，看着那双充满了愧疚与自责的眼睛，温柔一笑，将他抱在怀中："傻孩子，回来就好。"

"妈，你放心。"杨晋深吸一口气，眼中浮现出坚定之色，"十年前，我们没能赶上这一切……多亏了哥，今天，我们又拥有了一次机会，一次拯救所有人的机会。"杨晋手中银芒一闪，出现了一只灰色的布袋，"这是纳魂袋，乃是天尊的宝物，足以容纳这座城中所有遇难者的灵魂。现在神域破碎，被挽留在人间的灵魂再度分离，我用这纳魂袋将所有的灵魂收起，等到天尊重塑完所有人的肉身，即可将你们复活。那时，沧南将重现于天下！"

杨晋注视着姨妈的眼睛，认真地说道："妈，还请你们进袋委屈一段时间，终有一天，我们一家人将会团聚。"

姨妈微微一笑："妈相信你。"金色的光点覆盖了姨妈的全身，她的身体逐渐消散，她走到杨晋的身前，最后一次抚摸着他的脸庞，"阿晋，照顾好自己，也照顾好你哥。"

"放心吧，妈。"杨晋认真地说道，"哥不会出事的。"

姨妈点点头，全身化作金色的光点，消散在空气之中，隐约间，一句话语在空中回荡："等你们回家……"

金色的光点涌出窗外，升上天空，汇聚到那条金色的洪流之中。杨晋走到窗边，张开手中的布袋，低沉的声音回荡在城市的每一个角落。

"魂归来兮！"

金色的洪流像是找到宣泄的方向，快速地涌入纳魂袋中，顷刻之间，尽数纳入其中。杨晋默默地扎起手中的布袋，回头看着空空荡荡的房子，沉默许久之后，迈步向外走去。

杨晋刚一推开门，一个穿着火红色卫衣的六七岁孩童就站在门口，似乎在等他。

"哪吒。"杨晋看着他，平静地开口，"你来做什么？"

男孩耸了耸肩："你去做什么，我就去做什么。"

杨晋眯起眼睛："你的力量才恢复多少？去送死吗？"

"你一个人去也是送死。"男孩缓缓开口，"我们这些神里，只有你恢复得最为完全，但即便如此，你也未必能杀一位实力保存完整的外神。"

"我还有百年轮回之力。"杨晋淡淡开口。

哪吒眉头微微皱起："透支神格？你知道后果是什么吗？"

"这不重要……我只知道，我是大夏的二郎神。"杨晋一步又一步地向前走去，"我们消失了百年，必须要用最直接、最震撼的方式向世界宣告……大夏的神，回来了。而这，现在只有我能做到。"

他瞥了眼小男孩，淡淡开口："至于你们……慢慢地恢复力量吧，未来，还需要你们来守护这个国度。"

他迈步向前，手指放在嘴边，吹响了一个口哨。一只黑色的狰狞恶犬从远处踏空而来，身染两只巨兽鲜血，气势恐怖无双，正是小黑癫！杨晋轻轻摸着恶犬的头，另一只手在虚无中一抓，一柄缭绕着银色雷霆的三尖两刃刀出现在他的手中。他握着刀，缓缓抬起头，看着远方混沌的雷霆，平静地向前迈步——第一步迈出，他瞬间便踏入了"盏"境！第二步迈出，他的境界直接攀升到"池"境！第三步，"川"境！第四步，"海"境！第五步，"无量"！第六步，"克莱因"！第七步……成神！神明的恐怖威压从杨晋的身上散发而出，银色的雷光缭绕在他的身边，他手握三尖两刃刀，身伴哮天神犬，一只神异的竖眼从他的眉心绽开，一道神光贯穿天地！

"哮天……"咆哮的雷光中，杨晋低头看了眼小黑癫，缓缓开口，"走……我们，去杀神。"

263

漆黑的天穹下，浑身缭绕着雷光的因陀罗悬浮在空中，密集的球状闪电环绕在身边，发出低沉的嗡鸣。

地面，一辆伤痕累累的马车停在一旁，陈夫子一袭白衣，站在马车之前。他周围的鸟语花香不断地被雷霆击碎，重构，像是风雨中飘摇的一根劲草，尽管剧烈地摆动，却依然傲然挺立。陈夫子手持一把戒尺，不断地击打着坠落的雷霆，戒尺的顶端已经焦黑一片。他脸色阴沉地站在那儿，白衣之上雷斑留下的灼痕清晰可见。

"蝼蚁，你若是继续躲在车里，我还真未必奈何得了你……"因陀罗俯视着狼狈的陈夫子，冷笑开口，"但你偏要自寻死路，出来与我战斗，现在，你还走得了吗？！"

"轰——"粗壮的雷霆击落在陈夫子头顶，被陈夫子手中的戒尺打散大半，剩余的部分轰击在心"景"之上，陈夫子闷哼一声，脸上浮现出苍白之色。他冷哼一声，挺直了腰板，朗声说道："杀我族人，泯我国土，此时若还一味避战，老夫有何颜面做大夏国人？大夏领土，岂能容许你们肆意妄为？！"

陈夫子手中的戒尺连挥，奔腾的杀气席卷天空，几乎凝成实质，朗朗的读书声从心"景"之中传来，气势恢宏磅礴！因陀罗身形化作电光，右脚骤然踢在杀气之上，雷光涌动，硬生生地将杀气击碎！

"可笑！"因陀罗的眼中浮现出不屑之色，"你们一群凡人，真是自不量力！可别忘了，你们大夏无神，那么……是谁给你们的胆子，来挑衅吾等神明？！"因陀罗又是一脚踏下，直接踩碎夫子周身大片的心"景"，陈夫子猛地喷出一口鲜血，踉跄着后退数步，"一群蝼蚁也敢跟神明叫板，你们配吗？！"因陀罗的冷笑回荡在天地之间。

陈夫子紧攥着手中的戒尺，抹去嘴角的鲜血，深吸一口气，再度挺起胸膛，傲然面对诸天雷霆："今天，老夫哪怕舍了这身子骨，也要让你等外神看看，何为……大夏不可欺！"

陈夫子周身的心"景"涌动，鸟语花香已然消失不见，取而代之的是一片血色深渊。冰冷而强大的气息从中溢出，仿佛有某种极端恐怖的杀招正在酝酿。就在这时，一道璀璨的神光从城市之间射出，贯穿天地三界，积压在城市上空的数重雷云，被瞬间击穿了一个夸张的大型空洞，恐怖的气息降临人间！

因陀罗感受到这份气息，脸色瞬间一变，猛地抬头看向远处，眼中满是惊疑之色。

陈夫子一怔，回头望去。

黄昏下，晚霞穿透了雷云的空洞，橘色的光芒仿佛一道刺目的光柱，从天外洒落人间，黑压压的城市天穹之上，这一抹光明，撕裂了一切阴暗。在那橘色的晚霞之中，一个身披银色战甲、手持三尖两刃刀的身影正脚踏虚空，缓缓走来。他的身旁，是一只黑色的狰狞恶犬。

"那是……"陈夫子怔怔地看着从晚霞中走来的那道身影，握着戒尺的手轻轻颤动，眼中浮现出前所未有的激动。

"吾乃杨戬。"晚霞中，一道低沉的声音回荡在天地之间，绵延千里。脚踏虚空的杨戬缓缓开口，眉心那只竖瞳绽放出无尽的神光，锁定悬浮天空的因陀罗，恐怖的杀机席卷天地！

"谁说……我大夏无神？！"

"咚——"杨戬的身影刹那间消失，仿佛破开无垠的虚空，直接出现在因陀罗的面前！因陀罗的瞳孔骤然收缩，周身的雷霆涌动，想要拦住眼前这个男人，但下一刻，那只手掌便轻松地击碎方圆十里内的所有雷光，扼住了因陀罗的咽喉！雷光崩碎！银芒漫天！

杨戬扼着因陀罗的脖颈，双眸微微眯起，森然开口："就凭你，就凭你们……也配自称为神？！"

因陀罗的双瞳像是地震了般，浮现出无尽的惶恐与不解，身子刹那间化作雷光，想遁离杨戬的手掌！下一刻，杨戬眉心的竖瞳神光再现，直接禁锢所有的空间，任凭因陀罗如何努力都不得摆脱分毫。杨戬的手掌骤然用力，直接将因陀罗从高空摔落地面，爆发出刺耳的暴鸣，恐怖的气浪在空无一物的大地上绽开，密集的蛛纹急速蔓延。地面中心的那座恐怖深坑之中，因陀罗刚欲起身，杨戬的身影再度挪移到他的面前。"咚——"杨戬一脚踩在因陀罗的胸口，将周围地面击沉数十米！

"靠着献祭国民、舍弃国土，才在迷雾中苟延残喘的你们……就是在玷污'神'这个字！"

杨戬俯身扼住因陀罗的肩膀，用力向上一掷，因陀罗的身躯被他直接打上万米高空，杨戬手持三尖两刃刀，身御银色雷霆，冲上云霄！银芒乍闪，三尖两刃刀划过因陀罗的臂膀，一只断手便飞舞在空中，鲜血四溅。因陀罗的五官剧烈地扭曲，愤怒与疼痛充斥了他的心神，他低吼一声，一道粗壮的雷霆从九天之上坠下，直接向杨戬轰击而去！杨戬丝毫没有闪躲的意思，身影如电，迎着那道雷霆冲去，三尖两刃刀骤然挥出，硬生生地将那道雷光从中斩开！雷光在明亮的刀身上迸溅，杨戬宛若绝世凶神，刹那间来到了因陀罗的面前。

"我大夏诸神，舍去毕生神力与肉身，化作九座镇国神碑镇守边疆，让迷雾不得进我大夏疆土分毫，让我大夏子民，不受迷雾之祸！"

杨戬手中的三尖两刃刀再出，直接切开因陀罗的脖颈，将其斩首！他深吸一口气，大声吼道："我大夏诸神，与大夏子民共存亡！有必守之地，有必守之人，有必守之信仰，这，才叫'神明'！"

因陀罗的鲜血洒满天空，杨戬浑身浴血，傲然挺立在九天之上。

他手握因陀罗的头颅，目光仿佛穿透无尽的空间，落在迷雾中其他神国之中，大声吼道："百年轮回已过！今日我大夏诸神……在此回归！！"

264

大夏，东海——

波涛汹涌的海浪剧烈地翻滚，白色的浪花迸溅在空中，化作数以万计的细密水刃铺天盖地地落下！在那浪花之下，一个穿着黑色衬衣的年轻人站在那儿，手中握着长剑，轻轻一挥。"叮——"清脆的剑鸣回荡在天地之间，翻滚的剑气迎上呼啸的海浪，精准地打碎了每一滴水刃。"哗啦啦……"海水洒落，却没有一滴能落在周平的身上。他平静地看着眼前的波塞冬，缓缓开口："不用费力了，我说过，今天……你过不去。"

波塞冬惊疑地看着周平，必须得承认，眼前的这个年轻人真的有能够与他分庭抗礼的力量。他张开嘴，正欲说些什么，杨戬的声音便从远方呼啸着传来。"百年轮回已过！今日我大夏诸神……在此回归！"听到这个声音，波塞冬和周平都是一愣，只不过前者的脸上充满了震惊，而后者的脸上却浮现出笑意。周平握着剑，笑得像个孩子："谁说……我大夏无神？"

波塞冬的眸中光芒流转，他看着声音传来的方向，眼中的惊骇再也无法掩饰。"因陀罗？他竟然死了？"他紧皱着眉头，喃喃自语，"大夏的神……真的回来了？"犹豫片刻之后，他没有再驱动巨浪，而是向后退了数步，身后的海面上，一道通往海底深处的通道缓缓展开。

"怎么？不再继续试试了？"周平缓缓开口。

波塞冬的双眸微微眯起，他注视着眼前的年轻人，开口道："凡人，不要太嚣张，就算你们大夏的神回来了，也不意味着我们奥林匹斯会怕你们……我与你之间的战斗，还没有结束。"说完，他的身形向后退去，消失在大海之中。

周平默默地注视着这一切，直到确定波塞冬的身形完全消失，才缓缓蹲下身来，抱住自己的双腿，缩成一团，低头看着脚下的沙滩，长叹了一口气："终于，可以回家休息了……"

大夏，北境——

笼罩着数座山峰的黑暗之中，一个身形模糊的男人脸色一变。

"怎么，我大夏的神回来了，就不敢继续向前了？"佛光璀璨之中，叶梵眯眼看着哈迪斯缓缓开口。

哈迪斯的眉头微皱："你似乎并不意外？"

叶梵耸了耸肩："怎么说我也是守夜人的总司令，知道的秘密也不算少，比如……大夏的神从未消失，他们只是一直默默陪伴在我们的身边。"

哈迪斯紧紧盯着叶梵的眼睛，许久之后，冷声开口："不要太得意了，世间存留的神话之地并不少，你们大夏诸神归来，必然会打破原本的平衡……你们会成为众矢之的。"

"这一点，不劳你费心。"叶梵淡淡开口。

哈迪斯冷哼一声，身形逐渐消失在黑暗之中，覆盖数座山峰的幽冥之地，也在飞速退去，最终，消失在了人世之间。

叶梵松了口气，转头看向沧南市的方向，轻松的表情逐渐复杂了起来。

"杨戬……"

沧南市——

绝大部分的道路建筑已经消失不见，现在还残留在荒芜之间的仅有几座零星的高楼，与几排崭新的街道。只有在这十年内新建的建筑，才被完整地保留了下来。整个沧南市，仿佛从一个大型的城市碎成了满地的残片，仅有不到十分之一的人口茫然地存在其中，不知所措。

此刻，沧南市的边界之处，杨戬拎着因陀罗的头颅，蹒跚地行走在大地之上。眉宇间的竖瞳黯淡无光，身上的银色战甲也若隐若现起来。

哮天犬跟在他的身边，时不时地呜咽几声，眼中满是担忧之色。

"小黑，没事。"杨戬伸手摸着哮天犬的头，微笑着开口，"这百年积攒的轮回之力消耗完毕，我算是彻底失了神格……这一世，我应该是走到头了。"哮天犬蹭了蹭他的手，跪伏在他的身边。"好在，这一战彻底打响了我大夏诸神的名号，今后那群外神再想犯我大夏，就得好好掂量掂量了。这么长的时间，应该够其他人恢复好实力，替我镇守国门。"杨戬无力地坐在地上，看着远方的城市，嘴角微微上扬，"我杨戬，此生无憾了。"

他轻轻地靠在哮天犬的身上，缓缓闭上双眼，气息越发微弱。

就在这时，一个道人的身影从远处缓缓走来。那道人长簪束发，面若皎月，身上的粗布道袍纤尘不染，一双草鞋踩在脚下，步伐不快，身形却若惊鸿，恍惚间便到杨戬的面前。杨戬似乎察觉到了什么，缓缓睁开双眼，眸中浮现出震惊之色："天尊，您怎么来了？！"

道人含笑看着杨戬，无奈地叹了口气："你这后生，行事还是这么莽撞，何必赌上自己的未来，去杀一个普通外神呢？"

杨戬张了张嘴，正欲说些什么，道人却紧接着笑道："不过，你所做之事，确实大快人心啊，妙极，妙极！"

他低下身，将一口真元渡入杨戬体内，缓缓站起身，说道："放心吧，今日本尊在这里，你不会有事的……这次回去，便让老君将你送入炉中，重塑神格。"

杨戬一怔，震惊地张大了嘴巴："那位天尊的轮回身也找到了？"

"不是我们找到的他，是他自己觉醒了。"道人摇了摇头，将杨戬的身体放在哮天犬的背上，嘱咐道，"以后，切不可再鲁莽行事，接下来的事情，便交给我们吧。"

杨戬疑惑地开口："接下来的事情？'我们'？天尊，你在说什么？"

道人微微一笑："你当真以为自己便是大夏诸神之中恢复得最为完全的那一位了？"他抬起头，看向远方，眸中浮现出一抹冷意，"外神退了，不代表……这次的事情便这么结束了。我大夏，岂是他们想来便来，想走便走的？"

此刻，长白山上——

一个赤着上身的中年男人走到悬崖边缘，手持长弓，将背后的羽箭搭在弓上，缓缓张开。他的双眸仿佛看破无垠的虚空，锁定了某个身影。下一刻，一道闪耀的金色羽箭，洞穿空间，呼啸而出！

265

茫茫深海之中，波塞冬脚踏深海暗流，自由地穿行在海底，呼吸之间便纵横千里，向着大洋的另一边疾驰而去。突然间，一支金色的羽箭从天而降，分开厚重的海水，急速地向他逼近！几乎在羽箭入海的瞬间，波塞冬就有所感应，察觉到这一箭内蕴含的恐怖力量之后，脸色微变。他瞬间改变轨迹，在海底拐了个弯，向着另一个方向闪去。但偏偏那支羽箭像是锁定了他一般，任凭他如何掉转，箭尖都锁定他的身体，紧随其后。最关键的是，这支羽箭完全无视海水带来的压力，速度比海中的波塞冬还要快上一大截！眼看着金色羽箭离他越来越近，波塞冬的脸色更加难看起来，在意识到自己无法甩掉这支箭之后，索性停下身形，回头望去。金色的羽箭呼啸而来！

波塞冬抬起手中的三叉戟，海水急速地飞旋起来，化作一道道重水玄墙，重叠在他的面前，同时身上荡漾出璀璨的神光，海神之威笼罩整片海洋！"咚咚咚——"那支金色羽箭在水中卷起爆鸣，所蕴含的动能轻松击碎所有的水墙，呼吸之间便来到波塞冬的面前。波塞冬见此，怒哼一声，手中的三叉戟光芒大作，猛地迎着羽箭回去！"咚——"沉闷的巨响在深海响起，超大型的水浪向四周的海水扩散而去，波塞冬手中的三叉戟脱手而出，竟然直接被羽箭所蕴含的巨力震飞！

下一刻，第二支金色的羽箭出现在波塞冬的面前。波塞冬的瞳孔骤然收缩，努力地调整身形，才堪堪避开羽箭的箭尖。但其所蕴含的恐怖力量依然撕裂波塞冬的身躯，硬生生地扯下了他的一只手臂，海神的鲜血染红深海之底。波塞冬硬吃一箭，丢了一只手臂，疼痛让他的脸色苍白无比。他抓住海中漂浮的残肢，紧咬着牙关，表情阴晴不定。

他回头望去，第三支羽箭并未出现。这是报复，也是警告。他试图闯入大夏境内，就要付出代价，而这……就是大夏诸神对他的惩戒。

"大夏……哼。"波塞冬冷哼一声,"这个仇,我记下了。"

话音落下,他便脚踏暗流,以更快的速度向奥林匹斯赶去。

虚幻的幽冥地界之中——

一个身披僧袍的老者散发着淡淡的光晕,行走于冥土之上,所到之处,亡灵纷纷被白光度化,消失无踪。哈迪斯皱眉看着眼前的老者,沉声开口:"你是什么人?居然敢拦我的去路?"

那老者停在哈迪斯的身前,身上的白光荡开周围的死气,平静地开口:"阿弥陀佛,贫僧法号金蝉子,奉命前来度你冥界十万怨魂。"这幽冥死界乃是哈迪斯的立身之本,要在这里度化他的十万怨魂,无异于断他臂膀,斩其本源。哈迪斯冷笑起来:"要度我十万怨魂?你有这个本事吗?"金蝉子周身佛光大作,像是这黑暗世界中的一抹骄阳,照亮了冥界半边的天空:"有没有,一试便知。"

沧南市——

哮天犬驮着杨戬,向着远方缓缓走去。

"天尊。"杨戬看向身旁的道人,"那北欧的那个诡计之神怎么办?"

"我已经锁住附近的空间,他逃不了的。"道人悠悠开口,"至于剩下的……就看那孩子自己了。"

"我哥?"杨戬的眉头微皱,"他只是个不到'川'境的守夜人而已,如何对付那诡计之神?"

"别忘了,这座城比预计的幻灭时间提早了半个月……"道人抬头看了眼天空,"这就意味着,那炽天使留下的足以支撑'凡尘神域'运转半个月的神力,都涌入了他的身体里。拥有神力,又拥有'凡尘神域',他也将短时间内拥有弑神的力量。"

杨戬的神情还是有些担忧。

"杨戬。"道人叹了口气,"密不透风的保护并不能促进他的成长,只有历经磨难,才能修成正果……林七夜这孩子拥有极端恐怖的潜力,但他的路还是要让他自己走。"

他抬头看向满目疮痍的沧南,继续说道:"我们是大夏的神,但并不意味着我们能永远保护大夏,过多地干预这个国家的成长并不是好事,只有在压力之下,他们才能最快地提升自己。这次我们宣告了自己的存在,足以震慑那些外神,短时间内不会有大的危机产生,这次回去,我们也该开始心无旁骛地重塑天庭了。"

"重塑天庭?"杨戬一愣,"天尊,天庭……真的能重塑吗?"

"很难,但并不是做不到。"道人缓缓说道,"如今,迷雾中的诸神都拥有着他们的神国,日本的高天原、北欧的阿斯加德、希腊的奥林匹斯……我们大夏的神国,也该重现天日了。"

杨戬的眼中浮现出期冀之色："那大概需要多久？"

"短则几年，长则数十年，速度的快慢与参与的神的数量有关，如果就靠我们这几个复苏的神明，至少也要十五年。"道人长叹一口气，"百年期限已到，当年重入轮回的大夏诸神纷纷开始苏醒，只能希望在未来的几年里会有更多的神能够复苏，助我们重塑天庭吧。"

杨戬点点头，似乎想到了什么，眼神一黯："若是那只猴子还活着，我们或许也不会如此艰难了……可惜，它连轮回都未曾进入。"

道人的眉梢一扬，似笑非笑地看着杨戬，说道："不入轮回，不代表彻底死亡，在这片迷雾的笼罩之中，什么都有可能发生……"

"天尊，这是何意啊？"杨戬不解。

道人摇了摇头："天机，不可泄露。"

沧南边境——

林七夜呆呆地站在那里，看着眼前消失的城市，仿佛化作一尊雕塑。无穷无尽的神力从他的体内涌出，金色的光芒笼罩了他的身体，他的双眸之中，一抹刺目的金芒缓缓浮现……恍惚中，他仿佛登临到月亮之上。那尊守望着人间的炽天使，站在他的面前，缓缓睁开了双目。

266

灰白色的大地仿佛无穷无尽，破碎的陨石坑错落四周，漆黑的天穹笼罩天空，在那无垠的深空之中，一颗颗恒星漫天闪烁。林七夜站在一座庞大无比的陨石坑中，仰望天穹，只见在地平线的另一端，一颗蔚蓝色的星球正在徐徐转动。这颗星球绝大部分已经被灰色的迷雾笼罩，放眼望去，仅有大夏与北极圈依然存在，并没有被迷雾所吞噬。

"这里是……月球？"林七夜看着眼前的一幕，喃喃自语。

他收回目光，看向自己面前宛若雕塑般的身影。数十米高的身躯，浑身散发着金色的光辉，在他的背后，六只巨大的翅膀洁白如雪，太阳的光辉从地平线的另一端投射而出，将他的翅膀镶上了一层金边。这一幕，与林七夜十年前看到的情景一模一样。是来到了月球，还是说……又回到记忆之中再一次看到了这一幕？相对而言，林七夜更相信是后者，因为他低头看去发现此时的自己并没有实体。他只是意识在这里。

突然间，那尊宛若雕塑般的炽天使，缓缓睁开了双眸。如同熔炉般灼热的眼眸，几乎掩盖住身后太阳的光芒，无尽的神威从中涌动而出，降临大地。下意识地，林七夜闭上了双眼，毕竟他可不想再瞎一次……

"你来了。"古朴而宏大的声音回荡在林七夜的心头。

炽天使并没有张嘴,而是直接通过意念,与林七夜对话。

"这是记忆,还是现实?"林七夜同样在心中回答。

"这是潜藏在你内心深处的意识,但,也是现实。"炽天使缓缓开口,"睁开你的双眼,十年前,我是为了将'凡尘神域'与神力灌入你的体内,才灼伤了你的眼睛,现在不会再伤到你了。"

林七夜闻言,便睁开了双眼直视着眼前的炽天使,虽然璀璨的光辉让眼睛有些刺痛,但并没有再度失明。

"我内心的意识?"林七夜疑惑地皱眉。

"只有你完整地继承了我的神墟这份意识才会出现,解答你心中的一些疑惑。"炽天使的声音在林七夜耳中回荡。

"到底发生了什么?"林七夜皱眉问道,"为什么我离开沧南,它就会消失?"

"因为它本就不该存在。"炽天使平静地开口,"十年前,整个沧南市都被'湿婆怨'抹杀,只有你被一个女孩设法救下,成了唯一的幸存者。"

"抹杀?"林七夜一愣,"你是说……沧南早就被毁灭了?可如果是这样,那现在的沧南市……"

"它还存在,是因为你……因为你的'凡尘神域'。"炽天使缓缓说道,"所谓'凡尘神域',便是在凡世之间缔造的奇迹,死人复生,万物重启,一切极度不合理,都属于'奇迹'的范畴。这份奇迹,因我而起,因你而存在。"

"'凡尘神域'……"林七夜喃喃自语,"所以,是你制造了这一切?可是你为什么要做这些?"

"我只是个守望者,按理说,不该插手地球的事情。"炽天使似乎回想到了什么,眼中浮现出淡淡的光晕,"我之所以做这一切,只是一场交易。"

"交易?"

"百年之前,迷雾未生,就有一个人来此找到了我……他自称大夏的'灵宝天尊'。"炽天使缓缓说道,"他与我做了桩交易,让我在九十年之后,也就是沧南市被抹杀的时候,选择唯一的幸存者在没有任何附加条件的情况下作为我的代理人,并将我的神力渡入他的身体,维持沧南市再续十年。"

林七夜的心神一震。灵宝天尊?那不是大夏神话中的三位天尊之一吗?也就是说……大夏的诸神,确实是真实存在的?他早在百年之前,就预言到沧南毁灭,还知道自己会从中幸存下来?

"所以,我并不是想要帮你,我只是在履行我的诺言。"炽天使淡淡说道,"如今,你已经成了我的代理人,拥有完整的'凡尘神域',沧南市也在神域之中维持了十年,我的任务已经完成。"

"那既然是交易,灵宝天尊付出了什么?他答应了你的什么条件?"林七夜问道。

炽天使没有回答。林七夜见炽天使如此，便知这件事情根本不是他能知道的，索性也不再多问。突然间，他似乎想到了什么，猛地抬起头。"你刚刚说……死者复生？"林七夜瞪大了眼睛，"所以，沧南市的那些居民……"

"'湿婆怨'抹去的，是概念。"炽天使平静地说道，"它抹去沧南，自然会毁灭所有与沧南有关的东西，沧南的市民也不例外。名字被写上的那一刻，所有在沧南境内的生命，都会被抹杀。"

林七夜的心中宛若雷击，脸色瞬间苍白了起来。十年前，姨妈和阿晋，不，不……林七夜张开嘴，似乎还想说些什么，炽天使的身影却开始缓缓淡去，周围的一切扭曲了起来。这份留存于他脑海中的意识已经要散了。

"你的体内还剩余些许我的神力，在它消散之前，你还能做一些自己想做的事情……"炽天使的声音回荡在林七夜的耳边。

林七夜的心神急速下坠，恍惚之间，便回到了自己的身体之中。时间仿佛根本就没有流逝，刚才的一切，像是一场梦。林七夜呆呆地看着眼前消失的城市，微微摇头，脸色苍白无比："不，不会的……"他的身上突然爆发出一道金芒，炽天使的神力涌动，他轻松地撕开空间，回到城市之中。他站在空地前怔怔出神。这里，本不该是这样的。这里应该是一片老旧的矮房，应该是一条贴满了小广告的楼道，楼道的上面，应该是他的家……家里，应该还有姨妈和阿晋。

他僵硬地转动脖子，环顾四周，整个老城区都已经化作空地，一砖一瓦，一草一木……都没有剩下。

他的家，没了。

267

现在是下午六点。这个时间，姨妈应该准备好晚饭，阿晋还没有写完作业，小黑瘫趴在阳台上，懒洋洋地晒着夕阳。秋风拂过空荡荡的大地，吹起一捧细沙，飘散在空中。除了死寂，这里什么也没有。

"不，不会是这样……"林七夜呆立在那儿，喃喃自语。这一瞬间，他十年来在这里生活的点点滴滴，急速地闪过他的脑海，随着那捧细沙，飘散向远方……他疯了似的跑上前，双手刨开脚下的泥土，想要找到他们存在的蛛丝马迹。他双眼通红，泪水止不住地涌出，滴落在身下的土地上。恍惚之间，他仿佛又回到了那个大雨滂沱的夜晚。他跪在这座矮房之前，约定十年之后，再回来……回到他的家。可现在，人已不再，何处为家？守夜人、神秘、诸神、迷雾……一切的一切仿佛都失去了存在的意义，因为在他的眼中，属于他的那个世界已经崩塌了。外面的世界，与他无关。

突然间，他仿佛想到了什么，猛地停下动作，一道金色的神墟以他为中心张开，将这片空地笼罩进去。既然十年前他能用"凡尘神域"复活这座城里的所有人，那他现在……为什么不能复活他的家人？他的体内还残留着大量的神力，这是足以维持整个沧南市运转半个月的分量！他可以用奇迹，来复活消逝的奇迹。他周身的金色光点汇聚在身前，缓缓靠近那片空地，林七夜的眼中迸发出刺目的光辉，"凡尘神域"被他催动到极致……但是他失败了。因为他没有找到姨妈和阿晋残留的魂魄。

魂魄承载着一个人所有的记忆与性格，如果缺少魂魄，就算林七夜重塑了他们的身体，也只是徒有其表的空壳而已。这是他复活所有人的媒介。十年前他之所以能复苏所有居民，正是因为"凡尘神域"张开的时间紧跟在沧南市被抹杀之后，挽留住了所有的魂魄。但现在……没有魂魄，他就无法将其复活。想要凭空重塑他们的魂魄，对"凡尘神域"来说并非不可能，毕竟能够做到世间的一切不合理才叫"奇迹"，但林七夜身上残留的神力，并不够重塑魂魄……哪怕只有一个。

"为什么……魂魄呢？魂魄去哪儿了？"林七夜怔怔地站在那儿，周身的金芒闪烁，通红的眼中满是不解。就算"凡尘神域"消失，沧南毁灭，魂魄也应该都还在才对！不光是姨妈和阿晋的魂魄，他就连小黑癫的魂魄都没找到，这偌大的沧南市里，竟然连一个魂魄都没有留下，是有人收走了，还是已经消散了？

林七夜周身的金色光辉逐渐消散，他站在空地前，缓缓握紧了双拳——极度的悲伤、撕心裂肺的痛苦、前所未有的愤怒，剧烈的负面情绪充斥着他的心神，几乎将他整个人淹没其中。他瞪着通红的双眼，盯着脚下的虚无，身体都开始控制不住地颤抖起来。

就在这时，梅林的虚影在林七夜的身后浮现，他沉默地注视着林七夜的背影，眼中浮现出些许的苦涩。

"心灵魔法，'清心定神'。

"心灵魔法，'弱情咒'。

"心灵魔法，'锁心封念'。"

连续三道白色的魔法阵笼罩了林七夜的身体，后者的情绪才逐渐稳定，三重心灵魔法的压制之下，林七夜只觉得翻涌的念头如同潮水般退去，恍惚的神志再度回归。"谢谢你，梅林阁下。"林七夜深吸一口气，开口说道。他转头看向远处的天空，眼眸之中光芒闪烁。现在，他连复活自己的家人，都无法做到……那么，他所能做的事，只剩下一件。林七夜缓缓站起身，抹去眼角的泪痕，拔出身旁的直刀，眸中爆发出无尽的杀意！

"洛基！！！"

数公里之外，斜插在楼顶的一柄直刀突然一震，冲天而起，破开空气飞旋到林七夜的手中！他周身金芒爆闪，下一刻，整个人便洞穿了空间，来到了沧南市的边缘。他手握双刀，眸中金光涌动，杀气冲霄。他无法复活姨妈和阿晋，但，他可以斩神！

沧南市边缘——
洛基看着沦为死寂的沧南，嘴角浮现出邪异的笑容，冷笑开口："对……这才是这座城市该有的样子，绚烂的奇迹终将陨灭，这才是万物的归宿。大夏诸神归来又如何？你们……什么都做不了。"

洛基轻蔑地看了这座城市一眼，转身伸手在虚无中一点，便要传送离开，笑容突然僵硬在了脸上。他指尖的空间波动越发强烈，但任凭他如何努力，却始终无法破开这里的空间。

"被锁住了？"洛基脸上的笑容逐渐消失，表情凝重起来，"不让我离开，却又没有神来杀我？他们究竟想做什么？"就在他沉思之际，一个身影突然破开虚空，出现在他的眼前。那是个身披深蓝色长袍、手握双刀的少年，银白色的头发随风飘动，金色的双眸如同一对燃烧的熔炉，璀璨刺目。"是你？"洛基看到来人，微微一愣，随后像是想到了什么，微微眯起双眼，"原来如此……他们是想让我成为你的磨刀石？可笑……"

林七夜没有说话，他只是注视着洛基的双眸，一步步向前走去。

突然，洛基的眉头皱起。"他们为什么这么看重你？难道……你就是预言中的那个人？"洛基脸色微变，仔细地打量了林七夜片刻，自顾自地摇头，"不，不可能……预言中的那个人应该早就随着沧南市一起被抹杀了才对，怎么可能会活到现在？"

"我不管你在说些什么……"林七夜深蓝色的长袍无风自动，一道金色的神墟在他周身勾勒，蕴藏在体内的神力仿佛沸腾了一般，"你，必须要为这座城陪葬！"

"咚——"金色的波纹以林七夜为中心爆开，这片"凡尘神域"之中，一个奇迹酝酿而出，这是能让"无量"战神明的奇迹！林七夜的气势节节攀升，在这片昏暗虚无的大地之上，他就像一轮太阳般耀眼。他的脚掌猛踏地面，手持双刀，闪电般来到洛基的面前，与此同时天地之间数十座超大规模的魔法阵同时张开，恐怖的魔法波动荡漾而出！沧南的覆灭、姨妈的消失……这一切都是因为十年前那一场神战之中，盖亚与洛基在"湿婆怨"上写下了那个名字。盖亚离林七夜太远，而且以林七夜现在的力量，也未必能赢她。但洛基，就在林七夜的眼前。洛基感受到林七夜身上传来的恐怖力量，脸色微变："米迦勒残留的神力……你以为就凭这些，就有把握杀我了？"洛基冷哼一声，诡计之神的神威降临大地！

-305

268

林七夜的双刀切开空气，发出刺耳的爆鸣，笔直地斩向洛基的脖颈！

"凡间兵刃，也想伤我？"洛基冷笑一声，伸出两根手指，迎着林七夜的两柄直刀刀刃挥去！林七夜的双眸微眯，刀身之上一抹金芒闪过！金色的刀芒宛若弯月般斩出，刹那间将昏暗的天地照亮一角，在刀芒触碰到洛基指尖的瞬间，后者的脸色一变，身形诡异地消失在原地，仿佛从未存在过一样。两道刀芒划过虚无，林七夜的眉头微皱，转身向后看去，只见洛基脸色微沉，两根手指指尖已经多了一道血痕，他低头看着流淌而出的血液，看向林七夜的眼中充满了不解。

"就凭那两柄破刀，竟然真的能伤我？"洛基眉头紧锁，"而且，刚刚我已经施展了'诡计'，改写了你伤到我的现实，为什么伤口还存在？"

林七夜双手自然下垂，刀尖的鲜血一滴滴地落在地面，他面无表情地开口："凡间兵刃不可能伤到你，所以我伤到了；你改写了现实，那道伤口不可能存在，所以它存在了；颠覆一切不合理，这便是'奇迹'，这便是真正的'凡尘神域'。我，便是一切不可能中，唯一的可能！"他缓缓举起手中的直刀，刀尖对准洛基，淡淡说道，"现在，我这个凡人要斩神……你说，这可能吗？"

洛基的双眸微眯，皱眉沉思了片刻，冷哼一声："你的神墟确实很强，但你的神力毕竟不属于你自己，等到用完了所有的神力，你就是一个普通人。"

"放心吧。"林七夜的指尖轻轻一抬，遍布天地之间的大型魔法阵同时亮起，"神力用尽之前，我必杀你！"

"轰——"数十道超位魔法同时释放，神雷、寒冰、怒焰交错着轰击洛基所站立的地面，魔法元素仿佛沸腾了一般，直接淹没了洛基的身形。阴冷黑暗的气息轰然爆发，肆虐在空气中的魔法元素瞬间熄灭，洛基缓步从中走出，身形一晃，便分成十二道相同的身影。他们同时抬起手，每一个身影的掌中都闪出一条漆黑的诡蛇，极速向着林七夜冲去。林七夜的眉头微皱，从这些诡蛇之中，他明显能感知到一股令他汗毛乍起的气息，若是被任何一条咬中，只怕都必死无疑！他只是拥有了与神明匹敌的神墟与神力，并不代表本身已经踏入神明的境界，现在的他还只是处在承载着梅林灵魂的"无量"境而已。

林七夜的身影在漆黑的诡蛇之间急速闪避，好在在这"凡尘神域"之中，任何即将触碰到他身体的诡蛇，都会莫名其妙地迷失方向，错开林七夜的身体。凭借它们的速度，本不可能被林七夜闪开，但在"奇迹"的作用下，这一切还是发生了。现在的林七夜，每时每刻都需要制造"奇迹"来躲避诡蛇，一共十二条，这对他神力的消耗无疑是巨大的。消耗林七夜的神力——在消耗完毕之前，尽量避免与之战斗，这便是诡计之神洛基的战术！不能再这样下去了，林七夜的眼中浮现出一抹决然，再这么拖下去，他真的可能被洛基活活耗死，必须主动出击！

　　林七夜侧身闪开两条诡蛇，左手抬起，随意对准十二个洛基中的任意一个，猛地将手中的直刀甩出，金色的光芒刹那间掠过天空，直逼洛基的面门！他不需要知道哪个才是洛基的本体，只需要将一切交给"奇迹"。在"奇迹"的作用下，林七夜随意一挥，就选中了真正的洛基本体！洛基冷哼一声，正欲出手打飞直刀，就在这时，直刀的刀柄上突然出现了一个小小的魔法阵——逆向定点召唤术！林七夜的身形被反向召唤，直接从诡蛇群中脱身，挪移到直刀的身旁，一只手将其握在掌间，闪电般地向近在咫尺的洛基挥刀！金色的刀芒乍闪，其他十一道洛基虚影同时消失，与此同时，洛基本体出现在大地的另一侧，胸口已经多了两道狰狞的刀痕。

　　他紧盯着林七夜，眼中浮现出愤怒与不甘。他可是诡计之神，就连现存的众神之中能打破"诡计"伤到他的存在都不多，但偏偏林七夜的攻击在"奇迹"的加成下，百分之百命中！无论他用什么样的诡计躲避攻击，改写现实，林七夜总能毫不费力地伤到他。光是从神墟来说，他就被"凡尘神域"克制得死死的！这……便是序列003的超强神墟吗？照这个形势下去，他或许真的会死在林七夜的手上！他深吸一口气，背后的空气突然扭曲起来，庞大的召唤之门再度张开，一条巨蛇的身影从中挪动而出，猩红的蛇芯喷吐，恐怖的威压降临大地——北欧神话中的中庭之蛇，耶梦加得！半步神明。这条数百米长的黑色巨蛇盘踞在洛基的身边，一双冰冷的蛇目注视着林七夜，身上的每一枚鳞片都微微颤动，仿佛拥有生命一般。

　　洛基轻轻抚摩着耶梦加得的鳞片，眯眼看着林七夜，淡淡开口："杀了他，我的孩子。"

　　"嗞嗞嗞——"耶梦加得收到命令，急速地向前爬行，庞大的蛇躯遮天蔽日，冰寒的杀意向林七夜涌来。

　　"比召唤……"林七夜的眉梢微微上扬，弯腰从脚下抓起一把泥沙，阵阵魔法的光辉从他的掌间闪烁——随机召唤魔法，以一粒粒沙石为代价，随机召唤诸多位面中的任何生物与物体，扑克牌、草鞋、草履虫、蜘蛛、雨水、烂木头、树叶……一件件莫名其妙的东西从林七夜的掌间涌出，掉在他的周围。

　　洛基见到这一幕，直接一愣。他想干吗？就在洛基疑惑的时候，一点金芒浮现在林七夜的掌间。林七夜缓缓张开手掌，眸中金色越发璀璨，一个又一个奇迹被他制造而出，涌入手中的沙石之中。随机召唤魔法＋奇迹。在一刻，一道恐怖的巨影缓缓浮现在林七夜的身后……

随机召唤的特殊之处就在于，林七夜自己也不知道召唤出了个什么东西。他转头看向自己身后浮现出的庞大巨影，先是一愣，随后眼眸中浮现出震惊之色。百米高的身躯如同小山般矗立在大地之上，灰褐色的皮肤，双脚踏在大地之上，踩出两个巨大的深坑，如同剑脊般的后背上，深蓝色的光芒如同潮水般涌动。它站在苍茫的大地之上，高昂起头颅，向着密布乌云的苍穹咆哮。深蓝色的火焰光柱从它的喉间喷出，震耳欲聋的叫声回荡在天地之间，大地都为之颤抖。

"哥……哥斯拉？"破碎的城市中，幸存下来的居民看着远方浮现出的熟悉身影，震惊地张大了嘴巴。

洛基皱眉看着林七夜身后的巨兽，虽然不知道那究竟是什么，但从对方身上的气息来看，绝不是什么弱小的生物。耶梦加得停止了进攻，盘踞在哥斯拉的身前，蛇眸之中浮现出警惕之色。哥斯拉注视着眼前盘踞的大蛇，一步一步地向前踏去，剑脊上的深蓝色光芒越发璀璨。耶梦加得盘踞的身体从大地之上飞跃而起，猩红巨口闪电般咬向哥斯拉的咽喉，与此同时蛇躯急速地缠绕上它的身体。哥斯拉咆哮一声，扯开耶梦加得的头部，张开巨嘴，深蓝色的原子吐息喷涌而出！在这毁天灭地的吐息之下，耶梦加得浑身的鳞片耷起，蛇眸骤然收缩，极力挣脱哥斯拉的禁锢，擦着原子吐息的边抬起了头部。深蓝色的火焰将耶梦加得的大片蛇鳞烤焦，后者因剧痛剧烈地挣扎起来，蛇尾紧紧地缠绕在哥斯拉的脖颈上，不断用力勒紧！耶梦加得的体型和哥斯拉差得并不多，虽然从力量上来说它远不是哥斯拉的对手，但若论灵活，却胜了哥斯拉一大筹。哥斯拉的脖颈被耶梦加得锁住，行动都有些力不从心起来，它索性直接低下头，一口咬在脖颈间坚硬的蛇鳞上。下一刻，深蓝色的原子吐息再度喷发！眼看着这两只巨兽纠缠在一起，如毁天灭地的景象，林七夜收回目光，重新望向不远处的洛基。使用"奇迹"强行召唤出足以匹敌神话的生物，同样消耗了林七夜大量的神力，能够支撑他继续与洛基战斗的神力……已经不多了。而且，承载梅林灵魂的时间也早就到极限，若非林七夜一直用"奇迹"维持，他的灵魂早就崩溃了。如果在神力用完之前没能杀死洛基，那遭受灵魂反噬的他在洛基面前必死无疑！

林七夜没有再犹豫，再度将手中的一柄直刀甩向洛基！现在他的"凡尘神域"确实有与神明一战的资本，但这并不意味着他已经成神。他的肉身在梅林加持的情况下，也不过只有"无量"的水准，论速度，根本不是洛基的对手。他只能依靠直刀的反向召唤法阵，瞬间移动到洛基的身前，好在在"奇迹"的加持下，林七夜原本"百发不中"的射击水准，已经变成了"绝对命中"。他只要向洛基出刀，就一定能斩中他！说到底，"奇迹"就是对"极度不合理"的逆转。越是"极度"，奇迹相对而言就越容易产生，比如林七夜的射击水准是世间最烂的，百米之外随手甩刀，能击中目标几乎是不可能的事情，若是击中了，就是"奇迹"。如果换成一个具有射击天赋的人来，百米之外挥刀击中目标，那只能算是"运气好"，想要变成"奇迹"还差得远。利用随机召唤魔法召唤出哥斯拉，也是这个道理，因为想要用这魔法召唤出哥斯拉，本就是"极度不合理"。

林七夜可以使用"奇迹"轻松地把"百发不中"逆转成"绝对命中"，可以把几乎不可能召唤出强大生物的随机召唤变成召唤哥斯拉，可以把"凡人几乎不可能斩神"变成"可与神明一战"！但他如果想要用"奇迹"将自身的刀法再提高一个层次，这就做不到了，因为靠自身的努力将刀法提高对林七夜而言是可能的，不具备"极度不合理"的特性。总而言之，"凡尘神域"并非万能，而且其使用也是存在限制的，需要消耗大量的精神力甚至是神力。见林七夜的直刀又来到自己的面前，洛基的脸色微变，伸手在虚无中一握，便抽出一柄西式的银色长剑。

下一刻，林七夜的身影凭空出现，金色的刀芒斩向洛基的咽喉！"当——"清脆的碰撞声传出，林七夜的身形被银色长剑挡下，洛基的力量直接掀飞了林七夜！林七夜闷哼一声，左手的直刀脱手而出，与此同时，一抹夜色在他的周身急速地蔓延，"至暗神墟"瞬间笼罩了洛基的身体。林七夜左手在虚空中一扯，夜色便侵蚀了洛基手中的银色长剑，"凡尘神域"再度催动，竟然硬生生地将那长剑从中断开！凭他现在的"至暗神墟"，根本不可能如此轻易地断裂一柄来自阿斯加德的兵器，但在"凡尘神域"的加持下，他做到了。

脱手而出的那柄直刀擦着洛基的肩头飞过，洛基的瞳孔骤然收缩。电光石火之间，他的身影迅速消散在原地，就在此时，林七夜再度反向召唤直刀的位置，看也不看一眼，反手便是一刀挥出！即便洛基的身影已经消失，移动到其他地方，但还是有一截刀刃猛地从他的胸口刺出！洛基闷哼一声，低头看向自己的胸口，眼中浮现出一抹惊恐。灼热而庞大的炽天使神力正在涌入他的身体，急速地灼烧着他体内的一切，直刀的刀身之上金芒璀璨，仿佛变成了一轮烈日，在洛基的体内熊熊燃烧。这是一柄弑神之刃！

洛基是诡计之神，并不是擅长战斗，论用刀剑，还真不是林七夜的对手。但偏偏，在林七夜的"凡尘神域"中，他的一切诡计又都形同虚设。林七夜用力拔出洛基胸口的那柄直刀，他体内的血液早就被炽天使神力灼烧殆尽，洛基用手捂着胸口，缓缓转过身，怨毒地看着林七夜的眼睛。

"不要以为，你就这么赢了……"他冷声开口，"炽天使的神力耗尽之后，你也不过就是个蝼蚁……我，还会回来找你的……"

林七夜面无表情地将另一柄直刀也捅进洛基的心脏，后者的身体再度一颤。

"哦。"他淡淡说道，"我等你。"

270

远处——

冷轩遥望着远处，只见刺目的金光之中，洛基的身体被灼烧为灰烬。他转头看向司小南，有些疑惑地开口："洛基死了，接下来怎么办？"

"他是诡计之神，哪有这么容易死？"司小南摇了摇头，"就算林七夜短时间内拥有了弑神的力量，也不可能这么轻易地杀死他，在众神之中，就数他的生存能力最为强大。"

冷轩若有所思地点点头："那接下来呢？"

司小南的双眸微微眯起，远望着那个化作灰烬的身影，眸中光芒闪烁，不知在想些什么。她转过身，朝着远处走去。

"跟我回去。"

"回去？"冷轩一怔，"回哪儿？"

"阿斯加德。"司小南平静地说道，"洛基的本体在那里，而且，计划的下一环，也必须在那里进行。"

冷轩没有多问，只是点了点头："好。"

林七夜亲眼看着洛基的身体被炽天使神力化为灰烬，双眸微微眯起。果然如他所想，在这里的根本就不是洛基的本体。毕竟是诡计之神，岂会做这种孤身直入异国的冒险之事？这么一来，洛基未来必然会想方设法地找他的麻烦。不过这已经不是林七夜现在该担心的事情了，因为他能不能活过这一劫还不好说。强行承载梅林灵魂，又用"奇迹"拖延这么久，承载结束之后的灵魂反噬已经足以让他直接魂飞魄散，就算能侥幸活下来，也很有可能长时间失去意识。现如今，林七夜只能在自己的体内试着留下一个"奇迹"，看看能不能起到作用。

现在他体内还剩余些许神力，但林七夜毕竟不是神明，这些神力在他的体内会随着时间快速地流逝，终究会消散无踪。突然间，林七夜似乎想到了什么，伸手打开了一道空间传送门，迈步走入其中。

和平事务所——

吴湘南、红缨、温祈墨三人正失魂落魄地坐在楼顶，看着眼前这座面目全非的城市，沉默不语。突然间，一道白色的空间传送门在他们的身后打开，披着深蓝色长袍的林七夜从中走出，看到眼前的这一幕，微微一怔。红缨转过头，看到从中走出的林七夜，本就哭红的眼眶再一次泛起了泪花。

"发生什么了？"林七夜的眉头微微皱起，"队长呢？司小南呢？冷轩呢？"

吴湘南和温祈墨低着头，一言不发。红缨咬着双唇，突然冲到了林七夜的身前，一把抱住他的身体，痛哭道："队长……队长他和其他人一起消失了，小南……带着冷轩，不知道去了哪里。"

林七夜的身躯一震，眼中浮现出难以置信之色。队长也……"嗡——"林七夜的身体表面，梅林留下的三道白色的心灵魔法再度显形，强压下他的情绪波动。林七夜深吸一口气，缓缓松开了红缨，尽量温和地开口："放心吧红缨姐……他们，还会回来的。"

红缨的哭声逐渐小了下去，她看着林七夜的眼睛，小声地问道："真的吗？他们真的还能回来吗？"

"嗯。"林七夜点头，"既然这一切都是由我制造出的奇迹，那总有一天我能再制造一个让他们回来的奇迹。"

林七夜表面上这么安慰着红缨，但其实这么做的成功率有多低，他心里最清楚。除非再找回那些人的魂魄，否则他就无法再制造出一个一模一样的沧南，但……他不想让红缨失去希望。红缨的双眸注视着林七夜的眼睛，片刻之后，重重地点了点头。林七夜从红缨的身边走过，径直来到吴湘南的面前，缓缓蹲下了身。

"七夜。"吴湘南坐在那儿，像是丧失所有的力气，对着林七夜挤出一个苍白的笑容，"队长说……谢谢你，给了这座城，给了他，一个奇迹。"

林七夜一怔，沉默片刻，同样挤出一丝笑容："嗯，我知道了。"说完，他伸出了自己的双手，"副队长，把手给我。"吴湘南一愣，不明白林七夜想做什么，但犹豫片刻之后，还是将双手伸出。林七夜的眼眸中再度浮现出淡淡的金芒，"凡尘神域"再度张开，笼罩了他与吴湘南二人。光芒闪动，最后那部分炽天使的神力化作"奇迹"，涌入了吴湘南的掌间，片刻之后便消失不见。随之一起消失不见的，还有那两道深刻的疤痕。

吴湘南呆呆地看着自己恢复如初的手掌，片刻之后终于回过神来，猛地抬头看向林七夜："七夜，这是……"

"或许，这是我能留下的，最后的奇迹。"林七夜温和地说道。

天丛云剑留下的灵魂伤痕，除非用同样带有"永恒"气息的治愈类神器，否则根本无法治好，但也有一个例外……那就是奇迹发生。林七夜将最后的神力灌入吴湘南体内，替他治好了手掌上的剑伤，从今往后，他便可以再度握剑了。做完这一切之后，林七夜眼底的金芒彻底褪去，"凡尘神域"也寸寸崩散开来。他突然站起身，挥手打开了一道空间传送门，便要走进其中。

"七夜。"温祈墨突然开口，"你要去哪儿？"

"我还有些事要处理……先走一步。"林七夜苍白的脸上挤出笑容，留下这一句话之后，不管其他人再说些什么，便匆匆踏入空间传送门中。他的身影消失在原地。

数公里外，一道白色的传送门凭空打开，然后剧烈抖动起来，像是随时可能崩溃，林七夜的身影从中闪出，一个踉跄跌倒在地。他勉强用手支撑着身体，紧咬着牙关，豆大的汗珠不停地从脸颊滑落，身体也在控制不住地颤抖。刚刚替吴湘南治伤，他已经消耗完最后的神力，维持承载灵魂的奇迹就此消失。他已经到极限了。梅林的灵魂回归到精神病院中，林七夜只觉得前所未有的虚弱与疲惫，灵魂就像被人撕碎了一样，剧烈的痛楚充斥着他的脑海！

271

荒芜的大地上，一个少年的身影艰难地站立，双手抱着头部，发出痛苦的低吟。"砰砰砰——"三道白色的魔法阵从他的身上破碎开来，压抑着他情感的心灵魔法失去效用，在灵魂被撕裂的同时，那份极度的悲伤与痛苦就像冲破囚笼的洪水猛兽，充斥了林七夜的心神。

姨妈、阿晋、队长……灵魂被撕裂的同时，曾经的一幕幕如同幻灯片般掠过他的脑海，他痛苦地跌倒在地，泪水混杂着汗水滴落在土地之中，浸湿了大片泥沙。他剧痛无比，不仅是身体与灵魂，还有那心灵最深处的柔软。

此时，几道金色的身影掠过天空，飞速地落在林七夜的身旁。他们看着地上痛苦万分的林七夜纷纷皱起眉头，同时看向为首的夏思萌，似乎在征求她的意见。夏思萌快步走到林七夜的身前，手掌贴在林七夜的额头上，将精神力输入他的体内。现在林七夜的灵魂已然遭受重创，别说反抗了，就连"凤凰"小队的众人来到他的面前，他都浑然不知。此刻他的意识中，只有无穷无尽的剧痛与前所未有的悲伤。

片刻之后，夏思萌的脸色难看起来。

"这是怎么回事……"夏思萌站起身，看向林七夜的眼中充满了震惊。

"队长，怎么了？"

"他的身体严重透支，灵魂就像被放进了搅拌机里，不停地被切碎分离，按理说，不到十秒钟的工夫，他就会魂飞魄散，但同时又有另一份力量，在奇迹般地修复他的灵魂……"

"一边在破碎，一边在修复？"孔伤眉头紧锁，"从来没听说过这种事……他的身上发生了什么？"

夏思萌紧咬着嘴唇，看向林七夜的眼中充满了担忧："如果要真是短时间内魂飞魄散还好，但偏偏他的灵魂又在不断被修复……这么一来，他的痛苦就被定格在了这个瞬间。"

"什么意思？"小队中一个少女疑惑地问道。

"就比如有一个人去跳楼自杀，他的时间被永远锁定在死前两秒钟，只能永恒地被迫一次又一次地体会死亡瞬间的痛苦，无法超脱……当然，灵魂撕裂的痛苦，可比跳楼要痛苦百倍不止。"孔伤解释道。

"那……能救他吗？"

夏思萌缓缓闭上双眼，无奈地摇了摇头："这种伤，我们根本就没办法……"

"不要死！"突然间，痛苦低吟的林七夜突然抬起头，双目通红地大吼，"不要死……我不会让你们死的……"

紧接着，一道禁墟被他勉强施展开来，其中无数金光出现，幻灭，仿佛有什么东西正在酝酿，但又只能一次次徒劳地消散。这突如其来的变化吓了"凤凰"小队的众人一跳，孔伤见到这些金光，思索了片刻，惊异地开口："'凡尘神域'？他就是林七夜？！"

听到这句话，所有人都一愣，疑惑地看向林七夜。

"他就是双神代理人？他在做什么？"

"他在试着制造奇迹。"孔伤有些不太确定地开口，"或许……是有什么心愿未了？"

夏思萌蹲下身，轻扶起林七夜的身形，一边关切地问道："你还好吗？你想做什么？"

林七夜的双眸开始涣散，他低着头，痛苦地低吼："我要复活……我要他们回来……"

他周身的金光幻灭，奇迹一次次地出现，又毫无例外地破碎。就在此时，一个束发挽簪的道人从远处缓缓走来，一袭粗布道袍随着微风轻轻摆动，乍一看，与普通的观中道人并无差异。但唯有那双眼睛，仿佛蕴藏着万物生灭的轨迹，明亮如星。在这位道人出现的瞬间，"凤凰"小队的众人只觉得有一种无形的力量禁锢着他们的身体。在那双眼眸的注视下，他们就连一根手指、一个眼神都动不了。道人就这么轻飘飘向前走去，粗布道袍拂过夏思萌的身前，后者的双眸紧盯着道人，眼中充满了震惊之色。要知道，她作为"凤凰"小队的队长也是"无量"境界的强者，他们"凤凰"小队联手，甚至可与神话生物一战，在这道人面前却连一个眼神都无法承受。他……究竟是什么人？

道人径直走到林七夜的面前，伸出一根手指，在林七夜的眉心轻轻勾勒起来，像是在勾画着什么。当最后一笔落下，林七夜的身躯一震，周围幻灭的金光消散无踪，他像是失去全身的力气，无力地倒在地上。道人看着林七夜，眼中浮现出赞许之色："林七夜，你的路比你想象的还要长，如果能过得了这一关，你才算是真正踏上属于你自己的道路……"道人轻拂宽大的袖摆，继续向前走去，很快，身形便消失在了天地之间。

压制着"凤凰"小队众人的力量终于消失，他们猛地转过头，互相对视一眼，眸中充满了惊骇之色。

夏思萌再度弯下身，将精神力探入林七夜的身体，双眸逐渐亮起。

"怎么样？"孔伤问道。

"他的灵魂稳固下来了。"夏思萌百思不解，"那人究竟是谁？他是怎么做到的……"

"不知道。"孔伤看了眼离人离去的方向，"就算是人类战力天花板，也不可能一个眼神将我们全部镇压，你说，他会不会是……"一个可能性同时出现在两人的心底。夏思萌犹豫片刻，摇了摇头，俯下身将昏厥过去的林七夜背起，迈步向着前方走去："他是谁，现在或许已经没有那么重要，我们只要知道他是友非敌就够了，剩下的……自然会有人操心。"

就在此时，在夏思萌背上的林七夜微微抬头，茫然地睁开了双眼。

"你醒了？"夏思萌惊喜地开口，"感觉怎么样？"

林七夜仿佛没有听到她的问题，只是怔怔地看着身旁的空气，片刻之后，脸上洋溢起笑容。他伸出手，仿佛想要抓住什么："姨妈，我回来了……"

夏思萌突然停下了脚步，看了身后的林七夜一眼，又疑惑地看向孔伤。

孔伤张了张嘴，有些不确定地开口："他这是……疯了吗？"

272

笼罩在沧南市顶端的阴云逐渐散去，斑驳的阳光从云隙间洒落，照射在空空荡荡的大地之上。一天前，这里还有一座城市，现在，除了几座孤独的高楼与零碎的道路，只有无穷无尽的荒芜。随意坐在一个三层楼高的建筑之上，就能将整个沧南市的范围尽收眼底，无助的孩童与外来的居民错落在城市的角落，相互倚靠，相互安慰。即便一天前他们都还是素不相识的陌生人，现在，他们都有了一个共同的名字——幸存者。

曾经热闹非凡的和平桥头，如今只剩下几家老门面依然存在，和平事务所孤零零地坐落在桥头。在它的顶端，还坐着一个人影。吴湘南独自坐在楼顶，眺望着远方，在地平线的另一端，大量的军用车辆扬起漫天的烟尘，正在急速驶来。那些，是负责接收幸存者，并重建城市的守夜人后勤队伍。

吴湘南深吸了一口气，缓缓站起身子，迈步向着楼下走去。

事务所中，"凤凰"小队的众人正坐在桌旁，红缨和温祈墨魂不守舍地坐在沙发上，目光时不时地看向房间，似乎在等待着什么。不一会儿，一个披着白大褂的身影便从房间中走出。

"医生，他怎么样了？"红缨站起身，焦急地问道。

"凤凰"小队的众人也纷纷站起身，夏思萌往房中瞥了一眼，只见还有淡淡的金光从里面传出，眸中浮现出担忧之色。

"不太妙。"医生摇了摇头，"在他灵魂遭受巨大损害的时候，他的情绪太过……极端，在那样的痛苦下，他的意识自动排斥现已发生的一切现实，在自己的脑海中构筑了另外一个世界，将自己藏了进去。现在身体与灵魂上的痛苦虽然消失了，但是他的心理还没有从中走出……"

医生往房里看了一眼，长叹了一口气。

"即便从生理的角度来说，他已经苏醒，但是他的意识并没有回归，而是滞留在构建出的精神世界中。而且他的身体在下意识地催动'凡尘神域'，将周围的一切还原成自己精神世界的模样。"

听完医生的话，温祈墨的脸色微变："所以……"

"基本可以确诊，他的精神已经失常，而且'凡尘神域'也在失控的边缘徘徊，如果他的情绪再发生些什么变数，很有可能会暴走。"医生满脸严肃地开口，"按照守夜人条例，现在的林七夜已经成为极度不稳定的危险人员，在精神恢复之前，他必须被押送到斋戒所进行看管。"

"斋戒所？"吴湘南听到这三个字，皱眉开口道，"那不是用来关押有罪的超能者的监狱吗？林七夜没有犯罪，为什么要送去斋戒所？！"

"吴副队长，这你就有所不知了。"'凤凰'小队的孔伤适时开口，"斋戒所并不是一座监狱，或者说……并不完全是一座监狱，它只是一个能有效压制禁墟的地方，主要用来收容可能会对外界造成大规模负面影响的禁墟拥有者，犯罪者只是其中的绝大部分而已。除了监狱，它的深处也有专门用来治疗精神失常的禁墟拥有者的医院，代号'阳光'。"

"没错，林七夜是炽天使的代理人，他的'凡尘神域'太过强大，一旦暴走，后果不堪设想，只有斋戒所才能压制住他的神墟，方便治疗。"医生在一旁解释道，"而且，那里有李医生坐镇，他可是整个大夏顶尖的精神科医生了，他才是治疗林七夜的最佳人选。"

听完这番话，吴湘南的脸色终于好转，他看了眼林七夜所在的房间，无奈地闭上了眼睛。

"林七夜的情况，我已经向高层汇报了，很快就会有调离的命令下达。"医生再度开口。

就在这时，红缨红着眼圈，怯生生地开口："我……我能进去看看他吗？"

医生的眉头微皱："他现在没有意识，精神状态很不稳定，靠近他很危险。"

"我……我就看一眼……远远地看一眼。"红缨用近乎祈求的口吻说道。

医生犹豫了片刻，长叹了一口气："好吧……但是千万不要做出可能会刺激他的事情，否则一旦'凡尘神域'暴走，就危险了。"

红缨连连点头，轻手轻脚地走到林七夜的房门口，小心翼翼地推门进去。原本宽大明亮的地下房间已然消失不见，取而代之的是一间狭小、老旧的卧室。刚走进房间，一股淡淡的木头香气便扑面而来，红缨的脚掌踩在年代久远的木地板上，发出轻微的嘎吱声响。房间里一张硬板小床，一个发霉的书桌，干净整齐的床单上坐着一个黑发的少年，他侧头看着身旁的小窗户，有些泛黄的窗帘随风轻轻摆动。这个房间，原本是没有窗户的。

这不是事务所……这是林七夜的家。

红缨轻轻走到林七夜的身边，看着那双平静而浑浊的眼眸，微微抿起嘴唇，坐在了床的另一边。"七夜，七夜……"红缨红唇轻启，小声地呼唤着林七夜的名字。

林七夜呆呆地看着窗外，浑然不觉。

"老赵死了，队长没了，小南走了，冷轩也走了……现在你也要离开这里，离开我吗……"红缨的眼眸蒙上一层薄雾，她低头看着自己的脚尖，身躯轻轻地颤动起来，"你说，我们什么时候能再见啊？如果这座城，这一切，都只是一场梦，那梦醒了，大家是不是都会回来？我们可是约定好了，下次跨年的时候，还是要大家一起再醉一场……你们，不会骗人吧？"

红缨转头看向床边的林七夜，泪水滑过她的脸颊，滴落在身下的床单上，消失无踪。林七夜望着窗外，像是雕塑般沉默不语。突然间，一阵风从外面吹了进来，不知从何处吹入一朵绿色的花，拂过他的脸颊，落在红缨的身前。红缨怔怔地看着这一幕，伸出手，从床上拿起了那朵花。那是一朵绿色的彼岸花。恍惚间，红缨像想起了什么，抬头看向林七夜，满面泪痕的脸蛋上浮现出笑容："不管未来变成什么样，我等你们……"

273

"高层的调令下来了。"

夏思萌在手机上扫了一眼，眉头微微皱起。

"怎么说？"一旁的孔伤问道。

"和预计的一样，林七夜需要立刻被转送到斋戒所进行治疗。"夏思萌缓缓站起身，眼中浮现出复杂之色，"他的转送任务，由……'凤凰'小队负责。"

孔伤一愣："让我们来负责运送林七夜？这会不会……"

"太隆重了？"夏思萌摇了摇头，"不，一点也不隆重，林七夜的潜力太大了，现在他精神失常，失去自保能力，如果由后勤部队来运送，万一那些外神或者古神教会又来插一手，后果不堪设想。"

"这倒也是。"孔伤点了点头，随即脸上浮现出一抹苦笑，"说起来，我们费尽周折地劫机来沧南，就是为了带走林七夜……没想到居然真的带走了，虽然是以这种形式。"

听到"劫机"两个字，夏思萌的表情明显一僵，她抽了抽嘴角，俯到孔伤耳边小声说道："叶司令还说，虽然我们歪打正着来了沧南，但是劫机这件事还是翻不过去……他让我们准备准备，过两天军事法庭上见。"

孔伤："……"

就在这时，坐在他们对面的吴湘南突然开口："我有个问题。"

"凤凰"小队的众人同时望去，夏思萌轻咳了两声，开口道："你说。"

"既然守夜人的高层一直知道沧南的秘密，也一开始就有招林七夜进入守夜人的打算，那……暗面王事件，还有赵空城的死，也在计算之中吗？"吴湘南的双眸眯起，声音逐渐冷了下来。

夏思萌的眉头微微皱起："虽然我不知道你说的暗面王事件是什么，也不知道高层的那些想法，说实话，我们也才刚刚知道沧南事件的内幕，但是有一点我能确定……"

夏思萌指了指吴湘南："你是谁？"

吴湘南一愣："我是136小队副队长，吴湘南。"

"你是守夜人。"夏思萌缓缓开口，"你是守夜人，我也是守夜人，守夜人的高层……也是守夜人。"

夏思萌注视着吴湘南的眼睛，认真地说道："守夜人是不会把自己的同伴当作棋子的……所谓高层，只是比我们看得更加长远，思考得更加缜密的守夜人罢了。"

吴湘南与夏思萌对视许久，缓缓点头："我明白了。"

"对了。"夏思萌像想起了什么，将手中的文件递了过去，"接到调令的，不仅是林七夜……"

吴湘南低头看向文件，突然一愣。

"高层召我回总部？"他抬头看向夏思萌，眼中满是不解，"这是为什么？"

"谁知道呢，高层的目光看得太远了，我这种笨脑筋怎么理解得了？"夏思萌无奈地摊手，"或许，他们发现了什么……关于高天原的秘密？"

听到"高天原"三个字，吴湘南的眼中闪过异样的光芒。

"'蓝雨'小队的覆灭还有太多疑点，想要解开这些谜题，找到日本的众神之乡……或许只有你能做到。"夏思萌的声音逐渐严肃起来，"毕竟，你是唯一一个进入过高天原，还活着回来的人类。"

吴湘南怔怔地看着手中的文件，那些被他尘封已久的记忆再度浮现在眼前，无穷无尽的迷雾、充满了谜团的高天原、手持天丛云剑的须佐之男，以及一个接着一个惨死在他身边的战友……

许久之后，他声音沙哑地开口："如果我走了，136小队就只剩下两个人了。"

"但是，你还是放不下'蓝雨'，不是吗？"夏思萌抬头看了眼在门外偷偷哭泣的红缨，还有在她身旁照顾的温祈墨，长叹一口气，"这次事件之后，沧南想恢复元气需要很长的一段时间，神战遗留在这里的气息足以扼杀所有即将出现的神秘，未来三年之内，这里都会是一方净土……你不必担心。"

吴湘南缓缓闭上了双眼，沉默许久之后，他点了点头："我知道了。"

一天后，沧南市，郊区。微风拂过寂寥的山野，曾经郁郁葱葱的树木都已消失不见，只有零星几棵小树苗生长在土壤之上，稚嫩的绿叶随着风轻轻晃动。错落的陵墓之前，一个身穿红衣的少女驻足静立。在她的身前，是两个被擦拭得干干净净的墓碑，一个是赵空城的，一个是陈牧野的。少女低头望着这两座墓碑，怔怔出神。

温祈墨的身影从一旁缓缓走来。"没有找到副队长，但是……在他房里的桌上找到了这封信。"温祈墨将手中的信递出，眸中满是复杂，"他被高层调去上京，似乎有什么重要的事情，不忍心与我们告别，就写了这封信。"

红缨接过信，从头到尾认真看了一遍，抬头看向远方的天空，长叹一口气："副队长也走了……136小队，就只剩下我们了。"

温祈墨沉默片刻："你打算怎么办？"

"我要留下。"红缨平静地开口，一双清澈的眸子看着温祈墨的眼睛，眸中满是坚毅，"只要沧南还在，只要我还在，136小队就永远都在。"

温祈墨一怔："哪怕只剩下两个人？"

"我相信队长，相信七夜。"红缨深吸了一口气，"136小队并没有解散，并没有消失，只是大家都分散开来，有一些自己的事情要处理。等到尘埃落定，他们还会回来的。即便只剩下我一个人，也要守着这座城，只为了等他们回来的那一天，我能笑着和他们说……欢迎回来。"

红缨从怀中取出那朵绿色的彼岸花，蹲下身，轻轻地将它埋在土壤之中。她眼圈微红，紧抿着双唇，似乎在克制着不让泪水流出来。红缨站起身，抹去眼中的泪水，抬头看向远方，微风拂过少女的鬓角，露出一双坚毅的眼眸。这一刻，那个天真烂漫的少女……突然，就长大了。

"队长走了，那从今以后，我红缨，就是136小队的队长！"红缨深吸一口气，对着远处连绵的山峰，大声地喊道。她的声音在山谷间回荡。温祈墨怔怔地看着少女的侧颜，片刻之后，笑着摇了摇头："真是拿你没办法……既然这样，那我就勉为其难地当个副队长吧。"

红缨轻笑一声："副队长温祈墨！"

"到！"

"走，我们回去！"

红缨将一旁的长枪扛在肩上，黑色的长发飘荡在身后，火红的衣衫在风中猎猎作响，朝着远处走去。温祈墨微笑着跟在她的身后："队长。"

"怎么啦？"

"我们的工作是什么？"

"等他们回来！"

空旷的山谷之中，回荡着少女的声音，寂寥的墓碑之前，一束绿色的彼岸花，轻轻舞动。

（第一卷完）

| 番外一 |

三九日志[1]

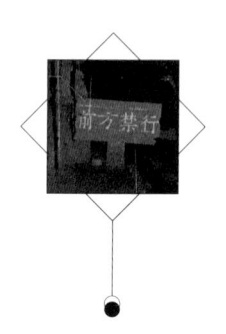

第一卷的内容终于结束了。

这一章主要是写三九对于第一卷的一些想法，还有解答一些书友的疑惑，不愿意看三九唠叨的朋友可以直接跳过。说实话，这一卷比我想象中的要长，足足有五十五万字，但仔细想想，似乎也不算太长。

这一卷里，写了太多的东西，暗面王事件、难陀蛇种事件、集训营的生活，林七夜认识了百里胖胖、曹渊、傲娇青年沈青竹，跨了年、毕了业，破了"贝尔·克兰德"案件，见证了沧南市的消亡，神战……这么多的内容、这么多的人物，浓缩在这短短的五十五万字之中。整个第一卷，没有一件事件是多余的，环环相扣，伏笔更是不知道埋了多少，而且除了少数几个，基本都爆完了。

但，这对本书而言，还只是个开始。

直到第一卷结束，这本书的世界观才算真正地展现在各位的眼前。小七夜还只是个刚刚走出新手村的菜鸟，正如元始天尊说的那样，他的路还很长。

在上一本书的完本感言里，三九就说过，无论时代如何演变，热血与情感是永恒不变的主题。只有热血，那就只是一本爽文；只有加入情感，故事才不仅是故事，也有它的灵魂。

这本书就是以这个理念来写的。想必大家已经从第一卷里看出来了，兄弟情、战友情、亲情，是这本书的核心，至于爱情……喀喀，未必会有，也可能会有。

所以，这本书注定是一部群像作品。林七夜是主角，但并不是这个世界的唯一，除了他之外，还会有许许多多值得被人记住的角色。

喀喀，扯远了，总的来说，对于这一卷的结局，三九还是比较满意的。

赵空城完成了他的夙愿，帅气地斩出了那一刀，一刀斩开了林七夜的枷锁，

---

[1] 原网络连载章节第274章《卷末小结》。

放出了一尊绝世妖孽；陈牧野与他守护了十年的城市一同离开；吴湘南为了自己曾经的队友再度涉险；司小南为了摆脱命运的束缚选择去与神明对弈；冷轩信奉着心中的温柔与小南一起离开；小红缨传承着所有人的意志独自守在沧南……哦，差点忘了个身在敌营的卧底，沈青竹。

至于七夜，则是离开沧南这一隅之地，即将面对真正的大世界。

下一卷呢，就要围绕着第五……喀喀，欸，我不告诉你。

上一卷的内容总结完，接下来说说大家都比较关注的几个点。

首先就是纪念，大家放心，三九这本书里对纪念[①]的刻画完全是新的，即便各位没有看过上一本书的后传，也绝不会影响大家的阅读体验。大家只要把她当作"斩神"[②]中的一个神秘气息比较浓重的角色就好，其他的不用多想。还有就是大家对神明战力存在一些疑问，主要原因在于，大家对于神明力量的认知来源不一样，很大一部分人都参考"洪荒""封神"这些故事中的设定。比如有些人会说，杨戬只是个名气比较大，中央天宫仙位的神仙而已，怎么能秒杀印度神话中创世神地位的因陀罗呢？米迦勒只是个炽天使，怎么能这么强呢？

其实大可不必，在书的一开始就说了，不是所有的神都出现在这个世界上，就好比我们华夏大大小小的神仙加起来怎么也得有几百个，五方揭谛、六丁六甲要是都在一起，反而会让人觉得杂乱。战力问题也是如此，要是真按实际的战力排序，让杨戬去杀一个印度的稻谷之神，大家的阅读兴趣也会下降，所以大家可以不用太纠结于这一点，就当作这本书的战力被重新洗牌了就好，当然这洗牌也不会太离谱就是了。

下一卷，三九也会认真写的。

三九在这里，给各位读者比心了。

2021 年 10 月 3 日

三九小记

[①] 小说人物，三九音域所著网络连载小说《超能：我有一面复刻镜》中的人物。

[②] 缩写，全称为"我在精神病院学斩神"，本作品原网络连载书名，实体书出版更名《夜幕之下》。

| 番外二 |

病房[1]

"你好，我是阳光精神病院的医生，我姓李。"老旧的卧室中，一个戴着黑色大框眼镜的男人正坐在那儿，手中拿着一份病历，看起来斯斯文文的。

"以前不都是韩医生来吗？"他的对面，一个黑发少年有些疑惑地开口。

"韩医生去年就已经高升到副院长了。"李医生笑了笑。

"哦。"那少年点了点头，突然一怔，仿佛觉得眼前这一幕有些眼熟。"我是不是在哪里见过你？"他有些不确定地开口。

"不可能。"李医生平静地摇头，"我是刚来的新医生，我们从没见过。"

"好吧……"

"因为我也是刚来，对你的情况还不太了解，我先简单地了解一下情况……"李医生翻开手中的病历。

"姓名是……林七夜？"

"对。"

"今年十九岁。"

"不，我今年十七。"黑发少年摇了摇头。

李医生看了他一眼，继续说道："我知道了，可能是病历上的信息有误……那和我说说，十年前，你被送到我们精神病院的事情吧……"

等问完几个问题之后，李医生点了点头："你说的这些都是以前的事情，那现在呢？你对这个事情怎么看？就是看到天使这件事。"

"都是妄想罢了。"林七夜平静地开口，"那天，我只是一不小心从屋檐上滚下来，脑袋撞在了地上，至于眼睛，可能是某根神经受到损伤，所以失明了。"

李医生"嗯"了一声，犹豫片刻之后，缓缓开口："那……你还记得守夜人吗？"

---

[1] 原网络连载章节第275章《病房》。

"守夜人？"林七夜一怔，眼中浮现出疑惑。

"'凡尘神域'、'湿婆怨'、洛基、'凤凰'小队、陈夫子……"李医生说出一连串的名字，双眸紧盯着林七夜的眼睛，似乎想从中看出些什么。

林七夜的眉头皱起："我不知道你在说什么。"

李医生陷入了沉默，半晌之后，再度开口："那陈牧野，赵空城呢？还有136小队，你还记得他们吗？"

听到这些，林七夜的身体突然一震，平静的双眸突然涌现出些许的迷茫。他呆呆地看着前方，眉宇之间，流露出痛苦之色。"轰隆隆——"窗外，晴朗的天空之中，一声巨响突然传来，晴空霹雳刹那间划破宁静的天空，天色开始以肉眼可见的速度暗淡下来。狂风肆虐，从狭小的窗户灌入房中，将李医生手中的病历吹得沙沙作响。

林七夜看着眼前的白墙，眉头紧锁，他的双手抱在头上，眼眸之中浮现出痛苦之色。

"我……我不知道……"

李医生眼镜后的双眸微微眯起，他站起身，走到林七夜的身边，伸手轻轻抚摩着他的背后，声音仿佛带着某种磁性："我只是随口一说，你不用在意，把刚刚的那几句话都忘掉吧……"

这句话一出，林七夜脸上的痛苦突然消失，眸中再度浮现出迷茫之色。他怔怔地看着前方，大脑一片空白。窗外的天空逐渐亮起，卷入室内的风也逐渐小了下来。

李医生站起身，温和地对着林七夜说道："好了，复查就先到这里，你的病已经没什么问题，希望你能调整心态，好好生活。"

李医生和迷茫中的林七夜握手，鼓励着说道，林七夜终于回过神来，点了点头。李医生推门而出，门外，姨妈的声音再度响起："哎哟，李医生，留下来吃个饭吧。"

"不了不了，我还有下一个病人要去看，就不打扰了。"

李医生婉拒了姨妈的请求，拿着手中的病历，含笑打开大门径直走了出去。

在门关上的瞬间，林七夜的笑容消失，仿佛从未出现过一样。

"妄想……吗……"他喃喃自语。

李医生反手关上了合金钢大门，脸色的笑容消失不见，取而代之的是前所未有的严肃。他转头看了眼自己刚刚走出的地方，无奈地摇了摇头。

那是一个占地十几平方米的合金立方体，通体由不知名的银白色金属打造，像是一个牢房，墙体有近1米厚，进出其中的唯一通道，只有一扇厚重的合金大门，门上有着六道截然不同的密码核验系统。在合金立方体外，是一个巨大的黑色房间，房间四周安置着十二个摄像头，时时刻刻无死角地监视着合金立方体的情况。

李医生在房间门旁刷了指纹，输入密码，才推门而出。

门的后面，是一间医学研究所。无数穿着白大褂的研究人员行走其中，相互交流着手中的数据，研究所的中央是一块巨大的银幕，时刻播放着合金立方体中的景象——一个少年正坐在椅子上，两根黑色的束缚带固定住他的身体，他呆滞地望着前方，身上连接着各种医学仪器，金色的光芒不断地在他的周围幻灭。

监视银幕的前方，一个身披暗红色斗篷的中年男人正站在那儿，见李医生从中走出，便转头看了过来。

"叶司令。"李医生见到他，脸上浮现出诧异之色，"您亲自来了？"

叶梵点了点头："他的情况怎么样？"

"还是那样。"李医生无奈地摇头，"距离沧南事件结束已经过了一年，我们动用了几乎所有现代医学的治疗方法，也无法将其从那个世界唤醒。'凡尘神域'包裹着他自己构建出的那方世界，除非他自己从中苏醒，否则外界的东西根本无法影响到他。"

叶梵抬头看着银幕中的少年，长叹道："已经一年了啊……"

"这一年，这小子可没少让我们操心。"李医生苦笑着开口。

"有没有用你的禁墟，试着直接将他唤醒？"

"试过了，但是除了让'凡尘神域'暴走之外，没有其他任何作用，就好像……他的意识根本就不在自己的体内。"

"不在体内？"叶梵疑惑地开口，"他的意识不在体内，还能在哪儿？"

"不知道，问题就在这里。"李医生无奈说道，"要是他的意识在体内，唤醒他并不困难，可是……他的精神世界和常人不一样。"

他的精神世界里，只有无穷无尽的迷雾。

| 番外三 |

胖胖还乡

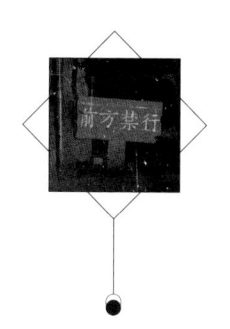

广深市,一架私人飞机降落在跑道上,缓缓停靠在簇拥着的人群前方。

奢华的飞机内部,一位体形圆润的少年打了个哈欠,不紧不慢地从真皮沙发上站起身,透过舷窗观察着外面。

"欢迎回家!!!"

"欢迎回家!!!"

……

"啪——啪——"纷扬的彩带从空中落下,欢呼伴随着掌声如浪涌动,即便百里胖胖坐在机舱之内,也依然听得一清二楚。下面的这些人,大部分是百里家族的成员以及各自的随行工作人员。百里集团是个庞然大物,光是旁系子弟就有近百名。旁系虽然不是家族的核心成员,但靠着百里集团的财力,也完成了一些财富积累。

他们虽也坐拥荣华富贵,但跟百里胖胖相比,差了不止一个档次。因此他们想要在各自的小家族中脱颖而出,就必须巴结更大的靠山。而百里胖胖,很有可能成为百里集团的继承人。不过百里胖胖很少抛头露面,这段时间据说又着了魔去参军,因此大家想巴结他都没机会……好不容易听说这位继承人今天回广深,特地前来接机,想借这机会刷个脸。

百里胖胖看着下面的大阵仗,咂了咂嘴,正欲走出飞机,一位空姐便拦住了他。"请留步。"百里胖胖疑惑地望去,空姐微笑着开口,"他们人多,容易有危险……您再休息一会儿,等下面清理好了再下去。"

"危险?不至于吧?"百里胖胖挑眉,"这些人都养尊处优的,能有什么危险?再说了,小爷我这段时间在集训营也不是白练的,就他们这样的,再来十倍都伤不了小爷。"

"这是董事长的吩咐……他也是为了您好,还是等等吧。"空姐耐心回答。

百里胖胖还欲反驳,只见十余位保镖便从远处迅速赶来,大声地对下面那些人说了些什么,下面的人微微皱眉,最终还是一边嘀咕着什么一边离去了。

百里胖胖见此,无奈地叹了口气——得,这个风头是出不成了……

等到下面的人都离开,一辆车已然停在飞机下方,百里胖胖在众多空姐的鞠躬中走下飞机,董事长秘书是一位年纪颇大的中年男性,正戴着白手套,微笑着替他打开车门:"你终于回来了,涂明。"

百里胖胖随意地"嗯"了一声,坐在后座。

车辆启动,平稳地驶离机场,秘书坐在副驾驶座,透过后视镜看了眼后座的百里胖胖,温润开口:"涂明,董事长听你从集训营顺利结业,可是高兴得不得了,今晚特地安排了家宴,给你接风洗尘。"

"是吗?他这么关心我?"百里胖胖挑眉,"那他怎么没亲自来接我?"

"涂明,咱们集团你是知道的,董事长想来也脱不开身啊……"

"景小子呢?他不是说要从公司基层做起吗?现在怎么样了?"

"百里景确实聪慧,短短三年已经升到高层了,也在集团内有了一批追随者……"秘书停顿片刻,"你不打算做点什么吗?"

"做什么?"

"百里景最近表现得太风光了,而你又在关键时候离开广深这么久……"

"我那老爹就我一个儿子,整个集团谁不知道我百里涂明?他再风光,能有我名气大吗?"百里胖胖打了个哈欠,身体换了个更舒服的姿势。

"你的名气确实大,但几乎没在公共场合露过脸啊,别说媒体了,就连集团的那几位高层都没见过你……"

"江湖上不见哥的身影,却到处都是哥的传说。"

秘书透过后视镜向后看了一眼,叹了口气:"你是不是根本不打算争这份家产?"

"我从一开始就没打算啊。"百里胖胖理所当然地开口,"小时候,我每次看到那些集团高层来家里拜访就头疼,躲着不见他们……那群人心眼太脏了,破事又多,我好好当个无忧无虑的阔少爷不好吗?景小子来家里之后,老爹现在也不是只有我一个选择,真要说,我还巴不得老爹直接把集团交给他呢……谁想每天为这些破事忙得焦头烂额,我已经是正儿八经有编制的守夜人了!"

秘书见此,似乎还想劝些什么,最终却无奈地摇了摇头,不再多说。

不知过了多久,车辆缓缓驶入一座庄园。两侧的喷泉有节奏地舞动着,修剪绿植的工人与巡逻的保安同时停下脚步,恭恭敬敬地向车辆方向鞠躬。百里胖胖百无聊赖地坐在车后座,透过车窗看着那逐渐靠近的奢华别墅,却只觉得越发不自在。

"请吧。"秘书替百里胖胖打开车门,后者随手捋了两下凌乱的头发,径直向别墅大门走去。穿过一尘不染的长廊,百里胖胖来到客厅,奢华大气的餐桌之上早已摆满佳肴，金碧辉煌的水晶灯悬挂在天花板上，将餐桌旁的身影拖出两道长长的影子。

似乎察觉到百里胖胖的来临，原本客厅中的交谈声戛然而止，坐在主位上的中年人缓缓抬起头，看了眼百里胖胖的方向，见对方还穿着那从集训营带出来的满身汗臭的便服，眉头微皱："怎么没换衣服？"

"我刚下飞机就被接过来了啊……哪有时间换衣服？"百里胖胖摊手。

"我们百里家的人，什么时候变成叫花子了？"坐在另一边的年轻人轻笑一声，晃了晃杯中红酒，"进来的时候，门口保安没拦着你吗？"

"百里景，对你哥放尊重点。"百里胖胖瞪了他一眼。

百里景丝毫没有惧怕的意思，冷冷地瞪了回去。

就在客厅气氛骤然凝固之时，一道倩影从厨房走出，温柔开口："涂明回来了？你这孩子……怎么弄成这副样子？我就说让你别去那个集训营，咱干吗要吃这个苦……快，趁还有个菜没好，上楼换身衣服。"

见到来人，百里胖胖脸上的阴沉顿时烟消云散，嘿嘿一笑道："好嘞，妈。"

百里胖胖再没多看百里景一眼，径直走向二楼房间，等到换好衣服下来的时候，另外三人都已经落座。在这空旷华丽的客厅之中，满桌的菜肴却只显得清冷，四人简单地交流几句，便低头开餐。百里胖胖夹起一块来自大夏顶级厨师亲手烹饪的牛肉，不知为何，总觉得没有在集训营吃的饭菜香……他怔怔地看着沉默吃饭的另外三人，突然有些怀念那晚在篝火边的其他几个兄弟。也不知道七夜、老曹他们怎么样了？

"集训营待得还习惯吗？"父亲百里辛打破了沉默。

"一开始不行，现在已经习惯了。"对于这位掌控整个百里集团的父亲，百里胖胖心中还是有些惧怕的，不苟言笑加上严厉刻板，给他的童年留下许多阴影。

"回来之后，打算做什么？"

"我被分配到了广深的守夜人小队，明早就去报到。"

百里胖胖本以为父亲会对这个决定感到不悦，毕竟以他百里集团继承人的身份，现在应该赶紧着手熟悉集团业务，这才是正事。但出乎意料，这次父亲并没有多说什么："嗯。"

接下来的时间，都在这种毫无营养的问答中度过，以前百里胖胖不觉得，从集训营回来之后，只觉得家里的一顿饭竟然能吃得如此漫长……

一夜无话。

第二天一早，秘书便备好了车，将百里胖胖送去广深市守夜人小队的驻地。

"嚯，还挺豪华。"百里胖胖看着眼前的独栋大别墅，忍不住感慨。

广深市 010 守夜人小队的驻地，是在一栋处在市中心的大别墅里，粗略估计都得有四百多平方米，在这寸土寸金的广深市中心，这样一个大别墅估计得值上亿元。

"咚咚咚——"

"请进。"

百里胖胖推门而入，此刻的 010 小队驻地只有两个人，倚靠在办公桌边，像是在商讨着什么事情。

"百里涂明？"为首的男人直起身，缓步走上前来。

"守夜人集训营应届结业生百里涂明，前来报到！"百里胖胖笔直地敬了个军礼，铿锵有力地回答。

男人接过百里胖胖手中的文件，翻了两下，微微点头："我是广深市 010 小队的队长，韦修明，这位是副队，老韩，以后我们就是战友……"

韦修明话音未落，百里胖胖便熟练地从怀中掏出两个墨绿色的盒子："两位队长好！这是我的见面礼！"

韦修明一愣，下意识地接过盒子，打开一看，一只崭新的昂贵手表正躺在其中。

韦修明："……"

"这……"老韩茫然地看了眼韦修明，后者表情僵硬片刻，还是将盒子盖起还给百里胖胖。

"你的心意我们领了，守夜人有规定，我们不能收。"

"不愧是百里家的继承人，出手就是大方啊……"老韩"啧"了一声，"不过这东西，我们真不能要。"

"好吧。"百里胖胖接过盒子，依旧笑容灿烂，反正送表被拒绝也不是一次两次，脸皮已经被磨炼得足够厚。

韦修明简单地帮百里胖胖办完入队手续，其余 010 小队的成员也完成任务回来，见新成员来报到，顿时热情地上前跟他聊了起来，百里胖胖大手一挥，便要带他们到广深最奢华的餐厅团建。这栋别墅已经很久不曾这么热闹。韦修明并未加入这些年轻人的社交，而是独自走到办公桌边，打开底层的抽屉。空荡的抽屉中，只有几张银行卡与一张崭新的名片，名片上面清晰地刻着三个大字——"百里景"。

韦修明瞥了眼抽屉，直接将手中的百里胖胖入队的文件也收入柜中，随后掏出钥匙，缓缓插入抽屉的孔洞之中，"咔嗒"，抽屉被彻底锁死。

第二卷 深红夜幕

|第一篇| 画地为牢

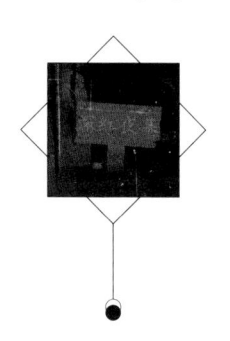

276

诸神精神病院——

阿朱抱着扫把，坐在病院的台阶上，看着院子里宛若石雕般的林七夜，长叹了一口气。

"阿朱，你又偷懒了。"李毅飞从厨房中走出，双手在腰间的围裙上擦了擦，坐在了阿朱的旁边。

"飞哥，你说……院长什么时候能醒啊？"阿朱撑着头，心不在焉地问道。

"奶奶说了，该醒的时候，他自然会醒。"李毅飞看着那身影，说道。

"可是，他这么长时间了，不会饿吗？"

李毅飞的嘴角微微抽搐："那要不你贡献一只蛛手，等院长醒了，炖了给他补补？"

阿朱小脸一白，默默地抱住两只胳膊，嘴硬道："院长……院长不喜欢吃我的蛛手！"

"他没吃过，你怎么知道他不喜欢呢？"李毅飞不怀好意地看着阿朱，舔了舔嘴唇，"要不，我先帮他尝尝？"

阿朱吓得直接从地上站起，气鼓鼓地开口："哼，我不理你了！"他刚转过身，便看到了一头红发的红颜正站在他的身边。"红颜姐，他又欺负我！"阿朱躲到红颜的身后，指着李毅飞说道。

红颜一只手将阿朱护在身后，一双橙黄色的竖瞳注视着李毅飞，表情写满了认真，咬字不清地开口："他、不、可吃。"

"我开玩笑的，那小细胳膊，谁想吃啊？还是猪肘子香。"李毅飞耸了耸肩，伸手拍了拍身旁的台阶，"回来坐吧。"

阿朱犹豫片刻之后，还是坐了回去，红颜也坐在了阿朱的身边。

三位护工就这么静静地坐在这儿，看着院子里的那人发呆。

"他，何，醒？"红颜指着林七夜，开口问道。

"我也不知道啊……"李毅飞摇头，目光落在林七夜身边的倪克斯身上，"也不知道，今天梅林叔和奶奶，谁能赢……"

院中——

倪克斯正坐在摇椅上，在沉睡的林七夜身边一边织着毛衣，一边晒着太阳，嘴里时不时地念叨着什么，似乎在对林七夜说话。不远处，身披蓝色长袍的梅林缓缓走来。梅林刚一踏入院中，一道若有若无的黑色丝线便从他的眼前飘过，他皱皱眉，停下了脚步。

"已经一年了。"梅林看着在摇椅上织毛衣的倪克斯，平静地开口，"他该醒了。"

"再让他多睡会儿。"倪克斯淡淡说道。

"该发生的事情都已经发生，任何人都无法改变，逃避解决不了任何问题。"梅林皱眉道，"他的身上背负着什么，你我都很清楚，他不可能永远躲在那方安逸的小世界里……"

"他只是太累了。"倪克斯抬眼看向不远处的梅林，"他想多休息一会儿，那就让他多休息一会儿，天塌下来了，有我这个做母亲的给他顶着。"

梅林注视着倪克斯许久，摇了摇头："不，你不行……今天，我一定要唤醒他。"

"你做不到。"倪克斯平静回答。

梅林迈开脚步，再度向前迈出一步，周身的魔法元素剧烈地涌动起来，魔法之神的神威降临病院。与此同时，无数根黑色的丝线从虚无中延伸而出！倪克斯静静地坐在摇椅上，黑色的星纱罗裙仿佛化作一整片夜色，横在梅林的身前，整个人的气息幽深缥缈起来。梅林沉着脸，脚步悬浮于半空，身上的蓝色法袍无风自动，双眸之中浮现出璀璨的蓝光，身后数道庞大的魔法阵瞬间张开！黑夜女神与魔法之神的气息，在这小小的一方院落中相互碰撞，蓝与黑在院中肆虐，狂风呼啸！

三位护工坐在台阶上，看着眼前的这一幕，默默地打了个哈欠。

"今天怎么说？"李毅飞转头看向两位同僚。

"我觉得今天，还是太奶奶赢。"阿朱想了想，如实说道。

"同。"红颜干脆利落地吐出一个字。

李毅飞扬了扬眉毛，目光又落回院中，有些不确定地开口："我倒是觉得梅林叔动真格的了，说不定，今天会有变数……"

院中，梅林散发出的魔法元素仿佛无穷无尽一般，蓝色的光辉疯狂地涌动，逐渐占据上风。坐在摇椅上的倪克斯眉头一皱,织毛衣的手缓缓放下:"既然你动真格的了,那我也奉陪到底……"倪克斯眸中一抹黑色浮现,手中的毛衣瞬间化作无数根漆黑的丝线融入黑夜之中,她像一位优雅的贵妇,从摇椅上站起,指尖轻轻指向前方,点点星辰从黑夜之中亮起。

梅林和倪克斯都认真起来,院中充斥的神威暴涨数倍,肆虐的狂风吹飞了衣架上的衣物,"叮叮当当"的声音从厨房传来,像有碗筷被卷落在地。阿朱惊呼一声,小身板差点被风直接吹走,好在一旁的红颜及时伸手将他抱在了怀中。李毅飞双手挡在眼前,透过指缝观察院中的情况,青色的护工服被吹得猎猎作响。

"完了完了,他们二老认真了!病院要被拆了!"李毅飞嘀咕道。

"咚——"沉闷的巨响从院中传来,刹那间,双神的威压消失,蓝与黑像是被一只无形的大手掐灭,泯灭无踪。梅林的嘴角微微上扬。倪克斯猛地转过头,院中,那个如同雕塑般端坐的身影眼皮微微跳动起来,仿佛马上就要苏醒。在这座精神病院中,没有人能瞬间压制住两位神明,除了……林七夜。在两位神明的威压下,尚在沉睡中的他下意识地镇压了身边的能量波动,即便还没有醒来,但毫无疑问已经到达了苏醒的边缘。这是一年来,林七夜唯一一次对外界的变化做出反应。

倪克斯猛地转过头看向梅林,微怒道:"这是你计划好的?"

梅林微微躬身,满怀歉意地开口:"抱歉,倪克斯阁下,除了用这种办法,我想不出还能如何唤醒他……"

倪克斯没时间跟他再争执下去,快步走到林七夜的面前,看着那双即将睁开的双眸,轻声开口:"你还好吗……我的孩子?"

277

"小七,医生怎么说啊?"姨妈围着围裙,走进了房间。

"说我恢复得不错。"林七夜耸了耸肩,犹豫了片刻还是开口问道,"姨妈,这个李医生……真是病院派来的吗?"

"对啊,怎么了?"姨妈疑惑地问道。

林七夜摇了摇头:"没什么,我就是觉得他有些奇怪。"

姨妈像是想起了什么,开口道:"对了,刚刚烧菜我才发现,家里的酱油用完了,我得赶紧出去买点酱油……"

"我去吧,姨妈。"林七夜主动说道,"你锅里还热着菜呢。"

姨妈一怔,犹豫片刻之后,还是点了点头:"那你小心点,注意安全。"

林七夜"嗯"了一声,在门口换好鞋子,便推门而出。沿着贴满了小广告的楼梯走到一楼,林七夜便顺着熟悉的巷道,向着主街走去。身旁的矮墙上,灰白色的墙壁光秃秃的,零碎地贴着几张泛黄的广告,脚下的水泥路面坑坑洼洼,一不小心便会踩进浅坑之中。他走进街边最近的一家小店,挑了最便宜的一瓶酱油,拎着塑料袋,随着零零散散的人群,向家的方向走去。

林七夜抬头望去,夕阳将天上的云彩烧成火红,远方的蝉鸣混杂着街角影音店的音乐,回荡在他的耳边。

> 我多想回到那个夏天
> 我多想回到你的身边
> 我好想还能再见一面
> 刚开始有你的那些情节
> …………

林七夜深吸了一口气,嘴角微微上扬。是的,这就是他所喜欢的,简单而温馨的生活。

"轰——"就在他刚刚经过一个红绿灯的时候,一声巨响突然从远处传来,脚下的大地开始震颤!"地震了?"林七夜错愕地稳住身体,抬头看去,只见原本绝美的夕阳天空已然消失不见,漆黑与深蓝将无垠的天空分割开来,周围的一切都暗淡下来。林七夜低下头,突然怔在原地。不知何时,原本和他一起等着红绿灯的行人都已消失不见,整个街道空荡荡的,就连半个人影都没有。双色的天空下,路上红色的信号灯闪烁,将少年的身影映成深红色。"这是……怎么回事?"林七夜喃喃自语。

就在这时,一个灰袍道人突然出现在他的面前,注视着林七夜的双眸,平静地开口:"你该醒了……"

话音落下,林七夜周围的街道便寸寸碎裂,就像是由镜像搭建起的世界,轰然倒塌,他周围的一切都化作虚无,消失在灰色的迷雾之中。林七夜就像失重一般,身体急速地下坠。无数流光涌现在林七夜的身边,那些是他曾经的记忆——守夜人、136小队、集训营、洛基、消失的城市……被他尘封的记忆在这一刻涌现,灌入脑海之中,林七夜的双眸收缩,眉宇之间浮现出痛苦之色。他想起来了。随着记忆的恢复,那些深埋的痛苦、悲伤、遗憾就像火药般轰然爆发,再度涌现在他的心头。

"这些……都是假的吗?"林七夜的身体急速下坠,他呆呆地望着自己手中的酱油瓶,喃喃自语。突然间,他似乎想到了什么,猛地抬起头看向上方,眼中绽放出异样的神采。

"我不能就这么离开。"林七夜的眼眸之中爆发出刺目的金芒,下坠的身体突然停滞!"真的也好,假的也罢……这是我与他们告别的……最后机会了。"林七夜的话音落下，坍塌入虚无的城市再度重组起来，点点金芒恢复成原本街道的模样，他手中拎着酱油，站在空无一人的街道上。头顶的信号灯红灯闪烁，林七夜猛地迈开脚步，朝着家的方向奔去。每当他踏出一步，他身后的城市便化作金光消散开来，化作无穷无尽的迷雾。他没有回头，只是目不转睛地看着前方，那里有一座矮小的老房。终于，他在矮房前停下了脚步。整个幻想的世界已经消失不见，只有眼前的这一座矮房矗立在迷雾之中，金色的光点弥漫在它的四周，就像是一座大海中的孤岛。

林七夜深吸了一口气，推开房门走了进去。

"小七，酱油买回来了吗？"姨妈从厨房中走出，看到门口满面泪痕的林七夜，突然愣在原地。

"姨妈。"林七夜见到姨妈，嘴角浮现出一抹笑容。

姨妈急忙走上前，接过林七夜手中的酱油，用手擦去了林七夜眼角的泪痕："你这孩子，出去买个酱油的工夫，怎么变成这样了？"

林七夜注视着姨妈的脸，心中的酸涩翻滚不息，张了张嘴似乎想说些什么，却又什么都没说出口。"没事……"片刻之后，他摇了摇头。

"是不是饿的啊？"姨妈关心地问道，回头看了眼厨房，开口道，"你先去坐着吧，饭马上就好。"

林七夜点点头，走到餐桌旁的椅子上坐下，望着厨房中忙碌的身影怔怔出神。一会儿工夫，姨妈便端着两盘热气腾腾的菜从厨房中走出，放在林七夜的面前，她双手在围裙上擦了擦，将筷子递给林七夜："赶紧趁热吃吧。"

林七夜接过筷子，注视着眼前的饭菜，沉默片刻之后，大口大口地吃了起来。姨妈烧菜喜欢多放盐，毕竟那是他们家里最便宜的调味品，这就导致每次她做的饭菜都会偏咸，林七夜和杨晋无数次抗议无果之后，只能无奈地接受了这个现实。这顿饭菜同样如此。但林七夜没有浪费丝毫，大口吞咽着所有的饭菜。他从未觉得姨妈做的饭菜居然如此美味，仿佛饭菜中加入的不是大量的盐，而是生活中点滴的甘甜。

"慢点吃慢点吃，别噎着了。"姨妈在一旁劝道，"果然饿坏了啊……"

周围的墙体逐渐坍塌入虚无之中，这个世界最后残留的一角，也开始崩散开来，大门、卧室、厨房、卫生间……一个接着一个地消失，最后，只剩下餐桌旁的这一隅，悬停在迷雾之中。在如此诡异的情景下，姨妈就像丝毫没有注意到一样，只是关切地看着吃饭的林七夜。

林七夜抬起头，吞咽下嘴中的食物，缓缓开口道："姨妈。"

"怎么了？"

"以后，我还想吃你做的饭菜。"

姨妈微微一愣："你这孩子说什么傻话，只要你想吃，姨妈什么时候不做给你吃啊？"

"嗯。"林七夜点了点头，低头看向自己身前空荡荡的碗，连一粒米都没有剩下。"我一定……会让你们回来的。"他喃喃自语。他放下了手中的筷子。姨妈、餐桌、椅子、空荡荡的饭碗尽数消失，只留下林七夜孤零零地站在迷雾之中。

"我该醒了……"

278

"嘀嘀嘀——"刺耳的警告声在医学研究所中回荡，红色的灯光闪烁，研究所内的所有人都是一愣，瞬间忙碌喧闹了起来。

"检测到病人脑电波异常！"

"检测到病人心率、血压异常！"

"检测到禁墟能量指标直线上升！"

"检测到大量的精神力波动！"

"他要醒了！"

李医生快步走到中央的银幕面前，注视着画面中那个被束缚在椅子上的少年，他的眼皮高频率颤动，眉头也微微皱起，仿佛下一刻便要睁开双眸。"他终于要醒了吗……"李医生的眼中浮现出惊喜之色。警报声被关闭，闪烁的灯光也稳定下来，所有的研究人员聚集在银幕的前方，紧张地注视着画面。画面中，座椅上少年低垂的头颅微微抬起，高频颤动的眼皮突然安静了下来。下一刻，一双金色的眼眸缓缓睁开……"嗡——"银幕的画面波动起来，像信号受干扰的老电视，闪烁片刻之后，恢复了原样。

"竟然能勉强突破镇墟碑的压制，让'凡尘神域'影响到外界……这就是序列003的极度危险神墟吗？"

李医生转头看向身旁的研究人员："他的状态怎么样？"

"心率、血压、脑电波、精神力波动都恢复了正常，状态平稳，没有异常，除了……"

"除了什么？"

"他的精神力比之前强大了不少，刚刚他苏醒的那一刻，应该就从'池'境迈入了'川'境。"

李医生点了点头："他这一年来都在维持脑海中的'凡尘神域'，长期的磨炼之下，一口气突破境界瓶颈并不奇怪。"

画面中，林七夜的双眸平静地扫过周围，看到自己身上的束缚带之后，眉头微微皱起。

李医生整理了一下衣服，迈步朝着要进入的房间走去："把门打开，我进去和他谈谈。"

这里是……医院？目光从身上的束缚带上移开，林七夜看到周围令人眼花缭乱的医疗设备，眉宇间浮现出一抹疑惑。而且，这束缚带怎么看怎么眼熟……这不是精神病院才有的玩意吗？他被带到精神病院里来了？林七夜暂且抛开心中的疑惑，眼眸之中浮现出一抹夜色，想要张开"至暗神墟"将身上的束缚带撕开。但他的神墟就像被什么东西镇压一般，根本无法放出体外，这种感觉林七夜并不陌生。当初在集训营里训练的时候，教官们用禁物镇压他们的禁墟也是这种感觉。区别在于，在集训营的时候，林七夜的"至暗神墟"还可以勉强顶住镇压之力释放出体外，在这里却根本做不到。这里的镇压和集训营中的镇压，根本不是一个等级的。林七夜又试了梅林的"幻魔神墟"，同样无法释放，只有"凡尘神域"可以略微散出体外，萦绕着点点金光。林七夜打了个响指，一抹金色微光闪烁，他身上的两根束缚带自动解开。他从座位上站起，一个趔趄险些栽倒在地，好在及时扶住一旁的墙壁才稳住身体。他低头看向自己的双腿，眼中闪过疑惑之色。他的双腿已经因为长时间没有运动，肌肉有些萎缩与无力，这具身体与他印象中相比，也虚弱了太多。他到底沉睡了多久？

就在林七夜疑惑之时，一声轻响从门外传来，银色的金属大门缓缓打开，一个熟悉的身影从门外走了进来。

林七夜看到那张脸，微微一愣："你是……李医生？"

李医生看到林七夜竟然自己解开束缚带，还从座椅上站了起来，眼中浮现出惊讶之色。他伸手搀扶住林七夜，微笑着说道："是我，坐下说话。"

李医生将林七夜扶回座椅上，林七夜忍不住问道："这里是哪儿？"

"这里是斋戒所的深处，代号'阳光'的精神病院。"李医生如实说道。

"斋戒所……"林七夜念叨着这三个字，他隐约记得曹渊和他提起过，这里是用来关押禁墟拥有者的监狱，他怎么会在这里……等等！

林七夜抬起头，错愕地开口："精神病院？！"

"没错。"

"我为什么会在这儿？"

李医生表情古怪地看了他一眼："你在精神病院，当然是因为你有精神病啊！"

林七夜："……"

"我没……"

"我知道你要说你没病，所有精神病人都这么说。"李医生神色认真地开口，从口袋中拿出一份病历，当着林七夜的面念了出来。

"病患林七夜，长时间处于精神游离的状态，双目无神，瞳孔涣散，对外界的影响无法进行任何应激反应，经常对着空气自言自语，同时下意识张开'凡尘神域'改变周围的环境，治疗期间禁墟暴走，毁掉了价值五十多万的医疗器材。由于其严重的妄想症与自我隔离状态，以及可能对外界造成的不良影响，将其划分为极度危险的重度精神病患者，在我院进行长期治疗。"李医生足足念了两分钟，将手中的病历收起，看着林七夜呆滞的眼睛说道，"所以，精神病患者林七夜，你还有什么想说的吗？"

林七夜哑口无言。他说的好像是实话……

"就算之前是这样……可是我现在已经好了！"林七夜硬着头皮说道。

"精神病人都这么说。"李医生平静地开口，"你有没有好，不是你说了算的，重度精神病一般很少能突然间彻底治愈，都需要有一个过程，你只是刚刚脱离了自我隔离的状态，这并不代表你的精神已经完全没有问题了。"

林七夜："……"

"那我……"

"你还是需要住院隔离观察，直到我们确认你的精神状态彻底恢复正常，没有留下任何后遗症，也不会在无意识的情况下对外界造成破坏时，你才能出院。"

林七夜心中隐约浮现出不祥的预感，试探性地开口："大概需要观察多久？"

李医生看了他一眼，淡淡回答道："一年多吧。"

林七夜："……"

"一年？！"林七夜脸色顿时就变了，"我还要在这里待一年的时间？"

"这是最起码的，一般精神类疾病的观察时间都会比较长，更何况你身份特殊，一旦这次的事情在你的精神上留下什么问题，未来你成长起来之后，就没这么容易解决了。"李医生平静地说道。

林七夜张了张嘴，似乎想说些什么，却又无法反驳。毕竟在他脑海中的精神病院里，一个倪克斯，一个梅林，可是到现在都没完全康复。一年的时间从理论上来说，确实不算长。

"放心，这一年你还是会有很大的自由的。"李医生安慰道，"我们会把这里改造成可以生活的小房间，给你安上电视、空调，可以满足你的绝大部分需求，不过不能给你手机，毕竟这里是极度机密的场所。每天到点会有人带你出去放风。哦对，就是和那些被关在外围的罪犯一起，毕竟斋戒所的活动空间就那么多，大家就只能共用了，还有食堂也是，不过你可以放心，在这里大家都无法使用禁墟，不会有什么危险。"

"那我和那些罪犯有什么区别，不都是像坐牢一样吗？"林七夜忍不住开口。

"当然有。"李医生一副理所当然的表情，开口道，"虽然听起来差不多，但是精神病患者和监狱里的罪犯还是有本质的不同的，比如……"

李医生突然一愣，沉思了片刻之后："比如……你有电视。"

林七夜："……"

"而且你穿的是病号服，而不是像他们那样的囚服。"李医生又想到了一条。

"有什么区别吗？"

"当然有。"李医生点头，"病号服比囚服好看。"

林七夜抚额。

"怎么，你还有什么想要的吗？有条件你可以提，毕竟你是叶司令特别关照的病人，只要合理，我们都会尽量满足。"李医生沉吟片刻，"要不我再给你安一台游戏机？"

林七夜的嘴角微微抽搐："我还是觉得，一年太久了。"

"你还有什么急事等着处理吗？"李医生问道。

林七夜一怔。是啊，他已经没有什么事情是必须做的……沧南没了，136小队分崩离析，家中的亲人也都不在，离开了这里，他又能去哪儿呢？他……已经是孤身一人了。"没有……"林七夜声音沙哑地开口。

"那就好好在这里休息吧，我先去工作了。"李医生转过身，向着门外走去，"一会儿就有人来给你改造屋子，有事的话直接按铃，研究所里随时都有人值班。"

"咚"。李医生关上房门，白色的房间之中，只剩下林七夜一个人坐在那儿，无奈地闭上了双眼。

上京市，守夜人总部——

几位穿着暗红色斗篷的身影坐在会议室之中，面容肃穆，正在认真地讨论着什么。

"叶司令，最近有关于大夏神明的消息吗？"一位守夜人高层问道。

坐在最前面的叶梵摇了摇头："没有，自从一年前杨戬出世之后，就再也没有大夏神明的消息传出，杨戬也消失无踪，就像集体失踪了一般。"

"奇怪啊……明明大夏的神明已经站了出来，为什么又消失了？难道要像之前一样，消失百年不成？"

"或许，他们只是不愿意与我们接触罢了。"坐在叶梵身旁的高层缓缓开口。

"左青，你详细说说？"

那名唤作左青的男人再度开口："杨戬出世，便证实了大夏神明确实存在的猜想，那为什么这百年时间从未出现过？两种可能：要么就是他们陷入了某种困境，无法现身；要么就是他们刻意避开我们的眼线，想让我们时刻处在危机边缘，从而达到快速成长的目的。各位可以想一想，如果百年前大夏便有神明庇护，那现在还会有守夜人，还会有五位可战神明的人类战力天花板存在吗？"

一位守夜人高层缓缓开口："你是说，他们是在历练我们？"

"很有可能。"左青点了点头，"他们不想让我们产生过多的依赖感，所以刻意掩去了自身存在的痕迹，只有在危急关头，才会出手相救。有句老话怎么说来着？穷人家的孩子早当家……"

"左副司令，我觉得这里用这句谚语，好像不太合适啊……"一个高层的嘴角微微抽搐。

"反正就是这个意思。"左青耸了耸肩。

"还有一个重要的事情。"高层中，一位老者严肃地开口，"这一年来，全国各地神秘降临的数量再度增加，而且实力都越来越强，仅凭驻守城市的普通小队，很难应付得了。"

"仅凭这几支特殊小队，恐怕不够了。"

"确实是这样。"左青点了点头，"'凤凰'小队的队长夏思萌，这个月已经给我打了二十多通投诉电话，说我们压榨劳动力，没人性，还说他们要揭竿而起，取而代之……"

"呵呵呵，夏队长还是这么有意思啊……"

"不过，特殊小队的负荷过大，确实是个重要的问题。而且近期迷雾中诸多神国似乎都有所动作，却没有人能履行005号特殊小队的职能，这会让我们很被动。"一位高层点了点头，"或许，重组第五支特殊小队的任务，迫在眉睫了。"

"重组一支特殊小队，谈何容易。"一人摇头，"而且特殊小队的队长，你们有人选了吗？"

会议厅陷入了沉默。

队长是一支特殊小队的灵魂，如果没有一个可靠的队长人选，何谈重组小队？

"唉，虽说守夜人年青一代里，也不是没有天才，但想要承担起特殊小队的队长一职，可不是光靠天赋就行的……这样的人，太少了。"一位高层无奈地摇头。

就在这时，一个声音突然响起。

"或许，我有一个人选。"众人一怔，纷纷转头看去，叶梵的目光扫过众人，平静地开口，"你们觉得，林七夜怎么样？"

280

"林七夜？"听到这三个字，诸位高层的眼神便凝重了起来。"他是炽天使米迦勒与黑夜女神倪克斯的代理人，拥有序列003的'凡尘神域'，单看天赋潜力这一项，绝对有担任特殊小队队长的资格。不仅如此，他的智商很高，谋略能力也是顶尖，在集训营时便以第一名的成绩结业，战术课、模拟沙盘课等理论课的成绩更是打破了历史纪录……"

叶梵从各个角度分析着林七夜的优势，有一部分人听得连连点头，但还有一部分人的眉头皱得更紧了。

"从潜力上来看，他确实有这个资格，但……他的履历还太浅了。"一个老者连连摇头，"他只是个刚从集训营结业不到两年的新人，真正投入守夜人工作的时间还不超过半年，处理案件的资历尚且不足。"

"没错，而且他的境界也太低了。"另一位高层点头附议，"'凤凰'和'假面'小队刚刚建立的时候，夏思萌和王面都已经是'海'境的巅峰了，他的境界太低，就算潜力再大也不能弥补战力的缺陷。"

"而且，他不是一年前就得了精神病吗？"

叶梵点了点头："刚接到消息，他已经苏醒了，从言谈举止的表现上来看，问题并不大。"

"问题并不大？这未免也太不严谨了。队长的职位太过重要，如果林七夜的精神有隐患，在关键时刻决策失误，整个特殊小队都将全军覆没……"

"但除了林七夜，你们还有更好的人选吗？"

"我觉得……"

整个会议室再度喧闹起来，等到叶梵拖着疲惫的身体从会议室中走出的时候，已经是两个小时之后了。他走到楼顶的天台上坐下，看着天空悠然飘过的白云，长叹了一口气。

"我就知道你在这里。"副司令左青推开天台的门，眉梢一挑，笑着走到了他的身边坐下，"还在想林七夜的事情？"

"嗯。"

"你这么看重他？"

"如果是其他特殊小队要选队长，我或许不会这么坚定，但如果是第五支特殊小队的队长……那就非他不可。"叶梵平静地说道。

"也是，毕竟这支小队的职能太特殊了……"左青点了点头，"但其他人不同意，你能怎么办？"

"说到底，其他人对林七夜的意见都集中在'资历'、'境界'与'精神是否稳定'这三个问题上，这些事情并不难解决……"

左青诧异地开口："这么说，你已经有想法了？"

"没错，但这个想法或许有些冒险。"叶梵的双眸眯起，看着天边缓缓开口，"能不能做成，就要看林七夜自己了……"

斋戒所——

林七夜躺在床上，随手调着电视的频道，郁闷地叹了口气。现在他的这间银色金属房已经被彻底地改造了一番，墙上贴了一层暖色的墙纸，床对面挂了台电视机，也装了空调，身下的床虽然有些硬，但也可以接受。总体来说，已经有了一点生活的气息。但病房毕竟是病房，林七夜躺在其中，还是浑身不舒服。林七夜缓缓闭上了双眼，意识沉入精神深处。

诸神精神病院——

林七夜披着白大褂走入病院内，迎面走来的李毅飞一愣，快步走上前问道："七夜，你没事了吧？"

"放心吧，我没事。"林七夜拍了拍李毅飞的肩膀，"这一年，病院里有发生什么事吗？"

"呃……"李毅飞挠了挠头，"除了倪克斯和梅林经常因为你打架，其他的倒也没什么事。"

"打架？"林七夜一愣，"为什么？"

"梅林想唤醒你，但是倪克斯想让你多休息一会儿，然后就打起来了……昨天也是因为他们打架，然后你才有了反应，可还没等你睁眼你就不见了。"李毅飞如实说道。

林七夜若有所思地点点头，这么看来，他在幻想世界中看到的漆黑与深蓝的天空，应该就是梅林和倪克斯交手造成的。"我知道了，这一年辛苦你了。"林七夜拍了拍李毅飞的肩膀，向着院中走去。

院中，一个穿着星纱罗裙的贵妇正坐在那儿，看着之前林七夜消失的地方发呆。

"母亲。"林七夜走到她的身边，轻声开口道。

倪克斯抬起头，看到眼前的林七夜，先是一怔，然后眼眸中浮现出笑意，轻轻抱住了林七夜："达纳都斯，我就知道你不会有事的……"

林七夜"嗯"了一声："母亲，谢谢你这一年来时刻守在我的身边。"

"这是我应该做的，我的孩子。"倪克斯松开林七夜，注视着林七夜的眼睛，眸中写满了思念。

此时，梅林也从远处缓缓走来，有些抱歉地开口："院长阁下，倪克斯阁下，请原谅我之前的冒犯……"

林七夜转头看向梅林，笑了笑："没有的事，如果不是你们，我到现在估计还被困在幻想的世界之中……"

梅林走到林七夜的身边，仔细地盯了一会儿林七夜的脸，微笑着开口道："不错，你的劫难已经过了，接下来的命运走势似乎很平稳，可以放心了。"

倪克斯犹豫片刻，还是开口问道："之前梅林回来的时候，和我们说过当时的事情，现在你的神国已经消失了……接下来有什么打算吗？"

林七夜沉默许久，缓缓开口："有，我还有两个仇人要杀。"

梅林和倪克斯对视一眼："需要我们帮忙吗？"

"现在的我还太弱了，想要复仇也要等很久之后。"林七夜平静地开口，抬头看向病房所在的楼层，双眸微微眯起，"眼下应该做的，是去迎接这座精神病院的……下一位客人。"

梅林和倪克斯跟着林七夜走上楼梯，来到六间病房所在的楼道，其中两间病房的房门已经打开，林七夜径直走到第三间病房前停下脚步。他抬头看了眼病房上方的牌子，上面画着竖琴。他深吸了一口气，缓缓打开了第三间病房的房门……

281

"咔嗒！"清脆的门闩声响起，林七夜缓缓推开了房间的大门，几乎同时，悠扬的琴声便从房间内传了出来。房外的三人都是一愣。这琴声与寻常的琴声不同，声音澄澈而宏大，余音悠长，琴弦每一次的波动都会让人心神随之摇晃……

就在林七夜等人沉醉其中之时，粗犷尖锐的嗓门从门后突然传来——

"啊！！！"林七夜的手一抖。"光裸的枝丫！在光辉的大地！投下的暗淡的影子，叫我心烦意乱……我也仿佛可能，理应，获得新生！"这刺耳的声音抑扬顿挫，极具感情地咏诵着古老的诗歌，仿佛是公鸭开嗓，"嘎吱嘎吱"地将悠扬的旋律冲击得支离破碎。如果说之前的琴声像一桌美味的菜肴，那当这个声音出现的刹那间，就像有人笑呵呵地扛着一缸老鼠屎，扒开你的嘴巴，强行猛灌！鲜明的反差让林七夜三人脸色铁青，林七夜犹豫片刻，默默地将房门又关了起来。"我觉得，这位客人还是不出来比较好……"林七夜认真地说道。

倪克斯和梅林连连点头表示赞同。

"你等等，我来给这扇门加几重封印，可别让他跑出来了……"梅林像是想起了什么，随手变出法杖来就要开始吟唱魔法。就在这时，房门被从内向外推开，一个英俊的金发年轻男子从里面探出头："我觉得，我们之间可能有些误会……"

"咚！"林七夜面无表情地再度关上房门，仿佛什么都没发生过一样，转头看向梅林："梅林阁下，出手吧。"

"嘎吱嘎吱……"林七夜手中的门把手疯狂颤动，发出刺耳的声响，仿佛有人在另一边努力地转动把手，迫不及待地想要从里面出来。林七夜死死地握住把手，死活不松开。把手颤动了片刻之后，发出一声脆响，林七夜只觉得手中一轻，错愕地低头看去，对着手中的半截门把手陷入了沉思。房门被猛地打开，金发的英俊男人站在门后，轻轻地晃了下头发，脸上浮现出灿烂的笑容："你们好，我叫布拉基。"

林七夜的嘴角微微抽搐，无奈地将手中的半截门把手藏在身后，抬头仔细打量起眼前这个男人。说实话，林七夜长这么大，还是第一次看见长得这么英俊的男人——白皙的皮肤、立体的鼻梁，五官精致得像是雕刻出来的一般，长得恰到好处，蔚蓝的眼睛像海洋般清澈，金色的发梢自然地垂在额头，凌乱而别具美感。他微微一笑，就连灿烂的阳光都黯然失色。

"呃……不拉垃？"林七夜有些不确定地开口，余光瞄向男人的身后，看到了他的专属面板，恍然大悟，"哦，布拉基！"

  三号病房。
  病人：布拉基
  任务：帮助布拉基治疗精神疾病，当治疗进度达到规定值（1%，50%，100%）后，可随机抽取布拉基的部分能力。
  当前治疗进度：0

看到这个名字的瞬间，林七夜的脑海中瞬间浮现出关于他的神话传说。"你就是奥丁第九子，诗歌与音乐之神布拉基？"林七夜开口问道。

布拉基微微躬身，像个绅士般行礼："正是在下。"

林七夜看着他怀抱的竖琴，眼中浮现出了然之色。当第一次来到精神病院放出倪克斯之后，他便仔细观察过其他几个房间的门牌，第三间病房上的竖琴是少数几个可以用来推断神明身份的线索。竖琴必然与音乐有关，林七夜之前在集训营学习世界神话史的时候，便汇总了所有与音乐有关的神明，眼前这位北欧的诗歌与音乐之神也在其中。

"你有什么病？"林七夜直截了当地开口问道。

布拉基一愣："我没病啊！"

"哦。"

看来病得不轻……

"你再好好想想。"林七夜继续开口，"最近有没有什么地方不对劲？比如觉得有什么人一直在你身边，或者对什么东西特别感兴趣，动不动就变成粉色海星到处乱跑那种？"

梅林："……"

布拉基认真地沉思许久："要说不对劲，倒是确实有一个。"

"什么？"林七夜的表情严肃起来。

"最近我好像又变好看了。"

林七夜忍住把他关回病房的冲动，尽量让自己的声音更平和一些："我说的是异常的事情！"

"对啊。"布拉基认真地点头，"我最近，变得异常好看了。"

林七夜："……"

林七夜默默仰望天空，时刻提醒自己眼前的这个男人是病人，作为院长，他绝对不能做出殴打病人的事情……除非实在忍不住。

"算了。"林七夜深吸一口气,"你就先住着吧,我出去透透气……"

林七夜头也不回地转过身,向着远处走去。他刚下楼,便遇上了准备去晾衣服的李毅飞,直接叫住了李毅飞。

"怎么了?"李毅飞疑惑地问道。

"楼上新来了个病人,不过现在到底病在哪里还不清楚,你平时多关注他一下,看看有哪里不对劲。"林七夜小声地嘱咐道。

"小事一桩。"李毅飞笑了笑。

林七夜离开精神病院在病床上睁开了眼睛,长叹一口气之后,还是拿起了身边的遥控器。就在这时,一声轻响从门外传来,一个穿着护工服的男人走了进来。

"患者林七夜,到自由活动的时间了,需要我带您出去转转吗?"护工礼貌地问道。

林七夜没有丝毫犹豫,直接从床上坐了起来:"走!"

林七夜随着护工走出金属房间,直到这时,才真正看到自己房间的全貌,看着封闭得严严实实的金属方块,嘴角微微抽搐。这阵仗,确实有些吓人了。护工带着林七夜走到密码锁前,一只手挡住键盘,另一只手飞快地按下数十个按钮,只听一声轻响,厚重的门户便缓缓打开。身后的林七夜眼底闪过一抹金芒,嘴角微微上扬。

282

在这里观察一年?林七夜的精神状态他自己最清楚,从幻想世界中醒来之后就完全恢复了正常的状态,根本没有继续观察治疗下去的必要。但就算他再怎么说,李医生也是不会信的,李医生是铁了心要把他身上的所有隐患消除。不到一年的观察期结束,他是不可能放林七夜走的。这一晚上的时间,林七夜已经思考得很清楚了,虽然他离开这里确实没有别的地方可以去,但要做的事情还有很多。他要复活姨妈、杨晋、队长,重新缔造一个不会消散的"凡尘神域",他还要杀死盖亚与洛基,为所有人报仇。想要做到这一切,他就必须拥有强大的实力!而在这个地方像是小白鼠一样被关一年,对他来说只是徒费光阴罢了。既然李医生不放他离开,那只剩下一条路可以选——越狱!

林七夜眯着眼睛,随着护工穿过研究所错综复杂的过道,在脑海中逐渐绘制着这里的地图,同时暗中观察着研究所内忙碌的众人,记录下每一处细节。林七夜目光落在一处,眸中浮现出疑惑之色,开口问道:"请问,这里是做什么的?"林七夜的手指着右侧空荡荡的一处房间,透过大型玻璃,能够清晰地看到在昏暗的观察室中,坐落着一个与林七夜所住的一模一样的金属立方体。无论是从布置还是结构上来看，这里都和林七夜所在的地方完全一样。区别在于，这里面的灯光是完全关闭的，布置在四面八方的摄像头也没打开，也没有研究人员在外面观察，就像废弃了一样。

"哦，这个啊。"护工开口道，"和你那个一样，曾经都是用来收容极度危险的精神病人的地方，这样的设施一共有三个，只不过这个现在已经废弃了。"

"废弃了？"

"对，因为里面的那个患者离开了，这是好几年前的事情了。"护工歪着脑袋，仔细地想了想，"之前里面住的也是个少年，不过当时他的年龄比你小，好像叫……曹渊？"

听到"曹渊"这两个字，林七夜一怔，脑海中再度浮现出那个抱着刀，整天闷闷不乐的黑发少年的身影。原来，他之前也是住在这里……想到曹渊，林七夜自然而然地想到百里胖胖，沧南消失这么久，也不知道他们都怎么样了……

广深市，华灯初上，逐渐暗淡的天穹之下，繁华城市的灯光亮起，璀璨的霓虹灯光照射在天空之上，倒映出一个纸醉金迷的世界。

此刻，整个广深市最高、最明亮的那栋高楼之中，一个小胖子穿着浴袍，缓步走到宽大的落地窗前，低头望去，眼眸之中倒映着整个广深市的全貌。

"再见了妈妈，今晚我就要远航，别为我担心，我有快乐和智慧的桨……"突然间，清脆悠扬的铃声从身旁响起，他伸手拿起手机，按下了通话键："喂？"

"是我。"低沉的声音从电话另一头传来。

"我说曹渊啊……"百里胖胖咧了咧嘴，伸手将湿漉漉的头发撩起，叹了口气，"怎么你每次都能在我刚洗完澡的时候找上我？你不对劲啊兄弟！"

曹渊沉默片刻："说正事，林七夜的下落，你调查得怎么样了？"

双眼微微眯起，百里胖胖回头走进客厅中，身后落地窗上的窗帘徐徐关闭，将外界的景色彻底掩盖："自从沧南消失后，我就动用家里的关系调查林七夜的下落，可以确定的是，他绝对没有死，但是也并不在沧南……"

"这不用你说，我已经去过沧南了，将那里翻了个遍，他绝对不在那儿。"曹渊平静地开口，"说点我不知道的。"

"嘿嘿。"百里胖胖轻笑一声，"其实就算你不打电话给我，晚上我也要联系你的，今天早上我刚收到消息，林七夜以精神病患者的身份被收容在斋戒所的深处，而且昨天晚上刚刚苏醒，现在还处在观察期，据说得在里面观察一年。如果不是他醒了，守夜人高层那边有了动作，或许我还真不一定能知道他的下落。"

听到"斋戒所"三个字，电话对面的曹渊沉默了下来。

"老曹，敢不敢干票大的？"百里胖胖的声音压低了些许，神神秘秘地说道。

"你想做什么？"

"去把七夜救出来啊！"百里胖胖理所当然地说道，"你想啊，斋戒所那个地方，毕竟是监狱，条件不会好到哪里去，而且我听说里面可乱了，又不能动用禁墟，你说就凭咱七夜那个样貌，肯定得出事啊！"

"……"

"我说老曹，我这不是危言耸听啊，我特地调查过斋戒所，每年因为各种奇怪问题死在里面的囚犯可不在少数，而且囚犯们多半脾气大，七夜那性子肯定不会忍辱偷生，万一他们人多欺负人少，事关七夜的安危，老曹，咱不能不管啊！"百里胖胖说得唾沫横飞，表情焦急无比，就像他昨晚已经梦到林七夜被人按在地上摩擦一样。

曹渊憋了半天，忍不住说："其实里面也没那么乱，我在里面待了好几年……"

"你待在斋戒所，已经是好几年前的事情了吧？现在过了这么多年，里面变成什么样，你真的知道吗？"百里胖胖再度开口。

曹渊沉默许久，缓缓开口："斋戒所是大夏唯一用来关押超能者的监狱，其防卫措施绝对是最高水准，别说我们两个，就算是'克莱因'级别的强者，也别想闯进去。"

"谁说我们要硬闯进去了？"百里胖胖的嘴角微微上扬。

"嗯？你有计划？"

"没有。"

"……"

"计划这种东西，早晚会有的。"百里胖胖站起身，严肃地开口，"老曹，七夜的安危，只能靠我们来守护了！"

283

沧南市，地下空洞之中。

"砰——"一声突如其来的巨响回荡在空洞之中，一块金属板横飞而出，将周围的老鼠吓得轰然散开，在空地的正中央，银白色的金属长箱像一口棺椁静静地躺在那里。雪白的寒气从棺椁之中涌出，片刻之后，一只白皙的手臂突然伸出抓住棺椁的一侧，一个身影赤着身子，从中缓缓站起。那身影低头看着自己的双手，眸中浮现出一抹灰芒。

"终于完成了……"他迈步从棺椁中踏出，随手拿起旁边手术台上的衣服穿上，将眼镜戴起，走到一堆仪器的旁边，仔细地查看起数值。许久之后，他脸上浮现出淡淡的笑容。他抬起头，看着从空洞顶端洒落的微弱阳光，微微眯起了眼睛，似乎还无法适应光的强度。

"该出去了。"

"疑似神秘出现？"和平事务所内，红缨抬起头，诧异地看着眼前的温祈墨，"神战留下的余韵尚在，应该不可能有神秘出现才对……"

温祈墨无奈地将手中的文件递给红缨："队长，这事我还能乱说吗？这是警局那边调来的档案，东城区那边的老鼠都成灾了，这可不是自然现象能做到的。"

红缨接过文件，仔仔细细地看了一遍，眼中露出狐疑之色。

"那就先去看看吧。"

半小时后，黑色的厢车缓缓停靠在东城区一座新建起的工厂门口。红缨背着长匣，从副驾驶上下来，几只老鼠飞快地钻过她的脚下进入了工厂的侧门之中。红缨抬头看向眼前的工厂，眉头微微皱起。

"这座工厂是一年前刚刚开始搭建的，本来计划着今天交工，但是因为这里突然出现莫名其妙的鼠潮，不得已延误工期，现在里面应该没有人。"温祈墨一边看着手中的文件，一边说道。

"是鼠类神秘？"红缨沉吟起来，"一般鼠类神秘战斗力都不会很高，我们两个应该足以应付，进去看看吧。"

红缨迈步走在最前面，暗红色的斗篷随风轻轻摆动，她站到刚刚老鼠钻入的侧门门前，一脚将门直接踹开！"吱吱吱吱……"门后，大量老鼠涌出，像是一道黑色的洪流从两人身边淌过。红缨冷哼一声，身后的长匣侧面突然打开，弹出一杆长枪，玫红色的火焰环绕在她的身边，将昏暗的工厂照亮了一角。她站在门口，手持长枪，目光紧盯着二层的阶梯之上，冷声开口："出来！"

红缨的声音在空荡的工厂中回荡，片刻之后，一个披着风衣、戴着兜帽的身影从中缓缓走出。

"这些老鼠，都是你搞的鬼吧？"红缨的枪尖直指那道身影，双眸微微眯起。

那身影伸出双手，摘下了头上的兜帽，露出一张干净白皙的面孔。

红缨看到他的脸，微微一愣："是你？"

"是我，红缨队长。"安卿鱼的脸上浮现出苦涩的笑容，"很抱歉，我只能用这种办法，才有机会见到你们。"

"你是一年前跟我们一起作战的那个少年。"温祈墨此刻也认出了安卿鱼，"你找我们干什么？"

"我想找林七夜。"安卿鱼诚恳地开口，"请你们告诉我，他在哪里。"

红缨和温祈墨对视一眼，眼中浮现出无奈之色，红缨摇了摇头："他不在沧南，一年前他就被收容进了斋戒所。"

"斋戒所？"安卿鱼一愣，"那个监狱？他被关起来了？他犯了什么错？"

"他没有犯错，只是……精神方面出了些问题，还在治疗。"温祈墨开口。

安卿鱼的眉头微微皱起："精神问题……在监狱里治疗？"

红缨张了张嘴，似乎想说些什么，温祈墨抢先一步说道："总之，他现在不在这里，你想找他的话，短时间内应该是找不到了。"

安卿鱼低下头，陷入了沉思。

"下次要找我们的话，直接去和平事务所就好，不要再动用鼠潮了。"温祈墨带着红缨转过身，便向着工厂外走去。

就在两人即将走远的时候，安卿鱼突然开口："等一下！"

红缨和温祈墨同时停下了脚步。

安卿鱼迈步走到他们的身前，伸出了两只手腕。

"你这是……"温祈墨疑惑地开口。

"我是'盗秘者'。"安卿鱼说道。

"我知道你是'盗秘者'，不过看在你也和我们一起守护过沧南的分上，之前的事情我们不会追究的，放心吧。"红缨拍了拍他的肩膀。

"不，我是'盗秘者'，我盗走好几具神秘的尸体，妨碍守夜人执行任务，属于危害公共安全的恶性超能者。"安卿鱼看着两人，认真地说道，"按照守夜人的条例，我需要被抓起来，押送到斋戒所。"

"你……想去斋戒所找林七夜？"温祈墨怔住了，"那是监狱，你去了，就出不来了。"

"我欠他一个人情。"安卿鱼耸了耸肩，"要是他真的得了精神病，我应该能帮到他，毕竟开颅手术我还是很擅长的，如果他没有病，只是被关押在那里的话……或许，我是这个世界上，唯一有能力帮他越狱的人。"

红缨和温祈墨再度对视一眼，都从对方的眼睛里看到了震惊之色。

"你为什么要这么帮他？"红缨忍不住问道。

"我欠他一个人情。"安卿鱼淡淡开口，"我的人情，分量很重的。"

"就因为这个？"

"也不全是……"安卿鱼似乎想到了什么，嘴角微微上扬，眸中浮现出异样神采，"我的研究已经全部完成，沧南的家也没了，我继续待在这里也没意义。既然这样，还不如去见识一下大夏顶尖的超能者监狱，这个谜题，应该比我曾经遇到的任何谜题，都更具备挑战性……"

温祈墨表情古怪地打量了安卿鱼几眼，凑到红缨耳边："这是个疯子。"

红缨微微点头表示赞同。她转头看向安卿鱼，犹豫片刻之后，点了点头："既然你想去斋戒所，那我就把你送进去，要是在里面见到林七夜，记得帮我们问声好。"

安卿鱼笑着点了点头。

红缨摸了摸口袋，像是想找一副手铐出来，可惜并没有找到，只能随手从地上拔出一根青草，缠绕在安卿鱼的手上，严肃地开口："恶性超能者安卿鱼，我宣布……你被捕了。"

284

　　林七夜随着护工穿过曲折的回廊，在一扇数厘米厚的透明门前停下了脚步。这扇门也不知是何材质，林七夜走到门的旁边，勉强将精神力散出身体，却发现即便是"凡尘神域"也无法穿过这扇门。它就像一个精神力绝缘体，隔绝一切的禁墟探知。护工对着头顶的摄像头掏出工作证，似乎在等待着验证，下一刻便有低沉的男声从微型喇叭中传来。

　　"工号39180，请回答今日的暗语。"

　　"嗯。"

　　"秉灯人今天最想吃的是什么？"

　　"好喝到咩咩叫的芋泥啵啵咩咩奶茶。"

　　"暗语正确，请通行。"

　　玻璃门旁的验证设备亮起绿灯，只听一声轻响，这扇隔绝精神力的透明门缓缓打开，门后便是一大片露天活动场。

　　林七夜："……"

　　这暗语验证是什么鬼？

　　从金属立方体到研究所的门口，短短五分钟路程，一路上却有九道关卡封锁，包括但不仅限于密码、指纹、虹膜、语音、工作证识别……这些对林七夜来说并不是难事，可最后一道暗语关卡着实把他震惊了。这都什么年代了，居然还有人用暗语这种原始核验方式？而且"好喝到咩咩叫的芋泥啵啵咩咩奶茶"这种暗语，真的是正常人类能想得出来的吗？

　　那位护工侧过身，站在透明门后，做了个请的手势。

　　林七夜走上前，有些疑惑地问道："我自己去？你不用看着我吗？"

　　"我是阳光精神病院的护工，不能随意离开这里，这活动区域里到处都是摄像头，会有人时刻关注并记录你的言行，而且李医生也说过，只有在精神病人独处的时候，才是最佳的观察环境。"护工向林七夜解释道，"但是，你必须在下午两点钟之前回到这里，不然会有专人去把你抓回来，如果你想尽快结束观察期，一定要守时。"

　　林七夜点了点头，一步迈出门外，随后又像想起了什么，回头问道："这里是和那些囚犯共用的活动区域对吧？治安怎么样？"

　　护工犹豫了片刻，还是好心提醒道："并不太好。

　　"斋戒所里关押的全部都是恶性超能者，他们大约可以分成三类：一类是拥有了禁墟之后为非作歹，被抓来这里的凶恶之徒，这类人的数量最多，也最爱闹事；另一类是像'信徒'这样，曾经有组织行动的恐怖分子，他们在这里虽然不能动用禁墟，但也都是受过专业训练的，即便手无寸铁，也拥有一个人杀光一群人的本事；还有一类，则是各种原因被关入这里的守夜人，虽然未必是好人，但曾经都是军人，一般来说都十分低调，不会故意生事，但是这类人的数量并不多。总而言之，被关在这里的，绝大多数都是无法无天之徒，什么事情都干得出来，虽说你不是囚犯，而是病人，他们一般是不会招惹你的，但还是和他们保持距离比较好。"

听完了护工的提醒，林七夜若有所思地点了点头，随后便迈步走进活动区域。这个监狱的活动区域比林七夜想象中还要大，高耸的钢铁围墙环绕四周，围出了足足有两个体育馆大小的范围，钢铁围墙之上，每隔百米便有一座漆黑的哨塔，隐约有狙击镜的反光从中照射而出。林七夜站在围墙前，伸出一根手指轻轻触摸在围墙表面，触感平滑而冰凉，坚硬无比，就凭这些围墙的硬度与厚度，就算是用大炮顶着墙轰，都未必能轰出一个坑来。他抬头望去，只见在距离地面大约20米的地方，便拉起了电网与荆棘，而墙体本身的高度就有50米！在不动用禁墟的情况下，根本不可能有人能攀爬翻越这面墙体，更何况这周围都是哨塔，要是真有人有什么异动，狙击枪的子弹也会直接教他做人。

林七夜顺着路面向前走，两侧的篮球场上已经有十几个壮汉在打篮球，动作野蛮而凶暴，几乎没有什么技巧可言，但从他们狰狞的笑容来看，明显乐在其中。除了篮球场，不远处还有一个有些老旧的塑胶跑道，跑道旁是一片固定器材的活动区，都是平日里随处可见的单杠、双杠，还有旋盘，那里聚集了一大部分囚犯，正在哈哈大笑着什么。林七夜刚一进入他们的视野，所有的囚犯便停下手中的动作，目光紧盯着林七夜的身影，时不时和周围的同伴窃窃私语。众多的黑白条纹囚服之中，穿着蓝白色病号服的林七夜，就像黑夜中的星辰那样明显。

"韩老大，这怎么又冒出了一个病号？"篮球场上，一个刀疤脸凑到另一个身材魁梧的壮汉身边，疑惑地开口。

韩老大的目光紧盯着林七夜，双眸中浮现出异样的光芒："居然又来一个……不过这长相倒是真不错啊。不过这些病号都是怪胎，先让别人试试水，看看他到底是什么来路。"

"精神病而已，有什么好怕的？"刀疤脸耸了耸肩，不甚在意地开口，"您看那个吴老狗，不就是个疯疯癫癫的废物，都不能用禁墟，咱还怕什么？"

韩老大瞥了他一眼，冷哼一声："你忘了几年前四哥是怎么死的了？"

听到这句话，刀疤脸一愣，脸色阴晴不定起来。

"想当年，我四哥也算是这斋戒所里的一把手了，谁又能想到，他会被那个姓曹的小疯子用一柄餐刀活活捅死？"

韩老大转过身，双眸注视着篮筐，将手中的篮球用力掷出！"砰——"只听一声巨响，篮筐后的玻璃被篮球砸得粉碎，玻璃碴"叮叮当当"地落在地上，闪烁着森然的寒光。

"他要真是个软柿子，早晚会是我的玩物。"韩老大的嘴角勾起一个冰冷的弧度。

285

林七夜走到固定器械附近，随便找了个最边缘的单杠，活动一番手脚，便开始做起了引体向上。这一年的沉睡让他的身体变得虚弱无比，力量还不到之前的三分之一，想要完成越狱计划，就必须让身体恢复到最佳状态。他在这边做，周围的囚犯用余光偷偷地打量他，见他一口气只做了三十多个，眼中浮现出轻蔑之色。他们中大部分都是受过训练的，在不使用禁墟，纯粹靠肉身力量的情况下，一口气做三十个引体向上只能算是绝对的下游水准。

连续做了八组引体向上之后，林七夜便坐在一旁休息，汗水顺着他的脸颊滴落在地上，呼吸有些粗重。就在这时，三个魁梧的人影站在了他的面前。林七夜抬起头，只见为首的那人身高近两米，身材壮硕，粗壮的双臂上文着青面獠牙的恶鬼，一双凶悍的小眼正直勾勾地盯着林七夜，冷笑不已。

"小子，新来的？"魁梧男人身后的寸头小弟尖声开口。

林七夜淡淡地瞥了他一眼："有事吗？"

"哟呵，架子还挺大！"寸头小弟"嘿嘿"一笑，指了指身前的魁梧男人，继续说道，"新来的不懂规矩，那就给你介绍介绍，这位是阿猛哥！我们黑龙帮的老大！以后，你就是阿猛哥的人了，还不快叫阿猛哥？！"

"黑龙帮？"林七夜的目光扫过三人，幽幽开口，"你说的黑龙帮，不会就你们三个人吧？"

阿猛哥的表情一僵，他低下身，一把拽住林七夜的衣领，紧盯着林七夜的眼睛，恶狠狠地开口："小子，我劝你识相点，就你这个小身板，还不够老子折腾几回呢！"

阿猛哥拽着林七夜衣领的手用力一推，想要将林七夜推倒在地，可谁知林七夜只是轻飘飘地向后退几步便稳住了身形。他的双眸微微眯起，一股淡淡的杀意散发而出。阿猛哥见这一手没能给林七夜一个教训，索性直接一步迈向前，右手攥拳，猛地朝着林七夜的侧脸挥去，雄厚的拳风呼啸而起！林七夜就像是完全预判到了阿猛哥的动作，漫不经心地向后退了半步，阿猛哥的拳头便擦着他的鼻尖挥了过去，拳风荡起了林七夜额前的几缕黑发，露出一双深邃的眼眸。还没等阿猛哥有所动作，林七夜便闪电般地踏出一步，手掌荡开阿猛哥的手臂，同时右臂屈肘，猛地重击在阿猛哥的下颌！"砰——"只听一声脆响，阿猛哥便仰面向后倒去，丝丝血迹从他的嘴角涌出。旁边的两位小弟大惊失色，正欲出手帮忙，林七夜反身一击飞踢直接踢在寸头的脖颈，将他整个人踢倒在地，同时另一只手抓住另一人的手腕，猛地向下一扭，清脆的骨折声便伴随着剧烈的哀号响彻天空。林七夜随手将他甩到一旁，拍了拍宽松的病号服，走到仰面跌倒在地的阿猛哥身前，一只脚踩在他的胸口。原本还想起来战斗的阿猛哥被这一脚直接又踩了回去，还没等他有所动作，林七夜便一拳重重地打在了他的右眼。林七夜面无表情地收回拳头，阿猛哥的眼眶已经紫了一圈。

"阿猛哥是吧，你很牛啊？"林七夜脚踩阿猛哥，淡淡地开口，"是谁让你来试探我的？"

阿猛哥被当众踩在脚下，不知是被打的，还是羞怒，脸色憋得通红，愤怒地开口："你个病秧子，别在这里给我嚣张，老子刚刚只是……"

"砰——"又是一声闷响，阿猛的左眼眶也紫了，一双本就不大的眼睛眯成了两条缝，睁都睁不开了，他痛苦地捂住眼睛，哀号起来。

"是谁让你来试探我的？"林七夜平静的声音再度响起。

阿猛哥脑袋扭向一旁，避开林七夜的目光，紧咬着牙关，一声不吭。林七夜的双眼微眯，伸出右手，食指的指节弯曲，顶在阿猛哥的咽喉，逐渐用力。阿猛哥的喉间传出痛苦的呻吟声，脖子越涨越红，他能清晰地感觉到，只要林七夜再度用力，自己的喉结便会被硬生生顶碎！

"是，是……韩……"

"是我。"

就在这时，一个声音从篮球场悠悠传来，十几个凶神恶煞的囚犯朝着这里缓缓走来，为首的韩老大面色阴沉，一双阴骛的眼眸紧盯着林七夜。不光他们这十几人，在韩老大开口的瞬间，原本聚集在固定器械区的囚犯有大半都站起身，面色不善地向林七夜包围过来。仅是片刻工夫，林七夜的身旁已经围了好几圈的人，魁梧的身躯像厚重的围墙般将林七夜封锁在内。活动区域内的囚犯，近六成都在这里，而这些都是韩老大的势力。

林七夜顶在阿猛哥咽喉的指节一松，缓缓站直身子，注视着为首的那个身影，眼眸之中满是平静。

"是我让他来的，你有什么意见吗？"韩老大冷冷开口。

林七夜的目光扫过周围："看来，你才是这里真正的老大，不过你的势力，比我想象中还要少一些。"

韩老大瞥了眼在器械旁纹丝不动的几人，眸中浮现出一抹冷意，他回头看向林七夜，冷笑着说道："小子，你不用试图挑起战火，我承认你确实很能打，招式简单凌厉，迅捷如风，你是守夜人吧？"

林七夜的眉梢微微上扬。

"我们这儿的守夜人不多，但也不算少，其中也不乏身手比你更好的，可你知道为什么老子才是这里的老大吗？"韩老大嘴角勾起一个狰狞的弧度，一字一顿地开口，"因为老子比他们更强！"他一步步走到林七夜的面前，目光凶狠地注视着林七夜的眼睛，像是一头盯上了猎物的头狼，缓缓露出他的獠牙，"在这里，天赋、禁墟都没有用处，谁拥有更强的力量，谁拥有更多的人数，谁就是强者！就凭你一个人，再能打，你能打赢这四十几个人吗？"

286

韩老大的话音落下，周围陷入一片死寂。

林七夜静静地看着他，低垂的双手手掌之间，浮现出淡淡的金芒。

"谁说他只有一个人？"低沉的声音从远处传来，众人转头望去，只见两个同样穿着囚服的男人不知何时已经站在了一旁，平静地开口。

韩老大见到他们，眉头微皱，冷声开口："你们两个也要管闲事？"

"他是我们守夜人的人，韩金龙，你还是收手吧。"其中一个男人声音低沉地说道。

"嘿嘿。"韩老大冷笑起来，"你们加起来也就三个人，觉得自己有胜算吗？"

"试试就知道了。"

周围的那些囚犯相互对视，眼中浮现出犹豫之色。在这斋戒所里，被押送进来的守夜人并不多，但他们都有一个共同的特点……很能打！一个守夜人，足以干翻七八个其他囚犯，全部都是硬茬子，这也是韩老大他们一群人迟迟不对这几个守夜人动手的原因。要是真打起来，就算韩老大他们这边能赢，也得损失惨重，现在又多了一个林七夜，那局势就更加麻烦了。

韩老大似乎被激起了怒火，直勾勾地盯着那两个男人，周围的气氛瞬间变得剑拔弩张起来。就在这时，数名持枪的狱警从远处跑来，见前面围了一大群人，便对着天空开了一枪！"砰——"枪声一响，众多囚犯便纷纷退开，韩老大脸色阴沉无比，狠狠地瞪了林七夜一眼，便一步步地向后退去。狱警走到倒地的阿猛哥面前，看到对方脸上那乌黑的两个拳印，抬头看向众人："谁打的？"

"我打的。"林七夜主动开口。

狱警看到他身上的病号服，眼中浮现出诧异之色，又看了看地上倒地不起的阿猛哥，有些犹豫起来。按理说，监狱中出现斗殴行为，应该要惩罚所有的参与者才对，但偏偏打人的又不是个囚犯，而是隔壁精神病院跑出来的患者……一个精神病院患者打了人，这谁能说得清！

思索片刻之后，他掏出对讲机，向上级请示了什么，然后转头看向林七夜说道："一会儿病院里有人来接你，你在这儿别乱跑，还有……下次别打人了。"说完，狱警还生怕林七夜听不懂，又比画了几下打人的动作，然后连连摆手，在胸前比了个"×"。

林七夜："……"

他不由得寻思起来，自己是个精神病患者，又不是傻子……林七夜这一刻明显感觉到自己的智商受到了侮辱。几分钟后，病院里就有几位护工过来带走林七夜。

等林七夜等人走远，韩老大的脸色越发阴沉，他回头看了眼像死狗般被狱警拖走的阿猛哥，向地上啐了一口，冷冷说道："找机会，把刘猛那个废物打了。背叛老子的，都不会有好下场……"

"我不是让你别跟那些囚犯离太近吗？你怎么还打起人来了呢？"那位带着林七夜出来的护工忍不住问道。

"这可不能怪我，是他们先动手的。"林七夜耸耸肩，"我只是正当防卫，不是精神病发作。"

"是不是精神病，还是李医生说了算。"护工说道。

"为什么你们都这么相信那个李医生？他是什么人？"林七夜疑惑地问道。

"李医生是大夏顶尖的精神病医生，同时也是守夜人总部的心理顾问，所有被判定有精神问题的守夜人或者其他禁墟拥有者，都由他来治疗，可以说是精神病领域最权威的存在。"

林七夜若有所思地点了点头。

就在两人说话之际，林七夜再度穿过透明门，回到阳光精神病院所在的建筑之中，刚一走进过道，迎面就有两个人走来。一个人是护工，另一个则和林七夜一样，穿着病号服装。那是个看起来有些糟乱的中年男人，头发杂乱得像鸡窝，双手抓在一起垂在身前，看起来有些佝偻，一双眼睛贼兮兮地打量着四周，不知在想些什么。在林七夜打量他的时候，他也看到了林七夜，眼中浮现出异样的光彩，笑嘻嘻地对他挥了挥手。林七夜一愣，也礼貌地挥了挥手。当两人擦肩而过之后，后者便随着护工打开透明门走到了屋外。

"这里还有其他病人？"林七夜疑惑地向身旁的护工问道。

"对，他就住在你的隔壁，不过是另一个方向，所以出来的时候没有经过这里。"护工点了点头，"他来的时间最早，比之前出院离开的那个姓曹的小男孩还要早，而且他和你不一样。"

"不一样？哪里不一样？"

"他是真的有精神病，而且病得不轻。"

"这么说，你也觉得我没精神病？"林七夜的眼中浮现出喜色。

"只是和他比起来，你更像正常人。"护工耸了耸肩。

"好吧……他是什么来头？"

"这里的人都叫他吴老狗，至于他的本名叫什么……已经很少有人记得了，不过我听说他曾经是'灵媒'小队的一员。"

353

"编号002的那支特殊小队？"林七夜眼中浮现出诧异之色，"那他怎么到这儿来了？"

"具体的细节我也不清楚，毕竟我只是一个护工。"护工将林七夜带到属于他的金属屋子的门口，替他打开了房门，"今天你打了人，放风只能就此结束了，等明天同一时间，我会再带你出去。"

"好。"林七夜走进金属屋中，回到床上躺下，闭上了双眼，脑海中自动浮现出这次出去记录下的种种细节。如果不是阿猛哥那群人主动来找麻烦，他还能更加详尽地收集这里的信息，从而找到越狱的方法，但被他们这么一打岔，今天只能到此为止。好在他还有机会再度出去放风，这里毕竟是整个大夏顶尖的监狱，想要越狱离开，可不是一朝一夕就能准备妥当的。就在林七夜沉思之时，他仿佛感应到了什么，意识迅速沉入脑海中的精神病院。他披着白大褂，刚刚走进病院内，李毅飞就急急忙忙地迎面而来。

"怎么了？这么急着找我，是出什么事了吗？"林七夜疑惑地问道。

李毅飞四下张望一圈，确定周围没有别人，凑到林七夜耳边小声开口："七夜，我跟你说……那个布拉基，有问题啊！"

287

"他有什么问题？"林七夜问道。

"他……他……"李毅飞支支吾吾了半天，还是摆了摆手，"算了，你自己跟我来看吧。"

林七夜跟着李毅飞穿过病院，走到空无一人的院子中。现在病院的时间已经到了晚上，漆黑的天空下，整个精神病院都漆黑一片，只有少数几个房间还亮着灯。

两人走到院子里一棵大树后，猫下了身子，李毅飞伸手指着不远处的几间病房，小声说道："你看那儿。"

林七夜抬眼望去，昏暗的二层楼中前两个房间已经漆黑一片，只有第三个房间的门缝内还隐隐传来微光。

"那是布拉基的房间。"林七夜开口。

"对。"李毅飞点了点头，"一般现在这个点，倪克斯奶奶已经睡觉了，梅林叔最近在养生，睡得更早，所以刚刚我起来上厕所的时候看到那里有光，就有些疑惑地上去看了一眼……"

"你看到了什么？"

李毅飞指了指头顶的枝丫："你也上去看看就知道了。"

林七夜对着李毅飞翻了个白眼，身形轻盈地跃上树枝，原本因为他们在一楼，视角受限，只能看到病房内的灯是亮着的，但看不到里面的具体情况，当攀上树枝高度的时候，病房内的景象被他尽收眼底，只见昏暗的三号病房中，电灯并没有打开，只有一支白色的蜡烛在桌上散发着淡淡的微光，桌前坐着一个披着白色丝缎的男人，像在照镜子。

林七夜看到这一幕，眉头便微微皱起。布拉基大半夜不睡觉，起来照镜子？虽然以他的容貌，半夜起来欣赏一下似乎也不是不行，但林七夜总觉得有哪里不对劲。林七夜又盯了片刻之后，眼中浮现出一抹光芒——坐姿，布拉基的坐姿太诡异了，双腿微微并拢，倾斜在椅子的一侧，丝滑的绸缎将他的双腿半遮半掩。他静静地坐在那儿，不像个男人，反倒像个窈窕淑女。

林七夜不由得回忆起白天见到布拉基时的情景，对方虽然长得柔美了些，但从行为举止上来看，绝对没有偏女性化，不可能会用这种坐姿。难道他有什么隐藏的嗜好？

就在林七夜疑惑的时候，布拉基又动了。他端庄地坐在椅子上，伸出白皙纤细的双手打开了桌旁的小盒子，盒子里似乎是一些红色的未知液体，指尖在盒中蘸了蘸，然后在唇间微微一抹，双唇鲜艳如火。昏暗的烛光在古老的铜镜中跳动，照亮了布拉基绝美魅惑的面庞，他轻轻地抿起双唇，鲜艳的唇瓣勾起一个轻微的弧度，眼眸中浮现出满意之色。

林七夜看到这一幕，只觉得头皮发麻。那不是布拉基，绝对不是布拉基，一个男人根本不可能做出那么娇柔魅惑的表情，至少布拉基不会！林七夜深吸一口气，强迫自己冷静下来，如果不出意外，布拉基的病就和现在的举动有关。难道布拉基是被什么不干净的东西附身了？林七夜早年间倒是听过这样的乡间逸事，人被一些游魂之类的东西附身之后，也会做出匪夷所思的事情，统称为撞邪。可布拉基不是一般人啊，虽然在神话中他的存在感并不高，战力也不强，但毕竟是一位神明，是神王奥丁的子嗣，什么东西能附他的身？如果不是附身的话，那又该怎么解释眼前的这一幕？梦游？林七夜犹豫起来，自己要不要现在直接跑到布拉基的面前问问他究竟是什么情况……可如果真是梦游，贸然把他叫醒，反而会起到反效果。

就在林七夜思索之时，在铜镜前梳妆打扮的布拉基缓缓站起，看了眼外面的天色，眼中浮现出淡淡的沮丧，伸手在脸上轻轻一抹，所有的妆容便消失不见，回归原本的样貌。他褪去身上的白丝绸缎，换上原本的衣服，安静地躺在床上缓缓闭上双眼，像是睡着了。

林七夜从树枝上跳下，无声地踩在草地之上，一旁的李毅飞凑上前，压低了声音问道："你看到了吗？"

"看到了。"

"他是不是个变态？"

"应该不是。"林七夜沉思片刻，"具体的我也不清楚，明天早上旁敲侧击地问问他，看他是什么反应。记住，不要太直接，不然可能会伤到他的自尊心。"

李毅飞点了点头："好！"

第二天——

"布拉基，你昨晚穿女装的事，自己知道不？"布拉基刚刚睡眼惺忪地走到餐桌旁坐下，李毅飞就兴冲冲地跑上前，开口问道。

"噗！"一旁的梅林险些直接喷出了嘴里的枸杞茶，他艰难地吞咽下去，佯装沉稳地咳嗽几声，目光时不时地瞥向布拉基，眼中浮现出惊异之色！坐在对面的倪克斯也抬起头，文雅地端着手中的咖啡，似笑非笑地看着布拉基。

"女装？"布拉基一愣，茫然地开口，"什么女装？"

"就是穿白丝、编头发、涂口红啊！"李毅飞疑惑地问道，"你真的没印象吗？"

梅林眼中的惊异之色更浓了！

布拉基摇了摇头："我不知道你在说什么，我昨晚睡得很好啊，我是个男人，为什么要编头发、涂口红？对了，你说的白丝又是什么？"

李毅飞挠了挠头，仔细观察着布拉基的眼神，觉得他也不像在说谎，就在这时，林七夜披着白大褂从门外走了进来。"七夜，布拉基不记得他穿女装的事情了。"

林七夜："……"

林七夜嘴角微微抽搐，他狠狠地瞪了李毅飞一眼，轻咳了两声，转头看向布拉基："昨晚的事，你真的什么都不记得？"

布拉基茫然地摇头："昨晚发生什么了？"

"没……没什么……"林七夜摇了摇头，余光瞥到一旁的李毅飞正兴致勃勃地要开口说些什么，一把堵住了他的嘴巴。

"呜呜呜……"

"你们先吃，我和李毅飞出去转转。"林七夜微笑着说道，然后拖着李毅飞走出了活动室。

林七夜反手关上房门，带着李毅飞走到了院中，才松开他的嘴巴。

"七夜，你为什么不让我说啊？"李毅飞忍不住开口。

"你就是这么旁敲侧击的？"林七夜无奈地叹了口气，"布拉基的情况比我想象中的复杂，我想问题主要出在晚上那个女性人格的身上，现在贸然告诉布拉基，可能反而会引起他潜意识的抗拒。"

"哦……"李毅飞似懂非懂地点头，"那我们接下来怎么办？"

林七夜沉思片刻："今晚我试着跟那个女性人格交流一下，其他的到时候再说，不过在确诊他的病情之前，你不要再对他提起晚上的事情。"

"好吧。"

斋戒所，监狱——

"当当当当——"促狭阴暗的长廊之中，一个穿着黑白条纹囚服的少年拖着沉重的锁链，赤足缓缓前行，他的身后跟着四位手持枪械的狱警，身前则是一个穿着黑色风衣的男人。长廊的两侧，漆黑的金属杆隔绝出一个又一个独立牢房，牢房中的囚犯纷纷站起，仔细地打量起这个刚刚进入监狱的新人。少年低垂的头颅微微抬起，余光扫过周围，眼眸之中一抹淡淡的灰光闪过。终于，最前面的黑衣男人停下了脚步，低头看向手中的文件，冷冷开口："编号07293，安卿鱼，这里就是你的牢房了。"

身后的狱警掏出钥匙，解开安卿鱼手脚上的镣铐，对着前面的牢房扬了扬下巴，示意他赶紧进去。安卿鱼扫了一眼牢房，便默默地走了进去，身后的狱警关上牢房的大门，跟在那黑衣男人的身后向着远处走去。

他站在牢房的中央，灰色的眼眸逐渐扫过每一寸空间，像是一尊雕塑般站在那儿，一动不动。

"喂，小子！"尖锐的声音从对面的牢房中传来，"你犯了什么事？"

安卿鱼眼眸中的灰色褪去，转头看向对面牢房中的独眼男人，缓缓开口："偷了点东西。"

"偷东西？嘿嘿，因为这种事情被关到这里来的，倒还真是不多见。"独眼男人仔细打量着安卿鱼文静的脸庞，"小子，没想到你长得还挺白净的，虽然样貌比昨天那个病号差了点，以后就跟着老子混吧，嘿嘿嘿……"

安卿鱼的双眸微微眯起，他注视着独眼男，似乎要将他从里到外看个透彻。

片刻之后，安卿鱼摇了摇头："我对废物不感兴趣。"

听到这句话，独眼男的脸色一僵，眼中浮现出怒火，狞笑着开口："小子，看来你是真不知道天高地厚啊……有本事你就一直待在牢里别出来，不然……"

安卿鱼直接无视独眼男的威逼，自顾自地坐在墙角，闭上眼睛，似乎在思索着什么。

时间一分一秒地过去，几个小时之后，只听齐刷刷的一声轻响，所有牢房的房门都同时打开。"下面是自由活动时间，需要活动的囚犯可以有序离开，活动截止时间为……"男人的声音从悬挂在室内的喇叭中传出，在整个监狱内回荡，绝大部分囚犯纷纷开门走了出去，在一群狱警的监督下，有序地排队向着牢狱外走去。安卿鱼从角落站起身，拍了拍身上的灰尘，同样走了出去，加入了队列之中。

就在这时，一个熟悉的声音从他的背后幽幽响起："小子，你的胆子不小啊……"安卿鱼不用回头也知道他的背后便是对面牢房的独眼男，脚步没有丝毫停顿，仿佛根本不知道独眼男的存在一般，继续向前走去。随着队列走出牢房范围之后，众人便来到室外的活动场所，就在安卿鱼准备四处走走摸清地形的时候，身后一只有力的大手突然拽住他的衣领，另一只手的臂弯从后方钩住他的脖子，将他整个人向着另一个方向拖去。

"换个地方，老子好好教教你规矩……"独眼男的冷笑声从背后传来。安卿鱼抬头看向天空，也不反抗，只是眼眸中浮现出无奈之色。独眼男将安卿鱼直接拖到一处促狭脏乱的厕所里，将他推进其中，反手锁上厕所的门，又从口袋里掏出了一些黏糊糊的诡异物体，像是烂掉的米饭残渣和泥土的混合物，熟练地从死角抹在了摄像头的镜头上。安卿鱼站在一边，耐心地看着独眼男，有些诧异地开口："你们平时经常这么做？"

"外面的活动场时刻有狙击手盯着，牢房里又到处都是摄像头和狱警，根本没有死角，整个斋戒所里只有厕所的摄像头最少，只要将厕所里唯一的摄像头糊上，短时间内这里无论发生什么，都不会有人知道。"

独眼男糊完监控摄像头之后，慢悠悠地开始洗手，余光瞥了眼一旁的安卿鱼，嘴角浮现出冷笑："在这里，不知道死了多少倒霉的家伙。"

安卿鱼若有所思地开口："你想杀了我吗？"

独眼男关闭水龙头，一边甩着手上的水滴，一边向安卿鱼走来，森然开口："当然。"

"我不信。"安卿鱼摇头。

独眼男的眉头微微皱起。

"你杀了我，该怎么处理我的尸体？这里可没有能够藏尸的地方，早晚会有人发现的。"安卿鱼平静地说道。

"小子，你还是太嫩了。"独眼男听到这个问题，不由得笑了起来，"杀了你之后，只要把你剁成碎肉，从下水道的那个洞里冲下去，就没有人会发现了。"

独眼男走到一旁，拉动蓄水箱上的一根绳子，巨大的水压从一侧冲下，一口气将所有的排泄物冲进另一侧的大型洞口里，便消失无踪了。这个洞口很大，比排球还要大一圈，漆黑幽深的下水管道不知通往何处。安卿鱼望着那个洞口，若有所思。

-289-

"这个下水道的直径为什么比正常的要大这么多？"安卿鱼疑惑地问道。

独眼男一愣，似乎没想到这个少年居然会问出这种问题，不由得恶狠狠地开口："小子，看来你还是不知道现在是什么形势，让你死而瞑目，算我做件善事。"独眼男听到这句话，舔了舔嘴唇，继续说道，"这座监狱建立在一座小岛之上，而这座岛屿在几十年之前，其实是一处隐秘的海上军事基地，后来像我们这样的恶性超能者越来越多，这里才被改造成一处专门的监狱。而这里的排水系统，也是由做船舶海洋实验的排水通道改造而来，所以就算冲再多的尸体下去，也不会堵住，而是顺着洋流一路流进大海……"

"流进大海……"安卿鱼喃喃自语，再度问道，"既然这样，这么多年你们就没有人试着通过下水道离开这座岛吗？"

"怎么通过下水道？用缩骨法变成洞口那么小，把自己冲下去吗？"独眼男嗤笑道，"如果你是说像电影里那样，用勺子什么的挖通墙体或者地面，钻进下水道里，那我劝你还是死了这条心吧，这里的地面和墙体使用的都是特质金属，就算给你一把军刀，几十年的时间都不可能将其打通。"

"这里原来是个军事基地？这个说法你是怎么知道的？"

"这是斋戒所里尽人皆知的事情，很多年前就传下来了。"

"原来如此。"安卿鱼点了点头，"最后一个问题。"

"你说。"

"那个洞口虽然大，但人体的部分骨骼还是无法通过，比如盆骨、脊椎、肋骨……如果没有工具将这些骨骼敲碎，应该冲不下去吧？"

独眼男的脸色有些怪异，他走到厕所的角落扳开最内侧的一块地砖，下面放着几柄尖锐的斧头、锤子、凿锥之类的工具，表面沾满了血垢，不知是哪个年代的东西，被使用过多少次。

安卿鱼的眼中浮现出果然如此的表情，满意地点了点头："好的，我没有问题了。"

安卿鱼轻轻抬起右手，食指的指间突然破开，一根无形的丝线从他的血肉中弹射而出，刹那间洞穿独眼男的脖颈！鲜血溅在透明的镜片之上，留下一道猩红的长痕，安卿鱼抬起那张文弱的面孔，平静地看着惊恐与不解的独眼男："谢谢你替我解惑，你……留在这里吧。"安卿鱼轻晃手指，无形的丝线仿佛活过来一般，像是一把快刀，开始飞速切割独眼男。

斋戒所可以压制禁墟，但部分禁物依然可以维持原本的特性，这也是所有囚犯在进入斋戒所之前必须经过细致搜身的原因。但安卿鱼提前让"诡丝"钻进体内避开了搜身这一个环节。现在，他是这个斋戒所中唯一拥有禁物的存在。十分钟后，安卿鱼从厕所推门而出，将手上和眼镜上的水滴甩干，平静地向外面走去。

厕所之中，已然空空如也。

食堂——

林七夜走到取餐口前，领了一份属于自己的盒饭，随便在附近找个位置坐下吃了起来。监狱的食堂比林七夜想象中要好很多，不光空间大，足以容纳三四百人同时用餐,而且饭菜的口味也不错。此刻,在食堂内用餐的囚犯,也就一百多人而已,绝大多数的桌子都是空着的,而坐在角落的林七夜周围,更是一个人都没有。就在林七夜专心吃饭的时候,韩老大端着餐盘走过林七夜的身边,随手将一个小口袋丢在他的桌上,冷笑了一声,便继续向前走去。林七夜的眉头微皱,他拆开餐桌上的小口袋,里面有一角衣服的残片,残片上写着一串数字:04389。

林七夜的脸色逐渐阴冷,他记得这串数字,昨天他把阿猛哥按在地上暴捶的时候,对方衣服的胸口处就是这串编号。这角残片意思已经很明显了。这是示威,也是警告。昨天差点供出韩老大的阿猛哥已经死了,这说明韩老大的势力庞大到足以在这座斋戒所里悄无声息地抹杀一个人。他能杀死阿猛哥,自然也能杀死林七夜。这,便是与他作对的下场。

就在这时,两个身影端着菜盘走到林七夜的身边坐下,其中一人看到桌上的布袋,皱了皱眉头,将它丢到了一旁的垃圾桶里。这是昨天帮林七夜解围的二人。

"我叫王路,原驻桂阳市076小队守夜人。"

"方阳晖,原驻川湘市021小队守夜人。"

林七夜一怔,紧接着开口:"林七夜,驻沧南……原驻沧南市136小队守夜人。"

"沧南市?"王路的眼中浮现出惊讶之色,"你是一年前消失的那座城市的守夜人?"

"没错。"林七夜点头,"昨天,多谢二位了。"

方阳晖摆了摆手:"都是守夜人,不用客气,更何况你还是个半大的少年,我们不可能袖手旁观。"

林七夜的心中浮现出些许的暖意,没想到在这个地方还能感受到来自守夜人的保护。

"韩老大的势力不小,但是在这斋戒所里,你也不用怕他,如果他实在要对你动手而我们又不在,你就往外面跑。"王路开口说道。

"外面?"

"就是活动场,活动场的周围有狙击手,韩老大的胆子再大也不敢在那里聚众闹事,但如果在室内一些监控薄弱的地方就不一定了,你一定要小心。"王路认真地叮嘱。

290

"看来这座监狱的水,比我想象的还要深。"林七夜点了点头。

"在镇墟碑的作用下,所有的境界与禁墟序列都没有意义,序列再高都只能被禁锢在体内,只有少数几种能够改变体魄强度的禁墟依然能发挥一些作用,带来超乎寻常的战斗力,那个韩老大就是这样。"方阳晖说道。

王路点头表示赞同："据说他在进斋戒所之前，不过是个'海'境的肉体强化类禁墟拥有者，在这座监狱里，关押的'无量'甚至'克莱因'境的囚犯也不是没有，随便一个都能轻松捏死他，但在这里……战力已经被重新洗牌了。"

　　"镇墟碑……"林七夜念叨着这个名字，"这就是镇压所有人的禁墟的那件禁物？"

　　"没错。"王路说道，"镇墟碑是由一种极其罕见的黑色石块打磨而成，具备压制一切禁墟的力量，压制的强度与石块的大小有关，想镇压'川'境以下的禁墟，只要篮球那么大一块就够了，但想要压制住'克莱因'级别的禁墟，少说也得有八九米高。"

　　林七夜点头，想必在集训营内压制所有人禁墟的那块镇墟碑，也差不多就是篮球的大小，跟斋戒所的差远了，否则根本无法一口气镇压这么多囚犯。

　　"八九米高？这么大的目标，他们不怕镇墟碑出什么意外吗？"林七夜再度问道，"一旦压制所有人禁墟的镇墟碑消失，谁能压制住这么多的囚犯？"

　　王路和方阳晖对视一眼，嘴角同时露出笑容。

　　"哪有那么容易，你知道镇墟碑在哪儿吗？"王路问道。

　　林七夜摇头："不知道。"

　　"不知道就对了，除了执掌这座监狱的狱长，根本没人知道镇墟碑的所在。"王路笑道，"一块八九米高的黑色石碑，按理说应该十分明显才对吧？但是即便你将整个斋戒所翻个底朝天，都找不到镇墟碑的影子。连镇墟碑在哪里都找不到，何谈出意外？"

　　林七夜哑口无言。

　　"而且，就算镇墟碑真的出了什么事情，也没有一个囚犯能活着走出这座监狱。"方阳晖接着说道。

　　"为什么？"

　　"你可知，这座监狱的狱长是什么人？"方阳晖神神秘秘地开口。

　　林七夜摇头。

　　"是五位人类战力天花板之一的陈夫子。"方阳晖的嘴角微微上扬，"就算镇墟碑失效了，这里所有的囚犯加起来都打不过他老人家，能出什么事？"

　　林七夜："……"

　　林七夜的脑海中再度浮现出那个和自己聊天喝茶的老头的身影，没想到的是陈夫子除了人类战力天花板这一身份之外，居然还是斋戒所的狱长。如果有他老人家坐镇，除非数位神明亲至，否则这里确实不可能失守……林七夜长叹了一口气，有陈夫子在这儿，他越狱的难度无形之中又提升了一大截。别说他的禁墟都被镇压了，就算解开他的禁墟，想要在一位人类战力天花板的看守下成功越狱也难如登天。难道他真的只能等到一年期满，才可以从这里离开？

　　"不过陈夫子生性闲散洒脱，虽然是这里的狱长，但也不会一直守在这里，毕竟有镇墟碑在，他无论在或不在都没什么区别。"方阳晖补充道。

三人用完了饭，林七夜看了眼时间，便与两人告别去活动场中开始训练。昨天的训练任务还没做完，就被阿猛哥找碴打断，好在今天韩老大等人不知为何并没有出现，林七夜倒也乐得安静。做完九组引体向上后，林七夜又去一旁捡起石块给自己做了个负重背上，绕着运动场跑了起来。

烈日炎炎，正午的太阳高悬于头顶，灼热的空气仿佛要将肺叶都燃烧起来，毒辣的太阳炙烤着大地，在这个时间段，还在露天活动场运动的囚犯寥寥无几。绝大多数囚犯都选择在食堂里聊天吃饭，或者去阅读室乘凉。不得不说，监狱里的活动项目还是比较丰富的。空旷的露天活动场中，只有一个穿着蓝白条纹病号服的少年背着负重，虽脚步蹒跚却咬牙坚持着向前奔跑。淋漓的汗水顺着他的脸颊滑落，滴在身下的土地之中，身上的病号服早已湿透，即便如此，他依然没有停下的意思。王路和方阳晖在角落的阴影中坐下，随手拔了一根青草叼在嘴里，看着烈日下拼命奔跑的林七夜眼中浮现出感慨之色："年轻人真是有活力啊，让我想起了当年在集训营里的日子……"

方阳晖瞥了他一眼，眼中写满了不信："你当年，有这么拼命？"

王路转头看了眼空旷的室外活动场，开始转移话题："不过，今天韩老大那群人居然没来找林七夜的麻烦，看来是我们多心了。"

"不是他们不想找麻烦，只是他们没时间而已。"方阳晖耸了耸肩，"我刚刚听说，韩老大手下的那个独眼失踪了，他们在找人。"

"失踪？被人偷偷杀了？"

"不知道，但可能性很大。"方阳晖的目光扫过周围，淡淡地开口，"这里可不是别的地方，而是斋戒所，一个大活人就这么凭空消失了，只有一种可能……"

"居然能瞒过韩老大的耳目杀人，确实不简单，想不到这群囚犯之中，还隐藏着这种狠人。"王路的眼中浮现出好奇之色。

"一楼那间厕所的工具被人动过了？"

韩老大听完刀疤脸的汇报，眉头微微皱起。

"没错，而且上面还染着新鲜的血迹，恐怕就是……"刀疤脸的神情有些犹豫。

韩老大的脸色难看了起来，目光在食堂内扫过，眼中浮现出阴狠之色："敢动老子的人……真是找死！"

韩老大深吸了一口气，按捺住心中的怒火："独眼最近有没有招惹什么人？"

"据我所知，好像没有。"刀疤脸沉吟了片刻，"不过他隔壁的那个家伙说，他今天早上招惹了一个新进来的少年。"

"少年……"韩老大的眼睛微微眯起。

291

"老大,你说是不是他……"刀疤脸阴恻恻地问道。

韩老大瞪了他一眼:"你的脑子都长屁股上去了吗?一个早上新来的少年能在老子的眼皮底下悄无声息地做掉独眼?而且他一个新来的怎么可能会我们杀人的那一套,还知道工具藏在哪里?"刀疤脸的头立刻低了下去。"动手的,一定是个常年待在斋戒所,而且心机深沉、出手狠辣的家伙……说不定,他就在我们这群人之中。"韩老大坚定地说道。

刀疤脸一愣:"老大,你是说……我们之间有内鬼?是他杀了独眼?"

韩老大的目光在食堂中那些熟悉的身影上一一扫过,片刻之后,嘴角浮现出冷笑:"不管是谁,敢跟老子作对,只有死路一条。"

与此同时,食堂的另一边——

安卿鱼伸手从打菜的窗口中接过餐盘,礼貌地说了声谢谢,便转身向着食堂的角落走去。一边走,他的余光一边将整个食堂的构造尽收眼底,直到走到最边缘的那张桌子旁,才缓缓坐下。他低头看着盘子里的半块鱼肉,有些无奈地叹了口气:"我最讨厌吃鱼……"

露天活动场——

林七夜丢下背后沉重的负重,有些踉跄地坐在地上,大口大口地喘着粗气。今天,他的训练任务算是圆满完成了,在高强度的训练之下,他只觉得浑身上下每一块肌肉都酸痛无比,整个人就像虚脱了一般。这是在集训营里教官们教会他们的法子,虽然很痛苦,但是效果也十分明显,只要再继续坚持下去,身体恢复到最佳状态并不是难事。

林七夜抬头看了眼监狱顶端挂着的大型时钟,距离约定好的回病院的时间已经很近了,他艰难地从地上站起,迈着沉重的步伐向着病院方向走去。他走后大约半分钟,安卿鱼的身影便从食堂缓缓走出。他的目光在空旷的活动场中扫过,有些遗憾地摇了摇头,转身向着牢房走去,喃喃自语:"他到底在哪里……"

林七夜刚走到那扇透明门前,就看到有一个穿着同款病号服的身影蹲在墙角,正低着头专注地看着什么。他正是昨天和林七夜擦肩而过的另一位病人,吴老狗。林七夜犹豫片刻之后,迈步走到他的身边,同样蹲下身来,仔细地观察着地面,干净得就连一只蚂蚁都没有。

"你在看什么?"林七夜忍不住问道。

"嘘!"吴老狗顶着乱糟糟的头发,认真地对林七夜做出了嘘声的手势,"小点声，别吵醒他！"

林七夜压低了声音开口："吵醒谁？"

"小花儿。"

林七夜一愣，低头又仔细地打量了空无一物的地面片刻，眉头微微皱起，本想说一句"可是这里根本没有花"，但还是闭上了嘴巴。好歹也是三位精神病人的主治医生，对于怎么和精神病交流这件事，他还是了解一些的。

许久之后，吴老狗见林七夜也一动不动地盯着眼前的地面，不由得小声问道："你在看什么？"

"我也在看小花儿。"林七夜头也不抬，专心致志地看着。

"可是小花儿已经死了。"

林七夜嘴角微微抽搐，他抬起头："小花儿什么时候死的，我怎么没看到？"

"就刚刚啊！"吴老狗一副"难道你没看见吗"的表情。

"那你现在又在看什么？"

"我在看小土豆儿。"

林七夜："……"

林七夜放弃与吴老狗交流的想法，站起身来，与此同时，透明门被缓缓打开，那位护工站在门后，对着林七夜挥了挥手。林七夜迈步走了进去，另一位护工从门后探出头，对着还盯着地上发呆的吴老狗喊道："吴老狗，回家了！"

吴老狗抬起头，对护工做了个嘘声的手势："嘘！小草儿还在睡觉呢！你小声点！"

那位护工的嘴角抽搐，脸上浮现出无奈的表情，直接走到吴老狗身边把他架了回来。吴老狗一边被护工拖着向后走，一边还紧紧地盯着那块空地。

林七夜收回目光，和身旁的护工向着病院深处走去。

"那个吴老狗，他得的是什么病？"林七夜问道。

"精神病。"

"我知道是精神病，具体点呢？"

"我也不清楚。"护工摇了摇头，"吴老狗的病都是由李医生直接负责的，除了他，没有人知道吴老狗得的到底是什么病。"

"好吧……"

林七夜随着护工走回自己的金属小屋，反手关上了房门，先是在简易浴室里洗了个澡，随后便躺回床上，开始消化今天一天观察的结果，不断地模拟可能的越狱路径。苦苦思索许久依然无果之后，林七夜便将意识沉入精神世界之中。

诸神精神病院——

"咕咕咕咕咕嘎！！"林七夜刚走进院中，一条哈巴狗口吐鸡言，"吭哧吭哧"地飞蹿过他的身前。然而，这刺耳的鸡鸣在此刻却只能沦为伴奏，因为有一个更加恶毒的声音在空气中盘旋："啊！任什么也没有春天这样美丽！摇曳的草蹿得又高又美又茂盛！画眉蛋像低小天穹，画眉的歌声，透过回响的林木把耳朵清洗……"在病院的楼顶，一个金发的英俊身影手中抚着竖琴，正深情地望着院中的美景，高声歌颂！

"咕咕咕咕咕嘎！！"哈巴狗疯了般地四下逃窜，不管它藏到哪里，那个声音都会在它的耳边回旋，它索性一咬牙，笔直地撞在了身前的墙壁上，四脚朝天微微一颤，直接晕了过去。林七夜的嘴角疯狂抽搐。他刚转过头，就看见李毅飞和阿朱两个人耳中塞着棉花，脸色苍白地坐在一旁，一副生无可恋的表情。林七夜走过去，正准备开口，突然意识到了什么，问道："红颜呢？"李毅飞伸手指了指楼顶，林七夜抬头看去，只见沉醉于诗歌的布拉基身后，一个红发的身影突然出现，毅然决然地一脚将布拉基从楼顶踹了下来！

292

"红颜，你这么做是不对的。

"这里是什么地方？这里是医院！布拉基是什么人？他是这里的病人！

"病人，是需要我们帮助、呵护的群体，虽然他的精神有问题，但是你用脚把人家从三楼踢下来，那就是你的不对了。

"对病人的一些行为有意见，你可以选择更加委婉的处理方式，比如毒哑他的嗓子、缝上他的嘴巴，或者直接毁掉他的声带……

"今天的事情，性质很恶劣，我惩罚你晚上多吃两个鸡腿！

"下次再遇到这样的事情，我希望你能保持理智，不要做出有损我们病院形象的行为。

"听懂了吗？"

林七夜一脸严肃地站在那儿，大声训斥着身前的红颜。红颜疑惑地歪着脑袋，似乎在思考自己究竟是被惩罚了，还是被奖励了。不管了，无论林七夜说什么，她只要点头就对了，用李毅飞的话讲，这叫……企业文化？不远处，布拉基捂着屁股，一脸悲愤的表情："过分！太过分了！你们对诗歌的美根本一无所知！"

林七夜快步走上前，诚恳地开口："布拉基先生，这次的事情是我们病院做得不对，我已经狠狠地惩罚过她了，请不要生气。"

就在这时，紧闭的病房门打开，倪克斯拿着织毛衣用的针线走了出来，有些诧异地开口："咦？他怎么不唱了？我刚找到针线准备缝上他的嘴……"

布拉基："……"

林七夜轻咳两声，给李毅飞使了个眼色，后者立马会意，大声开口："那个，晚饭已经准备好了啊，大家开饭了！"

众人纷纷聚集到餐桌旁，有说有笑了起来，倪克斯温柔知性地问布拉基有没有摔伤，伤得重不重，仿佛忘记刚刚是谁手拿针线要缝上布拉基的嘴巴。林七夜看着眼前这一幕，无奈地叹了口气。从外界的精神病院到里面的精神病院，他的世界好像已经没有任何的正常可言，他担心再这么下去，自己都快被精神病人同化了。

夜色渐深，林七夜缓缓走到院中抬头看向二楼的病房，三位病人都已经歇下，整个楼层漆黑一片。他也不急，只是倚靠着树干坐下，闭目养神了起来。今天，他便要会一会布拉基体内的那个女人。又过了许久，林七夜突然睁开双眸，抬头看向二层，只见原本漆黑的楼层中，不知何时已经亮起了一道微光，而光的来源，便是从布拉基那个坏掉的房门门缝透出的。林七夜知道时候到了，他悄然无息地爬上楼梯，走到三号病房的门前，屏住呼吸，小心地从门缝向里看去。昏暗的烛光前，布拉基又换上了那件白丝绸缎，窈窕地坐在铜镜前，一根手指轻轻挽起耳旁的鬓发玩弄起来，像是在欣赏自己的容貌。又过了许久，似乎欣赏够了，他便伸手从盒中蘸起一抹殷红，轻轻地涂抹在嘴唇之上。

"你是谁？"突然间，一个声音从门口传来，布拉基的身体突然一震，他猛地转过头去，看到了站在门口的林七夜，脸上浮现出惊慌之色："你……你……"

林七夜迈步走到布拉基的面前，看着那双慌乱的眼眸，平静地开口："你不是布拉基，你是谁？"

布拉基双唇微微抿起，低下头不敢直视林七夜的眼睛，双手紧紧握在身前，像个知道犯了错误的孩子。"我……我叫伊登。"他的声音有些颤抖。

"伊登？"林七夜听到这个名字，微微一愣。这个名字有些耳熟。他似乎想到了什么，看着布拉基的眼睛，眼眸中满是震惊："你是布拉基的妻子，青春女神伊登？"

布拉基……不，应该说是伊登，点了点头。

林七夜再度看向布拉基身后的面板，现在面板的内容已然发生了变化。

三号病房。
病人：布拉基（伊登）
任务：帮助布拉基（伊登）治疗精神疾病，当治疗进度达到规定值（1%，50%，100%）后，可随机抽取布拉基（伊登）的部分能力。
当前治疗进度：0

林七夜倒吸一口凉气。连诸神精神病院自带的面板都发生了变化，这就说明眼前这个女人绝对不是布拉基的臆想，或者分裂的人格，而是一个实实在在的神明！也就是说，现在布拉基的体内实际上蕴藏着两位神明的灵魂！

"你是布拉基的妻子，为什么却和他共用一具身体？这是怎么回事？"林七夜疑惑地问道。

伊登的头埋得更低了："我也不知道……百年之前，不知从何而来的迷雾入侵阿斯加德，弱小的神明都开始陆续死亡，而那些强大神明的力量也急速衰退，即将消散在这个世界上。后来，部分强大的恶神为了自保开始屠杀信众，通过献祭灵魂来保全自己，有一部分善神不愿意这么做，便找到了我，想要我给他们一人一个苹果……"

"就是神话中，能够让神明青春永驻的黄金苹果？"林七夜问道。

"对。"

在北欧神话中，青春女神伊登拥有许多能让人永驻青春的黄金苹果，即便是众神都觊觎不已，在迷雾降临之时，能够帮助众神抵御迷雾侵袭也并不奇怪。

"你给他们了？"

"我给了。"伊登的脸色浮现出苦涩，"我把所有的黄金苹果都给了他们，只留下了两个，一个留给我，一个留给布拉基。但我低估了迷雾的力量，我和布拉基都不是位格特别强大的神明，我掌管青春的权柄，凭借强大的生命力还可以勉强抵御迷雾，但布拉基不行……"林七夜的眉头微微皱起。"随着神力的衰弱，布拉基陷入昏迷，而我只能在他的身旁不知所措……"伊登像是回忆起了什么，眼圈红了起来，眸中泛起泪花。

"但他还是活下来了。"林七夜缓缓开口，"所以，你做了什么？"

伊登抬起头，看着镜中那张熟悉温暖的面孔，一只手轻轻地放在右胸之前，眼中浮现出深沉的爱意，嘴角微微上扬。

"我把自己的心脏，给了他。"

293

林七夜注视伊登许久，长叹了一口气。他算是知道，布拉基的问题究竟出在哪儿了——伊登将属于青春女神的心脏给了布拉基，在迷雾的作用下，却无意中将自己的灵魂也融入布拉基的身体，造成现在一体双魂的情况。他的情况和梅林有些类似，但有本质上的不同。梅林是在探索真实世界的过程中，误入某个神秘世界，被粉色的海星侵占了精神，而且两者谁主持身体的主动权是不可控的，属于外魂入侵。而布拉基和伊登则是一体双魂，布拉基的身体中还跳动着伊登的心脏，伊登的灵魂潜藏在心脏之中。等到布拉基陷入睡眠，她才会出来活动，两者之间没有敌对，属于共生关系。林七夜如果用对付梅林的方法直接将伊登的灵魂从布拉基的体内抽出来，伊登必然会落得魂飞魄散的下场，在面板内容之中，伊登也是病人的一部分，所以这么做肯定是无法满足治疗条件的。既然如此，他该怎么治疗布拉基和伊登呢……

"对了，布拉基知道这件事吗？"林七夜指了指布拉基右侧的心脏。

伊登摇了摇头："他不知道，我把自己的心脏给他的时候，他已经昏迷了。而且我每次都是在他睡着了之后才出来，活动完之后会把一切都恢复原样，他根本没有意识到我的存在。"

"为什么不告诉他？"

伊登抬头看向镜中那张熟悉的面孔，脸上浮现出苦涩的笑容，摇了摇头："如果让他知道真相，他会疯的……我不想让他永远活在愧疚和阴影之中，他这样阳光温柔的男人，不应该活成那样。"伊登看向林七夜的眼中写满了恳求，"院长大人，我请求您……不要将这件事情告诉他，我不会影响到他的生活的，如果您要求的话，我以后可以再也不出现，我……我只要能静静地看着他就好……"

林七夜看着伊登泛红的眼眸，犹豫片刻之后，点了点头。"放心吧，我不会说出你的存在，你也不需要消失，每到晚上布拉基睡去的时候，你依然可以出来溜达，但是一定要注意不要让别人发现你的存在，尤其是那个叫李毅飞的护工……"林七夜郑重地叮嘱道。

现在的李毅飞以为布拉基只是单纯的精神分裂，或者梦游，如果让他知道了伊登的存在，指不定第二天就兴冲冲地跑到布拉基的面前，神秘兮兮地说："我告诉你个秘密……"

林七夜答应伊登向布拉基保密她的存在，不仅因为伊登的请求，更是为了布拉基的精神状态着想。要是让布拉基知道自己之所以能活下来，是因为他的妻子献出了心脏，心理也许会出问题，变成第二个倪克斯也不是没可能。林七夜可不希望看到治疗进度变成负数……不过布拉基和伊登的这个情况，到底该如何治疗，林七夜还要好好想想。

就在这时，熟悉的面板再度出现在林七夜的眼前——

布拉基（伊登）治疗进度：1%

已满足奖励抽取条件，开始随机抽取布拉基（伊登）的神格能力……

林七夜一怔，眼中浮现出惊喜之色，没想到只是答应了伊登的请求，竟然就将治疗进度向前推进了1%。仔细想来也不觉得奇怪，这么多年来伊登一直悄然藏在布拉基的体内，客观地说，她是一个入侵者，一个在夜晚占有布拉基身体的游魂。但当林七夜同意她的请求的瞬间，她就从一个外来者的身份，变成了需要治疗的患者，简单来说，她得到了来自林七夜的"认可"。一点简单的心态变化，也能对伊登的精神状态造成影响。

林七夜仔细观察起眼前悬浮的转盘，眼中浮现出诧异之色。和之前的不同，眼前的这个转盘面积足足大了一圈，而且转盘表面被划分成金色和红色两个部分，能力数量也多了一倍！其中，金色区域的能力全部来自诗歌之神布拉基，包括"神眷之音""艺术本源""末世歌者""毁灭之诗""超级英俊""灵魂支配曲"……而红色的部分，则全部来自青春女神伊登，包括"青春之心""永恒的秘密花园""不灭之躯""小祈愿术""万物有灵"……密密麻麻的能力，几乎看花了林七夜的眼睛，虽然里面混着一些奇奇怪怪的能力，但是他已经快习惯了。林七夜心中有些小小的遗憾，他原本还侥幸地以为三号病房里有两位神明，或许可以连续转两次不同的转盘，看来还是想多了。林七夜深吸一口气，选择转动转盘，双色转盘便飞速旋转起来。

　　林七夜的目光紧盯着转盘，一颗心也悬了起来。随着双色转盘缓缓停止，最终，指针落在了一块金色的区域之上——"天空的吟诗者"。

　　"天空的吟诗者？"林七夜看到这个名字，眼中浮现出疑惑之色。这个是什么能力？林七夜伸出手，悬浮在空中的六个字便化作一道白光，涌入他的身体，下一刻几行小字出现在他的眼前——

　　　　天空的吟诗者
　　　　诗歌有灵，每当吟诵一句能够与内心达成共鸣的诗歌之后，便能对周围的环境造成相应的影响，诗歌与内心的共鸣越强大，对外界的影响便越大。

　　林七夜仔细地看完每一个字，有些茫然地站在原地。这是什么意思？诗歌版的言出法随？林七夜暂且按捺住心中的疑惑，和伊登告别之后，便回到漆黑无人的庭院之中。他刚欲开口，就怔在了原地。吟诵诗歌，诗歌……可是他对外国的诗歌一窍不通啊！学校里没教过，集训营里更不可能教这个，难道他还要特地去买本外国诗歌集钻研一番？也不知道这外国神的能力，能不能对大夏的诗歌用……林七夜沉吟一番，还是决定试一试，清了清嗓子，朗声开口："飞流直下三千尺，疑是银河落……"[①]

　　"哗——"刚说到一半，一道微光从林七夜的眼中闪过，声音仿佛带上了某种奇特的魅力，下一刻，一团巨大的水流从天空中轰然落下！

[①] 出自唐·李白《望庐山瀑布》，"飞流直下三千尺，疑是银河落九天"。

"喀喀喀喀……"浑身湿透的林七夜低下头，剧烈地咳嗽起来，刚刚那团水流出现得太过突然，差点直接灌到了肺叶里去。咳了许久，林七夜才缓过来，看着浑身湿透的自己，以及地上的一大片水渍，陷入沉默——好消息是，这个能力对大夏的诗歌同样有效；坏消息是……这东西有点敌我不分啊？！换句话说，林七夜确实可以通过诗歌对周围的环境造成影响，但是他无法完美控制"影响"本身，也不知道是运用得不熟练，还是这个能力本来就这么坑。还有一点，就是这个能力的强度似乎并不高。林七夜已经是一个"川"境的强者，而"天空的吟诗者"也算神明的力量，两者叠加，也不过只召唤出这么一点水。从地上水渍的面积来看，刚刚出现的水流体积只有桶装矿泉水的大小。难道是自己与诗歌的共鸣还不够？可是，与诗歌的共鸣，又该如何提升？

　　林七夜沉吟片刻，在黑暗中缓缓闭上了眼睛，脑海中开始幻想一条瀑布，一条悬挂于九天之上，气势磅礴的瀑布。奔腾的水流从云巅呼啸着坠落人间，像是天神垂下的白练，绵延数里，一眼望去不见尽头，轰鸣的水流声像是天空中翻滚的雷霆，充斥着他的脑海。此刻，他便站在这条瀑布之前，感受着每一朵溅起的水花打落在他身上的感觉。或许，这条瀑布是真实存在的……

　　诸神精神病院中，水滑过湿漉漉的衣角，轻声滴落在地上，在这寂静的庭院之中回荡，林七夜像是一尊石雕，静静地站在院中，一动不动。不知过了多久，紧闭的双目微微一颤，双唇轻启，他喃喃念道："飞流直下三千尺，疑……"

　　"轰轰轰——"宛如惊雷般的巨响突然出现，熟睡中的李毅飞猛地从梦中惊醒，在床上愣了片刻，飞速地跳下床去。

　　一旁的阿朱揉着惺忪的双眼，疑惑地问道："飞哥，这是什么声音啊……"

　　李毅飞随手将护工服套上，一边转着门把手，一边说道："不知道，我出……"

　　"轰——"房门刚被打开一条缝隙，汹涌的水流就直接灌了进来，冲撞开房门，将门后的李毅飞拍到墙壁上。阿朱一愣，下一刻便被湍急的水流直接卷出房外。"啊啊啊啊啊啊！！咕噜噜噜……啊啊啊啊！咕噜噜噜噜……"伴随着阿朱时有时无的惨叫声，整个精神病院都乱作一团，一层的院子已经被完全淹没，水涌进厨房中，将里面的厨具直接卷飞。湍急的白色浪花剧烈翻滚，花草、树枝、菜板、阿朱，还有一只口吐鹅语的哈巴狗，被卷得到处乱飞。

　　"散！"一道低沉的声音从二楼传来，只见梅林披着病号服，手中握着魔法杖，法杖的尖端正释放着蓝色的光辉，涌动的魔法气息将梅林的病号服吹得猎猎作响。下一刻，灌满院子的水便自动升起，随着梅林的法杖杖尖指引悬浮在空中，凝聚成一团无比巨大的水球！梅林再度挥手，空中裂开一道空间裂缝，将整个水球吞了进去，消失无踪。

"哎哟！"院中的水消失，阿朱便"扑通"一声摔在地上，周围的菜板、树枝零碎地落在他的身边。他捂住屁股，疼得直咧嘴。另一边，从一开始就被水冲到墙上的林七夜闷哼一声，低头不停地向外吐水。许久之后，他才从地上站起，一副生无可恋的表情。

梅林走到他的身边，疑惑地问道："出什么事了？哪里来的这么多水？"

林七夜的嘴角微微抽搐："没什么……一点小意外。"

他是真的没想到，这次吟诵诗歌的威力竟然这么大，吟诵还没有结束，就直接召唤出了这么多的水，几乎把江水截断一截，然后全部灌进来。水在一秒钟内就充斥了整个一层，将男护工寝室、厨房、院子、洗衣房全部淹了个遍，要是林七夜完整地吟诵这句诗，或许真的能唤出一道瀑布。不过仅仅念了半句，林七夜的精神力已经消耗近三分之二，凭他现在的境界，还不足以做到那个地步。

林七夜又检查了一遍病院，确定除了厨具都被水泡了一遍、院子被冲得七零八落，还有阿朱的屁股肿了一大块之外，并没有别的损失，这才松了一口气。他没有在病院多逗留，而是直接将意识回归本体，从床上坐了起来。他需要实验一下"天空的吟诗者"在镇墟碑的镇压下，究竟能做到什么地步，这将关系着他越狱的方法。

他瞥了眼房角的摄像头，径直走进厕所之中，反手关上房门。他毕竟只是个精神病人，不是囚犯，所以研究所并没有丧心病狂地在他的厕所里也安上摄像头，这或许是他最后的倔强了。

林七夜站在洗漱台旁，缓缓闭上了双眼，再度吟诵起来："飞流直下三千尺，疑是银河落九天。"

"哗啦啦啦……"水流声突然出现在安静的厕所中。林七夜睁开双眼，看到眼前的情景，突然一愣。他确实召唤出了水，只不过不是像之前那样凭空出现，而是从水龙头里出来的……从水龙头里流出水，看起来合情合理，但问题在于林七夜根本没有去扭动它！

突然间，林七夜像是想到了什么，往后退了两步，再度吟诵道："野火烧不尽，春风吹又生。"

"刺啦——"一缕火苗从他的指尖蹿起，静静地在他的身前跳动，火焰并不大，甚至比打火机的火还要小一圈，用来点烟都只能勉勉强强。和水龙头里流出的湍急水流比，这缕火苗就显得有些渺小了。林七夜挥手指灭指尖的火焰，眼中浮现出了然之色。他已经明白这个能力究竟是怎么一回事了。

295

每当吟诵一句能够与内心达成共鸣的诗歌之后，便能对周围的环境造成相应的影响。这里的影响，不仅在于凭空造物，同样包括利用周围的环境来达成"影响"的目的。比如在诸神精神病院中，没有达成做到"飞流直下三千尺"的条件，所以林七夜只能用最笨的办法，即消耗精神力凭空制造出一条江流。但是在这里，林七夜几乎没有任何消耗便召唤出一道水流，因为这里具备"飞流直下三千尺"的条件。所谓的"影响"也并不是凭空制造水流，而是变成自动扭动水龙头的开关，从而出现水流。虽然这次出现的水和病院的水规模差得太多，但要知道这是在镇墟碑的压制之下完成的。在镇墟碑的压制之中，"至暗神墟"和"幻魔神墟"都无法动用，"天空的吟诗者"却可以，这并不是因为后者比两个神墟更强，而是因为它可以通过利用周围的环境来达到完成"影响"的目的。简单来说，就是"天空的吟诗者"在特定的环境下消耗更少，触发更容易，才勉强逃过镇墟碑的镇压。虽然在镇压下，"天空的吟诗者"威力小得可怜，但这毕竟也是除了"凡尘神域"之外，林七夜第二个能够动用的超自然手段。

摸清楚"天空的吟诗者"的机制之后，林七夜便回到了床上躺下，和往常一样，沉沉睡去。

不知过了多久，恍惚之间，林七夜睁开了双眼。远处黑色的高墙耸立，昏暗的天空之下，是空旷无人的室外活动场，此刻他正站在阳光精神病院那扇透明门前，浑浑噩噩，熟悉的监狱、熟悉的病院、熟悉的角落……林七夜站在那儿，看着眼前熟悉的一幕，片刻之后，滞缓的脑海中才涌现出一个想法："我这是……在做梦？"林七夜晃了晃脑袋，定睛向周围看去，一切似乎都模糊起来，像是被人蒙上了一层轻纱，整个世界中，只有一个不起眼的角落最为生动、清晰。此刻，一个穿着蓝白色条纹病号服的身影正蹲在那儿，糟乱的头发堆在一起像一个鸡窝，他呆呆地看着地面，不知在想些什么。那正是吴老狗。林七夜无奈地叹了口气。整天和精神病人待在一起，现在好了，做梦梦到的都是精神病人。

他迈步走到吴老狗的身边蹲下，随意开口道："我猜，你这次在看小草儿。"

吴老狗瞥了林七夜一眼，摇了摇头："不，我在看小石头儿。"他的声音和白天不太一样，少了一分浑浊与尖细，多了一分沉稳与平静。

林七夜咧了咧嘴，忍不住开口："你到底是哪儿的人？怎么这么喜欢儿化音？"

吴老狗专心致志地盯着身前空荡荡的地面，似乎没听到林七夜的问题，像尊雕塑般蹲在那儿，一动不动。林七夜摇了摇头，从地上站起来，完全放弃了和吴老狗交流的想法。

就在他准备离开的时候，身后的吴老狗突然开口："你喜欢吃什么？"

"什么？"林七夜一愣，回头看向吴老狗。

吴老狗还是静静地蹲在那儿，盯着眼前的空地，仿佛刚刚根本没有说话一般。

林七夜犹豫片刻，还是开口道："我喜欢吃鱼，你呢？"

"你喜欢吃鱼。"吴老狗喃喃自语，"但是有人不喜欢。"

林七夜疑惑地开口："有人不喜欢吃鱼，跟我有什么关系？"

"我听说，还有人喜欢吃……香喷喷的五香麻辣螺旋升天拐弯酸菜牛肉面。"吴老狗像是念经一般说出了这句话。

"你说什么？"林七夜的眉头皱得更紧了，"有人喜欢吃这个，跟我又有什么关系？"

吴老狗一言不发。

等等……林七夜突然想到了什么，眼中浮现出异样的光芒。那个什么麻辣什么牛肉面……这种奇奇怪怪的名字，他好像在哪里听过类似的。在梦中，林七夜觉得自己的脑子迟钝无比，一定在哪里听说过，但一时之间就是想不起来。

就在林七夜纠结思索的时候，吴老狗又看了他一眼，平静地说道："天亮了。"

刹那间，林七夜的意识飞速下坠……"唰！"林七夜猛地从床上坐起，眉头紧锁，眸中充满了不解。他抬头看了眼墙上的时钟，不早不晚，正好早上七点。他闭上眼睛，仔细回忆刚刚那个奇怪的梦，心中的疑惑越发浓郁。他摇了摇头，将这些乱七八糟的念头丢到一边，索性直接起床洗漱。

斋戒所。

"老大，我已经把所有可疑的家伙都调查了一遍，但是……并没有什么收获。"刀疤脸隔着牢房，对着隔壁的韩老大说道。

韩老大的眉头微微皱起："什么叫没有收获？"

"在我们预测独眼遇害的那个时间段，他们都有不在场证明啊！"刀疤男挠了挠头，"那时候活动时间刚刚开始，他们都聚在一起去食堂吃饭了，根本没有机会去杀独眼……"

韩老大的眉头皱得更紧了。

"难道，真的不是他们做的？"韩老大喃喃自语。

"老大，我们内部人的嫌疑应该都可以排除了，只有那几个一直默不作声的家伙……会不会是他们做的？"刀疤脸试探性地问道。

"哼。"韩老大冷哼一声，眼中浮现出一抹狠色，"多半是这样，明天你去调查一下，看看究竟是谁这么大的胆子。"

刀疤脸似乎想到了什么，脸上浮现出犹豫之色，小心翼翼地开口："老大，那几个可都是'信徒'的人啊，在外面都是'无量'甚至'克莱因'境的狠人，

373

我……我……不敢惹他们啊！"

"废物！这里是斋戒所，在这里，他们都是一群废人，你怕什么？"韩老大骂道。

"可是，他们就算不能用禁墟，我也打不过他们啊……"刀疤脸哭诉道，"整个斋戒所里，只有老大你能打得赢他们。"

韩老大啐了一口，沉默许久之后，阴恻恻地开口："好，那老子就亲自走一遭。"

刀疤脸松了口气，随后像是想起了什么，说道："老大，那我去调查一下那个新来的少年吧，我总觉得，他有点问题……"

"随便你。"

296

"下面是自由活动时间，需要活动的……"男人的声音在监狱内回荡，紧接着只听一声轻响，所有牢房门同时打开，众多囚犯纷纷走出牢房，排着队向外走去。刚走出监狱，韩老大就带着四十几号人，沉着脸，快步向着一处阴暗的角落走去。那是阅读室所在楼层的最里端，背向阳光，昏暗一片，仅有走廊尽头的一处监控。从某种意义上来说，那是除了厕所之外，整个斋戒所监控力量最薄弱的地方。

此刻，在走廊尽头的角落中，三个男人正坐在那里，见韩老大气势汹汹地带着一群人过来，双眸微微眯起。为首的男人缓缓站起，面色不善地开口："韩金龙，你带这么多人过来，是想干什么？"

韩老大的目光在三人身上扫过，冷声说道："我来干什么，你们心里清楚。"

为首的男人一愣，微微侧过头，和身后的两个同伴交流了一下眼神，三者的眼中都是茫然之色。他转头看向韩老大，眸中浮现出冷意："你是来找碴的？"

"嘿嘿……"韩老大拧了拧脖子，脸上满是狰狞之色，"找碴又怎样？你们真当我韩老大是好欺负的？"

"韩金龙，"为首的男人脸色微变，"你可知道我们是什么人？"

"你们？不就是'信徒'吗？"韩老大伸出一根手指，分别指向三人，"'信徒'第十二席、第六席，还有第四席。"

"你知道我们的身份，还敢来惹我们？你知不知道，像你这样的，在外面我一根手指头就能捏死十个！"为首的男人，也就是第四席微怒道。

"我管你是第几席，境界有多高，这里不是在外面，这里是斋戒所！"韩老大指了指自己，冷笑着开口，"在这里，老子才是老大！"他大手一挥。"揍他们！"

下一刻，韩老大身后的四十几号人一拥而上，直接拥到局促的楼道尽头，一场混乱的恶战就此展开。

十几分钟后，韩老大看着眼前鼻青脸肿地躺在地上的"信徒"三人，拍了拍手上的灰尘，往他们身上吐了口唾沫。"敢惹老子，真是活腻了……我们走！"他的身后，四十几个囚犯几乎人人带伤，但都挑衅地瞪了地上的三位"信徒"一眼，然后跟在韩老大的身后蹒跚离去。

三位"信徒"瞪大眼睛，死死盯着众人离去的身影，眼中充满了血丝，一副恨不得活剐了他们的模样。他们是"信徒"的前几席，在外面可以说是灾难级别的存在，但是在这斋戒所中，只是比较能打的普通人而已。俗话说"双拳难敌四手"，在不能用禁墟的情况下，他们任身手再好，也不可能直接干翻四十多个身手同样不错的囚犯，更何况还有韩老大这个肉身战力超标的存在。所以，他们挨揍了……而且被揍得很惨。

第六席艰难地从地上爬起来，一双眼睛紧紧盯着韩老大等人离去的方向，伸手抹掉了脸上韩老大的口水，都快气炸了。"老子忍不了了！这个韩金龙居然敢这么对我们……今晚我就把他给做了！"

"冷静。"第四席擦掉嘴角的血迹，深吸一口气，"虽然不知道韩金龙是吃错了什么药，但是我们不能就此乱了阵脚，你们难道忘了'呓语'大人是怎么交代的吗？"

听到"呓语"两个字，第六席和第十二席都沉默下来。

"我们的任务已经差不多完成了，既然忍了这么多年，难道还差这几天吗？"第四席的目光扫过众人离开的楼道，眼中浮现出冰冷的杀意，"等到破坏了镇墟碑，斋戒所暴动的时候，就凭他一个小小的韩金龙，还不是任我们践踏？到时候，我们就让他知道，什么叫求生不得，求死不能……"

"你就是新来的那个囚犯啊？"刚走出监狱，安卿鱼就被一个脸上带有狰狞刀疤的男人拦了下来，对方眯着眼睛打量着他，不知在想些什么。安卿鱼仔细打量了他片刻，点了点头："你找我有什么事吗？"

"独眼你认识吧？就是原来在你牢房对面的那个。"刀疤脸直入主题。

"认识。"安卿鱼如实回答。

"他是你杀的吗？"

"你在说什么？"安卿鱼的眼中浮现出疑惑之色，"这里是监狱，怎么能杀人呢？"

刀疤脸眉头微皱，直直地注视着安卿鱼的眼睛，想要从中找出说谎的痕迹，但安卿鱼的眼眸实在是太清澈了，就像个青涩无知的邻家少年。

"他真不是你杀的？"刀疤脸挠了挠头。

"不是啊。"

"你是犯了什么错进来的？"

"偷东西。"

"哦……"刀疤脸沉吟片刻，觉得可能是自己多心了，这样一个普普通通的少年，怎么可能悄无声息地干掉独眼，又把独眼分尸冲走呢……

"我可以走了吗？"安卿鱼眨了眨眼睛。

"哦，可以了。"刀疤脸点了点头，正当安卿鱼准备离开的时候，他像是想到了什么。"等一下！"安卿鱼停下了脚步。"把头抬起来，我仔细看看。"刀疤脸走到安卿鱼的面前，认真端详着安卿鱼的脸，片刻之后，眼中浮现出异样的光芒。"要是把你交给韩老大，好像也不错……"

安卿鱼的嘴角微不可察地一抽："我可以走了吗……"

"你走不了了。"刀疤脸搓了搓手，脸上浮现出笑容，"跟我回去见韩老大。"

安卿鱼转头看了眼四周，看向刀疤脸，人畜无害地开口："我想先上个厕所。"

刀疤脸一愣："去吧去吧，我在外面等你。"

安卿鱼沉吟片刻："要不……我们一起？"

297

"走吧，活动时间到了。"护工打开了金属房间的门，对着里面的林七夜说道。林七夜点了点头，跟着护工走出去。两人和往常一样穿过重重关卡，护工张嘴打了个哈欠。

"昨晚没睡好？"林七夜随意地问道。

"别提了，做了一晚上的梦。"护工摆了摆手，无奈地开口，"我梦到另一间病房的那个吴老狗，在地铁里跟我玩游戏，我输了就一直啪啪扇我嘴巴子，扇得我早上起来脸都觉得疼……"

林七夜一愣："你也梦到他了？"

"怎么，你也梦到了？"护工的眉梢一挑，"也是，你昨天跟他接触了不少时间，估计给你留下了挺深的印象……他也扇你嘴巴子了？"

"这倒没有，就是蹲在那儿说了一堆乱七八糟的话。"林七夜耸了耸肩。

"精神病嘛，正常。"

两人走到透明门前，熟悉的声音再度从喇叭中传出："工号39180，请回答今日的暗语：秉灯人今天最想吃的是什么？"

"香喷喷的五香麻辣螺旋升天拐弯酸菜牛肉面。"

"暗语正确，请通行。"玻璃门旁的验证设备亮起绿灯，只听一声轻响，透明门便缓缓打开。护工走到门旁边，看到后面直愣愣地呆在那儿的林七夜，疑惑地问道："怎么了？今天不想去活动？"

"不……不是……"林七夜回过神，假装平静地说道。实际上，他的心中早已翻起了惊涛骇浪。他清楚地记得这句暗语昨晚出现在了他的梦境中，而且还是从吴老狗的嘴里说出来的……这是巧合？难道他只是做个梦，就真的梦到今天的出门暗语？这未免也太离谱了。

"那个，我想问一下。"林七夜犹豫着开口，"你们这些奇奇怪怪的暗语，都是从哪里来的？"

护工轻笑道："觉得离谱，对不对？但就是要这么离谱，才不可能被人猜到……这些暗语都是在前一天的晚上，由斋戒所的人工智能随机生成的，只有我们这几个护工知道，算是顶级的机密了。"

"人工智能生成的……"

林七夜若有所思地点点头，迈步走出了透明门，向着食堂走去。

"啦啦啦……"水冲洗着镜片，冲刷掉上面残余的丝丝血迹，安卿鱼关闭水龙头，用衣服擦干眼镜上的水滴，整理一下衣服，推门从厕所中走了出去。"有点饿了……"安卿鱼摸了摸干瘪的肚子，犹豫片刻之后，直接朝着食堂走去。他走进食堂，径直向着打饭的窗口走去。现在正是吃饭的高峰期，食堂里的囚犯人数不少，一边吃一边大声说着什么，嘈杂的声音让安卿鱼皱了皱眉。他伸手接过自己的餐盘，微笑着对着工作人员说了声"谢谢"，便独自走到了角落的餐桌旁坐下。幸好，今天没有鱼。安卿鱼的眼中浮现出庆幸之色。

片刻之后，韩老大带着一群囚犯，大摇大摆地从门口走了进来。韩老大昂首挺胸，趾高气扬，嘴角还带着一丝淡淡的笑容，看起来心情极好。而他身后的囚犯，虽然看起来有些狼狈，但同样一副天不怕地不怕的表情。

"今天，老子要吃三份饭！"韩老大对着身边的小弟说道。小弟连忙点头，快步跑到窗口替韩老大打饭，而后者则直接走到餐桌旁坐下，悠闲地哼起了小曲。就在这时，又有一个囚犯急匆匆地跑到了韩老大的身边，低头说了些什么，韩老大一怔。他猛地抓住那个囚犯的衣领，瞪大了眼睛，一字一顿地开口："你、再、说、一、次！"

"刀……刀疤老哥也失踪了……"囚犯的声音有些颤抖。

韩老大猛地从座位上站起，眼中满是愤怒与不解，死死盯着囚犯的眼睛："什么时候的事？"

"就您刚刚，带着人去找'信徒'算账的时候……"

"这怎么可能？"韩老大的眉头紧紧皱起，似乎根本无法理解。他一手拍翻刚刚送到桌上的餐盘，清脆的叮当声瞬间回荡在食堂中，压下所有喧闹的声音。寂静的食堂中，韩老大对着周围的几人低吼道："你们几个，给老子去找！"

几个小弟飞快地跑出了食堂，分散开四下寻找起来。韩老大坐回座位上，脸色难看至极，不由得自我怀疑起来……明明刚刚"信徒"的人被他揍了一顿，应该没有杀刀疤脸的时机才对，难道是自己猜错了，不是他们动的手？可还能有谁呢……就在这时，韩老大像是想到了什么，瞳孔骤然收缩——那个新来的囚犯！独眼想要找那小子麻烦，当天就消失了；今天刀疤脸也说要去找那小子，结果也消失了……这事绝不是巧合！

韩老大站起身："刀疤脸说的那个新来的囚犯在哪儿？"

众囚犯窃窃私语一阵之后，有人抬起手指向食堂的角落，那里偌大的餐桌，只有一个少年在默默地低头吃饭。

韩老大转了转脖子，给了旁边的小弟一个眼神，后者立马会意："快，清场！把监控都挡上！"

几位囚犯飞快跑到食堂角落的监控旁，偷偷用手中的糨糊粘住摄像头，将覆盖食堂的所有视野全部封死，其他不是韩老大手下的囚犯看到事情不妙，纷纷快步跑出食堂。十几秒钟之后，整个食堂里就只剩下韩老大的人，和孤零零在角落吃饭的安卿鱼。韩老大迈着大步，向着食堂的角落走去，身后浩浩荡荡地跟着一群凶神恶煞的囚犯，少说也有四五十人。他们走到安卿鱼的身边，严严实实地将他包围起来，强大的压迫感油然而生。

安卿鱼默默地放下手中的筷子，抬头看向为首的韩老大："你们找我，有什么事吗？"话音未落，安卿鱼的瞳孔便骤然收缩，因为余光看见一个穿着蓝白条纹的熟悉身影迈步走进了食堂之中。

298

"找你有什么事？"韩老大冷笑一声，伸手抓住安卿鱼没吃完的餐盘，直接甩手将其砸到了旁边的墙壁上！"当——"清脆的嗡鸣声回荡在空旷死寂的食堂中，饭菜撒了一地。韩老大的双眸微微眯起，居高临下地看着安卿鱼。"独眼，还有刀疤脸，都是你杀的吧？"他的声音冰冷彻骨。安卿鱼没有回答韩老大的问题，甚至没有正眼看他，目光全部落在那个刚刚走进食堂的身影上，直接从位子上站起身。他刚站起来，周围的囚犯就集体上前半步，将他严严实实地围在中间，眼中满是警告之色。

"让开，我要去找人。"安卿鱼的眉头微微皱起。

"找人？老子在和你说话！你看不起老子？！"韩老大怒吼道。就在这时，他身旁的小弟回头看了一眼，脸上浮现出异样的表情，凑到韩老大的耳边说了些什么。韩老大一愣，回头看去，只见林七夜正旁若无人地走到窗口前，准备打饭，连看都没有看这里一眼。"是那小子？"韩老大念叨了一声，瞥了安卿鱼一眼，像是想到了什么，嘴角浮现出冷笑，"你想找的，就是那小子？"没等安卿鱼回答，韩老大就继续说道，"也好，机会难得，就把你们两个一起弄死，省得下次再麻烦。"说完，他给了旁边的小弟一个眼神，后者立刻带着十几个人，气势汹汹地向着林七夜那儿走去。

林七夜接过餐盘转过身去，准备找个远离韩老大等人的角落吃饭。他一进来就看到韩老大带着一群小弟，好像包围着什么人，不过挡在那人周围的囚犯太多了，具体是谁也没看清，反正不关他的事就对了。你们打你们的，我吃我的，你不主动招惹我，我也懒得去惹是生非。然而下一刻，林七夜安静吃饭的想法就破灭了。十几个囚犯凶狠地走到林七夜的周围，将他团团围住，为首的那人冷冷地看着林七夜，开口说道："病号，我们老大找你有事！跟我们过去吧！"

林七夜的眉头微微皱起："找我有事？"他的目光越过身前几人，看向聚集在食堂角落的那群人，这十几个囚犯走了之后，包围圈就缺了一角，林七夜也能清楚地看到被围在中央的那个少年，突然一愣……然后表情瞬间精彩起来！

"怎么？你不去？！"为首的囚犯脸色阴冷了起来。

"去。"林七夜点头，"当然去。"见林七夜的神情变化如此迅速，那囚犯也是一愣，犹豫片刻之后，便将林七夜带到了韩老大的面前。"小子，我们又见面了。"韩老大看着林七夜，嘴角勾起凶残的笑容，"这次那两个守夜人不在，老子倒要看看谁能帮你！"

林七夜走到包围圈中，看都没看韩老大一眼，而是在安卿鱼对面的位子上坐下。两个少年对视一眼，嘴角同时浮现出一抹淡淡的笑容。"没想到能在这里遇到你……我还以为，你和沧南市一起消失了。"林七夜感慨道。

"十年前，我正好在隔壁市读书，逃过一劫。"安卿鱼仔细打量了林七夜片刻，眉梢微微上扬，"你比我想象的要正常一些，不像有精神病。"

"我本来就没病。"林七夜耸了耸肩，"或者说，我已经好了。"

"那为什么不出去？"

"他们说我还需要观察，不让我出去。"

"观察多久？"

"一年。"

"有点久。"

"是啊……"

两人就这么随意地聊了起来，仿佛现在不是在监狱里被一群囚犯围着，而是在某个环境幽雅的咖啡厅，一边听着贝多芬的钢琴曲，一边谈笑风生。韩老大的脸都绿了。"砰——"韩老大一拳砸在餐桌上，直接将餐桌从中间砸得断裂开来，尖锐的破碎声回荡在食堂之中，两人的聊天声戛然而止。他盯着两人，恶狠狠地开口："你们当这里是哪儿？你们当老子是谁？服务员吗？"他一脚踩在断裂的半张桌子上，直接将其踩得粉碎，杀气森然地开口道，"今天，你们一个都别想活着回去！"

林七夜平静地看了眼断裂的桌子，叹了口气："要不，把他们解决了再继续？"

安卿鱼点头："我同意。"

"在这里禁墟没用，你能打几个？"

"我不会打架。"安卿鱼摇了摇头，指尖渗出滴滴血珠，一根无形的丝线缓缓延伸而出。"但我会杀人。"他淡淡说道。

林七夜感知到了"诡丝"，眼中浮现出诧异之色，随后若有所思地点了点头："稍微收着点吧，他们这么多人，全杀了也挺麻烦的，让他们长长记性就好。"

"听你的。"

韩老大见两人还如此轻松，只觉得怒火中烧，大手一挥："都给老子上！宰了他们！""轰——"两人周围的四五十个囚犯一拥而上，震耳欲聋的吼声响起，几乎将食堂的房顶都掀了起来！林七夜和安卿鱼同时动了！林七夜的背后就像长了眼睛一般，身体微侧，精准地避开所有的拳脚，然后单手撑在身下的长椅上，闪电般地向后扫过一记飞踢！安卿鱼的情况更加诡异，所有即将触碰他身体的拳头同时上扬，就像有一根无形的丝线吊起所有人的手臂，随着安卿鱼的手掌突然握拳，背后每一个囚犯的身上都凭空出现几道血淋淋的斩痕。数名囚犯手捂着伤口，哀号着向后倒去。林七夜的脚尖在长椅上一点，整个人轻飘飘地落到人群之中，手中握着一根筷子，缓缓闭上了双眼。

他的双唇轻启，低沉的声音在空中回荡："满堂花醉三千客，一剑霜寒十四州。"[①]

"叮——"一声清脆的剑鸣从他掌间传出，仿佛他手中握着的不是一根筷子，而是一柄可斩千军的绝世神剑！森然剑气，翻滚而出！

299

刹那间，林七夜周围的囚犯身上同时出现一道剑痕，四溅的鲜血沾染在干净的石砖地面上，原本震耳欲聋的吼声，已经变成撕心裂肺的哀号。不到十秒钟，便有数十名囚犯倒在两个少年身前，浑身是血地躺在地上。当鲜血飙射而出的时候，其他还没来得及出手的囚犯都傻眼了！这不是斋戒所吗，不是不能用禁墟吗，这不应该是一场单方面的肉身格斗碾轧吗？！你们一个赤手空拳，一个拿着筷子，是怎么做到让人飙血的？！这合理吗？！

林七夜似乎也意识到现场太血腥了，要是真有那么多血迹浸染食堂，肯定会引起狱警们的注意。不过这也不能怪他，他也没想到在镇墟碑的压制下，"天空的吟诗者"还能将一根筷子变成自带剑气的武器。难道是这句诗与他内心的共鸣太强了？林七夜没有再刻意动用剑气，而是将筷子反握，身形快速地在众多囚犯之间游走，靠着"凡尘神域"带来的感知能力与动态视觉，精准地避开每一次攻击。右手横切在一个囚犯的后颈，直接将其打晕，随后迅速后退半步，林七夜避开两侧呼啸而来的直拳，双手抓住两人的手腕，猛地向下一拧，清脆的骨折声伴随着两声惨叫突然响起，两人被踹飞到数米之外，打翻了几张餐桌。这一下，林七夜

[①] 出自唐·贯休《献钱尚父》，"满堂花醉三千客，一剑霜寒十四州"。

的周围便彻底空了。

不说别的,光是林七夜刚刚那一手筷子斩人,就已经让剩下的囚犯心惊胆战,根本不敢随意上前,再加上林七夜凭借恐怖的战斗技巧横扫周围所有的囚犯,其他人看他的眼神就跟看怪物一样。谁要跟他打?疯了吧?!

林七夜这才有闲暇转头看向另一侧,整个人愣在原地,只见安卿鱼就默默地站在那里,所有靠近他的囚犯都被瞬间砍断双手,仿佛有一柄无形的长刀悬在周围,随时准备挥下去。不过,安卿鱼谨记着林七夜的那句"收着点",所以……每当一个囚犯被他砍下双手,还没等鲜血大量喷出,无形的丝线便瞬间帮他们缝合好断肢,即便里面的骨头与软组织已经断了,手也不会掉落,更不会喷血,而是就这么无力地垂在那儿,红肿不已。先剁手,再缝合,安卿鱼就像一个资深外科医生,通过"诡丝"同时对数十个囚犯进行这场变态的大型手术!

不光是林七夜,在场的所有人都傻眼了。他们也算见过世面的人,但长这么大还从来没见过这么诡异的战斗方式。所有的囚犯都疯狂后退,跟安卿鱼保持至少10米的安全距离!如果说其他人看林七夜像是在看怪物,那看安卿鱼的眼神就像是在看魔鬼!安卿鱼似乎察觉到了林七夜的眼神,转头看向林七夜,腼腆的脸上浮现出人畜无害的笑容。那表情好像在说:"看,我做得是不是很棒?"林七夜默默地竖起一个大拇指。

此刻,就算韩老大再迟钝,也意识到这两个少年绝不简单,但是……现在才想叫停,已经晚了。林七夜的身形一晃,直接来到他的面前!擒贼先擒王,韩老大的那些手下都已经吓破了胆,根本不敢再动手,现在最大的威胁就是韩老大本人。韩老大的汗毛乍起,想也不想,直接向后退数步,紧接着一道剑气便从林七夜手中的筷子上激射而出,在他的脸颊上留下一道浅浅的血痕。若是他再晚退半步,那现在就已经彻底毁容了。

韩老大稳住身体,看向林七夜的眼中浮现出狠色,浑身的肌肉隆起,一股澎湃的力量感奔腾而出。他已经被林七夜激起了血性!"你们有手段,老子也不是没有,今天老子就让你们知道知道,谁才是这里的老大!"韩老大的双腿猛蹬地面,在石砖上踩出两个浅坑,身形如同蛮横的野兽,闪电般地奔向林七夜的身前!

林七夜没有选择闪避,而是站在原地,身形微微下躬。"力拔山兮气盖世!"[①]林七夜低吟一声,右手握拳,骤然挥出!呼啸的拳风破开空气,引发阵阵爆鸣,韩老大同样握紧拳头,怒喝一声,迎着林七夜的拳头挥去!"咚——"双拳毫无虚招地碰撞在一起,激烈的拳风肆虐开来,将两人的衣衫吹得猎猎作响。韩老大闷哼一声,身形控制不住地向后退数步,右拳的骨节已经通红一片,手掌都在微微颤抖。林七夜稳稳地站在原地甩了甩手,像没事人一样。

[①] 出自秦·项羽《垓下歌》,"力拔山兮气盖世,时不利兮骓不逝"。

韩老大的双眸瞪大，死死地盯着林七夜，眼眸之中满是难以置信。"这不可能，这不可能……凭什么你在这里还能动用禁墟？这不公平！！"韩老大怒吼道，"我要告诉狱警！我要让他们重新镇压你！！"

林七夜的眉梢一挑，悠悠开口："我觉得，你可能忘记了什么。"林七夜指了指自己身上蓝白条纹的病号服，"我从来就不是这里的囚犯，只是个普通的精神病人，就算我能动用禁墟，也不归狱警管……有本事，你去精神病院告我啊？"话音刚落下，林七夜就随手甩出手中的筷子，黑色的筷子就像一柄锋锐的短剑，急速掠过空气，刺入韩老大的右肩并透体而过，一朵血花迸溅开来，韩老大痛苦地低吼一声，整个右臂一沉，便再也抬不起来了。

林七夜缓缓走到韩老大的面前，平静地开口："废掉你一条手臂，只是给你一个教训，以后你若再敢惹我，还有他……我就杀了你。毕竟，精神病人杀人是不犯法的。"林七夜无视韩老大抓狂的眼神，转身直接向着食堂外走去。安卿鱼走到韩老大的面前，沉吟片刻，低头捡起地上的筷子，换了个角度又捅进了韩老大的右肩。"啊啊啊啊！！！"凄厉的惨叫声再度响起。

安卿鱼有些不好意思地开口："抱歉，他好像不太懂人体构造，刚刚那一下没能完全废掉你……不过不用担心，现在你已经完全废了。"安卿鱼拍了拍他的肩膀，转身跟着林七夜走了出去。

300

露天活动场，树荫下，一个穿着蓝白色条纹病号服的少年和一个穿着黑白色条纹囚服的少年席地而坐。

"所以，你就主动找到红缨，把自己给送进来了？"林七夜听完安卿鱼的描述，苦笑着摇了摇头，"你没必要这么做，这里可不是别的地方，是斋戒所，进来之后再想出去就没那么容易了。"

"我也不全是为了你，正因为这里的难度系数高，所以我才想来探一探究竟。"安卿鱼无所谓地开口。

"你就不怕后半辈子永远被困在这里？"

"它困不住我的。"

林七夜盯了安卿鱼片刻，也不知他是哪儿来的自信，叹了口气说道："不过，两个人想办法，总比一个人想要高效得多。"

安卿鱼的眉梢一挑："这么说，你也早就有越狱的想法？"

林七夜点了点头。

"你来的时间比我早，先说说你的看法吧。"安卿鱼顿时来了兴趣。

林七夜沉吟片刻，开口道："我的活动仅限于精神病院，以及公共区域，对于监狱那边的情况并不了解。从位置上来看,斋戒所就像一个巨大的圆形,阳光精神病院处于整个斋戒所的核心部分,然后就是公共的活动区、牢狱区,至于外层是什么,我就不知道了。单论阳光精神病院内的安防措施,可以说是严密到极点,在无法使用禁墟的情况下,想要从里面突破出来,可以说是难如登天,就算可以使用禁墟,我也没有十足把握。而且这里无论是露天围墙、建筑材料,甚至地面,都采用了硬度极高的金属。在这座钢铁监狱之中,根本没有靠挖暗道越狱的可能。不仅如此,这座监狱的狱长还是一位人类战力天花板,从根本上杜绝了暴力越狱的可能。整个斋戒所,完全是铁板一块。"

安卿鱼若有所思地点点头:"监狱那边的情况也差不多,我进来的这两天,一直在尽可能地收集情报和分析构造,我们可以把各自记录下的地形结构结合起来,看看有没有什么办法。"

"暂时也只能这样了。"林七夜的眼中浮现出无奈之色,"不能暴力越狱,不能使用暗道,不能使用禁墟……想从这里越狱,是个大工程啊。"

"我有一点一直想不明白,"安卿鱼疑惑开口道,"你只是个精神病人,为什么病院非要让你来囚犯的活动场地?一般的病院里都有专门的活动场所吧?这不是给你找麻烦吗?"

林七夜一愣。

"或许……阳光精神病院里没有专门的活动场所?毕竟一开始那个医生跟我说的时候,就让我直接来这里共用活动场。"林七夜有些不确定地说道。

"共用活动场所也就算了,你遇到麻烦的时候病院里为什么一点反应都没有?"安卿鱼再度开口,"我想,病院应该有义务保证病人的安全吧?至少应该给你配几个护工,防止你出什么意外。"

林七夜陷入了沉思。安卿鱼的这番话确实点醒他了。他身处其中,之前并没有意识到什么不妥,但现在仔细想来,让一个精神病人来监狱的活动场,这件事情实在太古怪了,而且连个保护他的人都没派出,简直就像是……巴不得他遇上什么麻烦才好。林七夜转头看向不远处那个坐落在斋戒所中心的白色矮房,眼中浮现出疑惑之色。

他们,究竟想做什么?

阳光精神病院研究中心,偌大的房间中,一个又一个大型屏幕整齐地悬挂在墙壁上,画面中播放的正是几分钟前在食堂中拍摄下的各个角度的监控视频。画面拍摄的角度都十分刁钻,明显不是那几个暴露在外的监控拍摄的,更像是隐藏在缝隙角落之间的微型针孔摄像头记录下的画面。画面中,清晰地播放着林七夜从打饭到被带到韩老大面前,然后一个人干翻二十多个囚犯,又废掉韩老大手臂的全过程。李医生坐在众多屏幕前,手中拿着一份文件,专注地看着所有的画面,然后低头记录着什么。

一阵悠扬的手机铃声突然响起。李医生暂停了屏幕中的画面，接通了电话："叶司令。"

"林七夜的病情怎么样了？"电话另一头，叶梵的声音传来。

"我正要向您汇报，"李医生看了眼手中的文件，"第一阶段的'72小时病理观察'和第二阶段的'伪自由独处观测'都已经完成。就在半个小时前，他遭遇了来自囚犯的临时大规模袭击，满足第三阶段'应激战斗临场反应观测'的条件。"

"嗯？这么快就到第三阶段了？这小子挺能惹事啊……当年曹渊那家伙可是足足过了半个月才跟那群囚犯起冲突的。"叶司令有些诧异地开口，"结果出来了吗？"

"差不多了，经过分析显示，在压力环境以及高情绪波动的状态下，林七夜的各项身体指标以及情绪都十分稳定，战斗过程中没有出现病理性失误，没有出现情绪型误判，没有出现极端化举动，语言清晰，逻辑合理，战斗过程严谨而不失条理。"

"也就是说，他确实已经没有精神方面的隐患了？"

"基本上是这样，但观察的周期还是太短了，或许还是应该等到一年的观察期结束，才能下更准确的定论。"

"没有时间了……"叶司令的声音中满是凝重，"既然林七夜已经没有问题，一会儿你就把诊断报告发给我，有了这个东西，我才能去申请相关文件。等到我这里文件收集完毕，就亲自去斋戒所提人，这段时间你看好他，别出什么岔子。"

"好的。"

"对了……"叶司令像是想起了什么，"吴通玄最近怎么样了？"

李医生长叹了口气："还是老样子，这么多年了，病情一点好转都没有……他是我这辈子见过的最棘手的病人。"

叶司令沉默许久："我知道了。"

301

斋戒所外，一辆马车踏着海浪，从岛屿外的海域急驰而来，仿佛幽灵般穿过厚重的钢铁墙壁，闪烁而去，监狱内的所有狱警囚犯像是根本看不到它的存在，忙碌着自己手中的事情。书童驾着马车，在一座钟楼前缓缓停下。直到此时，这辆马车才出现在众人的眼前。身穿一袭文人长衫的陈夫子推开车厢门，不慌不忙地从车上下来，向着钟楼内走去，很快一个穿着黑色风衣的男人便出现在他的眼前。"夫子，您终于回来了。"他恭敬地开口。

"小谢，老夫不在的这段时间，狱里没出什么事吧？"陈夫子开口问道。

谢宇犹豫片刻，还是说道："今天之前……倒是没出什么事。"

陈夫子眉梢一挑："那就是今天出事了？说说看。"

"今天中午，有人在食堂里打群架，二十多个囚犯受了重伤，还有一个被人用筷子废掉了半边身子。"谢宇回答道。

陈夫子脸色一变："在食堂里打群架？他们把这里当成什么地方了？简直是胆大包天！是什么人干的？必须严肃处置！"

"夫子，打伤人的，是两个少年。"

"少年怎么了？少年就不用讲规矩了吗？！谢宇，我不在的这段时间，可是把事情全权交给你的，你看看你都是怎么管的？"陈夫子冷声道。

谢宇的脸上浮现出尴尬之色："可是，夫子，动手的两个少年里，有一个不是囚犯，是阳光精神病院里的病人。"

"病人？是那个吴老狗？"

"不，是个叫林七夜的少年。"

"……"

"夫子？"

"嗯？哦，他打的，都是些什么人啊？"陈夫子回过神来。

"被他废掉的那个人叫韩金龙，就是我们之前怀疑的几起囚犯失踪案的嫌疑人，只不过一直没找到证据，其他几个被打的都是和他走得比较近的囚犯。"

"囚犯失踪案……"陈夫子的眉头微皱，"你不是之前就跟我说，已经有眉目了吗？怎么到现在都没有证据？"

谢宇张了张嘴，片刻之后，低头认错："属下办事无能……"

陈夫子瞥了他一眼，冷哼一声，迈步向着楼上走去。

"夫子，那两个打架的少年该怎么处置？"谢宇开口问道。

"打架？谁打架了？"陈夫子淡淡开口，"一场误会而已，伤了几个本就不干不净的囚犯，不是什么大事，这件事就到此为止吧。"

陈夫子迈步消失在楼梯之上，只留下谢宇独自站在原地，片刻之后，他的双眸微微眯起。

林七夜缓缓睁开了双眼，坚硬的板床、空荡的天花板，旁边白色的墙壁上，挂着一件整齐的军装……军装？林七夜从床上坐起，怔怔地看着眼前的一切，恍惚片刻之后，才回过神来。这里是……集训营？他回来了？林七夜低头看向自己的身体，身上还穿着蓝白色的病号服，眼中浮现出茫然之色，随后像是想到了什么，侧头看去，隔壁床上空空荡荡的，并没有百里胖胖的身影。

"这是做梦？"林七夜喃喃自语，"我怎么梦到这里了……"他从床上站起身，穿上军靴，推开集训营的房门，向着外面走去。

昏沉的天空下，整个集训营寂静无比，所有房间的门都紧紧锁着，里面空无

-385-

一人，只有徐徐微风拂过空荡的走廊，传来隐约的呜咽声。林七夜走到走廊边，低头向下看去，突然一愣，只见在宿舍楼下的空地中，吴老狗穿着一身蓝白色的条纹病号服，像是一尊雕塑般蹲在那儿，双眸无神地盯着身下的空地怔怔发呆。

"是他……他怎么会在这里？"林七夜的双眼微微眯起，眼眸中浮现出疑惑之色，转身向着一旁的楼道走去。

半分钟后，林七夜来到吴老狗的身边。

他站在那儿，瞥了眼空无一物的地面，沉默片刻之后，缓缓开口："是你在指引我做梦？这是你的禁墟？"

吴老狗看了林七夜一眼，摇了摇鸡窝般糟乱的头。"做梦的是你自己，我只是一个旁观者。"他说道。

"旁观者？"林七夜的眉头微皱，"你想看什么？"

吴老狗一愣，有些茫然地挠了挠头，犹豫许久之后，有些不确定地开口："想看看……你是个什么样的人？"他说完之后，又沉沉地低下头去，注视着自己的脚下。林七夜站在一旁，听到吴老狗的回答，眉头皱得更紧了。这个吴老狗，太奇怪了。奇怪不仅是指精神病的行为，更是指对方这能够在别人梦境来去自如的能力。要知道这可是在斋戒所里，所有的禁墟都会被镇墟碑所镇压，而对方居然还能张开禁墟进入他的梦境。他们之间隔着不知道多少重墙壁，这么远的距离，吴老狗究竟是怎么做到的？而且奇怪的是，吴老狗进来之后什么也不做，就这么蹲在那儿发呆……

片刻之后，林七夜像是想起了什么，再度开口道："你怎么会知道离开病院的暗语？"

"暗语？"吴老狗疑惑地转头，"什么是暗语？"

"香喷喷的五香麻辣螺旋升天拐弯酸菜牛肉面。"

"哦……"吴老头仿佛想起来了，"这是我在别人梦里的时候，人家告诉我的。"

林七夜沉吟片刻："那告诉你这个东西的人，有没有说他明天喜欢吃什么？"

吴老狗歪了歪头，眉头紧锁，像是在竭力回忆，几秒钟后再度开口："好像是……妙蛙种子吃了都说妙到家了的妙妙妙脆角。"

林七夜暗中记下吴老狗的话，打算明天自由活动的时候，自行验证一下。"所以，平时你没事的时候经常进入别人的梦境吗？"林七夜问道。

吴老狗想了想，认真地回答："无聊的时候会。"

"下次别再进入我的梦境了。"

"为什么？"

"这是隐私，万一我哪天梦到尴尬的事情被你看到了怎么办？"林七夜无奈地摊手。

"看到了会怎么样？"吴老狗疑惑地问道，"我们不是朋友吗？"

"朋友？"林七夜一怔。

"你陪我一起看过小花儿、小草儿、小石子儿……这还不是朋友吗？"

林七夜张了张嘴，似乎想说些什么，犹豫片刻之后还是摇了摇头："那你是不是该告诉我，你究竟是什么人？"

"我？"吴老狗认真地说道，"我是小狗儿。"

302

"林七夜，你的活动时间到了。"护工推开林七夜的房门，对他喊道。

林七夜点了点头，跟着护工迈步走了出去。

"你昨晚做梦了吗？"一边走，林七夜一边开口问道。

护工一愣，有些犹豫地开口："呃，做……做了，你问这个干吗？"

"就是好奇。"林七夜随意地开口，"你梦到什么了？"

护工的脸"唰"的一下红了，眼神开始躲闪，底气有些不足地说道："就是普通的梦……"

林七夜看到他的表现，扬了扬眉毛，嘴角浮现出笑容："你确定，只是个普通的梦？"

护工身体一僵，恼羞成怒地开口："你问这个干吗？话说，我为什么要告诉你？"

"你没梦到吴老狗吧？"

"我为什么要梦到他？"

"那没事了……"林七夜想了想，"一般，你隔多久梦见他一次？"

护工一怔，沉吟起来："说起来，好像还挺固定的，一般每隔六天，就会梦见他一次……"

"那你们这病院里一共有多少个护工？"

"算上我，一共七个。"

林七夜的眼中闪过一道微光，心中了然。他算是弄清楚吴老狗是怎么知道出院暗语的了。

两人走到透明门前，熟悉的声音再度从喇叭中传出："工号39180，请回答今日的暗语：秉灯人今天最想吃的是什么？"

"妙蛙种子吃了都说妙到家了的妙妙妙脆角。"

"暗语正确，请通行。"

林七夜的嘴角微微上扬。他穿过透明门，简单活动一下筋骨，便径直向着食堂的方向走去。

"林老大！是林老大！"

"林老大来了！快快快！来人！去替林老大打饭！"

"林老大，您的位置已经替你留好了，这边请！"

"是哪个不长眼的干的活儿？怎么这椅子还是凉的？快给林老大暖暖！"

"林老大，安老大已经等候您多时了！"

林七夜刚走进食堂，一大批囚犯就面带笑容地拥了上来，恭恭敬敬地替林七夜张罗起来。林七夜看着这一切，呆立在食堂门口，陷入深深的茫然。这群人……怎么这么眼熟呢？眼前忙前忙后的这群囚犯里，绝大多数身上都缠着绷带，或者手上打着石膏，眼看着走路都不利索，还是端着餐盘兴冲冲地给林七夜送到桌上。尤其是那几个吆喝得最起劲的，身上的伤最重，浑身几乎都被绷带缠满了，就剩一对眼睛、一对鼻孔在外面了，还是扯着嗓子对着其他人破口大骂。

"不是，你等等！"林七夜拦住那个缠满绷带的囚犯，"这是怎么回事？"

他笑呵呵地开口："林老大，昨天你和安老大的身手我们都看到了，是我们这群家伙有眼不识泰山，不知道您的厉害，现在既然韩金龙那家伙已经废了，那您和安老大，就是我们所有人的新老大！"

林七夜："……"

他抬头看向不远处的餐桌，只见安卿鱼正坐在长椅上，看着餐盘里塞得满满的鱼肉，陷入了沉思。林七夜走到他的对面，缓缓坐下。"这阵仗……是你搞出来的？"林七夜哭笑不得地开口。

"没有，我哪有闲心思做这种事？"安卿鱼一边摇头，一边将自己餐盘里的鱼夹给林七夜，"我刚刚从牢房出来的时候，也是和你现在一样的反应。"

林七夜接过旁边一个囚犯双手呈递的筷子，耸了耸肩："总感觉有点别扭。"

"但不得不承认，这样省去了我们许多麻烦。"安卿鱼瞥了忙碌的众囚犯一眼，淡淡开口，"不管他们出于什么目的，有这么多人帮忙，我们的事情也能容易一些。"

"确实。"林七夜点头。

"你那边有什么新发现吗？"

"还真有。"林七夜将吴老狗的事情与安卿鱼说了一遍。

安卿鱼的眼中浮现出诧异的神色："你是说，住你隔壁的那个叫吴老狗的精神病人，在镇墟碑的压制下依然能展开禁墟，还能随意地进入别人的梦境，甚至告诉了你们禁暗语？"

"没错。"林七夜点头，"但是他的精神状态并不是很稳定。"

安卿鱼沉吟片刻，有些不确定地开口："他是不是穿着一身和你一样的病号服，头发乱糟糟的，双目无神，三十多岁？"

林七夜一愣："你认识？"

安卿鱼的嘴角微微抽搐："我来这里的第一个晚上就梦到他了。"

"他能进入你的梦境?"林七夜震惊地开口,"监狱区和我们那里相隔至少有五百米远,他是怎么做到的?!"

安卿鱼苦涩地摇了摇头,示意他也不清楚。

"对了,梦里他做什么了?"

"我正在过桥,他突然从河里漂起来了,手里拿着两条鱼,问我丢的是这条鲫鱼,还是那条鲤鱼……"

"你说啥?"

"我说我不喜欢吃鱼,但是我对他比较感兴趣,问他能不能下来让我解剖一下。"

"然后呢……"

"然后我就醒了。"

林七夜注视安卿鱼许久,微微叹了口气,总觉得该待在精神病院里的不是自己,而是安卿鱼。

"既然他拥有这么强的能力,或许……能让他加入我们?"安卿鱼思索着开口。

"你是说,带着他一起越狱?"林七夜沉吟起来。

确实,凭借吴老狗的能力,如果也加入两人的越狱计划,无疑会提供巨大的帮助,但是……"但是,我们并不了解他。"林七夜开口道,"而且他的精神也不稳定,如果在越狱途中出现什么变数,反而会给我们带来麻烦。"

"这倒也是。"

就在两人思索之际,王路和方阳晖二人走进食堂,看到林七夜像是老佛爷一样被众囚犯供着的时候,微微一愣。"这是什么情况……我还没睡醒?"王路揉了揉眼睛。

"你睡醒了。"方阳晖看着远处林七夜的身影,似乎想到了什么,嘴角微微上扬,"是这个斋戒所的天……变了。"

303

林七夜的余光看到从食堂走进来的二人,冲着他们挥了挥手。方阳晖笑着走到他的身边:"没想到啊,你就是昨天废掉了韩金龙的那个少年。"

林七夜笑了笑,将二人和安卿鱼介绍了一下,便坐了下来。

"对了,你们知道吴老狗吗?"林七夜似乎想起了什么,开口问道。

"吴老狗?"王路和方阳晖对视了一眼,"知道一些。"

林七夜的眼睛一亮:"能跟我说说吗?"

"你怎么突然对他感兴趣了?"

"我们都在阳光精神病院里,接触过几次,有些好奇。"林七夜没有说真话,倒不是信不过两人,只是关于吴老狗的事情还不清楚,贸然将他能进入别人梦境的事情说出来，可能会引起些麻烦，在这斋戒所里，凡事多留一个心眼比较好。

"我们进斋戒所的时间也不短了，吴老狗这个人，我们多少见过几次……我只知道，他曾经是'灵媒'小队的一员，后来好像因为什么事情就被逐出'灵媒'小队，而且……"方阳晖的神情有些犹豫。

"而且什么？"

"在外面的时候，我就听过这样的传闻……吴老狗精神失常和'灵媒'小队有关，甚至直到现在，'灵媒'小队的人还在追杀他。"

"追杀他？"安卿鱼疑惑地开口，"他曾经就是'灵媒'小队的队员，为什么'灵媒'小队要追杀他？"

"这我就不清楚了。"

"我觉得这有点说不通。"林七夜思索许久，"吴老狗既然还在病院里接受治疗，那应该并没有犯下触及守夜人底线的错误。对高层而言，他们根本不可能放任一支特殊小队自相残杀。"

"我也是这么想的。"王路点了点头，"自相残杀这种事，不应该出现在守夜人身上，传闻毕竟只是传闻，不能当真。"

就在这时，安卿鱼突然开口："吴老狗在这座病院里待多久了？"

方阳晖想了想："在我们两个进来之前，他就已经在了……至少有八九年了吧？"

"八九年？精神病，需要治疗这么长的时间吗？"安卿鱼的眉头微皱。

林七夜一怔，似乎想到了什么："你是说……"

"这里，可是斋戒所中的精神病院。"安卿鱼缓缓开口，"吴老狗在这里接受八九年的治疗，也和蹲了八九年的监狱没什么区别，或许这可以看成是一种惩罚，但也可能是……"

"保护。"林七夜接上了安卿鱼的后半句话，"这里有大夏最为严密的防御措施，有一位人类战力天花板坐镇，高层将吴老狗安置在这里，比在任何地方都要安全。"

众人同时陷入了沉默。如果真如安卿鱼和林七夜的猜想，吴老狗在这座病院中是对他的一种保护，那想要对他下手的人，究竟是谁？联想到刚刚的传闻，答案似乎已经呼之欲出了。

"既然高层要保护吴老狗，为什么不直接对'灵媒'小队下达命令？难道一支特殊小队还敢违抗命令，强行追杀吴老狗吗？"王路忍不住开口道，"更何况就算'灵媒'小队真要追杀吴老狗，这阵仗也太大了吧？需要一位人类战力天花板坐镇？"

"如果是'灵媒'小队的话……还真不好说。"方阳晖沉吟着开口，"大夏现有的四支特殊小队中，除了只存在于传说中的 001 号特殊小队，最神秘的就是'灵媒'小队。'灵媒'小队的职能是猎杀大夏境内所有超高危的恶性能力者，包括古神教会的那几位'神'。由于职能的特殊性，他们行踪隐蔽，极少出现在世人的眼前，从来没有人见过他们队员的样貌。他们给人印象最深的，就是如同深渊般幽邃的黑色斗篷。而且，'灵媒'小队的队长是守夜人高层公认的……人类战力天花板之下的最强者。"

"这么厉害？"安卿鱼诧异地开口，"这么一来，倒是说得通为什么吴老狗被安排在斋戒所了……要是没有人类战力天花板坐镇，别的地方根本拦不住他。"

"我还是不相信一支特殊小队会自相残杀。"林七夜摇了摇头，"这背后，应该还有我们不了解的事情。"

"或许吧。"安卿鱼叹了口气。

"我还有个问题。"林七夜开口。

"什么？"

"为什么你要把所有鱼肉给我？"林七夜看着餐盘里高高堆起的鱼肉，嘴角微微抽搐，"我是猫吗？"

安卿鱼端详了林七夜片刻，笑了笑："是啊。"

数千里外，古神教会，昏暗的天穹下，一座古老而神秘的黑色教堂矗立在山腰之上，教堂的四周遍布光秃秃的树丫，像是钢铁巨刺狰狞地指向天空。一个披着灰袍的身影沿着崎岖的山路，走到了教堂的大门之前，缓缓将其推开。"嘎吱——"沉闷的声响从门后传出，在空旷的教堂中回荡，漆黑的乌鸦被惊得扑棱棱飞起，在教堂的穹顶之下飞旋。教堂深处矗立的三座荆棘王座上，浑身笼罩在阴影中的"呓语"见到来人，双眸微微眯起。"你终于来了。"

灰袍男人走到大殿的中央，王座之下早有另外两个灰袍人在此等候。他抬头看向王座之上，伸手摘下兜帽，露出平静的面孔。他右手放在胸前，微微躬身："'信徒'第十五席沈青竹，听从'呓语'大人的调遣。"

阴影中的"呓语"点了点头，再度开口："既然人都来齐了，那我们就直入主题吧……这次的目标十分棘手，沈青竹，你在'信徒'中还算是个新人，这次参与行动，还是以观摩为主，你旁边的这两位一个是第二席，一个是第五席，他们身上有很多你值得学习的东西。"

沈青竹微微一怔，和两位排名如此靠前的"信徒"一起执行任务，对他来说还是第一次。"大人，我们这次的目标是……"

荆棘王座上，"呓语"的双眸微微眯起："斋戒所，前'灵媒'小队副队长……吴通玄。"

304

"你们守夜人平时训练都像你这么拼命吗？"烈日当空，安卿鱼坐在树荫下看着满头大汗的林七夜，忍不住开口道。林七夜拖着疲惫的身躯走到树荫下坐下，顺手接过旁边囚犯小弟送过来的毛巾，开始擦起身上的汗，嘴角微微上扬，眼眸中浮现出回忆之色。"我们当时的训练，可比这艰苦多了。"

安卿鱼耸了耸肩："我还是更喜欢脑力运动……守夜人，果然不适合我。"

林七夜看了他一眼，犹豫片刻之后，还是开口问道："如果我们真的能从这里出去，你有什么打算？我可得提醒你，你现在是还在服刑的恶性超能者，如果真的越狱出去，那就是罪加一等的在逃恶性超能者，虽然还不至于引动'灵媒'那个层次的小队追杀你，但你想要像正常人一样生活，几乎是不可能的。你真想在下水道里，躲一辈子吗？"

安卿鱼一怔，眼中浮现出茫然之色……

他犹豫许久，摇了摇头："我不知道……以后的事情，以后再说吧。"

林七夜默默地叹了口气，没有再劝，而是抬头看了眼钟楼上的时间，缓缓站起身。"你是个天才，这一点，我比任何人都清楚，下水道不是你应该待的地方……你自己的事情，自己多想想吧。"林七夜对安卿鱼挥了挥手，径直向着精神病院的方向走去。

"恭送林老大！"

"恭送林老大！"

林七夜刚走出几步，身后囚犯整齐划一的声音便洪亮地在空中回荡，吓得林七夜脚下一个趔趄，回头狠狠地瞪了众人一眼。

安卿鱼独自坐在树荫下，低头看着自己的脚尖，怔怔出神。

林七夜穿过活动区，迈步向着阳光精神病院大门的方向走去。安卿鱼的事情，他确实觉得有些遗憾。早在处理难陀蛇妖案件的时候，他刚认识安卿鱼，就知道对方绝对不是平庸之人，光是凭那堪称恐怖的头脑，就足以碾轧绝大部分同龄人。后来知道安卿鱼还有"唯一正解"这种前所未有的逆天禁墟，并一个人默不作声地在沧南地下成长到这个地步，他对安卿鱼的评价就从"聪明人"变成了"妖孽级的天才"。这样的人被埋没在下水道之中，就连林七夜都替守夜人感到惋惜。但路还是要自己走，安卿鱼自己没有做出决定，林七夜就算再替对方着急也无济于事。林七夜一边想着，一边向前走去，余光瞥过，突然愣在原地，只见在前方道路的拐角处，一辆熟悉的马车正静静地停靠在那儿，车厢前一个书童百无聊赖地躺在那儿，见林七夜来了，激动地对他挥了挥手。"你可终于来了，夫子已经等你多时了。"

林七夜怎么也没想到会在这里再一次看到夫子的马车，快步走到马车旁，恭敬地作揖，开口问道："夫子，您怎么在这儿？"

"这是老夫管辖的监狱，老夫在这儿不是很正常吗？"陈夫子的声音从马车内悠悠传出，"上来吧，陪老夫喝会儿茶。"

林七夜没有犹豫，直接踏上马车，推门而入。刚一进车厢，熟悉的茶香便扑面而来，两侧车窗外中式院落之中，清脆的莺啼响起，温暖的阳光洒入车内，给桌上精致的陶瓷茶具镶上了一层金边。陈夫子坐在茶桌后，手中握着一盏茶杯轻轻摇晃，蒸腾的热气冉冉升起，杯内青葱的茶叶上下浮动，翻滚不息。

　　他看着坐在他对面的林七夜，嘴角微微上扬："最近恢复得怎么样？"

　　"托您老的福，已经没有大碍了。"林七夜笑着开口。

　　"嗯。"陈夫子点了点头，淡淡说道，"都可以在我的监狱里打群架了，想来也恢复得差不多了。"

　　林七夜的心里"咯噔"一下。难道这次夫子是来兴师问罪的？自己在人家监狱里，惹了那么大的事情，想来也不会就此罢休……

　　"放心，老夫不是来找你算账的。"陈夫子见林七夜表情僵住了，轻笑一声，将另一杯茶递到了林七夜的面前，"说实话，老夫很欣赏你。一年前，你宁可冒着生命危险也要从车上下去的时候，老夫就知道，你的未来绝对不会平庸。可惜在那之后老夫再见到你时，你已经失去神志。虽然不知道中间发生了什么，但老夫始终相信，你的道路不会就此结束。"

　　林七夜有些不好意思地挠了挠头："劳烦夫子挂心了。"

　　"李医生有没有说你什么时候能出院？"

　　"他说还要观察一年。"林七夜无奈地开口。

　　"一年？"陈夫子沉吟片刻，点了点头，"观察久一些也好，免得留下什么隐患……"

　　林七夜的嘴角微微抽搐："您不觉得……一年有些久了吗？"

　　陈夫子握着杯盏的手一顿，注视着林七夜的眼睛，笑吟吟地开口："怎么？想让老夫帮你求情？"

　　"如果可以的话。"林七夜厚着脸皮说道。

　　陈夫子摇了摇头："老夫只是监狱的狱长，精神病院的事，管不了……你什么时候出院，那是李医生和守夜人的高层决定的。"

　　"好吧……"林七夜叹了口气。虽然他早就预料到了这个回答，但实际被陈夫子拒绝的时候，还是有些沮丧的……

　　"对了。"林七夜像是想起了什么，"夫子，我一直有一个问题很好奇……"

　　"说。"

　　"那边那根黑色的柱子，是不是就是镇墟碑？"林七夜抬起手指向窗外，只见距离马车大约百米远的草地上，一块黑色的粗壮石碑正巍然矗立。

　　"没错。"陈夫子点了点头，"那就是镇压整个斋戒所的镇墟碑，平日里老夫担心出现意外，一直将它隐藏在老夫的心'景'之中，即便老夫不在这里，也不会有人能触碰到它。"

　　"原来如此……"林七夜早在一开始听说狱长是陈夫子的时候，就隐约猜到没有人能找到镇墟碑的原因。其实镇墟碑一直在那里,只不过被夫子用心"景"藏起来了而已。现在,他的猜测被证实了。

305

两人饮完一壶茶,林七夜算算时间,到回病院的时候了,便起身与陈夫子告别。

"近日老夫还要去一趟淮海市,你在监狱那边要是有什么事情,直接找谢宇就好,他是这里的代理狱长,我不在的时候,都是由他负责狱里的大小事务。"陈夫子叫住了林七夜,开口嘱咐道。

"谢谢夫子。"林七夜再度向陈夫子道谢后,便匆匆离开了马车,向着病院跑去。等到他跑到病院门口的时候,护工已经在那儿等候多时了,令林七夜惊讶的是,李医生竟然也在那儿。

"见过陈夫子了?"李医生微笑着问道。

林七夜一怔:"见过了……你怎么知道?"

"我当然知道,毕竟陈夫子先是来病院找你,你不在,然后我就让他去活动场等你了。"李医生关上透明门,一边走一边说道。林七夜点了点头。"而且,我这次来,也是为了告诉你一个消息。"他将手中的文件递给林七夜,"你三个阶段的观察已经结束了,以后可以选择在院内的活动场所活动,不需要再去和囚犯共用活动区。"

"阶段观察?"林七夜接过文件,眉宇间浮现出疑惑之色。

"第一阶段的'72小时病理观察',主要是在苏醒后的72小时之内,对精神和身体状态的全方位检测;第二阶段的'伪自由独处观测'则是暗中观察你在独处时是否有无意识的怪异举动,或者不合常理的行为,之前让你独自去活动区也是这个原因,只有在周围无人监视的情况下,你的潜意识才是最为松懈的,能够反映出很多问题;至于第三阶段,就是'应激战斗临场反应观测',这也是所有观察项目中最为重要的一环,主要是观察你在情绪激动、身处高压环境或者身临战斗的时候,是否会出现迟钝、亢奋、激进、嗜血等异样情况,只有在确认你可以进行高压战斗之后,才能初步确定你能够进行正常的任务。"

林七夜仔细地看完所有的观察文件,这才发现昨天自己的战斗过程早就被完整拍了下来,甚至每一个动作和眼神都有专门的分析,判断是否存在异样。"所以,你们让我去和囚犯共用活动区域,就是为了完成这三个阶段的观察?你早就知道我会与他们发生冲突?"林七夜转头看向李医生。

"这是每一个被送到这里来的精神病人必须要经历的流程。"李医生认真地说道,"你应该明白,守夜人精神失常多半与激烈的战斗有关,所以最好的观察手段,就是模拟出合理的战斗场景。不过说实话,一开始我们预测的'应激战斗临场反应观测'，只是要你与三个或三个以上的囚犯进行战斗就好，早在第二天你与那三个囚犯进行战斗的时候，就应该满足了条件，只不过……"

"只不过什么？"

"只不过叶司令特别关照，你的'应激战斗临场反应观测'样本，必须再多一些，再激烈一些！要确保你在极度高压的战斗环境下，精神也不会出现问题。"李医生无奈地耸了耸肩，"本以为要满足这个条件，至少也得等一个多月，没想到你惹事的能力这么强……"

林七夜咳嗽了几声："所以，三个阶段的观察结束，是不是能说明我的精神没问题了？"

李医生沉吟片刻："不能，从理论上来说，只有观察期满一年，才是最保险的。"

林七夜刚刚激动起来的心，顿时又凉了半截。

正当李医生准备说些什么的时候，林七夜突然开口："那李医生，从明天开始，我是必须去院内的活动室活动吗？"

李医生一愣："倒也不是，如果你愿意继续与囚犯共用活动场，也是可以的。"

"那就好。"林七夜点了点头。

两人走到研究所门口，林七夜突然想起了什么，开口问道："对了李医生……"

"嗯？怎么了？"

"我有一个朋……喀喀，我之前听说过一个关于精神病的案例。"林七夜话说到一半，突然想到了某些不好的回忆，连忙换个方式说道。

"哦？"李医生的眉毛一挑，顿时来了兴趣，"你也对精神病感兴趣？详细说说。"

林七夜组织了一下语言，继续说道："有一个病人，在白天的时候举止很正常，但到晚上睡着之后，就会有另一个女性的人格出现，在镜子前化妆……但实际上，他并不是精神分裂，这两个人格都是独立且真实存在的……你能明白我的意思吗？"

李医生犹豫片刻，点了点头："你是说，他的身体里住着两个不同的灵魂？"

林七夜："……"

见林七夜的表情古怪，李医生的眼中浮现出疑惑："不是这个意思？是我理解错了？"

"不，是你理解得……过于准确了。"林七夜憋了半天，才缓缓开口。他费尽心思换个说法，就是想让这件听起来很不科学的事情，变得科学一点……可李医生一开口，就直接命中了问题的核心，应该说李医生不愧是顶尖的精神病医生！

"总之，就是这么个情况。"林七夜再度开口，"对于这种案例，如果想要在不损伤任何一方灵魂的情况下将其治愈，有什么办法吗？"

李医生沉思起来："这两个灵魂，相互排斥吗？"

"不排斥。"

"知道对方的存在吗?"

"男性人格不知道,女性人格知道。"

"这两个灵魂之前有过交集吗?"

"他们曾经是夫妻。"

"除了人格的变换,还有其他并发症吗?比如焦虑、极度纠结、思绪错乱、出现幻觉等?"

"并没有。"

李医生沉默片刻,缓缓开口:"我大概明白了……如果单纯从现代医学的角度来看,或许无法很好地解释这个情况,因为这实际上并不属于'疾病'的范畴,而是更加偏向于神秘。这种情况比较复杂,传统的精神疾病治疗手段无法有效地治疗,只能用非常规的方法……"

306

"非常规的方法?"

"用类似禁墟、禁物的手段,在不伤及灵魂的条件下,将两者分离开来。"李医生推了推鼻梁上的眼镜,"当然,具体的细节我就不知道了,毕竟我也没有遇见过这样的病人,只能是纸上谈兵。"

"好吧。"林七夜叹了口气。将这两个灵魂从一具身体上剥离,使其成为两个独立的个体,这个方法林七夜早就想到了。可是这种无伤害分离灵魂的手段可不是随随便便就能拥有的,只有极个别特殊的禁墟和禁物能做到,可偏偏禁物又无法带入诸神精神病院中。他想彻底治愈布拉基和伊登,注定是个艰难而漫长的过程。

"不过我觉得,既然这两个灵魂之间没有排斥的现象,短时间内不将他们分开也没什么问题,但是还有一点必须要注意的,就是他们的精神状况。"李医生开口补充道,"两个灵魂长久居住在一个身体中,相互之间或多或少会带来潜在的精神压力,及时疏解是十分必要的,最好是让两个灵魂相互包容,避免精神排斥现象的发生。"

林七夜的眉头微微皱起,似懂非懂地点点头。说实话,李医生说的这些他听不太懂,具体如何去"疏解",也没有头绪。毕竟他只是一个半路出家的半吊子医生,做不到像李医生那样专业。

李医生看见林七夜的表情,嘴角微微上扬:"你的这个案例太罕见,而且角度比较刁钻,我不建议你太深地去研究这个问题。不过如果你真对精神疾病的研究感兴趣,我可以送你一些我的笔记,上面记录着我这么多年研究精神疾病的心得,应该会对你有所帮助。"

听到这句话,林七夜的眼睛亮了起来:"那就多谢李医生了。"

李医生是什么人？那是整个大夏最优秀的精神病医生，对林七夜这种半吊子医生来说，这笔记自然珍贵无比，要是能将其参透，对付病院里那几个病人应该没什么问题。林七夜和李医生又聊了一会儿，便转身回到屋中，过了十几分钟，一位护工便捧着厚厚一摞笔记本从外面走了进来。

"这是李医生让我带给你的。"护工将厚重的笔记重重地放在桌上，发出沉闷的声响。

林七夜看着这摞几乎有一人高的笔记本，忍不住开口："这也太多了吧？"

"多？这只是李医生笔记的十分之一而已，他怕你这房里放不下，就先让我给你送了十分之一过来。"护工一副"你怎么这么没见过世面"的表情。

林七夜："……"

怪不得李医生年纪轻轻就能成为大夏最优秀的精神病专家，这刻苦的功夫，可真不是一般人下得了的，也不知道他头顶那浓厚密集的头发是不是假的。林七夜抽出凳子，在桌前坐下，看着身旁的一摞笔记本，陷入了沉思。这么多笔记，他越狱的时候肯定是不能带走的，可想要全部看完吃透，还不知道要等到猴年马月，这些东西又不能带进诸神精神病院里。林七夜思索片刻，心中就有了对策。既然这些笔记他带不走，那就全部在诸神精神病院里抄一份，反正他整天被困在这个小房间里也没事情做，正好用来打发时间。

诸神精神病院，布拉基鬼鬼祟祟地从房中探出头，四下张望一圈，确认周围没有人注意他，便抱着手中的竖琴快步走了出去。他径直穿过二层的走廊，蹑手蹑脚地走在楼梯上，从楼道里向外看了一眼，反身闪电般地钻进了楼道旁第一个房间。"咔嗒——"房门锁死。"哗啦——"窗帘拉上。布拉基独自坐在昏暗的房间中，长长地舒了一口气。他怀抱着手中的竖琴，眼中浮现出一抹激动，低下头，轻轻拨动了第一根琴弦。"叮——"清脆的琴弦音响起，布拉基立马按住琴弦，琴声戛然而止！他走到窗边撩开窗帘的一角，贼兮兮地向外探去——嗯，没有人听见！布拉基兴奋地回到座位上，清了清嗓子，深吸了一口气，开始正式吟唱起来！"啊～多么……""砰——"布拉基哽住了。房门被突然打开，披着白大褂的林七夜站在门口，看到坐在阴暗房间角落的布拉基，直接一愣。两双眼睛对视。

"啊……啊……阿嚏！"布拉基默默地把竖琴藏到身后，假装打了个喷嚏。

林七夜的嘴角微微抽搐："……你在我的院长室里干什么？"

布拉基沉吟片刻："瞻仰？"

林七夜翻了个白眼，将身后的房门敞开："我要工作了，你要是实在想吟诗，找梅林给你搭个消声结界去。"

布拉基的眼睛顿时亮了起来，反手掏出背后的竖琴，像是一阵风般跑出了院长室："谢谢院长！"

"等一下！"林七夜想到了什么，突然开口。

布拉基停下了脚步，茫然地回头。

"你最近有没有感觉到自己身体有不舒服的地方？比如莫名地疲惫，或者焦虑？"林七夜问道，随后补充了一句，"变得异常好看不算！"

布拉基一愣，仔细想了想："没有啊，我感觉我每天都精力充沛，好像有用不完的热情想要投入诗歌之中……只不过……"

"只不过什么？"

布拉基的目光逐渐黯淡了下来，他看着手中的竖琴，沉默了许久，才失落地开口："我……想我老婆了……"

林七夜怔在了原地。

"嗯，我知道了。"片刻之后，林七夜缓缓开口，"去吧，我要工作了。"

林七夜走进屋中，将窗帘拉开，只见院长室外，布拉基正紧紧抱着手中的竖琴，像个沮丧的大男孩，垂头丧气地向着远处走去。林七夜长叹了口气，回到桌前坐下，在白纸上抄写下第一句话："有一个病人曾问过我，这个世界是不是真实的？如果我们无法确定它的真实，我们又如何确定自己的存在？这个问题很有意思，我认为，世界的真实与否并不重要，重要的是，是否有过一些人、一些事，让我们觉得就算这个世界是虚假的。那这虚假的一生，也是值得的……"

图书在版编目（CIP）数据

夜幕之下.2,凡尘神域／三九音域著.－－北京：
北京联合出版公司,2024.2（2025.3重印）
 ISBN 978-7-5596-7300-8

Ⅰ.①夜… Ⅱ.①三… Ⅲ.①幻想小说－中国－当代
Ⅳ.①I247.5

中国国家版本馆CIP数据核字(2023)第241395号

夜幕之下.2：凡尘神域

作　　者：三九音域
出 品 人：赵红仕
选题策划：北京磨铁文化集团股份有限公司
责任编辑：管　文
封面设计：Laberay

北京联合出版公司出版
（北京市西城区德外大街83号楼9层　100088）
嘉业印刷（天津）有限公司印刷　新华书店经销
字数495千字　700毫米×980毫米　1/16　印张25.25
2024年2月第1版　2025年3月第7次印刷
ISBN 978-7-5596-7300-8
定价：52.80元

版权所有，侵权必究
未经书面许可，不得以任何方式转载、复制、翻印本书部分或全部内容。
本书若有质量问题，请与本公司图书销售中心联系调换。电话：（010）82069336

让 好 故 事 影 响 更 多 人

总顾问：戴一波
总监制：孙　毅
营销发行支持：侯庆恩